Daniela Knor

ROMAN

Piper München Zürich

Entdecke die Welt der Piper Fantasy:

Piper-Fantasy.de

Von Daniela Knor liegen bei Piper vor:
Das Geheimnis des Königs. Rhiana die Amazone 3
Klingenschwestern. Rhiana die Amazone 5
Nachtreiter
Sternenwächter

Mix
Produktgruppe aus vorbildlich bewirtschafteten
Wäldern und anderen kontrollierten Herkünften
www.fsc.org Zert.-Nr. GFA-COC-001223
© 1996 Forest Stewardship Council

Ungekürzte Taschenbuchausgabe
November 2009
© 2008 Piper Verlag GmbH, München
Umschlagkonzeption: semper smile, München
Umschlaggestaltung: Guter Punkt, München | www.guter-punkt.de
Umschlagabbildung: HildenDesign, München – www.hildendesign.de
Autorenfoto: Torsten Bieder
Karte: Rebecca Abe
Satz: psb, Berlin
Papier: Munken Print von Arctic Paper Munkedals AB, Schweden
Druck und Bindung: CPI – Clausen & Bosse, Leck
Printed in Germany   ISBN 978-3-492-26708-3

Gewidmet
Peter Knor

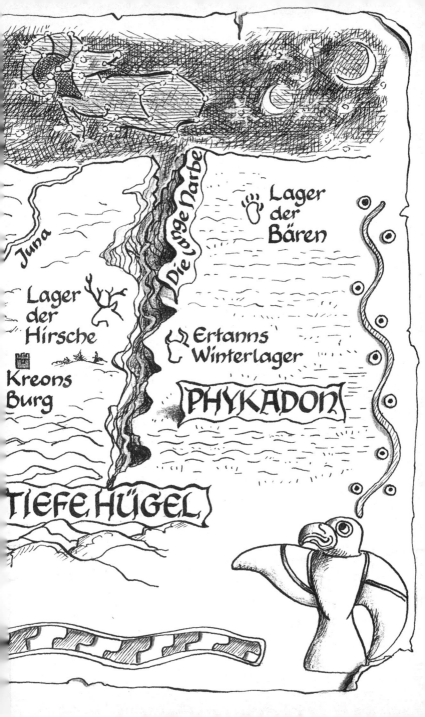

Prolog
*Im Herzen Sarmyns,
vor Beginn der Zeitrechnung*

Von bösen Vorahnungen erfüllt erwartete Haduri die Rückkehr der Späher. Unter der stechenden Sonne lief ihr der Schweiß aus dem sorgsam aufgesteckten Haar über Stirn und Hals. Die zeremoniellen Seidengewänder der Schwertmeister klebten ihr am Leib, aber sie war zu unruhig, um sich wie die anderen in den Schatten der Bäume zurückzuziehen. Sie ging auf und ab, die linke Hand am Schwertgriff, und blickte immer wieder den sacht abfallenden Hang hinunter. Endlich brach dort ein Reiter auf einem dunklen Pferd mit heller Mähne aus dem Wald hervor. Haduris geübte Ohren hörten Gorwans leise Schritte hinter sich, obwohl sie die Augen nicht von dem Kundschafter wandte, der im Galopp heranjagte.

»Jetzt wird sich erweisen, ob es dem Blutigen ernst ist«, sagte Gorwan, als er neben sie trat. Sein rotbraunes Haar glänzte wie die grüne und rote Seide seiner Schwertmeistertracht.

»Sie kommen!«, rief der Späher ihnen schon entgegen, bevor er seinen Dunkelfuchs zum Stehen brachte. »Sie sind zu sechst, wie sie es angekündigt haben. Ich konnte keine Waffen bei ihnen entdecken.«

»Gut«, sagte Haduri ernst. »Dann teilt euch auf und behaltet die Umgebung im Auge. Niemand soll sich unbemerkt nähern können. Den Heerwölfen ist nicht zu trauen.«

Der Mann nickte. »Wir werden wachsam sein, Herrin. Verlasst Euch auf uns.« Er ritt so schnell davon, wie er gekommen war, und ließ sie mit dem Gefühl zurück, dass das Schicksal nun unabwendbar seinen Lauf nahm.

»Du hast es gehört«, riss Gorwan sie aus ihren düsteren Gedanken. »Der Blutige scheint Wort zu halten. Dann müssen auch wir es tun.«

Verzweiflung packte Haduri, ohne dass sie sich erklären konnte, woher die heftige Regung so plötzlich kam. Sie fuhr zu ihm herum und hob flehend die Hände. »Er ist ein Schlächter, Gorwan! Du hast es doch oft genug selbst gesehen! Wir dürfen ihm nicht trauen! Er will dieses Land, und jedes Mittel ist ihm recht.«

Gorwan erwiderte ruhig ihren Blick, während seine Hände die ihren ergriffen und sanft festhielten, aber es war der Schwertmeister, der zu ihr sprach, nicht der Geliebte. »Deine Gefühle dürfen nicht deinen Blick trüben. Diuraman hat entschieden. Wir sind nur seine Wächter, nicht mehr. Willst du ihm in den Rücken fallen, indem du mit Waffen zu den Verhandlungen erscheinst?«

Haduri atmete tief durch. Er hatte recht. Sie musste zu der inneren Klarheit zurückfinden, die sie in den Jahren ihrer Ausbildung erworben hatte, der Hingabe an den Augenblick, die sie zu der überlegenen Kämpferin machte, von der selbst die rauen Krieger des Blutigen mit Respekt sprachen. Doch es gelang ihr nicht. Die Ruhe, mit der sie ihren Schwertgurt abnahm und Gorwan in die Hände legte, war nur oberflächlich. Ihre Finger zitterten, und sie zog sie rasch zurück, ehe er es bemerkte.

Sie sah ihm nach, wie er zwischen den Bäumen verschwand, um die Waffe am vereinbarten Platz zu verstecken. Ihr Blick fiel auf ihren Herrn, der – umgeben von einer Handvoll Ratgebern – auf einem schlichten Schemel im Schatten saß. Seine grün-weiße Robe verschmolz beinahe mit dem Spiel des Sonnenlichts im Laub. Selbst im Sitzen kam Diuramans schlanke, hochgewachsene Gestalt noch zur Geltung. Etwas Zerbrechliches haftete ihm an, das die sternförmigen weißen Blüten der Lirien noch unterstrichen, die zu seinen Füßen blühten. Haduri fragte sich, wann er alt geworden war, ohne dass sie es bemerkt hatte. Das volle blonde Haar reichte ihm noch immer bis zu den Schultern, das bartlose Gesicht wies kaum Falten auf, und doch hätte sie ihn nicht mehr mit einem jungen Mann verwechselt, wie es ihr bei ihrer ersten Begegnung vor einigen Jahren passiert war.

Er spürte ihren Blick und lächelte. In seiner Miene zeigten sich weder Sorge noch Angst. Vielleicht hatte das viele Leid, das die Menschen erdulden mussten, seit die Heerwölfe in Sarmyn eingefallen waren, seine Kraft gemindert, aber er strahlte noch immer Zuversicht aus. *Wenn er keine Hoffnung mehr hätte, wären wir nicht hier*, dachte Haduri und zwang sich, sein Lächeln zu erwidern.

Die Herrin, die ebenso groß und schlank an seiner Seite stand, berührte ihn an der Schulter und deutete den Hang hinab. »Sie sind da.«

Haduri folgte ihrem Blick. Am Fuß der Anhöhe waren sechs Reiter unter den Bäumen hervorgekommen. Der Blutige selbst führte sie an. Sie hätte ihn überall erkannt. Stolz und anmaßend saß er auf seinem Schimmel, in Weiß und Gold gekleidet, wie es dem Titel zukam, den er unter den Heerwölfen führte. Hoher König nannten sie ihn, beteten ihn förmlich an, obwohl er doch nichts als ein grausamer Herrscher war, der ihnen Land schenkte, das er zuvor mit Blut gedüngt hatte. *Dem Blut meines Volkes.* Haduri erbebte vor Hass.

Rasch besann sie sich auf ihre Aufgabe und musterte seine Begleiter. Die meisten kannte sie nicht, nur den älteren Mann zu seiner Linken, der als Einziger trotz der Hitze einen Umhang trug. Sie fasste den graubärtigen Krieger genauer ins Auge und wechselte einen Blick mit Gorwan, der neben der Herrin Aufstellung genommen hatte, um sie mit seinem Körper zu schützen, wenn es zum Äußersten käme. Der Schwertmeister schüttelte den Kopf. Haduri nickte. Auch sie konnte unter dem wehenden Umhang am Gürtel des Mannes keine Waffe entdecken.

Wer ist das?, fragte sie sich, als sie in einem der Reiter eine Frau erkannte. Die Heerwölfe brüsteten sich stets damit, dass ihre Frauen weder kämpften noch Entscheidungen trafen. Warum brachte der Blutige dann jetzt eine Frau zu den Verhandlungen mit? Sollte es eine Geste sein, um seine friedlichen Absichten zu betonen?

Aber die Unbekannte schien keine der Ihren zu sein. Nicht nur ihr langes Haar und die mit schwarzen Strichen nachgezogenen Augen waren dunkel, sondern auch ihre Haut, deren Farbe an Eichenholz erinnerte. Die Lagen hauchdünnen Stoffs, aus denen ihr schwarzes Gewand gefertigt war, umschmeichelten geschickt ihre weiblichen Formen, ohne sie zu entblößen. Vielleicht bevorzugte der Blutige fremdländische Schönheiten auf seinem Lager.

Haduri rückte näher an ihren Herrn heran, als dieser aufstand, um seinem Gast einige Schritte entgegenzugehen. Sie durfte sich nicht vor ihn drängen, wie sie es am liebsten getan hätte, aber sie wollte auch nicht abseits stehen, wenn er seinem Feind gegenübertrat, um ihm die Hand zum Friedensangebot zu reichen. Diuraman überragte sie alle, selbst den eigenen Sohn, der sich unter seinen Ratgebern befand. Haduri war sicher, dass auch die Heerwölfe zu ihm aufblicken mussten, wenn sie erst von ihren Pferden gestiegen waren. Tiefes Schweigen hing über der Hügelkuppe, als ob das Land selbst den Atem anhielte.

Der Graubart, den die Besiegten wegen seiner besonderen Grausamkeit fürchteten, trug unter seinem Umhang sogar einen Schuppenpanzer, als ob er in den Kampf zöge. Er schwang sich als Erster aus dem Sattel, um für seinen Anführer den weißen Hengst zu halten. Der Blutige, dessen Haar in der Sonne golden schimmerte, sprang vom Pferd und kam lächelnd auf Diuraman zu. Haduri nahm nur am Rande wahr, dass auch seine übrigen Begleiter absaßen. Sie konnte den Blick nicht von ihm wenden, seinem entschlossenen Gang, der nicht zu der freundlichen Miene passen wollte. Er streckte ihrem Herrn die Rechte entgegen. »Endlich sehen wir uns«, sagte er in seiner Sprache, die Haduri leidlich verstehen gelernt hatte.

Aus dem Augenwinkel sah sie, wie die fremde Reiterin in einen Beutel an ihrem Gürtel griff und murmelnd mit weit ausladender Geste etwas in die Luft streute. Sofort wusste Haduri, dass etwas nicht stimmte, doch in diesem Augenblick ergriff Diuraman bereits die Hand seines Feindes. Erst jetzt erkannte sie die Gefahr. *Er ist Linkshänder*, schoss es ihr durch den Kopf, da fuhr die Linke des Blutigen schon mit einem Dolch aus einer Falte seines Gewands hervor. Während er mit der Rechten die Hand ihres überraschten Herrn gepackt hielt, stieß er mit der anderen Hand zu. Die Klinge verschwand bis zum Heft in Diuramans Brust.

Haduri wollte sich mit einem Aufschrei dazwischenwerfen, doch sie konnte sich nicht rühren. Einzig ihre Augen gehorchten ihr noch. Sie sah, wie der Blutige den Dolch wieder hervorzog, sah das Blut, das sich auf der Robe ihres Herrn ausbreitete, und die kräftige Hand des Mörders, der Diuraman noch immer bei der Hand und damit aufrecht hielt, obwohl die Beine ihn kaum noch trugen.

Verzweifelt kämpfte sie gegen die Lähmung an, die von ihrem Körper Besitz ergriffen hatte. Ihr Blick suchte Gorwans, doch auch er stand wie versteinert, die Augen weit geöffnet vor Entsetzen. Freund wie Feind starrte auf den Sterbenden, der langsam in die Knie sank. Die fremde Frau stieß einen triumphierenden Ruf aus und reckte die Arme gen Himmel, um lauthals unverständliche Worte der Beschwörung zu sprechen. Dämmerung legte sich plötzlich über die Anhöhe, als ob sich aus dem Nichts eine Wolke vor die Sonne geschoben hätte. Endlich ließ der Blutige sein Opfer los und richtete die Augen nach oben. Unwillkürlich folgte Haduri seinem Blick. Es war keine Wolke zu sehen. Stattdessen verdunkelte sich der gesamte Himmel wie von rußigem Rauch. Schwarze Schleier verhüllten die Sonne.

Ungläubig sah der Blutige zwischen dem sterbenden Licht, der Fremden und seinem Dolch hin und her, um den sich dunkle Schlieren kräuselten. Diuraman war nur noch ein kümmerliches Bündel zu seinen Füßen. »Was hast du getan?«, brüllte er wütend und ließ den unheimlichen Dolch fallen, doch die Dunkle lachte nur.

Haduri fühlte sich, als wäre sie allein mit dem Blutigen und seinen Begleitern zurückgeblieben, obwohl ihre Herrin und sämtliche Ratgeber ebenso erstarrt standen wie sie. Berauscht von ihrem Sieg rief die fremde Priesterin noch lauter ihre dunklen Mächte an. Der Blutige wechselte einen zornigen Blick mit dem Graubart, der eine Hand in den Nacken hob und ein Kurzschwert zwischen Umhang und Rücken hervorzog. Wortlos reichte er es seinem Anführer, der mit drei großen Schritten bei der Priesterin war und ihr die Klinge mit derselben Kaltblütigkeit unter die Rippen trieb wie zuvor seinem arglosen Gegner.

Haduri keuchte auf, als die Lähmung mit einem Mal von ihr abfiel. »Flieht!«, schrie sie. »Rettet die Herrin!« Sie stürzte vor, um Diuraman aus den Händen der Feinde zu bergen, doch der Graubart und zwei weitere Männer, die verborgene Dolche zum Vorschein brachten, verstellten ihr den Weg. Der Blutige wandte sich mit dem rot gefärbten Schwert in der Hand zu ihr um.

»Nein!«, schrie Gorwan vom Waldrand her. »Komm! Du kannst hier nichts mehr tun!«

Sie wandte sich ab, als die Stimme der sterbenden Fremden verebbte wie ein ferner Widerhall, und rannte, rannte in die schützenden Arme des Waldes, während über ihr die neu erstrahlende Sonne den schwarzen Dunst zerriss.

Braninn
Phykadonien, Herbst 954 nach Arutar

Nacht lag über der Steppe. Die Sichel des weißen Mondes stieg höher, während die annähernd volle Scheibe seines roten Bruders am Horizont versank. Unter dem endlos weiten Sternenhimmel fühlte sich Braninn sehr klein – wie ein einzelner Halm in einem Meer aus Gräsern, das sich ringsumher in die Dunkelheit erstreckte. Ein aufglimmender Funke, der eines Tages erkalten und seinen Platz unter den ungezählten Lichtern am Himmel einnehmen würde, die keine Wärme mehr kannten.

Möge dieser Tag fern sein, bat er stumm die Ahnen, die von dort oben auf ihn herabblickten. Er packte den Speer wieder fester und setzte sich aufrecht in den Sattel. Noch war er ein Mann, jung und voller Leben, kein blasser Geist, der den Ritt zu den Sternen antrat.

Sein Pferd richtete die Ohren nach hinten und erwartete seine Anweisung. »Du hast recht«, sagte Braninn leise. »Wir sollten uns ein wenig umsehen.« Er lenkte das Tier mit den Schenkeln auf einen weiten Bogen um die dösenden Rinder. Der Geruch nach Dung hing in der klaren Nachtluft, doch für Braninn bedeutete er Sicherheit. Heimat war dort, wo die Herde war. Die Herde, die seinen Stamm mit allem versorgte, was er zum Überleben brauchte.

Nur deshalb war er hier und ritt in der kalten Herbstnacht durch das strohige, absterbende Gras eines langen, trockenen Sommers. Die Rinder zu hüten war eigentlich keine Aufgabe für einen erwachsenen Mann, der bereits seinen ersten Feind getötet hatte. Doch seit Tagen bedrohte ein Rudel Mondlöwen, deren Fell rot war wie das größere der beiden Gesichter am Nachthimmel, nach Einbruch der Dunkelheit die Herden der Faitalorrem. Sie jagten nicht gemeinsam wie Wölfe. Eine einzelne Löwin genügte, um eine ausgewachsene Kuh zu reißen.

Braninn hoffte, dass eine von ihnen käme. Er würde ihr den Speer zwischen die Rippen treiben und allen beweisen, dass er ein würdiger Häuptlingssohn war. Er würde es tun müssen, denn sie erwarteten es von ihm.

Braninn umkreiste die Herde und lauschte in die Nacht. Er kannte die Laute der Dunkelheit, die unheimlichen Schreie der Marder, das Fiepen der Mäuse, wenn eine Eule mit leisem Rascheln auf sie niederfuhr, das ferne Jaulen eines Steppenhundes. Sie vermischten sich mit den Schritten seines Pferdes im Gras, dem schweren Atmen der schlafenden Rinder und dem kaum hörbaren Schaben seiner Lederhose an Sattel und Steigbügeln. Kein Geräusch deutete auf die Nähe der Löwen hin.

Eine der älteren Kühe – Braninn erkannte sie an ihren knochigeren Umrissen und dem langen Gehörn – stieß einen leisen Laut der Besorgnis aus und erhob sich. Sie suchte die Nähe ihres halbwüchsigen Kalbs, aber die anderen Rinder blieben ruhig. Dennoch sah sich Braninn noch einmal um. Die Nacht war weit fortgeschritten. Bald würde die Dämmerung kommen und mit ihr die Zeit der Jäger.

Vom nördlichen Horizont her schob sich Schwärze vor die Sterne. Vielleicht brachten die Wolken den ersten Schnee. Lange konnte es nicht mehr dauern, bis der Frost die Steppe packte und den Hunger der Löwen noch anstachelte. Braninn hoffte, dass das Vieh fett genug war, um die karge Zeit zu überstehen. Um die Löwen musste er sich kümmern. Aber noch immer konnte er kein Anzeichen für ihre Gegenwart entdecken.

Es wurde dunkler. Braninn sah zu, wie die schwarze Decke die weiße Mondsichel verschlang, und zog seinen Wollumhang enger um die Schultern. Ihm fiel auf, dass sich die Wolkenwand schnell näherte, obwohl kein Wind wehte. Immer mehr Rinder stemmten sich auf die Beine und standen unschlüssig herum. Einige nahmen unruhig Witterung auf, andere äugten in die Nacht. Braninn fragte sich, ob sie das Nahen eines Sturms spürten. Dann könnte er ins Lager reiten, denn bei Unwetter jagten Raubtiere nicht, und nach der langen Nacht freute er sich auf einen Platz am Feuer und eine warme Mahlzeit. Aber er durfte die Herde nicht voreilig allein lassen. Zuerst musste er sicher sein, dass keine Gefahr drohte.

Sein Blick schweifte nach Osten, wo noch kein grauer Schimmer den nahenden Tag andeutete. Stattdessen wurde Stern für Stern von der Dunkelheit verschluckt. Wie von selbst zog Braninns Hand das Abwehrzeichen gegen das Böse vor seiner Brust, wisperten seine Lippen die dazugehörigen Worte. »En medje fennen. – Ich gehe im Licht.«

Doch die Finsternis drang immer weiter vor, senkte sich wie ein Grabtuch auf ihn herab, bis er nicht einmal mehr den Kopf seines Pferdes sehen konnte. Verunsichert reckte die Stute den Hals und stieß den Atem so heftig aus, dass ein Ruck durch den ganzen Leib ging. Von den Rindern klangen einzelne heisere Rufe herüber. Braninn konnte die Tiere nun aufgeregt stampfen hören, aber er war machtlos. Noch hoffte er, dass sich seine Augen an die Dunkelheit gewöhnen würden, doch ein Teil von ihm wusste bereits, dass er vergeblich wartete. Dies war nicht die Schwärze einer natürlichen Nacht.

Wieder wandte er den Blick nach Osten, wo die Sonne aufgehen musste. Aber in welche Richtung er auch sah, er fand nichts als undurchdringliche Finsternis. Sein Pferd trat ruhelos auf der Stelle. Er brummte beruhigend in der Art seines Stammes und wünschte, er wüsste, was er tun sollte, wünschte, die Windgeister würden sich erheben und die Dunkelheit davonblasen, doch nichts regte sich. Ein Gefühl der Bedrohung machte sich in seinem Herzen breit. Sollte er nicht ins Lager reiten, um seinen Vater zu warnen? Aber ihm war übertragen worden, die Herde zu schützen. *Ich darf sie nicht im Stich lassen, nur weil ich mich im Dunkeln fürchte.*

Er harrte trotzig aus, doch das Pferd spürte seine Zweifel und konnte nicht mehr still stehen. Braninn fluchte abwechselnd auf die Dunkelheit und das widerspenstige Tier. Noch immer sah er kaum die Hand vor Augen. Das Gefühl, von der

Schwärze niedergedrückt zu werden, wuchs. Angst befiel ihn. *Das hier ist schlimmer als Stürme oder Mondlöwen*, ahnte er. *Ich darf nicht länger zögern.*

Er drehte sein Pferd in die Richtung, in der er das Lager vermutete, und ließ es in das Nichts hineingehen. Hinter ihm entfernten sich die Geräusche der Rinder, die sein einziger Orientierungspunkt in der Schwärze waren. Er hätte ebenso gut blind sein können. Panik ergriff ihn.

Was, wenn er nun an seinem Stamm vorbeiritt, ohne es zu merken? Er musste sich auf die Sinne der Stute verlassen. Sie konnte die anderen Pferde riechen und würde zu ihnen finden.

Widerstrebend gab er ihr die Zügel hin. Sogleich marschierte sie energischer voran und wandte sich stärker nach Westen. Braninn fühlte sich ihr ausgeliefert und nutzlos. Sein Innerstes sträubte sich dagegen, dem Pferd die Führung zu überlassen, doch sein Verstand sagte ihm, dass es keinen anderen Weg gab. Unwillig fügte er sich in sein Schicksal und beschränkte sich darauf, den Speer bereitzuhalten und in die Dunkelheit zu lauschen. Ein eisiger Hauch streifte seine Wange und verschwand. Er erstarrte. Ihm war, als hätte der Tod selbst ihn berührt. »En medje fennen«, wiederholte er flüsternd.

Die Zeit dehnte sich. Braninns Geduld ging zur Neige. Die Angst nagte beharrlich daran wie ein Biber, der weiß, dass der Baum fallen wird. Wie weit war er bereits geritten? Hätte er nicht längst auf das Lager stoßen müssen? Konnte die Finsternis es aufgesogen haben, wie sie den Mond und die Sterne ausgelöscht hatte?

Er erschrak, als die Stute wieherte. Doch dann machte sein Herz einen Freudensprung, denn aus der Schwärze ertönte eine mehrstimmige Antwort. Wenn die Pferde noch da waren, konnten seine Leute nicht weit sein. Trotzdem dauerte es unerwartet lange, bis ein Lichtschein durch die zähe Dunkelheit drang. Braninn nahm die Zügel wieder auf und lenkte Barna, die bei den anderen Pferden Schutz suchen wollte, darauf zu. Das leicht flackernde Licht fiel aus der offenen Tür eines flachen Grassodenhauses, wie es den Phykadoniern seit undenklichen Zeiten als Winterquartier diente. Als niedriger, kleiner Hügel ragte es aus der grasbestandenen Ebene. Nur der Eingang und ein dort eingeschlagener Pflock ließen von außen erkennen, dass hier Menschen lebten.

Braninn stieß den Speer in den Boden, sprang aus dem Sattel und wickelte rasch die Zügel um den Pfosten, bevor er die drei Stufen zur offenen Tür des Grubenhauses hinuntereilte. Um die Feuerstelle in der Mitte des großen, fensterlosen Raums, der durch Bretterwände von den Schlafkammern getrennt war, standen einige Leute versammelt. Braninns Augen tränten sofort vom Rauch, der nur schlecht durch das enge Loch in der Decke abzog. Dennoch erkannte er seine Familie, einige Hirten und die Weltenwanderin, die so genannt wurde, weil sie die Pfade der Geisterwelt beschritt, die anderen Menschen verschlossen waren.

»Braninn! Den Ahnen sei Dank!«, rief seine Mutter ihm entgegen. »Nun sind alle Hirten zurück«, fügte sie an ihren Mann gerichtet hinzu, der nachdenklich nickte.

»Dann wisst ihr schon, warum ich komme?«, erkundigte sich Braninn.

»Alle Hirten haben es bemerkt und sind zurückgekehrt«, bestätigte sein Vater. Der Häuptling trug lederne Hosen und Stiefel, eine helle Tunika aus seltener Graswolle und darüber einen aufwendig punzierten Gürtel, dessen Muster mit roter Farbe nachgezogen war. Wie es dem Brauch der Faitalorrem entsprach, war sein kräftiges dunkelbraunes Haar auf einer Seite des Kopfes kurz geschoren, während es auf der anderen lang herabhing, und ahmte so die Mähne eines Pferdes nach. Sein glatt rasiertes Gesicht hatte einen erhabenen Ausdruck, den die ersten tiefen Falten nur unterstrichen. »Aber noch wissen wir nicht, was vor sich geht. Die Sonne muss bald aufgehen, dann sehen wir weiter.«

»Die Dämmerung müsste doch längst eingesetzt haben«, sagte Braninn besorgt und erntete die Zustimmung der anderen Männer, die die Nacht im Freien verbracht hatten. »Sie hätte sich erheben müssen, als Der Löwe herabgestiegen ist. Und noch immer ist es so dunkel, dass die Stute für mich den Heimweg wittern musste.«

Sein Vater machte eine beschwichtigende Geste. »Wir sollten hinausgehen und uns die Sache noch einmal ansehen. Uns ist nicht überliefert, dass die Sonne jemals nicht aufgegangen wäre. Es kann nicht sein.«

Die Weltenwanderin wiegte zweifelnd den Kopf. Ihr schwarzes Haar war von grauen Strähnen durchzogen und mit eingeflochtenem Pferdehaar zu einer besonders üppigen Mähne verstärkt. Auch die Nähte ihrer Tunika hatte sie mit Büscheln aus schwarzem und weißem Schweifhaar verziert. Ihre Beine steckten in der traditionellen engen Wollhose der Phykadonierinnen, über der ein zweigeteilter Reitrock getragen wurde. Sie wirkte in sich gekehrt, aber schon ihre kleine Geste genügte, um die Aufmerksamkeit aller auf sich zu ziehen. »Du vergisst, was das Lied der Ahnen sagt: Ernak führte sie einst aus großer Dunkelheit in die Freiheit der Steppe. Wir wissen nicht, welcher Art diese Dunkelheit war.«

»Finden wir heraus, mit welcher Finsternis *wir* es zu tun haben!«, forderte Häuptling Turr und ging festen Schrittes hinaus.

Die anderen folgten ihm.

Braninn sah auf den ersten Blick, dass sich der schwarze Horizont noch immer nicht erhellte. Von den anderen Häusern des Winterlagers tönten verwunderte Ausrufe herüber, doch er konnte nicht einmal das nächstgelegene erkennen. Immer mehr Angehörige seines Stammes waren erwacht und entdeckten, dass es noch tiefe Nacht zu sein schien.

»Woher sollen wir wissen, wann es Zeit für den Sonnenaufgang ist, wenn wir den Himmel nicht sehen?«, fragte eine von Braninns Schwestern.

Seine Mutter sah sich unbehaglich um und schlang die Arme schützend um den Körper. »Wir können nichts tun außer abzuwarten«, behauptete sie unwillig. »Lass uns das Morgenmahl vorbereiten.« Kopfschüttelnd kehrte sie in das Grubenhaus zurück.

Die Augen der Männer waren auf ihren Häuptling gerichtet, der sich einige Schritte vom Eingang entfernte, um in alle Richtungen zu spähen. Braninn und die Weltenwanderin traten zu ihm. Sobald Braninn den Lichtkegel verlassen hatte, den das Feuer im Hausinnern warf, war ihm, als ob sich die Dunkelheit auf ihn stürzte. Rasch kämpfte er die aufsteigende Angst nieder.

»Noch wissen wir nicht, ob es längst Tag sein müsste«, meinte Turr, wie um sich selbst zu überzeugen. »Ich werde zu den Leuten sprechen und dafür sorgen, dass sie sich nicht fürchten.« Ohne die weise Frau weiter zu beachten, ging er entschlossen zu den anderen Häusern davon.

»Wir müssten etwas haben, woran wir erkennen können, wie viel Zeit vergangen ist«, überlegte Braninn laut.

»Das haben wir«, erwiderte die Weltenwanderin. Ihre Augen glänzten im Zwielicht wie schwarzer Obsidian. Sorgenfalten furchten ihre Stirn. »Ich werde das Lied der Ahnen singen. Es dauert einen ganzen Tag. Wenn es endet, ohne dass die Sonne am Himmel erschienen ist, mögen die Ahnen uns beistehen.«

Arion
Egurna die Prächtige, Sarmyn

»Noch eine Runde?«, fragte Waig von Smedon grinsend. Der große, ungeschlachte junge Ritter wedelte mit dem schweren Morgenstern, als hielte er nur ein Stück Pergament. Sein Gesicht leuchtete von der Hitze des Kampfes beinahe so rot wie sein Haar, aber in seinem Arm steckte noch immer die Kraft eines Bären.

»Nein, ich habe genug für heute«, lehnte Arion rasch ab, schob seine Waffe in den Gürtel und rieb sich vielsagend die Schulter, wo Waig ihn schmerzhaft getroffen hatte. Obwohl die stählernen Stacheln der Morgensterne vorsorglich mit Leder umwickelt waren, spürte er jetzt schon, wie die Stelle anschwoll.

»Tja, entweder legt Ihr Euch ein Paar Ärmel für diese Weste zu oder Ihr lernt, den Schild höher zu halten«, feixte Prinz Joromar und nahm vor Waig Aufstellung.

Arion wich mit schiefem Lächeln und einer leichten Verneigung vor seinem zukünftigen Herrscher zurück. Er konnte noch immer nicht ganz fassen, dass sich dieser junge Mann, der kaum älter war als er, aber von ungleich höherem Rang, so selbstverständlich unter die anderen Ritter mischte, die in der Halle der Schwerter ihren Waffenübungen nachgingen. Auf der heimatlichen Burg war ihm die königliche Familie, die er nur aus Erzählungen kannte, fern und unwirklich vorgekommen – fast wie Fabelwesen. Die entrückten Gestalten seiner Phantasie nun mit diesen Menschen aus Fleisch und Blut, denen er am Hof begegnete, in Einklang zu bringen fiel ihm schwer.

Doch dass es der Thronfolger war, der sich über seinen Patzer lustig machte, änderte nichts an dem Stich, den die Worte Arion versetzten. Er ärgerte sich gleichermaßen über den Prinzen wie über seine eigene Nachlässigkeit. Am liebsten hätte er den Morgenstern zornig in eine Ecke geworfen, aber schon war ein Knappe zur Stelle, um ihm Waffe, Schild und Helm abzunehmen, die aus den Beständen des Königs stammten. Arion knurrte nur, anstatt dem Jungen zu danken, und stapfte missmutig ins Freie.

Die frische Herbstluft kühlte seine Wut, während er sich mit dem Ärmel den Schweiß von der Stirn wischte. In der dick mit Wolle gepolsterten Lederweste, die er trug, kam er selbst im Winter noch ins Schwitzen. Zu Hause waren die Übungen längst zur Spielerei verkommen, weil ihm keiner der Dienstmannen seines Vaters mehr gewachsen war. Doch hier...

Arion ließ den Blick über den Waffenhof schweifen, der nahezu leer unter dem bewölkten Himmel lag. Allein dieser Platz erreichte mühelos die Ausmaße der ganzen Burg seines Vaters. Verglichen mit Egurna der Prächtigen, majestätisch und weitläufig über den Wassern des Urdin gelegen, nahm sich sein eigenes Erbe unbedeutend und klein aus. Generation um Generation hatte Egurna hier einen Mauerring und dort eine Halle, hier einen Wehrturm und dort einen Palas hinzugefügt, und auch Werodin der Dritte, König von Sarmyn, ließ gerade einen weiteren Anbau errichten, um die Lücke zwischen zwei älteren Gebäuden zu schließen. Das Hämmern der Steinmetze drang schon seit dem Morgen aus dem Werkhof herüber.

Egurna – die Prächtige, diesen Namen hat sie wirklich verdient, dachte Arion. Wohin er auch schaute, waren die Fenster von zwei oder gar drei säulengetragenen Rundbogen überwölbt. Säulengänge zogen sich selbst vor den Stallungen entlang. Die Halle der Rechtsprechung, der größte Saal Egurnas, war kunstvoll aus rotem und blauem Marmor errichtet. Und über all der Pracht wehte auf sämtlichen Türmen das goldene Banner mit dem Symbol Arutars, des Ersten Königs, der Sonne selbst.

Doch der erhebende Anblick konnte Arion nicht lange davon ablenken, dass sich sein Körper nach den anstrengenden Lektionen der letzten Tage zerschlagen anfühlte. Er sehnte sich nach einem großen Zuber voll heißem Wasser, in dem er seine geschundenen Glieder entspannen konnte, und erinnerte sich an das mit farbenfrohen Mosaiken geschmückte Badehaus, das man ihm kurz nach seiner Ankunft gezeigt hatte. Diese Räume standen allen adligen Gästen am Hof zur Verfügung, nur – es lag schon einige Tage zurück, dass Arion, der noch nie zuvor ein eigens zu diesem Zweck eingerichtetes Haus gesehen hatte, dort gewesen war. Ob er es in diesem Labyrinth aus Gängen, Treppen, Höfen und Hinterzimmern wiederfinden würde?

Er schmunzelte bei der Vorstellung, sich in der riesigen Burg zu verlaufen und jemanden nach dem Weg fragen zu müssen wie ein verirrter Wanderer. *Dann weiß derjenige gleich, dass ich ein tumber Tropf aus einer winzigen Burg bin, der zum ersten Mal seinen Fuß vor die Haustür gesetzt hat*, flachste er innerlich, obwohl der Gedanke auch eine unangenehme Note hatte. War es nicht genau das, was der Prinz ihm zu verstehen gegeben hatte? Sah Joromar auf ihn herab, weil er nicht, wie Waig, Sohn eines mächtigen Fürsten war? *Soll er doch!*, dachte Arion trotzig und überquerte den Waffenhof. *Ich bin hier, um vor dem König den Treueid zu schwören, wie es meine Pflicht ist.* Mehr erwartete man zwar nicht von ihm, doch immerhin hatte ihn König Werodin freundlich behandelt, als er ihm vorgestellt worden war.

Die Erinnerung besänftigte ihn, während er durch ein Tor schritt, das einst der Eingang Egurnas gewesen war und sich mittlerweile fast im Herzen der Burg befand. Dahinter öffnete sich der Rosenhof, dessen sommerliche Schönheit sich so kurz vor Wintereinbruch nur noch erahnen ließ, aber Arion hatte keinen Blick für die sorgfältig angelegten Wege und Rosenspaliere. Er nahm die gestutzten Hecken genauso wenig wahr wie die Mägde und Knechte, die überall in der Burg ihren Aufgaben nachgingen. Seine Gedanken kreisten um den erhabenen Moment, als Werodin der Dritte nur ihn angesehen und sich nach dem Befinden seines Vaters Kunmag erkundigt hatte. In diesem Augenblick hatte er sich auf Egurna angenommen gefühlt. Stolz und Freude darüber, diesem Mann, der das Herz des Reiches war, dienen zu dürfen, hatten ihn erfüllt. Er mochte ein unbedeutender Ritter aus einer abgelegenen Gegend sein, aber der König wusste seine Treue zu schätzen. Das durfte er über Joromars Sticheleien nicht vergessen.

Er neigte im Vorbeigehen den Kopf vor einem älteren Ritter und dessen Frau, die ihm in der Halle des Willkommens entgegenkamen, bevor er die Treppe zu einem Seitentrakt hinauf- und auf der anderen Seite wieder hinunterstieg und sich in dem Gang wiederfand, der zur Lichten Halle führte. Sogleich schlug sein Herz schneller, denn dort hielten sich besonders gern die vornehmen Damen Egurnas auf. Seine Hand zögerte kurz, bevor er es wagte, die mit Messingbeschlägen verzierte Tür zu öffnen.

Die Lichte Halle machte ihrem Namen Ehre. Zu beiden Seiten bestanden die Wände aus einer langen Reihe mannshoher Bogenfenster, die von schlanken Säulen aus rotem Sandstein getragen wurden. Eingemeißelte Blütenornamente rankten sich darum und fanden ihre Fortsetzung im Schnitzwerk der Deckenbalken.

Aber die wahre Schönheit der Halle lag für Arion in den anmutigen Bewegungen und weiblichen Formen der Edelfrauen, die dort zusammenkamen. Selbst die Umhänge aus fein gewebten Wollstoffen, mit denen sich die Damen gegen die herbstliche Kühle schützten, betonten ihre Eleganz eher, als dass sie sie verhüllten. Einige saßen auf gepolsterten Bänken und widmeten sich aufwendigen Seidenstickereien. Andere gingen plaudernd umher, um sich zu wärmen. Obwohl längst nicht so viele Damen anwesend waren wie bei den abendlichen Mahlzeiten in der großen Festhalle, kam es Arion vor, als sei der Raum erfüllt von einem Meer weicher, verwirrend farbiger Stoffe, berauschender Düfte, sinnlich drapierter oder aufgesteckter Locken und verführerisch samtiger Haut. Er spürte, wie sich alle Blicke auf ihn richteten, während ihm vor Aufregung alles vor Augen verschwamm. Plötzlich wurde er sich seines zerzausten, verschwitzten Blondschopfs und der abgewetzten, speckigen Lederweste bewusst, die auf Egurna nicht einmal eines Waffenknechts würdig war. Befangen versuchte er zu lächeln und bahnte sich so rasch einen Weg zwischen den Damen hindurch, wie es möglich war, ohne sie anzurempeln.

Er erkannte vage Gesichter wieder, die ihm zunickten, während andere lächelten. Spöttisch? Seine Wangen brannten, und er fühlte eine ungeahnte Erleichterung, als eine Tür in sein Blickfeld geriet. Er musste sich zwingen, sie nicht aufzureißen, um seinen Abgang nicht endgültig wie eine Flucht erscheinen zu lassen. So würdevoll wie möglich schloss er die Tür hinter sich und stieß den unwillkürlich angehaltenen Atem aus, während er sich gegen das raue Eichenholz sinken ließ. Dahinter hörte er gedämpft die Stimmen der Edelfrauen und hoffte, dass sie sich nicht alle über ihn lustig machten. Er glaubte sogar, die beiden Prinzessinnen unter ihnen gesehen zu haben. Noch nie war er ihnen so nahe gekommen, denn in der Festhalle saßen sie an der hohen Tafel des Königs, an die nur die einflussreichsten Fürsten geladen wurden. Und er hatte nicht einmal einen höflichen Gruß herausgebracht! Was mussten sie nun von ihm denken?

Erst jetzt begann er, seine Umgebung wahrzunehmen, und schlug aufstöhnend mit dem Hinterkopf gegen das Türholz. Anstatt in dem Gang, den er gesucht hatte, befand er sich am Fuß einer breiten Wendeltreppe, von der er nicht wusste, wohin sie führte. In der Ferne hörte er zwei Männer reden, aber keine Schritte, die auf ihn zukamen.

Wenn ich jetzt wieder zurückgehe und die andere Tür nehme, halten die Frauen mich endgültig für einen Trottel. Lieber wollte er einen halben Tag durch diesen Irrgarten von Burg tappen, als sich eine solche Blöße zu geben. Entschlossen stieg er die Stufen empor. Ein kalter Luftzug wehte ihm entgegen, wie nahezu überall in der Burg, denn die wenigen Fenster, die man mit Holzläden verschließen konnte, blieben um diese Jahreszeit noch geöffnet, um das Tageslicht hereinzulassen.

Auf dem ersten Treppenabsatz hielt Arion inne, um einen Blick durch eine offene Tür zu werfen. Die Männerstimmen drangen von weiter oben zu ihm herab, während der Raum neben ihm leer war. Nur ein schlichter, abgenutzter Tisch und zwei Bänke aus demselben wurmlöchrigen Holz standen auf dem grau gefliesten Boden. Eine heruntergebrannte Kerze und ein Becher zeigten, dass hier gelegentlich jemand Platz nahm. Am linken Ende der gegenüberliegenden Wand stand eine weitere Tür offen.

Arion überlegte. Wenn er den Weg zum Badehaus wiederfinden wollte, hatte es wenig Sinn, den Turm weiter hinaufzusteigen. Er würde wohl eher einen zweiten Ausgang aus diesem Flügel finden, wenn er ihn durchquerte. So wie dieser Raum aussah, bestand dabei kaum die Gefahr, in die Gemächer des Königs zu platzen.

Er fasste sich ein Herz und marschierte durch die nächste Tür, hinter der er überrascht stockte. Die beiden Bogenfenster hier waren so weit zugemauert worden, dass nur kleine, rechteckige Öffnungen geblieben waren, in die jemand hölzerne Rahmen eingepasst hatte, die wiederum Mosaike aus unzähligen farblosen Plättchen hielten. Verwundert trat Arion näher und berührte eines der ungewöhnlichen Kunstwerke. Die rautenförmigen Plättchen fühlten sich hart, kalt und glatt an. Dünne Streifen gegossenen Metalls verbanden sie zu einer Fläche, die Arion so zerbrechlich vorkam, dass er nicht dagegenzudrücken wagte.

Staunend wandte er sich der restlichen Ausstattung des Zimmers zu, dessen geweißte Wände blasse Reste bunter Fresken aufwiesen. Seine Aufmerksamkeit wurde von dem breiten, schweren Tisch angezogen, auf dem etliche Pergamente ausgerollt lagen. Ein weißer Gänsekiel steckte in einem irdenen Tintenfass und schien darauf zu warten, dass sein Besitzer zurückkehrte, um sich auf den gepolsterten Lehnstuhl zu setzen und weiterzuschreiben. Ein dreiarmiger Kerzenständer aus Silber, an dem bereits Ströme von Wachs herabgeflossen waren, sorgte auch nach Sonnenuntergang für das nötige Licht. In einer wuchtigen aufgeklappten Truhenbank lagen weitere Schriftrollen. Arion dämmerte, dass er sich in der königlichen Schreibstube befand, dem Raum, in dem Die Feder, die rechte Hand des Königs, ihrer Arbeit nachging.

Neugier packte ihn und trieb ihn durch die nächste Tür in ein dreimal so langes Zimmer, das die gleichen kostbaren Mosaikfenster aufwies. Aber Arion hatte keinen Blick mehr für sie, als er die frei im Raum aufgestellten Regale sah, aus denen zahllose Pergamentrollen hervorragten. Siegel aus Wachs in verschiedenen Formen und Größen baumelten an Schnüren von ihnen herab, und zwischen den Stapeln alter und neuer Urkunden bogen sich einige Regalbretter unter dem Gewicht von zwischen Holzdeckeln gebundenen Handschriften.

In ehrfürchtigem Staunen trat Arion näher. Wie lange war es her, dass er beschriebenes Pergament in den Händen gehalten hatte? Ein Jahr? Zwei? Er hatte die wenigen Urkunden im Besitz seines Vaters so oft gelesen, bis er sie auswendig kannte, und sich dann damit abgefunden, dass es nicht mehr zu studieren gab. Nicht, seit sein Lehrer Tomink gestorben und dessen Schriften verschwunden waren.

Bei Eurem Gott, Tomink, wenn Ihr das hier sehen könntet! Ein Hort des Wissens – wie einst Euer Tempel.

»Wer seid Ihr und wer schickt Euch?«, ertönte plötzlich eine barsche Stimme.

Arion zuckte erschrocken zusammen. Während er versuchte, einen klaren Gedanken darüber zu fassen, ob er gerade etwas Verbotenes tat, trat ein kräftiger, dunkelhaariger Mann hinter einem der Regale hervor. Ein jüngeres Ebenbild, das einige Schriftrollen auf dem Arm trug, begleitete ihn. Arion erkannte Rotger, einen Vetter des Königs, der das Amt der Feder bekleidete, und verneigte sich rasch.

Rotger musterte ihn ungeduldig, aber der schwarze, kurz gestutzte Vollbart verlieh dem breiten Gesicht mehr Strenge, als in den dunklen Augen lag.

»Ich bin Arion, Sohn Kunmags auf Emmeraun«, erklärte Arion. »Ich ... habe die Schreibstube nur zufällig entdeckt und« – er suchte nach passenden Worten – »und bin meiner Neugier erlegen.«

Der jüngere Mann hinter Rotger grinste, während Die Feder erstaunt den Kopf schüttelte. »Dann könnt Ihr nun wohl wieder gehen«, legte er Arion nahe. »Die Schreibstube ist kein Ort, um sich die Zeit zu vertreiben.«

»Ich versichere Euch, dass ich mir dessen bewusst bin. Aber wenn es Euch nicht stört, würde ich sehr gern in diesen Schriften lesen, um mein Wissen zu erweitern«, bat Arion demütig. Vielleicht fand er hier endlich Antworten auf die Fragen, die ihn schon so lange beschäftigten. Fragen, die sich ihm nach Tominks Tod gestellt hatten und über die sein Vater Kunmag stets in Wut geriet.

Nun sah Die Feder regelrecht verblüfft aus. Nachdenklich strich er sich über das bärtige Kinn. »Ein ungewöhnliches Anliegen für einen Ritter Eures Alters. Welches Gebiet liegt Euch denn am Herzen?«

»Ich möchte mehr über die Vergangenheit erfahren, über die alten Tempel und die Zeit vor ...«

Rotgers Gesicht verfinsterte sich schlagartig. »Darüber werdet Ihr hier nichts finden. Schert Euch hinaus und wagt nicht noch einmal, meine Zeit zu verschwenden!« Er deutete unmissverständlich zur Tür. Sein jüngerer Begleiter blickte verwirrt zwischen ihm und Arion hin und her. »Hinaus!«, wiederholte Die Feder, als jener zögerte.

Arion starrte ihn einen Augenblick fassungslos an, bis seine Beine ihm wieder gehorchten und er aus der Schreibstube eilen konnte.

Braninn
Phykadonische Steppe

Braninn gab auf. Als Häuptlingssohn wurde von ihm erwartet, den Beratungen der Ältesten beizuwohnen, doch das Gespräch drehte sich schon so lange im Kreis, dass er das nutzlose Geschwätz nicht länger ertragen konnte. *Sollen sie doch glauben, dass es mir an Ausdauer fehlt!* Er stand auf und verließ die Runde der erfahrenen Männer, die sich um den Häuptling und seine Feuerstelle gebildet hatte.

Es war eng und stickig geworden in Turrs Haus, denn mittlerweile hatten sich dort sämtliche Frauen und Kinder des Stammes eingefunden, während sich die jüngeren Männer draußen, einige Schritte vor dem Eingang, um ein zweites Feuer scharten. In einer Ecke saß die Weltenwanderin und sang Vers um Vers des Lieds der Ahnen, nur von kurzen Pausen unterbrochen, in denen Braninns jüngste Schwester ihr Wasser reichte, damit sie sich die trockene Kehle befeuchten konnte.

Jeder wusste, dass das Lied längst zur Hälfte gesungen war, und noch immer lugte die Sonne nicht über den Horizont. Ängstliche Stille hatte sich unter den Frauen ausgebreitet. Einige Kinder weinten, weil sie die furchtsame Anspannung spürten, und wurden flüsternd getröstet, derweil die alten Männer lautstark ihre Ansichten vertraten.

Braninn wollte der bedrückenden Atmosphäre nur noch entfliehen. Er nahm seinen Gürtel mit dem schmalen, leicht gebogenen Säbel von der Wand neben der Tür und stieg die drei Stufen hinauf ins Freie. Mit dem Gewicht der Klinge an der Hüfte fühlte er sich der unbestimmten Gefahr ein wenig besser gewachsen. *Das scheint allen so zu gehen*, stellte er fest, als sein Blick auf die anderen jungen Männer fiel, die ebenfalls ihre Waffen griffbereit gelegt hatten. Ihre Augen richteten sich erwartungsvoll auf ihn.

»Was hat der Rat beschlossen?«, fragte Krenn, der zu Braninns besten Freunden zählte. Sein Haar war schwarz und glatt wie das der meisten Phykadonier, doch seine Augen leuchteten in einem überraschend hellen Grau.

»Im Rat wird immer noch gesprochen«, antwortete Braninn, ohne seine Missbilligung zu verhehlen. »Keiner hat je von einem ähnlichen Vorfall gehört, und deshalb weiß auch niemand, wie wir die Sonne dazu bringen sollen, wieder aufzugehen.«

»Wir könnten dem Sonnengeist ein Opfer bringen, um seinen Zorn zu besänftigen«, schlug jemand vor.

Braninn schüttelte den Kopf. »Das wurde im Rat bereits vorgebracht, aber die Ältesten sind sich einig, dass der Sonnengeist seinen Zorn zeigt, indem er uns seine Stärke spüren lässt. In seiner Wut versengt er die Steppe und brennt besonders heiß. Das ist seine Natur. Er zieht sich nicht zurück und schmollt wie ein Kind.«

Viele junge Männer nickten zustimmend.

»Die Ältesten glauben, dass es ein Zeichen von Schwäche ist, wenn sich der Sonnengeist nicht in den Himmel erheben kann«, fuhr Braninn fort.

»Aber kein Geist ist mächtiger als der Sonnengeist!«, widersprach einer seiner Vettern.

Dagegen wusste Braninn nichts einzuwenden. »Das glaube ich auch. Ich erzähle euch ja nur, was im Rat geredet wurde.«

»Was sagt denn die Kismegla dazu?«, wollte Krenn wissen. »Sie kennt sich doch am besten mit der Geisterwelt aus.«

»Wie du hörst, singt sie noch«, erklärte Braninn gereizt.

»Wie kann sie in aller Ruhe weitersingen, während der Stamm in Gefahr ist?«, brauste ein anderer auf.

»Du weißt doch, dass das Lied der Ahnen niemals abgebrochen werden darf!«, wies Braninn ihn zurecht. Ein solcher Frevel hätte die ewige Abfolge der Generationen unterbrochen und die Faitalorrem ausgelöscht.

Der Angesprochene schwieg betreten, obwohl er älter war als Braninn und mehr Trophäen getöteter Feinde seine Säbelscheide zierten.

»Was sollen wir also tun?«, erkundigte sich Krenn unbeirrt.

»Durlach!«, fluchte Braninn. »Woher soll ich das verdammt noch mal wissen?«

Sein Freund sah ihn erschrocken an. »Mir wäre lieber, du würdest diesen Namen nicht so bald wieder aussprechen«, gestand er mit einer vagen Geste Richtung Finsternis.

Braninn verzog säuerlich die Mundwinkel, aber er konnte Krenn verstehen. Er musste nur an den dämonischen Reiter ohne Kopf denken, um Hufschlag im Dunkel zu hören. *Huf-*

schlag?, durchzuckte es ihn, als ihm die Erschütterung unter seinen Füßen bewusst wurde. »Geht in Deckung!«, schrie er auf. »Schnell!«

Er sah sich hastig nach seinem Pferd um, während die anderen Männer verwirrt in alle Richtungen davonhetzten, doch jemand musste die Stute längst zur Tränke geführt haben, während Braninn im Rat gesessen hatte. Die Erde bebte unter seinen Füßen, als das Trommeln Hunderter Hufe aus der Dunkelheit herandröhnte. Im letzten Augenblick sprang er auf das flache Dach des Hauses, das plötzlich wie eine grasbewachsene Insel aus einer wogenden Sturmflut massiger Leiber aufragte. Mit panisch aufgerissenen Augen und geweiteten Nüstern rasten die Rinder vorüber und ließen das Haus erzittern. Braninn hörte die erschrockenen Schreie der Frauen und Kinder unter sich, die sich mit dem Gebrüll der Herde vermischten. Bestürzt starrte er auf die fliehenden, mit Schweiß und Schaum bedeckten Tiere und entdeckte das Blut, das einigen aus den durchbohrten Flanken floss. Im Fell anderer sah er klaffende Schnitte wie von Messern oder Säbeln, bevor das Feuer unter Tritten und umherfliegenden Erdklumpen erlosch.

Finsternis legte sich über ihn. Mit angehaltenem Atem lauschte er dem Schnaufen und Hufschlag der letzten vorbeijagenden Tiere, dann hatten sich seine Augen an das schwache Dämmerlicht gewöhnt, das durch den aufgewirbelten Staub aus dem Hauseingang drang. Rasch sprang er vom Dach und warf einen Blick die Stufen hinunter, wo sein Vater und ein paar der Ältesten standen.

»War das eine unserer Herden?«, wollte der Häuptling aufgebracht wissen.

Braninn nickte. »Einige Tiere waren verletzt. Etwas muss sie angegriffen haben.«

»Die Löwen?«, fragte einer der Alten verblüfft.

»Nein. Das sah eher nach Lanzen und Säbeln aus.« Braninn merkte erst, was seine Worte nahelegten, als er sie aussprach.

»Krieger?« Sein Vater war mit zwei Sätzen die Stufen herauf

und sah sich angespannt um. »Aber wir liegen mit niemandem in Fehde!«

»Ich habe keine Krieger gesehen«, gab Braninn zu, während sich die anderen jungen Männer allmählich wieder einfanden und das Feuer neu entfachten.

»Das ergibt alles keinen Sinn«, sagte sein Vater. »Warum sollte jemand unsere Rinder niedermetzeln, anstatt sie einfach wegzutreiben und selbst zu essen?« Er schüttelte ratlos den Kopf. »Stellt Wachen auf! In dieser Finsternis können wir die Herde nicht zurückholen. Uns bleibt nur, auf die Kismegla zu warten. Oder darauf, dass es hell wird. Möge der Himmelsgott es geben!«

Turr ging schweren Schritts zurück in sein Haus, und Braninn wandte sich den jungen Kriegern zu, um Wachen einzuteilen, als Krenn und dessen Bruder einen Jungen heranschleppten.

»Darek! Was ist mit ihm?«, erkundigte sich Braninn und lief ihnen entgegen. Mit betroffenen Mienen legten sie den schlaffen, leblosen Körper vor ihm ab. Die Augen des Jungen waren geschlossen, der Mund leicht geöffnet, die Haut schmutzig und darunter blass. Braninn ahnte, dass Darek die Reise zu den Sternen angetreten hatte.

»Die Herde hat ihn erwischt«, brachte Krenn leise hervor.

Jetzt sah Braninn, dass der Brustkorb des Toten eingetreten worden war. Dareks Kleider verbargen das Schlimmste gnädig vor seinen Augen, in die er Tränen aufsteigen fühlte.

»Tragt ihn weg«, flüsterte er. »Sagt es seiner Mutter noch nicht. Wir müssen Ruhe bewahren, bis wir wissen, was zu tun ist.«

Abrupt wandte er sich ab und ging ein paar Schritte tiefer in die Dunkelheit hinein. Sogleich überkam ihn erneut das Gefühl, von der Finsternis erdrückt zu werden. Die Luft fühlte sich zäh und stickig an wie im Haus seines Vaters, doch sie war kalt. Prüfend fuhr er mit den Fingern hindurch. *Vielleicht ist es nur ein seltsamer dichter Nebel*, hoffte er, ohne daran zu glauben.

Wenn er den Arm weit genug ausstreckte, konnte er seine Fingerspitzen kaum noch sehen.

Etwas Kühles berührte sie, und Braninn zog blitzschnell die Hand zurück, als hätte ihn etwas gestochen. Unwillkürlich fuhr sie zum Säbelgriff. *Was war das?* Er starrte vergeblich in die Schwärze. Misstrauisch betrachtete er seine Fingerspitzen, die sich taub anfühlten, aber er konnte nichts Ungewöhnliches an ihnen entdecken. Er ging zwei Schritte rückwärts, bevor er sich überwinden konnte, der Finsternis den Rücken zuzuwenden.

Schweigend kehrte er ans Feuer zurück und überließ anderen das Reden. Dass er trotz seiner unterdrückten Furcht schließlich eingeschlafen war, verwunderte ihn selbst, als er wieder aufschreckte. Krenn hatte ihn geweckt. »Was ist?«, wollte Braninn wissen, sofort hellwach.

»Das Lied der Ahnen ist zu Ende. Die Sonne ist einen ganzen Tag lang nicht aufgegangen.«

»Was, wenn sie nie wieder aufgeht?«, bangte ein Junge, der noch die kurze Stehmähne der Fohlen tragen musste, aber schon zu den Männern gehören wollte. »Ohne Sonne wird der Dung nicht trocknen, und dann wird uns bald auch das Holz ausgehen.«

»Ohne Sonne wird auch kein Gras für das Vieh mehr wachsen«, fügte ein Älterer hinzu. »Wovon sollen wir dann leben?«

Wie ein Mann machten alle das Abwehrzeichen und murmelten: »En medje fennen.« *Ich gehe im Licht.*

Ich glaube nicht, dass ich in ewiger Dunkelheit überhaupt leben möchte, dachte Braninn düster.

»Es ist zu früh, um ans Sterben zu denken, Männer«, mahnte Turr, der gerade aus seinem Haus trat. Sein Gesicht war blass, und tiefe Schatten unter den Augen zeugten von seiner Müdigkeit, aber er hielt sich eisern aufrecht. »Womöglich wird morgen wieder alles sein, wie es immer gewesen ist. Aber darauf wollen wir nicht mehr warten.«

Die Ältesten waren ihm gefolgt und gaben den Weg für

die Weltenwanderin frei. Sie blickte zum Himmel auf, der nur gleichförmige Schwärze darbot. Ein sichtbarer Schauder überlief sie. »Ich werde in die Welt der Geister gehen und nach der Sonne suchen«, verkündete sie.

Sofort sprangen jene auf, die noch gesessen hatten, um ihr beim Feuer Platz zu machen. Alle Frauen, die nicht zum Hüten der kleinsten Kinder gebraucht wurden, wurden herausgerufen und bildeten sitzend einen Kreis um die Kismegla. Die Männer scharten sich stehend um sie und schützten die heilige Zeremonie. Braninn ließ den Schüler der Weltenwanderin hindurch, der eine mit Pferdehaut bespannte Trommel brachte. Der zukünftige Kismeglarr setzte sich auf die seiner Lehrerin abgewandte Seite des Feuers, stützte die Trommel auf seinem Bein ab und begann mit einem fingerdicken Knochenschlegel, einen schleppenden Takt zu schlagen. Jeder der versammelten Faitalorrem nahm den Rhythmus klatschend auf. Klapp, klapp, klapp.

Ganz allmählich fing die Weltenwanderin an, sich mit ausgebreiteten Armen zu drehen. Die Bewegung bannte Braninns Blick. Die Augen der Kismegla waren geschlossen, während sie mit dem Setzen der Füße in den Takt fand. Ihr Rock bauschte sich zu einem sacht flatternden Kegel, der in ihrem wehenden Haar seine Fortsetzung fand. Wie von selbst klatschte Braninn immer weiter. Seine Handflächen wurden warm, dann brannten sie. Er hatte das Gefühl, als ob der Kreis des vereint klatschenden Stammes eine Kraft erzeugte, auf der sich die Kismegla in die Höhe schraubte, obwohl ihr Körper die festgestampfte Erde nicht verließ.

Plötzlich fiel sie in sich zusammen. Der Schlag der Trommel brach ab, Stille legte sich über den Stamm. Mit gekreuzten Beinen kauerte die Weltenwanderin auf dem Boden, wiegte den Oberkörper jedoch noch immer leicht im Takt. Das Gesicht mit den gesenkten Lidern verriet nichts. Manchmal bewegten sich die Lippen, als spräche sie zu jemandem. Einige Male glaubte Braninn, über dem Knistern der Flammen ein Wispern von ihr zu hören, aber sicher war er nicht.

Wieder berührte etwas Kaltes seine Wange, und er sah aus dem Augenwinkel, wie sich Krenn beiläufig über die Schläfe wischte, als spüre er dort etwas. Furcht stahl sich in sein Herz. Bot selbst der Schein des Feuers keinen Schutz mehr vor dem, was unsichtbar in der Dunkelheit lauern mochte?

Ein Aufkeuchen lenkte seine Aufmerksamkeit zurück in die Mitte des Kreises. Er hatte schon erlebt, wie sich die Kismegla zuckend und bebend im Kampf gegen einen bösen Geist gewunden hatte, wenn es eine Krankheit zu heilen galt, und erwartete, etwas Ähnliches zu sehen. Doch die Weltenwanderin hatte die Augen geöffnet. Die Trance abschüttelnd, rappelte sie sich auf. In ihrer Miene lag nackte Angst. »Die Geister fürchten sich«, hauchte sie ungläubig. »Die Finsternis hat auch die Geisterwelt ergriffen. Sie sagen, wir sollen fliehen! Ich kann spüren, wie der Grund ihrer Furcht näher kommt.«

»Fliehen? Aber wohin sollen wir denn gehen? Mitten in die Dunkelheit hinein?« So riefen viele Stimmen durcheinander. Die Frauen sprangen besorgt auf. Einige wollten sofort loslaufen, um ihre Sachen zu packen.

War Turr zuvor blass gewesen, so war er nun bleich wie ein Totenschädel. »Wir müssen die Warnung ernst nehmen!«, rief er über den Lärm hinweg. »Packt an Vorräten ein, was die Pferde tragen können! Vor allem werden wir Fackeln brauchen. Tragt an Holz zusammen, so viel wir haben!«

Der ganze Stamm stob auseinander. Auch Braninn wollte sich nützlich machen, doch als sein Vater zur Weltenwanderin trat, siegte seine Neugier. Er wollte wissen, was genau die Kismegla gesehen hatte. Doch darum ging es dem Häuptling nicht. »Diese Flucht ist wirklich notwendig?«, vergewisserte er sich.

Die Weltenwanderin nickte zitternd. »Wenn du den Geistern keinen Glauben schenkst, sieh dort hin!«

Braninn folgte ihrem Blick. Hoch über dem Boden bewegte sich etwas in der Finsternis. Schlieren unterschiedlich tiefer Schwärze wogten dort ineinander, krümmten und wanden sich.

Der Anblick erinnerte Braninn an einen Kadaver, unter dessen Haut es von Maden wimmelte.

»Was ist das?«, fragte er leise. Er musste sich anstrengen, um die geflüsterte Antwort der Kismegla zu verstehen.

»Die Dunkelheit gebiert einen Dämon.«

Sava
Sarmyn

Die Sonne geht viel zu schnell unter, dachte Sava beunruhigt. Der dichte, nahezu unberührte Wald, durch den sie und ihre Begleiter ritten, verwehrte ihr zwar den Blick auf die Hügel im Westen, hinter denen die Sonne versinken würde, aber Sava konnte es an den Schatten der Bäume ablesen, die sich immer weiter über den Weg reckten. Schon fielen nur noch vereinzelte Lichtstrahlen durch das bunte Herbstlaub und tanzten als helle Flecken über Reiter und Pferde.

Es war ein schöner, heiterer Anblick, den Sava auf jedem anderen Ausritt genossen hätte – zu Hause, in der Nähe der sicheren Mauern der heimatlichen Burg. Für gewöhnlich beruhigte sie auch der weiche, wiegende Gang ihres Zelters, doch jetzt erinnerte sie der gemütliche Schritt des Pferdes nur daran, dass sie nicht schnell genug vorankamen.

Nielte, der Knecht, der den Weg zum Markt in Tasrian am besten kannte, hatte sie gewarnt. Er hatte am Morgen zur Eile gedrängt, weil sie das nächste Dorf sonst nicht vor Einbruch der Dunkelheit erreichen würden. Und dann war es ausgerechnet sein Pferd, das in den tief eingegrabenen Karrenspuren so unglücklich stolperte, dass es seitdem lahmte. Nielte hatte absteigen müssen und führte das verletzte Tier nun am Zügel, um es zu schonen.

Sava wandte den Kopf nach dem Knecht um und betrachtete sein Haupt mit den kurz geschorenen, ergrauten Haaren, das ihr so vertraut war. Trotz des langen Marschs schritt der kräftige Mann noch immer energisch voran, aber sein verbissener Gesichtsausdruck verriet, wie sehr er sich darüber ärgerte, dass sie seinetwegen nicht schneller vorankamen. Nielte war nicht nur ein einfacher Knecht. Niemals hatten Sava und ihre Geschwister als Kinder den heimischen Bergfried verlassen, ohne dass Nielte über sie gewacht hatte. Allein seine Gegenwart gab Sava ein wenig Sicherheit zurück. Mari, ihre Zofe, fing den Blick auf und trieb ihr stämmiges kleines Pferd näher an Savas elegante dunkelbraune Stute heran. »Ich mach mir Sorgen, Herrin«, gestand sie mit ängstlicher Miene. »Nielte hält uns bloß auf.«

Sava wusste, worauf die Zofe anspielte. Nielte hatte angeboten, allein zurückzubleiben und nachzukommen. Zu viele üble Geschichten hörte man über diesen dunklen Forst, den kaum ein Mensch je abseits des alten Weges betreten hatte. Wilde Bestien und Schlimmeres hausten in ihm. Auch der redselige Wirt des letzten Gasthauses hatte zur Vorsicht gemahnt und von einem fahrenden Händler erzählt, der angeblich niemals auf der anderen Seite des Waldes angekommen war.

»Ritter Herian hat nun einmal anders entschieden. Bestimmt hat er recht, und wir sind zusammen sehr viel sicherer, als wenn wir uns getrennt hätten«, versuchte Sava ihre Zofe zu beruhigen, aber es klang selbst in ihren eigenen Ohren halbherzig.

»Ja, Herrin«, sagte Mari kleinlaut, ohne eine Spur überzeugt zu wirken. Da sie das Reiten nicht gewohnt war, sah die rundliche junge Frau im Sattel stets unglücklich aus, aber dass sie sich nun auch noch fürchtete, tat Sava aufrichtig leid. Mari war in ihrem Alter und mit ihr aufgewachsen. Obwohl sich Sava des Standesunterschieds stets bewusst war, war ihr die Zofe auch eine Vertraute, die all ihre Geheimnisse kannte und stets für sich behielt. Eine Eigenschaft, über die nur die wenigsten Mägde verfügten.

Sava bemerkte, dass sich Herian nach ihr umsah. *Wahrscheinlich hat er seinen Namen gehört*, vermutete sie, während der junge Ritter sein Pferd zügelte, um die beiden berittenen Waffenknechte mit den Packtieren vorbeizulassen und auf Sava zu warten. Sie seufzte im Stillen, als sie Herian ansah. Obwohl er für die Reise kein stattliches Streitross, sondern nur einen bequemen Zelter gewählt hatte, trug er Schwert und Kettenhemd am Leib und führte Helm und Schild am Sattel mit, um jederzeit für einen Kampf gerüstet zu sein. Als er Sava entgegenblickte, glühte sein schmales, edles Gesicht, das nach höfischer Sitte von schulterlangem, hellblondem Haar umrahmt wurde, vor Verehrung. Sava wünschte, sie könnte dem jungen Mann dieselbe innige Liebe entgegenbringen, doch sie empfand nicht mehr als freundschaftliche Zuneigung für ihn.

Herian musste den Ausdruck des Bedauerns auf ihrem Gesicht entdeckt haben. »Fällt es Euch lästig, dass ich Eure Gesellschaft suche?«, erkundigte er sich mit vollendeter Höflichkeit, ohne jedoch seine Enttäuschung verbergen zu können. Er schien die Hoffnung auf ihre Liebe nicht aufzugeben, und das Verhalten ihres Stiefvaters bestärkte ihn noch darin. Kunmag hätte sie niemals Herians Obhut anvertraut, wenn er sie nicht als verlobt betrachtet hätte. Ihre Meinung zu diesem Thema bedeutete ihm schon lange nichts mehr. Doch dafür konnte der freundliche Herian nichts, weshalb sich Sava zu einem Lächeln zwang. »Nein, im Gegenteil«, behauptete sie sogar. »Eure Gegenwart lässt den anbrechenden Abend weniger bedrohlich erscheinen.«

»Das ist mit Abstand das Erfreulichste, was Ihr seit unserem Aufbruch zu mir gesagt habt.« Der Ritter verneigte sich im Sattel, und seine Dankbarkeit für jedes freundliche Wort, das sie an ihn richtete, war Sava zutiefst unangenehm.

Mari musste sich zurückfallen lassen, damit sich Herian auf dem schmalen Weg neben ihrer Herrin einreihen konnte. Sava hörte die Zofe mit Nielte flüstern, der missmutig vor sich hin brummte. Sorgsam achtete sie darauf, dass ihr Bein in der unter einem hoch geschlitzten Rock getragenen Reithose nicht das Knie des Ritters berührte. Doch Herian bedrängte sie nicht. Stattdessen versuchte er, sie in ein Gespräch über seine Heimat im Westen Sarmyns zu verwickeln, aber Savas Antworten blieben einsilbig. Seine Worte erinnerten sie zu sehr daran, dass der Ritter sie als seine Braut dort hinführen wollte.

Bald gab Herian seine Bemühungen auf, und tiefes Schweigen senkte sich auf sie herab, während die letzten rotgoldenen Sonnenstrahlen verblassten. Nur der dumpfe Hufschlag auf dem trockenen Lehmboden und das Klingeln des Zaumzeugs, wenn eines der Pferde unwillig den Kopf schüttelte, drangen noch an Savas Ohren. Selbst die Vögel in den Zweigen waren verstummt. Die Dämmerung legte sich wie eine dämpfende Decke über den Wald. Die satten Farben des sonnigen Herbsttages verschwammen allmählich zu leblosem Grau, das Grün der Tannen schwärzte sich. Die eben noch klar umrissenen Blätter der Eichen und Buchen verschmolzen zu großen, konturlosen Gebilden, die düster über Sava aufragten. Nicht einmal ein Windhauch störte die bedrückende Stille.

Herian ließ sie anhalten, damit einer der voranreitenden Knechte eine Laterne anzünden konnte. Sogleich vertiefte sich die Dunkelheit außerhalb des Lichtscheins zu undurchdringlicher Schwärze. Sava überlief ein Schauder. Am liebsten hätte sie den Ritter gebeten, die Laterne wieder löschen zu lassen. *Sei nicht albern! Das Licht wird die wilden Tiere vertreiben.*

Als sie sich wieder in Bewegung setzten, warfen die Pferde im Schein der schwankenden Lampe seltsame Schatten. In einem Moment krochen die Schemen gedrungen wie Dachse über den Boden, dann schritten sie wieder majestätisch und langbeinig wie Elche einher oder vermengten sich zu achtbeinigen Fabelwesen. Die Schatten glitten über Baumstämme und durch das Unterholz, tauchten auf und verschwanden ebenso rasch wieder, als wollten sie sich über Savas Furcht lustig machen.

Plötzlich erstarrte ihre Stute. Von einem Augenblick zum

nächsten fühlte sich der sonst so geschmeidige Körper zum Zerreißen gespannt an. Unwillkürlich versteifte sich auch Sava und folgte dem Blick der weit aufgerissenen Augen in die unbarmherzige Finsternis, die nichts preisgab. Die Braune blähte die Nüstern und trat nervös auf der Stelle.

»Wartet!«, rief Herian den Knechten zu, während er seinen Wallach zum Stehen brachte.

Rasch vergewisserte sich Sava, dass Mari und Nielte noch hinter ihr waren. Auch deren Pferde starrten in den Wald hinein. Sava erschrak, als ihre Stute ruckartig den Kopf zur anderen Seite warf und in diese Richtung lauschte. Herian spähte mit gerunzelten Brauen in die Dunkelheit.

»Was wittern die Pferde? Könnt Ihr etwas sehen?«, wollte Sava wissen. Es tat gut, die Stille zu durchbrechen.

Der Ritter schüttelte den Kopf. »Vielleicht haben sie einen Bären gerochen. Reiten wir weiter! Je schneller wir diesen Wald hinter uns lassen, desto besser.«

Als seine Stimme verklang, glaubte Sava ein kurzes Rascheln zu hören.

»Da ist etwas!«, rief Mari schrill.

Von allen Seiten drangen nun leise Geräusche aus dem Dickicht. Reisig knackte, Blätter raschelten, hastige Schritte tappten durch altes Laub.

»Die Waffen heraus!«, befahl Herian alarmiert und löste den ovalen Schild vom Riemen am Sattelknauf. Die Pferde tänzelten furchtsam, kämpften gegen die straff gehaltenen Zügel, die sie an der Flucht hinderten. Sava umklammerte das glatte Leder in ihren Fäusten so fest, dass sich ihre Fingernägel in die Handflächen bohrten. Sie hatte nichts zu ihrer Verteidigung als die vier Männer, die sie umgaben, keine noch so kleine Waffe, die sie hätte ziehen können. So konnte sie nur hilflos in die Nacht starren. Das Pochen ihres Herzens schien so laut, dass es alles andere übertönen musste, und doch hörte sie darüber hinweg den unsichtbaren Feind, der sie eingekreist hatte.

Da! Hatte sich dort nicht etwas geregt? Sie glaubte etwas gesehen zu haben, aber es war, als ob die Nacht selbst sich bewegt hätte. Da war es wieder! Als ob eine rasche Woge über Büsche und Baumrinde glitt, obwohl sich diese nicht rührten. Doch die Woge warf einen ebenso geschwinden Schatten! Einen Schatten, der bei Sava den vagen Eindruck sich blitzschnell bewegender Gliedmaßen hinterließ.

Hinter ihr knackte es, ein Geräusch wie von totem Holz, das brach. Sie fuhr herum, in unerwartetem Einklang mit der herumwirbelnden Stute. Gelbe Augen leuchteten im Unterholz, schienen körperlos in den Zweigen zu schweben wie Irrlichter. Sava trat kalter Schweiß auf die Haut. Ein unheimlicher Laut, ein geisterhaftes Aufheulen erklang unter den Bäumen.

»Hauler«, knurrte Nielte.

Das Wort genügte, um Sava in noch größeren Schrecken zu versetzen. Sie konnte keinen klaren Gedanken mehr fassen, nur noch des Grauens harren, das plötzlich von allen Seiten unter den Bäumen hervorsprang.

Dunkle, geduckte Gestalten huschten flink wie Spinnen auf dünnen Beinen heran. Savas Augen vermochten den raschen Bewegungen kaum zu folgen. Unter lautem Geheul, das in den Ohren schmerzte, fuhren die Untiere zwischen die panischen Pferde. Sava krallte sich mit den Fingern in der Mähne fest, als ihre Stute scheute und stieg.

Eine hagere Hand schlug messerscharfe Klauen in ihren Schenkel. Sava schrie vor Schmerz auf. Ihr Blick fiel auf ein finsteres, unmenschliches Gesicht, aus dem weiße Reißzähne und bernsteinfarbene Augen hervorblitzten. Wildheit und Blutgier lagen darin, aber auch tückische Berechnung. Die lefzenartigen Lippen zuckten unwillig, die Krallen wurden mit einem Ruck wieder aus Savas Haut gerissen. Das furchtbare Wesen wandte sich ab und sprang mit einem schneidenden Aufheulen Herians Pferd auf die Kruppe, um sich von hinten auf den Ritter zu stürzen, der vollauf damit beschäftigt war, mit Schwert und Schild zwei andere Angreifer abzuwehren.

»Herian!«, gellte Savas vergebliche Warnung.

Flammen loderten auf, als die Laterne am Boden zerschellte und das auslaufende Öl Feuer fing. In der plötzlichen Helligkeit sah Sava überdeutlich, wie sich die tödlichen Klauen in den ungeschützten Hals des Ritters gruben.

»Flieht, Sava!«, brüllte Herian mit schmerzverzerrtem Gesicht.

Aber wohin denn?, wollte sie erwidern, während sie darum kämpfte, nicht von der sich ungestüm wehrenden Stute zu fallen. Der ganze Weg schien von huschenden schwarzen Ungeheuern zu wimmeln.

Sie wendete. Endlich eine Anweisung, mit der die Braune einverstanden war, obwohl sich hinter ihnen ein noch grausigeres Bild bot. Ein wirres Knäuel entfesselter Bestien hatte sich auf Nielte gestürzt und begrub ihn unter sich.

Nutzlos fiel seine Klinge hinab. Der Knecht brüllte röchelnd wie ein verwundeter Stier. Sava hörte das schreckliche Geräusch reißenden Fleisches. Blut spritzte unter den Klauenhänden der Hauler auf.

»Weg hier!«, schrie Sava Mari an, die wie versteinert auf ihrem Pferd saß. Sava ließ ihrer Stute die Zügel schießen und schloss die Waden in den ledernen Stiefeln fester um die Rippen des Tieres, das befreit ausgriff und mit einem Satz an Maris erstarrtem Pferd vorübersprang.

Erst jetzt blickte Sava auf und entdeckte die drei fremden Männer, die in deutlichem Abstand zu dem grässlichen Wüten der Hauler grinsend zusahen. Einer von ihnen saß auf einem massigen Ackerpferd, die anderen waren zu Fuß und hatten Nieltes fliehendes Reittier abgefangen. Gemeinsam versperrten sie nun den beiden Frauen den Weg. Sava riss vergeblich an den Zügeln, um ihre Stute zwischen die Bäume zu lenken. Das Tier raste blindlings auf das sehr viel wuchtigere Kaltblut zu, dessen Reiter es quer zum Weg stellte. Erst im letzten Augenblick begriff die Braune, dass dieses Hindernis nicht weichen würde, und versuchte seitlich auszubrechen.

Savas Knie prallte gegen die Schulter des fremden Pferdes, aber sie war jenseits davon, Schmerzen zu spüren. Einer der Kerle griff grob in die Zügel der Stute und brachte sie mit einem Ruck zum Stehen, während der Reiter sie weiter abdrängte.

»Wer wird es denn so eilig haben?«, fragte er, nun wieder grinsend. In seinem struppigen graubraunen Vollbart wurde eine lückenhafte Reihe faulender Zähne sichtbar. Eine Wolke stinkenden Atems schlug Sava entgegen, die sie beinahe würgen ließ. Wie seine Kumpane trug der Mann fleckige, zerschlissene Kleider und etliche Messer im Gürtel. Der Gedanke, hinüberzugreifen und eine dieser Klingen an sich zu reißen, schoss Sava durch den Kopf, doch ihre schlanken Hände zitterten so sehr, dass ihr selbst die Zügel zu entgleiten drohten.

»So reiche Frauenzimmer haben's plötzlich immer ganz eilig, wenn se unsereins sehn«, nuschelte der Kerl, der ihr Pferd festhielt.

»Das wird dran liegen, dass du so 'n Hübscher bist«, sagte der Dritte höhnisch.

Savas Herz raste noch immer. Sie versuchte, langsamer zu atmen und dem heftigen Zittern ihres Körpers ein Ende zu bereiten.

Hilfe suchend blickte sie zu Mari hinüber, die kreidebleich in ihre Richtung starrte, ohne ein Zeichen des Begreifens zu zeigen.

»Die hier entkommt uns jedenfalls nich' mehr.« Der Kerl am Kopf ihres Pferdes langte nach ihrem Schenkel, wo Blut durch den durchlöcherten Stoff der Hose quoll. Sie trat nach ihm, ehe sie selbst wusste, was sie tat. Durch den Steigbügel behindert, erwischte sie den Mann nicht mit voller Wucht, doch sie landete einen Treffer auf seine Nase. Aufjaulend ließ der Getroffene die Zügel fahren, und Sava spannte sich zur Flucht.

Ein helles Keuchen entrang sich ihrer Kehle, als ihr Kopf an den langen, dunkelbraunen Locken zurückgerissen wurde. Der übel riechende Räuber beugte sich zu ihr herüber und drückte ihr ein schartiges Messer an den Hals. »Halt still, oder ich schlitz dir die Gurgel auf!«, zischte er.

»Langsam, Wiger!«, mahnte der Dritte. »Der Hauptmann wird wütend, wenn du ihm in die Suppe spuckst.«

»Schwing keine Reden! Komm lieber her und bind dem Miststück die Hände zusammen!«, forderte Wiger, und ein erneuter Schwall Übelkeit erregenden Gestanks hüllte Sava ein.

Sie wagte kaum mehr zu atmen. Reglos ließ sie zu, dass jemand, den sie nicht sehen konnte, ihre Arme nach hinten riss, um ihr die Handgelenke hinter dem Rücken zusammenzuschnüren. Jener Räuber, aus dessen Nase nun ein rotes Rinnsal in die Bartstoppeln sickerte, griff mit einem hasserfüllten Blick wieder nach den Zügeln der Braunen. Erst dann nahm Wiger die Klinge von Savas Kehle. Sie konnte ein japsendes Luftschnappen nicht unterdrücken, das Wiger mit einem spöttischen Auflachen quittierte. »Holen wir uns noch den andern Vogel und zeigen Erduin unsern Fang!«

Der Kerl, der Nieltes Pferd hielt, stapfte zu Mari hinüber und zog ihr die Zügel einfach aus den schlaffen Fingern. Das Entsetzen schien die Zofe taub und blind gemacht zu haben. Sie stierte noch immer dumpf vor sich hin, und ihre Lippen formten Worte, ohne zu sprechen.

Sava wandte sich von dem leeren Gesicht ab, das ihr keinen Trost bot, und ihr Blick fiel erneut auf die Hauler. Augenblicklich wünschte sie, sie hätte niemals hingesehen. Für einen Moment war sie dennoch unfähig, die Augen von dem grausigen Mahl abzuwenden, das die dunklen, von kurzem, schütterem Fell bedeckten Bestien hielten. Der flüchtige Eindruck zerfetzten Fleisches und blutiger Knochen genügte, damit sich ihr Magen zu einem schmerzhaften Knoten verkrampfte. Eisern hielt sie den Blick nun nach vorn gerichtet, aber gegen den durchdringenden Geruch nach Blut und Innereien wie an einem Schlachttag war sie machtlos. Er ließ sich genauso wenig aus ihrer Wahrnehmung verbannen wie das Schmatzen der Hauler und das Knirschen von Knochen und Knorpeln zwischen kräftigen Kiefern.

Tränen schossen ihr in die Augen und nahmen ihr die Sicht. Sie blinzelte dagegen an, während der voranreitende Wiger ihnen einen Weg an den Haulern vorbei bahnte. Weitere Räuber hatten dort im Licht zweier Laternen die restlichen Pferde von Savas Begleitern zusammengebunden und durchwühlten die Packsättel. Der Einzige, der sich nicht daran beteiligte, war ein großer, leicht untersetzter Mann, der auf einem beeindruckenden Streitross thronte. Sein Kettenhemd hatte Rost angesetzt und an seinem aufwendig verzierten Sattelzeug fehlten bereits einige silberne Beschläge, doch der dunkelblonde Bart war sorgfältig gestutzt. Die aufgequollen wirkende rötliche Nase wies ihn als Säufer aus, der mitleidlose Blick auf das Treiben der Hauler als verroht. Sava wusste bereits, dass er der Anführer dieser Bande sein musste, bevor er mit einem falschen Lächeln grüßend den Kopf neigte.

»Ihr seht aus, als hätten meine Hauler Euch erschreckt. Ich muss für sie um Verzeihung bitten. Sie halten es für den Gipfel gesitteten Benehmens, wenn sie nur mit den Fingern essen, anstatt die Beute mit den Zähnen zu zerreißen.«

Einen Moment lang konnte Sava seine Grausamkeit nicht fassen. Doch dann gaben ihr seine vornehme Sprache und die Tatsache, dass er sie nicht mit einer Waffe bedrohte, den Mut zurück. Hass flutete wie siedendes Öl durch ihre Adern, und sie zitterte nicht mehr vor Angst, sondern vor Zorn. »Spart Euch die Entschuldigungen für den Galgen auf!«, fauchte sie.

»Ich denke doch, dass mir als Ritter immer noch der Richtblock und das Schwert zustehen«, meinte der Mann, den Wiger Erduin genannt hatte, leichthin.

Einer der Räuber trat neben ihn und reichte ihm einen Lederbeutel, den Sava sofort wiedererkannte. »Mehr ha'm die nich' bei sich gehabt«, erklärte er enttäuscht.

Sein Anführer wog die Goldmünzen abschätzend in der Hand, ohne sie hervorzuholen. »Wahrlich nicht gerade viel.

Aber ich bin sicher, Eure Familie wird bereit sein, mir sehr viel mehr zukommen zu lassen, um Euch zu retten«, wandte er sich wieder an Sava.

»Mein Stiefvater ist ein Burgherr, kein Händler. Kunmag wird Euch abstechen wie das Vieh, das Ihr seid!«, entgegnete Sava überzeugt. Kunmag war stets so selbstsicher, so überlegen. Sie konnte sich nicht vorstellen, dass er je den Forderungen eines dahergelaufenen Halsabschneiders nachgeben würde.

»Ungefähr so wie der Milchbart, der Euch verteidigt hat?«, erwiderte der Raubritter hämisch.

Der Gedanke an Herians Ende und daran, was gerade mit seinem Leichnam geschah, traf Sava wie ein Schlag.

Ihr Gegner ließ ihr keine Zeit, sich davon zu erholen. »Genug geplaudert. Seid lieber froh, dass Ihr mir von Nutzen seid!« Er zeigte gelangweilt auf Mari, die wieder zu sich gekommen war und Savas entsetzten Blick in stummer Verzweiflung erwiderte.

»Für *die* da habe ich nämlich keine Verwendung.«

»Nein!«, schrie Sava.

Arion
Egurna, Sarmyn

Der Weg hinauf nach Egurna war vom ersten langen Regen des Herbstes aufgeweicht und schlammig. Arion wunderte sich, dass trotzdem ausgerechnet an diesem Nachmittag besonders geschäftiges Kommen und Gehen am Burgtor herrschte. Er lenkte sein Pferd – ein fuchsrotes Streitross, das sein Vater ihm zur Schwertreife geschenkt hatte – auf die breite, gepflasterte Brücke, hinter der sich das mächtige, von zwei Türmen flankierte Torhaus erhob. Die beiden Männer, die dort

Wache halten sollten, schäkerten mit zwei kichernden Mägden, anstatt ihrer Arbeit nachzugehen. Die Zeiten waren friedlich. Niemand konnte sich mehr daran erinnern, wann Egurna zuletzt angegriffen worden war.

Auf dem Weg vom Reithof zu seinem Quartier traf er Waig, der sein störrisches rotes Haar nachdrücklich mit einem Kamm bearbeitet hatte und eine mit Silberfäden bestickte Samtweste trug. Das war selbst für jemanden, der aus einer so reichen Familie stammte wie Waig, ein Prunkstück, das nur zu besonderen Anlässen hervorgeholt wurde.

»Beim ersten Sonnenstrahl! Waig, wofür habt Ihr Euch so herausgeputzt?«

Der hünenhafte junge Ritter lächelte geschmeichelt. »Ihr solltet Euch auch beeilen, Eure Festtagskleidung anzulegen. Avank vom Stolzen Berg ist gestern Abend angekommen, und der König hat ihm zu Ehren einen Sängerwettstreit ausgerufen.«

»Den Avank zweifellos gewinnen wird«, vermutete Arion, denn bei dem hohen Gast handelte es sich um den berühmtesten Barden des Reiches.

»Was zählt, ist das Fest«, sagte Waig gut gelaunt und klopfte sich erwartungsvoll auf den Bauch.

Arion erwiderte das Grinsen, bevor er zu der Kammer eilte, die er ursprünglich mit zwei weiteren Rittern geteilt hatte. Dass die jungen Männer abgereist waren, um den Winter bei ihren Familien zu verbringen, hatte ihm den auf Egurna seltenen Genuss eines Zimmers für sich allein verschafft.

Rasch wusch er sich Gesicht und Hände in der Waschschüssel, die täglich von einer Magd mit frischem Wasser gefüllt wurde, und zog sich um. So kostbare Kleider wie Waig besaß er nicht. Er musste sich mit einer fein gewebten Wollhose und einer senffarbenen Tunika aus Rohseide begnügen, die seine Stiefmutter mit dunkelroten Borten verziert hatte. Da ihm auch kein Spiegel aus polierter Bronze zur Verfügung stand, wie die Damen sie benutzten, musste er ertasten, ob sein

Haar halbwegs ordentlich saß, aber wie so oft fehlte ihm dafür die rechte Geduld. Er wollte auf keinen Fall versäumen, wie Werodin mit seinem Ehrengast in die Festhalle einzog.

Er kam gerade noch rechtzeitig und mischte sich unter die versammelten Ritter und Edelfrauen, als zwei Fanfarenbläser mit lautem Schall die Ankunft des Königs verkündeten. Weitere Musiker mit Trommeln und Sackpfeifen folgten, dann der Fahnenträger mit dem Sonnenbanner und dahinter die Töchter Werodins und der Kronprinz. Die Prinzessinnen trugen mit kleinen Juwelen bestickte Samtkleider, die bis über die Hüften so eng waren, dass sie nur kleine Schritte gestatteten, während sie darunter an Stofffülle gewannen, um in weiten Schleppen zu enden. Ebenso raffiniert waren die Haare der jungen Frauen mit Zierkämmen aufgesteckt worden. Obwohl er sie nun leibhaftig vor sich sah, kamen sie Arion noch immer wie Göttinnen vor, fern und unnahbar, als ob sie aus einer anderen Welt stammten. Er war so vertieft in ihren Anblick, dass er kaum noch ein Auge für Werodin und die Königin hatte, die Avank und dessen Frau zur Hohen Tafel geleiteten.

»Arion? Du bist es wirklich, oder?« Ein hübsches Mädchen von etwa fünfzehn Jahren trat mit fragendem Blick an ihn heran. Ihre Augen leuchteten in einem hellen Blau, und auf ihrer kleinen Nase ließen sich blasse Sommersprossen erahnen. Mit einem Haarreif hielt sie sich die vorwitzigen rotblonden Locken aus dem Gesicht, das Arion bekannt vorkam. *Doch woher nur?*

»Saminé?«, erriet er überrascht.

»Ja«, bestätigte das Mädchen strahlend und beugte sich vor, um ihn zu umarmen und auf die Wange zu küssen, wie es unter Verwandten und Freunden üblich war. »Als sie deinen Namen nannten, musste ich unbedingt wissen, ob du es bist oder ein anderer Arion. Mit diesem Bartflaum hätte ich dich beinahe nicht erkannt. Wie lange bist du schon am Hof?«

»Sieben Tage«, antwortete Arion ein wenig verwirrt. Dass sie seinen Versuch, sich einen kurzen Bart wachsen zu lassen, als Flaum bezeichnete, gefiel ihm nicht. Er hatte Saminé seit zwei Jahren nicht gesehen und musste erst einmal verdauen, dass sie jetzt wie eine Frau aussah. Sie war eine seiner unzähligen Basen, die er nur bei größeren Familienfeiern traf.

»Erst sieben Tage!«, wiederholte sie lachend. »Das muss man sich mal vorstellen! Und schon spricht man über dich. Edgiva sagte, du seist blond und sehr schlank. Da war ich fast sicher, dass du es bist.«

»*Prinzessin* Edgiva?«, fragte Arion ungläubig.

»Ja, natürlich. Welche denn sonst?« Saminé schüttelte verständnislos den Kopf. »Ich musste den beiden alles über dich berichten.«

Wahrscheinlich hat sie ihnen erzählt, wie sie mich damals, als ich fünf war, in den Backtrog gestoßen hat. Mein Ruf als Trottel ist gesichert.

»Komm, wir setzen uns!«, schlug seine Base vor. »Es wird gleich aufgetragen.«

Sie suchten sich Plätze an den langen Tischreihen für die Adligen von niederem Rang. Arion besann sich auf die guten Manieren, die seine Stiefmutter ihm eingebläut hatte, und ließ Saminé zuerst von den Platten und aus den Schüsseln wählen, die ihnen von Dienern angeboten wurden. Er fragte sie nach ihrem eigenen Aufenthalt am Hof, der bereits einige Wochen andauerte und sich noch eine Weile hinziehen würde, da Saminés Mutter, die eine entfernte Verwandte der Königin war, jene darum gebeten hatte, die Tochter angemessen zu verheiraten.

»Ich kann mir nicht vorstellen, dass noch kein Ritter um deine Hand angehalten hat«, sagte Arion aufrichtig. »Du bist wirklich hübsch geworden.«

»Danke.« Das Mädchen errötete zart, um dann eine verschwörerische Miene aufzusetzen. »Da gibt es schon zwei, die um mich werben, aber ich halte sie hin, bis ... bis Regin wieder hier ist«, flüsterte sie.

»Oh«, machte Arion nur. Dass sie zu ihm darüber sprach, in wen sie verliebt war, war ihm peinlich. Den Namen Regin glaubte er bereits gehört zu haben, doch er konnte sich nicht mehr an den Zusammenhang erinnern. »Welcher Regin?«, brachte er endlich heraus.

Wieder betrachtete Saminé ihn, als sei er schwer von Begriff. »Regin von Smedon. Waigs Bruder.«

»Ach, der.« Arion kannte Waigs jüngeren Bruder nicht, aber Waig hatte ihm ein wenig über ihn erzählt. Er nickte anerkennend. Auch wenn Regin nicht der Erbe des Hauses Smedon war, musste sich jede Familie über eine so ehrenvolle Verbindung glücklich schätzen. »Das freut mich für dich.«

Wieder stahl sich die verräterische Röte auf die Wangen des Mädchens. »Ich freue mich erst wieder, wenn er zurückkommt«, gestand sie, was Arion noch verlegener machte. »Aber was ist mit dir? Gefällt es dir am Hof?«

Arion zuckte die Achseln. »Hm, alle außer Waig halten mich für einen Bauerntrampel, ich habe den Unmut des zweitwichtigsten Mannes im Reich erregt, und der Waffenmeister sagt, dass ich eine merkwürdige Art habe, die Klinge zu führen. Aber ansonsten geht es mir ganz gut«, fasste er mit einem Anflug von Schwermut zusammen.

Saminé lachte auf, bevor sie nachdenklich die Lippen kräuselte. »Warst du nicht immer sehr geschickt mit dem Schwert, wenn du dich mit meinen Brüdern und Vettern geschlagen hast?«

Arion zuckte erneut die Achseln. »Jedenfalls gewinne ich damit öfter. Im Gegensatz zu meinen Versuchen, eine Streitaxt oder einen Morgenstern zu schwingen. Tomink hat mir einfach eine andere Art zu kämpfen beigebracht, als sie hier gelehrt wird. Der Schild stört mich dabei mehr, als dass er nützt.«

Seine Base zog eine gelangweilte Miene. »Wie dem auch sei. Ich glaube, du siehst deine Lage zu schwarz. Die königliche Familie ist auf dich aufmerksam geworden. Andere junge Ritter müssen Turniere gewinnen, damit eine Prinzessin ihre Namen kennt.«

Ob es das besser macht?, fragte sich Arion und lächelte nur schief. Der letzte Gang war gereicht worden. Der König erhob sich, um eine Lobrede auf die Kunst des Bardensangs zu halten und den Sängerwettstreit zu eröffnen. Arion schätzte, dass Avanks Vortrag als Höhepunkt aufgespart wurde. Etliche Ritter hatten eine Laute mitgebracht und gaben nun nacheinander eine Kostprobe ihres Könnens. Zarte Liebeslieder wechselten mit Schilderungen ruhmreicher Schlachten, schwungvolle Trinklieder mit hintersinnigen Wortspielen. Die Zuhörer dankten es mit begeistertem Beifall und tranken auf das Wohl der Sänger, auch wenn sich nicht jeder als Meister seines Fachs entpuppte.

Zunächst hörte auch Arion aufmerksam zu, doch dann verlor er allmählich die Geduld. Er besaß weder Talent für das Lautenspiel noch eine gute Singstimme, und da die Stücke in seinen Ohren bald alle gleich klangen, war ihm auch egal, wer zum Sieger gekürt wurde. Sein Blick suchte die Prinzessinnen und fiel stattdessen auf Die Feder.

Plötzlich wusste er, was er zu tun hatte. Eine Weile beobachtete er Rotger, der fleißig dem Wein zusprach. *Der wird heute gewiss nichts mehr schreiben*, vermutete er und suchte unter den Feiernden nach Rotgers Sohn, der bei seinem Vater in die Lehre ging, um eines Tages das Amt der Feder zu übernehmen. Traditionell wurde zwar stets ein jüngerer Bruder des Königs zur Feder ernannt, doch da Werodins Brüder alle im Kindesalter gestorben waren, hatte man auf einen Vetter zurückgegriffen.

Arion entdeckte Rotgers Sohn in einer Gruppe junger Ritter, unter denen einige Teilnehmer des Wettbewerbs waren. *Vielleicht wird er sogar selbst auftreten*, hoffte er und fasste einen Entschluss. Mit einem Gähnen, das er nicht einmal vortäuschen musste, entschuldigte er sich bei Saminé und verließ die große Halle.

Je weiter er sich von dem Fest entfernte, desto ruhiger und leerer wurde es auf den Gängen Egurnas. Er holte sich Feuerstein, Zunder und Stahl aus seiner Kammer und schlug dann den Weg zur Lichten Halle ein. Da alle beim Sängerwettstreit weilten, hatte es niemand für nötig gehalten, diesen Teil der weitläufigen Burg zu beleuchten, aber die Monde spendeten Arion genügend Licht, um sich zurechtzufinden. Erst als er den Turm jenseits der Lichten Halle betrat, umfing ihn so tiefe Dunkelheit, dass er sich die Wand entlangtasten musste.

Am Fuß der Wendeltreppe blieb er stehen und lauschte mit angehaltenem Atem. Kein Laut war zu hören, denn die dicken alten Mauern hielten selbst den Lärm des Festes ab. Vorsichtig schlich Arion Stufe um Stufe hinauf, bis seine Finger den steinernen Rahmen einer Tür fanden. Sie stand offen. Arion stieß mit den Zehen gegen die Schwelle. *Verdammte Dunkelheit!* Jemand musste die Fensterläden geschlossen haben.

Um nicht über die Bänke zu stolpern, die für wartende Boten bestimmt waren, hielt sich Arion hinter der Tür wieder eng an der Wand, tastete sich um die Ecke, am Fenster vorbei zum Eingang der eigentlichen Schreibstube. Seine nach vorn ausgestreckte Rechte stieß gegen Holz. Kein Lichtschein drang durch die Türritzen, aber Arion wollte sichergehen. Mit pochendem Herzen legte er ein Ohr an die glatt gehobelten Bretter der Tür. Wieder nichts als Stille.

Trotzdem kostete es ihn Überwindung, den von beiden Seiten benutzbaren Riegel zur Seite zu schieben und den verbotenen Raum zu betreten. Er spannte sich in der Erwartung, fliehen zu müssen, bevor ihn jemand erkennen konnte. Doch das Nest der Feder war leer. Mondlicht schimmerte durch die Mosaikfenster. Arion schloss die Tür hinter sich und ging weiter. Die Urkunden, an denen Die Feder arbeitete, beachtete er nicht. Er war nicht hier, um seine Nase in die Angelegenheiten anderer zu stecken. Wie von unsichtbarer Hand gezogen drängte es ihn zu den Regalen nebenan. Nun brauchte er nur noch mehr Licht.

An beiden Enden des Raums standen Stehpulte, auf denen Halterungen für Kerzen vorgesehen waren, doch nur in einer von beiden steckte ein niedriger Stumpen. Arion stellte die

Kerze auf den Boden, um bei seinen Versuchen, sie anzuzünden, nichts in Brand zu setzen. *Das fehlt noch, dass ich die Schreibstube in Flammen aufgehen lasse.*

Endlich tauchte die Kerze den Raum in gelbliches Dämmerlicht. Arion setzte sie zurück auf das Pult und wandte sich wieder den Regalen zu. Vorsichtig zog er eine schmale, nur durch einen Umschlag aus gröberem Pergament geschützte Handschrift hervor und schlug sie auf. *Von der rechten Ausübung der Beizjagd*, entzifferte er in der ersten Zeile. Die Buchstaben wiesen ein paar ungewohnte Schnörkel auf, und er hätte einige Wörter anders geschrieben, aber er konnte sie lesen. Zögernd schob er die Abhandlung über Falknerei zurück. Er hätte gern weitergelesen, doch er musste sich beeilen.

Beeindruckt nahm er ein umfangreicheres Werk zur Hand, dessen Holzdeckel mit dunklem Leder überzogen waren. Bronzene Beschläge bewahrten die Ecken davor, durch Stöße Schaden zu nehmen. Die Handschrift war so schwer, dass Arion Mühe hatte, sie mit einer Hand zu halten, während er sie mit der anderen aufschlug. *Getreulicher Bericht der Worte und Taten der großen Herrscher unseres Reiches* versprach der Verfasser, der jeden Anfangsbuchstaben mit farbiger Tinte zu einem kleinen Kunstwerk ausgestaltet hatte.

Vielleicht finde ich hier etwas über die Blutnacht, von der die Bauern flüstern. Er trug die Handschrift zu dem Pult mit der Kerze. Die Chronik begann mit Arutar, dem Ersten König, dessen Seele Tag für Tag über den Himmel zog, um seinem Volk Licht und Wärme zu schenken. Arion begriff, dass er zum Ende des Textes blättern musste, wenn er etwas über neuere Zeiten erfahren wollte. Er schlug eine Seite im hinteren Drittel auf, die eine Bärenjagd Werodins des Zweiten schilderte, und blätterte weiter, bis ihn ein leises Geräusch aus dem Nebenzimmer aufschreckte.

Ein Lichtschein fiel durch die Tür, und schon versperrte eine hochgewachsene Gestalt mit einer Kerze in der Hand den einzigen Fluchtweg. Arions Herz schlug bis zum Hals.

»Der junge Herr Arion, nehme ich an«, sagte der Neuankömmling. Sein graues Haar hatte sich bereits auf den hinteren Bereich des Schädels zurückgezogen, während der sorgfältig gekämmte Bart noch immer dicht und einige Töne dunkler war. Die kräftigen Augenbrauen erinnerten Arion an seinen verstorbenen Großvater, doch dieser Mann war kein Greis. Er stand ihm an Größe in nichts nach und mochte ihn in jüngeren Jahren an Statur weit übertroffen haben. Viel Ähnlichkeit mit Waig vermochte Arion jedoch nicht zu entdecken, obwohl er wusste, dass er Megar von Smedon, Waigs Vater, vor sich hatte. »Seid Ihr Fuchs oder Marder, dass Ihr heimlich in den Gänsestall zurückkehren müsst?«, fragte der Fürst spöttisch.

Arion schob trotzig das Kinn vor. »Wollt Ihr Euch die Rolle des Wachhunds geben?«

»Ein guter Einwand«, gab Megar zu. Er trug edle, aber schlichte Kleidung, und Arion konnte sich nicht erinnern, ihn auf dem Fest gesehen zu haben. »Aber wenn Ihr hättet vermeiden wollen, Aufmerksamkeit auf Euch zu ziehen, wäre es sinnvoll gewesen, die Fensterläden zu schließen.«

Arions Blick wanderte unwillkürlich zu einem der Mosaikfenster, in denen sich der anheimelnde Kerzenschein spiegelte. »Oh, Mist!«, entfuhr es ihm.

»Wenn es Euch tröstet: Ich hätte Euch ohnehin gefunden. Ich komme oft abends hierher, um alte Handschriften und Urkunden zu studieren.«

»Das ist genau das, was ich auch tun möchte. Ich bin zwar kein Ratgeber des Königs wie Ihr« – Arion besann sich darauf, eine Verneigung anzudeuten – »aber warum hat Die Feder mir verboten, was anderen offensichtlich gestattet ist?«

»Das weiß ich nicht, denn ich habe nicht mit ihm darüber gesprochen. Mein Knappe hat mir den Klatsch über dieses bemerkenswerte Ereignis zugetragen«, erklärte der Fürst amüsiert. »Ich muss zugeben, dass ich in doppelter Hinsicht erstaunt bin.«

»Und worüber, wenn ich das fragen darf?«

»Zum einen über Euch. Welchen jungen Ritter reizen schon staubige Berge von Pergament? Ich wünschte, meine eigenen Söhne zeigten auch nur einen Funken dieser Neugier. Stattdessen muss ich froh sein, dass Waig seinen Namen schreiben kann.«

Arion sah verlegen auf den Fußboden. »Ich ... habe eben viele Fragen«, gestand er, wollte aber nicht seinen Fehler aus dem Gespräch mit Rotger wiederholen. »Zum Beispiel, aus welchem Edelstein diese Fenster gemacht sind.«

Megar von Smedon lächelte. »Dieses Gestein heißt *bera* oder vielleicht auch *beira*. Das weiß niemand mehr so genau. Die Menschen, die einst die erste Halle Egurnas errichtet haben, konnten es herstellen, aber das Geheimnis ist uns nicht überliefert. Diese Fenster sind darum kostbarer als Gold oder Silber. Ich mache Euch sogar ein Angebot. Wenn Ihr mir jemals sagen könnt, wie *bera* gemacht wird, bekommt Ihr von mir eine Burg, die mindestens so groß ist wie Emmeraun.«

Ist das sein Ernst?, wunderte sich Arion sprachlos.

»Aber eigentlich waren wir bei einem anderen Rätsel, nicht wahr?«, erinnerte sich der Fürst. »Die Frage, warum der Gänsekiel Euch hinausgeworfen hat. Ich nehme nicht an, dass Ihr das königliche Siegel benutzen oder eine Urkunde fälschen wolltet.«

Arion schüttelte den Kopf. Sollte er Megar vertrauen? Auch Die Feder hatte zunächst eher wohlwollend gewirkt. Aber was für eine Lüge sollte er dem Fürsten auftischen? Nie fiel ihm eine gute Ausrede ein, wenn er sie dringend brauchte. »Nein, ich wollte etwas über den alten Tempel in Haithar erfahren.« *Jetzt ist es heraus. Er muss nicht wissen, dass ich einen der Priester gekannt habe.*

Megar hob überrascht eine Augenbraue. »Das bringt uns der Sache schon näher. Warum ausgerechnet darüber?«

»Ich ... ich habe die Ruinen gesehen und wollte wissen, wie er zerstört wurde.« Das war nur eine halbe Lüge, aber Arion brach dennoch der Schweiß aus.

»Jetzt verstehe ich.« Arion spürte, dass Megar nun jedes Wort sehr genau abwägte. »Über diese Angelegenheit werdet Ihr hier nichts finden. Es wurden keine Aufzeichnungen zu diesen Vorgängen angefertigt, und wenn es sie doch gegeben haben sollte, wurden sie bereits vernichtet. Es wird Euch also nur Ärger einbringen, wenn Ihr weiter danach sucht.«

»Aber Ihr wisst etwas darüber«, stellte Arion fest. Er konnte jetzt nicht aufgeben. »Warum erzählt Ihr es mir nicht?«

»Weil ich geschworen habe, darüber zu schweigen«, antwortete Megar mit eiserner Miene. »Brecht Ihr einen Schwur?«

»Wer kann mir dann etwas sagen? Gibt es irgendwo noch einen Priester?«

Der Fürst schüttelte den Kopf, aber es lag kein Bedauern in seinem Blick. »Der letzte Priester hieß Tazlan. Er wurde des Hochverrats angeklagt und aus dem Reich verbannt. Ich kann Euch nur dringend raten, zu niemandem mehr über diese Dinge zu sprechen, wenn Ihr nicht das Vertrauen des Königs verlieren wollt. Er könnte geneigt sein, an der Aufrichtigkeit Eures Treueids zu zweifeln, bevor Ihr ihn abgelegt habt.«

Arion schluckte. Der König war das heilige Herz des Reiches. Ein Ritter, der dem König nicht ergeben war, war der Feind aller. Niemals würde ihm einfallen, sich gegen den König zu stellen, dem sein Vater die Treue geschworen hatte. Wissentlich Werodins Missfallen zu erregen war für ihn unvorstellbar. Und wenn der letzte Priester ein Hochverräter gewesen war... *Aber Tomink war gewiss keiner, und trotzdem wurde sein Tempel zerstört. Warum?*

»Geht und denkt darüber nach!«, drängte Megar. »Setzt nicht Euer Ansehen und das Eures Vaters wegen einer so unwichtigen Angelegenheit aufs Spiel.«

»Ihr habt sicher recht«, lenkte Arion ein. »Ich danke Euch für Eure Nachsicht.«

Braninn
Phykadonien

Das ungewohnte Gewicht des mandelförmigen Schilds an seinem Arm erinnerte Braninn daran, wie die Erdmejek aus den Waldhügeln des Nordens gekommen waren, um Vieh zu stehlen. Zwei Jahre war es her, dass er mit den älteren Kriegern die Diebe verfolgt und seinen ersten Gegner getötet hatte. Eine Locke des Erdmejeks zierte seitdem die Hülle seines Säbels, aber danach hatte es keine Notwendigkeit mehr gegeben, mit Speer und Schild, Säbel und Bogen in den Kampf zu reiten.

Ich wünschte, es wären nur die Waldleute, gegen die wir uns verteidigen müssen, dachte Braninn und lenkte seine Stute näher an die lange Schlange der Flüchtlinge mit ihren Packtieren heran. Noch befand er sich im Schein der Fackeln, doch die Dunkelheit schien das Licht förmlich zu verschlingen, sobald er sich weiter als ein paar Schritte entfernte. Er fragte sich, ob die Steppe ausgestorben war oder die Schwärze auch alle Geräusche verschluckte, denn außer dem Hufschlag der Pferde und dem Schleifen der schwer beladenen Schleppbahren durch das Gras, dem Knistern der Fackeln und vereinzeltem Flüstern unter den Faitalorrem herrschte tiefe Stille um sie herum.

Die Finsternis war so dicht, dass Braninn weder den Anfang noch das Ende ihres Zuges sehen konnte. Er hatte zuerst mit seinem Vater und der Weltenwanderin, die sie in dieser sternenlosen Nacht führte, an der Spitze reiten wollen, um den Gefahren die Stirn zu bieten, die sich ihnen entgegenstellen mochten. Doch der Häuptling hatte den Kriegern befohlen, sich an den Flanken der Schlange zu verteilen, da der unsichtbare Feind überall aus dem Dunkel hervorbrechen konnte.

Braninn sah das widerliche Zucken noch vor sich, das die Kismegla ihm gezeigt und als Dämon bezeichnet hatte. Er durfte nicht zu lange darüber nachdenken, was womöglich direkt neben ihm hinter dem schwarzen Schleier geschah, sonst schlich sich die Furcht auf leisen Sohlen in sein Herz. Immer wieder blickte er unruhig über die linke Schulter, versuchte mit den Augen die Dunkelheit zu durchdringen, aber er war sich nie sicher, ob er wirklich eine Bewegung sah oder sich täuschte. Er wagte kaum, an jene zu denken, die nach der Warnung der Kismegla in Panik einen brennenden Ast ergriffen hatten und davongerannt waren, anstatt auf den Rest des Stammes zu warten. Ohne Zelte und einen großen Vorrat an Nahrung und Holzscheiten, die sich in notdürftige Fackeln spalten ließen, konnten sie dem Schrecken nicht entfliehen, den Braninn erahnte. Er spürte die Dämonen, den kalten Hauch, der immer näher kam und seine tastenden Finger nach ihnen ausstreckte.

In seiner Anspannung hörte er das galoppierende Pferd lange, bevor es sich hinter ihm aus der Finsternis schälte. Sein Herz schlug rascher. Alle drehten die Köpfe zu dem heransprengenden Reiter. Braninn stellte seine Stute quer und winkte, um den Mann aufzuhalten. Im ersten Augenblick glaubte er, Krenn vor sich zu haben, doch es war dessen Bruder Madarr, der sein Pferd vor ihm zum Stehen brachte.

»Was ist passiert?«, wollte Braninn besorgt wissen. »Werden wir angegriffen?«

»Nein, aber der Stamm muss anhalten«, forderte Madarr. »Komm mit zu deinem Vater, schnell!« Damit trieb er seinen Schimmel um Braninns Stute herum und hetzte davon.

»Geht erst einmal weiter!«, wies Braninn die Leute an, die ihn unschlüssig ansahen. »Ihr dürft auf keinen Fall den Anschluss verlieren.« Er schnalzte mit der Zunge, und schon stob seine Stute hinter Madarr her, den er dennoch erst einholte, als sie den Häuptling erreichten.

»Turr! Tarronn und ein paar andere sind in die Dunkelheit geritten, weil wir Schreie gehört haben. Es waren auch Kinderstimmen dabei. Wir müssen auf sie warten, sonst finden sie nicht mehr zurück«, sprudelte Madarr hervor. Der Häuptling und die Kismegla blickten ebenso überrascht wie Braninn und zügelten ihre Pferde.

»Tarronn? Mein Schüler hat sich vom Zug entfernt?«, vergewisserte sich die Weltenwanderin harsch.

»Ja, sie hielten es für einen guten Einfall, einen Kismeglarr dabei zu haben. War das falsch?«

»Ich muss ihn auf der Stelle finden. Braninn, du begleitest mich!«, befahl die Alte und wendete ihren Braunen.

»Warum hast du es so eilig?«, fragte Turr mit gerunzelter Stirn. »Er ist kein Kind mehr.«

»Das weiß ich! Hier geht es um etwas sehr viel Wichtigeres als ihn oder mich. Wartet auf uns!«

Braninn wartete das Nicken seines Vaters ab, bevor er der Kismegla im Galopp folgte. Auch Madarr schloss sich ihnen an. Immer wieder musste Braninn abwehrend den Kopf schütteln, weil die Menschen seines Stammes ihn fragend ansahen. »Keine Zeit für Erklärungen«, rief er ihnen zu. »Wartet auf uns!«

Als sie das Ende des Zuges erreichten, wandte sich die Weltenwanderin streng an Madarr. »In welche Richtung sind sie geritten?«

Er wies mit der Hand in die Dunkelheit. »Dort kamen die Schreie her. Es müssen Faitalorrem gewesen sein. Wer sollte sonst in der Nähe sein?« Braninn verstand, dass Madarr das Gefühl hatte, seine Freunde rechtfertigen zu müssen, doch die Kismegla winkte ab.

»Gib mir eine Fackel! Und ein Scheit als Reserve«, verlangte sie.

Das ist nicht viel, dachte Braninn, aber er machte sich fast noch mehr Sorgen darüber, wie sie den Rückweg finden sollten, wenn sie den Stamm hinter sich gelassen hätten und von dieser undurchdringlichen Schwärze umschlossen wären. »Madarr, alle werden einfacher zurückkommen können, wenn ihr uns ein Zeichen gebt, das in der Dunkelheit zu hören ist. Schlagt mit den Speerschäften auf die Schilde! Der Ton wird sicher weit tragen.«

»Das ist klug«, lobte die Kismegla. »Jetzt komm!«

»Ihr könnt euch auf uns verlassen«, versprach Madarr, als Braninn ihm zum Abschied mit dem Speer gegen den Schild klopfte. Die Weltenwanderin trieb ihren Wallach in einen leichten Trab. Bei aller Eile schien sie nicht gewillt, blindlings in die Finsternis zu preschen. Braninn hielt sich dicht an ihrer Seite und lauschte. Hinter ihnen erklang der erste Aufprall von Holz auf gehärtetes Rindsleder wie ein Trommelschlag. Weitere Krieger schlossen sich Madarr an und fanden zu einem langsamen Rhythmus, der wie das Pochen eines riesigen Herzens klang und Braninn beruhigte. Solange er den Stamm hören konnte, fühlte er sich nicht verloren.

Doch je weiter sie sich entfernten, desto leiser wurde der tröstliche Herzschlag und umso schwerer lastete die Dunkelheit auf Braninns Gemüt. Die Pferde blähten unruhig die Nüstern, drehten lauschend die Ohren mal zu jener, mal zur anderen Seite. Plötzlich sauste ein dunkelgraues Etwas, ein großer, konturloser Schatten über sie hinweg. Kälte und Grauen befielen Braninn und drangen durch seine Haut wie ein eisiger Wolkenbruch durch ein Leinenhemd. Vor Schreck schnappte er hörbar nach Luft. Seine Stute sprang hektisch zur Seite. Sofort verdichtete sich die Schwärze. Wie von selbst verlagerte Braninn das Gewicht und trieb sein Pferd mit dem Schenkel zurück ins Fackellicht. Seine Finger vergewisserten sich, dass er den glatten Speerschaft noch umklammerte.

»En medje fennen«, hörte er die Stimme der Kismegla. »Vergiss nicht, dass du im Licht wandelst! Du musst es in dir tragen.«

Das Licht in mir tragen? Welches Licht denn?, fragte er sich, aber bevor er es laut aussprechen konnte, verschlug es ihm die Sprache. Die Pferde rissen die Köpfe hoch und wichen furchtsam zurück.

»Heilige Ahnengeister, steht uns bei!«, hauchte die Weltenwanderin und saß hastig ab, um sich den menschlichen Leibern zu nähern, die reglos im welken Gras vor ihnen lagen.

Braninn konnte sich nicht rühren. Wie gelähmt starrte er auf das mit blutigen Schnitten gezeichnete Mädchen hinab, zu dem sich die Kismegla hinunterbeugte. Fieberhaft suchte sie nach Lebenszeichen, die es nicht gab. Die Mutter des Kindes lag daneben, ihr Bauch durchlöchert wie von einem gewaltigen Speer und die Därme daraus hervorgezerrt. Braninn konnte nicht fassen, was er sah. Er hatte sie alle gekannt, wusste ihre Namen, konnte ihre Stimmen noch hören. Sie waren von seinem Stamm, waren immer da gewesen. Diese bleichen, hingeschlachteten Leiber... Das konnten sie nicht sein. Und doch gab es keinen Zweifel.

»Braninn!« Die scharfe Stimme der Alten schnitt durch seine Erstarrung wie eine Klinge. »Hör mir zu!«

Er riss sich von dem grauenhaften Anblick los und zwang sich, sie anzusehen.

»Tarronn ist nicht hier. Ich muss weiter, um ihn zu suchen, aber der Stamm darf nicht länger warten. Du siehst, was sonst mit uns allen geschieht.«

»Aber... du kannst doch nicht allein...«, widersprach Braninn, doch die Kismegla fiel ihm ins Wort.

»Du musst zurück, um deinem Vater zu sagen, was hier geschehen ist. Glaubst du denn wirklich, du könntest mich mit deinen lächerlichen Waffen vor Embragojorr beschützen?«

Embragojorr. Die Storchenköpfige. Mit einem Mal verstand Braninn, was die Bauchdecke der toten Frau durchstoßen hatte. »Dann wirst du auch sterben!«, rief er außer sich. »Du darfst nicht gehen. Der Stamm braucht dich.«

»Die Faitalorrem brauchen eine Kismegla«, stimmte sie ihm zu. »Aber wenn ich Tarronn nicht finde, werde ich wertlos sein. Ich habe ihm meine Trommel anvertraut, Braninn. Weißt du, was das bedeutet?«

Er schüttelte den Kopf. Zwar hatte er schon als Kind gelernt, dass die Weltenwanderer ihre Trommel brauchten, um in die Geisterwelt zu reisen, ebenso wie ein Steppenkrieger sein Pferd. Aber das war kein Grund, in den sicheren Tod zu gehen.

»Mach dir in Umais Namen eine neue Trommel! Das ist doch nicht so schwierig.«

Die Kismegla lächelte traurig. »Das kann ich nicht. Die Trommel ist der Wohnsitz meines Hilfsgeistes. Ohne ihn bin ich nutzlos. Er ist es, der mich in die jenseitigen Welten trägt. Solange es die alte Trommel gibt, ist er darin gefangen und kann nicht zu mir kommen. Aber selbst wenn er es könnte … Das Innere der Trommel birgt noch weitere Geheimnisse, die niemals verloren gehen dürfen. Die Weisheit der Ahnen liegt darin. Wie sollen wir ohne ihr Wissen die Welt verstehen?«

»Das weiß ich nicht«, gab Braninn zu. »Aber wer soll uns durch die Dunkelheit führen, wenn nicht du?«

»Dein Vater muss es tun.«

»Wenn er es könnte, hätte er dich nicht darum gebeten!«

»Sein Herz wird ihn leiten, so wie mich das meine geführt hat. Einen anderen Weg gibt es nicht«, eröffnete ihm die Kismegla. Er sah sie ungläubig an. Seufzend nahm sie die Fackel in die Linke und nestelte mit der Rechten ein schimmerndes Plättchen aus Bronze hervor, von denen unzählige an ihrem Gürtel baumelten. »Hier. Gib ihm das! Das ist der Geist der Eule, die selbst in dunkelster Nacht ihren Weg sieht. Er wird euch helfen.«

Braninn spießte seinen Speer in den Boden und nahm das kleine Stück Bronzeblech entgegen. Der Kopf einer Eule war darin eingeprägt. Sorgfältig schob er es unter seinen Gürtel. Die Kismegla entzündete derweil die zweite Fackel und reichte Braninn dann die erste.

»Damit wirst du nicht weit kommen«, stellte er nüchtern fest. Es war sein letzter Versuch, sie aufzuhalten, obwohl er wusste, dass sie es sich nicht anders überlegen würde.

»Auf meiner Suche werde ich andere Augen brauchen als diese hier«, sagte sie und deutete dabei vage auf ihr Gesicht.

Braninn konnte darauf nichts erwidern. Wortlos hängte er sich den Schild über den Rücken, damit er die Fackel in die

Zügelhand nehmen konnte, und zog schließlich den Speer wieder aus der trockenen Erde.

»Mögen die Ahnen über euch wachen!«, wünschte die Kismegla.

»Und über dir«, murmelte Braninn, aber er fragte sich, was mit ihren Vorfahren geschehen sein mochte. Hatte die Finsternis die Sterne ausgelöscht? Er verhärtete sein Herz, um sich abwenden zu können, und hörte in der Ferne das Pochen der Speerschäfte auf den Schilden der Krieger. Dort war das Leben. Hinter ihm lag nichts als der Tod.

Sava
Sarmyn

»Ich flehe Euch an, lasst meine Zofe am Leben!«, bettelte Sava verzweifelt. »Ich werde meinen Vormund bitten, auch für sie ein Lösegeld zu zahlen.« Ihr fiel nichts ein, womit sie den gefühllosen Raubritter sonst erweichen konnte.

Erduin fletschte die Zähne zu einem Lächeln, das dem seiner Hauler glich. »Die Mühe könnt Ihr Euch sparen, denn ich werde bereits für Euch gerade so viel verlangen, wie ein kleiner Burgherr nur aufzutreiben vermag. Aber macht Euch keine Sorgen. Es wäre unklug von mir, die Biester auf den Geschmack von Frauenfleisch zu bringen. Sie könnten eine Adlige schließlich nicht von einem Bauerntrampel unterscheiden, und das wäre schlecht für meine Einkünfte.«

Die Räuber lachten, doch Savas Erleichterung währte nur kurz.

Der Anführer wandte sich an seine Männer. »Macht mit ihr, was ihr wollt, aber macht es später! Die Hauler sind nicht die Einzigen, die Hunger haben.« Er wendete sein Pferd und ritt an die Spitze des Zuges, ohne seine Gefangene eines weiteren Blicks zu würdigen.

Bei dem Gedanken an Essen musste Sava würgen. Sie versuchte, Mari im Auge zu behalten, doch der stinkende Kerl namens Wiger übernahm die Zügel ihrer Stute und führte sie direkt hinter seinen Hauptmann. Ob die Hauler ihnen folgten wie ein Rudel zweibeiniger Hunde, wollte sie lieber gar nicht wissen. Eigentlich wollte sie überhaupt nichts mehr wissen. Ihre Haut brannte, wo die Klauen des Haulers sie durchstoßen hatten, und in ihrem geprellten Knie pochte es. Das Gefühl der Ohnmacht ließ sie alles überdeutlich wahrnehmen und betäubte sie zugleich. Ihre Gedanken irrten umher wie gehetzte Rehe in einem Gehege, ohne einen Ausweg zu finden. *Was werden sie Mari antun? Kunmag wird vor Zorn mit den Zähnen knirschen, wenn er Erduins Botschaft liest. Wir hätten auf Nielte hören und ihn zurücklassen sollen. Ich hätte Herian anflehen müssen, kein Wagnis einzugehen. Dann wäre er jetzt nicht tot...*

Sie wusste nicht, wie viel Zeit vergangen war, als sie das Dorf erreichten. Ein paar Hunde bellten hinter sicheren Türen, sonst rührte sich nichts. Erduin hielt vor einem Haus, in dem noch Licht brannte, und Sava erkannte im Halbdunkel einen irdenen Krug, der über der Tür aufgehängt war: das Zeichen des Gasthauses.

Der Raubritter sprang ab und brüllte nach dem Wirt, bevor er neben Savas Pferd trat. »Ihr dürft absteigen«, gestattete er ihr.

»Und wie?« Sava ruckte bedeutungsvoll an ihren Fesseln, obwohl sie die Antwort ahnte.

Erduin entblößte erneut die makellosen Zähne, anstatt etwas zu sagen. Sava verfluchte ihn im Stillen, aber ihr blieb nichts anderes übrig, als ein Bein über den Hals des Pferdes zu schwingen, das prompt scheute, weil sich der Rock verfing. Sie fiel mehr aus dem Sattel, als dass sie glitt, und wäre gestürzt, wenn der Ritter sie nicht grob gepackt und festgehalten hätte. Seine Finger gruben sich wie eiserne Klauen in ihre Arme. Eingezwängt zwischen ihm und dem Pferd versuchte

Sava angewidert, sich ihm zu entwinden. Er ließ jedoch nur einen ihrer Arme los und führte sie zur Tür, wo sich der Wirt mit ängstlicher Miene unterwürfig verbeugte.

»Trag auf, was du hast!«, befahl Erduin. »Und denke daran, was passiert, wenn es nicht reichlich ist!« Damit zerrte er Sava an dem Mann vorbei durch den Schankraum, wo zwei Frauen hastig in die Küche entflohen, und eine schmale Treppe hinauf, die auf einen ebenso engen Flur mündete, von dem mehrere Türen abzweigten. Rußende Kienspäne, die in eisernen Halterungen steckten, spendeten spärliches Licht.

Erduin stieß eine der Türen auf und drängte Sava in die dahinter liegende Gästekammer. Die Decke war so niedrig, dass der Ritter kaum aufrecht stehen konnte. Ein mit Strohsäcken gefülltes Bettgestell, ein wackliger kleiner Tisch und zwei Schemel füllten das Zimmer bereits aus. Durch das unverschlossene Fenster wehte kühle Nachtluft herein.

»Ich hoffe, das Gemach entspricht Eurem Geschmack«, spottete Erduin. »Soll ich für uns beide eine Mahlzeit heraufbringen lassen?«

»Lieber würde ich mit den Schweinen aus einem Trog fressen!«, zischte Sava.

Die Hand des Ritters packte fester zu. »Dann sollten wir Euch das auf der Stelle ermöglichen.«

Sava brach kalter Schweiß aus. *Hätte ich doch nur meinen Mund gehalten! Soll er doch essen, wo er will.*

Aber Erduin lachte nur. »Wie eng Mut und Angst doch beieinanderliegen. Vielleicht tut es Euch gut, wenn ich Euch mit der Vorfreude auf meine Rückkehr ein wenig allein lasse. Hunger und Furcht haben schon viele Leute gefügig gemacht.« Er griff nach ihren Brüsten, die sich deutlich unter dem fein gewebten Stoff ihres Kleides abzeichneten.

Sava wich entsetzt zurück.

»Wisst Ihr, der Begriff *unversehrt* ist sehr dehnbar«, erklärte er belustigt. »Wir werden uns nachher in aller Ruhe seinen Grenzen nähern.«

Er ließ sie los, um die Kammer zu verlassen und die Tür hinter sich zu verriegeln. Sava blieb allein im Mondlicht zurück. Sie spürte ihren Herzschlag bis in den Hals. Obwohl sie wusste, dass es zwecklos war, stellte sie sich mit dem Rücken zur Tür und versuchte, mit ihren gefesselten Händen den Riegel zu öffnen. Doch der Ritter hatte ihn von außen gesichert. Dafür ertastete Sava etwas anderes, das ihr Hoffnung gab. Er hatte vergessen, den Splint zu entfernen, mit dem sich der Riegel auch von innen sperren ließ. Hastig schob sie ihn durch das Loch und atmete auf. Vielleicht war sie nun wenigstens für diese Nacht vor ihm sicher.

Augenblicklich fiel ihr Mari wieder ein, die den Räubern schutzlos ausgeliefert war. Vergeblich zerrte sie an ihren Fesseln. Sie konnte nichts tun, um dem Mädchen zu helfen. Wieder stiegen ihr Tränen in die Augen und fanden den Weg über ihre Wangen. Verzweifelt ging sie zu dem schmalen Fenster, durch das sie mit gebundenen Händen nicht entfliehen konnte. Es gewährte ihr einen Blick auf den roten Mond Odon, der voll am Himmel stand. *Bist du wirklich das Herz des Toten Gottes?*, fragte sie ihn stumm. *Steht in Tominks Schriften die Wahrheit über deine hohe Gemahlin? Wenn es dich gibt, Dearta, wenn du so gütig bist, wie die Bauern sagen, dann bitte ich dich: Hilf uns! Hilf uns in unserer Not!*

Sie brach schluchzend zusammen, kniete vor dem Fensterbrett und weinte, bis keine Tränen mehr kamen. Von unten drang der Lärm der immer ausgelassener zechenden Räuber herauf. Sava wollte ihn nicht hören, wollte die Bilder nicht sehen, die er vor ihrem geistigen Auge erweckte, aber sie konnte sich ihnen nicht entziehen.

Plötzlich trat ein Augenblick der Stille ein, bevor erneut Tumult in der Schenke ausbrach. Sava merkte auf. Das fröhliche Grölen war lautem Gebrüll gewichen. Sie hörte Krachen und Splittern und den Klang aufeinanderprallender Klingen. Auch von draußen ertönte nun eine wilde Mischung aus Geschrei, hastigen Schritten und schließlich Hufschlag.

Jemand polterte die Treppe herauf. Hastig rappelte sich Sava auf und starrte auf die Stelle, wo sie im Halbdunkel den Riegel erahnte, an dem nun heftig gerüttelt wurde. »Wer ist da?«, wollte sie rufen, als die Tür auch schon unter einem Fußtritt krachend nachgab und aufflog. Eine hünenhafte Gestalt, die den Türrahmen zu sprengen schien, zeichnete sich als dunkler Umriss vor dem Licht im Flur ab. »Noch einer«, knurrte der Fremde und hob sein Schwert.

»Nein!«, schrie Sava. Rasch trat sie in das hereinfallende Licht. Bei ihrem Anblick wich der Hüne einen Schritt zurück und deutete eine Verneigung an.

»Verzeiht mir, edle Dame«, bat er, obwohl die Worte nur schwer mit seinem bärbeißigen Tonfall in Einklang zu bringen waren. Auch sein Gesicht war noch vom Zorn des Kampfs gezeichnet. »Ich war auf der Suche nach diesem elenden Pack, das Euch wohl entführt hat.«

Sava war sicher, dass bereits der Anblick dieses von Narben gezeichneten Kämpen in seinem blutigen Kettenhemd genügte, um jeden weiteren Feind in die Flucht zu schlagen. Blut klebte an seiner breiten, wuchtigen Klinge, die nur ein Mann von enormer Kraft zu führen vermochte. Er trug einen Helm, der die breite Nase mit verdecken sollte, was nur unvollständig gelang. Sein Bart war nach ritterlicher Sitte kurz gehalten, ließ aber die grauen Haare erkennen, die sich darin mit den dunkelblonden mischten.

»Ich glaube, Ihr werdet hier oben keinen weiteren Räuber finden«, erwiderte Sava. »Ich hätte gehört, wenn noch jemand heraufgekommen wäre.«

Der Ritter nickte schnaubend, wandte sich aber dennoch ab, um sich selbst davon zu überzeugen, dass die anderen Zimmer leer waren. Sava beobachtete ihn von der Tür aus. »Habt Ihr unten meine Zofe gesehen?«, fragte sie besorgt.

Der Fremde warf einen Blick in die letzte Kammer, bevor er sich wieder Sava zuwandte. »Entschuldigt mein schlechtes Benehmen«, bat er. Er klang nun freundlicher, aber höfisches

Auftreten war ihm nicht in die Wiege gelegt worden. »Ich bin Narrett von Gweldan.«

»Sava von Rédké, Mündel Kunmags auf Emmeraun«, erwiderte sie und neigte grüßend den Kopf.

Der Hüne stutzte. »Rédké? Seid Ihr etwa Merdans Tochter?«

Sava nickte. »Die bin ich. Kanntet Ihr meinen Vater?«

»Ha!«, machte Narrett erfreut. »Er zählte zu meinen besten Freunden. Es ist mir eine besondere Ehre, ausgerechnet Euch gerettet zu haben.« Er schien einen Augenblick in der Vergangenheit zu weilen, bevor ihm Savas Frage wieder einfiel. »Nein, Eure Zofe habe ich nicht gesehen, aber das will in diesem Kampfgetümmel nichts heißen.« Hastig befreite er ihre Handgelenke von den Riemen. »Kommt! Ich muss nach meinen Männern sehen.«

Sava folgte ihm die Treppe hinab in die Schenkstube, die völlig verwüstet war. Tische und Bänke waren umgeworfen, Krüge und Becher zu Boden gefallen, sodass die eingestreuten Binsen mit Scherben und Bierlachen durchsetzt waren. Ein Hund suchte in dem Durcheinander seelenruhig nach fressbaren Brocken, während einige Ritter und Bewaffnete Narretts die erschlagenen Räuber hinaustrugen, Gefangene fesselten und einen schwer verwundeten Kameraden notdürftig auf einen Tisch betteten.

Als Narrett sogleich begann, Befehle zu erteilen, schweiften Savas Blicke durch den Raum, ohne Mari finden zu können. Dafür entdeckte sie den zitternden Wirt, der hinter seinem Schenktisch in Deckung gegangen war und dort noch immer saß. Doch auch er wusste nicht, wohin das Mädchen verschwunden war. »Vielleicht is' sie schnell rausgelaufen, als Eure Retter kamen, Herrin«, riet er, sichtlich bemüht, hilfreich zu sein. »Bitte, Herrin, Ihr werdet doch 'n gutes Wort für mich einlegen bei Euerm Herrn. Ich konnt' doch nich' anders, als dem schlechten Herrn Erduin zu gehorchen. Der hat uns schon mal seine Hauler ins Dorf geschickt.«

»Ja, ja«, antwortete Sava abwesend. »Das werde ich.« Ihre Gedanken galten Mari, und da der Kampf offensichtlich vorüber war, eilte sie mit einem aus seiner Halterung gepflückten Kienspan hinaus, um draußen nach ihr zu suchen. Vor der Tür rief sie nach ihr, während sie sich fragte, welche Verstecke es hier gab. Linker Hand befand sich die Scheune mit den Stallungen, rechts ein mit Flechtwerk eingezäunter Garten. Sava entschied sich für die Scheune. *Mari könnte auf den Heuboden geklettert oder ins Stroh gekrochen sein*, überlegte sie und lief zum Tor hinüber, das halb offen stand.

»Mari?«, fragte sie laut, als sie eintrat. Mehrere Pferde standen gesattelt auf der Stallgasse herum, andere in Ständern angebunden, wo sie friedlich ihr Heu zwischen den Zähnen mahlten. Sava suchte sich einen Weg zwischen den Tieren hindurch und hielt dabei auch nach ihrer Stute Ausschau.

Hinter einem übellaunig die Ohren anlegenden Streitross stieß sie überrascht auf einen Fremden, der mit zusammengebissenen Zähnen seinen rechten Oberarm umklammerte. Trotz seines festen Griffs, der die Knöchel weiß hervortreten ließ, rann ihm noch immer Blut über die Finger. Sava hatte von ihrer Mutter genug über Heilkunde gelernt, um sofort zu begreifen, dass er sterben würde, wenn ihm niemand half. Dennoch zögerte sie. Der Mann trug das braune Haar zu kurz für einen Ritter, doch für einen Räuber sah seine Kleidung zu sauber aus. Neben ihm lag sein Schwert am Boden, wo er es entkräftet fallen gelassen hatte. Er musste einer von Narretts Dienstmannen sein.

Der Verletzte hatte sie bemerkt und sah gehetzt auf, als fürchte er, seine Gegner seien zurückgekommen.

»Warte!«, sagte sie, obwohl der Mann sicher nirgendwohin laufen würde. Er lehnte an einem Balken und wäre ohne diese Stütze gefallen. »Ich muss dir ...« Sie sah sich hastig nach einer Halterung für den Kienspan um, den sie nicht einfach ins Stroh fallen lassen durfte. Erst als sie ihre einzige Lichtquelle sicher verwahrt hatte, konnte sie mit fliegenden Fingern einem Pferd den Zügel aus der Kandare schnallen und damit den Arm des Fremden so fest abbinden, dass die Blutung endlich nachließ.

»Ich könnte es noch besser machen, aber dazu müsste ich den Ärmel abtrennen«, überlegte sie laut.

»Hier«, brachte der Mann hervor und zog mit der Linken das Messer, das er am Gürtel trug.

Sava nahm es rasch, weil sie fürchtete, es könne ihm entgleiten. »Willst du dich setzen? Du kannst doch kaum noch stehen.« Vor Aufregung fuchtelte sie gefährlich mit der Klinge herum. Sie war – von der unfreiwilligen Zweisamkeit mit Erduin abgesehen – noch nie allein mit einem Fremden gewesen und hatte auch noch nie auf eigene Verantwortung einen so schwer Verletzten versorgt.

»Sava, seid Ihr hier?«, rief Narrett vom Eingang her, bevor der Mann antworten konnte.

»Ja, ich habe einen Eurer Verwundeten gefunden«, bestätigte sie und sah den Fremden in plötzlicher Verunsicherung noch einmal an. War er wirklich kein Räuber?

In seinen Augen funkelte Belustigung auf. »Das wär jetzt zu spät«, meinte er leise.

Sava wusste nicht, was sie sagen sollte, und sah ihn einfach nur an. Das Messer in ihrer Hand hatte sie vergessen.

»Verdammt sei Erduin, dieser dreckige Bastard!«, entfuhr es Narrett angesichts der Blutlache. »Helft ihm ins Haus, Männer!«

Zwei seiner Leute stützten den Verletzten und führten ihn aus der Scheune hinaus.

»Ich danke Euch, Sava. Wahrscheinlich habt Ihr das Leben meines besten Söldners gerettet«, lobte Narrett und streckte wie selbstverständlich die Hand aus, um sich das Messer geben zu lassen. »Der Mistkerl bildet sich zwar zu viel darauf ein, aber ich würde ihn nur ungern verlieren. Ist wie mit einem guten Jagdhund, wisst Ihr?«

Sava nickte noch immer verwirrt und erinnerte sich daran, weshalb sie in den Stall gekommen war. »Eigentlich hatte ich gehofft, Mari hier zu finden.«

»Ach ja, Eure Magd. Sava, Ihr dürft nicht allein hier draußen herumlaufen. Das feige Schwein ist uns wieder einmal entkommen. Und es könnte sich noch mehr von diesem Abschaum hier herumtreiben. Meine Leute werden Mari für Euch suchen.«

Als sie das Gasthaus wieder betraten, setzte er sein Versprechen in die Tat um und schickte zwei Männer nach Mari aus, bevor er zu dem verwundeten Ritter gerufen wurde, dessen Zustand sich erheblich verschlechtert hatte. Sava stand verloren zwischen den Bewaffneten herum, die die gefesselten Räuber in einer Ecke bewachten und ihre eigenen Verwundeten versorgten, während sie jene der Gesetzlosen sich selbst überließen. *Auf sie wartet ohnehin der Strang*, wurde Sava bewusst.

Ihr Blick fiel auf den Fremden, den Narrett als Söldner bezeichnet hatte. Sie hatte schon davon gehört, dass es manche Bauernsöhne vorzogen, sich mit dem Schwert zu verdingen, anstatt Land zu bestellen, doch kaum ein Burgherr leistete sich bezahlte Kämpfer, wenn er genauso gut auf seine eingesessenen Dienstmannen zurückgreifen konnte. Es gehörte Mut dazu, diesen Weg zu wählen, denn Kettenhemd und Helm waren Privilegien der Ritter, über die sie strengstens wachten. Wie Sava an den ledernen Harnischen erkennen konnte, hatte Narrett sogar mehrere Söldner angestellt. Er musste sehr wohlhabend sein.

Ein Kamerad hatte dem Verletzten, der an die Wand gelehnt auf einer Bank saß, den Ärmel der Tunika abgetrennt und den Zügel so straff verknotet, dass die Blutung versiegt war. Nun wollte er den abgeschnittenen Ärmel als Verband um den tiefen Schnitt an der Innenseite des Arms legen. Der Anblick rief Sava die eindringlichen Ermahnungen ihrer Mutter in den Sinn, dass nur saubere Stoffe mit Wunden in Berührung kommen durften. Wussten die Männer das etwa nicht?

Froh, ihre Gedanken auf etwas Sinnvolles richten zu können, wies Sava den Wirt an, ihr unverzüglich heißes Wasser und frisches Leinen zu bringen. Er eilte beflissen davon, während sich Sava straffte, um vor den Söldnern als Herrin aufzutreten, wie sie es gelernt hatte. »Nimm diesen schmutzigen Lumpen wieder herunter!«, befahl sie dem verdutzten Mann. »Du willst deinen Kameraden doch nicht umbringen.«

Der Söldner kämpfte sichtlich dagegen an, einer Adligen eine zornige Antwort zu geben, aber der Verwundete hob schwach eine Hand, um seinen Freund zu mäßigen. »Lass mal, Raff. Sie versteht mehr davon als du.«

»Und noch dazu ist sie viel hübscher«, murrte Raff, wich jedoch zurück.

Seine Bemerkung machte Sava befangen. Stets hatte man ihr eingeschärft, keinen vertrauten Umgang mit fremden Männern zu haben, schon gar nicht mit solchen, die nicht dem Adel entstammten. Aber wenn sie nun einen Rückzieher machte, verlor sie ihre Würde. Entschlossen trat sie vor und entfernte den notdürftigen Verband wieder. Die Frau des Wirts brachte ihr eine Schale dampfendes Wasser und ein sauberes Bettlaken.

»Schneide es in Streifen!«, wies Sava Raff an, da sie kein Messer hatte. Mit dem ersten Stück, das er ihr reichte, begann sie, die Haut um die Wunde abzuwaschen, damit sie den Schnitt richtig sehen konnte. Der Verletzte zuckte vor Schmerz zusammen.

»Es tut mir leid. Ich muss das tun«, entschuldigte sie sich. Der Söldner war unter der gebräunten Haut blass geworden. Dennoch gelang ihm die Andeutung eines Lächelns. Sava fand seine Züge fast schon grob, aber wenn er lächelte, bekamen sie etwas Jungenhaftes. Sie sah in seine dunkelblauen Augen und hatte Mühe, sich wieder abzuwenden.

»Ich danke Euch dafür«, flüsterte er.

»Rodan!« Narretts Stimme traf Sava wie ein Peitschenhieb, obwohl er sie nicht meinte. »Wir sprechen uns gleich noch!«, drohte er, bevor er sich streng an Sava wandte. »Es ist nicht Eure Aufgabe, Euch um die Söldner zu kümmern. Ritterliches Benehmen ist ihre Sache nicht, versteht Ihr? Außerdem wird es Euch freuen, dass man Eure Magd gefunden hat.«

»Mari?« Sava legte hastig den Lappen, mit dem sie die Wunde gewaschen hatte, ins Wasser und eilte ihrer Zofe entgegen, obwohl Narrett das sicher wieder unziemlich fand. Doch der hatte sich bereits Rodan zugewandt, um ihn scharf zurechtzuweisen. Sava empfand Mitleid mit dem Söldner, doch Maris Anblick ließ sie ihn rasch vergessen. Jemand hatte der Zofe einen weiten Umhang umgelegt, damit sie die Blöße bedecken konnte, die ihr zerrissenes Kleid bot. Ihr Gesicht war ebenso voll Schrammen und Schmutz wie das, was von ihren Kleidern zu sehen war. Die stets sorgsam aufgesteckten Haare hingen ihr wirr um den Kopf. Sie hielt den Blick zu Boden gerichtet und sah nur kurz auf, als Sava sie mit einem Arm umfing, um sie nach oben zu führen, fort aus den Augen der fremden Männer.

Nur Narrett von Gweldan trat ihnen in den Weg, bevor er sie zur Treppe ließ. »Beim Andenken Eures Vaters, Sava, dafür werde ich den verfluchten Schinder morgen zur Rechenschaft ziehen!«

Arion
Egurna, Sarmyn

Eine stahlgraue Wolkendecke, die Schnee verhieß, hing am Mittwintertag über Egurna. Und dennoch gab es am östlichen Horizont einen Streifen klaren Himmel, wo die aufgehende Sonne wie flüssiges Feuer aus der Tiefe stieg und die Wolken in Brand setzte.

»Seht Arutar, den Ersten König! Gründer des Reiches und ewiger Wächter über sein Schicksal. So wie er sein strahlendes Angesicht an jedem neuen Morgen erhebt, um die Dämonen der Finsternis zu bannen, so sollt Ihr Euch gegen die Feinde des Reiches erheben, wenn Euer König ruft. Lasst Euch von seinem Geist erfüllen! Auf dass Euer Herz mit dem Herz des Reiches wie eines schlägt.« Der Bewahrer des Erbes hob die Arme in einer feierlichen Geste der Sonne entgegen.

Das leuchtende Rot und Gelb seiner Robe loderte auf, als ob er in die Flammen Arutars gehüllt sei.

Ergriffen blickte Arion in das feurige Rund, dessen rotgoldene Glut sich in sein Herz ergoss. Er war eins mit ihm, eins mit dem Licht und den anderen jungen Rittern, die sich versammelt hatten, um an diesem Tag den Treueid abzulegen. Schweigend standen sie auf der weiten, nach Osten ausgerichteten Plattform, die Arutars Gruß genannt wurde, vereint in einem andächtigen Moment der Erhabenheit.

»Möge der Blick des Ersten Königs stets mit Stolz auf Euch ruhen«, wünschte der Bewahrer des Erbes. »Nehmt nun den letzten, demütigen Trunk aus der Hand Eures Bürgen in Empfang!«

Bedauernd wandte sich Arion von der aufgehenden Sonne ab und suchte geblendet unter den wartenden Männern hinter sich nach Waig. Über vierzig Ritter wollten vor den König treten, und ebenso viele standen ihnen zur Seite, um sie anzuleiten und für sie zu bürgen. Ob Vater oder Freund, Bruder oder Lehrmeister, wer selbst den Eid geleistet hatte, war würdig, dieses Amt zu übernehmen. Arion fühlte sich geehrt, dass Waig als Erbe eines der mächtigsten Fürsten ihm diesen Freundschaftsdienst angeboten hatte. Einen besseren Fürsprecher konnte er sich nicht wünschen.

Der Becher mit kaltem Wasser wirkte klein in der Hand des hünenhaften jungen Ritters. »Stellt Euch vor, es wäre Bier«, riet Waig verschwörerisch. »Dann bleibt Ihr länger satt.«

Arion nickte mit einem flüchtigen Grinsen und nahm das Einzige entgegen, was er bis zum abendlichen Festmahl in den Magen bekommen würde. Waig hatte ihm erklärt, dass es eine der Prüfungen war, die zur Zeremonie gehörten. Wen ein bisschen Hunger zusammenbrechen ließ, bevor er den Eid abgelegt hatte, dem konnte es mit dem Schwur nicht allzu ernst sein. Am Abend zuvor war Arion das lächerlich erschienen, doch nun war ihm vor Aufregung so flau, dass er um jeden Schluck froh war. Der kalte Wind, der sich bei Sonnenaufgang gelegt hatte, frischte wieder auf.

»Wie viel Zeit bleibt mir noch? Muss ich mich mit dem Trinken beeilen?«

Waig schüttelte den Kopf. »Keine Sorge! Erst müssen die Gäste ihre Plätze einnehmen. Dann zieht der König mit seinem Gefolge ein. Und dann hält der Bewahrer eine Rede über die Bedeutung dieses Tages. Ich habe das schon so oft gesehen, dass ich jedes Wort mitsprechen kann. Aber mir ist trotzdem immer feierlich zumute. Was gibt es Höheres im Leben, als dem König zu dienen?«

»Nichts«, stimmte Arion überzeugt zu. *Der König ist das Herz des Reiches, und das Reich ist alles*, hörte er die Stimme seines Vaters. Seit Arion denken konnte, war Kunmag kein anderer Satz so oft über die Lippen gekommen. Bestimmt wäre er gern hier, an Waigs Stelle, gewesen. Aber warum war er dann nicht an den Hof gekommen? Arion wusste nicht, wieso er plötzlich daran zweifelte, dass es wirklich nur die Pflichten eines Burgherrn waren, die seinen Vater von der Reise abgehalten hatten. Doch welchen anderen Grund konnte es schon geben?

Trommelwirbel und schmetternde Fanfaren rissen ihn aus den sinnlosen Grübeleien. Ungeduldig stürzte er das restliche Wasser nun doch hinunter, anstatt zu warten. Von Arutars Gruß aus konnte er den festlichen Zug nicht sehen, der vom Kern der Burg zur Halle der Rechtsprechung schritt, sodass er sich das Schauspiel vorstellen musste, aber die Musikanten waren nicht zu überhören.

Erst als die Fanfaren verstummten, kam Bewegung in die wartenden Ritter. Waig und Arion schlossen sich den anderen an, um vor dem Saal Aufstellung zu nehmen.

»Habt Ihr Euch gemerkt, hinter wem Ihr Euch einreihen müsst?«, wollte Waig wissen.

Arion erschrak. »Ist das wichtig? Ich dachte, dass ich aufgerufen werde.«

Sein Freund klopfte ihm beruhigend auf die Schulter. »Das werdet Ihr auch. Aber es wird erwartet, dass sich Eidanwärter und Bürgen in einer geordneten Schlange bereithalten, sonst stehen wir morgen früh noch vor der Tür.«

Das kann auch wieder nur mir passieren. »Und was mache ich jetzt?«

»Abwarten«, gab Waig achselzuckend zurück. »Wenn wir außen vor bleiben, wird sich eine Lücke bilden, weil irgendjemand darauf warten wird, sich hinter Euch aufzustellen.«

»Wart Ihr an Eurem eigenen Eidtag auch so gelassen?«, fragte Arion angespannt.

»Nein«, lachte Waig. »Ich war so aufgeregt, dass ich zum Pinkeln musste, als nur noch einer vor mir dran war.«

»Das würde mir gerade noch fehlen!« Arion nahm sich fest vor, sich keinen peinlichen Ausrutscher mehr zu leisten.

Kurz darauf erhielten die vordersten Ritter ein Zeichen, die Halle der Rechtsprechung zu betreten und durch den Mittelgang nach vorn zu schreiten. In einer würdevollen Prozession zogen die Eidanwärter und ihre Bürgen zwischen den Zuschauern ein, die zu beiden Seiten auf Bänken Platz genommen hatten. Der Klang gedämpfter Trommeln und Schalmeien erfüllte den mit weißen, roten und gelben Bannern geschmückten Saal. Unzählige Fackeln halfen dem trüben Tageslicht, die Schatten zwischen den hohen Mauern und Säulen aus rotem und blauem Marmor zu erhellen.

Gemessenen Schrittes und mit respektvollem Abstand zum Vordermann ging Arion neben Waig her, aber schon als sie unter dem Portal hindurch waren, mussten sie wieder stehen bleiben, weil der erste Ritter das Ende des Mittelgangs erreicht hatte. Arion versuchte, unauffällig durch die beiden Reihen der Ritter nach vorn zu spähen, wo einige Stufen zu dem schlichten Thron hinaufführten, auf dem Werodin der Dritte saß. Der König bot selbst im Sitzen eine stattliche Erscheinung, obwohl er untersetzt und nicht auffallend groß war. Es lag vielmehr an seinem Blick und der noblen Haltung, die Arion bewunderte. Golden glänzte ein Gürtel auf dem dunklen Brokatgewand des Herrschers, über dem er einen Umhang aus braunen Zobelpelzen trug. Der eine Handbreit lange Vollbart war ebenso sorgfältig gestutzt wie das blonde Haar, auf dem der schmale goldene Reif lag, mit dem die Könige Sarmyns gekrönt wurden.

Hinter dem Thron hing ein riesiges weißes Seidenbanner mit dem goldenen Zeichen Arutars, sodass es aussah, als säße der König vor der aufgehenden Sonne selbst. Zwei seiner bewährtesten Ritter standen als Ehrengarde zu beiden Seiten. Linkerhand hatte Werodins Familie auf dem Podium Platz genommen, darunter auch Die Feder und dessen Sohn. Der Bewahrer des Erbes, der eine Pergamentrolle mit den Namen der Eidanwärter und Bürgen in der Hand hielt, stand dagegen auf der rechten Seite des Königs, die für jene reserviert war, die bald den Treueschwur geleistet haben würden.

Wie Waig prophezeit hatte, ging es nur langsam voran. Kettenhemd und wollener Umhang hingen Arion immer schwerer am Leib, aber die Zeremonie verlangte einen gerüsteten Ritter, um ihn daran zu erinnern, worum es bei seinem Eid ging: das Schwert niemals gegen den König zu erheben und ihn im Krieg mit ganzer Kraft zu unterstützen. *Viel Kraft ist bald nicht mehr übrig*, dachte Arion angestrengt. Der Hunger nagte an ihm, und je weiter er vorrückte, desto bewusster wurden ihm all die neugierigen Augen, die auf ihn gerichtet waren. Er hatte Saminé, die ihm aufgeregt gewinkt hatte, gleich zu Anfang in der Menge entdeckt, doch die meisten Gesichter kannte er nicht. Viele Adlige waren nur zu diesem Anlass nach Egurna gekommen, einige als Zuschauer, andere waren Begleiter der Eidanwärter aus deren Familien.

Durch die hoch oben in die Wände eingelassenen Fenster drang immer weniger Licht herein, während der Wind stetig zulegte. Eisig wehte er durch die Halle und bauschte die bunten Banner auf.

Es war schwierig, sich nicht beobachtet zu fühlen, doch als nur noch zwei Ritter vor ihm waren, konnte sich Arion nicht länger des Eindrucks erwehren, dass ihn jemand förmlich mit seinem Blick durchbohrte. *Das bilde ich mir nur ein*, sagte er sich, aber das Gefühl ließ sich nicht abschütteln. Wie beiläufig drehte er sich etwas zur Seite, um sich selbst davon zu überzeugen, dass ihm seine Phantasie nur einen Streich spielte.

Sein Blick traf den eines Ritters, der etwa zehn Jahre älter sein mochte als er. Mit verschränkten Armen starrte der Fremde ihn mit dunklen Augen an, die unter schwarzen, kühn gewinkelten Brauen hervorstachen. Auch das leicht gelockte Haar und der schmale, sehr kurz gehaltene Bart des Mannes hatten die Farbe glänzenden Rabengefieders. Arion furchte unwillkürlich die Stirn, doch so scharf er auch nachdachte, er konnte sich nicht an das ein wenig hagere Gesicht mit der hohen Stirn erinnern.

»Waig«, flüsterte er und beugte sich zu seinem Freund, um die Würde der Zeremonie nicht zu stören. »Kennt Ihr den schwarzhaarigen Ritter, der schräg hinter mir sitzt und mich so finster anstarrt?«

Waig warf unverhohlen einen prüfenden Blick über Arions Schulter. »Das ist Jagon, Jagon von Gordean«, antwortete er ebenso leise. »Aber wir sollten jetzt nicht mehr sprechen.«

Arion nickte nur, obwohl ihm ein erstaunter Ausruf auf der Zunge lag. Ein Gordean! Keine andere Familie des Reichs hatte einen so zweifelhaften Ruf. Hinter vorgehaltener Hand flüsterte man, dass ihnen nicht zu trauen war. Seltsame Ansichten sollten sie haben, verräterische Schlangen oder gar Zauberer sein. Gerüchte von Bündnissen mit krötenhäutigen Lorken und gewaltigen Riesen aus den Wäldern des Nordens gingen um. Selbst mit den Toten konnten die Gordean angeblich sprechen. Arion spürte die dunklen Augen auf sich und war geneigt, das alles zu glauben. Aber was hatte er getan, um diesen Mann gegen sich aufzubringen?

Wieder rückten sie einen Platz auf. Es war Arion nur recht,

mehr Abstand zwischen sich und den unheimlichen Ritter zu bringen. Vergeblich versuchte er, seine Gedanken wieder ganz auf die Zeremonie und den Eid auszurichten. Die Schwäche durch das lange Stehen, Hunger und Kälte vernebelten ihm den Kopf, in dem wüste Bilder eines die Toten beschwörenden Jagon herumtanzten. Er verlor das Gefühl für die Zeit und hätte beinahe versäumt, vorzutreten, als der letzte Ritter vor ihm aufgerufen wurde.

»Ist alles in Ordnung mit Euch?«, wisperte Waig.

»Ja«, wehrte Arion beschämt ab. Jedes Wort war eine Missachtung des feierlichen Augenblicks für den jungen Mann vor ihm.

Mittlerweile hatte sogar das fest aufgespannte Sonnenbanner hinter dem Thron begonnen, im einfallenden Wind zu flattern. Vereinzelt wirbelten Wolken winziger Schneeflocken durch die Fenster herein und schmolzen, noch bevor sie den marmorgefliesten Boden der Halle erreichten. Arion tauschte einen beunruhigten Blick mit Waig. Ein Unwetter während des Eids war ein schlechtes Omen. Der Wind störte sich nicht daran und wehte um die Säulen, während vor Arion rituelle Fragen und Antworten ausgetauscht wurden.

Eine neue Salve pulverigen Schnees stäubte über ihnen herein. Die Fackeln flackerten und spuckten schwarze Rußzungen. Besorgtes Raunen erhob sich unter den Versammelten.

»Ritter Arion, Sohn Kunmags auf Emmeraun«, verkündete der Bewahrer.

Arion bemühte sich, alles außer dem Eid zu vergessen, und trat an den Fuß der Treppe. Mit einer langsamen Bewegung zog er sein Schwert, sank auf das rechte Knie und legte die Waffe vor dem König nieder.

»Arion auf Emmeraun, seid Ihr gekommen, um Eurem König die Treue zu schwören?«, fragte der Bewahrer. Er musste die Stimme heben, um das lauter werdende Heulen des Windes zu übertönen.

»Ja, das bin ich«, erwiderte Arion entschieden. Ehrfürchtig

hielt er den Blick zu Boden gerichtet, wie es das Ritual vorschrieb.

»Waig von Smedon«, wandte sich der Bewahrer an den jungen Ritter, der seitlich hinter Arion stand. »Ist dieser Mann würdig, den höchsten Eid eines Ritters zu leisten?«

»Ich verbürge mich für seine Ehre«, antwortete Waig ernst. Aus dem Augenwinkel konnte Arion sehen, dass er dabei die mit einer goldenen Sonne verzierte Fibel berührte, die seinen Umhang hielt.

»Dann sprecht mir nach!«, forderte der Bewahrer. »Ich, Arion, Ritter auf Emmeraun, gelobe im Angesicht Arutars und vor allen Zeugen...« Heftige Böen fegten durch die Halle und ließen das Sonnenbanner knattern. Arion wiederholte die Worte des Bewahrers, so laut er konnte, ohne den Kopf zu heben: »...mein Leben dem Dienst an meinem König zu weihen. In der Not werde ich ihm beistehen, wie auch er mich vor den Feinden des Reiches schützen wird, und wenn sein Ruf mich erreicht, so werde ich mit aller Macht, die mir zu Gebote steht, diesem Ruf folgen.«

Der Wind pfiff und heulte nun so laut, dass Arion Schwierigkeiten hatte, den Bewahrer zu verstehen. Donner rollte in der Ferne.

»Sollte ich diesen Eid brechen, so ist mein Leben verwirkt. Möge sich die Hand jedes gerechten Ritters dann gegen mich erheben, um den Frevel vor Arutar und dem König zu sühnen.«

»Es sei!«, bekräftigte der Bewahrer.

Arion richtete sich auf, ohne sein Schwert wieder an sich zu nehmen, und trat vorsichtig über die blanke Klinge. *Ob sich tatsächlich jemals ein Schwert gegen seinen meineidigen Besitzer gerichtet hat?*, ging es ihm durch den Kopf, während er die vier Stufen zum Thron hinaufstieg, um dort erneut niederzuknien.

Werodin der Dritte kam zu ihm und berührte ihn an der Schulter. »Erhebt Euch, mein Sohn«, sagte er wohlwollend. Die Umarmung, mit der er Arion in den Kreis seiner Ritter aufnahm, war kurz, aber von aufrichtiger Freundlichkeit.

Als der König ihm die Sonnenfibel an den Umhang heftete, fühlte sich Arion noch immer entrückt, als ob er diesen Moment nur träume. Erst als Werodin ihm das von Waig gereichte Schwert zurückgab, fiel der Bann von ihm ab. Er deutete eine Verneigung an und trat zur Seite, wo die anderen neu vereidigten Ritter und ihre Bürgen Ehrenwache standen. Das Donnern war näher gekommen. Fauchend jagte der Sturmwind Schnee durch die Fenster, der in weißen Kaskaden auf die murrenden Zuschauer niederging.

Arion wollte sich deren Unmut allein mit dem Unwetter erklären, doch die schiefen Blicke einiger Ritter entgingen ihm nicht.

»Sie haben Euren Schwur nicht gehört«, knurrte Waig verärgert.

»Aber...«, setzte Arion an und verstummte. Alles, was man über Ritter munkelte, die ihren Eid im Angesicht des Zornigen Gottes geleistet hatten, fiel ihm wieder ein. *Das können sie nicht glauben! Der König hat mich angenommen. Er und der Bewahrer haben meine Worte gehört. Und Waig.*

Sein Blick fiel auf Jagon von Gordean, der spöttisch einen Mundwinkel hob.

Braninn
Phykadonien

»Ich weiß, dass ich dem Urteil des Obersten Heerführers vertrauen sollte, aber mir gefällt die Idee nicht, ausgerechnet Sarmyn anzugreifen«, gestand Krenn und strich sich fahrig über die Wange. Er hatte diese Geste nicht mehr abgelegt, seit Braninn ihm erzählt hatte, dass die eisige Berührung aus der Dunkelheit der Hauch eines Dämons war. »Diese Krieger sollen ganz in Eisen gekleidet sein. Wie kann man sie da besiegen?«

»Pah!«, machte Grachann, ein Häuptlingssohn, den Braninn von zahlreichen Stammestreffen kannte. »Ich habe gehört, dass sie faul und träge sind, weil sie niemand jemals herausfordert. Und selbst wenn sie sich hinter Mauern aus Eisen versteckten, würde ich immer noch lieber gegen sie kämpfen als gegen...« Er schüttelte sich und sprach nicht weiter.

Braninn wusste auch so, was Grachann meinte: die grausigen Fratzen und tastenden Finger, die in der Finsternis lauerten und gegen die Säbel und Speer machtlos waren, wie er auf der Flucht aus der Dunkelheit schmerzlich erfahren hatte. Schaudernd schob er die Erinnerungen an Blut und Todesschreie beiseite. Die Faitalorrem waren in Sicherheit gewesen, als er sie verlassen hatte, und es gab keinen Grund anzunehmen, dass es nicht mehr so war.

»Ertann hat recht damit, Sarmyn zu wählen«, verteidigte er den Plan des Obersten Heerführers aller Phykadonier, in dessen eigens errichteter Gästehalle sie saßen. Umgeben von Kriegern Ertanns, für die die Dämonen nur ferne Schauergeschichten waren, von denen Boten anderer Stämme berichteten, fiel es leicht, neuen Mut zu fassen. »Die Länder des Ostens sind uns durch die Dunkelheit versperrt. Wenn wir stattdessen zu den elenden Dämonenanbetern nach Süden, nach Kurézé, ziehen, können wir genauso gut nach Hause zurückkehren. Und im Norden gibt es nur Wald, so weit das Auge reicht. Wovon soll unser Vieh dort leben? Außerdem liegt der Schnee dort angeblich mannshoch. Da kann sich ein Pferd nicht einmal sein Futter frei scharren.«

»Aber gerade weil es in Sarmyn Nahrung im Überfluss geben soll, werden sie es mit aller Macht verteidigen«, wandte Krenn ein. »Ich würde das jedenfalls tun, wenn es meine Weidegründe wären.«

»So wie du sprichst, würdest du schon beim Anblick meiner Klinge die Flucht ergreifen«, höhnte Grachann. Er hatte ein hageres Raubvogelgesicht mit gebogener Nase, was Braninn sehr passend fand, da Grachann zum Stamm der Adler gehörte. Im stark gelockten schwarzen Haar steckten als Zeichen seiner Herkunft Adlerfedern, die wie ein Fächer seinen Nacken bedeckten.

»Nicht jeder reißt den Schnabel so weit auf wie du«, konterte Krenn beleidigt.

Grachann lachte laut auf. »Wenn du mit dem Säbel so gut kämpfen würdest wie mit der Zunge, müsstest du dir jedenfalls nicht so viele Sorgen machen.« Seine Stimmung schlug plötzlich wieder um in düstere Wut. »Zu viele sind schon gestorben. Wir brauchen neues Land. Und das holen wir uns in Sarmyn!«

An den Nebentischen wurden zustimmende Rufe laut. Jeder wusste, dass es keinen anderen Weg gab – zu viele Stämme waren vor der Dunkelheit geflohen. Es war eine Sache, ihnen in der Not über den Winter zu helfen, auch wenn es schon schwer genug fiel. Aber im Frühling würden sie Vieh und Weidegründe brauchen, um ein neues Leben zu beginnen. Die verbliebene Steppe konnte sie nicht alle ernähren.

»Unser Häuptling hat uns zum Sieg geführt, als die verfluchten Dämonenanbeter aus Kurézé über die Ustulsümpfe kamen«, erinnerte sie einer von Ertanns Männern. »Und er hat mit dem Stamm der Löwen die Kopfjäger zurückgeschlagen. Unter seiner Führung werden wir auch Sarmyn erobern!«

Jubel brandete auf, und die Krieger hoben ihre mit Agaja, der vergorenen Stutenmilch, gefüllten Becher auf den Obersten Heerführer.

Ganz Sarmyn wohl kaum, dachte Braninn. *Es soll ebenso groß sein, wie die Steppe weit ist. Aber uns wird schon ein kleiner Teil reichen.*

Ein Mädchen, das noch die kurzen Haare trug, die bei den Faitalorrem Fohlenmähne und beim Stamm der Büffel Kälberfell hießen, trat hinter Grachann an die Bank, auf der er saß. Braninn hatte das Kind bereits zwischen den Männern umherschlendern und hier und dort etwas vom Tisch stibitzen gesehen, doch daran hatte sich niemand gestört.

»Eine schöne Mütze hast du«, sagte sie und strich neugierig über Grachanns Kopfbedeckung, die er neben sich auf die Bank gelegt hatte, um nicht unter dem Pelzfutter zu schwitzen. Die lederne Außenseite war mit kurzen Federn von der Brust eines Adlers besetzt.

»Ja, meine Schwester hat sie für mich gemacht, weil ich einmal der Häuptling sein werde«, erklärte Grachann stolz.

Braninn fragte sich, woher sein Freund diese Überzeugung nahm. Er selbst war sich nicht so sicher, dass die Ältesten ihn wählen würden, wenn Turr einst sein Amt niederlegte. *Es gibt Männer, die mehr geleistet haben als ich.*

Das Mädchen nahm die Mütze auf, um sie eingehender zu betrachten, und probierte sie an. Sie rutschte ihm so weit ins Gesicht, dass die blauen Augen, die in Phykadonien so selten waren, fast darunter verschwanden. Das Kind kicherte und blitzte schelmisch unter dem Pelzrand hervor. »Darf ich sie behalten?«

»Nein«, antwortete Grachann entschieden und griff kopfschüttelnd nach seinem Eigentum.

Geschickt wich das Mädchen aus, wirbelte herum und rannte zur Tür.

»He! Gib sie sofort zurück!« In Grachanns Miene stand deutlich zu lesen, dass er diesen Streich nicht lustig fand. Mit einem Satz war er über die Bank und rannte unter dem Gelächter der Zuschauer hinter dem Kind her, das bereits die Stufen hinauflief, ohne die Tür hinter sich zu schließen.

»Dass sie das ausgerechnet bei Grachann machen muss«, sagte Krenn besorgt. »Hoffentlich tut er ihr nicht weh.«

Braninn warf seinem Freund einen verblüfften Seitenblick zu. *Manchmal glaube ich wirklich, er wäre besser als Frau geboren.* »Das wird er nicht«, behauptete er. »Ich kenne Grachann doch. Er wird schimpfen wie eine Zeterkrähe, aber er wird sie nicht schlagen. Schon deshalb nicht, weil sie eine hübsche Mutter haben könnte.«

»Ich wäre auch gern wieder bei meiner Frau«, murmelte Krenn.

Das konnte Braninn gut verstehen, denn sein Freund hatte erst in diesem Sommer geheiratet und war während der Flucht nicht von der Seite der jungen Frau gewichen, um sie zu beschützen. Sie im Winterlager der Bärenleute zurückzulassen, wo ihr Stamm Zuflucht gefunden hatte, war Krenn sehr schwergefallen.

»He, Grachann! Ich dachte, Adler sind zu vornehm, um Mäuse zu jagen«, spottete jemand, als Grachann wieder in der Tür erschien.

»Aber ein junges Büffelkalb kommt ihm gerade recht«, sprang Krenn für den Verhöhnten ein, der den Spötter jedoch wider Erwarten gar nicht beachtete.

Grachann setzte sich die zurückgewonnene Mütze auf, während er zu seinen Freunden an den Tisch trat, und legte seinen Fellumhang an. Er sah düster, nachdenklich und etwas verwirrt aus. »Komm mit, Braninn!«, forderte er. »Draußen ist die Luft viel besser.«

»Wenn ich mich recht erinnere, herrscht draußen ein halber Schneesturm«, wandte Krenn ein.

»Habe ich Krenn gesagt?«, gab Grachann gereizt zurück.

Braninn erhob sich schnell, bevor es zwischen seinen Freunden zum Streit kommen konnte, und zog sich wetterfeste Kleidung über. Grachann schien ihn unbedingt allein sprechen zu wollen, denn Krenn auszuschließen grenzte an eine Beleidigung. »Bleib ruhig hier, wenn es dir draußen zu ungemütlich ist«, sagte er, um Krenn zu beschwichtigen. »Ich muss mir wirklich mal die Beine vertreten, sonst setze ich noch Rost an.«

Neugierig folgte er Grachann die Stufen hinauf, wo ihnen bereits starker Wind entgegenschlug. Sobald sie den Schutz des Grassodenhauses verlassen hatten, fuhr der Sturm sie noch heftiger an. Braninn zog die langen Spitzen seiner Fellmütze tiefer über die Ohren. Schneeflocken sausten um ihn herum. Grachann marschierte über die dünne Schneeschicht davon, ohne sich nach ihm umzusehen.

»Durlach, Grachann! Was treiben wir hier denn?« Braninn musste seine Schritte beschleunigen, um zu seinem Freund aufzuschließen.

»So genau weiß ich das auch noch nicht«, rief Grachann zurück, um den Wind zu übertönen. »Frag sie!« Er deutete auf das Mädchen, das im Windschatten eines anderen Hauses auf sie wartete. Es hatte irgendwoher einen Umhang und eine eigene Mütze hervorgezaubert, bedeutete ihnen eifrig, mitzukommen, und lief dann flink vor ihnen her.

»Sie muss doch etwas gesagt haben, sonst hättest du mich nicht in diese Kälte hinausgeschleppt.«

»Nur, dass ihr Lehrer uns sprechen will. Und das kann nur der Weltenwanderer ihres Stammes sein.«

Der Kismeglarr? Das war in der Tat merkwürdig. Es kam selten genug vor, dass die Weltenwanderin der Faitalorrem jemanden zu sich bat, aber Braninn hatte noch nie davon gehört, dass sie Angehörige eines anderen Stammes zu sich bestellt hatte. Und offensichtlich sollte niemand davon erfahren, denn sonst hätte das Mädchen Grachann nicht in den Sturm hinausgelockt.

Sie erreichten ein kleines Rundzelt, an dem der Wind bedrohlich zerrte. Trotz der Schneeflocken, die darauf klebten, konnte Braninn noch die bunte Bemalung erahnen. Ein Büffelschädel lag auf der Erde vor dem Eingang.

»Das ist ein Geisterzelt!«, beschwerte sich Grachann, als das Mädchen davor stehen blieb und ihnen bedeutete einzutreten. »Es ist verboten hineinzugehen, wenn man kein Kismeglarr ist.«

»Ich bin sicher, dass sie das weiß«, meinte Braninn, wagte aber selbst nicht so recht, den ersten Schritt zu machen. Weltenwanderer zogen sich in solche Zelte zurück, um mit der Welt hinter dem Schleier zu sprechen, weil sie niemanden in den Häusern ihrer Familien unnötiger Gefahr aussetzen wollten. Wer sie dort störte, weckte nicht nur den Zorn des Kismeglarrs, sondern auch den der Geister, mit denen er sich traf.

Das Mädchen wiederholte seine Geste. »Macht schnell!«, bat sie eindringlich.

Zögerlich stieg Braninn über den gehörnten Schädel hinweg und trat in das Geisterzelt. Der Wind fuhr mit ihm hinein und drohte die beiden Talglampen zu löschen, die den kleinen Raum in heftig flackerndes Licht tauchten. Rasch gab er den Weg für Grachann frei, damit das Mädchen den Eingang wieder schließen konnte.

Der Kismeglarr schüttelte den Kopf und wies seine Schülerin hinaus. »Sieh nach, ob euch jemand gefolgt ist, mein Kind! Du musst uns warnen, wenn Gefahr droht.«

Grachann und Braninn wechselten einen erstaunten Blick, während das Mädchen gehorsam nach draußen verschwand.

»Setzt Euch, ihr beiden!«, lud der Weltenwanderer sie ein. »Meine Gastfreundschaft ist kläglich, aber meine Botschaft soll nicht im Stehen angehört werden.« Der alte Mann unterstrich seine Worte mit einer Geste, die keinen Widerspruch duldete. Er war alt, so alt wie Braninn noch keinen Menschen je erblickt hatte. Auf dem Haupt trug er trotz der Kälte, die kein Feuer milderte, keine Kopfbedeckung, sodass sein vollkommen kahler, von Altersflecken übersäter Schädel zu sehen war. Seine dünne, spröde Haut spannte über Nase und Wangenknochen, während sie an anderen Stellen unzählige Falten schlug. Er trug einen Umhang aus Büffelfell und saß auch auf einem solchen. Was von seiner Ledertunika zu sehen war, hatten geschickte Hände mit Perlen aus Bein und Horn verziert.

Grachann und Braninn mussten dagegen auf abgewetzten Rinderfellen Platz nehmen. Außer der Trommel des Weltenwanderers und einigen geheimnisvollen Gerätschaften aus Knochen, Hörnern und Zähnen des Büffels, deren Bedeutung sich Braninn verschloss, war das kleine Zelt leer. Es erinnerte ihn an die Kismegla der Faitalorrem, die sie nicht mehr eingeholt hatte. *Ob sie jemals zurückkehren wird?* Er hatte die Hoffnung längst aufgegeben, aber es sich einzugestehen erlaubte er sich nicht. Ein Stamm ohne Weltenwanderer war dem

Untergang geweiht. Sie musste zurückkommen. Er spürte den Blick des fremden Kismeglarr auf sich und atmete tief durch.

Schließlich wurde Grachann das Schweigen zu lang. »Also? Warum hast du uns hergebeten?«, fragte er forsch, obwohl Braninn die Unsicherheit in der Stimme des Freundes heraushören konnte.

Der Greis nickte. »Du bist so, wie man mir gesagt hat: ein Mann, der nicht lange zaudert. Ich hoffe, du wirst auch nicht zögern, meinen Worten Glauben zu schenken.« Er suchte Braninns Blick, um auch ihn einzubeziehen. »Ihr seid hier, weil ich eure Väter kenne und für tatkräftige Männer von klarem Verstand halte. Was ich euch sagen werde, ist eigentlich für ihre Ohren bestimmt, denn es ist eine Angelegenheit für Häuptlinge. Aber wie ihr seht, ist es mir nicht mehr vergönnt, sie selbst aufzusuchen, und Ertann würde mich auch nicht ziehen lassen.«

Grachann furchte augenblicklich die Stirn. »Seit wann darf ein Häuptling einem Kismeglarr Befehle erteilen?«

»Oder fürchtet er, die Dunkelheit könnte ohne deinen Beistand auch hierherkommen?«, warf Braninn begütigend ein. Er hielt es nicht für weise, vor dem Weltenwanderer seines Stammes schlecht über den Obersten Heerführer zu sprechen. Für ihn lag diese Vermutung nahe, denn niemand wusste, warum es über weiten Teilen Phykadoniens finster geworden war, obwohl die Sonne über dem Rest der Welt ihre Bahn zog wie eh und je. Bislang sah es nicht so aus, als ob sich die dämonenverseuchte Dunkelheit weiter ausbreitete, aber wer wollte prophezeien, was morgen kam?

»Ertann ist nicht der, den ihr in ihm zu sehen glaubt«, behauptete der Alte zu Braninns Verwunderung. »Oder vielleicht sollte ich es anders ausdrücken. Natürlich ist er der ruhmreiche Oberste Heerführer, dessen Mut und Weitblick unserem Volk zu einigen Siegen verholfen haben. Sein Arm ist stark und sein Verstand so scharf wie seine Klinge. Aber sein Ehrgeiz geht weit über das hinaus, was ihr euch vorstellen könnt.«

Grachann rutschte unruhig auf seinem Fellsitz herum, während Braninn geduldig wartete, was der Weltenwanderer ihnen zu enthüllen hatte. Wenn er seinem Vater eine Botschaft überbringen sollte, durfte ihm nichts entgehen, nicht einmal eine vage Andeutung.

»Vielleicht bist auch du geneigter, mich anzuhören«, wandte sich der Kismeglarr an Grachann, »wenn ich dir verrate, wer die Finsternis über die Steppe gebracht hat.«

»Das weißt du?«, schnappte Grachann und wäre fast aufgesprungen. »Wer ist es? Den dreckigen Dämonenanbeter werde ich durch ganz Kurézé hetzen, wenn es sein muss!«

»Ich bezweifle, dass Ertann vor dir fliehen würde, und schon gar nicht nach Kurézé, obwohl sie ihn dort vermutlich für seine Tat verehren würden.«

Braninn starrte den Weltenwanderer sprachlos an. *Haben die Geister seinen Verstand verwirrt?* Der Vorwurf war zu ungeheuerlich, um wahr zu sein. Wie sollte überhaupt ein einzelner Mensch so viel Zaubermacht besitzen? Und dann auch noch jemand wie Ertann, der durch und durch Krieger war.

Grachann schien denselben Gedanken zu haben. »Wer sagt uns, dass nicht du es bist, der das getan hat?«, platzte er heraus. »Wenn sich irgendjemand in ganz Phykadon mit Dämonen einließe, dann doch wohl eher ein Kismeglarr!«

»Du verstehst nichts von der Geisterwelt, Junge. Nur deshalb will ich dir diesen Vorwurf verzeihen«, sagte der Alte, aber in seiner kratzigen Stimme schwang Schärfe mit. »Die Dämonen kommen von einem Ort weit jenseits der Pfade, auf denen ich wandle. Sie in unsere Welt zu bringen, erfordert Dinge, von denen ich nichts weiß, als dass sie schrecklich sind. Und ich wünschte, ich hätte nicht einmal das erfahren. Dann wäre es leichter für mich, in Frieden zu sterben.« Er schloss bedauernd die Augen.

Rasch kam Braninn einem weiteren Ausbruch seines Freundes zuvor. »Ertann ist der gewählte Oberste Heerführer. Du wirst uns genauer erklären müssen, warum ausgerechnet er so etwas tun sollte. Außerdem frage ich mich, weshalb du deine Anschuldigungen nicht im Frühling vor dem Rat der Häuptlinge vorbringst.«

»Genau!«, stimmte Grachann ihm zu. »Warum wie ein Feigling im Geheimen davon flüstern? Die Wahrheit darf von jedem gehört werden!«

»Hast du dich nicht gefragt, warum ein so alter Kismeglarr wie ich eine so junge Schülerin hat?«, fragte der Greis zurück.

Grachann zuckte verwirrt die Achseln. »Was hat das damit zu tun?«

»Ich hatte einen Schüler, der schon längst bereit war, die Bürde des Amtes von mir zu nehmen. Doch *er* war es, der die Zeichen erkannte und Ertanns Treiben durchschaute. Eines Tages ging er zu ihm, um ihn zur Rede zu stellen. Als er zurückkam, war er zornig, weil Ertann ihm nur gedroht hatte, anstatt zu versprechen, von seinem widerlichen Tun abzulassen. Er beschloss, dem Rat der Häuptlinge zu berichten, was er wusste. Zwei Tage später war er tot – ich fand ihn in seinem Geisterzelt. Niemand konnte sich erklären, woran er gestorben war, deshalb nahmen alle an, dass die Geister ihn getötet hatten. Aber als ich mit Ertann allein war, sagte er, dass ich mich hüten solle, irgendetwas zu erzählen, wenn mir das Leben meiner Familie nicht gleichgültig sei. Jetzt wisst ihr, warum ich nicht wage, ihn offen anzuklagen.«

Braninn konnte nur den Kopf schütteln. *Wenn das wahr wäre...*

»Wenn das stimmt, bist du dennoch feige«, warf Grachann dem Alten vor.

Braninn hielt vor Schreck den Atem an. Wie konnte sein Freund einen Kismeglarr so vor den Kopf stoßen? Fürchtete er die Rache der Geister nicht?

»Was könnte er dir und den Deinen schon anhaben, wenn erst jeder um deine Vorwürfe weiß?«, meinte Grachann leichthin.

Der Weltenwanderer lächelte, aber es war ein bitteres Lächeln. »Du erinnerst mich an meinen Schüler. Auch er glaubte nicht, dass ihm je etwas zustoßen könnte. Und nun ist er tot. Verstehst du nicht, dass er auf meine Anklagen nur mit Schwüren seiner Unschuld antworten würde? Wem würden die Leute dann glauben? Mir, dem alten, halb blinden Greis, der nur nicht wahrhaben will, dass die Geister ihm den Schüler geraubt haben, und der deshalb einen anderen Schuldigen sucht? Oder dem starken Häuptling, der sie jahrelang von Sieg zu Sieg geführt hat? Nicht einmal ihr wollt mir glauben, obwohl ihr ihn nicht so sehr liebt wie die Krieger vom Stamm des Büffels.«

»Du hast recht«, bestätigte Grachann. »Ich kann es nicht glauben.«

»Auch mir fällt es schwer«, gab Braninn zu, aber er spürte, dass es dem Kismeglarr ernst war. Bislang hatte ihm niemand sonst eine einleuchtende Erklärung für die Finsternis gegeben. Er wollte ihn wenigstens anhören. »Woher sollte Ertann dieses Wissen haben, das nicht einmal du besitzt?«

»Darüber haben mein Schüler und ich lange nachgedacht. Zuerst vermuteten wir, dass er es aus Kurézé mitgebracht haben könnte, aber wir haben jene Krieger ausgehorcht, die ihn damals begleitet haben. Wir mussten erkennen, dass Ertann keine Gelegenheit hatte, mit Dämonenanbetern zu sprechen. Zwischen ihrem und unserem Volk sprachen nur die Waffen. Und je mehr ich versuchte, mich an seltsame Dinge zu erinnern, die sich in Ertanns Haus zugetragen hatten, desto sicherer wurde ich, dass es länger zurückliegen musste. Und irgendwann fiel es mir wieder ein: Vor vielen Wintern kam ein Mann aus Sarmyn zu uns, der sich *Priester* nannte. Er behauptete, ebenfalls mit Geistern zu sprechen, die aber viel mächtiger seien als jene, die ich so nenne. Er redete sehr oft mit Ertann und wollte ihn dazu drängen, Sarmyn für unser Volk zu erobern, weil es viel fruchtbarer als die Steppe sei. Er beschimpfte Ertann als Feigling, der sich vor den Rittern fürchte. Schließlich wurde Ertann so wütend, dass er den Fremden erschlug.«

»Den hätte ich auch zum Schweigen gebracht«, prahlte

Grachann. »Seinen Gastgeber beleidigt man nicht. Aber ich sehe immer noch nicht, wo das alles hinführen soll. Damals wollte Ertann Sarmyn nicht angreifen, weil es keinen Grund dafür gab. Jetzt haben wir einen Grund und werden es tun. Ertann handelt nur zu unserem Besten.«

»So scheint es«, gab der Alte zu. »Doch ...« Ein hastiges Pochen gegen die Zeltbahnen unterbrach ihn. »Jemand nähert sich«, warnte er leise und griff nach einer mit zottigem Fell bezogenen Rassel, die er in einem getragenen Rhythmus zu schütteln begann.

Grachann machte ein finsteres Gesicht, und Braninn sah, dass er eine Hand an den Säbelgriff gelegt hatte. Ob sie dem Kismeglarr nun glaubten oder nicht, er hatte sie bereits in Gefahr gebracht. Wenn Ertanns Leute sie hier erwischten, würde der Oberste Heerführer sofort wissen, was der Alte ihnen erzählt hatte. Braninn lauschte auf näher kommende Schritte, doch der Sturm, der das Zelt beutelte, ließ keinen Laut von draußen herein. Angespannt warteten sie. Das Geräusch der Rassel geißelte Braninns Nerven, aber er wagte nicht, es zu zeigen. Er zuckte zusammen, als neben ihm auf die lederne Zeltbahn geklopft wurde. *Reiß dich zusammen! Das ist nur das Mädchen.*

Auch Grachann sank erleichtert ein wenig zusammen. Der Kismeglarr legte die Rassel wieder zur Seite und wirkte noch älter und gebeugter als zuvor. »Ihr müsst bald gehen, bevor man euch vermisst. Ob ihr mir nun glaubt oder nicht, ich bitte euch nur darum, dass ihr euren Vätern berichtet, was ich gesagt habe. Ertanns Herz ist seit langem vergiftet, und nicht einmal seine Familie ist vor ihm sicher. Seine Frau starb, weil ihr Leib von einer Schwangerschaft viel zu schnell anschwoll. Seine Schwester, die ihm mit der Mutter den Haushalt führte, lief eines Tages im Wahn davon und konnte nicht zurückgebracht werden, weil sie schrie, als wolle man sie töten. Sie lebt heute beim Stamm der Löwen, aber ihr Verstand ist nie ganz zurückgekehrt. Jeder hat Ertann für so viel Unglück bedauert und die Geister dafür verantwortlich gemacht, aber mittlerweile weiß ich es besser. Fragt euch auch, warum er eine neue Halle als Versammlungsort errichten ließ! Er sagt: damit die vielen Krieger anderer Stämme dort Platz finden. Doch kein Oberster Heerführer vor ihm hat je so gehandelt. In Wahrheit will er verhindern, dass Fremde erfahren, was in seinem Haus vor sich geht. Seine engsten Vertrauten schaffen manchmal nachts lebende Tiere hinein; mein Schüler hat es selbst gesehen. Natürlich werden sie gegessen, aber wer hat je sein Vieh im Haus geschlachtet, wenn all das Blut und der Gestank doch im Freien viel leichter zu ertragen sind? Ich sage euch, er hat diese Finsternis heraufbeschworen, um ewigen Ruhm zu erlangen. Denn welcher Krieger würde je mehr gefeiert werden als jener, der das herrliche Sarmyn erobert?«

Sava
Sarmyn

Er hat es verdient, sagte sie sich. Für das, was er und seine Kumpane Mari angetan hatten. Für Herian. Für Nielte. Für alle, denen sie so viel Leid zugefügt hatten. *Er hat es tausendfach verdient.* Und doch konnte sie den Anblick nicht ertragen, als sich die Schlinge um den Hals des ersten Räubers zuzog. Den Mund zu einem lautlosen Schnappen nach Luft geöffnet, in den Augen das blanke Entsetzen der Todesangst, begann der Gehängte verzweifelt zu strampeln.

Sava wandte sich schaudernd ab. Mari stand neben ihr und starrte weiter durch das Fenster nach draußen, wo Sonnenlicht und Wind ungerührt mit den leuchtend gefärbten Blättern der alten Linde spielten, an deren stärkstem Ast der Mann aufgeknüpft worden war. Sava glaubte, im versteinerten Gesicht der Zofe eine Spur grimmiger Befriedigung zu erkennen. *Ob der Kerl zu denen gehörte, die ihr das angetan haben?*

Doch Mari sah schweigend hinaus, und Sava wusste, dass sie es nie erfahren würde. Nicht einmal, als sie Mari am Abend zuvor in die Arme genommen und eine tröstende Melodie gesummt hatte, war der Zofe ein Wort über das Vorgefallene über die Lippen gekommen. Stumme Tränen, mehr hatte sich Mari nicht gegönnt, bevor sie in den tiefen Schlaf der Erschöpfung geglitten war.

Sava hörte am Rascheln der Kleidung, wie wild die Glieder des Erstickenden im Todeskampf zuckten. Selbst die höhnischen Rufe der Zuschauer aus dem Dorf waren verstummt, obwohl sie sich das Schauspiel nicht entgehen ließen, das Narrett von Gweldan ihnen bot. Auch sie hatten unter den Räubern gelitten und wollten Rache. Wenn Erduin wirklich die Hauler auf sie gehetzt hatte ...

Trotzdem war Sava froh, der Hinrichtung den Rücken zuwenden und sich ablenken zu können. Hinter ihr lag Berenk, ein Ritter aus Narretts Gefolge, der auf gänzlich andere Weise mit dem Tod rang als der Räuber, der seinen Kampf verloren hatte und nun endlich still hing. Nur noch das leise Knarren des Seils, an dem der Gehängte sacht im Wind schwang, war zu hören.

Sava verschloss ihre Gedanken davor, dass dieses Schicksal noch drei weiteren Gefangenen bevorstand, und richtete ihre Aufmerksamkeit auf den verwundeten Ritter. Sein hageres Gesicht war so bleich und grau wie das Tuch, mit dem sie ihm den kalten Schweiß von der Stirn wischte. Das Schwert eines Räubers hatte das Kettenhemd durchdrungen und sich in Berenks Brustkorb gebohrt. Narretts Männer hatten ihn von der Rüstung befreit, um seine Atemnot zu lindern, doch durch die dünnen Wände des Gasthauses hatte Sava die ganze Nacht das leise Husten gehört, bis der Ritter gegen Morgen bewusstlos geworden war. Selbst jetzt, im gnädigen Zustand tiefer Ohnmacht, konnte Sava sehen, wie jeder Atemzug den

Körper so sehr quälte, dass sich die unverletzte Seite des Brustkorbs stärker hob und senkte als die andere.

Seufzend setzte sie sich an Berenks Seite, um über ihn zu wachen und ihm Wasser zu reichen, falls er zu sich kam. Es gab keinen Verband zu wechseln, denn die Ritter hatten seine Wunde nicht mit mehr als einem Stück Leinen abdecken können, ohne ihm unnötige Qualen zu bereiten. Vorsichtig hob Sava das Leintuch an, und der Anblick des rot geränderten Schnitts erfüllte sie mit einer neuen Woge des Mitgefühls. Die Wunde war nicht einmal groß. Warum musste ein Mann daran sterben, der nichts anderes gewollt hatte, als ihnen zu helfen? *Das ist ungerecht!*

Schwankend zwischen Zorn und Bedauern deckte sie den Schnitt wieder zu. Sie hätte so gern mehr für den Ritter getan. An seinem Sterbebett zu sitzen und auf seinen letzten Atemzug zu warten war wohl kaum genug Dank. Aber so angestrengt sie auch nachdachte, nichts von dem, was ihre Mutter sie über Kräuter und Salben gelehrt hatte, konnte Berenk heilen.

Unwillkürlich wanderten Savas Gedanken zu dem Söldner, den sie verwundet im Stall gefunden hatte. Aber es war nicht seine Verletzung, die ungerufen vor ihrem geistigen Auge erschien, sondern sein verschmitzter Blick, als sie für einen Moment gefürchtet hatte, er könne doch einer der Räuber sein. Hastig verscheuchte sie das Bild. Hier lag ein nobler Ritter, der mit dem Tod rang, und sie hatte nichts Besseres zu tun, als an einen anmaßenden Waffenknecht zu denken! Narrett hatte recht. Wenn man ihnen Beachtung schenkte, vergaßen sie nur, wo ihr Platz war.

Sie zwang sich, ihre Aufmerksamkeit wieder auf Berenk zu richten. Selbst die Geräusche der letzten Hinrichtung vor dem Fenster waren eine geziemendere Beschäftigung für die Gedanken einer jungen Dame als die geflüsterten Worte eines Söldners. Aber die Erinnerung kam zurück, wieder und wieder. Sava blickte Mari geradezu Hilfe suchend an, als sich die Zofe endlich von den Gehängten abwandte.

»Verzeiht mir, Herrin«, bat Mari sogleich erschreckt. »Ich habe Euch warten lassen. Braucht der Herr Ritter etwas? Soll ich etwas holen?«

»Nein, beruhige dich, Mari. Es war dein Recht, das anzusehen«, versicherte Sava. »Wenn ich ungehalten aussehe, dann nur, weil ich mich so hilflos fühle. Er stirbt, und ich kann nichts dagegen tun.«

Die Zofe sah den bewusstlosen Ritter eingehend an, dann nickte sie. »Seine Haut ist so grau, als ob er schon tot wär, aber vielleicht...« Sie zögerte.

»Was? Was wolltest du sagen?«, drängte Sava.

»Vielleicht könnt Ihr sein Leiden ein bisschen erträglicher machen.« Mari wurde mit jedem Wort leiser. »Das Lied. Das Lied, das Ihr gestern für mich gesummt habt. Singt es für ihn.«

»Das Lied? Aber das war doch nur eine einfache, alte Weise, die mir manchmal durch den Kopf geht. Ich kenne keine Worte dazu.«

»Das ist schade, Herrin. Es... es ging mir so viel besser danach.«

Meine arme Mari, dachte Sava gerührt und freute sich, dass sie ihr Leid ein wenig hatte lindern können. Sie beschloss, das Lied noch einmal zu summen. Weniger, weil sie glaubte, dass es Berenk helfen würde, als vielmehr, um der in ihrer Seele verletzten jungen Frau eine Freude zu machen. Sicher hatte ihr nicht nur das Lied geholfen, sondern auch, dass Sava sie in die Arme genommen hatte wie eine Mutter ihr Kind. Die Vorstellung, auch den fremden, ohnmächtigen Ritter zu umarmen, war so absurd, dass sie ihr ein kleines Lächeln entlockte, aber vielleicht sollte sie seine Hand halten. Eine sanfte Berührung, die ihm zeigte, dass er nicht allein war.

Seine Finger fühlten sich kalt in ihren an. Es kostete sie Überwindung, ihre Hand um seine zu schließen und nicht vor seinen feinen, dunklen Härchen unter ihren Fingern zurückzuschrecken. Fast war es, als berühre sie einen Toten.

Noch lebt er!, ermahnte sie sich. *Dearta, wenn dies dein Werk war, wenn du diese Männer gesandt hast, um Mari und mich zu befreien, warum lässt du dann zu, dass er stirbt?* Sava wunderte sich über sich selbst. Nie zuvor hatte sie die Göttin angerufen, deren Namen sie nur aus einem Bündel vergilbter Handschriften kannte, und nun sprach sie schon wieder zu ihr. Sie rief sich in Erinnerung, dass Narretts rechtzeitiges Eintreffen ein Zufall gewesen war. Er hatte schon lange nach diesem Raubritter gesucht, um ihm das blutige Handwerk zu legen. Es gab keine Götter mehr. Arutar, der Erste König, hatte den Toten Gott besiegt. *Es gibt nur uns, um für Gerechtigkeit zu sorgen.*

Trotzig drückte sie die Hand des Ritters fester, als es ihm angenehm sein konnte, und lockerte sogleich erschrocken wieder den Griff. *Aber du hast sie um Hilfe gebeten, und Narrett kam, um dich zu befreien*, wandte eine leise Stimme in ihrem Kopf ein.

Das beweist gar nichts, hielt sie dagegen, doch insgeheim fragte sie sich, warum sie sich in ihrer Verzweiflung überhaupt an Dearta gewandt hatte. Kunmag würde ihr Schwäche vorwerfen. Die Schwäche der Bauern, die nicht aufhörten, vor den alten Göttern zu zittern. Er würde sagen, dass es einer Adligen nicht würdig war. Aber... warum war Tomink dann so überzeugt davon gewesen, dass es sie gab?

»Herrin?« Mari blickte sie besorgt an. »Seid Ihr müde? Soll ich für Euch über ihn wachen?«

»Nein, nein«, wehrte Sava rasch ab. Ihre Zofe hatte jedes Recht auf etwas Ruhe, und trotzdem würde sie ihr klaglos jede Arbeit abnehmen. Beschämt wandte Sava sich wieder Berenk zu. Seine Hand war in ihrem Griff wärmer geworden, aber jenseits ihrer Finger fühlte er sich noch immer eisig an.

Sava versuchte, sich an die Melodie zu erinnern, die Mari so gut gefallen hatte, doch das Lied entzog sich ihr jedes Mal, wenn sie dachte, es beinahe hören zu können. Wie konnte das sein? Am Vorabend hatte sie doch noch gewusst, wie es ging. Es war von selbst in ihr aufgestiegen, als sie vor Mitleid für ihre

Zofe übergeflossen war. Sie rief das Gefühl in sich wach. Ganz allmählich kehrte ihre hingebungsvolle Stimmung zurück, erfüllte sie mit selbstloser Liebe und dem innigen Wunsch, dem Ritter die Schmerzen zu nehmen und sein qualvolles Atmen zu erleichtern. Es spielte keine Rolle, dass sie ihn nicht kannte. Sie war hier, und er brauchte Hilfe.

Sie summte die ersten Töne, bevor sie es selbst merkte. Beruhigend und tröstlich, wärmend wie Frühlingssonne und verzaubernd wie Mondlicht drang das Lied aus ihrem Innern hervor und trug Zweifel und Zorn mit sich fort. Sava spürte nicht mehr, wie die Zeit verging. Die Weise hatte ein Ende, das zugleich ein Anfang war, sodass sie dahinperlte wie das Murmeln eines kleinen Baches, der über Felsen rinnt. Immer weiter spann sie sich fort, ein ewiger Kreislauf des Beginnens und Endens, der niemals ausklang und Sava mit sich forttrug.

Als sie schließlich verstummte und die Augen wieder öffnete, dauerte es einen Moment, bis sie wusste, wo sie war. Sie saß noch immer auf dem Rand des mit Strohsäcken gefüllten Bettgestells, das sich schmerzhaft in ihren Oberschenkel drückte. Vorsichtig legte sie die Hand des Ritters auf seinen Bauch zurück.

»Seht ihn Euch an«, flüsterte Mari, die auf dem blanken Dielenboden ausgeharrt hatte und nun aufgestanden war. Ihr andächtiger Tonfall lenkte Savas Blick auf Berenks Gesicht. Die Augen des Ritters waren noch immer geschlossen, doch seine zuvor angespannten Züge waren unverkennbar weicher geworden. Und obwohl seine Miene bleich geblieben war, hatte sie zumindest das stumpfe, leichenhafte Grau verloren. Sava blinzelte ungläubig, aber es gab keinen Zweifel. Sein Brustkorb hob und senkte sich gleichmäßiger als zuvor.

»Das ... das kann nicht ich gewesen sein«, wehrte sie ab. »Er hat sich einfach erholt. Vielleicht war seine Wunde doch nicht so schlimm, wie wir dachten.«

»Vielleicht«, erwiderte Mari, aber ihr wissendes Lächeln sprach Bände.

Sava war zu müde, um mit der Zofe zu streiten. Erschöpft unterdrückte sie ein Gähnen. »Ich brauche etwas zu essen, sonst werde ich ihn noch mit dem Knurren meines Magens wecken.«

»Ich werde Euch sofort etwas bringen, Herrin«, versprach Mari und eilte zur Tür.

»Nein, warte! Ich will selbst gehen«, hielt Sava sie auf. »Bleib du für mich bei ihm! Mir tut vom langen Sitzen schon alles weh.«

»Wie Ihr wünscht, Herrin.« Gehorsam ging die Zofe zu dem Ritter zurück, während Sava aufstand und ihren steifen Rücken streckte. Dem hohen Stand der Sonne nach zu urteilen, musste es bereits Mittag sein. Narrett von Gweldan war längst mit seinen verbliebenen kampffähigen Männern aufgebrochen, um Erduin und den Rest seiner Bande zu jagen. Ländliche Stille lag über dem Gasthaus, als Sava die Kammer verließ und die Treppe zur Schenkstube hinunterstieg.

Erst als ihr auf den Stufen schwindlig wurde, sodass sie sich hastig an der Wand abstützen musste, merkte sie, wie ausgezehrt sie war. Die Schwärze vor ihren Augen verging, und sie setzte ihren Weg vorsichtiger fort. Unten war der Wirt damit beschäftigt, die Spuren des Kampfes der vergangenen Nacht zu beseitigen, aber als Sava am Fuß der Treppe erschien, eilte er sogleich in die Küche, um ihr Brot und gebratenes Hähnchen aufzutragen. Sava schlang die ersten Bissen so gierig hinunter, dass sie sich dafür schämte. Das Essen war kalt, Reste des Vorabends, doch Sava achtete ebenso wenig darauf wie auf das schmeichlerische Geplapper des Wirts, der zu glauben schien, er müsse sie unterhalten.

»Bring meiner Zofe auch eine Mahlzeit hinauf!«, ordnete sie an, um endlich Ruhe vor ihm zu haben.

»Jawohl, Herrin. Soll ich auch dem Herrn Ritter und dem Söldner etwas bringen? Eine kräftigende Brühe vielleicht?«

Der Söldner. Plötzlich stand sein Bild wieder so deutlich vor ihr, dass sie sich beinahe verschluckt hätte. *Natürlich.* Mit seiner Wunde konnte er nicht mit in den Kampf reiten. Er war hier. Sie spürte den erwartungsvollen Blick des Wirts und bemühte sich, trotz ihrer wirren Gefühle ruhig zu antworten. »Ritter Berenk ist noch nicht in der Lage zu speisen«, erklärte sie. »Nach dem Söldner werde ich sehen, wenn ich gegessen habe.«

Werde ich das? Sava biss sich auf die Lippe und hatte den Wirt bereits vergessen, bevor er ihr nach einer beflissenen Verbeugung den Rücken zugewandt hatte. Sie konnte Narretts Stimme förmlich hören: *Es ist nicht Eure Aufgabe, Euch um die Söldner zu kümmern. Ritterliches Benehmen ist ihre Sache nicht.* Es war eine Warnung und ein Befehl. *Er ist nicht mein Vormund*, dachte sie trotzig, obwohl sie wusste, dass Kunmag nichts anderes gesagt hätte. Aber Rodan war verletzt und musste versorgt werden. Wieder sah sie das belustigte Aufblitzen in den Augen des Söldners. *Welch gelungene Ausrede*, schien er zu sagen.

»Eine Ausrede«, murmelte Sava. Genau das war es. Sie konnte sich selbst nichts vormachen. Es war unschicklich und beunruhigend, und sie verspürte sogar einen Funken Angst. Aber sie wollte ihn noch einmal sehen. Nur einmal... Sie versuchte vergeblich, ihre Gedanken auf etwas anderes zu richten.

»Ich brauche wieder heißes Wasser und ein paar Streifen sauberen Tuchs. Hast du auch getrocknete Salblüten?«, erkundigte sie sich, als der Wirt zurückkam und sie erneut nach ihren Wünschen fragte.

»Nein, Herrin, aber ich könnte meine Tochter ausschicken, wenn...«

»So lange kann ich nicht warten. Bring mir stattdessen Honig!«, befahl sie. Sie musste sich beeilen, denn Mari würde sich bald fragen, warum sie nicht zurückkam. Ungeduldig wartete sie darauf, dass der Wirt ihr brachte, was sie verlangt hatte, und musste sich dazu zwingen, die beiden Treppen zum Dachboden langsam hinaufzusteigen, damit das heiße Wasser nicht aus der irdenen Schüssel schwappte. Mit dem Leinen über dem einen Arm und dem Honigtopf in der anderen Hand erforderte es Geschick, die Tür zur Unterkunft der Söldner zu öffnen, doch sie hatte um jeden Preis vermeiden wollen, dass der Wirt sie begleitete.

Der schmale, lang gezogene Raum, der Narretts Untergebenen zugeteilt worden war, nahm die Hälfte des Dachbodens ein. Es gab hier weder Tische noch Bettgestelle wie in den besseren Gästekammern. Als Schlafstatt dienten Strohsäcke, die nebeneinander auf den Dielen lagen. Dazwischen hatten die Männer Satteltaschen und Lederbeutel verstreut, die ihnen bei der Jagd nach Erduin hinderlich geworden wären. Licht fiel nur durch die beiden Fenster an den Giebelseiten herein, aber es genügte, um nicht gegen Rodan zu prallen, der ihr mit einem leeren Krug in der Linken entgegenkam. Er hielt ebenso überrascht inne wie sie. Jemand musste ihm geholfen haben, den Lederharnisch auszuziehen, doch er steckte noch immer in der Tunika, deren Ärmel sein Freund abgeschnitten hatte. Wahrscheinlich besaß er keine andere.

Der Söldner straffte sich, als hätten ihre Gedanken seinen Stolz verletzt. Er sah sie herausfordernd an. »Habt Ihr Euch in der Tür geirrt, Herrin?«

Sava las keine Spur Unterwürfigkeit in seinem Blick. Ihre Angst wuchs. *Es war ein Fehler, allein herzukommen*, schoss es ihr durch den Kopf. *Haltung bewahren! Das Einzige, was sie im Zaum hält, ist deine Würde*, erinnerte sie sich an die Ermahnungen ihrer Mutter. »Ich habe mich nur dann geirrt, wenn Ihr das unbeherrschte Tier seid, für das Narrett von Gweldan Euch hält«, antwortete sie mit festerer Stimme als gedacht.

Rodan runzelte die Stirn. »Ihr?«, wiederholte er die unpassende Anrede misstrauisch. »Sucht Euch einen andern, wenn Ihr Scherze treiben wollt!«

Sava fehlten für einen Augenblick die Worte. Sie meinte es gut, und er wagte, ihr so harsch entgegenzutreten? Wie konnte er so vermessen sein? Narrett hätte ihn dafür auspeitschen lassen, da war sie sicher. Aber es war ihr Fehler. Sie hätte nicht herkommen sollen. »Mir ist überhaupt nicht nach Scherzen. Ich bin müde und wollte nur helfen«, fuhr sie ihn an. »Aber offenbar werde ich hier nicht gebraucht.« Wütend wandte sie sich zur Tür und verbrühte sich dabei die Finger mit schwappendem Wasser. Sie war so aufgebracht, dass sie es kaum spürte.

»Wartet!«

Sava drehte sich zögernd wieder um.

»Das ... ist kein Spielchen von Euch?«, vergewisserte er sich.

Welche Art Spiel sollte das sein?, fragte sie sich, aber sie sah, wie ernst ihm die Sache war. »Es ist ... eine Abmachung«, meinte sie schließlich. »Wenn Ihr Euch benehmt wie ein Ritter, werde ich Euch wie einen behandeln.«

Rodan musterte sie ungläubig. Sie hielt dem Blick stand, obwohl ihre Wangen vor Scham brannten. Wie konnte sie sich dazu erniedrigen, einem dahergelaufenen Niemand ein solches Angebot zu machen? *Lass es mich nicht bereuen!*, flehte sie still.

»Ich werde mich nicht verstellen, nur um Euch zu gefallen«, erklärte der Söldner entschieden. »Aber ... für etwas Hilfe wäre ich Euch dankbar.« Er deutete ein Lächeln an, doch unter dem Schatten der nachwachsenden Bartstoppeln war er blasser denn je, und seine Beine hatten vor Schwäche zu zittern begonnen.

»Ihr habt viel Blut verloren«, erklärte Sava ihm. »Ihr solltet überhaupt nicht herumlaufen.«

»Ich hatte Durst.« Er hob vielsagend den leeren Krug.

»Ich werde Euch etwas heraufschicken lassen, aber jetzt muss ich erst den Verband wechseln, bevor das Wasser endgültig kalt wird«, behauptete Sava hastig.

Er nickte und kehrte zu dem Strohsack am Fenster zurück, auf dem er die Nacht verbracht haben musste. Sava war froh, endlich die schwere Wasserschüssel abstellen zu können. Als sich Rodan setzte, stand ihm die Anstrengung deutlich ins Gesicht geschrieben. Bestimmt hatte er Fieber. Es wäre ein Wunder, wenn sich der Schnitt nicht entzündet hätte. Sava kniete seitlich von ihm nieder und löste den alten Verband, durch dessen Schichten sich Blut gedrückt hatte, das nun getrocknet war. Die Wunde selbst sah besser aus, als sie erwartet hatte.

»Ich glaube, es ist alles herausgespült worden, was die Körpersäfte vergiften könnte«, sagte sie, um ihre wachsende Unruhe zu überspielen. Vorsichtig begann sie, um den Schnitt herum das getrocknete Blut abzuwaschen. Sie wusste ohne hinzusehen, dass Rodan jede ihrer Bewegungen genau verfolgte. Das Gefühl verwirrte sie. Sie war ihm zu nah, viel zu nah. Sie konnte seinen Atem in ihrem Haar spüren, sein Bein an ihrem. Der Geruch nach Leder und Schweiß umgab sie wie eine warme Wolke, aber es kam ihr vor, als hätte sie nie etwas Angenehmeres gerochen.

Es fiel ihr schwer, von ihm wegzurücken, um Honig auf dem Stück Tuch zu verteilen, das sie direkt auf die Wunde legen wollte. Konnte er nicht irgendetwas sagen, anstatt sie schweigend zu beobachten? Aus dem Augenwinkel sah sie, wie er die Hand hob, um sie zu berühren. Unwillkürlich hielt sie den Atem an, ohne deshalb ihre Arbeit zu unterbrechen. Sie wusste nicht, ob sie aufspringen und davonlaufen oder es einfach geschehen lassen sollte.

Doch er wagte es nicht. Er ließ die Hand sinken und stieß die Luft aus, als hätte auch er sie angehalten.

»Ich bin gleich fertig«, verkündete Sava, als ob sie glaubte, dass der Söldner vor Ungeduld geschnauft habe. »Der Honig wird die Heilung beschleunigen. Könnt Ihr den Arm ein wenig anheben?«

Noch immer schweigend kam er ihrer Aufforderung nach. Neues Blut sickerte aus der Wunde, aber Sava legte rasch das klebrige Tuch auf und machte sich daran, einen neuen festen Verband darumzuwickeln.

»Oh, hier seid Ihr!«, ertönte Maris Stimme so plötzlich von der Tür her, dass Sava ertappt zusammenzuckte. »Herrin, Ihr müsst schnell kommen. Ritter Berenk ist aufgewacht.«

»Ich ... ich komme sofort, Mari. Geh du zum Wirt und trag

ihm auf, dem Söldner endlich Wasser und etwas zu essen zu bringen! Er kann nicht selbst nach unten.«

Die Zofe nickte und eilte wieder davon, während Sava den letzten Stoffstreifen um Rodans Arm legte.

»Wenn ein echter Ritter ruft, muss ich wohl auf Eure Gesellschaft verzichten«, stellte der Söldner spöttisch fest.

Sava wusste nicht, was sie darauf erwidern sollte. Sie wollte nicht gehen, aber war es klug, ihn das wissen zu lassen? Vor Aufregung brauchte sie drei Versuche, bis sie den Verband sicher verknotet hatte. Selbst als sie bereits aufstand, berührten ihre Finger noch immer seinen Arm. Hastig griff er nach ihrer Hand und hielt sie fest. »Ich wünschte, Ihr würdet bleiben«, sagte er rau.

Arion
Egurna, Sarmyn

In der mit immergrünen Zweigen, bunten Bannern und vergoldeten Sonnenscheiben geschmückten Halle ging es hoch her. Das Festmahl neigte sich dem Ende zu, aber die Mägde trugen noch immer überschwappende Weinkrüge auf. Spielleute zogen durch die Reihen der Feiernden an den langen Tischen und ermunterten mit ihren Weisen zu Tanz und Gesang. Es wirkte wie ein Missklang in dem fröhlichen Treiben, als Saminé fröstelnd ihren fein gewebten Umhang enger um die Schultern zog. Arion wusste, dass es nicht an äußerlicher Kälte liegen konnte. Die Festhalle war kleiner als jene der Rechtsprechung und mit weniger Fenstern versehen, die Werodins Diener zudem mit Matten aus dickem Filz verhängt hatten. Drei Feuerstellen und zahlreiche Kohlebecken aus Bronze spendeten Wärme, obwohl die große Ansammlung von Menschen allein schon ausgereicht hätte, um es im Saal heiß und stickig zu machen. Arion war dankbar für jeden kühlen Hauch, der seinen Weg noch durch die Fenster fand.

»Geht es dir gut?«, erkundigte er sich pflichtbewusst, auch wenn er müde und in Gedanken versunken war. Nach seinem Eid hatten der König und der Bewahrer die Zeremonie wegen des Sturms abgebrochen. Warum passierte so etwas immer ihm? Hätte er nicht einer der Ersten in der Schlange sein können? Oder einer der Letzten? Nein, er war derjenige, dessen Schwur der halbe Saal nicht gehört hatte.

»Dieses Wetter macht mir Angst«, riss Saminé ihn aus seinem Selbstmitleid. »Alle sagen, das Totenheer wird heute Nacht kommen. Ich wünschte, Regin wäre hier.«

»Gegen die Nachtschar helfen geschlossene Fensterläden mehr als Schwerter. Außerdem hat der Sturm doch schon wieder nachgelassen. Und wenn es dich beruhigt, kann ich dir versichern, dass auch ohne Regin genügend fähige Ritter hier sind, um Egurna zu verteidigen.«

Saminé verdrehte die Augen. »Du verstehst überhaupt nichts. Was nützen mir denn die anderen Ritter, wenn ich mich heute Nacht fürchte?«

»Was würde dir denn Regin...« Arion brach errötend ab, als er begriff, woran seine Base dachte. *Ob sie ihn wohl schon oft in ihr Bett geholt hat?* Die Vorstellung trieb ihm noch mehr Blut in die Wangen, sodass er das Gefühl hatte zu glühen. »Das... du solltest...«

»Ich sollte nicht darüber sprechen, ich weiß. Aber dir vertraue ich eben. Du würdest nie jemanden verraten.«

»Deine hohe Meinung von mir ehrt mich«, brachte Arion peinlich berührt heraus. *Verrat hat viele Gesichter. Ist es etwa kein Verrat, wenn man jemanden im Stich lässt? Wenn sie wüsste...* »Wenn du gestattest, würde ich mich dennoch gern zurückziehen. Ich hatte einen... sehr anstrengenden Tag.«

»Ja, natürlich.« Saminé nickte verständnisvoll. »Ich hoffe, du findest trotz des Sturms etwas Ruhe.«

»Das wünsche ich dir auch«, sagte Arion mit einer leichten Verneigung und erhob sich. Obwohl er Brot und ein paar Bissen Fleisch dazu gegessen hatte, spürte er die Wirkung des Weins. Ein wenig unsicher auf den Beinen schlängelte er sich zwischen den voll besetzten Bänken hindurch, wobei er aufpassen musste, nicht mit fröhlich geschwungenen Pokalen zusammenzustoßen.

Gerade als er den freien Raum vor der großen Flügeltür erreichte und aufatmen wollte, stand plötzlich Jagon von Gordean vor ihm. Arion war zu überrascht, um ihm einfach auszuweichen und weiterzugehen. Er las aus der spöttischen Miene, dass der Gordean ihm bewusst den Weg abgeschnitten hatte.

»Arion auf Emmeraun«, stellte Jagon fest. Wie alle Ritter, die den Eid geschworen hatten, trug er zu dem festlichen Anlass die Sonnenfibel. »Mir scheint, Ihr habt ein Talent dazu, Aufmerksamkeit zu erregen.«

Zu gern hätte Arion etwas Schlagfertiges erwidert, doch alles, was ihm einfiel, war: »Ach ja?«

»Ich kann das verstehen«, meinte Jagon gönnerhaft. »Welchem jungen Mann würde es nicht schmeicheln, Beachtung zu finden? Von älteren Rittern wiedererkannt zu werden. Die neugierigen Blicke der Damen auf sich zu ziehen.«

Arion konnte nicht verhindern, dass ihm erneut das Blut in die Wangen stieg. Er fühlte sich ertappt, denn es gefiel ihm tatsächlich, dass die Prinzessinnen Saminé über ihn ausgefragt hatten. »Es geht Euch wohl kaum etwas an, aber ich tue das nicht absichtlich«, antwortete er und bemühte sich um einen verärgerten Ton. »Auf diese Art Aufmerksamkeit könnte ich gut verzichten.«

»Wenn Ihr das sagt.« Der Ritter zuckte die Achseln. Von einem Augenblick zum nächsten wurde seine lässige Haltung jedoch von einer unterschwelligen Drohung abgelöst. »Sich nach gewissen Vorgängen zu erkundigen trägt nicht gerade dazu bei, unauffällig zu bleiben. Was habt Ihr mit den Priestern von Haithar zu schaffen?«

Arion wich erstaunt einen halben Schritt zurück, bevor die wachsende Wut ihm den Rücken stärkte. »Gar nichts! Dass meine Neugier ein Fehler war, haben mir schon andere vor Euch gesagt.«

»Nichts also«, sagte Jagon zweifelnd. »Was für ein hinterhältiger Zufall, dass dann ausgerechnet Ihr Euren Eid vor dem Zornigen ablegen musstet.«

»Das hätten auch andere tun müssen, wenn man die Zeremonie nicht unterbrochen hätte«, verteidigte sich Arion ohne rechte Überzeugung.

»Wenn.« Mehr sagte der Gordean nicht, doch sein Blick zeigte deutlich, was er von diesem Argument hielt.

»Was wollt Ihr eigentlich von mir?«, fragte Arion in hilflosem Zorn.

»Euch warnen«, eröffnete ihm Jagon grimmig. Die dunklen Augen funkelten bedrohlich. »Tazlan war ein Hochverräter. Wer sich mit Verrätern abgibt, gerät nur zu leicht in den Verdacht, selbst einer zu sein.«

Arion erwachte, weil ihn schmelzender Schnee an der Nase kitzelte. Im Halbschlaf wischte er die Tropfen weg, doch sogleich landeten neue Flocken auf seinem Gesicht. *Schnee? In meinem Bett?* Hellwach setzte er sich auf. Es war dunkel, aber das Zwielicht genügte, um zu sehen, dass der mit Tierhaut bespannte Holzrahmen, den Arion ins Fenster geklemmt hatte, auf dem Boden gelandet war. Heulend wehte der wieder erstarkte Sturm feinen Schnee herein. Der junge Ritter, der Arions Kammer teilte, seit so viele Gäste wegen des Eidtags eingetroffen waren, hatte noch nichts bemerkt, da er weiter vom Fenster entfernt lag.

Fauchend fuhr eine heftigere Böe in den Raum und sprenkelte Arion wie mit gefrorener Gischt. *Wahrhaftig eine Nacht für das Totenheer*, dachte er, obgleich er nicht so recht an das unheimliche Nachtvolk glaubte. Missmutig drückte er den Rahmen wieder in die Fensteröffnung und presste fester dagegen, damit sich das Holz besser verkeilte. Der Sturm rüttelte erneut daran, noch bevor es sich verkantet hatte. Plötzlich gab der Rahmen nach, Arion kippte nach vorn, und die Tierhaut fiel, vom Wind umhergewirbelt, nach unten in die Dunkelheit.

»Verdammt! Such dir endlich ein anderes Opfer!« Er schüttelte dem Zornigen die geballte Faust entgegen.

Der andere Ritter murmelte etwas und drehte sich zur Wand.

Ja, schlaft weiter!, knurrte Arion bei sich. *Die Nachtschar ist ohnehin nur ein Märchen, mit dem man furchtsame Nicht-mehr-Jungfrauen erschreckt.* Verdrossen ließ er sich auf die Strohsäcke fallen, mit denen sein Bettgestell gefüllt war, und legte sich mit den Füßen ans Kopfende, um dem Schnee zu entgehen. *Wenn dieser Regin… ach, was soll's! Er ist Waigs Bruder und wird Saminé heiraten. Ich bin bloß neidisch.*

Eine Weile versuchte er, wieder einzuschlafen, doch es gelang ihm nicht und er warf sich rastlos von einer Seite auf die andere. Das seltsame Benehmen Jagons von Gordean ging ihm nicht aus dem Kopf. Was hatte er damit gemeint, dass der Sturm wohl nicht zufällig seinen Eid gestört hatte? Die Gordean waren schließlich die Zauberer, nicht die Emmeraun. Sollte er sich an die eigene Nase fassen! Und ausgerechnet ein Gordean erzählte ihm, dass man sich nicht mit Verrätern einließ. *Unglaublich! Eigentlich sollte ich ihn für seine Frechheit zum Zweikampf fordern.* In Gedanken musterte Arion den schlanken, aber muskulösen Jagon und kam zu dem Ergebnis, ihm annähernd gewachsen zu sein. Aber vielleicht wollte er gerade diesen Streit vom Zaun brechen, um einen neugierigen Fragensteller zu beseitigen. Auf welcher Seite stand Jagon? Waren die Gordean in diesen Verrat verstrickt, oder wollten sie nur das Geheimnis gewahrt sehen wie Megar und Die Feder?

Donner polterte in der Ferne, als ob mit einem Hammer auf leere Fässer eingeschlagen würde. Der schmelzende Schnee begann durch Arions Decke hindurchzusickern, weshalb sich seine Füße bald klamm anfühlten. Frierend fand er nun erst recht keinen Schlaf mehr. *Also schön. Gehe ich eben diesen dummen Fensterrahmen suchen*, beschloss er und zog Stiefel und Umhang über.

Auf den Gängen der nächtlichen Burg pfiff der Wind in den wildesten Tönen. Fensterläden klapperten hinter Türen, die wie von Geisterhand bewegt an ihren Riegeln rüttelten. Arion eilte an erloschenen Fackeln und Inseln hereingewehten Schnees vorüber, bis die im Dunkeln tückischen Stufen der Treppe ihn zwangen, langsamer zu gehen. Es klang, als käme das Gewitter näher, und er wollte wieder unter einem schützenden Dach sein, bevor es Egurna erreichte.

Der Wind schlug ihm die Tür beinahe ins Gesicht, als er sie öffnete. Davor lag Schnee aufgehäuft, der ihm entgegenfiel und verhinderte, dass sich die Tür wieder schließen ließ. Halbherzig schob Arion die weiße Masse mit dem Fuß zur Seite, doch das half nicht viel. Er entschied, sich später darum zu kümmern, und stieg über die Schneewehe hinweg auf den Hof, wo er kaum drei Schritte weit sehen konnte. Der Sturm peitschte ihm die Flocken ins Gesicht, dass sie wie Nadeln in seine Haut stachen. Mit einer Hand raffte er den Umhang fester um sich, mit der anderen hielt er seine Kapuze tief in der Stirn.

Mühsam kämpfte er sich gegen den Wind voran. Immer wieder trafen ihn einzelne Sturmböen mit neuer, ungeahnter Wucht und fegten ihn beinahe von den Füßen. Die Luft war von einem Rauschen erfüllt wie von tausend Bäumen. Ein ganzes Heer ließ seine Hörner erschallen, und die Hunde heulten und jaulten dazu.

Ein Heer? Arion blickte erschrocken auf. Vor ihm wirbelte der Schnee dichter, drehte sich zu einer Spirale, die sich nach unten hin plötzlich verjüngte und noch schneller kreiste. *Bragga, die Windsbraut*, durchzuckte es ihn. *Sie, die dem Heer des Toten Gottes voraneilt.*

Ohne nachzudenken, warf er sich bäuchlings in den Schnee und nahm schützend die Hände über den Kopf. Eine gewaltige Faust zerrte an seinem Umhang. Arion presste sich panisch noch flacher auf den eisigen Boden. Der Sog ließ nach, doch nun prasselten Hagelkörner wie Geschosse auf ihn ein. Um ihn her knackte es wie von berstendem Holz, grelles Licht flackerte auf, Peitschen knallten, Donner krachte so laut, als läge Arion in einer riesigen Trommel.

Ich muss hier weg! Wen die Nachtschar mit sich nahm, der zog für die Ewigkeit mit ihr im Sturm dahin.

Vorsichtig rappelte er sich auf, ohne den Kopf zu heben. Niemals durfte der Blick den zornigen Toten Gott schauen, sonst war man verloren. Zusammengekauert stemmte sich Arion gegen das Toben des Sturms und huschte zur Seite, wo er eine Mauer erhoffte. Seine suchende Hand ertastete glatten Stein, auf dem Schnee klebte. So schnell er konnte, hastete er an der Wand entlang. Irgendwo musste eine Tür sein. Egurna hatte mehr Türen als Bewohner.

Wieder gleißten Blitze durch das weiße Wirbeln, und die Donnerschläge trafen Arion wie Keulenhiebe. Unter seinen Fingern fühlte er mit einem Mal Holz und metallene Beschläge. Mit beiden Händen griff er nach dem Riegel und stolperte durch die rettende Tür, die er eilends hinter sich schloss. Ein neuerlicher Blitz enthüllte ihm, dass er durch eine Seitenpforte in die Halle der Rechtsprechung gelangt war. Sein Herzschlag beruhigte sich, während er sich von der Tür entfernte. Im unsteten weißen Licht der Blitze sah der durch die großen Bogenfenster hereinjagende Schnee ebenso gespenstisch aus wie der schwere Torflügel, der am Ende der Halle bedrohlich im Sturmwind auf- und zuklappte. Das Tosen übertönte jedes andere Geräusch.

Da wären wir also wieder, dachte Arion und fragte sich sogleich, ob es klug war, den Zornigen so anzusprechen. *Ich führe mich auf wie ein abergläubischer Bauer.* Arutar hatte den Gott getötet, wie konnte er dann überhaupt ein Gott gewesen sein? »Hörst du, Zorniger?«, rief er in das Brausen des Windes. »Wir fürchten deine Rache nicht!«

Es ist der Feigling, der den Besiegten schmäht, hörte er Tominks Stimme so deutlich in seinem Kopf, dass er sich unwillkürlich nach dem alten Priester umsah. Doch Tomink war seit Jahren tot und längst in Feuer und Rauch zu den Sternen aufgestiegen. Arion schauderte. *Besiegte klingen anders.* Wie zur Bekräftigung ließ ein Donnerschlag die Mauern der Halle erzittern.

»Jedenfalls hat er mich jetzt erst einmal hier festgesetzt«, murmelte Arion und suchte im Halbdunkel durch die Reihen der Bänke den Weg zum Mittelgang, wo am wenigsten Schnee hingelangte. Dafür pfiff der Wind dort wieder schärfer. Unschlüssig, was er mit sich anfangen sollte, bis der Sturm ihn wieder freigab, schlug er den Weg zum Thron ein. Das kostbare Seidenbanner mit der goldenen Sonne hatte man vor dem Unwetter in Sicherheit gebracht, aber der in schlichten Formen aus Marmor gefügte Sitz des Königs stand unverrückbar an seinem Platz, ein Relikt aus ältester Zeit, auf dem bereits Arutar, der Erste König, den ersten Treueid entgegengenommen hatte.

Arion blieb am Fuß der Treppe stehen und sah zum Thron hinauf. Ein neuer Blitz tauchte die Halle für einen winzigen Augenblick in blendendes Licht. Was er sah, ließ Arion erschrocken nach dem Schwert greifen, doch seine Hand tastete ins Leere. Gebannt starrte er das Untier an, das von dort oben auf ihn herabblickte. Bereit, sich sofort zur Seite zu werfen, sollte der dunkle Schemen zum Sprung ansetzen, wartete er auf den nächsten Blitz. Grelles Weiß flammte auf und gewährte ihm einen weiteren Blick auf das schwarze hochbeinige Tier, das reglos neben dem Thron saß. *Das ist ein Hund,* erkannte er verblüfft. *Wenn man dieses riesige Biest so nennen kann.*

In dem leicht geöffneten Maul funkelten beeindruckende Zähne. Arion wagte nicht, sich zu rühren. Das große Tier würde ihm mühelos die Vorderbeine über die Schultern legen, wenn es sich aufrichtete. Unter dem glatten Fell strotzte der schlanke Körper vor Kraft.

Woher kam dieses Untier? Noch nie hatte Arion einen ähnlichen Hund gesehen. Nicht einmal der König verfügte über so gewaltige Tiere. War es etwa ein Ungeheuer des Totenheers?

Der Blick aus den dunklen Augen war von so tiefem Ernst erfüllt, dass sich Arion eingeschüchtert fühlte. Hoheitlich wie Werodin selbst saß der unheimliche Hund da, als ob er seit jeher neben den leeren Thron gehörte wie ein einsamer Wächter.

Wenn es mir nicht gelingt, mich irgendwie zurückzuziehen, kann das eine lange Nacht werden. Arion machte einen zaghaften Schritt rückwärts. Eine ganze Salve von Blitzen flackerte, und der rasche Wechsel von gleißender Helligkeit und Dunkel raubte ihm die Sicht. Donnerschläge trommelten auf ihn ein. Sein Herz raste in der Erwartung des Angriffs. Mit abwehrend gehobenen Händen blinzelte er nach oben. Das Tier war verschwunden.

Braninn
Phykadonische Steppe

Krenn starrte zum Horizont, wo die Sichel des roten Mondes über dem Dunst der morgendlichen Steppe hing, und kniff nachdenklich die Augen zusammen. Raureif überzog die Gräser mit einer filigranen weißen Kristallschicht, die unter ihren Schritten leise knirschte. »Mir wäre lieber, du hättest mir nichts davon erzählt«, gestand er. »Es ist, wie der Kismeglarr sagte, eine Angelegenheit für Häuptlinge. Ich ... weiß überhaupt nicht, was ich davon halten soll.«

Er wirkte so hilflos, dass Braninn tatsächlich bedauerte, ihn eingeweiht zu haben. Aber ihn hatte schließlich auch niemand vorher gefragt. Mürrisch runzelte er die Stirn. »Und woher soll *ich* es wissen? Ich bin auch kein Häuptling! Und wenn ich jetzt die falsche Entscheidung treffe, werde ich nie einer sein.«

Krenn sah ihn mit großen Augen an.

Wie kann es ihn jedes Mal wieder so überraschen, dass diese Aussicht für mich nicht selbstverständlich ist?

»Natürlich wirst du Häuptling«, meinte sein Freund überzeugt. »Du bist der Sohn deines Vaters und warst schon immer klüger und mutiger als ich.«

Vielleicht stimmt das sogar, dachte Braninn. »Aber wenn ich so schlau bin, warum weiß ich dann jetzt keine Antwort?«, setzte er laut hinzu.

Krenn zuckte die Achseln. »Weil es eine wirklich schwierige Frage ist? Ich kann gut verstehen, dass du sie mit der Kismegla und den Ältesten besprechen willst. Aber sie sind nicht hier, und ich bin nicht so weise wie sie. Es steht mir nicht zu, dir Rat zu geben, selbst wenn ich einen wüsste.« Er zögerte. »Was sagt denn Grachann zu all dem?«

Nun war es an Braninn, ratlos die Schultern zu heben. »Nicht viel. Er wollte dem Alten nicht glauben, aber seit wir in diesem Geisterzelt waren, ist er schweigsamer als sonst. Als ich ihn gefragt habe, was los ist, hat er nur geknurrt. Wahrscheinlich weiß er genauso wenig weiter wie ich.«

Sein Freund nickte.

»Jedenfalls hat der Kismeglarr uns in Gefahr gebracht, indem er uns davon erzählte. Wenn es stimmt und Ertann erfährt, dass wir es wissen, werden wir hier nicht mehr sicher sein. Auch deshalb wollte ich es dir sagen. Ertann würde mit Sicherheit glauben, dass du sein Geheimnis ebenso kennst wie Grachann und ich. Also ist es besser, wenn du tatsächlich weißt, woran wir sind.«

»Du glaubst, dass er uns töten würde?«, hakte Krenn beunruhigt nach.

»*Falls* der Kismeglarr recht hat und Ertann für den Tod dieses Schülers verantwortlich ist – warum sollte er dann uns verschonen? Wir könnten all seine Pläne zunichtemachen.«

Krenn schwieg betroffen. Sie gingen weiter und hingen ihren Gedanken nach. Braninn wälzte schon seit Tagen dieselben Fragen im Kopf herum. Selbst bei Nacht quälten sie ihn und hielten ihn vom Schlafen ab. Dann sah er die grausam zugerichteten Leichen wieder, die toten Kinder, die Kismegla, die sich im Schein der Fackel von ihm verabschiedete. Erinnerte sich an die Übergriffe aus dem Dunkel, während sie geflohen waren, die Schatten, das Blut und die Schreie. Wenn das wirklich Ertanns Werk war, wie konnte er, Braninn, dann noch hier in dessen Halle sitzen und Agaja trinken? Er müsste längst unterwegs sein und Wind und Schnee trotzen, um seinen Vater und die anderen Häuptlinge zu warnen. Oder ... müsste er Ertann für diesen Frevel nicht auf der Stelle umbringen? *Aber ich weiß es ja nicht! Ich habe nichts als das Wort eines verbitterten Mannes, der selbst Rache sucht.* Wenn er Ertann eines solchen Verbrechens anklagte, obwohl dieser unschuldig war, verlor sein Vater sein Ansehen im Rat. Und er selbst könnte sich nie wieder unter den Häuptlingen blicken lassen. Er seufzte. Er durfte die Ehre des Stammes nicht so leichtfertig aufs Spiel setzen. Sie mussten auf den Frühling warten. Sein Vater würde wissen, was zu tun war.

Erleichtert, für den Moment einen Entschluss gefasst zu haben, atmete er auf, doch in seinem Innern blickten ihn die leeren Augen der Toten vorwurfsvoll an und setzten seinem Gewissen bereits wieder zu.

Die Luft in der gedrängt vollen Gästehalle war zum Schneiden dick. Qualm und Bratendunst von den Feuerstellen vermischten sich mit dem Aroma gedünsteter Zwiebeln, dem Geruch nach Schweiß und der Hitze, die von den Feiernden ausging. Einige Frauen tanzten, andere schlugen kleine Handtrommeln und sangen dem Sonnengeist Mut zu, dem in dieser längsten Nacht des Winters beigestanden werden musste, damit er in der kommenden Zeit wieder zu sommerlicher Stärke zurückfand.

»Mach nicht so ein finsteres Gesicht, Braninn!«, forderte Mordek gut gelaunt. »Oder willst du die Winterdämonen mit deiner Miene in die Flucht schlagen anstatt mit Prügeln?« Der junge Krieger vom Stamm der Löwen schwenkte grinsend seinen Knüppel über dem Kopf. Sein eigentlich schwarzes Haar trug er mithilfe roten Lehms zu einer strähnigen Löwenmähne geformt.

Braninn lächelte halbherzig zurück und hob zur Antwort nur seinen Becher Agaja, bevor er einen tiefen Zug daraus nahm.

»Du verstehst das nicht«, erwiderte Krenn an seiner Stelle. »Du hast die Dunkelheit nur von Weitem gesehen.«

»Leider! Ich wollte mit den Kundschaftern hinreiten, aber stattdessen hat der Häuptling mich als Boten hierher geschickt.«

Du weißt überhaupt nicht, was dir da erspart geblieben ist, dachte Braninn düster. *Alle, die nicht dort waren, halten es für ein großes Abenteuer.* Er wünschte, er wäre einer von ihnen.

Ein Warnruf von der Tür her löste unter den Kindern ängstliches und vergnügtes Geschrei zugleich aus. Schon sprang eine Gruppe maskierter Männer herein, die drohend ihre Köpfe schüttelten und Stöcke über sich schwenkten. Sie waren mit dicken Fellen und Büffelschwänzen behängt, einige trugen sogar blutverschmierte Rinderschädel auf dem Haupt und senkten angriffslustig die Hörner. Die meisten versteckten ihre Gesichter jedoch hinter hässlichen, bunt bemalten Fratzen, die sie aus dunklem Holz geschnitzt hatten. Entstellende Hauer ragten hinter wulstigen Lippen hervor, winzige, tief liegende Augen verbargen sich heimtückisch unter buschigen Brauen. Die Dämonen, gegen die der Sonnengeist auf seinem allnächtlichen Weg durch die Unterwelt kämpfen musste, stießen hohles Lachen und wildes Gebrüll aus, das vom scharfen Tacktack-tack aufeinandergeschlagener Klanghölzer begleitet wurde. Das Geräusch schnitt wie eine Klinge in Braninns Ohren.

Mordek sprang johlend vor, um bei der ruppigen Vertreibung der Maskierten zu helfen. Es war nicht der erste Überfall an diesem Abend, und es würde die ganze Nacht hindurch weitergehen, bis sich der Sonnengeist endlich als Sieger am Morgenhimmel zeigte. Braninn hatte sich anfangs gezwungen, ebenfalls den in der Scheide belassenen Säbel spielerisch gegen die dunklen Mächte zu schwingen, doch je später es wurde, desto härter kam es ihn an, die grausige Wahrheit hinter dem fröhlichen Mummenschanz zu verdrängen. Er nahm einen weiteren Schluck vergorener Stutenmilch und versuchte, nicht mehr zu denken.

Die Dämonen wurden mit vereinten Kräften zurückgedrängt und unter Jubel ein weiteres Mal erfolgreich aus der Halle gejagt. Selbst die ängstlichsten Kinder lachten nun wieder, während einige angetrunkene Krieger Säbel und Knüppel schwingend einen Siegestanz vollführten.

»Das wird eine langweilige Nacht für euch, wenn ihr nur zuschauen wollt«, sagte Mordek, als er sich wieder zu ihnen gesellte. Seine Augen leuchteten vor Eifer, und in seinem Schnurrbart glänzte Bratenfett, aber dennoch hatte Braninn das Gefühl, dass sich Mordek nicht ungehemmt dem Festtaumel überließ. *Er will uns sicher aushorchen*, überlegte er, nur um sich sogleich selbst zu ermahnen. *Ich sehe Gespenster. Er gehört nicht einmal zu Ertanns Stamm.*

»Wo steckt eigentlich Grachann?«, wollte Mordek wissen. »Glaubt ihr, dass er sich unter die Dämonen gemischt hat?«

»Warum nicht? Zu Hause wird er als Häuptlingssohn immer auf der Seite des Sonnengeists stehen müssen«, vermutete Krenn.

»Ja, da hat er keine Wahl«, bestätigte Braninn, doch er behielt für sich, dass er sich Grachann nicht hinter einer der Masken vorstellen konnte. *Auch er hat die wahren Dämonen gesehen...*

Sein Blick fiel auf den Eingang, wo in diesem Augenblick sein Freund auftauchte, als hätten ihre Worte ihn herbeibeschworen. Aber Grachann war nicht freiwillig erschienen. Verwundert wichen die Feiernden vor ihm und dem grimmigen Krieger zurück, der Grachann den rechten Arm auf den

Rücken gedreht hatte und ihn in dieser Haltung vor sich herschob. Der Häuptlingssohn bemühte sich trotz seiner misslichen Lage um eine stolze Miene und sah verächtlich in die gaffende Menge.

»Was bei allen...«, setzte Krenn an, verstummte jedoch, als Braninn warnend die Hand hob. Noch hatte nicht jeder bemerkt, was vorging, sodass Krenns Stimme im Festlärm untergegangen war, aber Braninn wollte keine Aufmerksamkeit erregen.

»Halt dich bereit!«, raunte er Schlimmes ahnend und schlängelte sich langsam zwischen den anderen Gästen hindurch nach vorn, während sich vor dem fremden Krieger und seinem Gefangenen eine Gasse bildete, die ihnen den Weg zu Ertanns Ehrenplatz frei gab.

Der Oberste Heerführer der phykadonischen Stämme, mächtigster Mann unter den Söhnen der Steppe und ihr ruhmreichster Krieger, thronte auf einem erhöhten, mit Büffelfellen ausgelegten Sitz, über dem der Schädel eines besonders gewaltigen Bullen wachte. Die polierten Hörner waren so lang, dass sie zu beiden Seiten weit über die breite Lehne hinausragten. Trophäen, die Ertann auf seinen Feldzügen erbeutet hatte, prangten hinter ihm an der Wand: Krummschwerter und aufwendig mit Messingnägeln beschlagene Schilde aus Kurézé, Streitäxte der Waldleute und eingetrocknete Häupter erschlagener Kopfjäger, deren Sitte, die Köpfe getöteter Feinde als Zierrat aufzubewahren, der Heerführer in ihrem Fall genüsslich übernommen hatte.

Trotz des reichen Wandschmucks war Ertann nicht zu übersehen. Die in sich ruhende Kraft eines Löwen ausstrahlend, saß er aufrecht vor ihnen, jeder Fingerbreit ein massiger, kampferprobter Krieger, vor dessen eisernem Willen keine Schwäche Bestand haben konnte. Sein düsteres, glatt rasiertes Gesicht wurde von einer Vielzahl verfilzter schwarzer Zöpfe umrahmt, die dem zottigen Fell des Büffels nachempfunden waren. Unter den ebenso dunklen Brauen stachen seine unbarmherzig prüfenden Augen hervor, von denen es hieß, dass ihnen niemals etwas entging.

Der Mann, der Grachann festhielt, blieb in respektvollem Abstand vor seinem Häuptling stehen. Allmählich verstummten die Gesänge und Gespräche. Stille breitete sich aus, in der nur noch das Knistern und Knacken der Feuer zu hören war.

»Warum störst du unser Fest, Jorass?«, verlangte Ertann streng zu wissen. »Grachann ist ein Gast in dieser Halle. Behandeln wir so unsere Gäste?«

»Ich hab den Kerl erwischt, wie er in deinem Haus herumgeschlichen ist, Häuptling.« Jorass versetzte Grachann mit der Linken einen derben Stoß in die Rippen. »Deine Mutter kann es bezeugen.«

Was im Namen des Himmelsgottes hatte er in Ertanns Haus zu suchen?, fragte sich Braninn aufgebracht, obwohl er die Antwort bereits ahnte. *Sag jetzt nichts Falsches! Sonst ist unser Leben verwirkt.*

In den Augen des Heerführers flackerte Zorn auf, doch äußerlich blieb er ruhig. »Du warst wohl kaum darauf aus, einer alten Frau die Röcke zu heben«, höhnte er. »Schafft den dreckigen Dieb nach draußen! Ich werde…«

»Von dir lasse ich mich nicht Dieb nennen, Dämonenbeschwörer!«, fuhr Grachann auf. »An deinen Händen klebt das Blut meines Stammes!«

»Durlach!«, fluchte Braninn und riss seinen Säbel heraus, während Ertann erbost aufsprang.

»Du wagst es, mich in meiner eigenen Halle zu verleumden?«, herrschte der Häuptling Grachann an und langte dabei nach dem Heft seiner Waffe, doch schon hatte Braninn Jorass erreicht und drückte ihm die Spitze der Klinge an den Hals. »Loslassen!«, befahl er.

»Nein! Haltet sie auf!«, brüllte Ertann, aber Jorass hatte seinen Griff bereits gelockert, sodass sich Grachann losreißen und gerade noch rechtzeitig den Säbel ziehen konnte, um einen Hieb Ertanns zu parieren. In der Halle brach Chaos aus.

Frauen und Kinder schrien und drängelten durcheinander, um aus der Reichweite der Waffen zu gelangen, wodurch sie den Kriegern in die Quere kamen, die sich auf den vermeintlichen Lügner und Dieb stürzen wollten.

Jorass versuchte, Grachann erneut von hinten zu packen und gleichzeitig mit der Linken Braninns Säbel zur Seite zu drücken, doch Braninn war schneller. Eine knappe Bewegung genügte, dann musste er die Waffe nur noch zurückziehen, damit die Schneide mühelos in die Kehle des Kriegers glitt. Als das Blut hervorquoll, wirbelte er bereits herum, sah, dass Krenn ihm mit gezücktem Säbel den Rücken frei hielt, und stürmte – die Klinge voran – Richtung Tür. »Aus dem Weg!«, fauchte er, wehrte Säbel ab, stieß mit dem freien Arm Knüppel zur Seite, spürte den Stahl durch Stoff und Fleisch schneiden und merkte doch kaum, dass er selbst getroffen wurde. Aus den Augenwinkeln sah er Grachann und Krenn an seinen Seiten, als sich der letzte Mann, der sich eher zufällig denn absichtlich zwischen ihm und der Tür wiederfand, mit entsetztem Gesicht hastig zu Boden warf. Er sprang über das unerwartete Hindernis hinweg, strauchelte deshalb auf der ersten Stufe und konnte sich gerade noch fangen. Die mondhelle Mittwinternacht empfing ihn mit dem Kuss eisiger Luft, die nach der Hitze der Halle wie kalter Stahl in seine Lunge fuhr.

»Zu den Pferden!«, rief Grachann und überholte ihn.

»Wo sind die denn?«, schrie Braninn im Laufen. Soweit er wusste, liefen die Tiere frei in der Herde des Büffelstamms, um sich ihr karges Futter zu suchen.

»Da drüben!« Grachann deutete zu dem Pfosten vor einem der Grassodenhäuser, wo drei ungesattelte Pferde angebunden waren.

»Du hast das alles geplant?«, keuchte Braninn.

»Sieht das aus wie ein Plan?«

»Da! Die Dämonen!«, schrie Krenn. Braninn sah nach links, von wo die maskierten Krieger herbeieilten. Zugleich stürmten hinter ihnen mit wütendem Gebrüll die Verfolger aus der

Halle heran. Der Vorsprung, der den Dreien noch blieb, war erschreckend klein.

Braninn rannte um sein Leben. »Steh!«, rief er heiser, als seine Stute scheuend zur Seite tänzelte. Mit fliegenden Fingern löste er den festgeknoteten Führstrick, der als Zügel genügen musste, und hielt in der Rechten noch immer den blutigen Säbel. Die Fäuste neben dem Widerrist abgestützt, sprang er auf den blanken Pferderücken.

»Achtung!«, gellte Grachanns Warnung im gleichen Augenblick, als einer der Maskierten vor Braninn auftauchte und seinen langen Stecken durch die Luft sausen ließ. Barna warf sich auf der Hinterhand herum, um zu fliehen, sodass der Hieb Braninn nur an der Schulter statt am Kopf traf. Krenn schoss bereits im Galopp an ihm vorbei.

»Weg hier!«, rief Braninn Grachann zu und jagte die Stute in die weiß überhauchte Steppe hinaus.

Regin
Smedon, Sarmyn

Die Zugbrücke dröhnte unter den Hufen der Pferde, als Regin die kleine Jagdgesellschaft nach Hause führte. Hinter ihm blies der Stallmeister ins Horn, um ihre Ankunft zu verkünden. Begierig, zu ihrem in den Zwingern wartenden Futter zu kommen, überholte ihn das Rudel drahtiger Hirschhetzer und fegte kläffend durch das Gewölbe des Torhauses. Regin folgte ihnen auf den gepflasterten Hof der großen Burg, die seine Heimat war. Schon lief das Gesinde zusammen, um sich bei der Ankunft der Ritter nützlich zu machen.

Was für ein Tag!, freute Regin sich und zügelte sein schweißnasses Pferd, das in der Winterkälte dampfte. *Gerade die rechte*

Menge Schnee, um den elenden Schlamm zu vergessen und trotzdem noch im Wald reiten zu können.

»Willkommen zurück, Herr«, begrüßte ihn Nürben, der Kämmerer seines Vaters, der ihn in der Abwesenheit des Fürsten bei der Verwaltung Smedons unterstützen sollte. »Hattet Ihr eine erfolgreiche Jagd?«

»Und ob!«, prahlte Regin und wies mit der Hand zu dem schwer beladenen Packpferd.

»Der größte Hirsch, den du je gesehen hast«, fügte einer der Vasallen hinzu, die ihn begleitet hatten. »Das wird ein schönes neues Geweih für die Halle.«

»Gibt es da überhaupt noch Platz?«, scherzte der Stallmeister. »Bei dem Fleiß, den Herr Regin an den Tag legt, müssen die Trophäen doch schon bis zur Decke reichen.«

Regin lächelte nur schwach. *Das muss das erste Mal sein, dass jemand im Zusammenhang mit mir das Wort Fleiß verwendet.* Aber er wollte sich den herrlichen Tag nicht von unangenehmen Erinnerungen verderben lassen und richtete seine Gedanken lieber auf die hübsche junge Magd, die in der Tür zur Backstube stand. Von der Hitze des Ofens durchwärmt, trug sie nur Leinenhemd und Miederkleid, die ihr erlaubten, vor Regin keck ihre Rundungen hervorzukehren.

Das *wird der krönende Abschluss dieses Abends*, beschloss er versöhnt und warf gut gelaunt einem Stallknecht die Zügel zu, um endlich aus dem Sattel zu springen.

»Herr«, begann Nürben. »Ihr müsst noch über den Fall dieses Weinpanschers entscheiden, der seit zwei Wochen im Kerker auf Euer Urteil …«

»Später!«, fiel Regin ihm ins Wort. »Du siehst doch, dass wir alle ein Bad und frische Kleidung brauchen. Und dann will ich in Ruhe mit meinen Freunden tafeln.«

»Selbstverständlich, Herr«, antwortete der Kämmerer, versteckte seine Missbilligung aber nur halbherzig.

Vermutlich wirst du das alles Vater berichten, wenn er zurück ist. Du kannst dir gar nicht vorstellen, wie gleichgültig mir das ist.

»Dann wäre da noch dieser Brief unseres Herrn Fürsten, der heute für Euch gebracht wurde«, eröffnete ihm Nürben und zog ein kleines, zusammengefaltetes Stück Pergament unter seinem Gürtel hervor. »Soll ich ihn auch für später zurücklegen, Herr?«

Ungehalten riss Regin ihm den Brief aus der Hand. »Geh und lass mir endlich ein Bad richten!«, fuhr er ihn an. Niemand wagte, ihm im Weg zu stehen, als er gereizt in die kleine Halle stürmte, die sich im Winter besser heizen ließ als der große Festsaal. Zum Schutz gegen die Kälte waren die Fensterläden geschlossen, sodass nur das Feuer im ausladenden Kamin flackerndes Licht verbreitete.

Regin stellte sich nah an die Flammen und brach ungeduldig das Siegel auf. Auch ohne das in Wachs gedrückte Zeichen seines Vaters hätte er den Absender sofort an der verhassten Handschrift erkannt. *An meinen zweitgeborenen Sohn Regin* stand in makellosen Buchstaben über den wenigen Zeilen. Trotzdem musste Regin sich anstrengen, um sie zu entziffern. Das Lesen war ihm nie leichtgefallen. Megar hatte es ihm durch einen strengen Lehrer einprügeln lassen, doch noch immer musste er Wort für Wort eingehend betrachten, bevor sie für ihn Sinn ergaben. *Dein Bruder Waig erweist sich täglich unfähiger, mein würdiger Nachfolger zu werden*, las er. *Ich befehle Dir, zum Wohle des Reiches nach Egurna zu kommen und Deinen Platz an meiner Seite einzunehmen. Nürben kann vorübergehend die Aufsicht über meine Güter führen. Mache Dich unverzüglich auf den Weg! Wichtige Ereignisse sind im Gange. Gezeichnet Megar, Herr über Smedon.*

Für einen Augenblick fühlte Regin nur eine große Leere, bevor sein Zorn wieder erwachte. Weil sein Bruder zu dumm war, um die Ränke ihres Vaters mitzuspielen, sollte er also nun bei Schnee und Eiseskälte an den Hof reisen? Das sah dem Fürsten ähnlich. Immerzu behauptete er, nur das Beste für Sarmyn zu wollen. Wahrscheinlich glaubte er sogar selbst daran. Sollte er tun, was er für richtig hielt, aber was ging es Regin an? Das Reich konnte ihm gestohlen bleiben!

Er wusste, dass er dennoch gehen würde. Es hatte keinen Zweck, sich seinem Vater zu widersetzen. Der Fürst war zu stur, um ein Nein hinzunehmen. Er musste ihm beweisen, dass er genauso ungeeignet war wie Waig, um seine Fäden weiterzuspinnen.

Zum Wohle des Reiches. Er schnaubte höhnisch. Dem Reich ging es ausgezeichnet. Tausende Ritter standen bereit, es zu verteidigen. Werodin war ein guter König, und er hatte einen Thronfolger, der aus dem Alter heraus war, um überraschend am Kindsfieber zu sterben. *Was zum Henker soll dem Reich schon passieren?*

Wütend zerknüllte Regin das Pergament und warf es in die Flammen. *Fahrt in die Dunkelheit, Vater!* Doch den Gefallen würde Megar ihm kaum tun. Regin nahm sich vor, das Beste aus dieser Reise zu machen. Immerhin würde er Saminé wiedersehen – und sie war schon etwas anderes als irgendein Bauernmädchen oder eine Magd mit Teigresten unter den Fingernägeln.

Alles war seltsam.

Regin stand auf einem Wehrgang der königlichen Burg, obwohl er sicher war, die Reise noch nicht unternommen zu haben. Auch das Licht war merkwürdig. Es kam von allen Seiten und schien taghell und gleichzeitig wie durch Nebel gedämpft zu sein. Aber das Seltsamste war der Mann neben ihm. *Vater?*, wunderte er sich zweifelnd. *Nein, er ist es nicht.* Der Fremde sah völlig anders aus. Regin kniff die Augen zusammen, um das Gesicht genauer zu betrachten, doch je mehr er sich bemühte, desto stärker verschwammen die Züge des Unbekannten. Es war die Ausstrahlung, die ihm bekannt vorkam. Diese Aura von Magie, die seinen Vater umgab, wenn er sein Orakel befragt hatte. *Der alte Narr!*

»Wie lange willst du noch hier stehen und mich anstarren?«, herrschte der Fremde ihn an. »Ich dachte, du seist entschlossener. Aus dir wird nie ein König.«

König?
»Und schwer von Begriff ist er auch noch!«, schimpfte der Unbekannte. »Vielleicht hat dein Vater recht. Du taugst genauso wenig wie dein Bruder. Ich sollte mir jemanden suchen, der meiner Pläne würdig ist.«

»Megar weiß nichts von mir!«, fuhr Regin auf. Er hatte es so satt, dass jeder glaubte, er könne auf ihm herumhacken. »Eure Pläne könnt Ihr Euch genauso an den Hut stecken wie er sich seine! Wer seid Ihr überhaupt?«

»Ein Mann mit mehr Macht, als du je haben wirst, selbst wenn ich dich auf den Thron setze.«

Regin konnte das Gefühl förmlich mit den Händen greifen, dass der Fremde wirklich gefährlich war. Aber das stachelte seinen ungestümen Trotz nur noch mehr an. »Ich habe keine Angst vor Euch. Was soll dieses Gefasel, Ihr würdet mich zum König machen? Mein Anspruch auf den Thron ist keinen Pfifferling wert. Da stehen mindestens fünfzig andere Anwärter zwischen mir und der Krone.«

»Es sind nur achtundzwanzig«, berichtigte ihn der Fremde, und Regin glaubte, in den verwischten Zügen ein Lächeln zu erkennen.

»Die genaue Zahl spielt doch gar keine Rolle.«

»Ganz recht. Es spielt keine Rolle. Mit meiner Hilfe *wirst* du König werden.«

Irgendetwas stimmt hier nicht. »Wer seid Ihr?«, fragte Regin noch einmal. »Und was bringt Euch auf die Idee, dass ich König werden will?«

»Willst du?«

»Nein!«

Der Mann lachte.

Will ich?, fragte sich Regin verunsichert. *Das ist nur ein Traum!*, durchfuhr es ihn. *Wach auf! Dann hat der Spuk ein Ende.*

Er schlug die Augen auf und fand sich tatsächlich in seinem Bett wieder, zu Hause, in Smedon. Es war dunkelste Nacht.

Noch verwirrter als zuvor setzte er sich auf und schüttelte den Kopf, um die Erinnerung an den unheimlichen Fremden abzustreifen. Er konnte nicht unterdrücken, sich nach dem verschwommenen Gesicht umzusehen. Nur zur Sicherheit.

Was für abwegige Dinge man träumte. Aber er hätte schwören können... *Ich sollte es vergessen. Es war nur ein Traum.*

Arion
Egurna, Sarmyn

Das ist also Regin, dachte Arion, während er den linken Unterarm in die Halteschlaufen des Schilds schob, den ein Knappe ihm reichte. Er suchte nach Ähnlichkeiten zwischen den beiden Brüdern, doch abgesehen vom störrischen roten Haar fand er keine. Regin war weder so schlank wie er noch so massig wie Waig. Neben seinem riesigen Bruder wirkte Regin klein, obwohl er nur zwei Fingerbreit weniger maß als Arion. Er hatte helle, selbst im Winter sommersprossige Haut anstelle der rötlichen Gesichtsfarbe seines Bruders, und auch ihre Augen waren verschieden. Während Waigs tief liegend und von blassem Grau waren, hatte Regin große, grüne Augen, aus denen Rastlosigkeit sprach. Bestimmt war er der unangenehmere Gegner von beiden, denn Waig wusste, wo er stand, und musste niemandem etwas beweisen. Arion lockerte den Griff um das Heft des Schwerts, der sich ungewollt gespannt hatte.

»Also dann, Ihr beiden, zeigt mal, was Ihr könnt!«, forderte Waig gut gelaunt.

Sein Bruder hob die Waffe nur flüchtig zum Gruß und drang sofort auf Arion ein, der überrascht zurückwich und den Hieb mit dem Schild abfing. Regin bot keine Lücke für einen Gegenangriff, weshalb Arion zur Seite sprang, um sich wieder

Luft zu verschaffen. In einer Drehung setzte Regin nach, doch Arion glitt durch einen Schritt rückwärts aus seiner Reichweite. Noch bevor Regin zu einem neuen Streich ausholen konnte, warf sich Arion wieder nach vorn und stieß in die schmale Blöße zwischen Schild und zurückgeschwungenem Schwert. Im letzten Augenblick schlug Regin die zustechende Klinge mit dem Schildrand zur Seite und stieß seinerseits von unten zu, aber die Schwertspitze prallte nur gegen Arions Wehr.

Rasch rückte Arion von seinem Gegner ab, der dieselbe Eingebung hatte. Lauernd starrten sie einander an. Arion bemerkte, dass der Waffenmeister bei Waig stehen geblieben war, um ihnen zuzuschauen. Die kurze Ablenkung genügte, um Regin in einem neuen Angriff vorspringen zu lassen. Arion sah die Klinge auf seinen Kopf niedersausen und riss, ohne nachzudenken, das Schwert nach oben, quer vor sein Gesicht, um den Hieb aufzuhalten. Ein jäher, durchdringender Schmerz in den Fingern zwang ihn, die Waffe fallen zu lassen. Regin musste blitzschnell die Richtung geändert und auf die ungedeckte Schwerthand geschlagen haben. Arion biss die Zähne zusammen und schüttelte die verletzte Hand, als ob er den Schmerz damit vertreiben könnte. Die stumpfe Klinge und der lederne Handschuh hatten zwar Schlimmeres verhindert, doch das war ihm nur ein schwacher Trost.

»In einem echten Kampf wärt Ihr jetzt um ein paar Finger ärmer«, erinnerte der Waffenmeister ihn obendrein.

»Und tot«, fügte Regin triumphierend hinzu. »Ich sah nur keinen Sinn mehr darin, noch nachzusetzen.«

»Ihr seid zu freundlich«, knurrte Arion.

»Er hat recht«, betonte der Waffenmeister. »Habe ich Euch nicht schon drei Mal gesagt, dass Ihr nicht mit der Klinge parieren sollt? Es ist Verschwendung, das Schwert die Arbeit des Schildes tun zu lassen. Ihr schadet nur dem guten Stahl. Außerdem stand Eure rechte Seite offen wie ein Scheunentor. In einer Schlacht könnt Ihr Euch eine solche Nachlässigkeit nicht leisten. Wer hat Euch nur diesen Unsinn beigebracht?

Euer Vater sicher nicht.« Der ergraute Ritter schüttelte verständnislos den Kopf.

Tomink, antwortete Arion in Gedanken, sagte jedoch nichts. Nach allem, was er bislang am Königshof erlebt hatte, wollte er niemandem mehr auf die Nase binden, dass er von einem der letzten Priester unterrichtet worden war. *Vater hätte es wohl kaum geduldet, wenn ihm Tomink nicht fähig erschienen wäre.* Aber warum hatte der ihn dann Dinge gelehrt, die der Waffenmeister zu Recht ablehnte?

»Vielleicht sollten wir Herrn Arion einmal ohne Schild kämpfen lassen, damit er lernt, den Wert einer guten Wehr zu schätzen.«

Arion hätte Jagon am liebsten die Faust ins überhebliche Gesicht gerammt. Der Gordean war wohl immer zur Stelle, wenn man ihn am wenigsten brauchte.

»Gar keine schlechte Idee«, meinte der Waffenmeister. »Womöglich ist das die Lektion, die Euch von diesem Fehler heilt. Was meint Ihr?«

»Wollt Ihr ihn verprügeln lassen?«, mischte sich Waig stirnrunzelnd ein.

»Natürlich nicht«, wehrte der alte Ritter entrüstet ab. »Nur bis zum ersten Treffer, der ihn kampfunfähig machen würde. Es geht doch darum zu zeigen, wie grundlegend der Schild für das Überleben ist.«

Mittlerweile gab es kaum noch einen Mann oder Knaben in der Halle der Schwerter, der sich ihnen nicht neugierig zugewandt hatte. Arion presste gereizt die Lippen zusammen. *Jetzt hat er eine Frage des Mutes daraus gemacht*, ärgerte er sich. Sollte er etwa als Feigling dastehen?

»Wenn Ihr glaubt, dass es etwas nützt, bin ich bereit«, erklärte er entschlossen.

Regin grinste.

»Seid Ihr sicher, dass Eure Hand nicht mehr Zeit braucht, um sich von diesem Treffer zu erholen?«, erkundigte sich der Waffenmeister. »Wir haben keine Eile.«

»Ich bin bereit«, wiederholte Arion unwirsch und streifte den Schild ab. Hastig kam der Knappe an seine Seite, um ihm die Wehr abzunehmen. Der Junge bückte sich auch nach der Waffe, aber Arion war schneller. Seine Hand sträubte sich nur kurz dagegen, den Griff erneut zu umschließen, dann ließ der Schmerz wieder nach. Das Heft war für einhändigen Gebrauch bestimmt, wie es in Sarmyn üblich war. Arion ergriff dennoch den flachen, halbkreisförmigen Knauf mit der Linken, so gut es ging, und nickte dem Waffenmeister zu.

»Der hält nicht lange durch«, prophezeite jemand. »Regin schlägt mit dem Schild die Klinge zur Seite, und schon hat er ihn.«

»Nicht mehr, nachdem Ihr ihn jetzt gewarnt habt«, versetzte ein anderer.

»Unfug«, ließ sich nun sogar Prinz Joromar vernehmen. »Das wird der kürzeste Kampf, den diese Halle je gesehen hat.«

»Dürfte ich um etwas mehr Ruhe bitten?« Der Waffenmeister warf einen missbilligenden Blick in die Runde. Erst dann sah er die beiden Gegner noch einmal an. »Beginnt!«

Arion hatte erwartet, dass Regin sogleich wieder angreifen würde, doch der lud ihn stattdessen zu einem Vorstoß ein, indem er das Schwert zu einem Rückhandschlag nach hinten führte und damit eine Lücke in seiner Deckung öffnete. *So dumm bin ich nicht.* Fieberhaft überlegte Arion, wie er Regins Schild umgehen konnte, ohne ein prächtiges Ziel abzugeben, aber ihm fiel keine Möglichkeit ein. Regin hob seine Klinge wieder in eine bequemere Stellung und tänzelte dabei zwei Schritte zur Seite. Arion blieb nichts anderes übrig, als dieser Bewegung zu folgen. Das Grinsen stahl sich erneut auf Regins Gesicht. »Wartet Ihr darauf, dass das Holz des Schilds verrottet?«, höhnte er.

Die Ritter lachten, doch Arion nahm es kaum wahr. Er machte einen schnellen Halbschritt auf Regin zu und hob dabei das Schwert über den Kopf, als ob er seinem Gegner Helm und Schädel spalten wollte. Sofort schoss Regins Schild nach oben. Genau damit hatte Arion gerechnet. Das vordere Bein zurückzunehmen, den Oberkörper zu drehen und die Klinge in einem schrägen Bogen nach unten zu führen war eine einzige rasche Bewegung. Der Stahl prallte mit einem dumpfen Knall auf Regins zum Gegenschlag heransausenden Schwertarm.

Regin unterdrückte einen Aufschrei und kämpfte darum, seine Waffe nicht fallen zu lassen. Arion wich zurück. »Ohne Schwerthand dürfte der Kampf beendet sein«, stellte er in das erstaunte Schweigen hinein fest.

»Allerdings«, stimmte Waig ihm fröhlich zu. »Das war nicht übel, was, Regin?«

»Der kürzeste Kampf, den die Halle je gesehen hat. Ganz, wie Ihr es vorausgesehen habt, mein Prinz«, sagte der Waffenmeister mit einer Verneigung in Joromars Richtung.

Der Prinz lächelte huldvoll. »Wir hätten Wetten abschließen sollen«, bedauerte er.

»Ja, dann hätte ich endlich mal eine gewonnen«, behauptete Waig, während Arion dem Knappen das Schwert reichte und den Helm auszog.

»Das lag nur an dieser Bestie«, beschwerte sich Regin. Er nickte in Richtung des Eingangs, wo sich der riesige dunkelgraue Hund niedergelassen hatte und aufmerksam zu ihnen hinüberblickte. »Sie hat mich abgelenkt.«

»Abstechen sollte man das Vieh«, brummte jemand. »Es ist widernatürlich.«

»Nur zu, Herr Ritter, wenn Ihr das Missfallen meines Vaters erregen wollt!«, ermunterte ihn der Prinz. »Er findet seinen Anblick neben dem Thron so erhebend, dass ihm eine ganze Zucht solcher Bestien vorschwebt.«

»Stellt sich nur die Frage, ob sich mit einem Ungeheuer aus dem Totenheer Nachwuchs zeugen lässt«, gab der Waffenmeister zu bedenken.

»Wie könnt Ihr so nüchtern darüber sprechen?« Waig schauderte. »Das ist ein Geist. Niemand hat ihn bisher fressen sehen.«

»Mir hat man erzählt, dass er doch frisst. Aber nur Asche«, warf ein anderer junger Ritter ein, den Arion nicht kannte.

»Asche von Totenfeuern, möchte ich wetten«, brummte Regin noch immer verstimmt.

»Wie dem auch sei, ich schlage vor, dass wir jetzt alle mit unseren Übungen fortfahren. In der Schlacht werden Euch noch ganz andere Dinge ablenken«, mahnte der Waffenmeister. »Gewöhnt Euch besser daran!«

Widerstrebend löste Arion den Blick von dem unheimlichen Tier, das seit der Mittwinternacht auf Egurna geblieben war und sich meist in der Halle der Rechtsprechung aufhielt. Er wusste nicht, was er von dem Hund halten sollte, der sich mit seinem grimmig ernsten Blick jede Annäherung verbot und in Arions Gegenwart nie ein Geräusch von sich gegeben hatte. Die Leute stritten sogar darüber, ob das Untier überhaupt atmete.

»Vergesst trotzdem Euren Schild nicht«, riet der Waffenmeister und klopfte Arion wohlwollend auf die Schulter, bevor er zu einem anderen Kämpferpaar weiterging.

»Ihr wart gut«, gab auch Jagon zu, den Arion schon vergessen hatte. »*Uemer diasid.*«

»Was heißt das?«, wollte Arion misstrauisch wissen.

Der Gordean lächelte wieder spöttisch. »An dem Tag, an dem Ihr diese Worte versteht, werdet Ihr entweder ein Freund sein ... oder mein gefährlichster Feind.«

Braninn
Phykadonische Steppe

Seine Kräfte schwanden. Braninn wusste nicht, wie lange er sich noch ohne Sattel auf dem Rücken der galoppierenden Stute halten konnte. Schon geriet er bedenklich aus dem

Gleichgewicht, wenn sie auf abschüssigem Untergrund bisweilen strauchelte. Doch auch Barnas Kräfte ließen nach. Das Spiel ihrer Muskeln, das er unter seinen Schenkeln spürte, hatte an Geschmeidigkeit verloren, und aus ihrem dichten Winterfell stieg Schweißgeruch auf.

»Wir müssen langsamer machen!«, rief er über die Schulter zurück. Er ritt bereits seit einer Weile an der Spitze und hatte die Richtung anhand der Sterne bestimmt, so gut es bei dieser Geschwindigkeit ging.

»Einverstanden«, antwortete Grachann ohne eine Spur von Müdigkeit in der Stimme.

Sie ließen die heftig schnaufenden Pferde in flottem Schritt weitergehen, sodass Braninn endlich gefahrlos den Säbel wegstecken konnte. Seine Finger hatten sich in der Kälte zu steifen, gefühllosen Klauen verkrümmt, die den Griff der Waffe nur mit schmerzhaftem Widerstand freigaben. Auch im Gesicht biss ihm der Frost in die Haut. Da er sie in Ertanns Halle nicht gebraucht hatte, trug er weder Fellmütze noch Handschuhe, nicht einmal einen Umhang. Seine Zehen fühlten sich trotz der fellgefütterten Stiefel bereits taub an. »War das alles wirklich nötig, Grachann?«, fragte er, als seine Freunde zu ihm aufschlossen. »Hättest du dich nicht *ein* Mal beherrschen können?«

»Beherrschen? Hättest du dich etwa vor allen Leuten von diesem Mörder als Dieb beschimpfen und demütigen lassen?«, regte sich Grachann auf, der als Einziger einen Umhang trug. »Am liebsten hätte ich ihm die Eingeweide herausgeschnitten! Aber seine verdammten Krieger waren ja sofort zur Stelle, um ihm die Haut zu retten.«

Braninn bezweifelte, dass es sein Freund im Zweikampf mit Ertann aufnehmen konnte, aber das behielt er für sich. »Du hättest die Klappe halten und dich für die Nacht abführen lassen können. Dann wäre Zeit gewesen, unsere Flucht vorzubereiten. Krenn und ich hätten dich schon befreit.«

»Wenn es deine Art ist, dich schweigend von räudigen

Schakalen beleidigen zu lassen, ist das deine Sache. Glaubst du vielleicht, ich hätte mir das nicht anders vorgestellt?«

»Du hättest mir verraten können, was du vorhast«, beschwerte sich Braninn. »Traust du mir etwa nicht?«

»Ich bin es nicht gewöhnt, um Erlaubnis zu fragen, bevor ich etwas tue.«

»Darum geht es doch überhaupt nicht! Du denkst einfach nie nach, bevor du den Schnabel aufmachst.«

Grachann setzte zu einer zornigen Antwort an, doch plötzlich glätteten sich seine Züge. Grinsend schlug er Braninn auf die Schulter. »Ehrlich, so wütend hab ich dich nicht mehr gesehen, seit meine Schwester dir damals den Dungfladen in die Tunika gesteckt hat.«

Krenn schnaubte, und Braninn konnte nicht entscheiden, ob vor Entrüstung oder unterdrücktem Prusten. Ihm war absolut nicht nach Lachen zumute. Hielt Grachann das alles für einen gelungenen Kinderstreich? »Mit dem Unterschied, dass ich damals nur baden musste, um es zu vergessen«, hielt er ihm vor. »Du hast uns dagegen eine Horde wütender Krieger auf den Hals gehetzt.«

»Streng genommen hast *du* das getan«, meinte Grachann achselzuckend. »Aber im Gegensatz zu dir weiß ich deine Gründe zu schätzen.«

»Durlach, Grachann, ich bereue nicht, dass ich dich gerettet habe! Aber ich habe mindestens einen von Ertanns Männern getötet. Allein dafür wird er meinen Kopf fordern.«

»Und du hattest nicht einmal Zeit, diesem Hund eine Strähne abzuschneiden. Nimm eine von deinen! Ich bezeuge, dass sie für einen toten Feind steht.«

»Später. Fürs Erste würde mir schon reichen, wenn du uns endlich erzählst, bei was genau du erwischt worden bist.«

»Bei was wohl?«, fragte Grachann gereizt. »Ich wollte endlich wissen, ob der Kismeglarr die Wahrheit sagt oder nicht. Gibt es eine bessere Gelegenheit, sich in ein Haus zu schleichen, als das Mittwinterfest? Ich wollte mir nur Gewissheit verschaffen und danach sofort mit euch verschwinden, falls der Alte recht behält.«

»Und was ist schiefgegangen?«

»Dieser Kerl stand vor dem Haus Wache. Hast du je von einem Häuptling gehört, der sein Haus vor seinen eigenen Leuten bewachen lässt?«

»Wohl eher vor Leuten wie dir«, ließ sich Krenn vernehmen.

»Zugegeben – es ist ungewöhnlich«, pflichtete Braninn Grachann bei. »Und verdächtig.«

»Genau das dachte ich auch. Und die Ahnen waren mit mir. Ich musste nur warten, bis dieser Jorass endlich eingeschlafen war. Aber ich hatte nicht mit der alten Hexe gerechnet, die Ertann seine Mutter nennt. Sie hatte sich hinter den Bretterwänden am Ende der Halle versteckt und für ihre Missgeburt das Beschwören übernommen.« Er spuckte angewidert aus.

»Woran hast du es erkannt?«, wollte Krenn ungläubig wissen.

»Sie schnitt gerade einem trächtigen Schaf den Bauch auf.«

Auf Grachanns Gesicht spiegelte sich Abscheu.

»Heilige Erdmutter«, flüsterte Krenn.

»Du bist sicher, dass sie nicht das Lamm eines verendeten Schafs retten wollte?«, vergewisserte sich Braninn. In seinem Magen hatte sich ein Knoten gebildet.

»Ich bin nicht vom Pferd gefallen, Braninn! Ich weiß, was ich gesehen habe. So etwas wäre Aufgabe der Hirten, draußen, wo die Schafe hingehören. Außerdem war da diese Rinderhaut auf dem Boden, mit Blut und irgendwelchen merkwürdigen Zeichen verschmiert. Dann hat das verfluchte Weib mich entdeckt und angefangen zu kreischen. Ich wollte abhauen, aber Jorass war natürlich aufgewacht und hat sich von hinten auf mich geworfen, als ich zur Tür raus bin. Den Rest kennt ihr.«

Es ist also wahr. Ertann hat die Dämonen über uns gebracht, damit wir Sarmyn für ihn erobern. Grachann hat recht. Wir hätten ihm den Bauch aufreißen sollen wie Embragojorr.

»Ich ... muss eine Weile laufen, sonst frieren mir die Füße ab«, brachte Krenn bestürzt hervor, während seine Gedanken offensichtlich bei dem weilten, was Grachann ihnen gerade berichtet hatte.

»Das sollten wir alle tun«, sagte Braninn und ließ sich vom Pferd gleiten. Seine Füße schmerzten, als er auftrat, aber nach ein paar Schritten wurde es besser. Dafür fehlte ihm nun die Wärme der Stute an den Beinen. Ihm war von innen und außen gleichermaßen kalt.

»Aber nicht zu lange«, mahnte Grachann, der ebenfalls von seinem Braunen sprang. »Mit Sattel werden sie ausdauernder reiten können als wir und uns bald einholen.«

»Ich weiß nicht, wie wir das verhindern sollen«, murrte Braninn. »Sie haben warme Kleidung und Vorräte, während wir ...«

»Wohin führst du uns überhaupt? Oder hast du diese Richtung nur zufällig eingeschlagen?«, unterbrach ihn Grachann und sah zu den Sternen hinauf. »Wir reiten Richtung Westen.«

»Westen? Aber unser Stamm lagert doch nordöstlich von hier.« Eine Andeutung von Panik lag in Krenns Stimme, ebenso wie in dem Blick, den er Braninn zuwarf.

»Das weiß ich. Aber wir müssten viele Tage reiten, um dorthin zu kommen. Das überleben wir bei dieser Kälte nicht. Nicht ohne Feuer, Vorräte und ein Zelt.«

»Ich habe Feuerstein und Stahl bei mir, und wir könnten jagen«, widersprach Krenn.

Er will zu unseren Leuten, zu seiner Frau, einfach in Sicherheit sein, erkannte Braninn. *Als ob es mir anders ginge!* »Was willst du denn anzünden? Nasses Gras? Außer einer Rauchsäule, die uns verrät, werden wir damit nichts erreichen. Und womit sollen wir jagen? Noch dazu, während uns Ertanns Männer auf den Fersen sind. Denk nach, Krenn! Ich kann dir nicht befehlen, hierhin oder dorthin zu gehen. Es ist deine Entscheidung. Ich sage nur, was ich denke.«

Krenn senkte besiegt den Blick. »Ich reite, wohin du reitest. Du bist der Häuptling.«

»Nein, das bin ich nicht!«, ärgerte sich Braninn.

»Zumindest nicht meiner«, mischte sich Grachann ein. »Warum sollen wir uns also deiner Meinung nach ausgerechnet gen Westen halten?«

»Ich will die Lange Narbe durchqueren und das Winterlager des Stamms der Hirsche suchen. Wenn ich mich richtig erinnere, ist es nur zwei oder drei Tagesritte entfernt, und der Häuptling ist ein Verwandter meiner Mutter.«

»Selbst das wird nur schwer zu schaffen sein«, schätzte Grachann. »Wir frieren zu sehr, um ohne Essen durchzuhalten.«

»Das einzig Essbare, was wir haben, sind die Pferde«, stellte Braninn nachdenklich fest. Aber die brauchten sie, um ihren Verfolgern zu entkommen. Es war aussichtslos.

»Eher stelle ich mich allen versammelten Kriegern Ertanns zum Kampf, als Djorr zu schlachten«, schwor Grachann heftig.

Schweigend stapften sie durch das gefrorene Gras. Weißer und roter Mond tauchten die Nacht in Milch und Blut.

»Vielleicht ist das unsere einzige Wahl«, meinte Braninn schließlich. »Uns den Verfolgern zu stellen.«

Seine Freunde blieben ruckartig stehen.

»Das ist ein Wort!«, stimmte Grachann anerkennend zu. »Dieses Davonlaufen geht mir ohnehin gegen den Strich. Wir sind Männer, keine Hasen.«

Braninn musste Krenn nicht ansehen, um zu wissen, dass dieser anderer Meinung war, aber von welcher Seite er ihre Lage auch betrachtete, er konnte keinen weniger gefährlichen Ausweg finden. Hunger, Kälte und Erschöpfung würden sie unweigerlich umbringen. Falls sie die Lange Narbe erreichten, hatten sie gegen die Krieger zumindest eine kleine Chance zu überleben. Und wenn es ihnen gelänge, sie zu besiegen, hätten sie genug warme Kleider und Nahrung, um den Stamm der Hirsche zu erreichen. *Wenn.* Er tastete nach dem Schnitt auf seinem Unterarm, den er bei ihrer Flucht aus der Halle davongetragen hatte. Das Blut war zu einer zähen Masse geronnen, die sofort aufreißen würde, sobald er den Arm zu stark bewegte, aber sie hatten jetzt keine Zeit, um die Wunde zu verbinden. *Es wird nicht der einzige Schnitt bleiben...*

»Dann ist es beschlossen«, stellte er fest. »Wir kämpfen.«

Der weiße Mond war untergegangen und hatte die frostige Nacht im dunkleren Licht seines roten Bruders zurückgelassen. Dampf stieg von den schweißnassen Pferden auf, als sie sich nach einem weiteren scharfen Ritt langsam dem jähen Abgrund näherten. Die Schritte der Tiere waren schwankend vor Schwäche, ihre Sehnen geschwollen.

Wie um alles in der Welt sollen wir sie noch heil den Abhang hinunterbringen? Doch war das nur eine von Braninns Sorgen. Ein letztes Mal blickte er sich nach ihren Verfolgern um, bevor er sich vom Pferderücken schwang, um die Stute zu schonen. Schreck fuhr ihm in die Glieder, als seine Beine unter ihm nachgaben und er beinahe stürzte. Er spürte seine Füße nicht mehr. Erst nach einigen Schritten kehrte das Leben mit heftigen Stichen in sie zurück.

»Immer noch nichts zu sehen«, sagte Grachann und folgte Braninns Beispiel. »Die blinden Maulwürfe haben wohl Schwierigkeiten, im Dunkeln auf unserer Spur zu bleiben.«

»Ich weiß nicht. Wir sehen ja selbst nicht weit«, gab Krenn zu bedenken. »Vielleicht sind sie längst am Horizont, ohne dass wir es merken.«

»Sie werden sicher schneller da sein, als uns lieb ist«, stimmte Braninn ihm zu. »Wahrscheinlich hören wir sie, bevor wir sie sehen können. Nutzen wir die Zeit, die uns bleibt! Wir müssen die Lange Narbe finden, bevor sie uns einholen.«

»Was ist die Lange Narbe überhaupt?«, wollte Krenn wissen und verzog bei den ersten Schritten vor Schmerz das Gesicht. »Ich habe noch nie davon gehört.«

»Doch, hast du«, behauptete Braninn, ohne anzuhalten.

»Aber vielleicht ist es schon eine Weile her. Erinnerst du dich, dass es heißt, der Herrscher der Dämonen sei einst aus der Unterwelt aufgestiegen und habe die Welt der Menschen verheert? Ülgen, der Himmelsgott, hörte die Hilferufe der Kismeglarr und wollte die Menschen retten, aber mit bloßen Fäusten konnte er den schrecklichen Gegner nicht bezwingen. Deshalb schmiedete er im Feuer des Sonnengeistes den gewaltigen Säbel Lichtglanz. Mit dieser verzauberten Waffe holte er zu einem Hieb aus, so mächtig, wie nie zuvor ein Hieb geführt worden war. Doch das Aufblitzen der feurigen Schneide warnte den Dämon. Er glitt zur Seite wie ein Schatten. Und so fuhr die unaufhaltsame Klinge nicht in das Haupt des Feindes, sondern in den Leib der Erdmutter. Ein Spalt tat sich auf, der von den Wäldern des Nordens bis zu den südlichen Gebirgen reicht. Jedes Frühjahr vergießt der Himmelsgott seine Leben spendenden Tränen, um die Wunde zu heilen, aber noch immer ist die tiefe Narbe zu sehen, und es wird noch viele Menschenleben dauern, bis...«

»Vorsicht!«, unterbrach ihn Grachann. »Wir sind da.«

Der Boden fiel so unvermittelt vor ihnen ab, als hätte tatsächlich eine gigantische Klinge hineingeschnitten. Finsternis füllte die Schlucht wie dunkles Wasser, und kein Geräusch drang vom Talgrund zu ihnen herauf. Es war so still, dass sich Braninn an jene Nacht erinnert fühlte, als die dämonische Schwärze über das Land gekrochen war.

»Dieser Ort ist unheimlich.« Krenn spähte beklommen über den Rand. »Ich kann nicht einmal sehen, wie tief es ist. Wie sollen wir jemals dort hinunterkommen?«

Braninn kramte in seinem Gedächtnis nach Bildern, wie die Schlucht bei Tageslicht ausgesehen hatte. Es musste neun oder gar zehn Jahre her sein, dass er mit seinem Onkel zum Stamm der Hirsche geritten war, aber die Lange Narbe hatte ihn so beeindruckt, dass er sich besser an sie erinnerte als an den Besuch selbst. Die Hänge waren steil, doch es gab zahlreiche Felsvorsprünge, die sich manchmal über weite Strecken an den Wänden entlangzogen und mal nur einem einzelnen Wanderer, dann wieder mehreren Reisenden nebeneinander Platz boten. Ein Riese hätte darauf hinabsteigen können wie auf einer Treppe, aber für Reiter stellten die nahezu senkrechten Abstürze zwischen den Stufen unüberwindliche Hindernisse dar.

»Wir müssen Die Furt suchen. Mein Onkel und ich sind damals ein Stück nach Norden geritten, um sie zu finden.«

»Die Furt?«, wiederholte Grachann. »Gibt es hier einen Fluss?«

»Am Grund der Schlucht fließt ein schmales Rinnsal, aber Die Furt heißt so, weil sie weit und breit die einzige Möglichkeit darstellt, Herden durch die Lange Narbe zu treiben. Und selbst dort wird es kaum jemand ohne Not wagen.«

»Ich hoffe, du weißt, was du tust. Die Zeit wird knapp«, warnte Grachann. »Ich habe wenig Lust, mich über diesen Rand drängen zu lassen.«

»Willst ausgerechnet du dich beklagen?«, fuhr Braninn auf. »Du hast bis jetzt nichts getan, außer uns diese Suppe einzubrocken. Anstatt immer nur an dich zu denken, könntest du zum Beispiel Krenn eine Weile deinen Umhang leihen. Wie sollen wir kämpfen, wenn wir völlig steif gefroren sind?«

»Bin ich seine Mutter? Soll er mir doch sagen, wenn er was will!« Mürrisch blieb Grachann stehen, um die Fibel zu lösen, die seinen Umhang hielt, und ihn Krenn zu reichen, der abwehrend eine Hand hob. »Jetzt nimm ihn schon, bevor ich's mir anders überlege!«, herrschte Grachann ihn an.

Zögernd nahm Krenn das dicke Bündel schwerer, gewalkter Wolle entgegen. »Braninn sollte ihn tragen. Er ist der bessere Kämpfer.«

»Du kannst ihn mir weitergeben, wenn wir angekommen sind«, meinte Braninn. Er folgte dem Rand der Schlucht und schritt rascher aus, damit die Bewegung seine Beine wärmte, an denen die vom Pferdeschweiß klamm gewordene Hose klebte. Flache Steinblöcke ragten hier und da aus dem Boden, der nur noch spärlich bewachsen war. Braninn hoffte, dass sie auf dem trockeneren, felsigeren Boden weniger deutliche Spuren hinterließen als auf dem gefrorenen Grasland. Es würde Ertanns Krieger wertvolle Zeit kosten und ihnen einen Vorsprung verschaffen.

Die Furt war kaum mehr als die Andeutung eines Seitenarms der eigentlichen Schlucht. Eine weniger abschüssige Kerbe in den Stufen des Hangs, in der die Regenfluten des Frühlings Erde und Geröll abgelagert hatten. Braninn hielt am oberen Ende der steilen Rinne an und zögerte. »Das ist es«, verkündete er. »Die losen Steine machen den Weg tückisch, und weiter unten besteht der Boden nur noch daraus, aber wir haben keine andere Wahl.«

»Gut.« Grachann nickte, während er prüfend hinabsah, so weit es die Nacht gestattete. »Wer dort hinunter will, muss absteigen. Erwarten wir Ertanns Hunde auf der anderen Seite. Dann stehen wir höher als sie.«

»Ich schaffe es nicht so weit«, gestand Braninn. Die Kälte zehrte immer stärker an ihm. Solange er sich bewegte, spürte er sie weniger, aber sobald er stehen blieb, konnte er das Zähneklappern kaum unterdrücken. »Der Aufstieg ist zu anstrengend. Ich schlage vor, dass wir uns auf einer der breiteren Felsstufen verstecken und unsere Verfolger vorbeiziehen lassen. Dann greifen wir sie überraschend von hinten an und haben zusätzlich den Geländevorteil auf unserer Seite.«

»Wirklich schlau. Wir greifen zwar erst mal nur Pferdehintern an, aber die Krieger werden sich schon bald genug umdrehen«, feixte Grachann.

Er freut sich wirklich auf diesen Kampf, stellte Braninn ungläubig fest. *Als ob es ein großartiges Spiel sei. Ist ihm nicht klar, dass wir sterben werden?* Er hielt es nicht länger aus und ließ sich von Krenn den Umhang geben. Kaum hatte er die angewärmte Wolle umgelegt, durchflutete eine solche Woge der Erleichterung seinen Körper, dass er sich einen Augenblick lang nicht rühren konnte. Ihm war nicht bewusst gewesen, dass es bereits so schlimm um ihn stand.

Sie machten sich an den Abstieg. Braninn ließ Barna frei folgen, um auch seine Arme und Hände in den Umhang wickeln zu können. Vorsichtig schritt er die breite Rinne hinab, rutschte mehr als einmal auf dem Geröll aus und fing sich wieder. Seine verspannten Schultern schmerzten, als sie durch die neu gewonnene Wärme ihre Geschmeidigkeit zurückerlangten. Sogleich fühlte er sich dem bevorstehenden Kampf besser gewachsen, doch es änderte nichts daran, dass er mit einer unbezwingbaren Übermacht rechnete.

»Versuchen wir es hier«, schlug Grachan, der voranging, plötzlich vor und riss Braninn damit aus seinem düsteren Brüten. Zu ihrer Rechten verlief ein Felssims von der Furt weg, das breit genug war, um sich mit einem Pferd daraufzuwagen.

Krenn beäugte misstrauisch den schmalen Pfad, neben dem der Hang steiler als überall sonst in die Tiefe stürzte. »Ich gehe nachsehen, ob es auch eine Stelle gibt, an der wir wenden können«, bot er an und verschwand rasch in der Dunkelheit.

Grachann und Braninn blieben schweigend zurück. Braninn lauschte auf die Schritte seines Freundes und Anzeichen des nahenden Feindes, aber noch immer lag gespenstische Stille über der Schlucht. Beim Stamm der Hirsche erzählten sie sich, dass schauerliche Wesen in den Schatten der Langen Narbe hausten, die nur bei Nacht hervorkamen. *En medje fennen*, dachte Braninn und schauderte nicht nur vor Kälte, als er das Zeichen der aufgehenden Sonne vor seiner Brust zog.

Auf dem Sims vor ihm näherten sich eilige Schritte. Unwillkürlich spannte er alle Muskeln an, falls es doch nicht Krenn, sondern dessen Mörder war, der auf sie zuhielt.

»Die Geister sind mit uns«, berichtete Krenn erfreut. »Erst wird der Weg sehr schmal, aber dann gibt es einen Felsüberhang, unter dem wir die Pferde anbinden können.«

»Ausgezeichnet«, freute sich auch Grachann. »Jetzt sollen die verfluchten Hunde nur kommen.«

Mit steifen Fingern zog Braninn den letzten Knoten fest und wog seine neue Waffe prüfend in der Hand. Das Gewicht stimmte. Die drei durch Lederschnüre miteinander verbundenen Steine erzeugten ein leises Klicken, als sie baumelnd aneinanderstießen. Gern hätte er die Fogota probehalber kreisen lassen, doch dazu fehlte ihm so nah an der Felswand der nötige Platz. »Dieser Einfall war eines Häuptlings würdig, Krenn«, zog er leise seinen Freund auf, der bereits dabei war, eine dritte Fogota zu fertigen.

»Das ist doch Unsinn. Jeder kleine Junge lernt, mit der Fogota Rinder zu fangen, also kann sich auch jeder an sie erinnern, wenn er ein paar Steine herumliegen sieht.«

Braninn zuckte die Achseln. »Grachann und mir ist es jedenfalls nicht eingefallen.«

»Aber Grachann hat seine Tunika geopfert, damit wir die Riemen daraus schneiden können. Das ist mehr Großmut, als ein einfacher Krieger wie ich aufbringt. Ich würde nicht einmal meine Handschuhe hergeben – wenn ich welche hätte.« Krenn hielt sich die Hände vor den Mund und blies hinein, um seine Finger für das Schlingen der Knoten gefügiger zu machen.

»Dafür hat er seinen Umhang zurückbekommen, und ich könnte wetten, dass der ...« Braninn unterbrach sich, als ihn eine Bewegung ablenkte.

Es war Grachann, der am Rand der Furt Wache gehalten hatte. »Sie kommen«, raunte er. »Ich habe oben über der Schlucht ein Pferd schnauben gehört.«

Mögen die Ahnen geben, dass unsere Pferde uns nicht verraten, betete Braninn im Stillen.

»Habt ihr meine Fogota fertig?«, wollte Grachann wissen.

»Noch nicht.« Krenn hielt einen einzelnen Stein an einer Lederschnur in die Höhe.

»Das wird reichen müssen«, meinte Grachann und schnappte sich die notdürftige Waffe.

Braninn und Krenn folgten ihm zurück in Richtung der

Rinne. Die Sterne waren nach und nach erloschen, als Wolken aufgezogen waren, doch die Dämmerung brach bereits an und das dunkle Grau lichtete sich. Grachann spähte um einen Felsvorsprung nach der Furt, während sich Braninn in die Schatten des Abhangs duckte. Krenn kauerte sich direkt hinter ihn.

Sobald er sich nicht mehr rührte, hörte Braninn die feindlichen Krieger kommen. Stiefel schlitterten auf losem Gestein und ließen Geröllsplitter herabprasseln. Ab und an rollten größere Steine klackend zu Tal. Die Geräusche kamen näher. Braninn konnte die Schritte der Männer von den Huftritten der Pferde unterscheiden. Er hörte gemurmelte Worte und fragte sich, ob die Lange Narbe Ertanns Kriegern ebenso unheimlich war wie ihm.

Nun mussten sie auf gleicher Höhe sein. Unbewusst hielt Braninn den Atem an, horchte, ob der Feind Halt machte, weil er Verdacht geschöpft hatte. Doch nichts dergleichen geschah. Sie gingen weiter. Wie einfach wäre es gewesen, sie vorüberziehen zu lassen und in die andere Richtung zu fliehen. *Aber damit wäre nichts gewonnen.*

Grachann zog sich lautlos einen Schritt zurück, bevor er sich zu Braninn umdrehte. Sein Gesicht war ernst. Er hob mit gespreizten Fingern beide Hände und zeigte dann noch einmal vier Finger.

Vierzehn Krieger. Vier oder fünf Gegner für jeden von uns. Ein ruhmreicher Tod. Er sah seinem Freund in die Augen und nickte. Grachann wandte sich wieder der Furt zu und schlich voran. Braninn achtete sorgsam darauf, wohin er seine Füße setzte. Ihre Gegner durften sie erst bemerken, wenn sie bereit zum Angriff waren. Er zuckte zusammen, als beim Betreten der Furt Geröll knirschte, doch das Geräusch übertönte nicht den Lärm, den Ertanns unvorsichtige Krieger machten. Braninn blickte die Rinne hinab und hatte das Gefühl, dass wenige Schritte ausgereicht hätten, um von hinten auf das letzte Pferd zu springen.

»Jetzt!«, rief Grachann und wirbelte den Stein an seiner

Schnur hoch über dem Kopf. Krieger erstarrten, Rufe wurden laut, aber schon flog das Geschoss hinab und traf eines der Pferde auf der Kruppe. Das Tier machte vor Schreck einen Satz in die Luft, nur um sofort loszustürmen, als seine Hufe wieder den Boden berührten. Wie ein Keil sprengte es in die Truppe hinein. Andere Pferde scheuten, Männer brüllten, wurden überrannt oder sprangen zur Seite und strauchelten auf dem abschüssigen Untergrund.

Kaum hatte Grachann geworfen, ließ auch Braninn seine Fogota kreisen. Er fasste den Krieger ins Auge, der sich ihnen am nächsten befand, und ließ die wirbelnden Steine hinabsausen. Der fremde Krieger hielt blitzschnell den Speer quer vor seinen Körper, sodass sich die Lederschnüre am Schaft verfingen, doch Krenns Fogota folgte so rasch, dass keine Zeit mehr blieb, auszuweichen. Ein Steinbrocken prallte gegen den Kopf des Mannes. Braninn wartete nicht, bis der Getroffene zusammengebrochen war. Er riss seinen Säbel heraus und stürmte hinter Grachann her, der sich mit zornigem Kriegsgeschrei auf ihre Gegner warf. Ein Speer flog beinahe schwerfällig zu ihnen herauf, dem Braninn mühelos auswich. Sein Blick glitt hastig über Ertanns Krieger, von denen einige versuchten, auf ihre Pferde zu kommen, während ihnen andere zu Fuß entgegeneilten. Ein paar hielten mit beiden Händen ihre Speere gepackt, um sie von unten in den Leib der Angreifer zu treiben. Braninn fürchtete, direkt in eine der Spitzen zu schlittern, wenn er im falschen Augenblick ausrutschte. »Bleib stehen!«, rief er warnend und erwischte Grachann gerade noch am Umhang, dann war der Feind heran.

Mit knapper Not konnte Braninn noch das Bein wegziehen, als eine auf sein Knie gezielte Speerspitze vorzuckte. Aus dem Gleichgewicht gebracht fiel er auf den Krieger zu, packte Halt suchend mit der Linken blindlings in die Luft und erwischte einen auf Grachann gerichteten Speer, während er mit der Rechten den Säbel schwang. Die Klinge fuhr über das ungeschützte Gesicht seines Gegners, der aufschreiend zurückwich. Braninn blieb keine Zeit nachzusetzen. Der Besitzer des Speerschafts, den er zufällig zu fassen bekommen hatte, zerrte daran, und zugleich stieß von rechts ein anderer Krieger einen Speer nach ihm. Er sah die stählerne Spitze kommen, aber es war zu spät. So schnell er sich auch wegdrehte, die Schneide glitt dennoch wie Eis und Feuer in die Rückseite seines Oberschenkels.

Aufbrüllend und sich noch immer an dem fremden Speer festhaltend warf sich Braninn vor, um seinem Peiniger mit voller Wucht den Säbel über den Hals zu ziehen. Noch während er dem Krieger fast das Haupt vom Rumpf trennte, verlor er plötzlich den Halt und fand sich schwankend mit einem herrenlosen Speer in der Linken wieder. Hastig rammte er die Spitze in den steinigen Boden, um sich abzustützen. Er spürte das warme Blut aus der Wunde rinnen, aber noch trug ihn das Bein.

Scheinbar aus dem Nichts blitzte ein Säbel auf, den Braninn im letzten Augenblick parierte. Rasch griff er mit der Linken um und stach mit dem erbeuteten Speer nach seinem neuen Gegner, der geschickt auswich. Aus dem Augenwinkel sah er zwei Krieger mit ihren Pferden auf sich zujagen. Verzweifelt rannte er einfach mit Speer und Säbel in seinen Gegner, der überrascht stolperte und nach hinten kippte. Braninn fiel auf ihn, direkt vor eines der Pferde. Er versuchte noch, sich wegzurollen, doch das Tier war bereits über ihm. Ein Huf streifte seinen Kopf, und vor ihm tat sich ein schwarzer Abgrund auf.

Aber der Moment verging. Benommen stützte Braninn sich auf. Eine Bewegung seines Gegners riss ihn aus der Trägheit. Der Krieger war mit der Linken an das Messer an Braninns Gürtel gelangt und stach damit nach ihm. Braninn wehrte den Angriff mit dem Säbel ab, der einen tiefen Schnitt im Arm des Gegners hinterließ.

»Das büßt du«, zischte der Mann und stieß noch einmal zu. Braninn warf sich zurück. Der Stich ging fehl, doch er lag nun schon fast kopfüber rücklings auf dem Hang. Über ihm hatte einer der Reiter gewendet und fletschte die Zähne zu einem grimmigen, siegesgewissen Grinsen. Hinter sich hörte er Schritte in unmittelbarer Nähe. Er war eingekreist.

Der Krieger, der neben ihm am Boden gelegen hatte, setzte sich auf und ließ zum dritten Mal das Messer auf ihn niederfahren. Braninn stach ihm die Spitze des Säbels zwischen die Rippen. Am Rand seines Bewusstseins nahm er ein Geräusch wahr, das nicht in diesen Kampf zu passen schien, doch er war zu sehr damit beschäftigt, seine Waffe aus dem zusammengesackten Körper des Kriegers zu ziehen und panisch auf die sich rasch nähernden Hufe des Pferdes zu starren. Er ließ den Speer fahren, krümmte sich rasch zur Seite und brachte damit zumindest den Oberkörper aus der Gefahr. Das Pferd setzte über ihn hinweg, ohne ihn zu berühren, aber der Speer des Reiters stieß umso heftiger auf ihn herab. Die Spitze biss in seine Schulter und wurde wieder herausgerissen, als das Pferd auf dem Geröll abwärtsschlitterte. Der Schmerz durchfuhr Braninn wie eine grellrote Flamme. Das Heft des Säbels entglitt seinen Fingern. Keuchend zwang er sich, erneut danach zu greifen, als er den ungläubigen Ausruf hörte: »Ein Geist! Der Geist des Büffels ist gekommen!«

Der Geist des Büffels?, wiederholten seine zäh gewordenen Gedanken. *Was...* Er hob mühsam den Kopf und spähte mit zusammengekniffenen Augen in die Richtung, in die plötzlich alle starrten. Im trüben Licht des wolkenverhangenen Morgens blickte ein gewaltiger Bulle in Die Furt hinab. Die in weitem Bogen nach vorn gerichteten Hörner waren spitz, als hätte man sie geschliffen. Unter dem verfilzten, zottigen Fell zeichnete sich ein massiger Körper ab, vor dem sich Braninn klein und erbärmlich fühlte. Aber es war mehr an diesem Tier. Aus seinen Augen sprach ein kühler Verstand, und seine Konturen verschwammen vor dem Grau der Wolken. Es war eine Erscheinung, ein Geist, der die Männer einen Augenblick in Ehrfurcht versetzte, bevor Ertanns Krieger anfingen zu jubeln. »Der Geist des Büffels ist mit uns!«

Der Bulle stieß laut die Luft aus seinen geblähten Nüstern und brachte die Menschen damit zum Verstummen. Braninn erinnerte sich, das Geräusch bereits gehört zu haben, bevor der Reiter zum zweiten Mal über ihn hinweggesprungen war. Der Büffel senkte den Kopf und scharrte mit einem Vorderhuf den harten Boden auf.

»Er fordert den Angriff«, rief einer der Krieger. »Töten wir sie!«

Sava
Burg Emmeraun

Es hätte alles anders sein sollen. Wenn Sava in ihren Tagträumen durch den Burggarten gewandelt war, hatte das satte Grün des Sommers sie umfangen wie ein heimeliges Nest aus Blumen und Sträuchern. Im angenehm kühlen Schatten der Bäume hatte sie gewartet, bis ihr Geliebter unter dem blühenden Rosenspalier erschien, um ihr mit strahlendem Lächeln zu verkünden, dass sie nie wieder getrennt sein würden. Erfüllt von sehnsüchtiger Liebe war sie in seine Arme gesunken und vor Glück dahingeschmolzen.

Die Wirklichkeit war wie ein verzerrtes, gehässiges Spiegelbild dieses Traums. Nackt und leblos lagen die Blumenbeete unter der kalten Spätwintersonne, und die kahlen Zweige der Bäume lieferten sie schutzlos dem weiten, milchigen Himmel aus. Die Rosen – von kundiger Hand zurückgeschnitten – schliefen am Fuß des Rankgitters, auf den Frühling wartend, den Sava nicht mehr erleben wollte. Entsetzt wich sie vor den Händen zurück, die nach ihren Armen griffen. Wie ein Stein lag ihr das Herz in der Brust.

»Selbst von Euch hätte ich ein wenig mehr Freude erwartet«, beschwerte sich Berenk enttäuscht, aber kühl.

Es ist ihm gleich, dachte Sava. *Dass Kunmag ihm meine Hand gewährt hat, bedeutet ihm nicht mehr als der Kauf eines guten Pferdes, und nach meinen Gefühlen fragt er ebenso wenig, wie er das Pferd fragen würde.*

»Hattet Ihr immer noch nicht genug Zeit, Euch an die Vorstellung zu gewöhnen? Ich nahm an, dass sich jede Frau auf ihre Hochzeit freut.«

»Das ist eine Frage des Bräutigams«, gab Sava scharf zurück, doch Berenk winkte ab.

»Ihr habt nur Angst vor der ersten Nacht. Alle Bräute, die sich ihre Keuschheit bewahrt haben, geben sich deshalb spröde. Ihr solltet Eure Gedanken auf andere Dinge lenken. Auf das Kleid, das Ihr tragen werdet, oder den Blumenschmuck. Da die Hochzeit zum Fest der ausgebrachten Saat stattfinden soll, werdet Ihr eine reiche Auswahl an Blüten haben.«

Und Ihr könnt nicht einmal Mägdelieb von Königsrosen unterscheiden, grollte Sava und hoffte, dass er sie endlich von seiner Gegenwart erlösen würde. Im Grunde hegte sie diesen Wunsch, seit er kurz vor Anbruch des Winters auf der Burg erschienen war, um die unvergessliche junge Dame wiederzusehen, die ihn so hingebungsvoll gepflegt hatte. Sava verstand nicht, wie sie einen so tiefen Eindruck bei ihm hinterlassen hatte. Narrett von Gweldan hatte sie bereits am Tag nach seiner erfolgreichen Hatz auf den flüchtigen Raubritter mit einer Eskorte nach Emmeraun zurückgeschickt. Es schien Jahre her zu sein, und Sava vermied es sorgfältig, sich an die Schrecken des Überfalls zu erinnern, obwohl die Hauler sie in ihren Albträumen noch immer verfolgten.

Verbittert sah sie den hageren Ritter an, dessen Selbstsicherheit keines ihrer abweisenden Worte je ins Wanken brachte. Als ob es unabwendbare Bestimmung sei, dass sie seine Frau werden würde. Hatte das Schicksal Herian etwa sterben lassen, damit Berenk sie heiraten konnte?

»Ich... muss zu meiner Mutter«, entschuldigte sie sich. »Über Blumenschmuck sprechen.«

Sie sah nur noch flüchtig, wie er sich höflich verneigte, und schritt schneller davon, als es einer verlobten jungen Dame anstand, aber sie konnte die Nähe des Ritters nicht länger ertragen. Sollte er doch denken, was er wollte! Vielleicht löste er die Verlobung wieder, wenn sie sich von jetzt an benahm wie eine Gänsemagd. Doch sie glaubte selbst nicht daran. Wenn sonst nichts half, würde Kunmag sie auch bis zum Saatfest in ihrem Zimmer einsperren, damit sie ihm keine Schande bereitete.

Sie fand ihre Mutter in der Kemenate, wo die Burgherrin mit ihrer jüngsten Tochter am Fenster saß und sich gemeinsam mit ihr über ein Stück Stoff beugte, von dem ein Wirrwarr an Fäden herabhing. An einem anderen Tag hätte Sava über die noch ungeschickten Stickversuche ihrer Halbschwester gelacht, aber jetzt entlockte ihr der Anblick nicht einmal ein Lächeln. Ihre Mutter, Adavind, sah auf und strich seufzend über die blonden Haare des Mädchens, das zu vertieft in seine schwierige Aufgabe war, um Sava zu beachten. »Er hat es dir gesagt«, vermutete die Burgherrin. Sie hatte das hellbraune Haar zu einem Zopf geflochten und im Nacken aufgesteckt, damit es sie nicht bei den Handarbeiten störte. Unter dem grünen Wollkleid, über dem sie gegen die Kälte einen ungefärbten Umhang aus dem gleichen Stoff trug, wölbte sich ihr Bauch so deutlich, dass ihre Schwangerschaft nicht zu übersehen war.

Sava warf Mari einen Blick zu, die an einem kleinen Webstuhl saß und mitleidig das Gesicht verzog. Auch die Zofe der Burgherrin hockte auf einem Schemel in der Nähe des Fensters, um das Tageslicht zum Nähen zu nutzen, aber sie setzte eine betont ausdruckslose Miene auf.

»Mutter, ich will diesen Mann nicht heiraten. Ihr müsst mir helfen.«

Adavind seufzte noch einmal. »Sava, wir haben diesen Winter schon so oft darüber gesprochen. Ich bin es leid, dir die Vorteile einer Verbindung mit Ritter Berenk aufzuzählen, oder seine Vorzüge. Du solltest dich endlich damit abfinden. Du machst es dir doch nur selbst schwerer.«

»Ihr habt leicht reden! Kunmag war Eure Wahl. Ihr seid nicht gezwungen worden, seine Frau zu werden.«

»Ja«, bestätigte Adavind. »Ich habe Kunmag aus Liebe geheiratet. Aber du vergisst, dass ich damals Witwe war. Davor war ich die Frau deines Vaters, wie du dich vielleicht erinnern magst. Ich weiß sehr wohl, wie es war, einem Mann gegeben zu werden, den meine Eltern ausgesucht hatten. Nicht alles daran war schlecht. Vor allem, nachdem du geboren warst.«

Sava starrte sie an und versuchte, die unausgesprochenen Worte aus dem Blick ihrer Mutter zu lesen. Was sie empfunden hatte, als man ihr Merdan vorgestellt hatte. Was in ihr vorgegangen war, als man sie mit diesem Mann allein in einer fremden Umgebung zurückgelassen hatte, seinem Willen ausgeliefert. Wie es gewesen war, mit ihm das Bett zu teilen. Doch das behielt Adavind für sich. Nicht einmal, als Sava sie unter vier Augen danach gefragt hatte, war die Burgherrin bereit gewesen, so viel von sich preiszugeben. *Es war nicht alles schlecht*, hatte sie schon damals gesagt.

»Bitte, Mutter, wenn Euch etwas an mir liegt, dann sprecht ein letztes Mal mit meinem Vormund. Bitte«, flehte Sava, »verschafft mir ein allerletztes Mal Aufschub!«

»Du versprichst mir also, dich endlich zu fügen, wenn ich noch einmal mit Kunmag rede?«

Sava schluckte. Hatte sie denn eine andere Wahl? »Ich verspreche es«, brachte sie hervor. »Beim Andenken Eurer Mutter. Ihr werdet kein Wort des Widerspruchs mehr von mir hören.« *Jetzt ist es gesagt*, dachte sie und hatte das Gefühl, in eine Falle getappt zu sein. »Aber Ihr müsst Euch wirklich Mühe geben«, schickte sie hastig nach.

»Das werde ich«, versicherte die Burgherrin und stand schwerfällig auf. »Am besten bringe ich es gleich hinter mich. Es wird ihm nicht besser gefallen, wenn ich damit warte.«

»Ist es denn ein günstiger Zeitpunkt?«, erkundigte sich Sava, besorgt um ihre letzte Gelegenheit. Wenn ihm gerade ein wertvoller Falke eingegangen war oder er sich über einen albernen Streit unter den Bauern geärgert hatte, war es besser, ihn nicht weiter zu reizen.

»In dieser Sache gibt es keinen günstigen Augenblick mehr, Kind. Aber er brütet gerade über seinen Bauplänen, die ihm Freude machen. Du weißt, wie lange er schon darüber nachdenkt, diesen neuen Saal zu errichten.«

Sava nickte. Dass Emmeraun kaum mehr war als ein Turm mit ein paar Holzschuppen und einer Mauer außen herum, nagte schon lange am Stolz ihres Vormunds. Er war fest entschlossen, neben dem Bergfried eine neue Halle zu errichten, und sprach kaum noch von etwas anderem.

»Warte hier!«, bat Adavind. »Ich fürchte, es wird nicht allzu lange dauern.« Sie verließ die Kemenate und ließ ihre Tochter mit wenig, aber umso verzweifelterer Hoffnung zurück.

»Es ist nicht gut für eine Schwangere, wenn sie sich so aufregen muss«, tadelte Adavinds Zofe, ohne Sava anzusehen.

»Warum regt sich Mutter auf?«, wollte das kleine Mädchen verwirrt wissen.

»Weil Eure Schwester ungehorsam ist, Herrin«, antwortete die Zofe geduldig.

»Was hat sie denn Schlimmes gemacht?«, fragte das Kind weiter, als ob Sava nicht anwesend wäre.

»Herrin, wollt Ihr Euch nicht lieber zu uns setzen, anstatt so unbequem im Stehen zu warten?«, ließ sich Mari rasch vernehmen, bevor die ältere Dienerin den Mund zu einer neuen Erklärung öffnen konnte.

Doch Sava ertrug die Feindseligkeit im Raum nicht länger. Sie fühlte sich zu verletzlich, um den Sticheleien der strengen Zofe mit Widerworten zu begegnen. Wortlos ging sie hinaus und stand unschlüssig auf dem Treppenabsatz im dunklen Innern des Turms. Hier hatte sie wenigstens ihre Ruhe.

Feuchte Kälte ging von den Wänden aus, die Kunmags Ahnen aus dem rötlich grauen Gestein errichtet hatten, das unter den Hügeln Emmerauns lag. Von einem der schmalen Fenster weiter oben wehte ein eisiger Lufthauch herab. Es dauerte nicht lange, bis Sava ein Kribbeln in der Nase spürte und niesen musste. *Es ist sinnlos, hier zu stehen und zu frieren*, dämmerte ihr, aber sie konnte sich nicht dazu durchringen, in die Kammer zu gehen, die sie mit Mari teilte. Zu wild flogen in ihrem Kopf die Satzfetzen durcheinander, die ihre Mutter und Kunmag gerade wechseln mochten. Hatte sie eigentlich kein Recht darauf, dabei zu sein, wenn über ihr Schicksal entschieden wurde?

Kurz entschlossen schlich sie die Treppe hinab, bis sie vor dem Zimmer ihres Vormunds angelangt war. Seine Stimme, unnachgiebig wie sein ganzes Wesen, drang durch die Tür, ohne dass Sava ein Wort verstehen konnte. Vorsichtig legte sie ein Ohr an das vom Firnis des Alters geglättete Holz.

»Ja, sie hat einen starken Willen«, ertönte die Stimme ihrer Mutter. »Ist es nicht das, was ein Ritter von seiner Frau erwartet? Soll sie nicht stark und tapfer sein, wenn es darangeht, seine Kinder zu gebären? Herrisch und stolz, damit sich das einfache Volk vor ihr beugt? Und wenn er aus der Schlacht kommt, soll sie dann nicht beherzt ihre Hände in Blut tauchen, um Wunden zu heilen und gebrochene Glieder zu richten? Wie könnt Ihr all dies verlangen und trotzdem erwarten, dass sie sich sanft wie ein Lamm in das Schicksal fügt, das Ihr für sie bestimmt habt?«

Savas Herz schlug vor Aufregung schneller. Noch nie hatte sie erlebt, dass ihre Mutter so herausfordernd mit Kunmag gesprochen hatte.

»Daran kann ich nichts Falsches erkennen«, gab der Burgherr gelassen zurück. »Jeder von uns hat Pflichten zu erfüllen, ob uns das nun gefällt oder nicht. Sie hat schon so viele Bewerber ausgeschlagen, dass ich allmählich zum Gespött werde. Berenk ist ein ehrenwerter Mann, der sie gut behandeln wird.«

»Aber sie liebt ihn nicht. Wisst Ihr nicht mehr, wie es war, eine andere heiraten zu müssen, weil meine Eltern mich Merdan versprochen hatten?«

»Sie wird es lernen«, ging Kunmag ungehalten über den Einwand hinweg. »Ich hatte niemals Grund zur Klage, und die Mutter meines Erben ebenfalls nicht.«

Sava spürte geradezu den Stich, den die Worte ihrer Mutter versetzen mussten. Es war Kunmags erste Frau gewesen, die seinen Erben geboren hatte. Dahinter würde Adavinds Ansehen stets zurückstehen, ganz gleich, wie viele Kinder sie ihm noch schenken mochte. »Sava wird zum Saatfest heiraten.«

»Ich wollte Euch nur begreiflich machen, warum es ihr so schwerfällt, sich Eurem Willen zu beugen«, erklärte Adavind gekränkt.

»*Das* weiß ich bereits«, gab Kunmag aufgebracht zurück. »Ich habe Ihr schon zu oft ihren Willen gelassen. Sie glaubt, das müsse immer so weitergehen. Aber meine Geduld ist jetzt am Ende. Da werden ihr weder Zorn noch Tränen helfen. Und auch keine so schöne Fürsprecherin wie Ihr«, setzte er versöhnlicher hinzu.

»Dann ist das Euer letztes Wort?«

»Ja, das ist es.«

Sava unterdrückte mühsam einen verzweifelten Aufschrei. Sie wusste, dass die Sache damit entschieden war. Halb blind vor Tränen wich sie von der Tür zurück und rannte mit gerafften Röcken die Treppe nach oben, um sich in ihrer Kammer zu verschanzen. Sie wollte nicht hören, was ihre Mutter sagen würde. Sie wollte keine ohnmächtigen Tröstungsversuche Maris über sich ergehen lassen.

Wer konnte sie jetzt noch retten? *Hilf mir, Dearta! Ich flehe dich an!*

Doch sie wusste nicht einmal, welches Wunder sie erhoffte. Sollte sie die Göttin etwa darum bitten, Berenk ein ebenso grausames Schicksal widerfahren zu lassen wie Herian, nur damit sie ihn nicht heiraten musste? Bei dem Gedanken brannten die kleinen Narben, die die Klauen des Haulers auf ihrem Bein hinterlassen hatten. Nein, den Tod konnte sie ihm nicht wünschen. Wenn ihm etwas zustoße, würde sie es sich niemals verzeihen. *Warum konnte er nicht einfach damals in diesem Gasthaus sterben?*

Die Erinnerung an Rodan streifte sie, an ihre Hand in seiner und die Worte, die sie nicht hätte aussprechen dürfen, bevor sie gleichsam aus der Dachkammer geflohen war. Sie wünschte, sie hätte sie wahr gemacht und wäre geblieben. Doch der Gedanke fachte ihre Verzweiflung nur noch stärker an. *Er wird nicht kommen. Er ist nur ein Söldner, abhängig vom Herrn, der ihn bezahlt, kein tapferer Prinz auf einem weißen Pferd. Niemand wird kommen, um mir zu helfen.* Kunmag würde ihre Hand in Berenks legen und sie zu Mann und Frau erklären. Niemand würde sie nach ihrem Einverständnis fragen. Das taten sie nie. Es war ein Handel zwischen Vater und Schwiegersohn.

Sie trat an die schmale Schießscharte, die ihr als Fenster diente, und starrte blicklos hinaus. Ihre Finger klammerten sich an das kalte, raue Gestein.

Braninn
Die Furt, Phykadonien

Gehetzt versuchte Braninn, auf die Beine zu kommen.

»Vorsicht!«, schrie jemand. »Der Büffel greift an!«

Verwirrt blickten sich die Krieger um. Braninn hatte es auf die Knie geschafft, als auch er die Augen nach oben richtete. In einer Wolke aus Staub und aufspritzenden Steinen raste der riesige Stier die Rinne hinab, auf sie zu. Entsetzt ließen die Männer ihre Waffen fallen und stoben in alle Richtungen davon. Rasch kauerte sich Braninn zu Boden, um nicht wieder umgerissen zu werden. Erst als Ertanns Krieger vorüber waren, kroch er panisch auf den Rand der Rinne zu.

In einem Moment bebte der Fels noch unter dem Gewicht

des Bullen, im nächsten war es still. Gesteinsstaub stieg Braninn in die Nase, und er spürte die Gegenwart des wuchtigen Tiers in seinem Nacken. Langsam, um den Stier nicht zu reizen, sah er sich um.

Der Büffelgeist stand nur drei Schritte von ihm entfernt und blickte ihn an. Gerade lange genug, damit Braninn erkannte: Aus den Augen des Bullen sah ihn der alte Kismeglarr an. Braninn öffnete den Mund, um etwas zu sagen, da stob das Tier bereits weiter. Erschöpfung und Kälte hüllten Braninns Gedanken in lähmenden Nebel, während er ungläubig hinter dem Bullen hersah. Sein Atem ging schwer.

»Ja, lauft, ihr feigen Hunde!«, rief Grachann triumphierend. »Euer eigener Stammesgeist ist mit *uns*!«

Mit einem matten Lächeln blickte sich Braninn nach seinem Freund um. Dem hageren Häuptlingssohn tropfte Blut aus dem Haar und aus einer klaffenden Wunde am Brustkorb. Seine Hose war an mehreren Stellen aufgeschlitzt und verbarg darunter weitere Schnitte scharfer Speerspitzen. Doch das alles konnte ihn nicht daran hindern, aufrecht zu stehen und den Säbel drohend hinter ihren geflohenen Feinden herzurecken.

Der Stolz des Adlers, dachte Braninn und schämte sich für seine eigene Schwäche. Mühsam rappelte er sich auf und suchte dabei nach Krenn. Neue Kraft, aber auch ein neues Auflodern der Schmerzen durchflutete ihn, als er sah, dass sich außer Grachann und ihm niemand mehr rührte.

»Krenn?« Angsterfüllt hinkte er hastig bergauf, stieg über zwei reglose Krieger hinweg, deren Blut er vergossen hatte. Auch Grachann blickte sich suchend um. Sie entdeckten ihren Freund gleichzeitig, aber Braninn erreichte die bäuchlings hingestreckte Gestalt als Erster. »Krenn!«, schrie er und warf sich auf die Knie, ohne die kantigen Steine wahrzunehmen, auf die er prallte. Mehrere blutig geränderte Schnitte in Krenns Tunika zeugten davon, dass mit einem Speer auf seinen Rücken eingestochen worden war, doch Braninn klammerte sich noch an die Hoffnung, als er den erschlafften Körper verzweifelt umdrehte. »Krenn!«, schrie er noch einmal, wie um den Toten zu wecken, aber die hellen grauen Augen blickten starr und seelenlos in den Himmel hinauf. Wie ein Speerstoß trafen sie Braninn ins Herz. Heiße Tränen schossen ihm in die Augen, und er ließ ihnen freien Lauf.

»Braninn? Braninn, wach auf!« Grachanns Stimme klang weder besorgt noch drängend, sondern streng. Dumpf drang die Erkenntnis zu Braninns schlaftrunkenem Geist durch, dass sein Freund keinen Widerspruch dulden würde. Unwillig schlug er die Augen auf. Seine Glieder fühlten sich so schwer an, als wären sie aus Stein. Warum konnten sie nicht einfach liegen bleiben?

»Es wird Zeit«, antwortete Grachann auf die unausgesprochene Frage. Blutverkrustete Haare ragten unter dem Fellstreifen hervor, der als erster Verband hatte genügen müssen. Braninn wusste nicht mehr, woher er nach dem Kampf noch die Kraft genommen hatte, Grachann die beiden schlimmsten Wunden zu verbinden, die getöteten Krieger auszuziehen und sich in mehrere Lagen ihrer Kleidung zu hüllen. Er erinnerte sich nur verschwommen, dass sie sogar eins der Pferde ihrer Feinde gefunden und alles Essbare aus den Satteltaschen verschlungen hatten. *Und was kam danach?* Irgendwie mussten sie es unter den Felsvorsprung geschafft haben, der ihnen Schutz vor dem Schnee bot. Sie hatten den hungernden Pferden die Vorderbeine lose gefesselt, damit sie nur Schritt gehen konnten, sie dann zum Weiden oberhalb der Schlucht freigelassen und... »Wir wollten Wache halten!«, fiel Braninn ein. Ruckartig setzte er sich auf, wogegen die dicken Schichten warmer Kleider einigen Widerstand leisteten, und warf die Umhänge von sich, die ihnen als Decken gedient hatten. Ein heftiger Stich jagte durch seine Schulter, und sein Blick trübte sich.

»Ich bin eingeschlafen«, gab Grachann zu. »Was soll's? Die kommen nicht zurück. Wir stehen unter dem Schutz ihres Stammesgeistes.«

Braninn wartete, bis sich die schwarzen Wolken vor seinen Augen aufgelöst hatten. Er konnte seinem Freund keinen Vorwurf machen, denn ihm war klar, dass auch er nicht gegen die Erschöpfung hätte ankämpfen können. »Wahrscheinlich hast du recht.« Er blickte in die Schlucht, um an den Schatten abzulesen, wie viel Zeit vergangen war. Der Abend nahte. »Wenn sie es noch wagen würden, wären sie längst über uns hergefallen.«

»Ich will hoffen, dass nicht allzu viele von ihnen übrig sind«, meinte Grachann grimmig. »Sechs liegen dort, wo wir sie besiegt haben, und bestimmt haben noch ein paar bei ihrer Flucht auf den Felsen den Tod gefunden.«

»Trotzdem dürfen wir nicht bleiben. Ertann wird seinen Leuten Feigheit vorwerfen und weitere Krieger schicken.«

»Das weiß ich! Was glaubst du, warum ich dich geweckt habe, du Schlaukopf?« Grachann stand auf, und Braninn sah deutlich, dass es ihm schwerfiel, sich zu bewegen, aber sie mussten weiter.

Wir brauchen Sättel und mehr Vorräte, überlegte er, während er auf einem Streifen getrockneten Fleischs kaute, den Grachann ihm gereicht hatte. *Und wir sollten unsere Wunden reinigen und besser verbinden.* Er spürte schon jetzt das Fieber kommen, aber sie mussten die Pferde wieder einfangen und sich um Krenn kümmern. *Krenn...* Die Kehle wurde ihm so eng, dass er den letzten Bissen nur mühsam herunterwürgen konnte. Rasch spülte er mit Wasser aus einem Lederschlauch nach, den sie mit unter die Umhänge genommen hatten, damit er nicht gefror. Er blinzelte die Tränen weg, die sich erneut hinter seinen Lidern sammelten. Jetzt war nicht die Zeit für Trauer.

Schwerfällig kam er auf die Beine, aber nachdem er sich ein wenig eingelaufen hatte, hinkte er nur noch leicht. »Nutzen wir das letzte Tageslicht, um in die Schlucht hinunterzusteigen«, schlug er vor, doch die Sonne war längst hinter dem westlichen Rand der Langen Narbe verschwunden und hatte die Talsohle in Dämmerung zurückgelassen. Immer höher kroch die Dunkelheit hinauf, während Grachann und Braninn auf Speere gestützt hinabstiegen. Ein Geier, der dem Frieden noch nicht traute, kreiste über der Schlucht. Es würde nicht lange dauern, bis sich auch Raben und Krähen versammelten.

Auf einem Felsvorsprung abseits der Rinne fanden sie ein Pferd, das in seiner Furcht auf dem Hang zu Tode gestürzt war. Die zerschmetterten Beine des Tieres mahnend vor Augen, kletterten sie vorsichtig hinüber, um Sattel und Packtaschen zu bergen und am Rand der Furt für später bereitzulegen, wenn sie mit ihren Pferden erneut vorbeikommen mussten. Hoch über ihnen wies der Himmel noch eine bläuliche Färbung auf, aber in der Schlucht herrschte bereits Nacht. Der weiße Mond lugte in die Lange Narbe hinein und tauchte die mit Schnee überpuderte Landschaft in gespenstisches Licht.

Als sie sich dem Talgrund näherten, konnte Braninn vereinzelte kahle Sträucher und – am Fuß des Abhangs verstreut – die dunklen Umrisse mehrerer Kadaver ausmachen. Plötzlich blieb Grachann wie angewurzelt stehen. Braninn folgte dem Blick seines Freundes und zuckte zusammen. Bei einem der toten Pferde rührte sich etwas. Angestrengt versuchte er, Genaueres zu erkennen, als sich mit einem Mal der ganze Kadaver bewegte. Braninn hörte das Knirschen des Gerölls unter dem schweren Körper. Vier oder fünf gedrungene Gestalten zerrten an den Beinen des toten Tieres. Vor dem im Mondlicht glänzenden Schnee waren sie nicht mehr als schwarze Flecken, deren Gliedmaßen hinter dem Rumpf des Pferdes verborgen blieben.

Ein Geräusch von der anderen Seite ließ Braninn herumfahren. Ein dunkles, ruckendes Reißen drang von einem der anderen Kadaver zu ihnen herüber. Es klang, als würde straff über die Bauchhöhle gespannte Haut durchtrennt. Braninn glaubte zwei weitere bucklige Wesen zu erkennen, die sich dort zu schaffen machten.

»Durlach«, fluchte Grachann leise, aber das geflüsterte Wort genügte, die Gestalten abrupt innehalten zu lassen. Breite, flache Schädel, die ohne Hälse aus kräftigen Schultern hervorwuchsen, wandten sich den Menschen zu. Riesige Augen glommen golden in der Dunkelheit auf.

Die Maden, die in den Schründen der Mutter Erde hausen, schoss es Braninn durch den Kopf. Er starrte die fremdartigen Wesen so gebannt an wie sie ihn. Die Zeit stand still.

»Ich habe nicht gegen Ertanns Krieger überlebt, um mich jetzt von ein paar Leichenfressern aufhalten zu lassen«, knurrte Grachann. Er wechselte den Speer in die Linke und zog seinen Säbel. Wie Silber blitzte die Klinge im Mondlicht auf.

Eine der unförmigen Gestalten richtete sich ruckartig auf krummen Beinen auf und gab einen seltsamen Laut von sich, ein kehliges, lang gezogenes Kollern, so laut, dass es von den Wänden der Schlucht widerhallte. Verwirrt, aber entschlossen, seine Haut teuer zu verkaufen, hielt Braninn den Speer wurfbereit. Doch die unbekannten Wesen zogen sich widerstrebend von den Kadavern zurück. Da sie sich so tief bückten, fiel es Braninn schwer, zu erkennen, ob sie auf zwei oder vier Beinen krochen. Womöglich taten sie beides abwechselnd. Sie erinnerten ihn an riesige Kröten, plump und dickbäuchig, aber jederzeit zu einem überraschenden Sprung in der Lage.

Grachann und er warteten angespannt, bis die Tierwesen von der Dunkelheit verschluckt wurden. Erst dann wagten sie, die Waffen sinken zu lassen.

»Was waren das für widerliche Biester?«, wollte Grachann wissen. »Hast du die auch gesehen, als du mit deinem Onkel hier durchgekommen bist?«

»Nein. Vielleicht kommen sie nur nachts aus irgendwelchen Höhlen hervor. Dem Himmelsgott sei Dank scheinen sie nicht sehr mutig zu sein.«

Grachann schnaubte abfällig. »Umso weniger traue ich ihnen. Wer weiß, ob sie sich nicht Verstärkung holen. Wo Feigheit wohnt, ist die Heimtücke nicht weit.«

»Dann beeilen wir uns eben und sehen zu, dass wir zu unserem Lager zurückkommen. Den schmalen Sims können wir auch gegen hundert dieser Riesenkröten verteidigen.«

»Wenn sie sich überhaupt so weit von ihren Löchern fortwagen«, höhnte Grachann und steckte seinen Säbel wieder ein.

Wachsam darauf achtend, nicht von sich anschleichenden Krötenwesen überrascht zu werden, gingen sie nacheinander die drei Kadaver ab und suchten zusammen, was sie an Ausrüstung noch brauchten. Bei zweien der toten Pferde lagen auch deren Reiter. Einer war halb unter seinem Tier begraben, der andere schien sich noch ein Stück weitergeschleppt zu haben, bevor er seinen Verletzungen erlegen war. Sein Pferd hatten die geheimnisvollen Bewohner der Langen Narbe bereits ausgeweidet.

»Wollen wir hoffen, dass sie es mit ihm nicht genauso machen werden«, murmelte Braninn, aber in seinem Zustand brachte er weder die Kraft noch den Willen auf, die Leichen seiner Feinde aus der Schlucht zu tragen, um ihnen dieses Schicksal zu ersparen. Grachann zuckte nur die Achseln, doch Braninn merkte am Ausbleiben wüster Beschimpfungen, dass selbst sein hitzköpfiger Freund niemandem wünschte, von diesen Aasfressern verspeist zu werden.

Auch während sie Äste und Zweige für ein Feuer aufklaubten, blieben sie aufmerksam, aber nichts Verdächtiges rührte sich. Als sie erschöpft wieder Die Furt hinaufstiegen, blickten sie sich immer wieder um, bis Braninn auch dazu die Kraft fehlte. Schweiß lief ihm unter den Kleidern am Körper herab, und doch fröstelte ihn. In seinen Wunden pochte es, die Schulter glühte. Einmal unter dem Felsvorsprung angekommen, wollte er nur noch die Augen schließen und die Welt vergessen. Es kostete ihn gewaltige Willensanstrengung, dennoch Grachanns schlimmste Wunden auszuwaschen und die wieder aufgerissenen Ränder mit einer im Feuer gereinigten Knochennadel zusammenzunähen. Seine Finger zitterten am Ende so sehr, dass er Schwierigkeiten hatte, den Faden aus getrockneter Sehne zu verknoten.

Als Grachann ihm schließlich den gleichen Dienst erwies, sandten die Schmerzen ihn in gnädige Dunkelheit.

Der riesige Schädel des Büffels senkte sich zu Braninn herab. Heißer Atem blies aus den geblähten Nüstern über seine Haut. Er lag verwundert da und fragte sich, wie er vor die Hufe des Bullen gekommen war, aber er konnte sich nicht erinnern. *Ich sollte nicht hier sein. Das ist viel zu gefährlich*, dachte er und schreckte hoch.

Kälte strich über seine erhitzten Wangen, als er sich hastig aufsetzte und die Traumgespinste abstreifte. Es gab keinen Büffel unter dem Felsüberhang, nur ihn, seinen schlafenden Freund und die erloschene kleine Feuerstelle. *Der Büffelgeist wollte mich warnen*, dämmerte ihm. Sie waren schon zu lange an diesem Ort geblieben und mussten endlich weiter.

Er weckte Grachann, der nicht einmal murrte. Gemeinsam packten sie ihre Sachen, und Braninn schätzte, dass die Nacht zur Hälfte vergangen war. Ein paar Wolkenfetzen, die der rote Mond mit blutigen Rändern versah, trieben vor dem Sternenhimmel. Sie erinnerten ihn an die Speerlöcher in Krenns Tunika. Er trat zu seinem toten Freund, der noch dort lag, wo er gestorben war. Braninn hatte ihm zwar die Augen geschlossen, aber es wirkte, als würde er noch immer in den Himmel hinaufstarren.

»Wir kümmern uns gleich um ihn«, versprach Grachann. »Aber ich werde hier ganz bestimmt nicht weggehen, ohne den Beweis für meine Taten mitzunehmen.« Er zog sein Messer und beugte sich über einen toten Feind, um einen der verfilzten dünnen Zöpfe von dessen Kopf zu schneiden. Da kein anderer Stamm die Zotteln des Büffels trug, würde nun jeder sofort wissen, dass es Ertanns Männer waren, die durch seine Hand den Tod gefunden hatten.

Das wird unseren Worten Nachdruck verleihen, stellte Braninn zufrieden fest. Er versuchte, sich den Kampf so genau wie möglich ins Gedächtnis zu rufen, damit er kein Abzeichen der Tapferkeit an sich nahm, das ihm nicht zustand. Trotzdem hatte er am Ende drei Zöpfe um die Säbelscheide geknotet und auf Grachanns Drängen hin eine Strähne seines eigenen Haars hinzugefügt, die für Jorass stand.

»Allmählich sehen wir aus wie Männer«, behauptete Grachann in grimmigem Stolz.

Braninn übernahm es, Krenns Säbel mit dem Zopf zu schmücken, den sich sein Freund verdient hatte. Es war seine Aufgabe, Krenns Witwe die Waffe zu bringen, damit sie einst in einer neuen Scheide an dessen Sohn weitergegeben werden konnte, falls es Krenn gelungen war, einen zu zeugen. Bei dem Gedanken daran, dass er der jungen Frau mit dieser traurigen Nachricht gegenübertreten musste, wurde ihm jetzt schon die Kehle trocken. Rasch schob er die Vorstellung von sich. »Tragen wir ihn hoch«, forderte er Grachann auf, der wortlos mit anpackte.

Die Leiche unter den Armen zu fassen bereitete Braninn ein seltsames, unangenehmes Gefühl. Obwohl er Handschuhe trug, bildete er sich ein, die Kälte zu spüren, die von ihr ausging. Der durch Frost und Leichenstarre steif gewordene Körper, dem das Mondlicht einen rötlichen Hauch verlieh, strahlte nichts mehr von Krenns Gegenwart aus. War da nicht sogar eine Ahnung eisigen Zorns um ihn, die so gar nicht zu Krenns freundlichem Wesen passte? Braninn wünschte, die Kismegla wäre da, um die drei wütenden Seelen seines Freundes zu beruhigen und dorthin zu leiten, woher sie einst gekommen waren.

Die Last war leichter, als er befürchtet hatte, aber der steile Weg zog sich dennoch in die Länge. Braninn musste rückwärts gehen und seine Füße umso vorsichtiger aufsetzen. Als seine Fersen tiefer im Boden einsanken, wusste er, dass sie das obere Ende der Furt endlich erreicht hatten. Es tat gut, aus der Enge zwischen den Felswänden herauszukommen und wieder den weiten Himmel der Steppe über sich zu haben. *Von hier aus wird es deine Lichte Seele leichter haben, zu den Sternen aufzusteigen*, versicherte er Krenn im Stillen.

Sie trugen den Leichnam an eine Stelle, wo der Rand besonders weit in die Schlucht hinausragte. Näher konnte ein Verstorbener in dieser Gegend dem Himmel nicht sein. Braninn ordnete seinem Kindheitsgefährten das Haar und die Kleider, mehr konnte er nicht für ihn tun. Die Frauen des Stammes waren nicht da, um eine Totenklage zu singen, und Männer durften ihre Stimme nicht in verzweifelter Trauer erheben, sonst offenbarten sie bösen Geistern ihre Schwäche. Krenn hatte die Lebenden hinter sich gelassen. Nun war es an Holkis, dem Totengeist, in der Gestalt eines Geiers herabzuschweben und Krenn zu seinem Platz unter den Ahnen hinaufzutragen.

»Möge dein letzter Ritt ein guter sein«, murmelte Grachann.

»Und dein Stern über uns leuchten«, fügte Braninn leise hinzu.

Regin
Egurna, Sarmyn

»Wollt Ihr mir nicht endlich Euren Namen verraten?«, fragte Regin den unheimlichen Mann, dessen Gesicht stets unscharf blieb. Lächelte er?

»Damit du ihn überall verkündest und meine Pläne zunichtemachst? Ganz gewiss nicht. Zu gegebener Zeit werde ich dir meinen Namen offenbaren, obwohl er für dich keine Bedeutung hat.«

Anderen sagt dieser Name also sehr wohl etwas, schloss Regin daraus. *Und sie halten nicht viel von ihm.* »Was sind das für Pläne?«, erkundigte er sich. »Haben sie mit dem zu tun, was Ihr mir jedes Mal erzählt?«

Sie standen in der Halle der Rechtsprechung, und außer

ihnen war niemand zu sehen, was Regin erstaunte, bis ihm einfiel, dass er sich in einem Traum befand. Aber musste er nicht aufwachen, wenn er merke, dass es nur ein Traum war?

»Willst du Macht?«, wollte sein Gegenüber wissen. »Macht über ganz Sarmyn? Über jeden Mann im Reich?«

»Warum sollte mich das reizen?«, wich Regin aus. Er hatte bemerkt, dass die ständigen Einflüsterungen, Nacht für Nacht, nicht ohne Folgen geblieben waren. Es wäre doch gar nicht schlecht, König zu werden und die Macht in Händen zu halten. *Wenn ich über Sarmyn herrsche, kann ich meinem Vater alles heimzahlen, was er mir angetan hat. Ich…*

»Komm mit!«, forderte die verschwommene Gestalt ihn auf. »Ich will dir etwas zeigen.«

Neugier trieb Regin dazu, ihm schweigend zu folgen. Der Fremde führte ihn Gänge entlang und Treppen hinab, die Regin noch nie benutzt hatte, und hielt schließlich vor einer schweren, ganz mit Eisen beschlagenen Tür.

»Warum gehen wir nicht hinein?«, wollte Regin ungeduldig wissen. Wieder dieser Eindruck eines Lächelns.

»Du bist entschlossener geworden«, stellte der Unbekannte fest. »Das ist gut.« Er klopfte gegen das mit dicken Nägeln auf die Tür gehämmerte Metall, aber es gab kein Geräusch. »Wir können diese Tür in körperlosem Zustand nicht durchschreiten. Sie ist magisch versiegelt, damit kein Seher oder Zauberer den Raum dahinter betreten kann.«

Magisch versiegelt? Was soll das heißen? Es gibt keine Zauberer in Sarmyn. Nur törichte alte Männer, die Knochenstäbchen nach der Zukunft befragen. »Ihr wolltet mir eine verschlossene Tür zeigen?«

»Du hast noch andere Sinne als nur deine Augen. Warum fühlst du nicht einfach, was dieses Holz und Metall verbergen?«

Fühlen? So ein Un… Der Gedanke brach ab, als er tatsächlich etwas spürte. Er konnte es wahrnehmen, auch wenn er nicht wusste, wie. Jenseits der Tür strahlte etwas eine Ahnung von Macht aus. Eine Kraft, die ihn zu rufen schien: *Komm!*

»Was ist das?«, fragte er verunsichert. Die Macht, die hinter dem Ruf spürbar war, löste eine unbestimmte Angst in ihm aus. War das Magie? *Damit will ich nichts zu tun haben!*

»Das ist es, was dich zum König machen wird«, eröffnete ihm sein Begleiter.

»Nein!«, entgegnete Regin entschieden. »Spinnt Eure Intrigen ohne mich!« Die Angst drohte, in Panik umzuschlagen. »Nein. Ich werde nicht ...«

»Regin.«

»... Eure Spielfigur sein.«

»Regin?«

»Was?« Verwirrt schreckte er auf, doch eine zarte Hand strich über seine nackte Schulter und drückte ihn sanft auf das Laken zurück.

»Hast du schlecht geträumt, Geliebter?«, erkundigte sich Saminé leise. Ihr warmer Atem wandelte sich zum kühlen Hauch, als er über Regins schweißnasse Haut strich.

»Ja. Schon gut«, wehrte er ab. »Es ist nichts.«

Sie beugte sich über ihn, um ihn verhalten zu küssen. Die Spitzen ihrer Brüste streiften ihn dabei, aber er war noch zu sehr in den Gespinsten seines Geistes gefangen, als dass es ihn erregt hätte. »Ich muss gehen. Es wird bald hell«, flüsterte sie und glitt unter der Decke hervor.

Trotz Waigs lautem Schnarchen hörte Regin das Rascheln, als sie ihre Kleider überstreifte. »Ja, natürlich«, erwiderte er abwesend. »Geh nur.«

Wenn sie noch einen Abschied gewispert hatte, bevor sie die Kammer verließ, war es Regin entgangen. Seine Gedanken kreisten um den Zauberer, der ihn im Schlaf heimsuchte und ihm keine Ruhe ließ. Es musste ein Zauberer sein. Wer sonst konnte in die Träume anderer Menschen eindringen? Er glaubte längst nicht mehr, dass diese Gestalt ein Trugbild war. *Wer verbirgt sich hinter dieser verschwommenen Maske?*, grübelte er, wie schon viele Nächte zuvor. Welcher Mann im Reich hatte so viel magische Macht und konnte sie vor allen verbergen? Vielleicht einer der älteren Gordean, die er nicht kannte? Er wusste es nicht. Es lag jenseits seiner Vorstellungskraft.

Nachdenklich beobachtete er, wie der Morgen heraufdämmerte, wie das Grau im Zimmer heller wurde. *Das Beunruhigendste ist, dass er anfängt, mich zu beeinflussen.* Die ersten Strahlen der Sonne drangen durch die Ritzen des Fensterladens und zerschnitten das einlullende Dämmerlicht. Er musste wieder zu sich kommen. Er konnte nicht König werden. Sollte er etwa anfangen, dafür zu morden? Den König, Prinz Joromar und über zwanzig weitere Ritter und Fürsten?

Angewidert von seinen eigenen Gedanken schwang er sich aus dem Bett und stieß den Fensterladen auf. Das Sonnenlicht flutete ins Zimmer wie eine reinigende Woge. Regin atmete die kalte Luft des Spätwintermorgens tief ein, bevor er so sehr zu frieren begann, dass er es vorzog, sich anzukleiden.

Waig räkelte sich träge in seinem Bett und tat mit einem herzhaften Gähnen kund, dass er ebenfalls wach war. »Tut mir leid, wenn ich heute Nacht gestört haben sollte.« Grinsend kratzte er sich am Hinterkopf.

Es erinnerte Regin daran, dass er nach einem Kamm Ausschau halten wollte. »Du hast nicht gestört«, behauptete er, denn es hatte wenig Sinn, seinem Bruder Vorhaltungen zu machen. Nur dem Rang ihres Vaters war es zu verdanken, dass sie ihre Kammer nicht mit mehr jungen Rittern teilen mussten. »Auch wenn dein Schnarchen nicht gerade ein Liebeslied ist.«

»Saminé ist sehr hübsch. Wann wirst du um ihre Hand anhalten? Hast du es Vater schon gesagt?«

»Nein, und lass das nur meine Sorge sein, klar?«

»Ich meine ja nur, es könnte Gerede geben. Du solltest nicht warten, bis sie entehrt ist. Arion wäre zu Recht…«

»Es ist mir egal, was dein Lumpenritter-Freund denkt!«, fuhr Regin auf. »Der kann froh sein, dass ich ein Mädchen aus seiner Familie überhaupt ansehe.« *Seit wann glaubt dieser närrische Esel, mir Ratschläge geben zu können?*

Waig setzte zu einer Antwort an, doch ein energisches Klopfen an der Tür unterbrach ihn.

»Herein!«, bellte Regin, wohl wissend, dass sein Bruder noch im Bett saß.

Megar, Fürst von Smedon, öffnete die Tür und musterte seine Söhne mit dem geringschätzigen Blick, den Regin so gut kannte. »Regin, ich habe etwas mit dir zu besprechen. Komm mit! Das Frühstück kannst du bei mir einnehmen.« Ohne eine Antwort abzuwarten, drehte er sich um und ging.

Regin fing ein schadenfrohes Grinsen seines Bruders auf, als er dem Fürsten missmutig folgte. Womit hatte er sich nun wieder Ärger eingehandelt?

Sein Vater hüllte sich in Schweigen, bis sie sein Gemach erreicht hatten, wo ein Diener frisches Weißbrot, Honig und duftenden Rosinenkuchen aufgetragen hatte. Megar schickte den Mann hinaus. Offenbar wollte er keine Zeugen für das, was er seinem Sohn zu sagen hatte. »Setz dich, Junge!«, befahl er mit einer Geste zu den Bänken in der Fensternische.

Regin fischte im Vorbeigehen ein Stück Kuchen aus dem Korb und nahm angespannt Platz. Sein Vater schenkte den Speisen keine Beachtung. Gegen die Kälte in einen Umhang aus Blaufuchsfell gehüllt, setzte sich Megar ihm gegenüber.

»Du weißt, dass ich dich nicht zum Vergnügen an den Hof bestellt habe. Ich setze gewisse Erwartungen in dich, über die wir heute sprechen müssen. Mir sind verschiedene Dinge zu Ohren gekommen. Auch über dich.«

Bei diesen Worten versteifte sich Regin noch mehr.

»Die erste Angelegenheit können wir aus meiner Sicht kurz abhandeln«, behauptete Megar. »Es gibt Gerüchte über dich und dieses Mädchen.«

Ah, darum geht es! Regin öffnete den Mund zu einer aufmüpfigen Erwiderung, doch sein Vater hob warnend die Hand.

»Ich bin noch nicht fertig. Im Grunde genommen ist es mir völlig gleich, wie viele Weiber dein Bett teilen. Das ist wahrlich deine Angelegenheit. Aber Saminé ist eine Adlige. Die Königin selbst sucht einen Bräutigam für sie. Was willst du tun, wenn sie schwanger wird? Du kannst sie nicht in ein abgelegenes Dorf schicken oder in der Pferdeschwemme ersäufen.«

Hass flammte in Regin auf, heftiger, als er seinen Vater je zuvor gehasst hatte. *Wie kann er so etwas auch nur denken?* War für ihn denn jeder andere Mensch nur eine Figur, die man auf einem Spielbrett herumschob? *Er und dieser verfluchte Zauberer gleichen sich wie ein Lork dem anderen!* Sein Zorn saß dicht unter der Haut, doch nach außen hin blieb er kühl. »Ich sehe darin keine Schwierigkeiten. Wenn sie schwanger wird, heirate ich sie eben. Ich bin ein Mann von Ehre und alt genug dafür.«

»Liebst du sie etwa?«

Es kam Regin vor, als hielte sein Vater das für eine Krankheit. Er musste einen Augenblick darüber nachdenken. *Ist das Liebe?*, zweifelte er. Er war sich nicht einmal sicher, ob er wusste, was das war. Die Lieder sagten, dass Liebende nicht ohne einander leben könnten. Wenn das stimmte, kannte er dieses Gefühl jedenfalls nicht. Saminé war ... was auch immer sie war, er konnte sich gut ein Leben ohne sie vorstellen.

»Nun? Hat es dir die Sprache verschlagen, oder ist das eine Form von Trotz?«

»Ich frage mich, seit wann die Ehe für Euch etwas mit Liebe zu tun hat«, antwortete Regin gehässig. »Ich werde irgendwann eine Frau brauchen. Warum nicht Saminé?«

»Weil ich andere Pläne mit dir habe.«

Da bist du nicht der Einzige.

»Du wirst dieses Mädchen nicht mehr treffen. Hast du mich verstanden?« Der Blick, den der Fürst ihm unter den buschigen Brauen hervor zuschoss, sagte mehr als jede Drohung.

Na, das kann ja heiter werden. Regin konnte sich die Tränen lebhaft vorstellen, die Saminé über diese Neuigkeit vergießen würde. Auch Waigs Warnung fiel ihm wieder ein. Wenn Arion davon erfuhr... »Und was soll ich machen, falls einer ihrer Verwandten mich deshalb zum Zweikampf fordert?«

»Du wirst vermeiden, so viel Aufsehen zu erregen. Wie du das machst, ist deine Sache. Du hast dich schließlich selbst in diese Lage gebracht. Ich weiß, dass Arion auf Emmeraun einer ihrer Vettern ist. Du wirst dich um seine Freundschaft bemühen, solange er noch am Hof ist. Ich habe Hinweise darauf, dass er dir bald ein wichtiger Verbündeter sein wird.«

Das hat mir noch gefehlt! Ausgerechnet der Lumpenritter soll in Vaters Ränken eine Rolle spielen...

»Ich sehe dir genau an, was du denkst«, meinte der Fürst selbstsicher. »Du bist ein hochmütiger Narr, der sich für etwas Besseres hält. Aber wenn man seine Ziele erreichen will, muss man sich der Hilfe derer versichern, die...«

»Ich habe keine Ziele«, fiel Regin ihm ins Wort. »*Ihr* seid es, der Pläne mit mir hat.«

»Nun gut, es wird Zeit, dass du sie kennenlernst und dir zu eigen machst.« Megar senkte die Stimme. »Du wirst nach Werodin den Thron des Reiches besteigen. *Du* wirst König von Sarmyn.«

NEIN! Ohne es zu merken, zerdrückte Regin den Kuchen in seiner Hand zu fettigen Klumpen. In seinem Kopf wirbelte alles durcheinander. Ihm wurde übel. War er wieder eingeschlafen? War dieser Zauberer in Wahrheit doch Megar? *Bin ich wahnsinnig? Oder Vater? Das kann einfach nicht wahr sein. Es kann nicht. Ich muss nur aufwachen.* Er saß mit weit geöffneten Augen da und starrte Megar an, der ihn abwartend musterte. »Das... das ist Unsinn, Vater«, stammelte er. »Wenn es so einfach wäre, warum macht Ihr Euch dann nicht selbst zum König und lasst mich damit in Ruhe?« Er gewann etwas Stärke zurück. »Ich bin ein geschworener Ritter des Reiches. *Ihr* wollt herrschen, nicht ich.«

»Es ist mir nicht bestimmt«, eröffnete ihm Megar schlicht. »Glaubst du, ich würde mich mit einem faulen, ehrgeizlosen Taugenichts wie dir abgeben, wenn die Zeichen mir einen anderen Weg wiesen?«

»Nein, wohl nicht«, knurrte Regin. *Er hat seine Meinung*

über mich also wirklich nicht geändert. Für ihn bin ich nur ein Werkzeug, von dem er hofft, dass es ein einziges Mal nützlich sein wird. Er braucht mich. Was für ein Gefühl ist das, Vater? Ein übles, hoffe ich. Vielleicht sollte er sich eine Weile auf das Spiel einlassen, nur um den Fürsten in den Abgrund zu stoßen, den dieser sich selbst gegraben hatte.

»Also höre, was das Orakel mir verraten hat!«, forderte Megar. »Werodin wird trotz seines noch nicht sehr hohen Alters bald sterben, ohne dass *wir* uns die Finger damit schmutzig machen müssen. Auch sein Sohn wird vor der Zeit aus dieser Welt scheiden. Niemand außer uns weiß davon.«

Regin wurde so kalt ums Herz, dass ihn fröstelte. Waren das nur die Wahnvorstellungen eines verwirrten Geistes, oder gewährten die seltsamen Symbole auf den Knochenstäbchen seinem Vater tatsächlich Einblick in zukünftige Ereignisse?

»Und deshalb«, fuhr Megar fort und lehnte sich verschwörerisch vor, »wird auch niemand Verdacht schöpfen, wenn du Prinzessin Beveré heiratest, bevor all dies eintritt. Als Gemahl der ältesten Tochter Werodins steht *dir* der Thron zu, sollte der Prinz ohne Nachkommen sterben.«

Ganz so leicht werden es mir gewisse andere Anwärter vielleicht nicht machen, aber... »Ich dachte, Beveré soll mit einem der Dristan-Söhne verheiratet werden, um den Westen enger an Werodin zu binden.«

»Sieh an!«, staunte sein Vater anerkennend. »*Davon* weißt du. Womöglich steckt doch mehr in dir, als ich dachte.«

Regin verzog das Gesicht und sparte sich eine Erwiderung.

»Der König vertraut mir«, behauptete Megar. »Ich bin sein angesehenster Ratgeber. Er war leicht davon zu überzeugen, dass es besser ist, Dristans Ältestem Edgiva zu versprechen. Eine Prinzessin, ja, aber nicht die wichtigste. *Du* wirst Beveré zur Frau nehmen, dafür sorge ich. Sieh du nur zu, dass dir kein bedeutungsloser Lockenkopf zum Fallstrick wird!«

»Das wird nicht geschehen«, hörte sich Regin sagen, bevor er es selbst gedacht hatte.

»Es freut mich, dass wir uns so schnell einig werden konnten, mein Sohn.«

Die ungewohnte Freundlichkeit seines Vaters war Regin unangenehm. *Bildet Euch nichts ein! Ich will nur König werden, um Euch zu schaden.* Unruhig geworden stand er auf und bröckelte den zerquetschten Kuchen zurück in den Korb.

Megar blickte nachdenklich aus dem Fenster. »Da ist noch etwas«, sagte er, gerade als sich Regin empfehlen wollte. »Das Orakel verkündete mir die Ankunft zweier Fremder. Ich will, dass du die Augen offen hältst und an meiner Seite bist, wenn sie eintreffen. Sie bringen die Nachricht eines heraufziehenden Sturms mit sich.«

»Ich werde da sein.«

Braninn
Phykadonien

Die Landschaft westlich der Langen Narbe unterschied sich bald von der heimatlichen Steppe im Nordosten Phykadoniens. Sanfte, von einer dünnen Schneeschicht bedeckte Hügel hatten die Ebene abgelöst und duckten sich wie die unzähligen Rücken einer Schafherde unter dem weiten Himmel. Dort, wo sich im Frühjahr in den Senken das Wasser sammelte, sah Braninn sogar Haine niedriger Bäume und Sträucher wachsen, die Brennholz für Lagerfeuer boten. Aber Grachann und Braninn wagten nicht, durch Rauch auf sich aufmerksam zu machen. Auch waren sie klug genug, nicht auf direktem Weg von der Furt zum Stamm der Hirsche zu reiten. Zu groß schien ihnen die Gefahr, dass die verbliebenen Feinde dort auf sie lauerten. Sie hatten sich für einen Bogen nach Süden entschieden und quälten ihre geschundenen Körper nicht mit schnellen Gangarten, da sie ihre Kräfte für den Fall eines überraschenden Angriffs schonen wollten.

Der fehlende Schlaf der letzten Nacht forderte seinen Tribut. Braninn ertappte sich mehrmals dabei, im Sattel zu dösen. Gerade als sich seine Gedanken wieder in Erinnerungen an Erlebnisse mit Krenn verloren hatten, hob Barna plötzlich den Kopf und holte ihn in die Gegenwart zurück. Alarmiert folgte er ihrem Blick. Ungefähr zwei Bogenschussweiten von ihnen entfernt stand eine Hirschkuh auf einer Anhöhe und sah zu ihnen herüber. Ihr dunkler Umriss war vor dem hellen Grau des bedeckten Himmels deutlich zu erkennen.

»Jetzt weiß ich, woher dieser Stamm seinen Namen hat«, meinte Grachann. »Auf den Weidegründen der Adler gibt es keine Hirsche.«

»Auf denen der Pferde auch nicht. Nur im Norden, wo die Wälder beginnen, haben wir schon welche gejagt. Aber ich habe noch nie eine Hirschkuh allein gesehen.«

Noch immer spähte das Tier zu ihnen herüber und stellte lauschend die Ohren in ihre Richtung. Braninn beschlich das Gefühl, von mehr als einer einfachen Hirschkuh beobachtet zu werden. Sofort stand ihm der wissende Blick des Kismeglarr wieder vor Augen, der ihn durch den geheimnisvollen Büffel hindurch angesehen hatte. Er fragte sich, ob er die Kismegla des Hirschstamms vor sich hatte oder sich nun überall Geister einbildete, wo keine waren. »Kommt dir diese...«, begann er, als sich das Tier umwandte und mit weiten Sprüngen hinter dem Hügel verschwand.

»Kommt mir was?«, wollte Grachann wissen.

»Nichts. Ich dachte nur, ich hätte etwas bemerkt.«

Sie ritten schweigend weiter, aber Braninn blieb aufmerksam, denn anstelle der Hirschkuh hätte ebenso gut ein feindlicher Späher auftauchen können, der ihm ohne Barnas Wachsamkeit entgangen wäre. Eine Weile sah er nichts Verdächtiges. Nur Hasen und ein Schakal hatten ihre Spuren im Schnee hinterlassen. Ein Raubvogel zog seine Kreise über den Hügeln.

Die Wolkendecke verdunkelte sich allmählich und drohte neuen Schnee an. Wieder waren es die Pferde, die dank ihrer schärferen Sinne die Männer warnten.

»Ein Reiter!«, rief Grachann und deutete mit dem Speer gen Norden, von wo ein graues Pferd herangaloppierte. Hätte es sich langsam bewegt, wäre es für fremde Augen mit Wolken und Schnee verschmolzen, doch der Reiter hatte es offensichtlich eilig. Er hielt zielstrebig auf sie zu und musste sie längst bemerkt haben. Sie drehten ihm abwartend ihre Pferde entgegen.

Misstrauisch ließ Braninn den Blick über die Umgebung schweifen. *Was, wenn dieser Reiter nur zur Ablenkung dient, damit andere uns umzingeln können?*, überlegte er, entdeckte jedoch kein Anzeichen einer Falle. *Diese Reiterin*, korrigierte er sich, als die Fremde ihren Grauschimmel vor ihnen zum Stehen brachte.

Trotz der weiten Kleidung aus hellem Leder und dem Umhang aus Hirschfell, an dem noch die Hufe des Tiers baumelten, wirkte sie zierlich. Ihr Haar war unter einer Mütze aus rötlichem Fell verborgen, die zu beiden Seiten weit über die Ohren reichte und so das schmale, von der Kälte gerötete Gesicht umrahmte. Braninn schätzte, dass sie in seinem Alter war, obwohl ihre dünnen Lippen eher zu einer älteren, verhärmten Frau passten. Aber aus ihren Augen sprachen große Kraft und Selbstsicherheit. Sie trug den mit zahlreichen Bronzeplättchen behangenen Gürtel, der sie als Kismegla auswies, was auch erklärte, weshalb ihre Tunika so reich mit Hirschzähnen und Beinperlen verziert war.

»Wir grüßen dich in Frieden, Kismegla der Hirsche«, brach Grachann das Schweigen und wechselte den Speer in die ungeschicktere Linke, um zu zeigen, dass er keinen Angriff beabsichtigte.

»Noch bin ich nicht die Hüterin der Trommel«, antwortete die Weltenwanderin. Bis auf ein Messer an ihrem breiten Hüftgürtel war sie unbewaffnet. Sie musste sehr mächtig sein, wenn sie sich so auf den Schutz der Geister verließ. »Aber meine Lehrmeisterin wird die Bürde noch in diesem Jahr an mich übergeben«, fuhr sie fort. »Ihr seid jene, die den Zorn des Obersten Heerführers auf sich gezogen haben.« Es klang nicht wie eine Frage, doch sie machte eine Pause, als wolle sie ihnen Gelegenheit geben zu widersprechen.

Braninn merkte auf. »Woher weißt du davon?«

»Sechs Männer kamen in unser Lager und haben berichtet, dass ein ertappter Dieb die Dreistigkeit besessen habe, Ertann schwer zu beleidigen. Danach sei er mit zwei Freunden feige geflohen.«

»Ich bin kein Dieb!«, empörte sich Grachann. »Ich habe nichts gestohlen, aber Ertann ist mit dem Säbel auf mich losgegangen, als ich wehrlos war. Wer ist da wohl der Feigling?« Zorn blitzte aus seinen Augen, und er sah aus, als wolle er die Kismegla schlagen.

»Beruhig dich, Grachann! Sie sagt doch nur, was Ertanns Hunde ihr erzählt haben. Hast du erwartet, dass sie die Wahrheit sagen würden?«

Sein Freund knurrte nur.

»Die Krieger vom Stamm des Büffels erheben schwere Vorwürfe gegen euch«, eröffnete ihnen die Kismegla. »Ihr sollt finstere Zauberei angewandt haben, um ihren Stammesgeist zu beherrschen und auf sie zu hetzen, weil ihr nur so gegen ihre große Übermacht bestehen konntet.«

»Das reicht!«, fuhr Grachann auf. »Denen reiße ich die verlogenen Zungen aus ihren Schandmäulern!«

Braninn sah, wie sich sein Freund spannte und die Schenkel anlegte, um davonzujagen. »Nein!«, schrie er und im gleichen Moment warf sich der Grauschimmel der Kismegla in Grachanns Weg.

»Nein!«, rief auch sie gebieterisch. »Diese Krieger sind als Gäste zu uns gekommen. Der Stamm der Hirsche kann nicht zulassen, dass ihnen unter seinen Dächern ein Leid geschieht.«

»Grachann, hör auf sie! Wir dürfen unser Leben nicht

leichtfertig aufs Spiel setzen. Wer soll unseren Vätern sonst die Wahrheit berichten?«

Grachann ballte wütend die Fäuste. Seine Kiefer mahlten, aber er hielt sein aufgeschrecktes Pferd zurück. Erst jetzt fiel Braninn auf, wie blass er aussah. Es musste ihm viel schlechter gehen, als er sich anmerken ließ.

»Wir Kismegla glauben nicht, dass ihr in der Lage seid, einem mächtigen Stammesgeist zu befehlen. Meine Lehrerin hat euch beobachtet und keine Spuren von Zauberei an euch gefunden.«

Braninn musste sogleich an die Hirschkuh denken.

»Aber ihr seid nur zu zweit«, stellte die Kismegla fest. »Es war von drei Männern die Rede.«

»Eure feinen Gäste haben unseren Freund umgebracht«, giftete Grachann. »Vierzehn gegen drei! Es war der Kismeglarr der Büffel selbst, der uns geholfen hat, weil er weiß, dass wir unschuldig sind.«

Die junge Frau blickte überrascht zwischen ihnen hin und her. »Ein Kismeglarr kämpft nicht gegen seine eigenen Stammesbrüder«, zweifelte sie. »Wenn er von eurer Unschuld überzeugt war, hätte er nur zu ihnen sprechen müssen.«

»Er hat uns gesagt, dass sie ihm in dieser Angelegenheit keinen Glauben schenken«, erklärte Braninn. »Es geht dabei eigentlich nicht um Diebstahl. Es geht darum, dass sich Grachann mit eigenen Augen davon überzeugen wollte, dass es wahr ist, was der Kismeglarr Ertann vorwirft.« Er zögerte. »Er sagt, dass Ertann die Dämonen über die Steppe gebracht hat, damit wir Sarmyn für ihn erobern.«

Die Kismegla starrte ihn fassungslos an.

»Seine Krieger wissen nichts davon, aber ihr Kismeglarr glaubt nicht, dass er sie überzeugen kann, weil sie nur sehen, was sie sehen wollen. Er wagt nicht einmal, es zu versuchen, weil Ertann sonst seine Familie töten wird.«

»Das ... das hast du ihm vorgeworfen?«, wandte sich die Weltenwanderin an Grachann.

»Da es wahr ist, ist es keine Beleidigung«, grollte jener.

»Es tut mir leid, aber selbst wenn eure Geschichte stimmt – wovon ich noch längst nicht überzeugt bin –, ändert es nichts daran, dass diese Krieger unsere Gäste sind. Und sie trifft keine Schuld an den Freveln, die ihr Ertann unterstellt. Ich bin geschickt worden, um euch den Willen des Häuptlings und der Ältesten zu überbringen. Sie wünschen keinen Streit zwischen Büffeln und Hirschen, aber wenn wir euch aufnehmen, wird es unweigerlich dazu kommen. Ertann wird fordern, dass wir euch eurer gerechten Strafe ausliefern. Tun wir dies nicht, werden wir den Zorn seines Stammes zu spüren bekommen. Deshalb wünscht der Häuptling, dass ihr weiterzieht.«

»Aber er ist mein Verwandter!«, begehrte Braninn auf.

»Das hat er mir gesagt«, gab die Kismegla bedauernd zu. »Ihr seid Häuptlingssöhne. Ihr wisst, dass ein Anführer an das Wohl seines Stammes denken muss. Es ist das höchste Gut. Auch meine Lehrerin erinnert sich an dich, Braninn. Sie hat gesehen, dass ihr verletzt seid, und sendet euch diese Kräuter, um eure Wunden…«

»Es gibt Wunden, die schlimmer sind als jene, die von Klingen geschlagen werden«, fiel Grachann ihr ins Wort und wandte sich ab. Er ritt davon, ohne sich noch einmal umzudrehen.

»Mein Freund hat recht«, sagte Braninn ernüchtert. »Aber ich nehme euer Geschenk an. Ich danke deiner Lehrerin dafür, dass sie den Kriegern Ertanns nicht geglaubt hat. Berichte ihr, was wir gesagt haben! Es ist wahr. Mögen die Geister ihr guten Rat geben.« Er nahm den weichen Lederbeutel entgegen.

»Wohin werdet ihr jetzt gehen?«, erkundigte sich die Kismegla.

Braninn zuckte die Schultern. »Das weiß ich nicht. Meine einzige Hoffnung lag hier.«

»Reitet nach Westen!«, riet sie. »Es ist nicht weit bis nach Sarmyn. Die Wälder bieten Schutz vor den Stürmen und Wild, das ihr jagen könnt.«

Nach Sarmyn? Braninn schüttelte den Kopf und folgte wortlos seinem Freund.

»Und was nun?«, erkundigte sich Grachann. In Braninns Ohren klang es vorwurfsvoll.

»Was soll das heißen: Und was nun? Ich war es nicht, der uns das alles eingebrockt hat.«

Grachann schoss ihm einen scharfen Blick zu. »Willst du jetzt etwa *mir* die Schuld dafür geben, dass *dein* Plan nicht aufgegangen ist? Auf so einen Freund kann ich verzichten, Braninn. Was dir fehlt, ist Stolz. Ein Adler bereut seine Entscheidungen nicht.«

Er wollte sich seinen Fehler also nicht eingestehen? »Du würdest also alles ganz genauso wieder tun, wenn du die Möglichkeit dazu hättest?«

»Ja, allerdings.«

»Obwohl Krenn dabei gestorben ist?«

»Durlach, Braninn, was kann ich dafür, dass seine Zeit gekommen war? Du lebst noch, ich lebe noch. Es hätte nicht geschehen müssen. Und *du* könntest Ertann die Schuld dafür geben oder seinen verfluchten Kriegern. Aber nein, du gibst sie mir!«

Braninn sah ihn wütend an, aber sein Gefährte starrte über die Pferdeohren hinweg in die Ferne. Er wollte etwas erwidern, doch die heftigen Gefühle, die die Frage nach der Schuld an Krenns Tod in ihm auslöste, schnürten ihm die Luft ab.

Es war Grachann, der schließlich wieder das Wort ergriff. »Reden wir nicht mehr davon. Du bist immer noch mein Freund, Braninn. Du hast mitten in Ertanns Halle den Säbel für mich gezogen. Das vergesse ich nicht. Wir sollten uns endlich überlegen, wie wir unseren Feinden entgehen wollen.«

Braninn stürzte sich dankbar auf die neue, alte Frage, um den Aufruhr in seinem Innern zu verdrängen. »Ertanns Krieger werden sicher bald Verstärkung bekommen und die Jagd wieder aufnehmen. Ich weiß nicht, was wir tun sollen. Als Gäste der Hirsche wären wir sicher gewesen, aber jetzt... Die Kismegla hat mir geraten, nach Sarmyn weiterzureiten. Das ist nicht dumm. Im Wald gibt es alles, was wir zum Überleben brauchen. Nur...«

»Nur keinen Schutz vor unseren Verfolgern«, beendete Grachann den Satz für ihn. »Trotzdem scheint mir das der einzige Weg zu sein, solange wir in Bewegung bleiben.«

»Nicht ganz. Wir könnten...« Braninn zögerte, weil er selbst noch zweifelte. »Wir könnten in einem Lager der Sarmyner um das Gastrecht bitten.«

»Bei den Eisenmännern?« Grachann sah ihn an, als hätte er den Verstand verloren. »Männern, die ihre Gesichter hinter einem Gestrüpp aus Haaren verstecken, kann man nicht trauen. Außerdem hat Mordek mir erzählt, dass einige Krieger im Sommer reiche Beute in Sarmyn gemacht haben. Da werden sie uns dort wohl kaum freundlich empfangen.«

»Aber bei den Hirschen habe ich gehört, dass sie manchmal auch Handel mit ihnen treiben. Vieh gegen die Körner, aus denen man Brot backen kann.«

»Wir haben aber nichts, womit wir tauschen könnten. Das Einzige, was wir besitzen, sind Waffen.«

Das ist wahr, musste sich Braninn eingestehen. *Sie hätten keinen Grund, uns bei sich aufzunehmen.* »Aber es wäre immer noch besser, als sich mit Schraten aus dem Nordwald einzulassen.«

»Ob Bärte nun bis zur Brust oder bis auf den Boden reichen, ändert nichts daran, dass sie voller Dreck sind und nur dazu dienen, Verschlagenheit zu verbergen«, beharrte Grachann.

»Und wenn es der einzige Ausweg ist, in einem ihrer Lager Schutz zu suchen?«

»Nur über meine Leiche!«

Nur über meine Leiche. Unwillkürlich erinnerte sich Braninn an diese Worte, als er den zähen Eiter aus der tiefroten, angeschwollenen Wunde quellen sah. Er hatte den aufklaffenden Schnitt zwar nach dem Kampf zusammengenäht, aber wie tief die Schneide der Speerspitze zwischen Grachanns Rippen eingedrungen war, hatte er nicht sehen können. Vielleicht steckte dort der Grund für das hohe Fieber, das die Haut seines Freundes glühen ließ.

Zwei Tage und Nächte waren sie geritten, ohne sich eine längere Rast zu gönnen. Die versprengten Haine in den Senken hatten sich zu einem einzigen lichten Wald verbunden, in dem die Pferde immer langsamer vorankamen. Wo ihnen kein Unterholz im Weg war, lag der Schnee höher als auf der trockenen, windgepeitschten Steppe, und manchmal versanken die Tiere bis zum Bauch in einer Schneewehe. Es war Braninn nicht entgangen, dass Grachann nach jeder Rast schwerer wieder in den Sattel kam und nur einsilbige Antworten gab, aber er hatte selbst gegen Fieberschübe und Erschöpfung angekämpft und wenig Worte dabei verloren. Doch während die Schmerzen in seinen heilenden Wunden abgenommen hatten, war sein Freund abwechselnd leichenblass und hitzig rot geworden.

Ratlos sah Braninn auf die getrockneten Blätter in seiner Hand. Er hatte darauf bestanden, dass sie wenigstens einmal am Tag ein Feuer riskierten, um einen Tee aus den Kräutern der Kismegla zu bereiten. Der Sud schmeckte so scheußlich, wie Braninn erwartet hatte, doch er half nicht, und langsam keimte in ihm der Verdacht, dass sie die unbekannte Pflanze falsch anwandten. Womöglich musste man die Blätter auf die Wunde legen oder einen Brei daraus herstellen, den man auf den Verband strich. Oder man musste sie essen. Vielleicht musste man sie sogar verbrennen und den Rauch einatmen, wie die reinigenden Dämpfe der Schwitzhütte.

Zornig zerknüllte er die zähen, faserigen Blätter in der Faust. »Woher soll ich das wissen?«, haderte er. »Ich bin nur ein Hirte. Wenn das Vieh verletzt ist, nähen wir die Wunde und pinkeln darüber!«

»Wenn du das machst, bring ich dich um«, brachte Grachann schwach hervor. Er konnte kaum die Augen öffnen. Schweiß stand in dicken Tropfen auf seiner Stirn.

»Spar dir deine Kräfte lieber!«, riet Braninn. Er musste kein Kismeglarr sein, um zu wissen, dass sein Freund im Sterben lag.

Verzweifelt ließ er die nutzlosen Kräuter fallen. *Wieder ein Leben, das in meiner Hand liegt. Wie viele sollen es denn noch werden?*

Wie von selbst begann er, die Wunde mit Schnee zu reinigen, obwohl seine Gedanken abwesend waren. Grachann brauchte einen warmen Schlafplatz und endlich Ruhe, und das würden sie nur in einem Lager finden. Aber wenn er ihm das sagte, würde der Sturkopf seine letzten Kräfte damit verschwenden zu widersprechen. Er blickte seinen Freund abwägend an. Grachann hatte die Augen geschlossen und sah aus, als schliefe er. *Wenn ich diese Entscheidung nicht treffe, stirbt er. Wenn ich sie treffe und sie erweist sich als falsch, sterben wir beide. Soll er sich hinterher beschweren, wenn er noch kann!*

»Los, Grachann! Wir müssen weiter«, trieb Braninn ihn an und half ihm auf die Füße. »Ertanns Männer sind uns zu dicht auf den Fersen.« Es gelang ihm, seinen Freund mühevoll in den Sattel zu hieven. Den erbeuteten Speer hatte Grachann längst verloren. Achtlos fallen gelassen, während seine Sinne im inneren Feuer brannten.

Braninn verließ sich darauf, dass Grachanns Wallach der Stute folgen würde, und ritt voran. Immer wieder drehte er sich um, aus Angst, dass Grachann aus dem Sattel rutschen könnte. Es dauerte nicht lange, bis sein Gefährte tatsächlich halb ohnmächtig über dem Hals des Pferdes hing. Braninn wusste sich nicht mehr anders zu helfen, als Grachann am Sattel festzubinden. »Es tut mir leid, dass ich dich so unwürdig behandeln muss«, entschuldigte er sich. »Aber wir müssen weiter und eine Zuflucht finden.«

Grachann hob nicht einmal die Lider und murmelte nur etwas Unverständliches.

Braninn setzte seinen Weg fort. Wann immer eine Anhöhe ein wenig Aussicht bot, spähte er nach Rauchsäulen, die ihm die Anwesenheit von Menschen verraten würden, und endlich, endlich entdeckte er gegen Mittag das ersehnte Anzeichen. Noch einmal wanderte der Sonnengeist ein gutes Stück auf seinem Weg über den Himmel, bevor Braninn den Waldrand erreichte. Vor ihm breitete sich ein flaches Tal aus, in dem nur wenige Bäume standen. Inmitten der schneebedeckten Flächen drängten sich ein paar niedrige Häuser, die von geflochtenen Zäunen und weiteren kleineren Gebäuden umgeben waren. Die Dächer waren steiler, als Braninn es von den hügelartigen Grassodenhäusern seiner Heimat kannte, und liefen zu einem spitzen First zusammen. Der Rauch, den er gesehen hatte, stieg nicht aus einem Loch, sondern aus einer Art gemauertem Baumstamm empor, der aus den Dächern ragte.

Während er auf die Häuser zuritt, wunderte sich Braninn, wo die Herden der Sarmyner waren. Ihre Hirten mussten ihn doch längst entdeckt haben. Vielleicht hatten sie einen Boten zu ihrem Häuptling geschickt, und nun berieten die Ältesten, was zu tun war.

Plötzlich schlug zwischen den Gebäuden ein Hund an. Weitere stimmten ein, und lärmend rannte die Meute auf Braninn zu, dass der Schnee nur so flog. Angespannt blickte er den Tieren entgegen, den Speer bereit, falls sie es wagen sollten, die Pferde anzugreifen. Doch die Hunde hielten einige Schritte Abstand und beschränkten sich darauf, die Eindringlinge bellend und knurrend zu umkreisen. Erst als er sicher war, dass ihm keine unmittelbare Gefahr drohte, sah Braninn wieder zu den Gebäuden hinüber, wo die Menschen des fremden Stammes gerade zusammenliefen. Einige deuteten aufgeregt in seine Richtung, und er hörte sie durcheinanderrufen. Er verharrte reglos, um ihnen Zeit zu geben, sich zu beruhigen. Mit großer Geste warf er dann seinen Speer in den Schnee, um seine friedliche Absicht unmissverständlich zu machen. Neugierig stürzten sich die Hunde auf die Waffe und schnupperten daran.

Ein Dutzend Männer löste sich aus der Gruppe bei den Häusern und kam ihm entgegen. Sie trugen Hämmer und Äxte und merkwürdige Speere mit drei gebogenen Spitzen. Einer schwang sogar eine lange gebogene Klinge, die seltsamerweise quer zum Schaft befestigt war. Braninn vermutete, dass sich ein Gegner damit besonders gut enthaupten ließ.

Die Fremden blickten ihn grimmig und misstrauisch an. Die Bärte, hinter denen die meisten ihre Züge verbargen, jagten ihm einen Schauder über den Rücken. Es fiel ihm unsagbar schwer, nicht nach seinem Säbel zu tasten. Eine falsche Bewegung, und sie würden angreifen. *Harmlos wirken!*, ermahnte er sich. Er stieg ab, obwohl er sich ihnen dadurch endgültig auslieferte.

Keiner schien in Eisen gekleidet zu sein. Unter ihren Umhängen konnte er nur Wolle und Leder erkennen, auch wenn ihre Kleider fremdartig geschnitten waren. Der Mann an der Spitze musste ihr Häuptling sein. Aus den Tiefen eines fingerlangen grauen Vollbarts rief ihm dieser Sarmyner eine barsche Frage zu.

»Ich kann dich nicht verstehen«, erwiderte Braninn ebenso laut. »Aber ich grüße dich, Häuptling dieses Lagers. Ich bitte im Namen der Erdmutter, dein Gast sein zu dürfen.«

Die silberschwarzen Brauen des Fremden zogen sich finsterer zusammen. Er gab eine noch ruppigere Antwort, während seine Männer aufgebracht miteinander sprachen. Mehrere stritten, da war Braninn sicher, aber er wusste nicht, ob das zu seinem Vor- oder Nachteil war. »Mein Freund ist verletzt«, erklärte er und deutete auf Grachann, der reglos im Sattel hing. Braninn wagte nicht, darüber nachzudenken, ob er überhaupt noch lebte. »Wir brauchen Hilfe.«

Der Anführer der Sarmyner fuhr die kläffenden Hunde an, die daraufhin die Schwänze einzogen und Ruhe gaben. Er zeigte auf Braninns Säbel und bedeutete ihm, die Waffe wegzuwerfen. Braninn atmete tief durch. *Ich gebe mich in eure Hand*, dachte er und wusste selbst nicht, ob er damit die Sarmyner oder die Geister und Ahnen meinte. Langsam, um seiner Geste die größtmögliche Wirkung zu geben, nahm er seinen Gürtel ab. Noch nie war ihm etwas so schwergefallen, wie in diesem Augenblick den Säbel dem Schnee zu übergeben.

Der Häuptling nickte und trat näher. Sofort kam auch Bewegung in seine Männer. Einer sprang vor, um die Waffe an sich zu reißen, ein anderer griff sich den Speer. *Wenn Grachann bei Sinnen wäre, würde er sie für ihre Feigheit auslachen*, schoss es Braninn durch den Kopf, und er musste lächeln.

»Du!« Die Aussprache des kleinen, untersetzten Mannes, der neben dem Anführer aufgetaucht war, klang träge, aber verständlich. »Mann krank?« Er nickte zu Grachann hinauf.

»Nein.« Braninn schüttelte den Kopf. »Verletzt. Wunde.« Er versuchte mit der Hand darzustellen, wie der Speer am Brustkorb entlanggeschnitten hatte.

Der Sarmyner wollte seinem Häuptling die Antwort erklären, doch der wehrte ab und stellte eine neue Frage.

»Mehr Mann kommen?«, wollte der Kleinere wissen, wobei er auf den Waldrand zeigte.

»Nein, wir sind allein«, antwortete Braninn und betete darum, dass es stimmte. Dass neuer Schnee kommen und ihre Spuren verwischen oder Ertanns Männer nicht zahlreich genug sein würden, um ein Lager der Sarmyner zu überfallen.

Der Häuptling sah ihn so scharf an, als ob er seine Gedanken lesen wollte.

»Du bleiben«, übersetzte sein Begleiter die wesentlich längere Antwort.

»Ich danke euch«, erwiderte Braninn, aber er wartete vergeblich darauf, dass ihm ein Stein vom Herzen fiel.

Arion
Egurna, Sarmyn

Arion gab seinem Streitross einen letzten Klaps, bevor er die Zügel dem wartenden Pferdeknecht reichte, der es in den Stall zurückbringen würde.

»So weit, so gut«, sagte Waig, während sich Arion den Staub von der Hose klopfte. Sie hatten geübt, ihre Pferde auf

Befehl hin mit den Hinterbeinen auskeilen zu lassen, und Waig schien sehr zufrieden mit seinen Fortschritten.

Arion warf einen Blick zu den Fenstern über dem Reithof, wo einige junge Damen den ersten Hauch des Frühlings nutzten, um den Rittern zuzusehen. Sie hatten ihn durch ihre reine Anwesenheit abgelenkt, und es nagte an ihm, dass er deshalb schlechter mit dem Tier zurechtgekommen war als sonst. *Irgendwie versage ich immer, wenn Frauen im Spiel sind. Besonders in seiner Gegenwart.* Sein Blick wandte sich Joromar zu, auf den bereits alle Augen gerichtet waren, seit er den Hof betreten hatte – was nicht zuletzt an dem prächtigen Hengst lag, den zwei Knechte herbeigeführt und für den Thronfolger bereitgehalten hatten. Das kräftige Streitross war von seltener, fahlgelblicher Farbe, die in der Sonne wie poliertes Messing glänzte. Üppiges Mähnen- und Schweifhaar betonte seine tänzerischen Bewegungen, die geballte Kraft verrieten. Stolz wölbte das Tier den mächtigen Hals und biss unwillig auf der Kandare herum, die die Knechte zu beiden Seiten fest gepackt hielten. Es schielte nach hinten, als sich Joromar in den Sattel schwang und die Zügel aufnahm. Er scheuchte die Knechte mit einer Handbewegung davon, doch die Männer ließen nur widerstrebend los.

Umso hastiger wichen sie zurück, nachdem sie den Hengst freigegeben hatten. Der Kopf des Tiers schoss vor wie der einer Schlange, und es war nur Joromars beherztem Griff in die Zügel zu verdanken, dass die gebleckten Zähne in die Luft statt in die Wange eines Knechts schnappten. Der Prinz trieb das Streitross energisch voran, konnte aber nicht verhindern, dass es nach einem fliehenden Knecht austrat.

»Gehen wir«, sagte Arion gelangweilt, der dieses Schauspiel den Winter über zu oft beobachtet hatte.

Waig schloss sich ihm an. »Habt Ihr gesehen? Das Biest hätte dem Stallburschen fast den Schädel eingeschlagen.« Er schüttelte zwar missbilligend den Kopf, aber um seine Mundwinkel zuckte es verdächtig.

»Dieses Ungeheuer muss man wohl nicht mehr lehren, in der Schlacht nach dem Feind auszutreten. Aber es wäre hilfreich, wenn man es davon abhalten könnte, die eigenen Leute umzubringen«, versetzte Arion spitz. Auch er bewunderte Joromar dafür, mit welchem Mut er sich dem Hengst näherte, der angeblich bereits zwei Männer auf dem Gewissen hatte. Doch dass hier mit Menschenleben gespielt wurde, nur um die Eitelkeit des Prinzen zu befriedigen, bereitete ihm Unbehagen.

Waig grinste nun doch. »Erinnert mich daran, dass ich dankend abwinke, sollte mir jemals ein Streitross aus der legendären Zucht von Eljard angeboten werden. Ich kann darauf verzichten, dass mir so ein Biest die Nase abbeißt.«

»Nein, das wäre wohl kaum eine Verbesserung Eures Aussehens«, lachte Arion.

»Genauso wenig wie eine Delle im Kopf. Da lob ich mir doch meinen gemütlichen Zossen. Der verpasst mir ...«

»Seht mal! Ist das nicht Euer Vater?« Arion wies auf den ergrauten Fürsten, der – gefolgt von einem Knappen und einem Mitglied der Burgwache – vor ihnen den Waffenhof überquerte.

»Der hat es aber eilig«, wunderte sich Waig.

»Sieht aus, als ob er zum Osttor läuft.«

»Zu Fuß? Mein Vater hat noch nie eine Burg zu Fuß verlassen. Vielleicht ist jemand Wichtiges angekommen, den er begrüßen will.«

Arion konnte sich nicht vorstellen, welcher Reisende außer dem König selbst einen Fürsten zu solcher Hast veranlassen sollte. »Schauen wir uns an, wer es ist.«

Waig brummte widerwillig. »Eigentlich mische ich mich nicht gern in Vaters Angelegenheiten.«

»Er muss ja nicht wissen, dass wir seinetwegen diesen Weg nehmen.«

Das Bild, das sich ihnen auf dem Hof hinter dem Osttor bot, war so ungewöhnlich, dass sie nicht die einzigen Schaulustigen blieben. Eine gaffende Menschentraube bildete sich um die Reiter, die von der Wache aufgehalten wurden. Arion verstand nicht, weshalb man sie erst hereingelassen hatte, wenn sie nun doch nicht zu den Stallungen weiterreiten durften. Ihr Anführer, ein kräftiger Mann mit dunklem, grau durchsetztem Haar und Bart, war unübersehbar ein Ritter. Seiner vornehmen Kleidung nach zu urteilen musste er sogar ein Burgherr sein, der von sechs Dienstmannen begleitet wurde.

Wer Arions Blick aber sofort in seinen Bann schlug, waren die beiden Gefangenen in der Mitte des kleinen Trupps. Sie saßen auf kleinen, unscheinbaren Pferden, die gelassen still hielten, während sich die anderen Tiere so unruhig gaben wie ihre müden, durch die Verzögerung gereizten Reiter. Die Haut der Fremden war dunkler, als es Arions selbst in einem äußerst sonnigen Sommer je wurde, und das lag nicht nur daran, dass sie mit Dreck verschmiert waren. Es musste eine Weile her sein, dass sie Wasser und ein Rasiermesser gesehen hatten, aber trotz der zerrissenen, fleckigen Kleider sprach Stolz aus ihren dunklen Augen.

Das Seltsamste an ihnen war jedoch ihre Haartracht. Der eine hatte recht kurze schwarze Locken, und im Nacken steckte eine Reihe zerzauster Raubvogelfedern. Dieser Schmuck passte auf merkwürdige Art zu seinem ausgemergelten Gesicht mit der kühn geschwungenen Nase. Auch der andere Gefangene war schlank, aber nicht hager. Sein glattes, blauschwarzes Haar war auf einer Hälfte des Schädels auffallend kurz, während es auf der anderen bis über die Schulter herabhing. Arion fragte sich zutiefst erstaunt, wo diese bemerkenswerten Gestalten herkamen. Beiden hatte man die Hände auf den Rücken gefesselt und ihre Fußknöchel unter den Bäuchen der Pferde hindurch miteinander verbunden, damit sie nicht aus dem Sattel springen konnten.

Als Waig und Arion nahe genug herangekommen waren, um zu verstehen, was gesprochen wurde, hatte Fürst Megar den Neuankömmling bereits begrüßt. Der Burgherr rang sich zu Pferd eine Verneigung ab, obwohl er sichtlich verärgert war.

»Ich fühl mich ja geehrt, von einem so mächtigen Mann wie Euch empfangen zu werden, Megar, aber mir wär lieber, ich hätte meinen wunden Hintern längst auf ein Kissen packen können. Seit wann muss ein ehrlicher Ritter am Tor warten, bis ein Fürst ihn einlässt?«

»Hier wurden nur Befehle missverstanden«, erwiderte Megar ungerührt. »Ihr habt Gefangene bei Euch, Kreon. Als wichtigster Ratgeber des Königs ist es meine Aufgabe herauszufinden, ob es diese Angelegenheit wert ist, dass unser Herr damit belästigt wird.«

Arion stutzte und runzelte die Stirn. Gehörte das nicht eher zu den Pflichten des Hauptmanns der Wache?

»Wenn's nach mir gegangen wär, hätt ich den Totensammler gespielt, anstatt durch Schlamm und Dreck nach Egurna zu reisen«, regte sich Kreon auf. »Aber diese Strauchdiebe behaupten, sie hätten dem König eine wichtige Botschaft zu überbringen.«

Megar hob auf seine unverwechselbare Art überrascht eine Augenbraue. »Ihr meint, dass sie Gesandte sind?«

»Pah! Phykadonisches Gesindel ist das! Haben sich kurz nach Mittwinter bei meinen Bauern eingenistet. Halb tot sollen sie gewesen sein. Das sind Geächtete, da geh ich jede Wette ein. Ich hab sie mir am Ende der Frostzeit gegriffen, bevor sie Ärger machen konnten. Glaubt mir, ich hätt sie schon hängen lassen, aber die haben steif und fest behauptet, dass sie Werodin was Wichtiges zu sagen hätten. Selbst als wir der Wahrheit mit ein bisschen Glut nachgeholfen haben. Also hab ich sie hergebracht. Sicher ist sicher.«

»Ihr habt Gesandte gefoltert?« Megars Stimme verriet keine Regung.

»Das sind keine Gesandten, verflucht noch eins!«, rief Kreon. »Gesandte hätten wohl kaum bei jeder kleinsten Gelegenheit versucht zu fliehen, wenn man sie zu ihrem Ziel bringen will.«

»Vermutlich würdet selbst Ihr eine Flucht in Erwägung ziehen, wenn man Euch mit glühendem Eisen brandmarkt und Euch den Galgen androht«, hielt der Fürst nüchtern dagegen. »Ich habe genug gehört. Diese beiden Männer dürfen die Burg nicht verlassen«, wandte er sich an die Torwache. »Knappe, ruf meine Leute zusammen! Sie sollen Burgherr Kreon von seiner Bürde erlösen und diese Fremden bewachen. Ich will, dass sie alles erhalten, was nötig ist, damit sie in angemessenem Zustand vor dem König erscheinen können. Nehmt ihnen die Fesseln ab, aber gebt ihnen nicht ihre Waffen zurück, bevor ich es anordne! Ich werde Werodin jetzt von Eurem Fang berichten, Kreon. Erholt Euch von der Reise, bis man Euch zur Befragung der Gefangenen rufen lässt.« Damit ließ Megar den zornig blickenden Burgherrn stehen und ging davon.

Arion wechselte einen beeindruckten Blick mit Waig.

»Ich sage doch, dass man sich besser nicht in seine Angelegenheiten mischt.«

Das war nicht zu übersehen. Arion fragte sich, ob Megar von Smedon das Recht hatte, sich gegenüber Kreon aufzuspielen, als ob der Burgherr sein Dienstmann sei, aber er wollte nicht ausgerechnet mit Waig darüber sprechen. Der Fürst verdiente eine gewisse Ehrerbietung, daran zweifelte er nicht. Doch sein Vater hatte ihm beigebracht, dass ein Burgherr nur dem König selbst Gehorsam schuldete. Es wunderte ihn daher nicht, dass Kreon so wütend war.

Der Burgherr und seine Männer ritten an ihm vorbei zum Reithof hinüber. Noch immer führten sie die Gefangenen mit sich, die Arions Gedanken rasch von Megars anmaßendem Auftritt ablenkten. Die Phykadonier sprachen miteinander, als ob sie allein wären, und da niemand ihre Worte verstand, stimmte das auf eine gewisse Weise sogar. Er hätte zu gern gewusst, was sie sagten. Wussten sie, worüber Megar und Kreon gestritten hatten? Mussten sie die sarmynische Sprache nicht beherrschen, wenn sie als Boten gekommen waren? Oder hatte der Burgherr sie mithilfe eines Übersetzers verhört?

Arion stellte fest, dass er im Grunde nichts über Phykadonien wusste. Emmeraun war viele Tagesreisen von jeder Grenze Sarmyns entfernt. Fremde verirrten sich so selten dorthin, dass sich die Bauern noch jahrelang Geschichten über solche Besuche erzählten. Er glaubte, gehört zu haben, dass die Phykadonier in einem Meer aus Gras lebten, wo es keine Bäume gab, aber ein solches Land konnte er sich nicht so recht vorstellen.

»Hat man Euch als Kind auch erzählt, dass sich Phykadonier in Tiere verwandeln können?«, erkundigte er sich bei Waig, der sich nachdenklich am Kopf kratzte.

»Jetzt, da Ihr es erwähnt, erinnere ich mich. Gibt es nicht diese Sage von Rotger dem Aufrechten, der gegen ein Heer wilder Tiere antreten musste, die in Wahrheit Phykadonier waren?«

Arion nickte. Sogleich fielen ihm die Federn im Haar des Hageren wieder ein. »Glaubt Ihr, dass es wahr ist?«

»Hm, sie sehen nicht aus wie Leute, denen ich vertrauen würde, aber Zauberer? Ich weiß nicht ...«

»Vielleicht werden wir mehr erfahren, wenn der König sie anhört. Falls Kreon recht behält, werden sie sich in Adler verwandeln müssen, um der Strafe für ihre Anmaßung zu entfliehen.«

»Dann sollte ich wohl meinen Jagdbogen mitbringen«, meinte Waig vergnügt.

Die Nachricht von der Ankunft der geheimnisvollen wilden Tiermänner verbreitete sich wie ein Lauffeuer in Egurna. Von der Küchenmagd bis zum Bewahrer des Erbes und vom frechen Dreikäsehoch bis zur gebeugten Greisin kamen so viele Neugierige, um die Phykadonier zu bestaunen, dass der König den Empfang kurzerhand von der Halle des Willkommens in die größere Halle der Rechtsprechung verlegte. Arion fand das passend, da längst nicht feststand, ob die Fremden Gesandte waren oder nicht.

Waig hatte tatsächlich seinen Bogen samt Pfeilen mitgebracht und einige schiefe Blicke dafür geerntet. Trotzdem oder gerade deshalb – da war Arion nicht sicher – hatten die Leute den Fürstensohn bereitwillig durchgelassen, sodass sie beide nun in der Nähe des Throns saßen.

Werodin der Dritte bot wie stets einen erhebenden Anblick. Der Glanz seines blonden Haars mit dem goldenen Kronreif fand in den Goldfäden seines Gewands eine Fortsetzung, und der leichte purpurfarbene Umhang bildete den passenden Rahmen. Arutars Banner der aufgehenden Sonne stand über ihm wie ein Strahlenkranz. Auch Prinz Joromar und die Ritter der königlichen Leibwache trugen Weiß, Rot und Gold, die leuchtenden Farben des Reiches. Ein Bild, das geeignet war, die Augen jedes Gastes mit seiner lichten Pracht zu blenden.

Doch inmitten dieses Glanzes lag der riesige schwarze Hund neben dem Thron wie ein dunkler Fleck, der das Licht um sich herum aufsaugte. Arion schauderte. Das Untier richtete bedächtig die Augen auf ihn und wandte den Blick selbst dann nicht ab, als sich der Fürst von Smedon und Burgherr Kreon aus der ersten Reihe erhoben, um sich zu beiden Seiten der Stufen aufzustellen, die zum Thron hinaufführten. Werodin erteilte Megar mit einer Geste das Wort.

Der Fürst verneigte sich, bevor er sprach. »Mein König, ich bitte um Gehör für zwei Männer aus den Weiten des Ostens, die behaupten, eine wichtige Botschaft für Euch zu haben.«

»Gewährt«, antwortete Werodin knapp. »Sie sollen vortreten.«

Megar wandte sich nach der großen Flügeltür am anderen Ende der Halle um, wo seine Dienstmannen warteten, und winkte. Angeführt von Regin geleiteten sie die Phykadonier durch den Mittelgang. Arion stellte verwundert fest, dass die Fremden noch immer ihre eigenen zerschlissenen Kleider trugen, die armselig wirkten, wenngleich der gröbste Schmutz entfernt und einige Risse rasch genäht worden waren. Auch ihre Bärte hatten sie nicht etwa vornehm gestutzt, sondern vollständig abrasiert, wie es nur Männer von niederem Rang taten. Ihre Gesichter wirkten dadurch zwar weniger finster, aber die Fremdartigkeit ihrer scharfen Züge und der dunklen Haut kam stärker zur Geltung. Sie hielten die Augen starr auf den Thron gerichtet, während alle anderen Blicke im Saal auf ihnen ruhten. Bis auf jenen des Hundes, den Arion noch immer auf sich fühlte.

Am Fuß der Treppe hielt Regin an und bedeutete den Phykadoniern, sich mit ihm zu verbeugen. Zögernd und ungelenk ahmten sie seine Bewegung nach. »Die phykadonischen Gesandten, Hoheit«, verkündete er.

Der König erwiderte den Gruß mit einem Neigen des Kopfes. »Haben sie keine Namen?«, erkundigte er sich.

»Wir haben Namen«, antwortete der mit dem zweigeteilten Haar und löste damit erstauntes Raunen in der Halle aus. Die ungewohnt betonten Worte klangen holprig, aber es war zweifellos Sarmynisch. »Ich bin Braninn, Sohn von Fejerr Turr von den Faitalorrem«, fuhr er fort. »Er ist Grachann, Sohn von Fejerr Lardak von den Faitaschaschem. Wir grüßen dich.«

Eine Welle der Empörung lief angesichts der respektlosen Anrede durch die Zuschauer. Auch Arion sprang entrüstet auf. Wie konnten sie es wagen, den König zu beleidigen? Doch Werodin zog nur missbilligend die Brauen zusammen und gebot mit erhobener Hand Ruhe.

»Ich bin sicher, unsere Gäste werden Euch auf der Stelle um Verzeihung bitten, Hoheit«, rief Megar in die einsetzende Stille. »Wenn ich Burgherr Kreon richtig verstanden habe, müssen sie unsere Sprache von Bauern gelernt haben, die nichts von höfischen Umgangsformen wissen.«

»Es könnte auch daran liegen, dass sie sich mit dem Verbrecherpack gemeingemacht haben, das in meinem Kerker sitzt«, warf Kreon spöttisch ein. »Gleich und gleich gesellt sich gern, wie man weiß.«

»Mir ist bereits zu Ohren gekommen, wie Ihr mit diesen Männern verfahren seid. Ich hoffe für Euch, dass Ihr in Eurer Einschätzung der beiden recht behalten.« Die Drohung in Werodins Stimme war deutlich.

»Mein König, diese Kerle wurden von ihren eigenen Leuten übel zugerichtet und aus dem Land gejagt«, verteidigte sich der Burgherr. »Geht man so mit Gesandten um?«

»Diese Frage wird sich wohl klären, wenn man ihnen endlich Gelegenheit gibt, mir die Botschaft zu übergeben. Ich nehme an, das Schreiben stammt vom Herrscher Phykadoniens?«

Arion sah, wie sich Kreon selbstzufrieden aufrichtete. »Das ist es ja, Hoheit«, triumphierte er. »Es gibt keine Botschaft. Glaubt Ihr, ich hätte an ihren Worten gezweifelt, wenn sie mir einen Brief gezeigt hätten?«

»Mein König, das ist lächerlich. Burgherr Kreon ist wohlbekannt, dass die Phykadonier weder lesen noch schreiben können«, mischte sich Megar wieder ein.

»Dann seid Ihr in der Tat wenig hilfreich, Burgherr«, tadelte Werodin.

»Erlaubt mir, Euch den Dienst meines Übersetzers Ank anzubieten«, lenkte Kreon rasch ein. »Er hat als junger Mann einige Jahre in Phykadonien gelebt und sich von dort eine Frau mitgebracht. Ihr werdet sehr zufrieden mit ihm sein.« Er winkte einem ergrauten Bewaffneten, der kaum noch Haare auf dem Haupt, aber immer noch den stattlichen Körper eines Kämpfers hatte.

»Einverstanden. Frage sie noch einmal, wer sie sind und warum sie nach Sarmyn gekommen sind!«, befahl der König, und Megar flüsterte kurz auf den Mann ein. Kreon blickte misstrauisch, aber da er direkt daneben stand, nahm Arion an, dass der Burgherr die Worte des Fürsten verstanden hatte. Ank wandte sich an die Phykadonier. Wieder war es Braninn, der ihm antwortete.

»Dieser ist Grachann aus der Sippe des Adlers, Sohn des Anführers Lardak, und das ist Braninn aus der Sippe des Pferdes, Sohn des Anführers Turr. Sie bitten um Entschuldigung, wenn sie Euch beleidigt haben. Das war nicht ihre Absicht. Wenn ich das anmerken dürfte, Hoheit, es gibt in ihrer Sprache keine ... keine ... Nun ja, sie reden selbst den Obersten Heerführer mit du an, obwohl er der mächtigste Mann in ihrem Land ist.«

»Und das lässt er sich bieten?«

»Er weiß es selbst nicht besser, Hoheit.«

»Offenbar ist er ein Wilder, wie alle dort«, schloss der König daraus. »Ist es nicht so, dass sie keine Burgen haben und sogar in Zelten leben?«

»So ist es, Hoheit.«

»Nun gut, lass uns zum Anlass ihrer Reise zurückkommen! Wer hat sie geschickt und warum?«

Ank musste die Frage nicht übersetzen. Zunächst hörte er sich Braninns Antwort mit gleichmütigem Gesichtsausdruck an, doch dann trat Besorgnis in seine Miene. »Sie sagen, dass niemand sie gesandt hat. Sie sprechen nur für sich und hoffen, dass es im Sinne ihrer Väter ist. Ihre Väter sind Fejerr – das heißt Anführer – bedeutender Sippen, und diese wählen aus ihrem Kreis den Obersten Heerführer.«

»Sind diese Anführer also so etwas wie die Fürsten und Burgherren ihres Landes?«, hakte Megar nach.

»Ja, Herr. Es steht nur der Heerführer über ihnen, und die anderen gehorchen ihren Befehlen.«

Der Fürst von Smedon warf dem König einen vielsagenden Blick zu. Arion verstand. Auch wenn die Phykadonier wie fahrendes Volk hausten und kein Benehmen kannten, war es nicht ratsam, ihre Adligen schlecht zu behandeln. *Und Kreon hat sie in sein Verlies geworfen und gefoltert!*

»Fahre fort, Ank!«, verlangte Werodin.

»Hoheit, sie wollen uns davor warnen, dass dieser Oberste Heerführer gerade dabei ist, die Sippen zu versammeln, um gegen uns Krieg zu führen. Er will den ganzen Osten Sarmyns erobern.«

Kreon blieb vor Überraschung der Mund offen stehen. Für einen kurzen Augenblick herrschte Stille im Saal, dann sprachen plötzlich alle durcheinander.

Ein Krieg? Arion konnte es kaum glauben. Es gab immer

wieder Berichte von Überfällen an den Grenzen, von brandschatzenden Räuberbanden und Fehden zwischen einzelnen Burgherren, aber von einem Heer, das diese Bezeichnung verdiente, war Sarmyn schon seit langer Zeit nicht mehr angegriffen worden.

»Wenn sie Smedon wollen, sollen sie nur kommen«, knurrte Waig. »An unseren Mauern werden sie sich die Zähne schon ausbeißen.«

Erneut hob der König die Rechte, um für Ruhe zu sorgen. »Das ist wahrlich eine wichtige Nachricht, die mich schon früher hätte erreichen sollen, Burgherr. Geht mir aus den Augen! Ihr werdet wohl bald Gelegenheit finden, Euren Fehler durch Tapferkeit im Kampf wettzumachen.«

Kreon war blass geworden. Hastig verneigte er sich und eilte beschämt aus der Halle.

»Eines verstehe ich allerdings nicht«, gab Werodin zu. »Welchen Grund habt Ihr, solchen Verrat an Eurem Heerführer zu üben? Was liegt Euch an Sarmyn? Was hofft Ihr damit für Euch zu gewinnen?«

Arion sah, dass der Hagere in ohnmächtigem Zorn die Fäuste ballte, aber wieder nichts sagte. Der andere zögerte ebenfalls, antwortete dann aber doch.

»Sie geben nicht vor, dass es ihnen darum geht, Sarmyn zu retten«, übersetzte Ank. »Sie behaupten, der Heerführer sei ein Mörder und Dämonenbeschwörer, der sein Volk belügt. Er hat Menschen aus ihren Sippen töten lassen, um die Phykadonier zu diesem Krieg aufzustacheln. Sie wollen, dass seine Pläne nicht aufgehen.«

»Ich frage mich, warum ihre Väter nichts dagegen unternehmen, wenn das wahr ist«, zweifelte der König.

Wiederum hielt Ank Rücksprache mit Braninn. »Ihre Väter wissen noch nichts von den Machenschaften des Heerführers. Sie würden es ihnen berichten, wenn Ihr sie gehen lasst, Hoheit.«

Werodin furchte nachdenklich die Stirn. Prinz Joromar

beugte sich vor und flüsterte ihm etwas zu. Megar musste es gehört haben, denn er nickte.

»Sprecht offen, Fürst von Smedon!«, forderte der König ihn auf. »Euer Rat hat in dieser Angelegenheit bereits viel bewirkt.«

»Ich habe nur getan, was mir im Sinne des Reiches schien«, erklärte Megar. »Auch jetzt lege ich Euch nahe, in erster Linie an die Sicherheit unseres Landes zu denken, auch wenn Ihr vielleicht geneigt seid, diesen Männern zu glauben. Wir wissen nicht, was sie uns verschweigen und wie viel von dem, was sie sagen, der Wahrheit entspricht. Ihr Anliegen ist so ungewöhnlich, dass es möglich wäre, dass sie selbst die Kriegstreiber sind und uns dazu bewegen wollen, Truppen zu sammeln, damit sich ihr Heerführer bedroht sieht und uns angreift. Oder aber sie wurden als Späher geschickt, um unsere Burgen auszukundschaften, und haben diese Botschaft erfunden, als Kreon sie erwischt hat. Ich wage nicht, dies zu entscheiden, aber in meinen Ohren klingt beides sogar wahrscheinlicher als das, was sie uns erzählt haben.«

Arion schwirrte der Kopf. Der Fürst hatte recht, und wenn Kreon schon vergeblich versucht hatte, die Fremden zu einem Geständnis zu zwingen, sah er keinen Weg, die Wahrheit herauszufinden. Waren sie Spitzel, Ränkeschmiede oder Boten, die den Krieg noch verhindern konnten? *Was für ein Glück, dass nicht ich König bin und das entscheiden muss.*

»Fürst Megar, wie immer habt Ihr weise gesprochen«, lobte Werodin nach einem erwartungsvollen Moment des Schweigens. »Vieles von dem, was heute gesagt wurde, deutet darauf hin, dass diese beiden Männer geschickt wurden, um uns auszuspähen. Darum kann ich sie nicht gehen lassen.«

Arion sah, wie Braninn Grachann sofort am Arm packte. Wollte der Hagere fliehen? Musste er dann nicht schuldig sein?

»Aber manches spricht auch dafür, dass sie die Wahrheit sagen«, fuhr der König fort. »Deshalb werde ich sie als Gäste betrachten, wenn sie einen Eid ablegen, Egurna nicht zu verlassen, bis ich ihnen die Erlaubnis dazu erteile. Ank, worauf schwören Phykadonier ihre höchsten Eide?«

»Sie schwören bei ihren Ahnen, die ihnen heilig sind.«

»Dann übersetze es ihnen! Ich verlange, dass sie diesen Eid leisten. Wenn sie sich weigern, dürfen sie ihre Unterkunft nicht verlassen und werden Tag und Nacht bewacht. Sie sollen nicht glauben, dass ich ihnen mit dem Kerker drohe, aber entkommen werden sie nicht.«

Grachann platzte mit einem Wortschwall heraus, der sich verdächtig nach Beschimpfungen anhörte.

»Er ist empört, dass Ihr ihn einen Lügner nennt und weil er zu seinem Vater muss, damit dieser nicht an der Seite des Heerführers kämpft.«

»Ich verstehe seinen Unmut, aber wenn er noch einmal die Stimme in meiner Gegenwart hebt, lasse ich ihn ins Verlies werfen. Sag ihm das!« Werodins Augen blitzten vor unterdrücktem Zorn. »Sie sollen ihre Wahl treffen. Ich bin bald mit meiner Geduld am Ende.«

Die Phykadonier stritten leise miteinander, und die Spannung im Saal war mit Händen zu greifen. Wollten sie es wirklich darauf ankommen lassen, den König weiter zu reizen?

»Wir schwören«, verkündete Braninn, gerade als Werodin dazu ansetzte, Fürst Megar einen Wink zu geben. »Besser wäre, wir könnten fort, aber wir schwören.«

Sava
Emmeraun

Sava beobachtete Arion über den Tisch hinweg. Wie sehr ein halbes Jahr einen Menschen verändern konnte. *Er hat seine Unbefangenheit verloren.* Sie merkte es daran, dass er ernster geworden war, oft überlegte, bevor er etwas sagte, und das verlieh seinen Worten mehr Gewicht als zuvor. Auch in seiner Miene war ihr ein härterer Zug aufgefallen. Der blonde Bart, den er sehr kurz hielt, war dichter geworden, sein schlaksiger Körper kräftiger. Er war erwachsen. *Wie in den Geschichten, in denen ein Junge auszieht und als Mann zurückkehrt. Oder zumindest fast*, schränkte sie ein, als ihr Blick auf Kunmag, Arions Vater, fiel. Gegen dessen Ausstrahlung von Stärke und unangefochtener Macht nahm sich ihr Stiefbruder noch immer wie ein Halbwüchsiger aus.

»Dann haben diese Viehtreiber also die Wahrheit gesagt, und wir befinden uns im Krieg«, stellte Berenk fest.

Manchmal gelang es Sava, seine Anwesenheit zu vergessen, obwohl er an ihrer Seite saß, aber spätestens, wenn er besitzergreifend ihre Hand in seine nahm, holte er sie in die Wirklichkeit zurück.

»Ja, dieser Angriff lässt keinen Zweifel daran, dass die Phykadonier es ernst meinen«, bestätigte Arion. »Deshalb bin ich hergekommen, so schnell es ging. Ihr könnt bereits anfangen, Eure Männer zu sammeln, Vater. Die Heerwalte des Königs sind schon unterwegs, um uns zu den Waffen zu rufen.«

Savas Mutter führte zitternd den Kelch mit verdünntem Wein zum Mund. Der Burgherr nickte ernst, doch seine großen Hände zerteilten den halben Kapaun auf dem Zinnteller vor ihm, ohne Anspannung zu verraten. »Der König kann auf Emmeraun zählen – wie stets.« Sava glaubte, ein Aufflackern im Blick ihres Vormunds zu sehen, aber es verging so schnell, wie es aufgeflammt war. »Wir werden uns gemeinsam um alle Vorbereitungen kümmern. Das Volk soll sehen, dass mein Sohn alt genug ist, um auch in schweren Zeiten Verantwortung zu tragen.«

»Ach, diese Viehhirten sollten uns wohl kaum Sorgen bereiten«, wiegelte Berenk ab. »Herr Arion sagt doch, dass sie nicht einmal Rüstungen tragen.«

»So haben es mir die Ritter aus den Grenzgebieten erzählt«, bestätigte Arion.

Kunmag schüttelte mit gerunzelter Stirn den Kopf. »Einen Krieg nimmt man nicht auf die leichte Schulter. Das hat mich mein Großvater gelehrt, der mit Joromar dem Fünften in die Schlacht auf den Junafeldern ritt, und das werde ich beherzigen.« Er begann, sich über die Zahl der waffenfähigen Dienstmannen und die nötigen Vorräte auszulassen.

Sava ertappte sich dabei, wie sie unruhig auf ihrem Stuhl herumrutschte, und zwang sich zur Ruhe. Dass dem Reich Krieg bevorstand, waren schlimme Neuigkeiten, doch für sie waren ihre eigenen Sorgen dringlicher. Bei seiner Ankunft hatte sie Arion zugeflüstert, dass sie ihn unbedingt sprechen müsse. Allein. Was er nun wohl dachte? Er warf ihr von Zeit zu Zeit einen undeutbaren Blick zu, dem sie jedoch auswich, um keine Aufmerksamkeit zu erregen.

Der Abend zog sich in die Länge, und Savas Aufregung wuchs. War Arion wirklich klar, was sie gemeint hatte, als sie ihm zuraunte, dass er schon wisse, wo er sie finden würde? *Sei nicht albern!*, schalt sie sich. *Er war wenig mehr als ein halbes Jahr fort gewesen, nicht sein halbes Leben.*

Endlich hob Kunmag die Tafel auf und erlöste Sava von ihrer inneren Folter. Vor Erleichterung sprang sie nahezu von ihrem Stuhl auf, der dadurch laut über die Steinfliesen schrammte. Ein Schreck fuhr ihr in die Glieder, als ob nun alles verloren sei.

Berenk sah sie mit nachsichtiger Strenge an. »Mir scheint, die schlechten Nachrichten haben Euch aufgewühlt, aber seid unbesorgt! Die Ritter Sarmyns sind diesem Haufen ungewaschener Strauchdiebe weit überlegen.« Er streckte die Hand aus, um sie zu berühren, doch Sava wich hastig zurück.

»Ich muss mich um Mutter kümmern«, behauptete sie und eilte an Adavinds Seite. Die Burgherrin war blass, ihr Blick nach innen gekehrt. Sava und die alte Zofe halfen ihr, sich zu erheben. Schützend legte die Schwangere die Hände über den Bauch. *Krieg ist keine gute Zeit für eine Geburt*, dachte Sava. Väter starben, so wie ihr eigener gestorben war. Wer schützte dann die Frauen und Kinder?

Adavinds Zofe sprach leise und beruhigend auf ihre Herrin ein, und Sava war froh, dass sie dadurch schweigen durfte. Ihr wäre nichts Tröstliches eingefallen. Ihr schlechtes Gewissen regte sich, weil sie vorhatte, ihrer Mutter noch mehr Kummer zu bereiten. *Wenn Arion nur bereit ist, mir zu helfen...* Doch in ihrem Herzen wusste sie, dass sie das Wagnis auch allein eingehen würde.

Eine Hand auf das verwitterte, mit Flechten gesprenkelte Mauerwerk gelegt, blickte Sava zwischen zwei Turmzinnen hindurch in die Nacht. Nebel verwandelte die Senken in geheimnisvolle Wolkenseen, doch der Himmel war von einem klaren Dunkelblau, vor dem die Sterne schimmerten wie Edelsteine auf blauem Samt. In der Ferne leuchtete ein Totenfeuer auf einer kahlen Hügelkuppe und sandte eine Seele zu den Sternen hinauf. Sava sog den tiefen Frieden, der über dem Land lag, in sich auf. *Kaum vorstellbar, dass Krieg herrschen soll.*

Ein leises Scharren auf der Treppe ließ sie herumfahren. Hatte Berenk sie hier oben entdeckt? Im Schatten des auf den Zinnen ruhenden Dachstuhls konnte sie nicht mehr als einen dunklen Schemen erkennen. Erleichtert stieß sie den angehaltenen Atem aus, als blondes Haar aufglänzte. Arion trat neben ihr in das silbrige Licht und sah ebenfalls zu den fernen Flammen hinüber.

»Ich hatte Angst, du würdest nicht kommen«, gestand Sava. »Es ist lange her, dass wir hier oben gesessen und uns unsere Kinderträume erzählt haben.«

»Es war auch nicht einfach, mich davonzuschleichen. Unser kleiner Bruder hing an mir wie eine Klette, bis Vater ein Machtwort gesprochen hat.« Arions Schmunzeln strafte ihn Lügen. »Und dann wollte mich Vater auch noch weiter über die Phykadonier ausfragen. Ich hab mich damit entschuldigt, dass ich müde von der Reise bin – was nicht mal gelogen ist.« Er gähnte, wie um seine Worte zu unterstreichen. »Also, was gibt es so Wichtiges, dass es nicht bis morgen warten kann?«

Sava zögerte. Konnte sie wirklich sicher sein, dass er sie nicht verriet? Bis jetzt hatte sie sich nicht einmal ihrer Zofe anvertraut, aus Angst, dass Mari ein falsches Wort entschlüpfen könnte. »Ich ... brauche deine Hilfe. Ich werde Ritter Berenk nicht heiraten. Diese Verlobung ist allein seine Idee, und Kunmag ...«

»Ich nehme an, dass du es Vater schon gesagt hast«, unterbrach er sie.

»Das habe ich, aber er besteht darauf. Für ihn geht es dabei nur um seine Ehre.«

»Und was ist so schlimm an Berenk? Immerhin hat er dich doch aus den Händen dieser Räuberbande gerettet. Worüber ich, ehrlich gesagt, heilfroh bin! Als du von diesen Haulern erzählt hast, ist mir ganz anders geworden. Ich wünschte, ich wäre hier gewesen, um mit euch zu reiten. Dann wäre ...«

»Dann hättest du genauso den Tod gefunden wie der arme Herian«, fiel Sava ihm ins Wort. »Ich bin froh, dass es nicht so gekommen ist, und du solltest es auch sein! Aber obwohl ich Berenk dankbar bin, liebe ich ihn deshalb noch nicht. Ist das so schwer zu verstehen?« Sie merkte, wie laut sie geworden war, und verstummte.

»Sava, du kannst nicht ewig vor der Ehe davonlaufen. Alle jungen Frauen werden irgendwann verheiratet.«

»Ist das alles, was du dazu zu sagen hast?«, wisperte sie aufgebracht. »Versetz dich doch *ein* Mal in meine Lage! Ich werde das Bett mit ihm teilen müssen, ob ich will oder nicht. Was ist der Unterschied dazu, von einem dieser Raubritter geschändet zu werden?« Sie starrte ihn an, doch er erwiderte ihren Blick nicht. Seine Augen waren auf einen Punkt in weiter Ferne gerichtet, wohin auch seine Gedanken verschwunden waren. »Kannst du dir vorstellen, wie sich eine Frau dabei fühlt? Arion?«

»Es war nicht meine Schuld«, murmelte er und blinzelte, bevor sein Blick zu ihr zurückfand.

»Natürlich ist es nicht deine Schuld«, meinte Sava verständnislos. »Aber du könntest mir trotzdem helfen.«

»Ich ... ich kann ja noch mal mit Vater reden. Vielleicht kann ich ihn davon überzeugen, dass es besser ...«

»Das wird nichts nützen. Mutter hat es schon vergeblich versucht, deshalb wende ich mich doch an dich. Ich will, dass du mich nach Drahan bringst. Es gibt dort ein Heiligtum der Dearta. Ich will eine ihrer Priesterinnen werden.«

»Du willst was?« Vor Überraschung wanderten Arions Brauen die Stirn hinauf.

Sava wusste, dass er sie nur zu gut verstanden hatte, und schwieg. Wenn er sie verriet, war alles verloren. Selbst wenn er sich weigerte, ihr beizustehen, musste sie ihn wenigstens davon abhalten, seinen Vater zu warnen.

»Wie ... Ich verstehe das nicht. Wie kommst du darauf?«, fragte er verwundert.

»Ich habe lange darüber nachgedacht. Mich daran erinnert, wie ich verzweifelt in dieser Kammer saß, in die mich die Räuber gesperrt hatten; wie der Mond schien und mir einfiel, was die Bauern über ihre gütige Dearta sagen. Da war so ein Gefühl. Ich konnte ihr Gesicht beinahe sehen. In diesem Augenblick habe ich nicht geglaubt, dass sie mich erhören könnte, aber plötzlich tauchte Narrett von Gweldan auf. Ich muss immer wieder daran denken. Und wenn sie mich gerettet hat, dann will ich mein Leben lieber ihr weihen als einem der Ritter, die ihre Werkzeuge waren.«

»Ja, aber ...« Arion wirkte noch immer verwirrt. »Du hast dich doch nie mit den Göttern beschäftigt. Woher kommt das auf einmal?«

Sava musste trotz allem lächeln. »Kannst du dir da so sicher sein? Auch ich habe meine Geheimnisse.«

Er musterte sie, als ob er sie mit neuen Augen sähe. »Das musst du wohl.«

»Und? Wirst du mich begleiten?«

Arion schüttelte den Kopf. »Sava, das kann ich nicht. Du hast es doch gehört. Der König ruft zu den Waffen. Wie würde das denn aussehen, wenn ich jetzt davonlaufe? Außerdem bindet mich mein Schwur, dem König zu dienen, wenn das Reich in Gefahr ist.«

»So ein Krieg kann Jahre dauern!«, fuhr Sava auf und dämpfte sogleich wieder die Stimme. »Du wirst deinen Eid nicht verletzen, wenn du ein paar Tage zu spät kommst.«

»Ein paar Tage? Hast du eine Vorstellung davon, wo Drahan liegt? Das ist ganz im Norden Sarmyns. Wenn ich diesen Umweg mache, verliere ich bestimmt einen vollen Weißmond.«

»Aber das sage ich doch! Keine dreißig Tage. Bis dahin ist wahrscheinlich nicht einmal das ganze Heer zusammengekommen.«

»Das mag sogar sein, aber trotzdem wird es zunächst so aussehen, als hätte ich mich wie ein Feigling aus dem Staub gemacht. Soll sich Vater von den anderen Rittern fragen lassen müssen, wo sein Erbe abgeblieben ist, wenn es auf jeden Mann ankommt?« Wieder schüttelte er den Kopf. »Du verlangst zu viel, Schwester. Es ist schlimm genug, was du unseren Eltern antun willst. Ich kann Vater nicht so enttäuschen.«

Sava seufzte, aber sie hatte geahnt, dass es so kommen würde. Pflicht und Ehre gingen Arion über alles. *Fast alles*, hoffte sie und wappnete sich dafür, ihren größten Einsatz in diesem Spiel zu machen. »Was ist mit Tomink? Er war Priester des Toten Gottes. Glaubst du nicht, dass er gewollt hätte, dass du mich zu Deartas Tempel bringst, wenn das mein Wunsch ist?«

Arions Züge verhärteten sich. »Das hätte er wahrscheinlich, aber er hat nie von mir verlangt, diesen Gott über meinen Vater und das Reich zu stellen.«

»Denk, was du willst. Aber die Priester waren sehr wohl der Ansicht, dass sich der König dem Gott unterwerfen sollte, den Arutar getötet hat.«

»Woher willst du das wissen?«, fragte er, aber sie sah ihm an, dass es ihm ebenso klar war wie ihr.

»Weil ich Tominks Handschriften habe.«

»*Du* hast sie?« Nun war es an ihm, mühsam die Stimme zu dämpfen. »Ich dachte, Vater hätte sie verbrannt!«

»Wahrscheinlich hätte er das, wenn ich ihm nicht zuvorgekommen wäre. Aber du kennst ihn. Er schenkt beschriebenem Pergament kaum mehr Beachtung als leerem. Als Tomink damals starb, saß ich eine Weile allein an seinem Totenbett. Weißt du noch, wie er mich immer die Sagen von Gorwan und Haduri hat lesen lassen? Ich wollte diese Sagen unbedingt als Andenken haben, also habe ich seine Kammer durchsucht und den ganzen Packen Handschriften an einem sicheren Ort versteckt. Wochenlang hatte ich Angst, dass Kunmag sie entdecken und mich bestrafen würde. Aber dazu kam es nie.«

»Das hast du all die Jahre vor mir verschwiegen?«

»Du hast mich nie danach gefragt, und ich wollte nicht, dass sie mir jemand wegnimmt. Nur Mari weiß davon, weil sie mir helfen musste, sie zu verstecken.«

»Ich glaube das alles einfach nicht! Da waren sie immer vor meiner Nase, und ich wusste nichts davon. Dabei hatte ich so viele Fragen. Du musst sie mir geben. Tomink war uns beiden teuer.«

»Ich überlasse sie dir.« Sava machte eine bedeutungsvolle Pause. »Wenn du mich nach Drahan bringst.«

»Du willst mich erpressen?«

»Ich würde es nicht tun, wenn ich nicht solche Angst davor hätte, allein zu reisen. Du hast gehört, was Mari passiert ist. Ich will nicht von hier fliehen, um dann doch dieses Schicksal zu erleiden.« Innerlich zitterte sie aus Furcht vor seiner Entscheidung. Noch konnte er sie vor Wut über ihr langes Schweigen verraten und sie mit Kunmags Hilfe zwingen, die Schriften des alten Priesters herauszugeben.

Arion hatte sich gegen die Mauer zwischen zwei Zinnen sinken lassen und fuhr sich mit den Händen über das zum Boden geneigte Gesicht. Es tat Sava leid, dass er sich so quälte, aber er musste auch einsehen, was für sie auf dem Spiel stand. *Für mich geht es um so viel mehr als einen Kratzer auf dem Schild der Ehre*, sagte sie sich, um fest zu bleiben. Kunmag würde es verschmerzen und Arion seinen Eid halten. Sie ahnte, dass er niemals zustimmen würde, wenn er tatsächlich befürchten musste, deshalb den Schwur zu brechen. Nicht einmal für Tomink würde er das tun.

»Gut«, stieß Arion endlich hervor. »Du hast gewonnen. Ich werde dich sicher zu diesem Heiligtum bringen und mich von dort aus dem Heer anschließen. Aber mach dich auf eine anstrengende Reise gefasst! Wir werden so schnell reiten, wie es geht, ohne den Pferden zu schaden. Ich will kein Gejammer hören!«

Mordek
Ertanns Winterlager

Mordek erwachte, weil ihm jemand einen Stofflappen in den Mund stopfte. Panisch bäumte er sich auf, versuchte würgend den Knebel auszuspucken, doch die beiden Gestalten, die sich im Zwielicht der sterbenden Glut über ihn beugten, waren schneller. Einer der Männer packte Mordeks Hände, bevor sie seinen Mund erreichten, der andere schlang ihm ein Tuch um den Kopf, das er im Nacken verknotete, sodass der Knebel festsaß.

Gefangen zwischen Husten und Würgreiz rang Mordek nach Luft. Er trat wild um sich, kämpfte gegen den Krieger an, der seine Handgelenke umklammert hielt, und schrie in den Stoff hinein, obwohl nicht mehr als ein lautes Stöhnen dabei herauskam. Ein Messer tauchte vor seinem Gesicht auf. Mordek hörte schlagartig auf zu zappeln und starrte mit aufgerissenen Augen auf die Klinge.

»Ruhe jetzt!«, knurrte der Krieger, der sie hielt. »Sonst schneid ich dir die Zunge einfach raus.«

Wer sind diese Kerle?, fragte sich Mordek mit rasendem Herzschlag. Ihren Zöpfen nach zu urteilen, mussten sie dem Stamm des Büffels angehören, aber was wollten sie von ihm? Er nickte, um Zeit zu gewinnen. Der Krieger steckte das Messer wieder in den Gürtel und brachte einen Lederriemen zum Vorschein, mit dem er Mordek die Hände fesselte. Mordek atmete so ruhig er konnte durch die Nase, während er fieberhaft überlegte, wen er bei welcher Gelegenheit beleidigt oder bloßgestellt haben könnte, doch ihm fiel kein Vorfall ein, der eine solche Rache rechtfertigte.

Die beiden Männer griffen ihn bei den Armen, zerrten ihn auf die Füße und schoben ihn mit sich, hinaus in die eisige Winternacht. Die Kälte sprang Mordek sofort von allen Seiten an. Der Wind wehte ihm durch Hose und Tunika. Schnee schmolz unter seinen Füßen und kroch in seine Socken. Die Krieger führten ihn hinter Ertanns Gästehalle, wo im Sternenlicht eine weitere Gestalt wartete, den zotteligen Fellumhang vom Wind zerzaust. Unter der Pelzkappe erkannte Mordek das grimmige Gesicht des Obersten Heerführers und begann zu ahnen, worum es ging.

Auf einen Wink Ertanns hin nahm einer der Männer ihm den Knebel ab, wodurch sich sein Magen noch einmal hob, aber das Gefühl ging im Husten seiner ausgetrockneten Kehle unter.

»Hast du mir etwas zu sagen?«, fragte Ertann streng.

»Alles, was du wissen willst, Häuptling«, beteuerte Mordek. »Ich habe nichts vor dir zu verbergen.«

Der Heerführer trat näher, um ihm prüfend in die Augen zu sehen. »Du hast hinter mir hergeschnüffelt.«

»Nein, ich...«

Die Faust landete ohne Vorwarnung in seinem Magen. Die Luft blieb ihm weg, als ob es keine mehr gäbe, bis sein erstarrter Körper beschloss, wieder zu atmen.

»Glaubst du, ich hätte nicht gesehen, wie du mich beobachtet und verfolgt hast?«, fuhr Ertann ihn an. »Außerdem hat man mir berichtet, dass du dich mit den Dieben und Mördern angefreundet hast, die meine Männer jetzt jagen. In der Mittwinternacht hast du bei ihnen gestanden.«

»Sie sind nicht meine Freunde. Ja, ich gebe zu, dass ich ihre Nähe gesucht habe, weil sie auch Gäste waren und Häuptlingssöhne dazu. Ich konnte doch nicht ahnen, was sie vorhatten.«

»Du hast es gewusst. Du warst nur zu schlau, um dir etwas anmerken zu lassen, als sie aufgeflogen sind.«

»Nein!«, rief Mordek. »Ich schwöre es bei meinen Ahnen! Der Geist des Löwen soll mein Zeuge sein.«

Der Heerführer lachte. »Der Geist des Löwen wird auf deine Leiche pissen, wenn er sie morgen früh erfroren hier findet. Du wimmerst wie ein Säugling.«

Er hat recht, dachte Mordek und kratzte die Reste seiner Würde zusammen. Trotzig reckte er das Kinn. »Ich habe dich beobachtet, weil ich wissen wollte, ob es wahr ist, was Grachann dir vorgeworfen hat.«

»Allein dafür hast du den Tod verdient.«

»Sollen wir ihn wieder zum Schweigen bringen, Häuptling?«, fragte einer der Krieger.

»Nein, hör mich an!«, forderte Mordek an Ertann gewandt. »Du kennst meine Gründe nicht. Ich möchte dir einen Handel anbieten.«

»Was hat ein Niemand wie du schon, das für mich von Wert sein könnte?«, wehrte der Heerführer ab, aber Mordek sah, dass seine Neugier geweckt war.

»Meine Dienste. Ich bewundere schon lange deine Taten und deinen Ruhm. Als ich noch ein Junge war, hast du mit meinem Stamm gegen die Kopfjäger gekämpft. Seitdem bist du das Vorbild, dem ich nachgeeifert habe. Es wäre mir eine Ehre, in die Reihen deiner Krieger aufgenommen zu werden, ganz gleich, ob du Dämonen beschwörst oder nicht.«

»Ach, das ist dir also gleichgültig? Eben wolltest du doch noch unbedingt wissen, ob es so ist.«

»Nur weil ich wissen will, wie man so viel Macht erlangt wie du.«

»Und für einen Teil dieser Macht würdest du alles tun«, schloss Ertann daraus.

Mordek nickte. Seine Füße und Hände waren bereits taub vor Kälte.

Ertann grinste. »Er fängt an, mir zu gefallen.«

Regin
Egurna

»Was ... was soll denn das werden?«, wunderte sich Waig, als mehrere Diener zwei Bettgestelle samt Strohmatratzen ins Zimmer trugen.

»Was schon?«, erwiderte Regin barsch. »Du glaubst wohl kaum, dass uns Vater zwei Huren zur Verfügung stellen will.« Er knurrte, was die Diener zu seiner Befriedigung in Eile versetzte. Sie hasteten hinaus und stießen in der Tür beinahe mit den Phykadoniern zusammen, die von Fürst Megars Knappen geführt wurden.

»Der Fürst schickt Euch unsere Gäste«, erklärte der Junge. »Er lässt Euch ausrichten, dass ...«

Regin war nicht in der Stimmung, weitere Anweisungen seines Vaters entgegenzunehmen. »Spart Euch den Atem und sagt ihm, dass seine Söhne erfreut sind wie junge Stiere auf der Schlachtbank!«

»Ja, Herr.« Der Knappe verbeugte sich eingeschüchtert und zog sich rasch zurück.

»Er quartiert die ...« – Waig schluckte offensichtlich ein Wort herunter, das er vor den Fremden nicht verwenden wollte – »... bei uns ein?«

»Er gibt sie in unsere Obhut«, berichtigte Regin, bezweifelte jedoch, dass sein Bruder erfasste, was er damit andeuten wollte.

Waigs noch immer ratloses Gesicht gab ihm recht. »Aber warum?«

Weil er ein abergläubischer Orakeldeuter ist, dem das Leben seiner Söhne einen Dreck bedeutet!, hätte er am liebsten gebrüllt, doch so deutlich wollte er den Phykadoniern nicht zeigen, dass er sie fürchtete. »Weil er sich beim König dafür verbürgt hat, dass sie Edelleute sind, die ihr Wort halten«, erklärte er stattdessen. *Und weil wir das Pfand sind, mit dem er diese Bürgschaft besiegelt hat.* Ihm war ebenso klar wie seinem Bruder, dass ihr Leben in Gefahr war, wenn die beiden beschlossen, ihren Schwur zu brechen und zu fliehen. Sie würden nachts abwechselnd wach bleiben müssen.

»Aber er hat ihnen sogar ihre Waffen zurückgegeben!« Waig deutete auf die Säbel an den Gürteln der Phykadonier, die das Gespräch mit unergründlichen Mienen verfolgten.

Regin war versucht, seinem Bruder ans Schienbein zu treten. »Stell dich nicht dümmer, als du bist!« Konnte Waig wirklich nicht erkennen, dass es egal war, ob die Fremden die eigenen Waffen hatten oder sich seines Schwerts bedienten? Wessen Klinge einem im Schlaf ins Herz gestoßen wurde, spielte wohl kaum eine Rolle.

Waig schüttelte den Kopf. »Und was sollen wir mit ihnen anfangen?«

Regin zuckte die Achseln. »Wir nehmen sie mit, wohin wir auch gehen. Nur Egurna verlassen dürfen sie nicht.« *Tag und Nacht den Wachhund für zwei Viehtreiber mimen...* Den Weg zur Königswürde hatte er sich wahrlich anders vorgestellt. »Braninn, Grachann«, wandte er sich an seine neuen Zimmergenossen, »das ist mein Bruder Waig, der eines Tages Fürst von Smedon sein wird. Waig, das sind Braninn und Grachann, unsere Gäste mit den schlechten Neuigkeiten.«

Es war ihm gleich, wie viel die beiden von seinen Worten verstanden. Sie nickten seinem Bruder grüßend zu, der sich ein schiefes Lächeln abrang. Unbehagliches Schweigen breitete sich aus.

»Gehen wir in die Halle der Schwerter!«, platzte Regin schließlich heraus. *Ich muss irgendjemanden verprügeln.*

Auf dem Weg zu den Waffenübungen legte sich Regins Zorn ein wenig. Vielleicht war es gar nicht schlecht zu erfahren, wie diese Kerle mit ihren Klingen umgingen. Vorausgesetzt, dass sie sich überhaupt beteiligten, aber er war sicher, dass mehr als ein Ritter erpicht darauf sein würde, die beiden herauszufordern. Sie würden sich nicht lange zieren können, ohne als Feiglinge dazustehen.

»Gibt es da, wo ihr herkommt, auch eine ... Oh, verdammt!«, unterbrach er sich selbst, als er Saminé entdeckte, die geradewegs auf ihn zukam. Außer den Phykadoniern war niemand in der Nähe, und er ahnte, dass deren Anwesenheit Saminé nicht davon abhalten würde, offen zu sprechen. Fremde, die kaum die Sprache beherrschten, konnten nicht tratschen. *Das hat mir jetzt noch gefehlt!*

Sie stellte sich ihm in den Weg, die Hände verärgert in die Hüften gestemmt, aber ihr Zittern verriet, dass sie keineswegs so entschlossen und selbstsicher war, wie sie tat. »Ich muss mit dir reden.« Sogar ihre zarte Stimme untergrub den Versuch, ihre Wut an ihm auszulassen.

Regin wäre mit einer knappen Antwort an ihr vorübergegangen, doch die Phykadonier blieben unsicher stehen. Er nahm an, dass sie nicht riskieren wollten, eine sarmynische Dame anzurempeln. »Später, Saminé, du siehst doch, dass ich jetzt keine Zeit habe.« Er gab sich nicht einmal die Mühe, freundlich zu klingen.

»Meinst du, ich merke nicht, dass du mir aus dem Weg gehst?« In ihrer Stimme lag Zorn, aber er konnte die Tränen hören, die direkt dahinter lauerten.

»Ich gehe dir nicht aus dem Weg, sondern ich suche einfach nicht mehr deine Nähe. Das ist ein Unterschied.« Warum konnte sie das nicht sehen und sich einfach damit abfinden, anstatt sich und ihn in diese peinliche Lage zu bringen?

Ihre Stimme bebte und klang brüchig. »Aber ich dachte, du liebst mich.«

Regin seufzte. »Habe ich das jemals gesagt? Und selbst wenn es so wäre, ändert es nichts. Mein Vater hat entschieden, dass ich eine andere heiraten soll. Du weißt, wie Ehen geschlossen werden.«

Sie starrte ihn noch einmal fassungslos an, dann drehte sie sich um und lief davon.

»Weiber!«, schnaubte Regin und wandte sich verständnisheischend zu den Phykadoniern um. Grachann sah ihn nur gleichgültig an, während Braninns Blick Saminé auf eine Art folgte, die Regin höhnisch das Gesicht verziehen ließ. *Ja, soll sie sich mit dem Viehtreiber trösten! Dann war es wenigstens nicht ich, der sie entehrt hat.*

Arion
Emmeraun

Behutsam faltete Arion das dünne Pergament, das schon mehrfach abgeschabt worden war, damit ungeschickte Kinderhände erneut krakelige Buchstaben darauf malen konnten. Etwas Besseres hatte er in seinen Sachen nicht gefunden, aber darauf kam es nicht an. Was zählte, waren die Worte, die er für seinen Vater geschrieben hatte, und diese knappen, hölzernen Sätze bereiteten ihm mehr Bauchschmerzen als der Zustand des Pergaments, auf dem die Tinte verlief.

Er stellte das irdene Tintenfässchen auf den Abschiedsbrief, damit dieser nicht vom Tisch geweht werden konnte. Zu lange hatte er mit gerunzelter Stirn den Gänsekiel zwischen den Fingern gedreht und mit den Worten gerungen, als dass sie nun verloren gehen durften. Sein Vater sollte wissen, dass er ihn nicht im Stich ließ und bald zurückkommen wollte, auch wenn er nicht verraten konnte, wohin er reiste und zu welchem Zweck. Da Sava ihm von Maris Befürchtungen erzählt hatte, dass Kunmag seinen Zorn an ihr auslassen könnte, bat er auch darum, die Zofe zu verschonen. *Sie weiß nicht einmal, wo ich meine Schwester hinbringen werde*, hatte er hinzugefügt.

Abrupt wandte er sich von dem Brief ab. Es war spät genug. Vor dem schmalen Fenster herrschte tiefe Dunkelheit, aber im Schein der Kerze glänzten die vereinzelten Regentropfen, die der Wind hereinwehte. *Eine gemütliche Nacht habe ich uns da ausgesucht*, dachte Arion, doch in Wahrheit gefiel ihm das Wetter, weil es zu seiner grimmigen Stimmung passte. *Zumindest wird der Regen mir weniger ausmachen als ihr.* Er wusste, dass sie ihn nur noch mehr aufhalten würde, wenn sie krank wäre. Und auch er durfte nicht leichtsinnig sein, denn so früh im Jahr konnte der Regen rasch wieder in Schnee übergehen.

Er legte einen schweren Umhang aus dunkelbraunem Loden über das Kettenhemd und warf einen letzten abschätzenden Blick auf die prall gefüllten Satteltaschen, die er im Lauf der vergangenen Tage mit Ausrüstung und möglichst viel Proviant vollgestopft hatte. Als zukünftigem Herrn von Emmeraun war es ihm ein Leichtes gewesen, seine Wegzehrung von den Vorräten abzuzweigen, die Kunmag für den Heerzug anhäufen ließ. Niemand stellte sein Tun in Frage, solange er nur selbstbewusst genug auftrat.

Viel schwerer war es ihm gefallen, seinem Vater in die Augen zu schauen, während sie über die Kriegsvorbereitungen und die bevorstehende Reise nach Egurna sprachen. Er hatte sich wie ein Lügner und Verräter gefühlt. Zweifellos würde sein Vater genau das von ihm denken. Mehrmals war er kurz davor gewesen, zu Sava zu laufen und ihre verrückte Flucht abzublasen, Tominks Aufzeichnungen von ihr zu fordern und zu tun, was seine ritterliche Pflicht war. Doch dann war ihm aus der Vergangenheit der Geruch nach Bier und Wein in die Nase gestiegen, der schwere Dunst des verräucherten Gasthofs, in dem sie gefeiert hatten. Er hatte das geile Lachen wieder gehört, das Reißen von Stoff, das ohnmächtige Wimmern und die Hilfeschreie ...

Entschlossen warf er sich die Satteltaschen über die Schulter, prüfte den Sitz des Schwertgurts an seiner Hüfte und blies die Kerze aus. Finsternis stürzte von allen Seiten auf ihn ein. Arion hatte das Gefühl, dass nun der entscheidende Axthieb geführt war. Der Baum würde fallen, egal wie sehr man es bereuen mochte. Es gab kein Zurück mehr.

Vorsichtig tastete er sich in der Dunkelheit zur Tür und trat hinaus. Allmählich gewöhnten sich seine Augen an die Schwärze, aber ohne einen Mond oder wenigstens etwas Sternenlicht war er so gut wie blind. Lautlos schloss er die Tür hinter sich. »Sava?«, wisperte er. Es kam keine Antwort. Sie war noch nicht heruntergekommen. Ihm blieb nichts anderes übrig, als zu warten.

Angespannt lauschte er auf Geräusche aus dem Gemach seines Vaters, das an seine eigene, ungleich kleinere Kammer grenzte, aber dort blieb alles ruhig. Er unterdrückte den Drang, ungeduldig auf dem Treppenabsatz hin- und herzugehen. Verglichen mit dem nächtlichen Egurna war es auf Emmeraun gespenstisch still. Außer dem leisen Prasseln des Regens und dem Wind, der um den Turm säuselte, drang kein Laut an seine Ohren.

Gerade als er erwog, nach oben zu steigen und nachzusehen, wo Sava blieb, hörte er über sich ein kaum wahrnehmbares Schaben und dann ein Knirschen. Sogleich schlug ihm das Herz bis zum Hals. Wenn es nun nicht Sava war, sondern nur jemand, der zum Abtritt wollte? In seinem Aufzug konnte er sich kaum auf dasselbe Bedürfnis herausreden.

Ein schwacher Lichtschein näherte sich von oben. Konnte sie wirklich so dumm sein, eine ... Er kam nicht dazu, den Gedanken zu beenden, denn Sava tauchte auf den Stufen auf. Auch sie trug Satteltaschen über der Schulter und hielt in der anderen Hand eine Laterne, in der hinter durchscheinender

Tierhaut und einem zusätzlich abdeckenden Tuch eine kleine Ölflamme brannte.

»Bist du wahnsinnig?«, zischte Arion. »Mach die sofort aus!«

Sava rückte mit trotzig vorgerecktem Kinn den Verbindungssteg der Taschen auf ihrer Schulter zurecht. »Wie leise kann man sein, wenn man die Treppe runterfällt?«

Arion verdrehte die Augen, wagte aber direkt vor der Tür seines Vaters keinen Streit. Womöglich hatte Sava sogar recht, und spätestens im Stall würden sie in einer so finsteren Nacht eine Lichtquelle brauchen. Stumm wandte er sich ab, um voranzugehen. Er musste sich eingestehen, dass es beim Schein der Laterne einfacher war, Geräusche zu vermeiden, weil er nirgends anstieß und auch nicht über den Reisigbesen stolperte, den eine Magd am Fuß der Treppe vergessen hatte. Dennoch hallten Arions Schritte in den schweren Reitstiefeln bedenklich von den Wänden der kleinen Halle wider, die den gesamten ersten Stock des Turms einnahm. Vor dem heruntergebrannten Feuer im Kamin hatten sich zwei Waffenknechte in ihren Decken zusammengerollt wie Hunde und nutzen die verbliebene Wärme.

Er konnte die Füße so sorgsam aufsetzen, wie er wollte, in dem klobigen Schuhwerk gelang es einfach nicht, lautlos zu bleiben. Einer der Männer bewegte sich plötzlich und gab ein Grunzen von sich. Arion erstarrte. Sava verbarg die Laterne hastig unter ihrem Umhang, so gut es mit einer Hand ging. Der Knecht drehte sich brummelnd auf den Rücken und begann unvermittelt zu schnarchen.

Das war knapp. Arion hoffte nur, dass der zweite Knecht an den Lärm seines Kameraden gewöhnt war, und war erleichtert, als sie endlich unentdeckt die Treppe erreichten, die in die mehrere Schritte dicke Grundmauer hineingearbeitet war und zur Wachstube hinunterführte. Der Raum hieß noch immer so, obwohl es, seit Arion denken konnte, nie nötig gewesen war, in der Burg Wächter aufzustellen. Aus der Wachstube führte zur

Linken eine Tür in das Gelass über dem Kerker, während zur Rechten ein breites Portal auf den Burghof mündete.

Arion bedeutete Sava zu warten und öffnete einen der beiden Türflügel einen Spalt, um seinen Kopf in den Regen hinauszustrecken. Außer nassen Pflastersteinen und dem wilden Reigen der Regentropfen im Wind konnte er wenig entdecken, aber er machte sich nichts vor. Der schwierigste Teil stand ihnen noch bevor, wenn sie den Stall erreicht hatten. Denn dort schlief Bruin, der Pferdeknecht, dessen Aufgabe es war, immer ein wachsames Ohr auf die wertvollen Tiere zu haben, falls ein heimtückischer Nachtmahr eindrang, um sie zu reiten, bis sie schweißnass waren und die Mähne zu unzähligen Knoten verfilzt. Das geschah öfter, als einem Ritter lieb sein konnte, und auch Arion hatte schon Pferde am Morgen völlig erschöpft vorgefunden – obwohl Bruin schwor, nichts von dem nächtlichen Treiben bemerkt zu haben. *Jetzt wäre es gut, wenn das nur an seinem festen Schlaf liegt*, wünschte Arion, während er mit Sava in seltsamen Windungen über den Hof eilte, um die tiefsten Pfützen zu umgehen. Der zottelige Hund, der hinter dem Burgtor wachte, schien das für ein neues Spiel zu halten, denn er kam schwanzwedelnd auf sie zugelaufen.

»Nein, nein«, wehrte Sava ab und unterstrich ihre Worte mit heftigen Gesten.

Arion machte langsamer, bevor das Tier womöglich anfing zu bellen. Trotzdem blieb es noch einen Moment erwartungsvoll an seiner Seite, bis es verstand und enttäuscht davontrottete.

»Was machen wir, falls Bruin aufwacht?«, fragte Sava leise, als sie die Stalltür erreichten.

Er zuckte die Achseln. Schon seit Tagen hatte er vergeblich nach einer Ausrede für eine solche Situation gesucht. »Ich bin der Herr, er ist der Knecht. Das muss genügen«, flüsterte er. Dass Bruins Treue in erster Linie Kunmag gelten musste, solange jener über Emmeraun herrschte, war ihm dabei nur zu bewusst.

Er öffnete die große Tür so weit, dass sie sich gerade durch den Spalt zwängen konnten, und lehnte sie hinter ihnen sachte an. Irgendwo fiepten flüchtende Mäuse. Stroh raschelte, und Hufeisen scharrten erschreckend laut über Ziegelsteine, als sich die Pferde den nächtlichen Besuchern zuwandten. Eines der Tiere brummelte leise, es klang wie *Hohoho*. Auch Kunmags Hunde regten sich in ihrem Zwinger, nahmen Witterung auf und drängten sich vor, um durch das Gatter zu spähen, das sie in ihren Verschlag sperrte.

»Schschsch«, machte Sava sanft, während sie die Hunde an ihrer Hand schnuppern ließ. Arion hoffte, dass der vertraute Geruch die Tiere beruhigen würde. Angespannt wartete er darauf, dass die Pferde merkten, es würde kein Futter für sie geben, und wieder stillhielten. Die Luft im Stall war feucht und stickig und stank nach Harn. Drückend legte sie sich auf seine Brust. Er spähte durch den Eingang der Futterkammer, wo Bruin schlief, doch es war zu dunkel, um etwas zu sehen. Arion glaubte, schnaufendes Atmen zu hören, und zog sich zurück.

»Häng die Laterne hier auf!«, wies er Sava leise an, wobei er auf einen Haken an der Wand deutete. »Hast du die Lumpen?«

Seine Schwester nickte und setzte ihre Satteltaschen ab, aus denen sie rasch ein Bündel Stofffetzen und Schnüre hervorzog. Sie zählte Arion vier davon ab, der damit zu seinem Zelter eilte. Ein letztes Mal zögerte er und fragte sich, ob er nicht doch sein Streitross reiten sollte. Konnte er sicher sein, dass sein Vater das Tier für ihn mitnehmen würde? *Pfeif auf die Bequemlichkeit!*, beschloss er. Wenn er schon zu spät beim Heer erscheinen musste, dann wenigstens anständig beritten.

Er nahm sich nicht die Zeit, dem Fuchs den Mist aus den Hufen zu kratzen, bevor er die Lumpen darumwickelte. Je schneller er die Geräusche der Eisen ersticken konnte, desto besser. Ein Blick auf den Rücken des kräftigen Hengstes zeigte ihm, dass Bruin das Tier sorgfältig gestriegelt hatte. Er musste sich nicht damit aufhalten, über die Sattellage zu bürsten. Erstaunt bemerkte er, dass Sava schneller fertig geworden war als er, denn sie wuchtete bereits ihren Sattel auf ihr Pferd. Die

Hunde im Zwinger jaulten auf und liefen aufgeregt durcheinander. Arion versuchte weiterzumachen, ohne sie zu beachten, aber ihr Winseln zehrte an seinen Nerven. Es konnte nicht mehr lange dauern, bis Bruin von dem Gezeter aufwachte.

Hektisch friemelte er an den Riemen, mit denen die Packtaschen am Sattel befestigt wurden. Als die kleine Meute das Klirren des Zaumzeugs hörte, begann sie mit den Pfoten an ihrem Gatter zu kratzen und noch lauter zu jaulen. Arion trat aus dem Ständer, in dem sein Pferd angebunden war, und sah einen strubbeligen Lockenkopf aus der Futterkammer auftauchen. »Verdammt!«, entfuhr es ihm.

Bruin kratzte sich in seinem wüsten Schopf, während er verschlafen ins Licht der Laterne blinzelte. Arion riss seine Kandare vom Haken, deren Klingeln die Hunde zu noch größerem Aufruhr anspornte. »Bruin«, rief er über den Lärm hinweg, »na, endlich! Los, los! Ich brauche mein Pferd!«

Der Knecht bemühte sich, die verquollenen Lider richtig aufzubekommen. »Natürlich, Herr«, brummte er und wankte Arion entgegen, wobei er gegen die Kruppe von Savas Stute prallte, die in diesem Augenblick rückwärts aus ihrem Ständer stakste. Arion drückte dem taumelnden Knecht das Zaumzeug in die Hand und eilte an ihm vorbei, um die Stalltür für Sava zu öffnen. Jetzt war es ihm gleich, dass die alten Scharniere knarrten. Die Hunde kläfften und jaulten in ihrer Vorfreude auf den vermeintlichen Ausritt so laut, dass es über den ganzen Burghof schallte.

Er wartete nicht ab, bis sich Sava in den Sattel geschwungen hatte, sondern hastete zurück in den Stall, wo Bruin immer noch träge das rote Streitross aus dem Ständer bugsierte. Arion konnte sehen, wie sich die Augen des Knechts weiteten, als er die Lappen an den Hufen entdeckte.

»Wir müssen die Eisen schonen«, behauptete Arion rasch und zog Bruin die Zügel aus der Hand. »Komm, komm, komm!«, feuerte er den Hengst an, der sich für sein Gefühl zäh wie eine Schnecke aus der Tür zerren ließ. Durch den Regen sah er, wie in einem Fenster der Burg Licht aufflackerte. »Hier, nimm du ihn!« Arion reichte Sava die Zügel hinauf und rannte zum Burgtor, wo ihm der Wachhund fröhlich entgegensprang. »Nicht jetzt!«, schnappte er. Bei dem doppelt mannshohen Tor angekommen, blickte er sich gehetzt um. Bruin stand noch immer unschlüssig auf der von der Laterne erleuchteten Stallgasse, aber selbst einem nicht so hellen Kopf wie ihm musste dämmern, dass etwas nicht stimmte. In weiteren Fenstern erschien Licht, und fragende Rufe ertönten vom Küchenhaus her, wo der Großteil des Gesindes schlief.

Sava lenkte die beiden Pferde heran. »Was ist?«, wollte sie besorgt wissen und riss Arion damit aus seiner Erstarrung. Mit beiden Händen griff er unter den Querbalken, der das Tor verriegelte. Das durch die Nässe aufgequollene Holz klemmte fest, sodass er seine ganze Kraft aufbringen musste, um den Balken nach oben zu stemmen. Fluchend schleuderte er ihn zur Seite, wo der Balken polternd auf das Pflaster fiel, und zog einen der schweren Torflügel auf. »Raus mit dir!«, herrschte er Sava an, die ihm die Zügel seines Hengstes entgegenhielt. Hinter ihnen wurden die Rufe lauter, und Arion hörte hastige Schritte. Er wusste selbst nicht, wie sein Fuß so schnell in den Steigbügel gefunden hatte, aber im nächsten Augenblick landete er auch schon im Sattel. Das Pferd stob los, sobald es den Druck seiner Schenkel spürte. Savas Stute stürmte vor ihm den Hügel hinab, und er konnte sich nur noch hinter ihr herstürzen.

Braninn
Egurna

Braninn saß auf einem Fenstersims und lehnte mit der Schulter an einer Säule des Rundbogens, der den Rahmen bildete. Aus einem Krug, den er vom Mittagstisch mitgenommen hatte, schenkte er sich Wein nach, dessen blutrote Farbe ihm besser gefiel als der essigsaure Geschmack. Die Sarmyner mussten taube Zungen haben, dass sie diesen vergorenen Saft Tag für Tag trinken konnten. Trotzdem ließ er einen weiteren kräftigen Schluck durch seine Kehle rinnen. Vielleicht mochten sie den Wein aus demselben Grund wie er. Vielleicht ertrugen auch sie ihre hohen Mauern damit besser.

Er spürte, wie ihm leichter ums Herz wurde, als der Wein allmählich Wirkung zeigte. Die hohen Türme, in deren Schatten er ständig fürchtete, dass sie umfallen und ihn erschlagen könnten, rückten weiter fort. Das Grün des Rosenhofs leuchtete satter und erinnerte ihn an das wachsende Gras der Steppe im Frühling. Versonnen beobachtete er Waig, der inmitten einer Gruppe junger Ritter und Edelfrauen stand, die scherzten und plauderten, als ob es keinen Krieg gäbe. *Nein, sie sehen nicht aus, als ob sie sich eingesperrt fühlten.*

Er suchte nach dem hübschen Mädchen, das Regin Saminé genannt hatte, aber sie war nicht dort. »Sie sind schön, diese sarmynischen Häuptlingstöchter«, sagte er mehr zu sich selbst.

Grachann, der neben ihm saß, verzog missbilligend das Gesicht. »Dieses Zeug scheint dir die Sinne zu vernebeln. Nur kranke Frauen können so blass sein. Sie sind schrecklich – wie alles in diesem Land. Ich habe schon viel zu viel davon gesehen.«

»Und du wirst nicht müde, mir das zu erzählen.«

»Weil du lieber Blutsaft in dich hineinschüttest, anstatt Blut zu vergießen!«

»Ja, ganz recht«, bestätigte Braninn und leerte seinen Becher in einem Zug. »Weil ich es bei den Ahnen geschworen habe.«

»Durlach, Braninn! Ich bin nur noch hier, weil sie dich wahrscheinlich töten, wenn ich ohne dich verschwinde. Du hast mein Leben gerettet, indem du mich in ihr verfluchtes Land gebracht hast, aber das gibt dir nicht das Recht, einen Adler am Fliegen zu hindern!«

»Die Flügel möchte ich sehen, die dich über diese Mauern

tragen. So einfach ist das nicht. Und du wirst mich nicht dazu bringen, die Ahngeister zu entehren.«

»Glaubst du, dass ich meinen Ahnen Schande machen will?«, regte sich Grachann auf. »Aber welche Schande ist größer? Einen Schwur zu brechen oder tatenlos hier herumzusitzen, während unsere Krieger für Ertanns Ruhm ihr Leben wegwerfen?«

»Beides ist schlecht.« Braninn fühlte sich nicht in der Lage abzuwägen. Wer die Ahnen gegen sich aufbrachte, dem missglückte zukünftig alles, was er begann. Wie sollten sie dann noch erfolgreich gegen Ertann vorgehen? Und ein Mann, der nicht Wort hielt, konnte nicht Häuptling werden. Sollte er alles verspielen, wofür er lebte? Aber wenn er zuließ, dass noch mehr der Seinen für Ertanns Pläne starben, wie konnte er den anderen je wieder in die Augen sehen? »Es muss eine andere Lösung geben.«

Grachann knirschte mit den Zähnen. Braninn verstand ihn nur zu gut. Seine Gedanken drehten sich seit Tagen im Kreis, denn wenn er sein Wort nicht brechen wollte, musste der König selbst ihn von seinem Schwur entbinden. Doch das würde dieser Mann nicht tun, solange er sie für unfähige Kundschafter hielt, die ihn nur hatten ausspähen sollen.

»Es gibt keine andere Lösung«, beharrte Grachann. »Außer uns ist niemand da, der unsere Väter warnen kann.«

Das ist nur zu wahr. Und wenn sie die Wahrheit nicht erfahren, wird niemand Ertann aufhalten. Ertann aufhalten... »Du hast recht«, gab er zu. »Ohne uns werden sie nicht erfahren, was wirklich vor sich geht. Aber wer sagt, dass sie es sein müssen, die Ertann zu seinen Dämonen in die Unterwelt schicken?«

Grachann merkte auf, sah ihn aber nur skeptisch an.

»Ich weiß, was du jetzt denkst«, behauptete Braninn. »Aber Ertann ist ebenso ihr Feind wie unserer.«

»Es schmeckt mir nicht, meine Rache anderen zu überlassen. Das ist nicht die Art der Faitaschaschem.«

»Verflucht, Grachann! Es ist auch nicht die Art der Faitalorrem, aber ich werde mit Regin darüber sprechen. Sein Vater ist ein großer Häuptling unter den Sarmynern und kann Männer aussenden, um Ertann zu töten, anstatt in einem sinnlosen Krieg zu kämpfen.«

»Diese Männer würden Ertann in der Steppe nicht einmal finden, bevor sie von unseren Kriegern abgefangen werden.«

Braninn biss die Zähne aufeinander. Der Einwand war nicht von der Hand zu weisen. »Das kann geschehen, aber es ist trotzdem...«

Der Schrei einer Frau unterbrach ihn. Braninn sah zu den jungen Adligen hinüber, die plötzlich in helle Aufregung geraten waren. Arme wiesen nach oben, wohin auch Braninn seinen Blick richtete und erschrak. Auf einem der beiden Türme, die am Rosenhof aufragten, stand jemand auf dem äußersten Rand der Mauer zwischen den Zinnen. Rotblondes Haar glänzte in der Sonne auf. Alle riefen durcheinander, doch Braninn musste den Namen nicht heraushören, um Saminé zu erkennen. Weinkrug und Becher zerschellten auf dem gepflasterten Boden, als er vom Fensterbrett sprang und im gleichen Augenblick losrannte wie zwei Ritter.

Einer der beiden erreichte den Eingang zum Turm vor ihm, den anderen überholte er bereits auf dem Hof. Auf der Treppe nahm er zwei Stufen gleichzeitig, bis er stolperte und sich gerade noch am Geländer festhalten konnte. Er stürmte weiter, die Schritte des Ritters vor sich, die umso langsamer wurden, je lauter dessen Atem pfiff. Braninn spürte, wie ihm die Füße schwer wurden, und beschwor den Geist des Pferdes, seinen Beinen Kraft zu verleihen. Keuchend eilte er an dem Ritter vorbei. Sein Herz drohte ihm die Brust zu sprengen.

Endlich sah er die offene Tür vor sich, die auf die Turmplattform hinausführte. Mit zwei schnellen Schritten war er dort und stand schwer atmend im Türrahmen. Sein Blick schoss suchend nach allen Seiten, verwirrt von den vielen Windungen der Treppe. Hier oben wehte ein Wind, der im geschützten Hof nicht zu spüren war. Die Brise zauste Saminés

Locken und ließ ihr Kleid flattern. Ihre kleine Gestalt stand verloren zwischen dem groben alten Mauerwerk, den Blick in die Tiefe gerichtet.

»Nein!«, rief Braninn entsetzt. Er war zu aufgeregt, als dass ihm mehr Worte auf Sarmynisch eingefallen wären.

Saminé sah über ihre Schulter. Ihre Augen waren weit geöffnet, aber sie schien durch Braninn hindurchzusehen. Er streckte die Hand nach ihr aus, wollte auf sie zugehen, als ihre Finger von der Mauer abglitten.

Sava
Sarmyn

Sava streckte ihre schmerzenden Beine unter dem Tisch aus und genoss die Wärme des Herdfeuers in ihrem Rücken. Arion und sie waren unübersehbar die vornehmsten Gäste der kleinen Herberge, weshalb die Wirtin ihnen beflissen die angenehmsten Plätze freigemacht hatte. Die nassen Umhänge hingen zum Trocknen auf einem Gestell nahe der Feuerstelle, und die klammen Stiefel standen – vom Schlamm befreit – auf deren gemauerter Umrandung. Sava wackelte in ihren dicken Wollsocken mit den Zehen, um den Blutfluss anzuregen, während die Kälte in kleinen Schauern aus ihrem Körper wich. *Es sind die kleinen Freuden, die man auf Reisen zu schätzen lernt*, dachte sie und brachte zum ersten Mal seit Tagen ein Lächeln zustande. Erst jetzt, da sie in der anheimelnden Gaststube saß, gestattete sie sich, Arion zu glauben, dass sie die dritte Nacht seit ihrer Flucht in einem Bett verbringen würde, anstatt irgendwo im Wald zusammengerollt unter einem Felsüberhang zu liegen.

Sie wunderte sich, wie sie überhaupt hatte schlafen können, obwohl es wilde Tiere und schlimmere Kreaturen in den Wäldern gab, wie sie nur zu gut wusste. Doch die Erschöpfung hatte sie beide Male überwältigt wie eine Ohnmacht, sobald sie sich in ihre Satteldecke gewickelt hatte.

»Von jetzt an werden wir nur noch in Gasthäusern übernachten«, versprach Arion und erwiderte ihr Lächeln. Sava fand, dass er mit seinem zerzausten Haar und den verwischten Schlammspritzern im Gesicht verwegen aussah. Bestimmt dachten die Leute, dass sie mit ihm durchgebrannt war.

»Wir sind weit genug von Emmeraun entfernt, um nicht mehr von jedem erkannt zu werden«, fuhr er fort.

Sava nickte. Eigentlich hätte sie sich darüber freuen sollen, aber stattdessen überkamen sie nun Zweifel. Sie musste von allen guten Geistern verlassen sein, zu diesem Heiligtum zu reiten, nur weil sie in einer alten Handschrift davon gelesen hatte. Es konnte längst zu Ruinen verfallen sein. *Und was dann?*

»Geht es dir nicht gut?«, erkundigte sich Arion besorgt.

»Doch, doch«, wehrte Sava rasch ab. »Es ist nichts. Nur die Müdigkeit.« Lieber würde sie sich auf die Zunge beißen, als ihm ihre Ängste zu gestehen. Immerhin hatte auch er schon von dieser Stätte gehört. Aber von wem eigentlich? Die Frage entschlüpfte ihr, bevor sie nachdenken konnte, aber er schien keinen Verdacht zu schöpfen.

»Von ein paar Bauern«, antwortete er vage.

Warum hatte er mit Bauern über ihre Götter gesprochen? Sie ahnte, dass es mit Tomink zu tun haben musste, aber offenbar wollte Arion nicht darüber reden.

»Ich möchte einen Blick auf die Handschriften werfen«, platzte er unvermittelt heraus.

Sava fühlte sich überrumpelt. »Hier?« Sie ließ ihren Blick durch den Schankraum schweifen und merkte, wie lächerlich ihre Bedenken waren. Die wenigsten der anderen Gäste konnten überhaupt lesen. Außer ihnen selbst war kein Adliger da, der Anstoß an den Schriften des Priesters hätte nehmen können. Trotzdem zögerte Sava. Sie hatte diesen Schatz so lange sorgsam gehütet, dass sie sich nur schwer überwinden konnte, ihn fremden Augen preiszugeben. »Wir sind noch nicht angekommen«, wich sie aus.

»Du traust mir nicht?« In Arions Miene stritten Unglauben und Wut um die Vorherrschaft. »Glaubst du ernsthaft, dass ich so weit geritten bin, um dich jetzt noch zu betrügen?«

»Nein.« Sava wusste nicht, wie sie es ihm erklären sollte, und sagte nichts mehr. Wortlos hob sie die schweren Satteltaschen neben sich auf die Bank. Eine der Taschen war vollständig mit dem Stapel gebundener Pergamentseiten ausgefüllt, den sie zum Schutz gegen Feuchtigkeit in Wachstuch eingeschlagen hatte. Sie legte den Packen vor sich, wickelte ihn umständlich aus und schob ihn schließlich zu Arion hinüber, der vorwurfsvoll auf eine fehlende Ecke deutete. Die Seiten hingen an dieser Stelle in kleinen Fetzen. »Das waren Mäuse.«

»Das sehe ich«, erwiderte er verärgert. »Wie konntest du das zulassen?«

»Ich konnte doch nicht ahnen, dass es ganz oben auf dem Turm Mäuse gibt. Der Dachstuhl war ein gutes Versteck, weil ich sie nicht in meiner Kammer aufbewahren konnte. Nicht bis ich alt genug war, dass außer Mari niemand mehr in meiner Kleidertruhe gewühlt hat.«

Arion kniff die Lippen zusammen. Ehrfürchtig blätterte er in den Seiten, die nicht nur verschiedener Größe, sondern offensichtlich auch unterschiedlichen Alters waren. Nur die neuesten Aufzeichnungen stammten aus Tominks Feder, wie Sava an seiner Handschrift erkannt hatte. Den Rest musste er aus seinem Tempel mitgebracht haben, aber das wollte sie nicht erwähnen, solange fremde Ohren mithören konnten. Zu oft hatte sie gesehen, wie ungehalten Kunmag durch Arions Fragen nach Tominks Vergangenheit geworden war.

»Hast du das alles gelesen?«

»Nein, vieles fand ich langweilig, weil ich nicht wusste, wovon die Rede ist«, gab sie zu. »Und da sind etliche Seiten in einer fremden Sprache, von der ich nur ein paar Wörter verstanden habe.«

»Wie willst du sie verstanden haben, wenn du die Sprache nicht kennst?«

Sava zuckte die Achseln. »Vielleicht sehen sie unseren Wörtern auch nur ähnlich. Darüber habe ich mir damals nicht viele Gedanken gemacht.«

Arion nickte fahrig. »Stand da zufällig etwas, das klang wie u-emer di-asid?«

U-emer di-asid? Wie kommt er denn darauf? »Ich weiß nicht. Es ist schon Jahre her, dass ich es mir angeschaut habe, und ich habe nur den Anfang gelesen, weil ich darüber eingeschlafen bin. Warum? Was heißt das?«

»Wenn ich das wüsste!«, antwortete er, aber sein Blick klebte weiterhin an den verblassten Zeilen.

Sava wartete, doch ihr Bruder sprach nicht weiter. Er sah nicht einmal auf, als die Wirtin mit einer Kanne heißem Kräutertee an ihren Tisch kam.

Gegen Mittag des nächsten Tages erreichten sie die alte Handelsstraße nach Norden, die Arion zunächst gemieden hatte, um die wahre Richtung ihrer Reise zu verschleiern. Rutschige Baumwurzeln und tiefe Löcher im aufgeweichten Boden machten den Weg nach dem langen Regen gefährlich. Sava hörte immer wieder das schmatzende Geräusch festgesaugten Schlamms und hoffte, dass der klebrige Lehm den Pferden kein Eisen von den Hufen zog.

Wenn es Arion zu viel wurde, ritten sie eine Weile am Wegrand unter den Bäumen, von denen die meisten noch kahl waren. Aber auch der Wald hatte seine Tücken, die ihnen das Vorankommen erschwerten. Äste, die für Reiter zu tief hingen, um sich darunter hinduchzuducken, versperrten ihnen ebenso den Weg wie dichtes Unterholz.

Obwohl sie die Zofe vermisste, die ihr so viele Jahre täglich zur Seite gestanden hatte, war Sava froh, dass sie Maris Drängen, sie mitzunehmen, nicht nachgegeben hatte. Die aufrichtigen Tränen waren eine harte Prüfung für sie gewesen, aber selbst wenn Arion eingewilligt hätte – was sie bezweifelte –, hätte Mari diesen zermürbenden Ritt niemals durchgestanden.

Allen Widrigkeiten zum Trotz waren mehr Reisende auf der Straße unterwegs, als Sava erwartet hatte. Bauern und ein paar Händler mühten sich mit Ochsenkarren durch den Schlamm, aber einige der einfachen Leute wanderten sogar zu Fuß den glitschigen Weg entlang. Ritter und Waffenknechte, die sich dem Heer anschließen wollten, ritten vorbei. Wie sie von einem der Bewaffneten erfuhren, hatte ein Heerwalt die Gegend erreicht und Kunde vom bevorstehenden Krieg gebracht, weshalb ihnen kaum einer der Männer Beachtung schenkte.

Die Sonne hatte die Wolken vertrieben und den Zenit bereits überschritten, als der Wald endlich den Wiesen und leeren Feldern eines großen Dorfs wich, über dem auf einem jäh ansteigenden Hügel eine beeindruckende Burg thronte. Staunend zählte Sava fünf Türme in der Mauer, die vom Bergfried und einem alten Wohnturm noch weit überragt wurden. Schwarze Schieferdächer saßen auf Gebäuden aus rötlich leuchtendem Gestein, das an einigen Stellen auch aus den steilen Flanken des Hügels hervorbrach. Zwei Banner flatterten über dem höchsten Turm. Sie waren zu weit entfernt, um zu erkennen, was sie darstellten, doch das obere der beiden glänzte golden im Sonnenschein.

»Ist das Egurna die Prächtige?«, fragte Sava überwältigt.

»Nein«, lachte Arion. »Egurna liegt doch in einer ganz anderen Richtung. Außerdem ist die Burg des Königs viel größer. Dagegen ist das hier nur ein Adlerhorst.«

Sava hörte einen gönnerhaften Ton in seiner Stimme und ärgerte sich darüber, dass sie so unbedarft gefragt hatte. Ihr Bruder sollte sich nur nicht für etwas Besseres halten, nur weil er den König gesehen hatte. »Adlerhorst«, murmelte sie. »Pah! Was ist dann Emmeraun in deinen Augen? Rabendreck?«

»Natürlich nicht.« Er machte ein beschämtes Gesicht. »Es ist nicht so, dass ich mein Erbe gering achte, aber ... verglichen mit Egurna ist diese Burg da wirklich nicht bedeutend.«

»Wem gehört sie?«

»Ich war noch nie hier, aber es könnte Aarfels sein.«

Sava blickte erneut zu der Burg hinauf. In ihre Bewunderung hatte sich eine dunkle Ahnung gemischt, für die sie jedoch keinen Grund entdecken konnte. Sie zügelte ihr Pferd und zwang Arion dadurch, ebenfalls anzuhalten. Neugierig sahen zwei Bäuerinnen zu ihnen herüber, die im Garten eines nahen Gehöfts Beete für die Aussaat vorbereiteten.

»Was hast du?«, erkundigte sich ihr Bruder. »Stimmt etwas nicht?«

»Ich weiß es nicht. Es... ist nur so ein Gefühl.« Sie konnte sehen, wie wenig ihm diese Antwort gefiel. »Wir sollten uns dieser Burg nicht nähern.«

»Sava, sei nicht albern! Was für eine Gefahr kann uns hier schon drohen?« Er machte eine weit ausladende Geste, die ihre gesamte Umgebung einschloss. Alles wirkte friedlich und sicher. Die Straße führte schnurgerade weiter zu dem Dorf am Fuß des Burgbergs, nur noch wenige Hundert Schritte entfernt. Es gab abzweigende Wege, doch sie endeten bei den vereinzelten Höfen, die außerhalb der Ortschaft lagen.

»Wir müssen weiter«, meinte Arion mit einem Seitenblick auf die gaffenden Bäuerinnen. »Wenn wir quer über die Felder reiten, um das Dorf zu umgehen, machen wir uns noch verdächtiger. Womöglich wird man auf der Burg erst deshalb auf uns aufmerksam. Hältst du es noch ohne Mittagessen aus? Dann sehen wir einfach zu, dass wir den Ort schnell hinter uns lassen, und kehren erst heute Abend wieder ein.«

Sava nickte und trieb ihre Stute weiter, doch ihr Blick wanderte immer wieder zu der gewaltigen Burg hinauf. Scharfe Augen schienen von dort auf sie herabzuspähen. *Das ist Unsinn. Niemand hält ausgerechnet nach mir Ausschau*, sagte sie sich. Aber das Gefühl blieb und veranlasste sie dazu, trotz des Sonnenscheins ihre Kapuze überzuziehen. Auf dem ganzen Weg durch das Dorf hielt sie die Augen starr auf Arions Rücken gerichtet, als ob sie dadurch unsichtbar würde. Erst als sie die letzten Häuser hinter sich gelassen hatten, löste sich ihre Anspannung ein wenig, und sie warf sogar einen Blick zurück. Die rötlichen Mauern und Türme leuchteten über dem schattigen Dunkel des bewaldeten Hangs.

Sie fuhr wieder herum, als ein fernes Schnauben an ihre Ohren drang. Auf der Straße, die zwischen brachliegenden Feldern und Viehweiden hindurch zu einem fernen Waldrand führte, kamen ihnen mehrere Reiter in lockerem Trab entgegen. Die leichtfüßigen Pferde und kräftigen Farben der Kleider verrieten, dass es sich um Adlige handelte. Die Ritter trugen keine Rüstungen, aber Schwerter, und da sie weder Hunde noch Speere oder Bögen bei sich hatten, konnten sie nicht auf der Jagd gewesen sein. An ihrer Spitze ritt eine hünenhafte Gestalt, die Sava überall wiedererkannt hätte. Ihr Herz sank.

»Machen wir ihnen Platz«, schlug Arion, der offenbar nichts ahnte, vor und lenkte seinen Hengst an den Straßenrand. »Vielleicht reiten sie mit einem Gruß vorbei.«

Hastig folgte Sava seinem Beispiel. Mit vornehmer Zurückhaltung senkte sie den Blick und hoffte, dass die Kapuze ein Übriges tat.

»Halt!«, befahl eine raue Stimme.

Widerstrebend blickte Sava auf, doch Narrett von Gweldan musterte nur ihren Bruder.

»Die Sonne mit Euch, Herr«, grüßte Arion höflich. »Seid Ihr der Fürst, auf dessen Land ich mich befinde?«

»Das bin ich«, bestätigte Narrett. Narrett, dem Berenk eine Einladung zu ihrer Hochzeit geschickt und der sehr genaue Vorstellungen davon hatte, was sich für eine Frau ziemte. Eigene Entscheidungen zu treffen gehörte sicher nicht dazu. »Und wer seid Ihr?«

»Mein Name ist Arion auf Emmeraun.«

Sie biss sich auf die Lippe. Nein, er würde niemals seinen Namen verleugnen, ganz gleich, wie viele Schwierigkeiten er sich damit ersparen konnte.

»Der Erbe Kunmags?« Schon schoss Narretts Blick zu Sava

weiter, und freudiges Erkennen erhellte sein narbiges Gesicht. Rasch nahm sie die Kapuze ab, um ihm freundlich zuzulächeln. »Sava von Rédké! Was für eine Überraschung!« Genauso schnell, wie er sie ins Auge gefasst hatte, kehrte seine Aufmerksamkeit nun zu Arion zurück. »Narrett von Gweldan, wie Ihr sicher schon wusstet«, stellte er sich vor. »Seid mir willkommen! Habt Ihr Eure Leute schon auf der Burg gelassen?«

»Nein, wir reiten allein«, gab Arion zu.

Sava sah ein, dass ihm nichts anderes übrig blieb.

»Euer Vormund lässt Euch ohne Eskorte reisen? Nach allem, was passiert ist?« Der Hüne zog missbilligend die Brauen zusammen. »Wenigstens Euer Verlobter sollte mehr Verstand haben.«

»Wir waren uns einig, dass die Pflicht gegenüber dem König im Augenblick Vorrang hat«, rechtfertigte sich Arion. »Mit all den Rittern auf den Straßen sollte es sicher genug sein, auch wenn nur ich meine Schwester begleite.«

»Entweder haltet Ihr verdammt große Stücke auf Euch oder auf die sarmynische Ritterschaft.« Narrett gluckste, was bei dem Hünen seltsam aussah. »Lasst uns das bei einem ordentlichen Schluck Bier besprechen! Dann könnt Ihr mir auch erzählen, was Euch hergeführt hat.«

Sava fing einen verständnisheischenden Blick ihres Bruders auf und nickte ergeben. Eine Einladung Narretts von Gweldan konnte höchstens der König selbst ausschlagen.

Regin
Egurna

Regin musste sich nicht umblicken, um zu wissen, auf welchem Turm er sich befand. Er hatte Saminés zerschmetterten Körper nicht gesehen und war froh, dass man die Leiche rasch fortgeschafft hatte, um möglichst wenig Aufsehen zu erregen. Ein so schlechtes Omen konnte der König vor dem Feldzug nicht brauchen. Aber Regin wusste, wo sie in die Tiefe gestürzt war. Er kannte den Ort, an dem er sie zum ersten Mal geküsst hatte. Warum war er ausgerechnet hier? Genügte es nicht, dass Waig ihn ständig mit vorwurfsvollen Blicken verfolgte?

Es tat ihm leid, dass sein Bruder alles hatte mitansehen müssen. Ebenso leidtat ihm, dass sich Saminé das Leben genommen hatte. Schon bei dem Gedanken an die Art ihres Todes verkrampfte sich sein Magen. *Verdammt, warum musste sie es sich auch so zu Herzen nehmen? Sie war doch hübsch. Sie hätte einen anderen gefunden.*

»Na, wie fühlt man sich, wenn man gerade seine Familie dem Ehrgeiz geopfert hat?« Die Stimme des alten Zauberers troff vor Hohn.

Regin hätte ihm gern die Faust ins verschwommene Gesicht gerammt, doch er wusste aus früheren Träumen, wie sinnlos das war. »Ich habe niemanden geopfert! Das hat sie selbst getan. Außerdem gehörte sie nicht zu meiner Familie.«

»Sie und das Kind sehen das anders.«

»Woher wollt Ihr wissen, dass sie schwanger war? Es gab kein Kind!«

»Wer mit den Toten sprechen kann, weiß so einiges.«

»Das denkt Ihr Euch aus!«, brüllte Regin. »Niemand kann mit den Toten sprechen – weil sie tot sind!«

»Oh, ich verstehe sehr gut, dass du keine Gewissensbisse möchtest.« Der Zauberer lächelte sein nur erahnbares Lächeln. »Sie hat dir und deinem Vater so freundlich die schmutzige Arbeit erspart.«

»Ach, und Euch etwa nicht? Ihr wollt mich doch auch unbedingt auf dem Thron sehen.« Regin hörte ein Lachen, und vor seinem geistigen Auge blitzte das Bild der schweren verriegelten Tür auf, hinter der die unheimliche Macht nach ihm rief.

»Hättest du schon angenommen, was ich dir biete, hätte das

arme Ding nicht sterben müssen. Du könntest heiraten, wen du willst. Der Thron wäre dir in jedem Fall sicher.«

»Das lässt sich hinterher leicht sagen«, spottete Regin, um seine aufkeimende Furcht zu überspielen, seine Furcht vor dem, was er hinter Holz und Eisen spürte. »Was für eine sagenhafte Macht soll das sein, dass sich ihr sämtliche Fürsten beugen würden?«

»Es ist der Schatten, der auf der Herrschaft des Königs liegt. Der Makel, der im Verborgenen an ihr haftet. Die Dunkelheit, die Arutar zum Licht verholfen hat.«

Müde rieb er sich die Augen. Die Träume, nach denen er so oft nachts wach lag, setzten ihm schon genug zu, aber seit der hartnäckige Zauberer ihm erneut die geheime Tür in den Gewölben unter der Burg gezeigt hatte, verfolgte ihn auch noch der lockende und zugleich erschreckende Ruf der Macht, die dort verborgen war. Solange er seinen Geist beschäftigt hielt, spürte er sie nicht. Doch wenn es nichts zu tun gab und ihn niemand ablenkte, dann glitt sie wie eine Schlange aus seinem Schatten hervor, wand sich an ihm empor und säuselte ihm zu: »Komm, Regin. Ich warte auf dich.« Die leise Stimme, die keine war, raubte ihm den Schlaf und damit die Kraft.

Um sie nicht ertragen zu müssen, war er den Phykadoniern geradezu dankbar für die Unterredung, um die sie ihn gebeten hatten. Übernächtigt bemühte er sich zu begreifen, was Braninn zu erklären versuchte, aber seine Gedanken schweiften ständig ab, verweilten dabei, wie sehr er sich bereits an die Fremden gewöhnt hatte. Auch wenn er dem Hageren immer noch nicht ganz traute, glaubte er nicht mehr, dass sie fliehen und ihn dafür aus dem Weg räumen wollten. Ihm fiel ein, dass Grachann nie viel auf Sarmynisch sagte, obwohl er mittlerweile alles zu verstehen schien. Das erschwerte es, ihn einzuschätzen. Hinzu kamen seine mühsam beherrschten Wutausbrüche, Braninn wirkte friedfertiger und besonnen.

Braninn, der gerade etwas über eine Nacht ohne Sterne gesagt hatte. Regin kratzte hastig zusammen, was trotz seiner Unaufmerksamkeit zu ihm durchgedrungen war. »Du willst sagen, dass euer Heerführer durch schwarze Magie bewirkt hat, dass über einem Teil eures Landes die Sonne nicht mehr aufgeht?« Wollten sie ihn auf den Arm nehmen?

Aber Braninn nickte ernst. »Magie. Er tötet, damit Blut macht seine Magie sehr stark.«

Blutopfer. Das wurde ja immer besser. Sie mussten wirklich Wilde sein. Bildeten sich ein, dass ein paar Federn im Haar sie zu Adlern machten. Wahrscheinlich heulten sie mit den Wölfen, wenn beide Monde voll am Himmel standen. Regin strich sich fahrig über das bärtige Kinn. »Also, ich weiß nicht, warum die Sonne bei euch nicht mehr aufgeht.« Er nahm an, dass sie Arutar durch irgendeinen Frevel erzürnt hatten, aber sicher war er nicht. Die Frage, ob die Sonne tatsächlich Arutars Seele oder einfach nur ein heißes Feuer am Himmel war, hatte ihn schon immer ratlos zurückgelassen. Womöglich hatte dieser Ertann Arutars Zorn erregt, indem er beschloss, das Reich anzugreifen. Aber warum hatte sich der Himmel dann nicht über dessen Dorf verdunkelt?

Meine Güte, bin ich der Bewahrer des Erbes? »Ich verstehe natürlich, dass euch das Sorgen macht, aber wenn wir diesen Krieg gewonnen haben, wird Ertann sicher auch getötet. Dann wird die Sonne schon zurückkommen.« *Hoffe ich. Und wenn nicht, kann mir das auch egal sein.* Sollten sich doch ihre Zauberer darum kümmern!

»Du verstehst nichts«, ließ sich zu seiner Überraschung Grachann vernehmen. »Du glaubst, Ritter siegen immer. Du trägst Nase zu hoch.«

»So, du hältst mich also für hochnäsig. Mach doch einfach mal die Augen auf! Eure Männer reiten mit Speeren gegen Burgmauern an. Sie tragen nicht einmal Rüstungen. Ihr könnt gar nicht gewinnen.«

Grachann knurrte irgendetwas auf Phykadonisch, das verdächtig nach einer Beleidigung klang, aber Regin überhörte es. *Er weiß, dass ich recht habe.*

»Grachann meint, dass Ritter nicht siegen, weil Ertann ist...« Braninn verstummte grübelnd.

»Unbesiegbar?«, bot Regin an, aber der Phykadonier schüttelte den Kopf.

»Anderer Mann hat es vor König gesagt. Dehn... Dehmenschwören.«

»Dämonenbeschwörer? Ja, ich erinnere mich.« Regin seufzte. »Sind nicht die Kurézéer Dämonenanbeter? Ich wusste nicht, dass ihr Phykadonier das auch macht.«

Grachann sprang mit einem wütenden Ausruf so plötzlich auf ihn zu, dass Regin nur erschrocken zurückzucken konnte und nicht einmal auf die Idee kam, nach dem Schwert zu hechten, das auf der Truhe neben seinem Bett lag. Der ebenfalls unbewaffnete Phykadonier versuchte, sich mit geballten Fäusten auf ihn zu werfen, was Braninn verhinderte, der den Hitzkopf festhielt und verärgert auf ihn einsprach.

Regin war zu müde, um sich herausfordern zu lassen. »Wenn du dich beruhigt hast, kannst du mir vielleicht erklären, was ich Falsches gesagt habe.«

»Du beleidigst uns, wenn du sagst, Phykadonier sind wie Kurézéer«, antwortete Braninn für seinen Freund, der sich losriss, aber Regin nur noch wütend anfunkelte.

»Das war nicht meine Absicht. Ich entschuldige mich dafür. Ihr wart es doch, die gesagt haben, dass euer Anführer Dämonen beschwört.« *Soll einer diese Spitzfindigkeiten verstehen!*

»Ja, das tut er«, bestätigte Braninn. »Das ist der Grund, warum wir Ertann töten wollen.«

»Gut.« Regin ordnete seine unsteten Gedanken neu. »Ihr wollt euren Anführer tot sehen, weil er Dämonen anbetet. Das würde ich wohl auch. Und ihr würdet es selbst machen, wenn der König euch gehen ließe, was er aber nicht tut. Deshalb soll ich jetzt für euch mit meinem Vater reden, damit er Männer ausschickt, die diesen Ertann an eurer Stelle umbringen.«

Braninn nickte.

Wenn ich jemals tatsächlich auf Werodins Tod aus sein sollte, weiß ich jetzt schon mal, wie man es nicht anstellt. Glaubten sie ernsthaft, dass sich Megar für sie zum Königsmörder machen würde, nur weil sie behaupteten, dass ihr Anführer ein finsterer Zauberer war? *Er wird bekommen, was ihm zusteht, wenn unser Heer seine Viehhirten zerrieben hat.*

»Du sprichst mit deinem Vater?«, vergewisserte sich Braninn.

»Ja«, log Regin. »Ich sage es ihm.« Als ob sie alle vor diesem Ertann zittern müssten, nur weil er Blut soff und böse Geister beschwor. Er hatte fast Mitleid mit den abergläubischen Phykadoniern. Sarmyn brauchte keine Dämonen zu fürchten, solange Arutar über das Land wachte.

Sava
Gweldan

Gweldans Halle war so riesig wie anscheinend alles, was mit dem Fürsten zusammenhing. Sechs Pfeiler trugen das hohe Gewölbe, von dem der Lärm der zahlreichen Gefolgsleute widerhallte, die sich an den Reihen der Tische und Bänke zum Abendessen versammelt hatten. Der Duft frisch gebackenen Brots und gebratenen Fleischs hing in der Luft, der Sava eindringlich daran erinnerte, dass sie seit dem Morgen nur eine Handvoll Dörrobst gegessen hatte. In dem grünen Samtkleid, das Narretts Tochter ihr geliehen hatte, fühlte sie sich etwas unwohl, aber das zerknitterte schlichte Kleid aus ihrer Satteltasche kam für die Hohe Tafel eines Fürsten nicht infrage. Sie hoffte, dass der königliche Heerwalt, dem sie gerade vorgestellt worden war, die Robe noch nicht an der wahren Besitzerin gesehen hatte.

»Ah, der junge Herr Ritter, der am Hof von sich reden gemacht hat«, stellte der Höfling fest, als Arion vortrat. Sava sah ihren Bruder erstaunt an. Davon hatte er gar nichts erzählt.

Auch Narrett merkte auf. »Tatsächlich? Ist er so gut?«

Der Heerwalt lächelte. »Soweit ich weiß, ging es dabei weniger um Eure Fähigkeiten mit dem Schwert als um Euer Talent, den Unwillen einflussreicher Männer zu erregen, nicht wahr?«

Arion lächelte säuerlich.

»*Das* Talent hatte ich auch immer«, lachte Narrett und ließ eine eindrucksvolle Pranke auf Arions Schulter fallen. »Was habt Ihr ausgefressen? Seid Ihr dem falschen Mädchen nachgestiegen?«

Das schiefe Lächeln ihres Bruders vertiefte sich. »Nein, ich habe es nur irgendwie geschafft, *Die* Feder zu zerzausen und dann auch noch meinen Treueid mitten in einen stürmischen Trommelwirbel zu sprechen.«

Sava verstand seine seltsamen Andeutungen nicht, aber sie bekam keine Gelegenheit, danach zu fragen.

»Den Gerüchten nach sollt Ihr einfach dem Toten Gott ein wenig zu nahestehen«, merkte der Heerwalt an.

»Er hat sich mir noch nicht vorgestellt«, gab Arion betont gelassen zurück, doch Sava spürte die Feindseligkeit zwischen den beiden ungleichen Männern. Der Höfling war deutlich älter als ihr Bruder und trug über seiner roten Samthose eine weiße Brokatjacke, die mit dem goldenen Wappen des Königs bestickt war. Seine Anwesenheit war der Grund dafür, dass über der Burg von Gweldan das Sonnenbanner wehte.

»Götter.« Narrett spukte das Wort förmlich aus und winkte ab. »Abergläubisches Geschwätz, mit dem sich die Bauern trösten, wenn ihnen eine sieche Kuh verreckt.«

»Genau das sagt mein Vater auch immer«, meinte Arion. Sava fiel auf, dass er offenließ, was er selbst glaubte. War es das, was man am Hof lernte? Sie sah wieder den Heerwalt an und wusste die Antwort.

»Jetzt müsst Ihr mir aber endlich verraten, was Euch zu mir geführt hat«, forderte Narrett, als sie kurz darauf beim Essen saßen. »Wolltet Ihr nicht zum Saatfest heiraten?«

»So war es geplant«, bestätigte Sava. Die Kruste aus gerösteten Nüssen, in der ihr Fasan gebacken war, kratzte plötzlich so heftig in ihrem Hals, dass sie einen Schluck Wein trinken musste, bevor sie weitersprechen konnte. »Aber dann hat uns Arion die Nachricht vom Krieg gebracht. Berenk ... mein Verlobter hat daher gemeinsam mit meinem Vormund beschlossen, die Hochzeit zu verschieben, bis dieses Unheil ausgestanden ist.«

»Ha!«, ließ sich einer von Narretts Söhnen vernehmen, der wie ein schmaleres Abbild des Fürsten aussah, nur dass ihm die Narben fehlten. »Bei einer so hübschen Braut hätte ich darauf bestanden, das Fest vorzuziehen. Was man hat, das hat man«, lachte er, und seine Familie stimmte mit ein.

Sava rang sich ein Lächeln ab, während ihr Bruder missmutig vor sich hin starrte. *Er hasst mich für all diese Lügen.* »Ich muss gestehen, dass mir dieser Aufschub nicht ungelegen kommt«, eröffnete sie Narrett, als sich das Gelächter gelegt hatte. »Die Ereignisse, bei denen ich das Glück hatte, von Euch und Ritter Berenk gerettet zu werden, verfolgen mich noch immer. Und die Trauer über den Verlust meines ersten Verlobten Herian – möge sein Stern leuchten – sitzt sehr tief.« Betretenes Schweigen war an der Hohen Tafel entstanden. Wie mit den Händen greifbar hing es neben dem Lärm der Zecher an den unteren Tischen. »Auf Emmeraun erinnert mich alles an ihn. Deshalb habe ich den Wunsch, eine Weile bei Verwandten im Norden zu verbringen, wo ich Abstand gewinnen kann.«

»Ein guter Einfall«, lobte Narretts Frau mitfühlend. »Das wird Euch sicher helfen zu vergessen.«

»Ich wusste gar nicht, dass die Emmeraun Verwandte unter den Gordean haben«, warf der Heerwalt beiläufig ein.

Sava bemerkte verwirrt, dass Arion dem Höfling einen finsteren Blick zuwarf.

»Haben sie auch nicht«, schnappte er.

»Aber die Rédké«, merkte Narrett an. »Ich glaube, die Großmutter väterlicherseits Eures Vaters war eine Tochter von...«

»Ja, so war es«, fiel Sava ihm erleichtert ins Wort. In Wahrheit wusste sie nicht genug über die Verzweigungen ihres Stammbaums, um sich an eine Verbindung zu den Gordean zu erinnern, aber ihr fiel gerade auch kein anderes Adelsgeschlecht ein, das in der Nähe Drahans über Ländereien verfügen mochte. »Sie hieß Giwé von Gordean.« Zumindest der Vorname ihrer Urgroßmutter stimmte, da war sie sicher.

»Ihr wollt also zu den Gordean nach Drahan?« Narrett schüttelte den Kopf. »Bei allem Respekt vor Eurem Vater, Arion, es war leichtsinnig von ihm, Euch allein fortzuschicken. Nicht jeder Ritter ist vertrauenswürdig. Denkt nur an diesen verfluchten Erduin! Und gerade im Norden treibt sich immer herrenloses Gesindel herum, das in den Wäldern hinter der Grenze haust. Aber macht Euch keine Sorgen!« Er blickte Sava wohlwollend an. »Ich werde Euch ein paar bewährte Männer mitgeben, auf die ich mich verlassen kann. Senhal wird sie anführen.«

Der zweite der beiden anwesenden Söhne Narretts schaute überrascht auf. Er war einen halben Kopf kleiner als sein Vater, aber ebenso kräftig gebaut und hatte die dunkle Haarfarbe der Mutter geerbt, die seinem offenen Gesicht einen Hauch Strenge verlieh. »Natürlich, Vater, wenn das Euer Wunsch ist.«

»Eure Großzügigkeit ehrt uns, aber das können wir nicht annehmen«, lehnte Arion hektisch ab. »Ich kann nicht von Eurem Sohn verlangen, für eine Angelegenheit meiner Familie seine Pflicht gegenüber dem König zu vernachlässigen.«

»Unsinn«, widersprach der Fürst. »Senhal wird sich noch früh genug eine blutige Nase holen können.«

Sava schloss für einen Moment die Augen, um sich zu fassen. *Damit ist die Sache für ihn und uns entschieden.*

Arion
Sarmyn

Die Zeilen der eng beschriebenen Seite verschwammen im unruhigen Licht der Kerze vor Arions Blick. Seine Augen brannten bereits, wenn sie ihm nicht gerade zufielen. Nachtfalter, die durch das offene Fenster hereinflogen, umflatterten die Flamme. Ihre Schatten huschten über die Handschrift und erschwerten ihm das Lesen noch mehr, aber er konnte nicht aufhören. Er hatte den dicken Packen Pergament auf seinen Beinen abgelegt und saß mit dem Rücken an die Wand gelehnt auf einer Strohmatratze, die – ebenso wie das gesamte Gasthaus, in dem sie und ihre aufgezwungenen Begleiter untergekommen waren – schon bessere Zeiten gesehen hatte.

»Du liest immer noch?«, fragte Sava verschlafen von der anderen Seite des kleinen Zimmers her. »Du musst besessen sein. Die Nacht ist bestimmt schon fast um.«

»Das weiß ich selbst. Vielleicht bin ich besessen, aber gerade du musst dafür doch dankbar sein.«

Sie murmelte etwas, das wie »Bin ich das etwa nicht?« klang, und drehte sich zur Wand.

Arion schnaufte gereizt. Sie hatte ihn mit ihrer Lügengeschichte über den Besuch bei den Gordean vor dem Heerwalt in eine noch schwierigere Lage gebracht. Den Klatsch, den der Mann nun in Egurna verbreiten würde, konnte er sich lebhaft vorstellen. Als ob er ihretwegen nicht schon genug Scherereien mit seinem Vater und Berenk am Hals hatte! Sie sollte ruhig merken, dass er ihr grollte, aber im Grunde war er erleichtert, dass sie ihn aus seiner Versunkenheit gerissen hatte. Er rieb sich die Augen, klappte die Schriften zu und packte sie wieder in die Satteltasche, wo sie wenigstens halbwegs vor den Mäusen sicher waren, die er in der Wand trippeln und fiepen gehört hatte und die sicher nur darauf warteten, dass er das Licht löschte.

Gähnend wickelte er sich in die kratzige, verfilzte Wolldecke, die zur Einrichtung gehörte, und blies die Kerze aus. Die Dunkelheit war in dem betagten Fachwerkhaus voll kleiner Geräusche, aber Arion schenkte ihnen keine Beachtung. Seit er angefangen hatte, in Tominks Aufzeichnungen zu lesen, gingen ihm wieder ständig die Fragen durch den Kopf, die er schon so lange mit sich herumtrug. Antworten deuteten sich an und stellten ihn vor neue Rätsel.

»Sava?«, fragte er leise.

»Hm?«

»Kam dir Tomink eigentlich jemals seltsam vor?«

Sie atmete hörbar aus, und er erwartete, dass sie ihn ungehalten zum Schlafen auffordern würde, aber stattdessen klang sie nachdenklich. »Manchmal schon. Oder wie nennst du es, wenn jemand in den wildesten Sturmnächten auf den Turm steigt, um dem Zornigen näher zu sein?«

»Das hatte ich schon fast vergessen.« Arion fragte sich, wie viel ihm über die Jahre wohl noch entfallen war.

»Ich weiß es noch, weil Mari deshalb Angst vor ihm hatte. Sie wollte mir einreden, dass er ein böser Mann sein müsse, weil ihn der Tote Gott nie mitgenommen hat, obwohl die Nachtschar über uns hinwegbrauste. Aber das wollte ich nicht glauben, weil er zu mir immer freundlich war. Ich habe dann behauptet, dass er dort hinaufging, um uns alle vor dem Totensammler zu beschützen.«

»Vielleicht hat er das ja auch. Ich kann mich nicht erinnern, ob ich ihn je danach gefragte habe. Aber eigentlich haben sich alle ein bisschen vor ihm gefürchtet – selbst die Bauern, die auf die Burg kamen, wenn ein übler Geist auszutreiben war. Die hatten mehr Angst vor ihm als vor Vater, obwohl Tomink ihnen nie etwas getan hat.«

»Na ja, wenn ich darüber nachdenke, dann ist es schon eher merkwürdig, dass *wir* keine Angst vor ihm hatten«, meinte

Sava. »Immerhin hat er den Zornigen verehrt. Wie kann man jemandem vertrauen, der einen rachsüchtigen Toten anbetet?«

Arion musste sich eingestehen, dass viel Wahres an diesen Worten war. Doch als Junge hatte er nur seinen schweigsamen, strengen Vater gefürchtet, nicht den freundlichen alten Mann, der immer für ihn da war, wenn ihm eine der Fragen, die das Leben für Kinder tagtäglich aufwarf, keine Ruhe ließ. »Ich glaube, das habe ich verdrängt, weil ich wusste, dass es Vater nicht gefiel. Und sie haben beide nie darüber gesprochen. Außer… erinnerst du dich an den Morgen, als Vater das Herz des Schafs auf der Schwelle fand, das am Vortag geschlachtet worden war?«

Er hatte jahrelang nicht mehr daran gedacht, aber jetzt standen ihm die Bilder wieder deutlich vor Augen. Der blutige dunkle Fleischklumpen vor dem Eingang des Turms, das zornige Gesicht seines Vaters, der den alten Mann anfuhr und aussah, als wolle er ihn schlagen. Aber *er* hatte am Ende die Ohrfeige bekommen, weil er gegen die Drohung des Burgherrn aufbegehrt hatte, den Priester davonzujagen.

»Ja, ich erinnere mich. Deine Wange war so rot, dass ich dachte, du würdest gleich bluten. Und dabei war es gar nicht Tomink, der das Herz dort hingelegt hatte. Das ganze Gesinde hat gewusst, dass es Nielte war, aber Tomink hat ihn nicht verraten.«

»Er wollte wohl nicht, dass ein Knecht für etwas bestraft wird, das seine Aufgabe gewesen wäre«, nahm Arion an.

»Nielte wusste, dass Vater solche Opfer für Verrat an Arutar hält, aber er hat es trotzdem immer wieder heimlich getan. Es war eben Pech, dass Vater an diesem Morgen schon vor dem Frühstück hinausging.«

Sava murmelte Zustimmung, und Arion hing schweigend seinen Gedanken nach. Alle Bauern legten beim roten Vollmond etwas Blutiges vor die Tür, um den Toten Gott zu besänftigen. Genauso wie sie einen Tierschädel unter ihren Giebel hängten, der den Blick des weißen Mondes gnädiger stimmen sollte, der als Schädel des Zornigen galt. War das alles Aberglaube oder gar Frevel an Arutar, der Sarmyn von der Herrschaft des Toten Gottes befreit hatte? Aber warum hatte sein Vater den Priester dann jemals aufgenommen?

»Hältst du es für möglich, dass Tomink ein Feind des Königs war?«, fragte er in die Dunkelheit.

»Was?« Er konnte hören, wie sich Sava aufsetzte. Das Stroh unter ihr knirschte und knisterte. »Wie kommst du denn darauf? Kunmag hätte doch nie ...«

»Vater hätte nie wissentlich einen Verräter beherbergt. Das ist mir schon klar. Wenn es so war, kann er es nicht gewusst haben. Aber in diesen Aufzeichnungen stehen Dinge, die sich für mich so anhören, als ob die Priester dem König die Schuld an viel Unheil gaben, und in Egurna hat mir einer der Fürsten erzählt, dass der letzte Priester des Hochverrats angeklagt und verbannt wurde.«

»Vielleicht war das der Grund, warum der Tempel zerstört wurde«, räumte Sava ein und legte sich wieder hin. »Aber unser Tomink hätte sich doch nie an einem blutigen Aufstand beteiligt. Er hat sich sogar bei den Bäumen entschuldigt, von denen er im Winter die Deartazweige schnitt.«

»Das schon«, gab Arion zu.

»Da siehst du es. Du zerbrichst dir nur unnötig den Kopf. Lass uns noch ein bisschen schlafen, bevor die Hähne anfangen zu krähen.«

»Ja, du hast ja recht.« Er legte sich bequemer hin und schloss die Augen, doch seine Gedanken kreisten noch immer um den alten Priester. Tomink mochte friedfertig gewesen sein und seine Klinge niemals in einem echten Kampf eingesetzt haben, aber ihm war nicht umsonst gestattet worden, Arion im Gebrauch des Schwerts zu unterweisen. Hatten alle Priester diese Waffe so meisterhaft beherrscht? Darüber stand nichts in den Schriften, die er bislang gelesen hatte, aber dafür fanden sich einige Anspielungen auf Versäumnisse des Königs und die Frage, ob man ihn dazu zwingen durfte, sie nachzuholen. Den

König zwingen ... Was konnte sich anderes dahinter verbergen als verräterische Ränke oder gar der Plan, Waffengewalt einzusetzen? Die Vorstellung, dass Tomink darin verwickelt gewesen war, brachte Arion um den Schlaf.

Mordek
Ertanns Winterlager

Das ist ein Geisterzelt, erkannte Mordek, als er die bemalte Außenhaut und den Büffelschädel vor dem Eingang entdeckte. War der Kismeglarr mitten in der Nacht überhaupt dort? »Warum hast du mich hergerufen?«, fragte er Ertann, der mit einer Fackel in der Hand vor dem Zelt stehen geblieben war.

»Weil du etwas über Dämonen lernen sollst.«

Mordek starrte ihn überrascht an. Der Häuptling hatte ihm zwar gesagt, dass er einen Mann, der den Umgang mit Dämonen nicht scheute, gut gebrauchen konnte, doch dass er ihn so rasch in die schwarze Kunst einführen würde, hatte er nicht erwartet.

Der Oberste Heerführer beachtete ihn im Augenblick nicht weiter, sondern betrat das Zelt, ohne sich anzukündigen. Mordek bewunderte ihn dafür, dass er nicht einmal die Geister fürchtete, und drängte vehement seine eigene Angst zurück. Ertann musste wissen, was er tat, sonst wäre er kaum so mächtig geworden. *Und wenn er es kann, kann es jeder, der sich traut.*

Entschlossen folgte er dem Heerführer, prallte jedoch bei dem Anblick, der sich ihm bot, jäh zurück. Im Zeltinneren lag ein Greis hingestreckt, den seine Kleidung und die vielen Amulette als Kismeglarr auswiesen. Der ganze Mann und seine Umgebung waren mit Blut bespritzt, die Tunika über dem Bauch ebenso durchlöchert wie die Haut, die Eingeweide herausgerissen und über den Boden verteilt wie groteskes Spielzeug. Der Gestank nach Blut und halb entleerten Därmen schlug Mordek so geballt entgegen, dass er darum kämpfen musste, sein Abendessen bei sich zu behalten. Vor Ertann wollte er sich eine solche Blöße nicht geben. Er hatte in seinem Leben genug Tiere ausgenommen, um sich auch im Angesicht eines ausgeweideten Menschen zu beherrschen.

Ein kleines Mädchen saß zitternd in eine Ecke gekauert und sah mit großen dunklen Augen zu ihnen auf. Hatte sie mitangesehen, wie es passiert war? Ein Anflug von Mitleid streifte Mordek, doch ein Blick auf Ertanns zufriedenes Gesicht sagte ihm, dass er dieses Gefühl besser nicht zeigte.

»Das«, verkündete der Häuptling, »ist das Werk eines Embragojorr. Ihr solltet euch beide gut einprägen, was er anrichten kann. Denn das geschieht jenen, die mich verraten.«

Mordek nickte. *So viel zu seinem Vertrauen.* »Das wäre nicht nötig gewesen. Ich bin dir auch so treu ergeben.«

»Das weiß man nie genau«, behauptete Ertann. »Und bei Männern deines Schlags schon gar nicht.«

Die Worte waren nicht als Freundlichkeit gemeint, aber Mordek freuten sie insgeheim dennoch. Dass Ertann zugab, ihn nicht völlig einschätzen zu können, erfüllte ihn mit einer gewissen Genugtuung. Versonnen lächelte er auf den hingemetzelten Kismeglarr hinab. Es stimmte. Wenn Ertann es verlangt hätte, hätte er es für ihn getan. *Aber wenn es mir helfen würde, an seine Geheimnisse zu gelangen, würde ich ihm dasselbe antun.*

Sava
Sarmyn

Unruhig knetete Sava das weiche Leder der Zügel in ihrer Hand. Sie spürte Rodans Blick im Rücken und bemühte sich vergebens, ihre Gedanken auf etwas anderes zu richten. Drei Tage hielt diese Folter schon an, seit sie am Morgen des Aufbruchs aus Gweldans Halle getreten war und den Söldner unter den vier Bewaffneten entdeckt hatte, die sie sicher nach Drahan bringen sollten. Er hatte sie ebenso erkannt, daran zweifelte sie nicht, obwohl er sich nichts hatte anmerken lassen. Aber was nutzte ihr dieses Wissen schon? Es trug nur dazu bei, den Aufruhr in ihrem Innern anzufachen.

Sie war fahrig, errötete schnell und ertappte ihre Augen dabei, wie von selbst in Rodans Richtung abzuschweifen, sobald sie sich unbeobachtet glaubte. Manchmal fühlte sie sich fiebrig vor Verlangen, sich umzudrehen und seinen Blick zu suchen. Doch es gab keinen Vorwand, ihn anzusprechen, ohne vor den anderen Begleitern das Gesicht zu verlieren. Weder Senhal noch Arion hätten ein solches Verhalten hingenommen. Solange es sich nicht um Ritter handelte, hatte es ihr so gleichgültig zu sein wie die einzelne Ähre in einem Kornfeld, aus wem ihre Eskorte bestand. Sie musste sich beherrschen, weil es Rodan war, der Schwierigkeiten bekäme, sollte Arion etwas merken.

Es wunderte sie, dass ihm ihr seltsames Benehmen nicht längst aufgefallen war, doch von ihrer nächtlichen Unterhaltung über Tomink abgesehen, sprach er seit Gweldan kaum mit ihr. Wenn er sich nicht gerade mit Senhal unterhielt, brütete er meist düster vor sich hin und las abends in Tominks Schriften, bis ihm der Kopf vor Müdigkeit auf die Seiten sank. Auch Sava schlief, allen Gedanken an Rodan zum Trotz, vor Erschöpfung stets rasch ein, denn Senhal drängte ebenso zur

Eile wie ihr Bruder, ohne sich vom schlechten Zustand der Straße und dem ständig wiederkehrenden Regen beeindrucken zu lassen.

Sie lugte unter ihrer Kapuze hervor zum Himmel hinauf, bevor sie sie abstreifte. Einzelne Sonnenstrahlen durchbohrten Speeren gleich die aufreißende Wolkendecke und weckten in ihr die Hoffnung, dass es für den Rest des Tages trocken bleiben würde. An einer Kehre des Weges, der sich die Flanke eines weiteren dicht bewaldeten Hügels hinabwand, erhaschte sie einen Blick auf das bräunliche, rasch dahinfließende Wasser eines breiten Flusses. Es dauerte nicht lange, bis sie den Waldrand erreicht hatten und auf den Streifen flachen Schwemmlands hinausritten, der das Ufer säumte. Die lang gestreckten Wiesen, auf denen Schafe mit ihren Lämmern weideten, gehörten zu einem Gasthaus, dessen verwittertes Namensschild ein Floß zeigte.

Vor ihnen kreuzte ein breiter, am Fluss entlangführender Weg die alte Straße, die an einer zerfallenen steinernen Rampe endete. Einst mochte es der Aufgang zu einer Brücke gewesen sein, doch Sava konnte keine weiteren Reste des früheren Bauwerks entdecken. Stattdessen dienten die letzten Überbleibsel als Anlegeplatz für eine Fähre, die dort vertäut lag. Ein Seil, so dick wie Savas Handgelenk, war über den Fluss gespannt und über Seilrollen und weitere Stricke mit Bug und Heck des flachen, floßähnlichen Kahns verbunden worden.

Je näher Sava dem Wasser kam, desto mehr Unbehagen flößte es ihr ein. Die Strömung schnellte mit der Geschwindigkeit eines flott trabenden Pferdes dahin und bildete unzählige Wirbel, die sich ständig veränderten. Kahle Bäume und Weidengestrüpp ragten in Ufernähe aus den braunen Fluten.

»Die Juna«, erklärte Senhal knapp. »Es muss letzten Winter viel Schnee auf den Bergen gegeben haben, wenn sie so stark angeschwollen ist.«

Auf einer grob gezimmerten Bank bei der Fähre saßen zwei Männer, die sich rasch erhoben, als sie die herankommenden

Reiter entdeckten. Das trübe Wasser wusch bereits über das Mauerwerk hinweg, auf dem sie standen, und umspülte ihre nackten Füße. Der jüngere verbeugte sich linkisch vor den Rittern, während der ältere nur seine speckige Filzkappe zog, um grüßend den Kopf zu neigen. »Die Sonne midd Euch, Ihr Herrn«, rief er. »Woid Ihr übersedzen?«

»Ist das zurzeit nicht gefährlich?«, erkundigte sich Arion mit einem skeptischen Blick auf den Fluss.

»Wird keune ruhige Fahrd«, gab der Fährmann zu. »Der Regen hadd das Hochwasser noch steugen lassen. Aber wenn ich's nich' mache, sedzd Euch eun anderer über, also du' ich's.«

Die Antwort bereitete Sava ein noch mulmigeres Gefühl. »Er würde es doch nicht wagen, wenn er sein eigenes Leben dabei riskieren würde, oder?«, vergewisserte sie sich bei Senhal.

»Wohl kaum«, brummte der Ritter. »Vermutlich will er damit den Preis in die Höhe treiben.«

»Das würd ich niemals wagen, Herr«, beteuerte der Fährmann. »Auf meun Kahn is' Verlass.« Er klopfte zuversichtlich auf das Tau über den Fluss, das in Höhe seiner Schulter um den Stamm einer alten Erle geschlungen war. »Aber Eure Rösser werden die Schaukelei vielleichd nich' mögen.«

»Das lass unsere Sorge sein! Wie viele Pferde trägt die Fähre?« Senhal maß den Platz mit einem prüfenden Blick.

»Dragen dud sie viel, aber ich nehm' nur vier auf einmal midd.«

Sava fand das angesichts der kleinen Ladefläche bereits bedenklich.

»Gut, dann setzen wir zuerst über, und die Eskorte soll nachkommen«, bestimmte Senhal. »Du erhältst für jede Fahrt zwei Silberstücke, wenn wir heil ankommen.«

Die Augen des Fährmanns leuchteten zufrieden auf. »Die Sonne hadd Euch Großmud verliehen, edler Herr. Kommd an Bord!« Mit einer leichten Verbeugung gab er den Weg zur Fähre frei.

Die Ritter saßen ab, und Sava folgte mit gemischten Gefühlen ihrem Beispiel. Senhal ging voran. Sein Pferd beäugte das glucksende Wasser in dem Spalt zwischen Ufer und sachte schwankendem Kahn misstrauisch, bevor es mit einem Satz auf das flache Deck polterte, das den Anleger wegen des hohen Wasserstands sogar überragte.

»Lass mich neben Senhal, dann hast du die ganze hintere Hälfte für dich und kannst dich in die Mitte stellen«, bot Arion an.

Sava nickte dankbar. Nachdem es bereits ein Pferd vorgemacht hatte, folgte der rote Hengst ohne Zögern. Die Eisen klapperten dumpf über die Planken, als Arion das Tier nach vorn führte. Nun war Sava an der Reihe. Sie fasste sich ein Herz und marschierte platschend durch das fingerbreit hohe Wasser auf den Steinen. Schon war ihr Bruder, der Senhal die Zügel seines Pferdes übergeben hatte, wieder zur Stelle, um ihr zu helfen. Ohne nachzudenken, ergriff sie seine Hand, um den Schritt über den Spalt zu machen, doch noch im selben Augenblick schämte sie sich dafür. *Warum glaubt er, dass ich fallen könnte wie ein Kind oder ein ungeschickter Trampel?* »Ich kann das selbst«, wehrte sie ab, als Arion nach dem Zaum der Stute griff. »Komm!« Das Pferd schielte nach unten und ließ beunruhigt die Ohren spielen, stieg dann aber doch hastig an Deck. Stolz führte Sava das Tier an Arion vorbei, obwohl sie auf dem schwankenden Untergrund selbst wankte.

Ihr Bruder warf ihr im Vorübergehen einen halb gereizten, halb verwirrten Blick zu, während sich der Fährmann und sein junger Gehilfe geschäftig daranmachten, die Taue zu lösen. Sofort verstärkte die Strömung ihren Griff und drehte den Kahn etwas stärker mit dem Bug flussabwärts, so weit es die sichernden Seile gestatteten. Die Fähre schaukelte auf den wirbelnden Wogen heftiger, als Sava vom Ufer aus erwartet hatte. Ihre Finger verkrampften sich auf der Suche nach Halt um den Zügel der Stute. Sie versuchte das Schwanken durch Gewichtsverlagerungen auszugleichen und beneidete ihr Pferd um seine vier Beine. Das leichte Auf und Ab verstärkte sich noch, als die Fährschiffer den Kahn mithilfe langer Stecken auf den Fluss hinausschoben. Savas Magen fühlte sich mit einem Mal flau an. Die Juna zerrte an der Fähre, sodass sich das Tau immer stärker in Richtung der Strömung wölbte, je weiter sie sich vom Ufer entfernten. Altes Laub und Zweige, ausgerissene Gräser und größere Äste wurden besorgniserregend schnell an ihnen vorübergetrieben oder blieben an der Breitseite des Kahns hängen.

Wie tief mag das Wasser wohl sein? Sava beobachtete den älteren Fährmann, der auf ihrer Seite des Decks am Heck stand, um die Fähre über den Fluss zu staken. An dem Stangenende, das von Zeit zu Zeit über der Kruppe ihrer Stute aufragte, konnte sie sehen, dass die beiden Männer im gleichen Takt arbeiteten. Der ältere musste sich offensichtlich mit aller Kraft und seinem ganzen Gewicht gegen den mindestens fünf Schritte langen Stecken stemmen, der fast gänzlich im Fluss verschwand. Trotz seiner Anstrengungen kamen sie nur langsam voran.

Das Wirbeln der schlammig braunen Fluten schlug Savas Blick in seinen Bann. Sie konnte die Augen nicht mehr von den verschlungenen Mustern lösen, die das Wasser um die Fähre herum wob. Plötzlich glitt etwas Großes so knapp unter der Oberfläche dahin, dass ein Teil davon wie der breite Rücken eines unbehaarten Tiers zwischen den Wellen sichtbar wurde und wieder verschwand. Strudel bildeten sich, wo Sava es gerade noch gesehen hatte. »Was... was war das?«, wandte sie sich mit brüchiger Stimme an den Fährmann. Kreidebleich umklammerte er seinen Stab.

»Was war was?«, wollte Ritter Senhal wissen.

»Stimmt etwas nicht, Sava?«, erkundigte sich Arion.

»Güdige Dearda, steh' uns bei!«, murmelte der Fährmann, bevor er lauter antwortete: »Das is' eine Swinde! Wir sind verloren!«

»Jedz' is' keune Zeid für Schiffergarn, Vadder!«, rief der jüngere. »Das war bestimmd nur 'n Baumstamm.«

Sava wünschte, sie könnte ihm glauben, auch wenn sie nicht wusste, wovon die beiden eigentlich sprachen.

»Es is' Hochwasser«, widersprach der ältere. »Da kommen sie manchmal bis zu uns rauf. Ich weiß, was ich gesehen hab.«

»Was zur Ewigen *ist* eine Swinde?«, fragte Arion.

Ein heftiger Aufprall erschütterte die Fähre so unvermittelt, dass Sava von den Füßen gerissen wurde. Mit der Rechten im Zügel hängend, packte ihre Linke in die Mähne der Stute, die erschrocken den Kopf hochgerissen hatte und trampelnd um ihr Gleichgewicht kämpfte. Sava spürte kaum, wie ihre Zehen unter den aufstampfenden Vorderhuf gerieten. Sie musste um jeden Preis wieder auf die Beine kommen. Von Furcht getrieben zog sie sich an der Mähne des Pferdes hoch. Eisen polterten auf den Planken, Männer brüllten durcheinander. Wasser schwappte über das Deck.

»Kledder am Seul!«, hörte sie den Fährmann heraus, der ihr am nächsten war, doch seine Worte galten nicht ihr.

»Arion!«, schrie sie und sah sich hastig nach ihrem Bruder um, der mit seinem Hengst rang. Das Tier rollte panisch die Augen, während es mit hochgerecktem Kopf rückwärts zerrte. Plötzlich brach ein gewaltiger Schädel mit weit geöffnetem Rachen aus dem Wasser hervor und schoss mitten unter die Menschen und Pferde. Sava sah nur das Aufblitzen messerscharfer Zähne, bevor sich ihre Stute zur Seite warf und sie mit sich in die aufgewühlten Fluten riss.

Wasser schlug über ihr zusammen, raubte ihr Sicht und Atem zugleich. In Todesangst ließ sie Zügel und Mähne fahren. Noch während sie zurück an die Oberfläche kam, spürte sie, dass sich ihr Arm im Zügel verheddert hatte. Nach Luft schnappend, wild strampelnd und mit den Armen rudernd hob sie sich so weit wie möglich aus dem Wasser. Es rann ihr aus dem nassen Haar in den Mund, sodass sie hustend erneut um Atem rang. Direkt neben ihr ragte der Kopf ihrer Stute aus den Wellen. Die Nüstern so weit gebläht, dass rote Haut an ihrem

Grund sichtbar wurde, kämpfte auch das Tier mit angstvoll aufgerissenen Augen um sein Leben.

»Arion!«, schrie Sava noch einmal, doch ein Blick zurück zeigte ihr, wie schnell die Strömung sie bereits ein Stück flussabwärts getrieben hatte. Schon war die Fähre so weit entfernt, dass Sava nicht mehr mit Sicherheit sagen konnte, ob es überhaupt ihr Bruder war, der noch darauf stand. Ihre Kleider hatten sich voll Wasser gesaugt und behinderten sie, und die schweren Reitstiefel drohten, sie in die Tiefe zu ziehen.

Verzweifelt sah sie sich um. Ihre Stute mühte sich bereits, zum Ufer zu schwimmen, doch die Strömung riss sie beide so rasch mit sich, dass das Pferd nicht dagegen ankam. Sava ruderte heftiger mit dem freien Arm, nur um zu erkennen, dass sie den Naturgewalten noch weniger entgegenzusetzen hatte als das von Todesangst getriebene Tier. Es würde länger durchhalten als sie, und sie dankte der Göttin dafür, dass ihr Arm noch immer im Zügel festhing. Gegen das Gewicht der Stiefel und den um ihren Körper gewundenen Umhang ankämpfend, brachte sich Sava näher an die Stute, um ihr erneut in die Mähne zu fassen und dafür ihr Gewicht aus dem Zügel zu bringen, das dem Tier nur hinderlich sein konnte. Erschreckt stieß sie einen Ast zur Seite, den die Strömung gegen ihren Kopf gewirbelt hatte.

Das Wasser war kalt. Sava fühlte, wie es ihr heimtückisch die Wärme entzog. Ihre Muskeln erlahmten, aber sobald sie aufhörte zu strampeln, zogen die Stiefel sie hinab. Ein schmerzhafter Tritt erinnerte sie daran, aufzupassen, wo ihre Beine hingen, damit sie nicht dem strampelnden Pferd in die Quere kam. In dem ständigen Versuch, ihren Kopf über Wasser zu halten, versteifte sich ihr Nacken. Ihr Blick jagte dagegen hierhin und dorthin, ängstlich auf jedes Anzeichen lauernd, dass sich das riesige Untier wieder heimlich näherte. Entsetzt schrie sie auf, als etwas ihren Fuß streifte. Doch mehr geschah nicht.

Erneut richtete sie die Augen auf das Ufer, das fast durchgehend mit dichtem Gesträuch überwuchert war. Sie klammerte sich an die Hoffnung, dass das Pferd sie ein wenig näher an die Büsche gezogen hatte, aber noch immer waren die Zweige unerreichbar. Sie drehte den Kopf stromabwärts, um zu sehen, was vor ihr lag. Die Juna schickte sich zu einer sanften Biegung an, doch davor reichten die Bäume an einer Stelle weiter in den Fluss hinein.

Hastig wand Sava ihren Arm, bis sie ihn endlich aus dem Zügel befreit hatte. »Da, schwimm dorthin!«, beschwor sie die Stute und deutete auf die Erlen, die aus dem Wasser ragten. Sie glaubte nicht daran, dass das Tier sie wirklich verstand, aber vielleicht konnte sie es zu einer letzten Kraftanstrengung anfeuern. Von neuer Hoffnung beflügelt, strampelte sie selbst noch einmal, so stark sie konnte, und ruderte verbissen mit ihrem freien Arm.

Die zur Hälfte überfluteten Bäume sausten rasch näher, doch Savas Zuversicht schwand mit jedem Augenblick. *Wir werden knapp daran vorbeigespült*, ahnte sie. Verzweifelt streckte sie den linken Arm aus, reckte ihren Körper nach dem rettenden Geäst. Zum Greifen nah zitterte es in der Strömung. Ihre Hand glitt vorbei. Enttäuscht ließ sie die Hand zurück ins Wasser sinken ... und streifte raue Zweige! Blitzschnell schlossen sich ihre Finger darum. Mit der anderen Hand ließ sie die Mähne der Stute fahren und packte blindlings nach weiteren Zweigen, die sich unter der Oberfläche verbargen.

Sofort zerrte die Strömung sie mit den Füßen voran weiter, doch Sava klammerte sich fest. Wasser schwappte ihr ins Gesicht, aber sie zog sich eisern näher an den Baum. Noch einmal musste sie sich Zweigen anvertrauen, die sie nur ertastet hatte, dann gelang es ihr, einen Ast über dem Wasser zu erwischen. Reitkleid und Umhang blieben im Gewirr der Baumkrone hängen. Sava trat sich mit den Stiefeln los, die immer noch wie Steine an ihr hingen, und zog sich weiter, aber schon verhedderten sich ihre Kleider erneut. Der Umhang schnürte ihr die Kehle ein. Mit einer Verrenkung gelang es ihr, sich mit einem Arm an dem Ast einzuhaken, um mit der anderen Hand die Fibel an ihrem Hals zu öffnen. Der schwere, nasse Stoff gab sie nur widerwillig frei, aber dann trieb er in der Strömung wie eine Fahne, die im Wind flatterte.

Sava hangelte sich näher ans Ufer. Immer wieder verhakte sich ihr Kleid an unsichtbaren Zweigen, blieben ihre Füße in Astgabeln stecken, weil die Strömung sie in das Gewirr der Äste hineindrückte. Bald hatte sie kaum noch die Kraft, sich festzuklammern. Sie war versucht, einfach die Augen zu schließen und wie angespültes Treibgut in den Zweigen hängen zu bleiben, als sich eine größere Hand um ihre Linke schloss.

»Es ist nicht mehr weit«, sagte Rodan. »Nur ein paar Schritt, dann könnt Ihr stehen.«

Sava nickte. Vor Erleichterung liefen ihr Tränen über die Wangen, doch auf ihrem nassen Gesicht spürte sie es nur an deren Wärme. »Meine Kleider«, brachte sie heiser heraus. »Ich bleibe ständig hängen.«

Er überlegte kurz. »Lasst mich zwischen Euch und die Zweige! Haltet Euch stattdessen an mir fest!«

Wieder nickte sie. Ihre Hand fühlte sich verloren an, als er sie losließ. Erst als ihre Finger in dem Spalt zwischen seinem Lederharnisch und der Tunika Halt gefunden hatten, wagte sie, auch die andere Hand von dem Ast zu lösen, den sie umklammert hatte. Die Strömung drängte sie gegen Rodans Körper, was ihr sogar jetzt die Schamesröte in die Wangen trieb, aber sie hatte keine Kraft mehr, sich dagegen zu wehren. Sie tröstete sich damit, dass der Söldner vielleicht zu beschäftigt war, um es zu merken. Selbst ihn kostete es Anstrengung, sich mit ihrem Gewicht im Rücken über Wasser zu halten und zugleich zum Ufer zurückzubewegen.

Endlich spürte Sava festen Grund unter den Füßen. Die Strömung war sogar hier noch so stark, dass sie sich mit einer Hand weiterhin an Rodan festhalten musste, um nicht umgerissen zu werden. Dann stieß sie mit einem Knie gegen etwas Festes und tastete danach. Das Ufer bildete unter Wasser eine steile Stufe, wo bei einem früheren Hochwasser ein Teil abgebrochen und fortgespült worden war. Sava kletterte hinauf und stand in dem nur noch knietiefen Wasser mühsam auf. Ihr nasses Kleid klebte so schwer um ihre entkräfteten Beine, dass sie gestürzt wäre, wenn Rodan sie nicht gestützt hätte. Er schob seinen Arm bequemer unter ihre Schulter, und Sava hatte das Gefühl, dass er sie mehr durch das überflutete Gesträuch schleppte, als dass sie ging. Es war ihr gleich. Ihre Beine trugen sie nicht mehr.

Auch als sie das Gewirr aus Weidenbüschen und Dornenranken hinter sich gebracht hatten und auf einer trockenen Wiese standen, gaben Savas vor Anstrengung zitternde Beine unter ihr nach. »Ich muss mich setzen«, keuchte sie.

Er ließ sie nicht los, bis sie sicher im Gras saß. Sava seufzte lautlos, als die Anspannung langsam aus ihrem Körper wich. Rodan ging vor ihr in die Hocke und sah sie wortlos an. Ihr wurde bewusst, dass ihr das feuchte Haar in wirren Strähnen um den Kopf hing. Er streckte die Hand aus, um ihr Gesicht zu berühren. Vorsichtig strich sein Daumen über den Kratzer, den ein Zweig auf ihrer Wange hinterlassen hatte. »Seid Ihr verletzt?«

Sava fühlte sich so zerschlagen, dass sie keine einzelne Wunde hätte benennen können, aber ihre Haut brannte unter seiner Berührung, auch ohne verletzt zu sein.

Regin
Egurna

Die Burg des Königs und die umgebenden Wiesen verwandelten sich allmählich in ein Heerlager. Zunächst hatte Regin es kaum bemerkt, doch jeden Tag trafen mehr Ritter und Burgherren aus der Umgebung mit ihrem Gefolge ein und fanden innerhalb der Mauern längst keinen Platz mehr. Es fiel ihm erst auf, als er sich mit seinem Vater auf dem äußersten Wehrgang Egurnas traf, wohin der Fürst ihn bestellt hatte. Eine bunte Zeltstadt, über der unzählige Banner und in der Sonne glänzende Feldzeichen aufragten, hatte sich um Egurna ausgebreitet.

»Haltet Ihr es wirklich für einen klugen Einfall, Smedon als Aufmarschgebiet für das Heer zur Verfügung zu stellen?«, erkundigte sich Regin, als er die vielen Menschen und Tiere sah, die zwischen den Zelten umherliefen.

Megar warf ihm einen gleichermaßen scharfen wie überraschten Blick zu, den Regin mit einem spöttischen Lächeln abtat. *Ja, Vater, ich wage neuerdings, Kritik an Euch zu üben. Seit ich weiß, dass Ihr mich braucht.* Er nickte zu den Zelten hinüber, die gerade errichtet wurden. »Wenn ihnen die Vorräte erst einmal ausgehen, werden sie über unsere Ländereien herfallen wie ein Heuschreckenschwarm aus der Steppe. Da frage ich mich, weshalb Ihr das auf Euch nehmen wollt.«

Der Fürst setzte eine zufriedene Miene auf, was Regin einen Stich versetzte. »Ich bin erfreut, dass du anfängst, dich um das Wohlergehen Smedons zu sorgen. Das war lange genug nicht der Fall. Es ist in der Tat eine beträchtliche Bürde, die ich uns aufgeladen habe, aber du musst lernen, dass es gilt, jeden Vorteil zu nutzen, um sich den König gewogen zu halten. Er weiß sehr gut, welches Opfer ich damit für das Reich erbringe, und das, mein Sohn, verpflichtet ihn uns zu Dank.«

Regin grinste. Megar würde niemals etwas Selbstloses vollbringen. Er wünschte nur, sein Vater hätte ihn eingeweiht, bevor er sich freiwillig für Ordags Entsatzheer gemeldet hatte. »Ist der Dank eines Königs denn die Ernte eines Jahres wert?«

»Wenn der Dank eines Königs in der Hand einer Prinzessin besteht.«

»Ihr habt einen Handel mit ihm geschlossen?«

Megar lachte. »Unsinn, Junge! So leicht ist diese Ehe nicht zu haben.« Er dämpfte die Stimme. »Aber immerhin wird es Werodin ein Stück geneigter machen, unseren Wunsch zu erfüllen, wenn es so weit ist. Noch bist du als Bräutigam für die begehrteste Braut des Reiches wohl kaum gut genug. Aber ich habe vor, das zu ändern. Ich werde deinen Bruder enterben und dich zu meinem Nachfolger erklären.«

Regin hielt inne und starrte den Fürsten ungläubig an. »Ja, aber...Waig ist Euer Ältester. Das Recht des Ältesten ist unantastbar.«

»Nur, solange der fragliche Sohn auch der Älteste ist.«

Er kann unmöglich meinen, dass er ihn töten will. Das bringt nicht einmal er über sich. »Wie...wie soll das gehen?«, wollte Regin wissen.

»Ich habe nach einer alten Hebamme aus Smedon geschickt, die beschwören wird, dass Waig damals nicht zu früh geboren wurde, sondern eindeutig vor der Hochzeit gezeugt worden sein muss. Sie hat dieses Geheimnis viele Jahre bewahrt, möchte aber nun vor ihrem Tod noch ihr Gewissen erleichtern. Natürlich hätte sie das von allein niemals getan, denn ich selbst habe sie damals angewiesen, darüber zu schweigen, aber jetzt kommt es mir gelegen, diese kleine Peinlichkeit in einen großen Vorteil zu verwandeln.«

»Ihr wollt verkünden, dass Waig nicht Euer leiblicher Sohn ist?« *Er schreckt nicht einmal davor zurück, Mutters Andenken zu entweihen.*

»Um die Wahrheit zu sagen – und eines Tages musst du sie schließlich erfahren –, ist keiner von euch mein eigener Sohn. Eure Mutter zog es vor, sich mit meinem Bruder zu vergnügen. Ich habe es ihr ein Mal verziehen. Beim zweiten Mal war ich weniger gnädig. Es war eine Genugtuung, an den beiden Totenfeuern zu stehen.« Der Fürst lächelte versonnen.

Regin war sprachlos. *Er ist ein Ungeheuer. Ein gefühlloses Ungeheuer, das uns alle umbringen wird.* »Du kannst dich wehren«, säuselte ihm die Macht ein, die beständig in seinem Hinterkopf darauf lauerte, ihm zuzusetzen. »Mit meiner Hilfe bist du stärker als er.« Er glaubte, der Kopf müsse ihm zerspringen, wenn nur noch ein falsches Wort fiel. Es wurde höchste Zeit, dass er den Hof verließ, bevor er endgültig dem Wahnsinn verfiel.

»Es scheint dich zu beunruhigen, dass du nicht mein Blut in dir trägst«, stellte Megar fest. »Das muss es nicht. Ich habe keinen anderen Erben, und bevor ich Smedon in fremde Hände fallen lasse, ziehe ich das Blut meines Bruders immer noch vor. Wenn du erst mein Erbe bist, gehörst du zu den wenigen, die sich Hoffnungen auf eine eheliche Verbindung mit dem Königshaus machen können. Darauf solltest du deine Gedanken richten. So wie ich.«

»Ja ... Vater.«

Arion
Ufer der Juna

Er jagte das Pferd, das er einem von Narretts Söldnern abgenommen hatte, mit halsbrecherischer Geschwindigkeit den Weg am Fluss entlang. Blindlings verließ er sich darauf, dass es nicht stolpern würde, denn sein Blick galt einzig dem Wasser und der, die er darin – oder noch besser am Ufer – zu finden hoffte. Noch nie hatte er so um das Leben eines anderen Menschen gefürchtet. Sein Herz und seine Gedanken rasten vor Sorge.

Ein gesatteltes Pferd tauchte vor ihm auf dem Streifen Wiese zwischen Weg und Ufer auf und weckte jähe Hoffnung, doch im selben Augenblick erkannte er, dass das Tier für die dunkelbraune Stute seiner Schwester zu hell war. Schon wollte sich die düstere Wolke der Enttäuschung auf ihn herabsenken, als er den Mann bemerkte, der gerade auf das Pferd zuging, und die zusammengesunkene Gestalt, die näher beim Wasser saß.

»Sava!«, rief er erleichtert. Es konnte, es durfte niemand anderes sein. Sie wandte ihm das Gesicht zu und hob matt eine Hand. Sofort flackerte seine Sorge wieder auf. Er parierte das Pferd durch, sprang bereits ab, bevor es stand, und eilte zu ihr, um neben ihr auf die Knie zu fallen und sie in die Arme zu schließen. »Bin ich froh, dass du lebst«, murmelte er, als sie ihn zaghaft an sich drückte. Ihr Haar und das Kleid waren nass und eiskalt.

»Ich bin auch froh, dass dir nichts passiert ist«, antwortete sie lächelnd, während sie sich von ihm löste. Ihre Lippen hatten sich vor Kälte blau gefärbt.

»Meine Güte, du erfrierst ja gleich!«, entfuhr es ihm.

In diesem Augenblick trat der Söldner zu ihnen, den er nicht weiter beachtet hatte, und legte Sava einen trockenen Umhang um die Schultern, den sie fröstelnd enger um sich zog.

Arion erhob sich und raffte seine ritterliche Würde zusammen. Der Söldner war einige Jahre älter als er, aber glatt rasiert wie die meisten jungen Männer des einfachen Volks. Seine Kleider trieften vor Nässe, woraus Arion verwundert schloss, dass der Mann Sava aus dem Fluss gezogen haben musste. »Ich schulde dir Dank dafür, dass du meine Schwester gerettet hast. Wie lautet dein Name?«

»Rodan, Herr. Aber Eure Schwester hat das meiste selbst getan. Ich war nur zur rechten Zeit am rechten Ort.«

»Im Gegensatz zu deinen Kameraden, die jetzt noch untätig an der Fähre herumstehen«, stellte Arion fest. Es entsprach dem, was er für gewöhnlich von Söldnern erwartete.

»Mein Auftrag lautet, die Herrin sicher nach Drahan zu bringen. Wenn sie unterwegs ertrinkt, kann ich ihn nicht erfüllen.« Die Worte des Mannes klangen bescheiden, aber dennoch beschlich Arion der Eindruck von Aufsässigkeit. Etwas überrascht musterte er den Söldner, der den Blick gesenkt hielt.

»Die anderen haben diese Aufgabe jedenfalls nicht so aufgefasst. Deshalb werde ich dein Pflichtgefühl lobend bei deinem Herrn erwähnen.« Arion überlegte, ob er dem Mann eine Belohnung zahlen sollte, und griff nach der Geldkatze an seinem Gürtel.

»Herr, Eure Schwester braucht trockene Kleider und ein Feuer, sonst wird sie sich den Tod holen.«

Die Münze, die Arion gerade hervorziehen wollte, rutschte ihm wieder aus den Fingern. *Er hat recht*, sagte er sich, aber dieses Mal hatte er den unbotmäßigen Tonfall deutlich gehört. Er warf dem Söldner einen scharfen Blick zu, doch dessen Augen waren noch immer auf das Gras zu seinen Füßen gerichtet. »Sava, ich bringe dich am besten in das Gasthaus bei der Fähre. Kannst du reiten?«

»Ich habe kein Pferd.« In ihren Augen schimmerten Tränen. »Die Strömung hat Fee mitgerissen.«

»Ich werde die Stute für Euch suchen, Herrin.« Der Söldner marschierte zu seinem Pferd, ohne auf eine Antwort zu warten.

Arion war versucht, den unverschämten Kerl zurückzurufen, damit sie zwei Pferde hatten, aber Sava sah nicht so aus, als könne sie sich allein auf einem Pferd halten.

Er beobachtete, wie Rodan den abgelegten Schwertgurt umschnallte und davonritt. Erst als er außer Sicht war, wandte er sich wieder an Sava, deren bläuliche Blässe ihn erschreckte. »Komm, zieh diese Sachen aus!«, trieb er sie aus ihrer Starre. »Du kannst meine haben. Schon mal einen Ritter in Kettenhemd und Unterhose gesehen?«

Dass sie über seinen Scherz grinste, linderte seine Sorge. Er überließ ihr Hose, Waffenrock und Stiefel samt Socken und wusste, welch albernes Bild er nun abgab. Er trug zwar immer noch Unterwäsche, Kettenhemd und Umhang, aber das machte die nackten Beine darunter nur noch lächerlicher. Sava hatte sichtlich Mühe, ihr Kichern zu unterdrücken.

»Lach du nur! Das härtet mich schon mal für den Empfang

ab, den Senhal und seine Leute mir bereiten werden.« Er stieg auf und reichte ihr hinter dem Rücken die rechte Hand, um ihr aufs Pferd zu helfen. Es erleichterte ihn, dass sie schon wieder etwas lebendiger aussah.

Sava setzte sich hinter dem Sattel zurecht und klemmte ihre Beine zwischen seine und die Packtaschen. »Dann konnte sich Senhal auch retten? Ich hatte Angst, dieses Ungeheuer hätte euch alle gefressen.«

Er spürte, wie sie schauderte. Die Erinnerung an das gewaltige Maul voller Reißzähne brachte auch sein Blut ins Stocken. »Es hat den Roten erwischt«, murmelte er. »Die Fähre kippte, und ich habe irgendwie das Seil zu fassen bekommen, mit dem sie am Bug mit diesem dicken Strick über den Fluss verbunden ist. Senhals Pferd sprang ins Wasser und hätte ihn beinahe auch mitgerissen, aber er hat rechtzeitig losgelassen, um gerade noch halb auf der Fähre zu landen. Ich glaube fast, er hat sich mit den Fingernägeln in die Planken gekrallt. Jedenfalls konnte er seine Beine wieder aus dem Wasser ziehen, und ich konnte es derweil schon dem jungen Fährmann nachmachen. Der klammerte sich mit Armen und Beinen an das dicke Tau und hangelte sich ans Ufer.«

»Und sein Vater?«

»Der muss in den Fluss gefallen sein«, bedauerte Arion. »Ich habe ihn nicht mehr gesehen.«

»Dann ist er bestimmt ertrunken«, meinte Sava dumpf. »Das wäre ich auch, wenn ich Fee nicht gehabt hätte.«

»Dieser Söldner wird sie schon finden«, behauptete Arion, um sie aufzumuntern.

Sie erwiderte nichts, und eine Weile ritten sie schweigend dahin.

»Es tut mir leid, dass du den Roten verloren hast. Ich weiß, wie gern du auf ihm in die Schlacht reiten wolltest.«

Er spürte das tröstende Gewicht ihrer Hand auf seiner Schulter. »Tominks Handschriften waren in der Satteltasche«, erinnerte er sie. »Ich weiß nicht, worüber ich lauter heulen soll.«

Ihre Finger krampften sich in seinen Umhang. »O nein«, hauchte sie. »Das ...«

Sie weiß, wie kostbar diese Schriften waren. Nun sind sie für immer verloren. Und ich habe erst so wenig davon gelesen ... Ohnmächtiger Zorn wallte in ihm auf. »Alles geht schief«, murrte er. »Diese ganze Flucht ist Irrsinn. Der einzige Gordean, den ich kenne, findet Gefallen daran, mich in Schwierigkeiten zu bringen. Wenn wir bei ihnen ankommen, wird alles auffliegen, und Senhal bringt dich wutschnaubend dem Freund seines Vaters zurück.«

»Ich weiß, dass du diese Lügerei hasst, aber wir dürfen jetzt nicht aufgeben. Nicht, solange wir nicht alles versucht haben. Lass mich den Gordean einen Brief schreiben. Ich bin ja wirklich eine entfernte Verwandte von ihnen. Vielleicht helfen sie mir.«

»Du glaubst, dass sie dir helfen werden, dich deinem Vormund zu widersetzen und dein Leben einer Bauerngöttin zu weihen?« Arion zweifelte an ihrem Verstand.

»Immerhin befindet sich das Heiligtum auf ihrem Land. Warum sollten sie die Priesterinnen dulden, wenn sie ihnen feindlich gesonnen sind?«

»Dass sie sie dulden, bedeutet aber nicht, dass sie hinnehmen, wenn sich aufmüpfige junge Edelfrauen bei ihnen verstecken wollen.«

»Wir werden es nicht erfahren, wenn du es mich nicht ausprobieren lässt«, hielt sie dagegen.

Arion beschloss, es mit zwingenderen Gründen zu versuchen. »Das mag ja sein, aber wie soll dein Brief sie denn vor uns erreichen? Wenn wir erst einmal dort sind, ist es zu spät.«

»Kannst *du* ihn nicht überbringen?«, bat sie. »Wenn du eine Nacht vor unserer Ankunft losreitest, anstatt zu schlafen, kommst du ...«

»Selbst wenn ich das schnellste Pferd Sarmyns hätte, könnte ich nicht in derselben Nacht wieder zurück sein«, fiel Arion ihr ungehalten ins Wort. »Und falls ich mich aus irgendeinem

Grund verspäte, ist es ohnehin vorbei. Das ist alles sinnlos, Sava. Sieh es endlich ein!«

Ihre Hand glitt von seiner Schulter, hielt jedoch auf halbem Weg inne. »Rodan wird es tun.«

»Der Söldner?« Arion wollte sich überrascht umdrehen, doch dazu fehlte ihm der Raum. »Er ist Narretts Mann. Wir können ihm doch keinen Auftrag anvertrauen, der dazu dient, seinen Herrn zu hintergehen. Wenn er seine Befehle so ernst nimmt, wie er behauptet, wird er sich wohl kaum auf so ein falsches Spiel einlassen.«

»Er hat das nicht für Narrett, sondern für mich getan. Ich bin sicher, dass ich ihn überreden kann.«

»Vielleicht glauben Frauen so etwas, wenn ein Mann sie aus einem reißenden Fluss...« Arion verstummte. »Hat er das etwa zu dir gesagt?« *Wenn das stimmt, lass ich ihn grün und blau prügeln!*

»Nein«, beteuerte sie rasch. »Ich weiß es einfach. Ich kenne ihn. Er war auch dabei, als mich Narrett vor Erduin gerettet hat.«

Arion hatte das untrügliche Gefühl, dass sie ihm etwas verschwieg. War ihm in den letzten Tagen etwas entgangen? Er konnte es sich nicht vorstellen. »Sava, ich werde auf keinen Fall zulassen, dass du dich dazu erniedrigst, mit diesem *Knecht* zu verhandeln. Er scheint sich schon mehr auf sich einzubilden, als gut für ihn ist.«

»Bitte, Arion! Das ist die einzige Möglichkeit, die mir noch bleibt. Du darfst sie mir nicht nehmen.«

Bei deinen Göttern, Tomink, womit habe ich das alles verdient? Er atmete tief durch. »Du wirst nicht mit diesem Kerl sprechen, Sava, so wahr ich ein Ritter und Erbe von Emmeraun bin!« Er hörte, wie sie hart schluckte. »*Ich* werde mit ihm reden. Du schreibst den Brief.«

Rodan war in der Nacht tatsächlich mit Savas Stute zurückgekehrt, die zwar lahmte, doch nur leicht verletzt schien. Arion hoffte, dass die gute Nachricht Sava helfen würde, das Fieber zu überwinden, das ihre Stirn glühen ließ. Sie schrieb trotzdem die Botschaft an die Gordean, die er widerwillig in seinen Gürtel schob. Missmutig stapfte er die Treppe in die Gaststube hinunter, wo die drei verbliebenen Waffenknechte beim Würfeln saßen. Senhal war mit dem vierten Mann unterwegs, um zwei Ersatzpferde aufzutreiben. Dass sie die Fähre nicht noch einmal benutzen wollten, war nur ein Grund mehr, möglichst bald wieder aufzubrechen, denn der Umweg über die nächste Brücke würde sie mindestens zwei Tage kosten.

»Rodan, komm mit!«, befahl Arion im Vorübergehen. »Bei der Stute sitzt ein Eisen locker.« Er hätte keine Begründung gebraucht, um dem Söldner Anweisungen zu geben, doch er wollte verhindern, dass die anderen Männer später neugierige Fragen stellten. Sollte Rodan verschwinden und Senhal sie deshalb verhören, würden sie nichts Verdächtiges zu erzählen haben.

Er hörte, wie der Söldner ihm folgte, und blieb schließlich so vor der Stalltür stehen, dass er den Eingang der Herberge im Auge behalten konnte. Rodan bedachte ihn mit einem undeutbaren Blick. *Er weiß so gut wie ich, dass mit den Eisen der Stute alles bestens ist.* Arion räusperte sich. Wie sollte er anfangen? Er wusste, wie man Knechten Befehle erteilte, aber wie bat man sie um einen heiklen Gefallen, ohne seine Würde zu verlieren? »Du hast... Ich weiß, dass deine Treue Narrett gelten muss, aber... ich möchte dich stattdessen in meine Dienste nehmen«, brachte er umständlich heraus.

Der Söldner runzelte die Stirn. »Ich kämpfe seit drei Jahren für Narrett von Gweldan. Welche Verwendung habt Ihr für mich, wenn diese Reise vorüber ist?«

»Keine«, musste Arion zugeben. Seine Schwierigkeiten fingen früher an als erwartet. »Aber der Krieg steht vor der Tür, und der König wird jeden Schwertarm brauchen.«

»Wenn es Euch nur um diese Reise geht, was ändert sich für Euch, wenn Ihr mich an Narretts Stelle bezahlt?«

Wieder zögerte Arion. Wenn er ihn erst in ihren Plan eingeweiht hatte, würde er ihm übel drohen müssen, sollte Rodan ablehnen. Oder er musste dessen fragwürdige Verschwiegenheit erkaufen. Eins war so schlecht wie das andere. »Ich brauche einen Boten, der vorausreitet, um einen Brief zu überbringen, von dem dein Herr nichts erfahren darf«, gestand er.

Der Söldner verzog spöttisch die Lippen. »Ihr wollt mich abwerben, um den Fürsten zu hintergehen?«

Ich hätte wissen müssen, dass ich dafür nur Frechheiten bei ihm ernte. »Es liegt mir fern, Narrett von Gweldan schaden zu wollen«, betonte er ernst. »Es geht mir vielmehr darum, Schaden von meiner Schwester abzuwenden. Denn genau das wird geschehen, wenn diese Botschaft die Gordean nicht vor uns erreicht.« Mehr musste der Kerl nicht wissen.

Er wusste, dass er um Savas willen froh darüber sein sollte, aber es brachte ihn dennoch auf, dass der Söldner nun ernsthaft nachzudenken schien. *Was glaubt dieser Taugenichts eigentlich?*

»Wenn ich mich heimlich davonschleiche, brauche ich Narrett nie wieder wegen einer Anstellung unter die Augen zu kommen. Und auch keinem anderen, den er kennt.«

Schwesterherz, dein Glück kommt mich teuer zu stehen. Er hatte befürchtet, dass es auf dieses Angebot hinauslief, aber über die Einhaltung würde er sich später Gedanken machen. »Du kannst in meinen Diensten bleiben, solange du keinen anderen findest, der dich annimmt«, versprach er widerstrebend. »Und mach dir keine Sorgen wegen des Pferdes! Ich werde dich nicht als Dieb dastehen lassen. Narrett wird sein Geld dafür erhalten.«

»Das Pferd macht mir keine Sorgen. Es gehört mir«, eröffnete ihm der Söldner.

»Du besitzt ein Pferd?« Arion hätte sich am liebsten dafür auf die Zunge gebissen. Aber auch wenn Rodans Wallach ein kleines, unscheinbares Tier war, hatte er noch nie von einem Knecht mit einem eigenen Pferd gehört. Der Mann war schließlich kein Bauer, der das Tier brauchte, um seine Felder zu bestellen.

»Ich habe es aus Phykadon mitgebracht.«

Aus Phykadonien? Ihm fielen auf der Stelle so viele Fragen ein, dass er den Söldner den ganzen Tag damit hätte beschäftigen können, aber er hielt sich zurück. Wenn alles so lief, wie Sava es sich vorstellte, hatte er Rodan noch lange genug am Hals, um sich Geschichten über ihren Gegner anzuhören. »Gut. Dann können wir also auf dich zählen?«

»Wenn ich mich darauf verlassen kann, dass Ihr Euer Wort haltet.«

Arion hätte ihn am liebsten geohrfeigt. Nur mühsam konnte er sich beherrschen, um Savas willen. *Wenn sie erst sicher in diesem Heiligtum ist, werden andere Saiten aufgezogen.* »Deine Unverschämtheit ist nicht zu überbieten, aber ich habe mein Wort gegeben und bin daran gebunden.«

»Dann bin ich Euer Mann.«

Arion zog den Brief hervor und reichte ihn dem Söldner. »Mach dich noch heute Nacht auf den Weg! Je früher du fort bist, desto größer ist die Wahrscheinlichkeit, dass du auch dann vor uns ankommst, wenn du auf Hindernisse stößt.«

Regin
Osten Sarmyns

Regentropfen fielen aus den noch spärlich belaubten Baumkronen herab und pochten in einem so ungleichmäßigen, unberechenbaren Takt auf das Zeltdach, dass es Regins Unruhe noch verstärkte. Fürst Ordag auf Gerweron, der das kleine Heer anführte, hatte das Nachtlager im Wald, ein gutes Stück außer Sichtweite des Feindes, aufschlagen lassen und wollte im Morgengrauen angreifen. Er hoffte die Phykadonierbande, die Kreons Burg belagerte, damit zu überraschen, sodass der Trupp zwischen der Attacke der Ritter und den Verteidigern auf den Mauern ohne große eigene Verluste zerrieben werden würde.

Regin zweifelte nicht am bevorstehenden Sieg, aber er hatte noch nie auf Leben und Tod gekämpft. Seine Aufregung hielt ihn wach. *Immer noch besser als die Nähe dieser verfluchten Tür.* Seit er die Mauern Egurnas verlassen hatte, war das Rufen der unheimlichen Macht verstummt, und selbst die Träume von dem gesichtslosen Zauberer waren seltener geworden. Die Aussicht, nach dem Kampf um Kreons Burg nach Smedon reiten zu können, anstatt an den Hof zurückkehren zu müssen, war eine solche Erleichterung für ihn, dass er sich dafür schämte. Womöglich bildete er sich das alles nur ein – und hatte Angst vor seinen eigenen Traumgespinsten, wie ein kleines Kind...

Er lauschte auf den schweren Atem des schlafenden Dienstmanns, den Megar ihm zähneknirschend mitgegeben hatte, damit ihm unterwegs jemand aufwartete. Regin empfand noch immer eine diebische Freude darüber, wie ungehalten der Fürst geworden war, weil sich sein zukünftiger Erbe freiwillig zu diesem Einsatz gemeldet hatte. *Tja, wenn ich sterben sollte, werdet Ihr eben den tumben Waig zum König machen müssen*, feixte er. Er stellte sich Waig auf dem Thron vor, mit diesem grässlichen schwarzen Untier neben sich. Wenn er erst König war, würde es ihm ein Vergnügen sein, das Biest eigenhändig abzustechen.

Über diesem Gedanken musste er eingedöst sein, denn plötzlich riss ihn der schmetternde Klang der Fanfaren aus dem Schlaf. Er wusste sofort, dass etwas nicht stimmen konnte, denn ein solcher Weckruf warnte auch den Feind, den sie doch überraschen wollten. »Schnell, meine Rüstung!«, fuhr er seinen Waffenknecht an, während er bereits das polsternde Unterzeug überstreifte. Draußen ertönten wieder Fanfaren. Stimmen und Schritte wurden laut. Der Dienstmann reichte ihm Kettenmantel und Waffenrock. In fliegender Hast stieg Regin in seine Stiefel. Ungeduldig riss er dem ebenso aufgeregten Mann den Schwertgurt aus der Hand. »Raus mit dir! Halt mein Pferd bereit!«

Was war passiert? *Haben die Viehtreiber uns gerochen und greifen an?* Hufe stampften, Pferde schnaubten und wieherten, sodass Regin Schwierigkeiten hatte zu verstehen, was im Lager gerufen wurde. Eilig zog er Kettenhaube und Handschuhe über und stürmte hinaus. »Was gibt es?«, erkundigte er sich bei einem anderen Ritter, der gerade aufsaß.

»In der Burg wird gekämpft. Diese Mistkerle müssen irgendwie über die Mauer gekommen sein.«

»Über die Mauer?«, wunderte sich Regin, doch der Mann ritt bereits davon. Die Späher hatten berichtet, dass der Feind nicht einmal Leitern besaß.

Er schwang sich in den Sattel, und sein Waffenknecht reichte ihm rasch den Schild. Fackeln waren aufgeflammt, die den Reitern zwischen den Bäumen und Zelten leuchten sollten. Regin lenkte seinen Hengst durch die engen Gassen, in denen noch etliche Pferde und halb angezogene Streiter im Weg standen, denen er ausweichen musste. Flüche und Befehle erfüllten die Luft.

»Zur Burg!«, rief ihm ein Vasall Ordags zu. »Die Tore stehen offen!«

Regin hob die Hand, um dem Mann zu zeigen, dass er ihn verstanden hatte, und trieb sein Pferd weiter, aber erst als er zwischen den Zelten heraus war, konnte er schneller reiten. Bis zum Waldrand war es nur noch ein kurzes Stück, aber selbst von dort aus konnte er in der dunklen Regennacht nicht mehr als ein paar ferne Lichter erkennen. Schlamm, den die Pferde der Ritter vor ihm aufspritzten, sprenkelte sein Gesicht und vermischte sich mit dem Regen.

Allmählich schälten sich die Umrisse der Burg aus der Finsternis. Ein Feuer hinter den Mauern wuchs an und enthüllte kämpfende Gestalten auf Wehrgang und Zugbrücke. Dahinter schimmerte das offene Tor wie der Eingang in einen festlich erleuchteten Hof, doch die Männer unter dem hohen Bogen tanzten einen tödlichen Tanz.

Regin zog sein Schwert und ruckte den Schild ein letztes Mal zurecht. Nun war er nah genug, um über dem Trommeln der Hufe das Kampfgeschrei und das Klirren der Waffen zu hören. Die ersten Ritter hatten die Zugbrücke erreicht, wo sich ihnen phykadonische Reiter entgegenstellten, die den Engpass entschlossen verteidigten. Regin musste sein Pferd zügeln, um nicht wie ein Keil zwischen die eigenen Leute zu sprengen. Wütend mahlten seine Kiefer, als er einen Gefolgsmann Kreons von der Mauer stürzen sah. Ihnen blieb nicht viel Zeit, wenn sie noch irgendjemanden retten wollten.

Zu seiner Linken ertönte ein Schrei. Rasch sah er sich um und erblickte einen in die Schulter getroffenen Ritter, als auch schon ein Pfeil mit einem Knall in seinen eigenen Schild schlug. Jemand brüllte eine Warnung, aber Regin hatte die Nachhut der Feinde bereits entdeckt, die aus der Dunkelheit herangaloppierte. Er riss sein Pferd herum, den Phykadoniern entgegen, von denen einige mit ihren Bögen erneut auf die Ritter schossen. Wie sie auf den rasenden Pferden zielen konnten, war Regin ein Rätsel. Ein Pfeil sauste so nah an seinem Kopf vorbei, dass er glaubte, die Befiederung habe die Kettenhaube gestreift. Dann waren die Feinde auch schon heran.

Zwei Reiter kamen direkt auf ihn zu. Der linke schwang einen Säbel, der rechte hielt einen Speer zum Stoß bereit. Es war unmöglich, beide gleichzeitig abzuwehren. Gehetzt traf Regin seine Entscheidung. Im letzten Augenblick hob er den Schild, ohne den Gegner mit dem Säbel weiter zu beachten. Seine ganze Aufmerksamkeit galt der Speerspitze, die auf seine ungedeckte Seite zuzuckte. Er schlug sie mit dem Schwert von sich, sah, dass kein weiterer Feind auf ihn zukam, und wendete, um seinen Hengst hinter dem Speerträger herzujagen. Der Phykadonier raste in das Getümmel der Ritter hinter Regin, die ihm einen tödlichen Empfang bereiteten.

Regin sah sich stattdessen plötzlich dem zweiten Feind gegenüber, der ebenfalls sogleich gewendet haben musste, nachdem ihm kein Hieb an Regins Schild vorbei gelungen war. Das schmale Gesicht des Mannes und der wilde Blick erinnerten ihn an Grachann, als der Fremde ihm eine höhnisch klingende Herausforderung entgegenspuckte. Die Nüstern ihrer Pferde berührten sich fast, so nah standen sie voreinander. Das Streitross legte gereizt die Ohren an. Einer Eingebung folgend, ließ Regin ihm die Zügel locker. Sofort schnappte der bedrängte Hengst nach dem anderen Pferd, das scheuend zurückwich. Regin trieb das Streitross vor, um nachzusetzen. Der durch sein hastig ausweichendes Pferd abgelenkte Phykadonier bekam den Schild nicht schnell genug nach oben. Regin stellte sich in den Steigbügeln auf und stach im gleichen Augenblick mit dem Schwert über die Wehr des Gegners hinweg. Die Spitze der Klinge fuhr durch Haut und Sehnen in den Hals des Mannes, bis sie auf Knochen stieß. Sie glitt von selbst heraus, als Regin durch die Bewegung seines Hengstes zurück in den Sattel fiel und auf das Blut starrte, das aus dem Mund seines Gegners troff.

»Da ist kein Durchkommen!«, brüllte jemand über den Kampflärm hinweg und riss ihn damit aus seiner Erschütterung.

»Wir brauchen Lanzen«, rief ein anderer.

Regin begriff, dass sie die Zugbrücke meinten, die noch immer von phykadonischen Reitern verteidigt wurde, während deren Nachhut von den Rittern niedergemacht worden war. Er lenkte sein Pferd von dem sterbenden Gegner weg und sah sich nach den Speeren der besiegten Feinde um.

»Nehmt Speere!«, rief in diesem Augenblick auch Ordag auf Gerweron, den Regin erst jetzt auf dem Schlachtfeld entdeckte. In der Burg loderten die Feuer nun so hell, dass das hagere Gesicht und der graue Schnurrbart des Fürsten deutlich zu erkennen waren. Von einem brennenden Dach leckten Flammen bis über die Mauer empor, und noch mehr Qualm quoll, vom Regen nach unten gedrückt, über den Boden. Regin zerrte einen Speer aus dem Leib eines gestürzten Pferdes und fand sich auch schon in einer Reihe mit vier weiteren Rittern wieder, die die aufgesammelten Waffen ihrer Gegner wie Lanzen einlegten. Er packte den Schaft, so fest er konnte, und klemmte ihn zusätzlich mit dem Arm ein.

»Gebt den Weg frei!«, brüllte der Fürst seine eigenen Leute an. »Weg zur Brücke freigeben!«

Die Schneise öffnete sich zögerlich, doch plötzlich befand sich nichts mehr zwischen Regin und den Phykadoniern, die überrascht auf die fünf Speerträger starrten.

»Für Sarmyn!«, rief Ordag, und seine Ritter nahmen den Ruf auf. Regin merkte kaum, dass er selbst mitbrüllte, als er auf die Zugbrücke zubrauste. Er sah nur noch die Mienen seiner Feinde, auf denen sich Furcht abzeichnete. Ihre Blicke schossen hierhin und dorthin auf der Suche nach einem Ausweg, denn kein Schild vermochte einen gut gezielten Lanzenstoß aufzuhalten. Regins Streitross flog wie ein wuchtiges Geschoss auf die wankende Reihe der Reiter zu. Er fasste den Gegner direkt vor sich ins Auge. Der Mann hob den Schild und hielt den Säbel bereit, doch in seinem Blick lag Panik. Im letzten Augenblick trieb der Phykadonier mit einem heiseren Schrei sein Pferd vorwärts. Die Reihe der Feinde brach auf.

Regin nutzte die unverhoffte Gunst und jagte so knapp an seinem Gegner vorüber, dass ihre Schilde aneinanderschlugen. Er benutzte seinen Speer, um den Säbel des Reiters zu seiner Rechten zur Seite zu fegen. Sein Arm schmerzte vom Aufprall der Schilde, doch er hatte die Linie des Feindes durchbrochen, ohne den Speer einzubüßen. Triumphierend schwenkte er die Waffe und nahm die Zugbrücke wieder für Sarmyn in Besitz.

Im Morgengrauen lag Stille über der Burg. Dampf stieg von den gelöschten Feuern auf und hüllte das Gemäuer in Nebel. Waffenknechte trugen Leichen hinaus, wo auf Ordags Befehl hin eine tiefe Grube ausgehoben wurde, in der die Phykadonier verscharrt werden sollten. Einen Scheiterhaufen hielt er für eine zu große Ehre, hatte er gesagt. Regin gab ihm recht. Er saß in regennasser Rüstung auf einem umgedrehten Holzeimer und wartete darauf, dass die Kraft in seine Beine zurückkehrte.

Unmittelbar nach dem Kampf hatte ihn noch die Freude über den Sieg getragen. Trotz der brennenden Schnitte und dumpf schmerzenden Prellungen war er stolz über die toten Feinde hinweggestiegen, die überall in der Burg verstreut lagen, und hatte mitangesehen, wie einige Ritter in ihrem Blutrausch verletzten Phykadoniern gnadenlos den Todesstoß versetzt hatten.

Doch als die Leichen der niedergemetzelten Burgbewohner im Hof zusammengetragen worden waren, hatte das Hochgefühl Regin verlassen. Die Erschöpfung war mit der Erkenntnis über ihn gekommen, dass sie nichts bewirkt hatten. *Es war alles umsonst*, dachte er immer wieder, wenn sein Blick die Toten streifte. Er hatte Kreon nicht sonderlich gemocht, aber ihn im Kreise der erschlagenen Frauen und Kinder seines Hausstands blutig und bleich im Regen liegen zu sehen schmeckte bitter wie Galle. Da half es auch nichts, dass unter den Rittern kaum Opfer zu beklagen waren.

»Das ist ihre Taktik«, knurrte Ordag.

Regin zuckte nicht einmal zusammen, obwohl er ihn nicht kommen gehört hatte.

»Schneller zuschlagen, als wir da sind, und verbrannte Dörfer hinterlassen. Aber das hier ist kein unbefestigter Haufen Hütten.« Der Fürst schlug sich zornig mit einer Faust in die Handfläche. »Totensammler auch! Wie konnten diese Schinder hier reinkommen?«

»Jemand auf der Mauer muss unaufmerksam gewesen sein, sodass sie mit einem Seil hinaufklettern konnten«, vermutete einer seiner Vasallen.

»Trotz des Grabens?«, zweifelte Ordag. »Das sind sieben oder acht Schritt. So hoch kann doch kein Mensch ein Seil werfen.«

»Vielleicht haben sie es mit einem Pfeil hochgeschossen«, überlegte der Ritter laut. »Oder sie hatten ein ...«

»Herr, wir haben einen Überlebenden gefunden«, unterbrach ihn ein anderer.

Regin überwand seine erschöpfte Gleichgültigkeit und blickte auf. Der neu hinzugetretene Ritter hielt einen widerstrebenden Waffenknecht am Kragen der abgewetzten Lederweste gepackt. »Hat sich die ganze Zeit in einem leeren Fass versteckt. Wir mussten ihn mit Gewalt herausholen.«

»Was für eine jämmerliche Gestalt«, urteilte der Fürst angewidert. »Bist du ein Dienstmann Kreons, du feiger Hund?«

Der Mann zitterte am ganzen Leib und schien sich kaum auf den Beinen halten zu können. Mit weit aufgerissenen Augen sah er die Ritter an. Sein Haar war zerzaust, das Gesicht bleich. Er öffnete den Mund und nickte dann doch nur.

»Meiner Treu, du tust besser daran, mir Antwort zu geben, sonst lasse ich dich mit deinem Herrn gemeinsam in Flammen aufgehen! Wo warst du, als der Angriff begann? Auf der Mauer? Am Tor?«

»A...a...am Tor, Herr«, stotterte der Knecht.

»Das ist ja unfassbar«, empörte sich Ordag. »Und was hast du da getan? Geschlafen?«

Der Dienstmann krümmte sich unter dem Zorn des Fürsten zusammen. »Nein, Herr«, beteuerte er wimmernd. »Da waren plötzlich diese schrecklichen Fratzen. Dunkle Geister, die... sie haben...« Die Stimme brach ihm. »Wir sind um unser Leben gerannt.«

»Du bist vor ein paar Halunken mit geschwärzten Gesichtern davongelaufen?«

Der Mann schüttelte heftig den Kopf. »Das waren keine Menschen, Herr. Bitte, Ihr müsst mir glauben. Ungeheuer aus der tiefsten Dunkelheit haben sie auf uns gehetzt.«

»Und wohin sind die so wundersam verschwunden, als wir kamen? Nicht einmal Lorke können sich in Luft auflösen. Sperrt den Kerl irgendwo ein, bis wir ihm seine gerechte Strafe zukommen lassen können!«

Die Ritter zerrten den um Gnade flehenden Knecht davon.

»Dieses abergläubische Pack!«, schimpfte Ordag. »Ich sollte

mir kleine Sicheln an die Finger kleben, dann halten sie mich für einen leibhaftigen Hauler.«

Regin lächelte halbherzig zu ihm auf. Er erinnerte sich daran, was Braninn und Grachann über ihren Feldherrn gesagt hatten. Und wenn es nun stimmte? Wenn Dämonen ihnen den Zugang zur Burg verschafft hatten? Aber wie passte das dazu, dass angeblich niemand von seinen Machenschaften wusste?

Sava
Norden Sarmyns

Sava beschattete die Augen mit der Hand, um nicht von der Mittagssonne geblendet zu werden. Nachdem sie mehrere Tage durch eine sanft gewellte, manchmal ebene Landschaft geritten waren, in der sich Wälder, Wiesen und Äcker abgewechselt hatten, ragten nun so unvermittelt gewaltige Berge vor ihnen auf, dass sie ihr geradezu unwirklich erschienen. Steil und felsig erhoben sie sich hoch in den Himmel, wo die Schneekappen ihrer Gipfel gleißten.

An den Hängen dieser Riesen endete die Macht Sarmyns und das Reich der Wildnis begann, doch davor lag das Land der Gordean. *Was auch immer mich dort erwarten mag.* Sie zweifelte nicht an Rodan. Sicher hatte er ihre Botschaft längst überbracht. Aber ob derjenige, der ihren Brief gelesen hatte, ihre Bitte erhören würde, war mehr als fraglich. Arion machte ihr wenig Hoffnung, dass das Oberhaupt der Gordean von Drahan, dessen Namen sie nicht einmal kannten, ihr helfen würde, sich dem Willen ihres Vormunds zu widersetzen. Wenn Sava ehrlich zu sich selbst war, musste sie ihm recht geben, und ihr Mut sank mit jeder Meile, die sie sich dem Ziel näherten.

»Ihr macht ein Gesicht wie drei Tage Regenwetter«, bemerkte Senhal und versuchte sich an einem aufmunternden Grinsen, das ihm jedoch eher zu einer Grimasse geriet. »Wird Euch der Abschied von mir so schwerfallen?«

Sava lächelte. Sie war froh, dass der bärenhafte Ritter anscheinend seine gute Laune wiedergefunden hatte, denn nach Rodans Verschwinden war er sehr jähzornig gewesen. Sollte er ebenso toben, wenn er erfuhr, dass sie und Arion ihn angelogen hatten, würde ihr Bruder einen schweren Stand haben. Sie wollte lieber gar nicht daran denken. »Es ist nur die Vorstellung, dass Ihr nun alle in den Krieg ziehen werdet, die mich betrübt«, schwindelte sie. Wenigstens war es keine richtige Lüge, da sie selbst Berenk und Kunmag wünschte, dass sie heil zurückkehrten.

Senhal brummte verlegen in seinen Bart. »Macht Euch mal nicht so viele Sorgen! Berenk wird schon wiederkommen.« Er wandte sich ab und schwieg.

Sava schüttelte den Gedanken an ihren Verlobten ab. Noch war sie frei und betete zu ihrer Göttin darum, dass es so blieb.

Die mit dunklem Nadelwald bedeckten Hügel, die aus der Ferne gegen die majestätischen Gipfel unbedeutend ausgesehen hatten, entpuppten sich aus der Nähe bereits selbst als beeindruckend hohe Berge. Die alte Straße führte bergauf durch ein enges Tal, auf dessen höchstem Punkt der Wald plötzlich vor einer zinnenbewehrten Mauer endete, die von einem Hang zum anderen reichte und einen Riegel bildete. Moose und Flechten hatten sich auf den Steinblöcken ausgebreitet, doch der sorgsam von Bäumen frei gehaltene Streifen vor der Mauer und einige ausgebesserte Stellen darin zeigten, dass jemandem daran lag, dieses Bollwerk zu erhalten.

Das abweisende Bild wurde dadurch gemildert, dass Sava keine Wachen auf dem Wehrgang entdecken konnte, aber sie hatte das Gefühl, beobachtet zu werden. Erst jetzt wurde ihr bewusst, wie einsam die Gegend war. Kaum noch ein Reisender verirrte sich hierher. Das offene Tor, durch das die Straße führte, kam ihr mit einem Mal vor wie ein Schlund, der darauf lauerte, sie zu verschlingen. Selbst Senhal fuhr sich grübelnd durch den Bart, während er die Mauer betrachtete.

Ein Geräusch ließ Sava aufmerken, noch bevor ein einzelner Reiter unter dem Torbogen erschien. Als er aus dem Schatten hervorkam und seinen Rappen zügelte, leuchtete das Rot seines Umhangs auf wie frisches Blut. Darunter trug er Schwarz, was der Farbe seiner lockigen Haare und des zu schmalen Streifens ausrasierten Barts entsprach. Sein eindringlicher Blick verursachte Sava eine Gänsehaut.

»Jagon.« Arions Flüstern klang wie ein Fluch.

Senhal schien es nicht gehört zu haben. »Die Sonne mit Euch, Herr Ritter«, grüßte er. »Ihr seid Jagon von Gordean, nicht wahr? Ich glaube, wir wurden uns auf der Hochzeit Avanks vom Stolzen Berg vorgestellt.«

»Ich erinnere mich an Euch, Senhal von Gweldan. Was verschlägt einen Sohn des alten Bären so weit nach Norden?« Jagon lächelte spöttisch. »Wollt Ihr persönlich dafür sorgen, dass die Gordean in den Krieg ziehen?«

Senhal lachte. »Spitze Zunge, stumpfes Schwert, sagt man bei uns. Ihr werdet bald Gelegenheit haben, mir das Gegenteil zu beweisen.«

»Mit Vergnügen. Aber Ihr habt meine Frage nicht beantwortet.«

Savas Hände begannen zu zittern. Hatte ihr Brief die Gordean etwa doch nicht erreicht?

Senhal zuckte die Achseln. »Ich bin nur hier, weil mein Vater der Meinung war, dass Eure Verwandte eine angemessene Eskorte haben sollte.«

»Das war sehr wohlwollend von ihm – und von Euch. Meine Familie ist Euch zu Dank verpflichtet.« Der Gordean wandte sich Arion zu. »Der junge Emmeraun«, stellte er fest. »Wart Ihr nicht noch am Hof, als ich aufgebrochen bin? Wie schnell man sich doch wiedersieht. Und in einer so ... bemerkenswerten Angelegenheit.«

»Ich wusste nicht, dass Ihr Herr in Drahan seid«, erwiderte Arion kühl.

»Oh, das bin ich nicht. Aber mir war danach, Ausschau nach meiner Verwandten zu halten, die ihren Besuch schon so lange angekündigt hat.« Er warf Sava einen amüsierten Seitenblick zu. »Dass Ihr mir Eure Schwester anvertraut ...«

»Das war nicht meine Entscheidung«, fiel Arion ihm ins Wort.

Sava wand sich innerlich. Wollte er alles zunichtemachen? Was war nur zwischen den beiden vorgefallen?

»Wie bedauerlich.« Jagon sah allerdings nicht im Geringsten betrübt aus und lenkte sein Pferd näher an Savas heran. »Willkommen in Drahan, Sava von Rédké. Ich bin erfreut, Eure Bekanntschaft zu machen.«

Diesem Lächeln ist schon mehr als eine Frau erlegen, dachte sie errötend, als er eine Verneigung andeutete. *Und das weiß er.* Sie nickte huldvoll lächelnd zurück. »Die Freude ist ganz auf meiner Seite.«

»Dann darf ich Euch bitten, mich zu begleiten. Meine Familie erwartet Euch bereits.«

Sava hatte ein schlechtes Gewissen, als sie Senhal zum Abschied winkte, aber sie tat es trotzdem. Schließlich hatte er sich als ihr Beschützer verstanden und nicht geahnt, dass er eine Bedrohung für sie war. Sie wollte ihm seine Freundlichkeit danken, so gut es ging, bevor er von Berenk die Wahrheit erfuhr.

Der Ritter und seine drei verbliebenen Begleiter verschwanden durch das Tor der Burg, die die Gordean Rothjard nannten. Rothjard mochte zu niedrige Türme und Mauern haben, um einem ernsthaften Angriff standzuhalten, aber dafür fühlte Sava hier nicht die bedrückende Enge, die auf Emmeraun und selbst auf Gweldan allgegenwärtig war. Das Anwesen lag in einem weiten Tal, das auf drei Seiten von felsigen Gipfeln umgeben war, auf denen um diese Jahreszeit noch Schnee lag.

Die vierte Seite nahmen jene Berge ein, die Sava auf der alten Straße durchquert hatte. Umgeben von Wiesen und kleinen Seen, Bergwäldern und verstreuten Bauernhöfen erstreckte sich Rothjard auf der dreifachen Fläche der Burg von Gweldan, ohne annähernd so dicht bebaut zu sein.

Zumindest für gewöhnlich. Denn ein Heerwalt des Königs war bereits in Drahan gewesen, sodass nun überall auf dem Gelände Rothjards die Zelte der zusammengerufenen Dienstmannen und Waffenknechte wie Pilze aus dem Boden geschossen waren. Die Männer saßen vor ihren Unterkünften und legten letzte Hand an ihre Ausrüstung oder liefen müßig herum, um mit ihresgleichen zu schwatzen und zu scherzen.

Sie benehmen sich, als stünde ein großes Fest bevor, dachte Sava verwirrt. *Fürchten sie sich denn nicht?*

Arion atmete neben ihr auf und riss sie damit aus ihren Gedanken. »Er ist tatsächlich weg und du bist noch hier.« Er schüttelte den Kopf. »Ich hätte nie gedacht, dass wir damit durchkommen.«

»Das habe ich wohl auch nur Alva zu verdanken«, meinte Sava, denn es war offensichtlich die alte Herrin von Drahan, die die Geschicke der Gordean lenkte und entschieden hatte, der Bitte in Savas Brief zu entsprechen. *Und Rodan*, fügte sie nur im Stillen hinzu, um ihren Bruder nicht zu reizen.

»Vermutlich.« Arion winkte einem Stallburschen. »Sattel unsere Pferde!«

»Jetzt schon? Aber du hast Senhal doch gesagt, dass du mit den Gordean zum Heer stoßen wirst.«

»Um dich nicht mit diesem Jagon allein zu lassen, wofür Senhal großes Verständnis hatte«, stimmte Arion ihr zu. »Aber ich habe ihm vieles erzählt, wie du weißt. Jetzt, da er weg ist, sehe ich keinen Grund, warum ich dich nicht zu diesem Heiligtum bringen und danach aufbrechen sollte. Ich möchte Jagons Gesellschaft nicht länger als nötig genießen.«

»Warum? Nur weil er spöttisch und ein Herzensbrecher ist?«

»Nein! Ich sagte doch schon, dass er groß darin ist, mich in Schwierigkeiten zu bringen.«

»Aber dieses Mal hat er dir geholfen.«

»Er hat *dir* geholfen«, stellte Arion richtig. »Wenigstens hast du erkannt, dass er ein Weiberheld ist. Dann muss ich mir keine Sorgen machen, dass du auf ihn reinfällst.«

»Du solltest lieber anfangen, dir Sorgen um dich selbst zu machen.« Sava sprach nicht aus, dass sie Angst um ihn hatte, sonst würde er ihr doch wieder nur mit einem abwiegelnden Spruch kommen.

»Musst du noch packen?«, lenkte er ab. »Ich werde Alva suchen, damit wir uns verabschieden können.«

Sava nickte ergeben. Einerseits war sie neugierig auf die heilige Stätte, andererseits fürchtete sie sich davor, wie die Priesterinnen sie aufnehmen würden. Sie trennte sich von Arion, um in ihr Zimmer im Gästehaus zurückzukehren, als ihr einfiel, dass Rodan irgendwo in Rothjard sein musste und es nach Senhals Abreise nicht mehr nötig hatte, sich zu verstecken. Wenn sie ihn jemals wiedersehen wollte, war dies ihre letzte Gelegenheit. *Ich muss mich wenigstens bei ihm bedanken*, redete sie sich ein.

Sie hatte keinen Anhaltspunkt, wo sie suchen sollte. Er konnte überall untergekommen sein, in jeder Scheune, jedem Gesindehaus, jedem Zelt. Ihr blieb nichts anderes übrig, als ganz Rothjard zu durchkämmen. Sie fragte eine Magd, doch die Frau schüttelte den Kopf und erklärte, dass sich in diesem Durcheinander niemand mehr auskenne. Sava suchte trotzdem weiter. Sie eilte durch die überfüllten Stallungen und strich wie eine streunende Katze zwischen den Zelten umher.

Als sie in Arions Begleitung an den Männern vorbeigegangen war, hatte sie ihnen kaum Beachtung geschenkt. Doch nun, da sie allein herumlief und ihnen suchend in die Gesichter sah, spürte sie, wie sich die Stimmung veränderte. Die meisten Männer blickten zwar rasch zur Seite, schauten grimmig oder lächelten zaghaft. Aber einige grinsten auch dreist und stießen sich gegenseitig an. Bemerkungen wurden geflüstert und anzüglich belacht.

Sava fühlte sich von diesen Blicken beschmutzt. Ihr war bewusst, dass sie sie herausgefordert hatte, aber sie verabscheute sie deshalb nicht weniger. Furcht regte sich in ihr, obwohl ihr der Verstand sagte, dass es unter den Augen der nahen Ritter niemand wagen würde, sie anzurühren. Dennoch beschleunigten sich unwillkürlich ihre Schritte, und sie sah starr geradeaus, um die Kerle nicht weiter zu ermutigen.

»Was zum Henker habt Ihr hier zu suchen?« Rodan packte ihren Arm, noch bevor sie ihn richtig erkannt hatte, und zog sie mit sich aus den Reihen der Zelte hinaus.

»Seid Ihr wahnsinnig?«, fragte sie erschrocken. »Wollt Ihr, dass sie Euch die Hand abhacken?«

Er ließ sie los und drehte sich wütend zu ihr um. »Was sollte das? Gefällt es Euch, wenn die Kerle Euch anstarren?«

Sie sah ihn fassungslos an. Dachte er wirklich so über sie? Weil sie in diesem Gasthaus zu ihm gekommen war, obwohl Narrett es ihr verboten hatte? Aber wenn er sie für ein Flittchen hielt, warum war er dann immer zur Stelle, um sie zu retten? »Es widert mich an! Aber wie sollte ich Euch denn sonst finden?«

Der Zorn schwand aus seinem Gesicht, doch sein Blick blieb unergründlich. »Wegen mir also, hm?«

»Ja. Ich wollte Euch danken«, erklärte Sava verlegen. »Ihr seid mir jetzt schon drei Mal ein wahrer Ritter gewesen.«

»Vielleicht gewöhn ich mich dran.« Er lächelte verschmitzt.

Savas Herz flatterte. *Wenn er doch nur...* Aber sie standen inmitten einer zum Heerlager umfunktionierten Burg und erregten bereits genug Aufmerksamkeit. »Ihr werdet mit meinem Bruder in den Krieg ziehen?« Arion hatte es ihr erzählt, doch sie wollte es von Rodan selbst hören.

Sein Lächeln wich einer ernsten Miene. »Ja.«

Sie sah nichts anderes mehr als seine dunkelblauen Augen. »Versprecht Ihr mir, dass Ihr zurückkommt?«

Die Zeit blieb stehen, bis er den Kopf schüttelte. »Nein. Das kann ich nicht.«

Ihr war, als ramme ihr jemand ein Messer in den Leib. Zugleich fühlte sie sich taub und leer. Wie hatte sie sich so weit vorwagen können? »Ich muss gehen«, brachte sie tonlos hervor. »Mein Bruder wartet auf mich.«

Mordek
Phykadonien

»Sieh zu, dass du nicht zu lange brauchst!«, forderte Lefirr, einer von Ertanns wichtigsten Kriegern, wie Mordek mittlerweile wusste. Es war ein stämmiger, kahlköpfiger Mann, der stets bärbeißig wirkte, selbst wenn er gute Laune hatte. Doch im Augenblick klang er so barsch, wie er aussah. »Der Häuptling hat gesagt, dass wir weit weg sein müssen, wenn die Sonne untergeht, also werden wir uns auch daran halten.«

Mordeks Blick musterte die fünf Männer, die mit ernsten Gesichtern auf ihren Pferden saßen. Keiner hatte ein Lächeln oder ein aufmunterndes Wort für ihn übrig. Sie würden nicht einmal auf ihn warten, wenn er nicht schnell genug zurückkam, geschweige denn nach ihm suchen. Für sie war er nur ein Hund, der vor Ertann kroch. Der Kerl, der entbehrlich genug war, dass man ihn in die Dunkelheit schicken konnte. Vielleicht hatten sie recht. Vielleicht war er ein Narr zu glauben, dass er Ertann mit diesem Wahnsinn unbedingte Treue beweisen konnte. Aber sie konnten sich auch irren, und ihr ruhmreicher Anführer würde ihn am Ende für diesen Mut belohnen, während für sie nichts mehr blieb.

Er nahm die brennende Fackel entgegen, die einer der Krieger ihm reichte, und wendete entschlossen sein Pferd. Um sie zu beschämen, schleuderte er seinen Speer von sich, sodass die Waffe zitternd im Boden stecken blieb. Wie eine düstere Wolkenwand erhob sich die Schwärze vor ihm.

Es fiel ihm nicht leicht. Auch wenn Ertann ihm eingeschärft hatte, dass Stahl nutzlos und Sonnenlicht seine einzige Rettung war, fühlte er sich ohne den Speer nackt und ausgeliefert. Sein Pferd blähte die Nüstern und hielt ängstlich vor der Dunkelheit inne. Gereizt trieb er es an, tauchte ein in das Geheimnis, das zu ergründen Ertann ihm aufgetragen hatte.

Schlagartig umgab ihn eine Finsternis, wie er sie nicht für möglich gehalten hatte. Der helle Tag hinter ihm war bereits nach wenigen Schritten zu einem fernen Dämmer verblasst. Das Licht der Fackel reichte kaum über Kopf und Schweif seines Pferdes hinaus. Schon begann er unsicher zu werden, ob er überhaupt geradeaus ritt und in welcher Richtung die Krieger auf ihn warteten. Er spürte eine Ahnung des Grauens, das die fliehenden Stämme in dieser Dunkelheit empfunden haben mussten.

Es war kalt. Draußen kehrte allmählich der Frühling ein, doch hier fröstelte Mordek trotz seines Umhangs. Er sprang ab, um sich durch Laufen zu wärmen, und konnte zum ersten Mal den Boden sehen. Raureif überzog das Gras, das zu schlaffen, farblosen Halmen dahingewelkt war. Kein Laut außer dem leisen Zischen der Flammen drang an seine Ohren. Nicht einmal Käfer oder Ameisen rührten sich zwischen den abgestorbenen Pflanzen. Alles um ihn herum war tot.

Ein eisiger Hauch strich über seine Hand und ließ ihn schaudern. Dieses Land war von Göttern und Geistern verlassen. *Ich weiß nicht, was Ertann glaubt, dass ich hier finden soll. Hier gibt es nichts als Tod und Verderben. Ich kann ebenso gut umkehren.* Er stieg wieder in den Sattel, als ein Windhauch in die Fackel fuhr und sie beinahe erlosch. Von plötzlicher Furcht ergriffen blickte Mordek auf. Er sah direkt in ein entstelltes Schattengesicht, das mit gebleckten Reißzähnen auf ihn zuflog.

Mit einem Aufschrei riss er sein Pferd herum, stieß ihm grob die Fersen in die Flanken und jagte es blindlings in die Richtung, in der er die schützende Sonne erhoffte.

Arion
Heiligtum von Drahan

»Es war sehr freundlich von Euch, Eure Schwester zu uns zu bringen«, sagte die Hohepriesterin warmherzig, als sie ihn nach draußen begleitete.

Wie er erfahren hatte, bestand das eigentliche Heiligtum aus einem uralten Hain, in dem die Gläubigen beteten, Opfer darbrachten und zu Festen zusammenkamen. Das niedrige, lang gestreckte Gebäude dagegen diente, wie die anderen weiß gekalkten, mit Holzschindeln gedeckten Häuser den Priesterinnen als Unterkunft.

»Seid Ihr gläubig, Herr Ritter?«

Arion zuckte die Achseln. »Ich bin verwirrt. Manchmal geschehen Dinge, die ich mir nur dadurch erklären kann, dass es die Götter gibt. Aber die meiste Zeit habe ich den Eindruck, dass Menschen wie mein Vater recht damit haben, dass mächtige Männer und unsere eigenen Entscheidungen die Einzigen sind, die unser Schicksal bestimmen.«

Die Priesterin lächelte. Ihr rundliches Gesicht und die lebhaften Augen täuschten darüber hinweg, dass sie schon sehr alt sein musste – ihr aufgestecktes Haar war bereits zur Gänze weiß geworden. Arion überragte sie um Haupteslänge, doch die Würde, mit der die stämmige kleine Frau ihre Robe trug, beeindruckte ihn. Das weite Gewand war in Weiß und Grün gehalten, den Farben der Göttin. »Ich möchte Euch nicht bedrängen«, versicherte sie ihm. »Es hat mich nur so erstaunt, dass Ihr Euch in dieser Angelegenheit dem Willen Eurer Familie widersetzt, dass ich fragen musste.«

»Das hat Sava wohl ihrer Mutter zu verdanken. Sie hat damals durchgesetzt, dass Vater einen alten Priester aus Haithar aufnahm. Ich wurde für einige Jahre sein Schüler, bis er starb. Ihr... Habt Ihr ihn vielleicht gekannt? Sein Name war Tomink.«

Ihr Kopfschütteln erstickte seine aufkeimende Hoffnung. »Es tut mir leid, junger Herr. Ich bin nie in Haithar gewesen. Es gab Priester, die uns hier besucht haben, aber an einen Tomink erinnere ich mich nicht.«

Arion seufzte. »Bei meinem Glück wisst Ihr dann wohl auch nicht, wer Tazlan war und warum der Tempel zerstört wurde.«

Die alte Frau blieb abrupt stehen. »O doch! Das weiß ich. Aber ich frage mich, warum ein junger Ritter wie Ihr sich mit diesen alten Geschichten belasten will. Es ist geschehen und lässt sich nicht mehr ändern. Wenn dieser Tomink Groll in Euch gesät hat, rate ich Euch im Namen der Göttin, Euer Herz davon zu reinigen. Hass hat noch nie etwas Gutes bewirkt.«

Arion hätte schreien mögen, beherrschte sich jedoch. »Der einzige Groll, den ich hege, gilt dieser ewigen Geheimniskrämerei, die alle Welt in dieser Sache betreibt!«

Die Hohepriesterin lachte. »Wenn das so ist, will ich Euch gern behilflich sein, Euren Zorn zu besänftigen. Ich habe keinen Grund, irgendetwas über Haithar zu verschweigen.«

»Wirklich?« Er war so oft gegen die Wand aus Schweigen gelaufen, dass ihn augenblicklich Misstrauen überkam.

»Kommt, setzt Euch mit mir auf die Bank vor dem Haus!«, lud sie ihn ein. »Ich möchte meinen alten Knochen ein wenig Sonne gönnen.«

»Dann habt Ihr Tazlan gekannt? War er der letzte Priester?« Arion konnte seine Neugier kaum noch zügeln.

»Für mich hört es sich eher danach an, als ob Euer Tomink der letzte Priester war. Euer Vater muss Eure Mutter sehr lieben, wenn er ihr zu Gefallen einen Überlebenden aus Haithar beherbergt hat, denn damals wusste jeder, dass der König die Zerstörung des Tempels angeordnet hatte.«

Er hatte es geahnt, es aber bis zu diesem Moment nicht wahrhaben wollen. »Werodin hat die Blutnacht befohlen?«

»Nicht Werodin, sondern Rotger der Sechste, sein Vater. Werodin bestieg erst zwei Jahre später den Thron.«

»Aber warum hat der König das getan? Und warum spricht heute niemand mit mir darüber, wenn es jeder weiß?«

»Es war ein offenes Geheimnis, das sich jeder zusammenreimen konnte, aber die meisten werden vorgezogen haben, es zu vergessen. Ritter, denen die alten Götter nichts bedeuten, haben wenig Grund, ihren Kindern von diesen Ereignissen zu erzählen, nicht wahr?«

Er musste zugeben, dass sie recht hatte.

»Tazlan hat dieses Unglück über den Tempel gebracht«, fuhr die alte Frau fort. »Er war ein schrecklicher Eiferer, der den Toten Gott verehrte wie kein zweiter. Ich habe ihn gesehen – und gehört! –, als er hier in Drahan war, um die Gordean für seine Pläne zu gewinnen. Er wollte den König mit Gewalt dazu zwingen, das Knie vor dem Toten Gott zu beugen und sich der Herrschaft der Priester zu unterwerfen.«

»Ja, aber ... Wie wollte er das denn bewerkstelligen? Er hätte sämtliche Ritter des Reiches gegen sich gehabt.«

»Hätte er das?« Sie lächelte wissend. »Mir scheint, es gibt einiges in der Vergangenheit dieses Landes, von dem Ihr nicht einmal etwas ahnt. Tazlan war dabei, die alten Feindschaften und Bündnisse zu einem tückischen Netz zu verweben. Und falls dies immer noch nicht gereicht hätte, sprach er davon, Kräfte zu beschwören, wie Sarmyn sie seit Arutar nicht mehr gesehen habe. Mich schaudert heute noch, wenn ich mich an diese Begegnung erinnere.«

»Aber Ihr wart es nicht, die ihn verraten hat?«, wagte Arion zu fragen.

»Nein«, antwortete sie. »Damals war ich noch nicht Hohepriesterin dieser Stätte. Meine Vorgängerin sagte zu Tazlan, dass dieser Ort nur deshalb die Jahrhunderte überdauert habe, weil wir uns niemals in die Angelegenheiten des Reiches eingemischt haben. Und daran hielten wir auch fest. Wir bewahrten Schweigen und gingen unseren Pflichten gegenüber der Göttin nach. Ich weiß nicht, wer dem König Tazlans Pläne zugetragen hat, aber Rotger handelte schnell und entschlossen. Niemand ahnte etwas, bis wir eines Tages die Nachricht erhielten, dass Haithar zerstört und die Priester ermordet seien. Tazlan wurde des Hochverrats angeklagt und für immer aus Sarmyn verbannt.«

»Hätte er nach dem Gesetz nicht sein Leben lassen müssen?«

Die Priesterin nickte. »Das ist für gewöhnlich die Strafe für Hochverrat. Doch man erzählt sich, dass Tazlan in der Halle der Rechtsprechung gelacht und sich darauf gefreut haben soll, an die Seite seines Herrn, des Toten Gottes, zu treten. Deshalb hat der König es vorgezogen, ihn zu enttäuschen und aus dem Reich jagen zu lassen. Ich kann dir nicht sagen, ob das die Wahrheit ist oder sich mehr dahinter verbirgt, denn ich habe Drahan nie verlassen.«

Sie flößte Arion so viel Vertrauen ein, dass er sich noch weiter vorwagte. »Hat man je wieder etwas von Tazlan gehört? Davon, wo er hingegangen ist?«

»Darüber gab es so viele Gerüchte wie Blätter an einer Eiche. Die einen sagten, er sei über das Meer nach Westen gesegelt, andere wollten wissen, dass er nach Osten floh. Wieder andere meinten, er müsse sich den Dämonenanbetern in Kurézé angeschlossen haben, und natürlich wurde auch gemunkelt, dass er bei den Gordean Unterschlupf gefunden habe. Ihr wisst, wie die Menschen sind. Heute noch erzählen Bauern von einem bösen Priester, der einen der treuesten Ratgeber des Königs getötet und dessen Gestalt angenommen haben soll, um seinem gerechten Urteil zu entgehen. Sucht nicht nach Tazlan, junger Herr! Er ist es nicht wert, und es gibt nichts Lernenswertes, das er Euch lehren könnte.«

Arion nickte nachdenklich. »Glaubt Ihr, dass alle Priester in Haithar an seinem Verrat beteiligt waren?«

»Das kann ich nicht mit Sicherheit sagen«, bedauerte sie. »Bestimmt gab es auch Unschuldige, die nichts mit seinen Plänen zu tun haben wollten, aber wer hätte das genau wissen können außer den Priestern selbst? Ich glaube, dass deshalb nie jemand damit geprahlt hat, an der Blutnacht beteiligt gewesen zu sein. Es war keine Tat, mit der man Ehre erwirbt.«

»Ich kann mir auch nicht vorstellen, dass Tomink in diese Sache verwickelt war, aber ich habe in seinen Aufzeichnungen Hinweise gefunden, die mich verunsichert haben. Leider wurden sie auf der Reise hierher von einer Swinde zerstört, bevor ich sie zu Ende lesen konnte. Aber nach allem, was Ihr mir berichtet habt, bin ich wieder sehr viel zuversichtlicher, dass er zu den Unschuldigen gehörte. Dafür bin ich Euch dankbarer, als Ihr Euch vorstellen könnt. Wenn es irgendetwas gibt, das ich für Euch tun kann…«

»Schon gut, junger Herr.« Sie tätschelte seine Hand, als wäre er ein aufgeregter Welpe. »Es freut mich, dass Ihr die Dinge hinter den Dingen erfahren wollt, anstatt das Vordergründige zu glauben. Sollte es Euch nach weiteren Antworten verlangen, dürft Ihr jederzeit kommen, um mich zu fragen.«

Ihm schoss durch den Kopf, dass er sich nach der Wahrheit über die Gordean erkundigen könnte, aber er fürchtete, den Bogen damit zu überspannen. Drahan war Gordeanland. Das Heiligtum war auf ihr Wohlwollen angewiesen, und die Hohepriesterin würde sicher nichts Schlechtes über ihre Schutzherren sagen. Aber ihm fiel etwas anderes ein. »Bei den Aufzeichnungen meines Lehrers befanden sich auch Schriften, die er aus dem Tempel gerettet haben muss. Ihr könnt wohl am besten ermessen, wie groß dieser Verlust ist. Jetzt frage ich mich, ob Ihr an dieser Stätte vielleicht auch eine Sammlung alter Handschriften habt.«

»Die haben wir in der Tat.« Ihre Augen funkelten belustigt. »Und wenn Ihr versprecht, sie nicht an eine Flussschlange zu verfüttern, werde ich gern eine der jüngeren Priesterinnen bitten, sie Euch zu zeigen. Ich selbst kann sie leider nicht mehr lesen. Ihr wisst schon, das Alter.«

»Ich schwöre bei meiner Ehre, dass ich keine Swinde in meinen Satteltaschen versteckt habe«, erwiderte Arion schmunzelnd und verneigte sich.

Als er am nächsten Morgen erwachte, schien die Sonne bereits in die kleine, saubere Kammer im Gästehaus des Heiligtums, in der Arion nach einem langen Abend des Lesens bei Kerzenschein ein Nachtlager gefunden hatte. Er blinzelte nur kurz ins Licht, um sich dann mit einem Brummen auf die der Tür abgewandte Seite zu wälzen und die Augen wieder zu schließen. Es gab keinen Grund zur Eile, und mit seiner durch irgendwelche Traumgespinste erregten Männlichkeit konnte er sich ohnehin noch nicht bei den Priesterinnen blicken lassen.

»Habe ich Euch geweckt? Ich bitte um Verzeihung.«

Er riss die Augen auf und drehte sich ruckartig um. Die Sonne schien nicht nur durch das Fenster, sondern auch durch die geöffnete Tür herein und blendete ihn. Im Gegenlicht erkannte er die Umrisse einer schlanken Frau, die sich gerade hinkniete, um ein Tablett auf dem niedrigen Tisch neben seiner Strohmatratze abzustellen.

»Ich habe Euch Frühstück gebracht«, erklärte sie und deutete darauf, doch Arion hatte keinen Blick für das Essen übrig. Nachdem sich seine Augen an die Lichtverhältnisse gewöhnt hatten, wollte er sie nicht mehr vom Gesicht der Fremden abwenden. Sie sprach mit einem leichten Akzent und war von so dunkler Schönheit, dass er sie für eine Phykadonierin hielt, aber sie trug eindeutig die Tracht der Priesterinnen, die ihre anmutige Gestalt nicht verbergen konnte. Auch ihr schwarzes Haar, das in der Sonne violett schimmerte, hatte sie nach Art der Priesterinnen aufgesteckt, sodass nur einzelne Strähnen andeuteten, wie es aussehen musste, wenn man die Nadeln herauszog.

»Eigentlich wollte ich etwas mit Euch besprechen, aber wenn ich später wiederkommen soll ...«

Arion dämmerte, dass er sie anstarrte. »Nein, nein«, sagte er hastig und setzte sich auf, sorgsam darauf bedacht, dass die dicke Webdecke weiterhin das darunter Befindliche verbarg. »Ich wollte ohnehin bald aufstehen.«

Ihre dunklen Augen verrieten nicht, ob sie seine Lüge durchschaute, aber ihre Lippen bescherten ihm mit einem feinen Lächeln einen Schweißausbruch. Die Feuchtigkeit legte sich kühl auf die nackte Haut seines Oberkörpers, und er fand, dass ihm das im Augenblick nicht schaden konnte. »Ich ... ähm ... worum ging es doch gleich?«

»Ich heiße Anidim. Ich bitte darum, Euch nach Egurna begleiten zu dürfen.«

Arion blinzelte ungläubig. »Ihr wollt mit mir ... Oh, nein! Ich reite gar nicht nach Egurna. Der Heerwalt hatte neue Befehle. Das Heer soll sich in Smedon sammeln, weil das näher an der Grenze ist. Aber ich kann ...«

»Wird der König in diesem Smedon sein?«, unterbrach sie ihn.

»Ja, natürlich, er wird dort sein, wo das Heer ist.«

»Dann haben wir denselben Weg. Ich weiß Dinge, die der König erfahren sollte, wenn er diesen Krieg gewinnen will.«

»Oh«, machte Arion überrascht. Der sanfte Schwung ihres Halses lenkte ihn vom Denken ab. »Aber Eure Hohepriesterin hat doch gesagt, dass Ihr Euch nicht in die Angelegenheiten des Reiches einmischt«, fiel ihm dann doch noch ein.

»Sicher meinte sie nicht, dass wir tatenlos zusehen, wenn es angegriffen wird.«

»Sicher.« Es war ihm egal, warum sie ihn begleiten wollte, solange sie es nur tat. In einem Winkel seines Verstands wies ihn eine Stimme darauf hin, dass er Wasser auf gewisse Mühlen goss, wenn ausgerechnet er mit einer Priesterin vor dem König erschien. *Soll ich sie etwa mit Jagon reiten lassen? Kommt überhaupt nicht infrage!*

»Werdet Ihr mich also mitnehmen, Arion?«, fragte sie geduldig.

Woher kannte sie seinen Namen? Sie musste mit Sava gesprochen haben. »Ich kann mir kein größeres Vergnügen vorstellen«, versicherte er erfreut.

»Dann wartet nicht auf mich. Ich werde zu Euch stoßen, sobald Ihr Rothjard verlasst.« Sie lächelte ihm noch einmal zu, bevor sie sich erhob und hinausging.

Arion blickte ihr gedankenverloren nach, bis er merkte, dass er den leeren Türrahmen anlächelte.

Braninn
Smedon, Sarmyn

»Wach endlich auf! Der Sonnengeist hat gleich schon seine halbe Tagesreise hinter sich!«

Auf Grachanns gereizte Stimme folgten ein Knall und eine Erschütterung, die Braninns Kopf zu sprengen drohten. Mühsam öffnete er die verquollenen Lider einen Spalt weit. Das helle Licht tat ihm in den Augen weh. »Wozu denn?«, murrte er. »Ein Tag ist wie der andere hier.« Dass er Grachanns Tritt gegen das Bettgestell dieses Mal kommen sah, half nichts. Sein Freund hätte ihm ebenso gut gegen die Stirn treten können. »Hör endlich auf damit!«, fauchte er.

»Erst wenn du deinen verfaulenden Hintern aus diesem Zimmer bewegst.«

Braninn setzte sich auf und ließ stöhnend das Gesicht in die Hände sinken, als ein schmerzhaftes Pochen seinen Schädel ausfüllte. »Ich bin krank. Ich brauche eine Kismegla, um den bösen Geist aus meinem Kopf zu vertreiben.«

Grachann spuckte aus. »Der einzige Geist, den sie dir austreiben muss, ist der des Blutsafts.« Mit einem Schlag schleuderte er den leeren Krug durch den Raum. Das Zerbersten des Steinguts jagte eine neue Woge des Schmerzes durch Braninns Kopf. Scherben und letzte rote Tropfen regneten zu Boden. »Ich hab's satt, dir dabei zuzusehen, wie du deinen Kummer darin ertränkst! Er steht jeden Morgen doch wieder mit dir auf.«

»Hör endlich auf, so zu brüllen! Du bist kein Mondlöwe, und ich bin nicht taub.« Er wusste selbst, dass der Wein schuld war. Der Blutsaft setzte ihm jeden Tag mehr zu, aber zugleich vertrieb er auch die schrecklichen Bilder, die ihn sonst in der Nacht heimsuchten. Die toten Kinder. Der leichenstarre Krenn. Das glühende Eisen, das sich in seine Haut fraß, und der leere Blick des Mädchens, das sich vom Turm gestürzt hatte. Was war geschehen? An welchem Tag hatten sich die Ahnen von ihm abgewandt? Nichts gelang mehr. *Vielleicht ist es gleich, ob ich den Schwur breche. Ich bin schon verdammt.* Er stand auf, musste sich jedoch sofort wieder setzen, weil ihn schwindelte.

»Durlach, Braninn! Wann bist du so eine Memme geworden?«

Zorn flackerte in ihm auf und verbrannte die dunklen Wolken, die seinen Geist umhüllten. »Nenn mich noch einmal Memme! Meinen Säbel zieren mehr Strähnen als deinen.«

»Pah! Du kannst ja nicht einmal aufstehen!«

Braninn sprang auf. Die Wut auf seinen Freund und sich selbst hielt ihn auf den Beinen. »Mit dir nehm ich es allemal auf.«

Grachanns Faust kam so schnell, dass Braninn nicht einmal blinzeln konnte. Er hörte seine eigenen Zähne knirschen und schmeckte Blut, als sein Schädel nach hinten flog. Unter der Wucht des Hiebs taumelte er rückwärts gegen das Bett, auf dessen Kante er zu sitzen kam. Grachann packte ihn mit beiden Händen an dem fremdländischen Hemd, das ihre Gastgeber ihm überlassen hatten. »Ich habe es endgültig satt, hörst du? Dieser Regin ist verschwunden, und wir sind so nah an der Grenze, dass ich die Steppe riechen kann. Wir werden heute Nacht unsere Freiheit wiedererlangen oder sterben!« Er ließ mit einem wütenden Stoß los und wich zurück.

Braninn rang mit Benommenheit. Auch ihm war der Gedanke an Flucht wieder öfter gekommen, seit Fürst Megar sie in seinem Gefolge mit nach Smedon genommen hatte, als der König und das Heer dort hingezogen waren. Die Nähe ihrer Heimat schmerzte ihn umso mehr, weil er keine Möglichkeit sah, diesen Ring aus feindseligen Kriegern zu durchbrechen, der sich um die Burg gelegt hatte wie eine riesige Büffelherde um ein kleines Wasserloch. Seine Stimme kratzte. »Wir dürfen nicht sterben. Hast du das vergessen? Wir sind die Einzigen, die die Wahrheit kennen.«

»Dann sterben wir eben nicht, aber gehen werden wir.«

»Verdammt, Grachann, bei dir hört sich das immer so einfach an. Hast du mal einen Blick von der Mauer geworfen? Da draußen stehen mehr Zelte als beim großen Stammestreffen. Und sie sind voll Männer, die nur hier sind, um Phykadonier zu töten. Wie sollen wir da jemals lebend durchkommen? Ich bin Krieger, kein Kismeglarr, der sich unsichtbar...« Seine trockene Kehle zwang ihn zu husten.

»Darüber habe ich nachgedacht«, eröffnete ihm Grachann. »Wir müssen uns in die Gewänder der Ritter kleiden. Wenn wir ihre Eisenmützen aufsetzen, wird uns bei Nacht niemand so schnell erkennen.«

»Nur solange uns niemand anspricht. Unser Sarmynisch klingt anders als ihres.«

Grachann ballte die Fäuste. »Du wirst mich nicht mehr aufhalten, Braninn. Nicht einmal, indem du mir alle neun mal neun Wurzeln des Weltenbaums um die Füße wachsen lässt.«

Braninn lächelte gequält. *Wenn ich das könnte, würde ich noch ganz andere Dinge vollbringen.*

Nervös scharrte er unter dem Tisch und hatte das Gefühl, dass jeder ihm die Fluchtpläne ansehen müsse. Zumindest der Ritter, den Megar dazu abgestellt hatte, in Regins Abwesenheit ein Auge auf sie zu werfen. Doch selbst dieser wachsame Mann schien nicht zu bemerken, wie Grachann mit einem scharfen Blick die Hand über den Becher hielt, als sich Braninn zum wiederholten Mal Wein nachschenken wollte. Der Saal summte von Gerüchten über einen Anführer namens Dristan, der den Krieg ausnutzen wolle, um Werodin vom Thron zu stoßen. Braninn verstand nicht alles, worüber empört gestritten oder nur geflüstert wurde. Er wusste weder, was ein Aufstand sein sollte, noch, warum es ein Verbrechen war, dass ein anderer Häuptling den Anspruch erhob, Oberster Heerführer zu sein. Entweder wählten sie ihn oder nicht. Und so, wie es sich anhörte, hatte dieser Dristan wenig Aussichten, gewählt zu werden.

Ihm war es gleich, solange es die Ritter davon abhielt, ihm und Grachann mehr Aufmerksamkeit zu schenken. Er schlang das Abendessen hinunter, ohne recht zu bemerken, was es war, und verfluchte Grachann für die angeschwollene Lippe, die bei jeder Bewegung spannte.

Als sie zu ihrem Zimmer zurückgingen, wuchs seine Unruhe noch. Er war so darin versunken, in Gedanken alles durchzuspielen, was in der Nacht schiefgehen konnte, dass er beim Klang von Regins Stimme ertappt aufschreckte. »Braninn, Grachann, gerade wollte ich in die Halle zurück, um nach euch zu suchen.« Der junge Ritter stand in der Tür des Turmzimmers und trat zur Seite, um sie einzulassen.

Braninn warf Grachann einen verstohlenen Blick zu, doch sein Freund sah düster zu Boden.

»Ich sehe, ihr seid immer noch nicht gesprächiger geworden«, meinte Regin, während er die Tür schloss.

»Du bist lange fort«, erwiderte Braninn, ohne seinen Vorwurf zu verhehlen.

»Gewesen«, berichtigte der Ritter. »Ich bin lange fort gewesen.« Er sah verändert aus. Die dunklen Schatten der Schlaflosigkeit unter seinen Augen waren verschwunden, dafür spaltete eine Blutkruste seine linke Braue. Sein stets gereizter Blick war gelassener, aber ernst und zeugte zum ersten Mal von echtem Interesse. »Ich hatte die zweifelhafte Ehre, gegen...« Er unterbrach sich und winkte ab. »Das tut jetzt nichts zur Sache. Wichtig ist, dass ich noch einmal mit euch über euren Heerführer sprechen muss. Wäre es möglich, dass eure Leute doch für ihn kämpfen, obwohl sie wissen, dass er Dämonen beschwört?«

Braninn starrte ihn überrascht an. Was hatte der Ritter gesehen, dass er eine solche Frage stellte?

Grachann setzte zu einer zornigen Antwort an, doch Regin hob beschwichtigend die Hände. »Ich weiß, ich weiß. Allein diese Unterstellung beleidigt dich. Aber es muss ja nicht deine Familie gewesen sein.«

»Du hast Dämonen sehen?«, wollte Braninn wissen.

»Gesehen.« Der Ritter schüttelte den Kopf. »Nein, wenn es tatsächlich welche gab, kam ich zu spät, aber ich habe einen Zeugen gehört, der Stein und Bein schwor, dass es Dämonen waren, die ihn und seine Kameraden überfielen und für eure Leute das Tor öffneten.«

»Das kann nicht sein«, wehrte Grachann ab. »Dann sie nicht wissen.«

»Was sollen sie denn sonst glauben, wer ihnen das Burgtor so freundlich aufgetan hat? Einer eurer Zauberer?«

»Ein Kismeglarr kann vieles«, erklärte Braninn.

»Also auch unsichtbar über eine Mauer klettern und dann als dunkle Gestalt mit furchterregender Fratze Männer zerfleischen?« Regin untermalte seine Worte mit so beredten Gesten, dass sich Braninn gut vorstellen konnte, was der Überlebende berichtet hatte.

»Einer tötet mehrere Ritter?«, hakte Grachann nach.

»Nein. Erstens waren es keine Ritter, sondern Knechte. Zweitens stammelte der Mann von mehreren bösen Geistern.«

Braninn rieb sich nachdenklich die Schläfe. »Ich glaube

nicht, dass er Kismeglarr sehen ... gesehen. Es gibt nur wenig mit so großer ... Stärke? Sie auch nicht klug, wenn alle an einem Ort.«

»Demnach kann es kein Zauberer gewesen sein?«

»Nein, ich glaube auch nicht«, ließ sich Grachann vernehmen.

»Dann stellt sich wieder die Frage, was es sonst gewesen sein soll und warum sich eure Leute nicht daran stören.«

Die Antwort war auch Braninn ein Rätsel. Er wechselte ins Phykadonische, um sich mit Grachann beraten zu können. »Glaubst du, dass Ertann die Büffel dazu gebracht hat, seine Frevel um des Sieges willen hinzunehmen?«

Eine Unheil verkündende Glut loderte in den Augen seines Freundes. »Das würde einen Krieg Stamm gegen Stamm bedeuten. Niemals würden die Adler tatenlos dabei zusehen.«

»Und viele Krieger würden im Kampf gegen Ertanns Dämonen sterben. Du weißt, dass Waffen nichts gegen sie ausrichten können.«

Grachann trat vor Wut gegen eine Truhe. Regin warf ihm einen drohenden Blick zu. »Beherrsch dich gefälligst! Diese Truhe gehört mir.«

Braninn mischte sich hastig ein, bevor die beiden in Streit geraten konnten. »Wir glauben, es waren Dämonen. Vielleicht lassen Ertanns Männer das zu.«

Regin nickte zufrieden. »Ich will ehrlich zu euch sein. In Egurna habe ich euch nicht geglaubt, dass Ertann so gefährlich ist. Ich habe dieses Gerede für eine List von euch gehalten. Aber jetzt glaube ich, dass der Krieg durch diesen Mann sehr viel mehr Verluste mit sich bringen wird, als wir hier in Sarmyn dachten. Ich werde mit meinem Vater darüber sprechen, was wir dagegen unternehmen können. Vielleicht wird er euch helfen, vielleicht wird er aber auch euch bitten, uns zu helfen. Wir werden sehen.«

Braninn suchte Grachanns Blick. »Bleiben wir also noch hier?«, fragte er auf Phykadonisch.

Sein Freund verzog widerwillig das Gesicht, nickte aber.

Sava
Drahan

Acht Priesterinnen lebten im Heiligtum von Drahan, und jede erhob sich nach dem Essen mühelos von dem niedrigen Tisch, an dem sie ihre Mahlzeiten kniend einnahmen. Zumindest kam es Sava so vor, als sie mit schamroten Wangen auf ihren eingeschlafenen Beinen schwankte.

»Das lernst du schon noch.« Ervi lächelte ihr aufmunternd zu.

Sava erwiderte das Lächeln nur zaghaft, obwohl sie die junge Frau mochte. Die Hohepriesterin hatte ihr bereits bei der Ankunft erklärt, dass sich alle hier als Schwestern betrachteten, zwischen denen es keine Standesunterschiede gab, und Sava fand es einleuchtend, dass sie alle Töchter der Göttin sein sollten. Sie wollte zu dieser Gemeinschaft gehören, auch wenn es bedeutete, ein völlig anderes Leben zu führen. Aber noch war sie befangen und fühlte sich schrecklich fremd.

»O ja, man lernt es«, stimmte eine der älteren Ervi zu. »Und gerade wenn man glaubt, den Bogen rauszuhaben, springt einem das Alter in den Nacken und drückt einen wieder runter.« Die Priesterinnen lachten, während das stechende Kribbeln in Savas Füßen nachließ.

»Komm! Ich zeig dir unsere Gärten«, lud Ervi sie ein. Die ungewöhnlich zierliche junge Frau war dazu bestimmt worden, ihr in den ersten Tagen zur Seite zu stehen, wofür Sava sehr dankbar war. »Kennst du dich mit Heilkräutern aus?«

Sava nickte und folgte Ervi hinaus. »Ein bisschen schon.«

»Das ist gut. Weißt du, es kommen viele Bäuerinnen zu uns, weil ihre Kinder oder Tiere krank sind. Und wenn es Leuten sehr schlecht geht, nehmen wir sie auf und pflegen sie. Da drüben, in dem Haus unter den Bäumen. Da bleibt es auch im Sommer schön kühl.« Ervi hielt inne und sah sich verstohlen um, als ob sie sichergehen wollte, dass niemand lauschte. »Stimmt es, dass sie dich hier nicht finden dürfen, weil du sonst einen bösen Mann heiraten musst?«

Sava zögerte. Es klang, als wollte sie sich hier nur verstecken, statt Priesterin zu werden. Glaubten sie das etwa alle? »Nein, ganz so ist das nicht«, versuchte sie zu erklären. »Es wäre ungerecht, Ritter Berenk böse zu nennen. Ich bin jedenfalls nicht nur deshalb hier, sondern vor allem, weil ich der Göttin aus Dankbarkeit mein Leben weihen will. Aber wenn mein Vormund davon erfährt, kann es sein, dass er wirklich kommt und mich zurückholt, ob ich will oder nicht.«

Ervi nickte verschwörerisch. »Von mir erfährt niemand etwas. Aber ich glaube, die Gordean würden gar nicht zulassen, dass dich jemand entführt. Sie beschützen uns, weißt du?«

Sava konnte sich kaum vorstellen, dass die Gordean einen Finger rühren würden, wenn Kunmag sein widerspenstiges Mündel zurückholen wollte. Es war sein Recht, über sie zu bestimmen. Sie konnte nur hoffen, dass Ritter Berenk sie nun ohnehin nicht mehr wollte und ihr Vormund deshalb froh war, wenn sie verschwunden blieb.

»Bei der Herrin, ist das aufregend! Bis jetzt haben uns nur Schwestern verlassen, weil sie lieber heiraten wollten, als hierzubleiben. Du bist die Erste, bei der es andersherum ist.« Ervi grinste.

»Ist es denn keine Schande, der Göttin einfach den Rücken zu kehren und zu gehen? Ich dachte, dass man einen Eid leisten muss, wenn man ihr dienen will.« Sava hatte in Tominks Schriften etwas über einen Schwur der Priester gelesen, aber sie wusste nicht, was es damit auf sich hatte und ob auch die Priesterinnen ihn ablegten. Sie war einfach davon ausgegangen, dass es so war.

»Warum soll es denn eine Schande sein?«, wunderte sich Ervi. »Wir schwören doch nur, niemals gegen die Gebote der Göttin zu verstoßen und jedem zu helfen, der krank oder verletzt ist. Dazu muss man nicht für immer hierbleiben.«

»Aber ich habe außerhalb dieses Heiligtums noch nie eine Priesterin gesehen«, wandte Sava verwirrt ein.

»Tja, also, wenn man das Heiligtum verlässt, um zu heiraten, ist man ja auch keine Priesterin mehr.«

Allmählich glaubte Sava zu verstehen. »Ich fürchte, ich muss noch sehr viel mehr lernen, als an niedrigen Tischen zu knien. Ich weiß nichts darüber, wie ihr hier lebt.«

»Dafür hast du ja mich«, meinte Ervi leichthin. »Eigentlich gibt es nur zwei Dinge, die du auf keinen Fall tun solltest, weil dir die Weiße Frau sonst den Kopf abreißt. Sprich niemals abfällig über die Göttin! Und pass auf, dass du keine Pflanzen im Heiligen Hain zertrittst!«

»Ich werde darauf achten, aber... Wer ist die Weiße Frau?«

»Du hast noch nie von ihr gehört?«

Sava schüttelte den Kopf.

»Sie ist unheimlich, aber wenn du nachts nicht in den Heiligen Hain gehst, begegnest du ihr wahrscheinlich nicht. Sie war früher die Hohepriesterin hier, weißt du, aber jetzt ist sie tot.«

Mit jedem Tag, der verging, zweifelte Sava mehr daran, dass sie jemals eine gute Priesterin werden konnte. Selbst der ruppigste Bauer, der in das Heiligtum kam, sprach den Namen der Göttin mit größerer Inbrunst aus als sie. Alle wussten um die kleinen Opfer und Segnungen des Alltags, während Sava nicht einmal gelernt hatte, vor jedem Essen der Göttin für ihre Gaben zu danken. Sie kannte weder die einfachsten Gebete noch die zahllosen Legenden über die Wunder, die Dearta für die Hungernden und Siechen gewirkt hatte. Aber das Schlimmste war, dass es ihr so schwerfiel, diese Geschichten zu glauben. Sie fragte sich immer wieder, warum sie sicher war, dass die Göttin *ihr* geholfen hatte, wenn ihr doch Berichte über andere Wunder stets nur wie schöne Märchen erschienen. Es ergab keinen Sinn, aber sie konnte ihre Gefühle nicht ändern. Sie behielt ihre Zweifel für sich und beneidete die anderen insgeheim um ihre tief empfundene Frömmigkeit.

An ihrem vierten Tag in der grünen Robe der Novizin begleitete sie Ervi zum ersten Mal in das Haus der Genesung. Der Duft frisch zerstoßener Minze erfüllte den Raum, auf dessen Boden sich die Lager der Kranken aufreihten, und überdeckte die üblen Gerüche, die sonst das Atmen erschwert hätten. Wer hierher gebracht wurde, war dem Sterben so nah, dass es keine andere Hoffnung mehr für ihn gab, als die Gnade der Göttin zu erbitten. Ein alter Mann, der nur noch aus Haut und Knochen bestand, keuchte bei jedem Atemzug. Ein Junge sprenkelte hustend das Tuch in seiner Hand mit Blut, und eine junge Frau lag fiebernd mit einem verfärbten, angeschwollenen Bein danieder, das gebrochen war und nicht heilen wollte.

Sava verstand nicht, wie Ervi dies Tag für Tag sehen und trotzdem noch glauben konnte, dass Dearta die Gebete der Menschen erhörte. Als sie neben einem kleinen Mädchen niederkniete, das gerade von seiner Mutter gebracht worden war, kam sie sich vermessen vor, weil sie es gewagt hatte, sich in ihrer Angst vor den Räubern an die Göttin zu wenden. *Was war meine Not verglichen mit ihrer?*, dachte sie, als sich das Kind vor Schmerzen krümmte.

»Bitte, rettet meine Tochter!«, flehte die Mutter. »Ein böser Geist zerreißt ihr den Leib von innen. Ich hab alles versucht, um ihn auszutreiben, aber es wird immer schlimmer.«

Das Mädchen glänzte vor Schweiß, seine Haut glühte, aber es wies weder Zaubermale noch Wunden auf.

»Hast du ihr Minztee und Leibkraut gegeben?«, erkundigte sich Ervi besorgt.

»Alles, alles haben wir ihr eingeflößt, das die Därme beruhigt, aber es hilft nicht.« Die Bäuerin rang verzweifelt die Hände.

»Dann werde ich besser Hervind holen. Sie wird wissen, was zu tun ist.« Ervi lief hinaus, doch Sava bemerkte es kaum. Liebevoll strich sie über das weiche Haar des Mädchens. Ganz von selbst fand ihre Hand den Weg hinab auf den vor Anspannung harten Bauch. *Bald wird es dir wieder gut gehen*, sprach sie dem Kind im Stillen zu. *Hab keine Angst.* Leise summend verlor sie sich in dem Gefühl ihrer Hand auf der fiebrigen Haut, bis beides ineinander verschmolz. Sie sah und hörte nichts mehr von dem, was sie umgab. Das wortlose Lied erfüllte sie und floss über sie hinaus.

Als sie die Augen wieder öffnete, lag das Mädchen in sanftem Schlaf vor ihr. Der kleine Unterleib fühlte sich fest, aber nicht mehr aufgebläht an. Die Hitze war angenehmer Wärme gewichen.

»Das ist ein Wunder«, wisperte die Mutter, deren Anwesenheit Sava vergessen hatte. »Die Göttin hat durch Euch ein Wunder gewirkt.« Sie wollte Savas Hände ergreifen, doch Hervind schob sich dazwischen.

»Unsere Schwester braucht jetzt selbst Ruhe«, erklärte die Hohepriesterin bestimmt. »Ervi, kümmere dich um die Frau und ihre Tochter!«

Sava streifte die letzten Reste ihrer Entrückung ab und fühlte sich plötzlich hohl vor Hunger und Erschöpfung. Hervind half ihr auf die tauben Beine, die sie seltsamerweise trugen, obwohl sie sie nicht spürte. Die Hohepriesterin, die kleiner war als Sava, führte sie langsam hinaus und stützte sie. Ihre Stimme klang aufgeregt, aber auch streng. »Woher kennst du dieses Lied? Hat dieser alte Priester es dir beigebracht?«

Sava schüttelte verwundert den Kopf. »Tomink? Nein, der hat nie gesungen. Ich glaube, es muss ein Wiegenlied sein, das meine Mutter für mich gesummt hat. Ich kenne es schon, solange ich denken kann.«

»Das ist kein Wiegenlied, Mädchen. Hast du nicht gemerkt, was es bewirkt?«

Sava machte sich von der Priesterin los, da das Gefühl in ihren Füßen zurückkehrte. »Dann kennt Ihr es?«

»Ich kenne es, aber es ist lange her, dass ich es gehört habe.« Hervind schwieg einen Moment und schien mit ihren Gedanken in weiter Ferne zu weilen. »Es wird Zeit, dass wir dich der Weißen Frau vorstellen.«

Arion
Norden Sarmyns

Neben Anidim zu reiten war eine Qual. Arion sehnte den Abend herbei, wenn sie ein Gasthaus betreten und seine Begleiterin die Kapuze wieder abnehmen würde, die sie stets im Freien trug, selbst wenn angenehmes Wetter herrschte. Umrahmt von dem lindgrünen Stoff sah ihr Gesicht nicht weniger schön aus, doch da sie sogar dann geradeaus blickte, wenn sie mit Arion sprach, bekam er nicht viel davon zu sehen. Er hatte am Vortag ausprobiert, ein Stück vor ihr zu reiten und sich im Sattel nach ihr umzudrehen, aber das war bald sehr unbequem geworden und hatte zudem sein Pferd verwirrt.

»Vergebt mir meine Neugier«, bat er, als ihm das Schweigen unerträglich wurde. »Ihr seid Phykadonierin, nicht wahr?« Er hatte lange gezögert, sie zu fragen, weil er nicht unhöflich sein wollte, und nun war es ihm so unverblümt herausgerutscht. Am liebsten hätte er sich mit der Hand gegen die Stirn geschlagen.

»Wenn Ihr damit meint, dass ich in jenem Land das Licht der Welt erblickte, dann habt Ihr recht«, antwortete sie. Ihr Ton verriet nicht, ob es ihr unangenehm war, über ihre Herkunft zu sprechen, aber sie sagte auch nicht mehr.

Arion verwünschte im Stillen diesen Stofffetzen, der ihre Augen vor ihm verbarg. Unter dem Umhang trug sie eine weiße Tunika und eine grüne Rockhose, die ihr erlaubte, im Sattel zu sitzen. Seit Arion gesehen hatte, wie geschmeidig sie sich bewegte, konnte er kaum abwarten, dass sie wieder vom Pferd stieg. Er wollte alles über sie wissen, ihre Stimme hören und vor allem ihr Gesicht betrachten, aber was er auch sagte, sie wandte sich ihm nicht zu. Er würde sich gedulden müssen, bis sie ihm am Abend gegenübersaß. »Ihr versteht vielleicht, dass es mich wundern muss, eine Phykadonierin in einem so entlegenen Winkel Sarmyns vorzufinden. Und dann auch noch als Priesterin Deartas. Wird die Göttin auch in Eurer Heimat verehrt?«

»Ich betrachte Phykadon nicht als Heimat«, eröffnete sie ihm schneidend, bevor sie zu einem milderen Tonfall zurückfand. »Ich kam als Suchende nach Drahan. Das sollte Euch genügen.«

»Es tut mir leid, wenn ich Euch zu nahegetreten bin. Ich hatte nur gehofft, Ihr würdet mir erzählen, was Ihr über den Feind wisst, dem ich bald gegenüberstehen werde.«

»Was ich zu sagen habe, ist nur für den König bestimmt.«

Arion durchfuhr ein schmerzhafter Stich. Verletzt schwieg er und versuchte sich einzureden, dass es einen unbedeutenden Ritter wie ihn tatsächlich nichts anging, was sie dem König mitzuteilen hatte. Doch es gelang ihm nur halb. Dass sie ihm offenbar nicht vertraute, traf ihn tief. Und hinzu kam, dass sein Leben davon abhängen konnte, in die Stärken und Schwächen der Phykadonier eingeweiht zu sein. War ihr das gleichgültig oder nur nicht bewusst? Trotz regte sich in ihm. Sie sollte nicht glauben, dass er von ihrem Wissen abhängig war. Seit er den Söldner in Rothjard abgeholt hatte, verfügte er schließlich über eine eigene Quelle.

Er hielt sein Pferd zurück und ließ Rodan aufholen. Niemals hätte er sich in einer Schenkstube mit einem Knecht an denselben Tisch gesetzt, aber neben dem Söldner zu reiten, um ihn auszufragen, war etwas anderes. »Du bist also in Phykadonien gewesen«, stellte er ohne weitere Umschweife fest.

»Ja, warum? Wollt Ihr wissen, wie man phykadonische Frauen erobert?«

Arion erstarrte nur für einen Lidschlag, bevor seine Hand zum Schlag ausholte, doch Rodan war schneller. Der Söldner fing seinen Unterarm ab und hielt ihn gepackt. Ihre Pferde verharrten, als ob die Spannung zwischen den Reitern auch sie ergriffen hätte.

»Wagt das nicht!«, drohte Rodan. »Ihr Ritter glaubt...«
Weiter kam er nicht. Er brach ab, als Arion mit der Linken sei-

nen Dolch zog, und wich zurück, wobei er Arions Arm freigab.
»Ein Messer. Wie ritterlich.«

Arion wechselte den Dolch in die Rechte und drängte sein Pferd gerade so weit von Rodans ab, dass er sich außerhalb der Reichweite des Söldners befand. »Deinesgleichen hat das Schwert nicht verdient!«, schnaubte er.

»Glaubt Ihr, ja? Ihr seid nichts weiter als ein grüner Junge, der sich für einen Kämpfer hält. Wo sind Eure Narben? Womit habt Ihr dieses Schwert verdient? Ihr wisst doch gar nicht, was eine Schlacht ist!«

Die Wahrheit in diesen Worten traf Arion mehr als alle Frechheiten, die sich der Söldner noch herausnehmen mochte. Trotzdem hielt er dem wütenden Blick stand. Vor Anidim würde er sich keine Blöße geben. »Du magst dich prügeln können«, gab er zurück und schob den Dolch wieder in die Scheide, »aber von wem solltest du gelernt haben, wie man eine Klinge angemessen führt? Von einer Vogelscheuche auf dem väterlichen Acker?«

»Wenn Ihr Mut hättet, würdet Ihr es herausfinden«, knurrte Rodan. »Aber das traut Ihr Euch nicht.«

Arion knirschte vor Wut mit den Zähnen. Er fürchtete den Söldner nicht, doch ein Ritter erwies einem Knecht nicht die Ehre eines Duells. Das war unter seiner Würde.

Rodan wandte sich achselzuckend ab.

Dieser Bastard glaubt, dass ich die Hosen voll habe. Und Anidim vermutlich auch. »Steig ab!«, befahl Arion barsch.

Rodan musterte ihn abschätzend. »Wozu? Wollt Ihr mir jetzt den Hintern versohlen?«

»Steig ab!«, fuhr Arion ihn an. Zu seiner Genugtuung gehorchte der Söldner. »Hast du wirklich geglaubt, ich hätte Angst vor dir?« Er sprang aus dem Sattel und zog sein Schwert, während er sich von seinem Pferd entfernte. Anidim beobachtete sie schweigend. Ihre Miene glich einer Maske.

Rodan deutete ein Lächeln an, als er blankzog. »Ihr meint das ernst? Scharfe Schwerter?«

»Zimperlich?« Um keinen Preis hätte Arion jetzt noch einen Rückzieher gemacht.

»Wie Ihr wollt.« Rodan schickte sein Pferd mit einer Geste zur Seite und hob kampfbereit die Klinge.

Keine Schilde, scharfe Waffen. Ich muss vollkommen übergeschnappt sein. Wie Tomink es ihn gelehrt hatte, griff er mit der freien Hand unterstützend an den Schwertknauf und sah, dass Rodan dasselbe tat. Keiner nahm den Blick vom Gesicht des anderen. Arion führte seine Klinge nach hinten, als wolle er zu einem Hieb ausholen, doch der Söldner fiel nicht darauf herein. Lauernd umkreisten sie sich, bis Arion vorschnellte, einen weiteren Hieb antäuschte und stattdessen nach Rodans Gesicht stach. Die Schwertspitze verfehlte den Kopf des Söldners nur um Fingerbreite. Rodan drehte sich sofort, um seinerseits die Klinge vorzucken zu lassen, doch das hatte Arion erwartet und brachte sein Gesicht durch zwei rasche Schritte rückwärts in Sicherheit.

»Du bist zu langsam«, freute er sich.

»Und Ihr wärt auf einem Schlachtfeld gerade über Leichen gestolpert«, gab der Söldner unbeeindruckt zurück.

Das hier ist aber kein Schlachtfeld, dachte Arion trotzig und griff erneut an.

Dieses Mal parierte Rodan geschickter. Die Klingen kratzten unter dem Druck mit metallischem Knirschen übereinander. Als hätten sie es abgesprochen, wichen beide ruckartig zurück. Rodan schlug zu. Im Augenblick des Aufpralls spürte Arion den Fehler seines Gegners und ließ die Klinge kippen, um sie mit einem seitlichen Ausfallschritt nach unten zu reißen. Blut quoll hervor, als die Schneide durch Rodans lederne Hose in dessen Oberschenkel schnitt.

Arion sprang zurück. »Hast du genug?«, fragte er zufrieden. Es genügte ihm, überlegen zu sein. Er verspürte keinen Wunsch, den Söldner zu töten.

Rodan stampfte prüfend mit dem verletzten Bein auf. »Wir wollten doch nicht zimperlich sein«, meinte er, aber es klang angestrengt. Dennoch hob er sein Schwert wieder und verkürzte mit einem schnellen Schritt den Abstand zwischen ihnen. Arion griff an. Er schwang die Klinge, Stahl klirrte auf Stahl, dann ging für seine Augen alles zu schnell. Plötzlich war ein Arm vor seinem Gesicht, ein anderer legte sich um seinen Nacken, während sich Rodans Körper vor ihn schob. Noch bevor Arion begriff, wie ihm geschah, wurde er bereits von den Füßen gehebelt und über Rodans Hüfte hinweg vor dem Söldner zu Boden geworfen. Er prallte so hart mit dem Rücken auf, dass ihm die Luft wegblieb.

Das Nächste, was er sah, war die Klinge, deren Spitze an seinem Hals ruhte. Seine Rechte hielt noch immer den Schwertgriff umklammert, aber er wusste, dass es ihm nichts mehr nutzen würde. Furcht beschlich ihn, als er zu seinem Gegner aufsah.

»Ihr bezahlt, ich halte Euch den Rücken frei. Keine Schläge, keine Beleidigungen. Das ist der Handel«, erklärte Rodan und nahm die Waffe von Arions Kehle.

Regin
Smedon

Regin stand in der großen Halle Smedons, obwohl er sicher war, dass er in Wahrheit im Bett lag. Ein fahles Zwielicht herrschte im Saal, wie an einem wolkenverhangenen Regentag.

»Es nützt dir nichts, so zu tun, als ob du mich nicht hörtest, Regin.« Der gesichtslose Zauberer schien spöttisch zu lächeln.

»Was wollt Ihr schon wieder? Bereitet es Euch Vergnügen, mich um den Schlaf zu bringen?«

»Du magst meine Gesellschaft nicht schätzen, aber das ist

reichlich undankbar. Schließlich verhelfe ich dir zur Krone eines recht ansehnlichen Reiches.«

Regin schnaubte gereizt. »Bis jetzt seid Ihr nicht besonders hilfreich gewesen. So wie es aussieht, sitze ich noch lange nicht auf dem Thron.«

Der Zauberer machte eine Geste, die Überdruss verriet. »Es ist nicht mein Fehler, dass du unbedingt den umständlichen Weg gehen willst. Doch der wird nur zum Ziel führen, falls Werodin noch lange genug lebt, um dir seine Tochter zu geben.«

Der Tonfall ließ Regin aufmerken. »Falls? Was soll das heißen?« Es ärgerte ihn, dass der Zauberer zufrieden nickte, als habe er den Köder geschluckt.

»Der König wird diese Nacht nicht überleben – wenn du ihn sterben lässt.«

»Werodin stirbt?« Regin war aufgeregt und verwirrt. »Aber woran? Er sieht kerngesund aus.«

»Eine ausgesprochen einfältige Frage«, urteilte sein Gegenüber. »Es gibt noch andere ehrgeizige Männer in diesem Reich, Regin. Männer, die mehr Entschlossenheit an den Tag legen als du.«

»Jemand versucht, den König zu ermorden?«

»Was für ein scharfsinniger Schluss.«

Er war zu überrascht, um sich über die Bemerkung zu ärgern. »Es läge also ganz allein an mir, diesen Anschlag zu verhindern?«

»So ist es.«

Warum sollte er das tun? Werodin war ihm ohnehin nur im Weg. War es nicht geschickter, ihn von anderen beseitigen zu lassen? Aber würde Joromar ihn mit Beveré verheiraten? Sie waren nie enge Freunde gewesen. Der Zauberer hatte recht. Vielleicht besaß Megar zu wenig Einfluss auf den Prinzen. *Werodin muss herrschen, bis ich ein Mitglied seiner Familie geworden bin. Wenn ich ihm das Leben rette, wird er noch viel geneigter sein, mir jeden Wunsch zu erfüllen, als es Vater je erreichen könnte.*

»Was muss ich tun?«

Die verwaschenen Züge verzogen sich höhnisch. »Soll ich dir auch noch die Hand führen? Ein gedungener Mörder ist in diesen Mauern. Es würde auch auf deinen Vater ein schlechtes Licht werfen, wenn er Erfolg hätte. Finde den Mann und halte ihn auf! Wie viel Anweisung brauchst du noch?«

Regin saß kerzengerade im Bett und griff sich an die Stirn. *Natürlich!* Wenn er sich nicht an der Rettung des Königs beteiligte, würde man seine Familie verdächtigen. Schließlich befand sich Werodin auf ihrem Land! Er warf die Decke von sich und sprang aus dem Bett, um hastig eine Hose überzustreifen, bevor er den Schwertgurt anlegte. Ein leises Schaben erklang, als er die Klinge hervorzog.

»Was ist?«, fragte Braninn aus dem Halbdunkel, in dem sich nur Umrisse erkennen ließen.

»Nichts!« Regin tappte barfuß über die knarrenden Dielen zur Tür. »Ich muss nur pinkeln«, zischte er.

»Mit Schwert?«

Die müssen bessere Ohren haben als ihre Viecher. »Was geht dich das an? Kümmer dich um deine eigenen Angelegenheiten!« Er wartete keine Antwort ab, sondern öffnete die Tür und trat auf den Gang hinaus. Das kalte Gestein unter seinen Sohlen vertrieb die letzten Reste Schläfrigkeit. Die weiße Mondsichel tauchte den Flur in gespenstisches Zwielicht. Es war so still, wie es im Herzen eines riesigen Heerlagers sein konnte. Er hörte leise Schritte hinter sich und blickte sich um. *Das darf doch nicht wahr sein!* Die Phykadonier standen in der Tür, die Säbel in der Hand.

»Schlaft gefälligst! Ich brauche eure Hilfe nicht.« Kopfschüttelnd lief er weiter.

»Und wenn doch?«, gab Braninn zurück. »Wir wollen zeigen, dass wir Freunde sind.«

Regin rollte mit den Augen. Er hatte keine Zeit, sich mit störrischen Fremdländern zu streiten. Eilig lief er die Treppe hinab und den Gang entlang, der zu den neueren Gemächern

Smedons führte, die eigentlich seiner Familie vorbehalten waren, nun jedoch dem König und seinem Gefolge zur Verfügung standen. Musste hier nicht bereits ein Wächter stehen?

Plötzlich packte ihn jemand von hinten an der Schulter und zerrte ihn nach unten. Regin stemmte sich dagegen, sodass er nur ein wenig in die Knie ging. Das Schwert zum Hieb bereit, fuhr er herum. Braninns Linke fing seinen Arm ab.

»Schon gut!«, flüsterte der Phykadonier. »Ich bin gestolpern.«

»Gestolpert?«, zischte Regin. »Verschwindet endlich!«

»Besser wir aufpassen«, meinte Grachann leise und deutete auf den Boden. Regin sah hinunter. Ein Paar Stiefel ragte in den Gang, das zu einem reglos daliegenden Mann gehörte, der in einen dunklen Winkel gezerrt worden war.

Das ist die Wache!, durchfuhr es Regin. »Ich komme zu spät!« Er rannte los. Im Näherkommen schälten sich drei Gestalten aus der Dunkelheit, die sich vor dem Zimmer des Königs gegenüberstanden. Regin öffnete gerade den Mund zu einem Warnschrei, als zwei von ihnen unvermittelt zusammensackten, während die dritte durch die Tür verschwand. »Zu den Waffen!«, brüllte er. »Der König ist in Gefahr!«

Schon hatte er die Tür erreicht und stürmte hinein. Die mit beiden Händen vor den Körper gehaltene Klinge zur Seite reißend, parierte er das geschwärzte Schwert des Gegners, der ihn erwartete. Die Waffe glitt ab. Ein brennender Schmerz sagte ihm, dass die Schneide seinen Oberarm geritzt haben musste. Sein Schwung trug ihn weiter, an dem Unbekannten vorbei. Rasch drehte er sich nach dem Fremden um, doch der lief bereits zum Bett, wo Werodin im Halbdunkel hektisch nach seinem Schwert tastete.

Entsetzt sah Regin, wie der König plötzlich willenlos die Arme sinken ließ. In diesem Augenblick rief Grachann etwas von der Tür her und stürzte sich auf den Mörder, der sich blitzschnell umwandte und auf den Phykadonier zeigte. Grachanns Bewegungen erstarrten. Er fiel, doch Braninn sprang über ihn hinweg, um dem Fremden ungehindert den Säbel in die Brust zu stoßen. Der Mann gab einen erstickten Laut von sich und brach zusammen.

Regin eilte zu Werodin, der mit weit aufgerissenen Augen seine Lähmung abschüttelte. »Seid Ihr verwundet, mein König?«

»Nein.« Sichtlich bemüht, seine Fassung wiederzuerlangen, erhob sich Werodin von seinem Bett. »Nein, es geht mir gut. Was zur Ewigen geht hier vor?«

Regin warf einen kurzen Blick auf Grachann, der ebenfalls unverletzt schien. Er setzte zu einer Antwort an, als die Ritter, die vor der Tür Wache gehalten hatten, hereinstürmten und auf die Phykadonier eindringen wollten, die geistesgegenwärtig die Säbel hochrissen.

»Haltet ein!«, rief der König erbost. »Ihr verwechselt Freund und Feind. Erklärt mir lieber, wie dieser Verräter hier in mein Gemach eindringen konnte! Und verschafft uns endlich Licht!«

»Ja, Herr«, brachte einer der beiden hervor und sah sich suchend um.

»Ich bitte um Vergebung, mein König. Wir sprachen ihn an, und dann wurde mir plötzlich schwarz vor Augen«, verteidigte sich der andere, während ein Diener hereinhuschte, um eine Öllampe zu entzünden.

Neugierig beugte sich Regin über den Fremden, der das vornehme Wams eines Ritters und einen schwarzen Umhang trug. Auch Hose und Stiefel verrieten nichts Ungewöhnliches. Das Antlitz des Toten war schmal und hager, die kühne Schärfe seiner Züge ähnelte Grachanns Gesicht, doch seine Haut sah auffallend gelblich aus. Haar und Bart glänzten in einem rötlichen Braun.

»Zeigt mir seine Brust!«, forderte der König.

Regin wunderte sich zwar, wagte jedoch nicht, den Befehl infrage zu stellen. Er öffnete die Verschnürung der blutbefleckten Jacke und zog sie auseinander. Das ungefärbte Leinenhemd, das darunter zum Vorschein kam, schnitt er mit einem Dolch auf, den ein Leibwächter ihm reichte.

»Vater, was ist passiert?«, ertönte Prinz Joromars Stimme von der Tür her. Er war nur halb angezogen, hielt aber sein Schwert in der Hand. Hinter ihm waren weitere Stimmen und Schritte zu hören.

»Mir ist nichts geschehen, mein Sohn. Man hat versucht, mich zu ermorden, aber Regin und unsere phykadonischen ... Gäste kamen rechtzeitig, um mich zu retten.«

»Ermorden?«, wiederholte Joromar entsetzt. »Aber wer sollte ...«

»Das ist nicht schwer zu erraten. Ich bin sicher, dass ich diesen Anschlag Dristan zu verdanken habe. Seine Gier nach der Macht im Reich wird immer größer. Aber dieser Mann wird es uns nicht mehr verraten können.«

Regin hatte die Brust des Unbekannten entblößt und betrachtete ungläubig die zahllosen nur einen Fingerbreit langen Narben, die die gelbe Haut bedeckten. Sie ähnelte der Haut einer Eidechse. Zögernd berührte er sie, doch es fühlte sich wie gewöhnliche Narben an, nicht wie Echsenschuppen.

»Ein Meuchler aus Askan-über-den-Meeren.« Werodin spuckte die Worte förmlich aus. »Wo sollte er an Land gekommen sein, wenn nicht in einem von Dristans Häfen?«

»Mit Verlaub, mein König«, mischte sich Megar ein, der sich an Prinz Joromar vorbeischob. »Es steht mir nicht zu, Euch das Wort zu verbieten, aber als Euer Ratgeber möchte ich Euch untertänigst darauf hinweisen, dass es sich zum Nachteil entwickeln kann, einen Mann anzuklagen, für dessen Schuld es keine Zeugen gibt.«

»Wahr gesprochen«, gab der König zu. »In meinem Zorn über die feige Tat habe ich mich vergessen.«

Regin stand auf. »Woher wisst Ihr, dass er aus Askan stammt?« Er war noch niemals einem Mann von den Inseln jenseits des Meeres begegnet.

Werodin sah ihn freundlich an und klopfte ihm wohlwollend auf die Schulter. »Ich kann mich eines Händlers entsinnen, der von dort kam. Er brachte eine Menge staunenswerter Waren an den Hof, aber das Beeindruckendste war sein Leibwächter. Die Königin bekam damals Albträume von dem Kerl, weil ihr seine Echsenhaut so unheimlich war.«

»Das ist nur zu verständlich«, murmelte Regin.

»Danken wir Arutar, dass er über Euch gewacht hat«, meinte Fürst Megar.

»Ohne Euren Sohn wäre ihm das kaum gelungen. Ihm und unseren Gästen verdanke ich mein Leben. Wie habt Ihr bemerkt, dass sich dieser Bastard eingeschlichen hat?«

Obwohl er nach der Warnung des Zauberers geahnt hatte, dass diese Frage kommen musste, fiel Regin nichts Unverfänglicheres ein als die Wahrheit. »Ich hatte einen Traum, mein König.«

»Einen Traum?«, wiederholte Werodin. »Kaum zu glauben. Das muss in Eurer Familie liegen. Euer Vater sieht ja auch immer vieles voraus. Sicher werdet Ihr mir ein ausgezeichneter Ratgeber sein, wenn das Reich eines Tages auf Fürst Megar verzichten muss.«

Regin verneigte sich und spürte den nachdenklichen Blick seines Vaters auf sich.

Arion
Nordwestliches Sarmyn

Der Höhenweg bot einen guten Ausblick über das enge Flusstal, in dem sich die Häuser einer kleinen Stadt drängten. Eine düstere Burg, aus dunklem Gestein erbaut, wachte über den Ort, dessen Namen Arion nicht kannte. Er besaß keine Landkarte, die ihm verraten hätte, wo er sich befand, doch der Ritter, auf dessen Gut sie über Nacht geblieben waren, hatte ihm versichert, dass sie sich auf dem Weg nach Smedon befanden.

Wie von selbst hielten seine Augen nach einer Brücke Ausschau, obwohl er noch nicht wusste, ob sie den Fluss überqueren mussten. War es die Juna? Aber selbst wenn sie es nicht war, erleichterte es Arion, als er die steinernen Pfeiler einer ansonsten aus Holz errichteten Brücke erspähte.

Vor ihnen schlängelte sich der Tross einiger Ritter auf dem Weg ins Tal hinab. Die hohen Herren ritten voran, gefolgt von ihren Knappen und Vasallen, die sorgfältig Abstand von den unberittenen Waffenknechten und hoch beladenen Karren hielten. Es dauerte nicht lange, bis Arion den letzten Wagen eingeholt hatte, und noch schneller verlor er die Geduld mit dem trägen Schritt der Ochsengespanne, die behäbig einen Huf vor den anderen setzten, als fiele ihnen das Heben der Beine unendlich schwer.

Er warf Anidim über die Schulter einen Blick zu, den sie fragend erwiderte. Ihr Gesicht war blass, wie so oft, wenn sie länger unterwegs waren. Hohlwangig und mit dunklen Schatten um die Augen sah sie unter ihrer Kapuze hervor. Arion machte sich Sorgen, ob sie den Anstrengungen der Reise gewachsen war, doch sobald sie gerastet und etwas gegessen hatten, ging es der Priesterin stets wieder sichtlich besser. Er fand es befremdlich, wie viel sie bei jeder Mahlzeit verschlang, ohne dass es ihre baldige erneute Erschöpfung verhindert hätte, aber er wollte nicht fragen, ob sie krank sei. Nach allem, was er bisher über sie gelernt hatte, ahnte er, dass sie ihm ohnehin keine klare Antwort geben würde. Sie gab nie etwas von sich preis – wenn sie überhaupt sprach.

»Bei dieser Geschwindigkeit wird es noch bis zum Abend dauern, bis wir im Tal sind«, schätzte er. »Seid Ihr einverstanden, ein wenig zu traben, um diese müden Ochsen hinter uns zu lassen?«

»Ich wäre Euch sogar dankbar dafür.« Sie rang sich ein Lächeln ab, das Arion mit der vorangegangenen Ewigkeit des Schweigens versöhnte.

»Gut. Dann folgt mir!« Er schnalzte mit der Zunge, um sein

Pferd zu ermuntern, und überholte den Tross, so schnell es auf dem schmalen Weg ging. Erst auf Höhe der Ritter gestattete er dem Tier, in den Schritt zurückzufallen. »Die Sonne mit Euch, Ihr Herren! Welche Stadt ist das, der wir uns nähern?«

Einer der Adligen musterte ihn hochmütig. Beim Anblick des grobknochigen Pferdes, das Senhal in einem Dorf nahe der Fähre für ihn aufgetrieben hatte, verzog der Mann abfällig das Gesicht. Arion biss die Zähne aufeinander. *Ja, ich hätte auch gern wieder ein ansehnlicheres Ross. Aber leider fehlt mir im Augenblick der Geldbeutel dafür.*

»Das ist Durindag, junger Herr«, antwortete ein anderer Ritter, der freundlicher aussah. »Man nennt es auch die Stadt der Schwerter.«

»Durindag?«, wiederholte Arion überrascht. »Vielen Dank, Herr Ritter. Wir sehen uns sicher in Smedon wieder.«

Er trieb sein Pferd erneut in den Trab und brachte ein gutes Stück Weg zwischen sich und die Fremden, bevor er wieder langsamer ritt. Es gab angenehmere Begleiter. Rasch vergewisserte er sich, dass Anidim und Rodan noch hinter ihm waren, dann wandte er den Blick Durindag zu. Die Stadt war in ganz Sarmyn berühmt für ihre Waffenschmiede, die auf eine jahrhundertelange Tradition zurückblickte. Zu gern hätte Arion die Gelegenheit genutzt, hier ein Schwert aus Junastahl zu erwerben, doch so wie seine Münzen dahinschwanden, reichte es gerade mal für die Schilde, die er für sich und Rodan dringend brauchte, bevor sie das Grenzgebiet erreichten.

Rodan! Arion runzelte die Stirn. *Wenn ich seinen verfluchten Sold nicht bezahlen müsste, könnte ich mir wenigstens ein anständiges Pferd leisten.* Er schüttelte den Kopf. Im Schatten der ersten Burg, an der sie nach dem Zweikampf vorübergekommen waren, hatte er mit dem Gedanken gespielt, den Söldner dafür einsperren zu lassen, dass er das Schwert gegen einen Ritter erhoben hatte. Die Vorstellung, dass Rodan in irgendeinem Kerker verrottete, war ihm sehr verlockend erschienen. Aber er hätte lügen müssen, um diese Strafe zu erwirken, denn er hatte den Söldner schließlich selbst zum Kampf gefordert. Er hatte den Moment verstreichen lassen und Rodan nicht weiter beachtet, außer wenn er ihm gelegentlich einen Befehl gab.

Er hat mich vor Anidim bloßgestellt. Wahrscheinlich lacht er insgeheim sogar über mich. Aber wenn dem so war, ließ sich der Söldner das nicht anmerken. Er benahm sich so unauffällig und gehorsam, wie es einem Knecht anstand. Trotzdem konnte Arion den Augenblick nicht vergessen, als er am Boden liegend der Gnade dieses Habenichts ausgeliefert gewesen war. Wie so oft in den vergangenen Tagen sagte er sich, dass diese Demütigung unverzeihlich war, doch der Gedanke hatte an Schärfe verloren. Rodan sah ihn nicht ständig feixend an, Anidim hatte ihn schon vorher nicht wahrgenommen, und der Himmel war nicht eingestürzt. Nichts hatte sich verändert. *Nur ich schmolle wie ein Kind, dem man den Honigtopf weggenommen hat.* Was nützte es einem auch, der bessere Schwertkämpfer zu sein, wenn einen der erstbeste Söldner zu Boden rang?

Es ist mein *Söldner. Ich wollte, dass er mir nützlich ist, und er…* »Rodan!« Er winkte ihn zu sich nach vorn. Wenn er den Söldner schon bezahlen musste, dann sollte es sich wenigstens lohnen. »Wie geht es deinem Bein?«, erkundigte er sich beinahe barsch, als Rodan aufgeholt hatte. Bis zu diesem Moment hatte ihn nicht interessiert, was aus dem Schnitt geworden war. In den ersten Tagen hätte es ihn kaum gestört, wenn der Söldner an Wundbrand krepiert wäre.

»Es verheilt gut. Ihr habt nur die Haut geritzt, Herr.«

Er fegte den kleinen Stich beiseite, den ihm die Antwort versetzte, und nickte zufrieden. Demnach konnte Rodan wieder kämpfen. »Dieser Trick, mit dem du mich zu Fall gebracht hast, wo hast du den gelernt?« Er lauerte auf ein leichtes Schmunzeln, einen verräterischen Glanz in den Augen, aber der Söldner antwortete ihm vollkommen ernst.

»In Kurézé. Dort lehren sie die Sieben Griffe der Arglist.«

Er war in Kurézé gewesen? Arion konnte kaum glauben, was das bedeutete. »Du hast für Dämonenanbeter gekämpft?«

»Die bezahlen gut. Man muss nur wissen, wann es Zeit ist zu verschwinden, wenn man nicht in einem ihrer Knochentürme enden will.«

Was zum Totensammler ist ein Knochenturm? Arion brauchte etwas Zeit, um sich zu fassen. Niemand reiste freiwillig nach Kurézé. Nicht einmal Händler wagten sich dorthin, weil bereits zu viele nicht zurückgekehrt waren. Warum ging überhaupt jemand dorthin, wo blutrünstige Dämonen als Götter verehrt wurden? Aber dieses Rätsel lenkte ihn nicht lange von seinem Entschluss ab. »Ich will, dass du mir das beibringst. Heute Abend fangen wir an.«

Bald musste Arion nicht mehr nach dem Weg fragen, um zu wissen, dass sie sich den Grenzgebieten näherten. Immer öfter überholten sie Kriegsvolk, das auf dem Weg zum Heer war, und einige Male begegneten ihnen Flüchtlinge, die ihr Hab und Gut auf Karren aller Größen und Formen oder nur als Bündel am Leib mit sich führten. Dass ein Feind die Macht hatte, all diese Menschen aus ihren Häusern und von den Feldern zu vertreiben, die sie ernährten, schürte in ihm Wut und Empörung. Er konnte es kaum noch erwarten, Smedon zu erreichen, um sein Schwert endlich in den Dienst des Reiches zu stellen.

Den Einzug des Frühlings empfand er angesichts des Sterbens und Blutvergießens beinahe als Hohn. Ungerührt spiegelte sich der Sternenhimmel am Boden der lichten Wälder in einem Meer weißer Blüten, die Elbensterne genannt wurden. Arions Blick folgte einem Häher hinauf in die Kronen der Drudenbuchen und Eichen, an deren Zweigen sich das Laub zu entfalten begann. Der Vogel flog mit seinem warnenden Schnarren höher. Überrascht zügelte Arion sein Pferd. Rauchsäulen stiegen über den Bäumen in den zartblauen Himmel.

Aufgeregt wandte er sich zu Rodan um. »Das sieht nicht nach Kohlenmeilern aus.«

Der Söldner folgte seinem Blick und nickte. »Es könnten Totenfeuer sein«, meinte er, aber es klang nicht überzeugt.

Arion sah Anidim an. *Ich kann da nicht hinreiten*, ermahnte er sich. Was, wenn sie mitten in einen Überfall der Phykadonier gerieten? Aber die Vorstellung, tatenlos weiterzureiten, während womöglich hilflose Menschen niedergemäht wurden, brannte unerträglich in ihm. Er war schließlich hergekommen, um genau das zu verhindern. »Rodan, du bleibst hier und wirst Anidim mit deinem Leben verteidigen, falls es nötig wird! Ich bin so schnell zurück, wie ich kann.«

Er wartete keine Antwort ab, denn Widerspruch würde er nicht dulden. Im Galopp jagte er sein Pferd quer durch den Wald, ohne auf die Zweige zu achten, die ihm ins Gesicht peitschten. Schon stieß er auf einen Pfad, der in die richtige Richtung führte, und folgte ihm. Als eine Wiese vor ihm in sattem Grün durch die Bäume schimmerte, holte sein Verstand die Gefühle wieder ein. Vorsichtig näherte er sich dem Waldrand, um aus dieser Deckung nach der Quelle des Rauchs zu spähen.

Sie zu sehen, war schlimmer, als er es sich ausgemalt hatte. Nur wenige Hundert Schritte von ihm entfernt standen die Strohdächer einiger Häuser in Flammen. Wild flackernd wirbelte das Feuer ganze Kaskaden glühender Halme in die Luft, wo sich heller Dampf mit dunklem Qualm vermischte. Vieh stürmte panisch über die Äcker, während einige Reiter mit blitzenden Klingen alles erschlugen, was sich regte. Andere ritten bereits johlend davon.

Mit zitternden Fingern löste Arion den neuen Schild vom Sattel und zog sein Schwert. Vielleicht gab es noch Überlebende, die er retten konnte. Weitere Feinde galoppierten zurück nach Osten, woher sie gekommen sein mussten, doch noch immer liefen bewaffnete Gestalten zwischen den Häusern herum, die sie nicht alle in Brand gesetzt hatten. *Plünderer*, schoss es Arion durch den Kopf, als er über die Rodung auf sie zupreschte. Angst stellte ihm die bange Frage, wie viele es noch sein mochten, aber er verbannte die Furcht in einen Winkel seines Herzens und sagte sich, dass die meisten Gegner schon abgezogen waren.

Mit einem Mal war er nahe genug, um die Leichen zu sehen. Einige hingen über den Flechtwerkzäunen ihrer Gärten, andere lagen auf den Wegen hingestreckt. Arion verlangsamte sein Pferd, damit es nicht über erschlagene Bauern stampfte, doch er zwang sich, seinen Blick einzig auf die verbliebenen Feinde zu richten, von denen einer gerade mit einer brennenden Fackel in der Hand vor ihm aus einer Scheune trat. Fauchend loderten hinter den Bretterwänden Flammen auf. Der Mann starrte Arion an wie einen Geist. Mit einem Warnschrei, der im lauten Wüten der gewaltigen Feuer unterging, warf er die Fackel von sich und wollte seinen Säbel ziehen. Arion, innerlich fluchend über das schlecht ausgebildete Pferd, das nur zäh seinem Schenkel gehorchte, musste sich weit aus dem Sattel lehnen, um den Phykadonier rechtzeitig mit einem Schwerthieb zu erreichen. Blut schoss aus aufgeschlitzter Haut hervor. Arion schauderte. Für einen Augenblick sah er wie gelähmt auf den Sterbenden hinab, bevor ihn erneut die Wut auf diese Schlächter packte.

Noch während sein Gegner zusammenbrach, trieb er sein Pferd von der Scheune weg und sah sich dabei nach weiteren Plünderern um. Es gelang ihm gerade noch, den Schild hochzureißen, bevor sich mit lautem Knall ein Pfeil hineinbohrte. Der Schütze stand vor der Tür eines Hauses und brüllte etwas hinein, das Arion nicht verstehen musste, um zu begreifen. Seinem auf seltsame Art erweiterten Geist gelang es, gleichzeitig an die im Haus verborgenen Feinde zu denken, im Galopp auf den Mann vor ihm zuzusprengen und zwei weitere Phykadonier zu bemerken, die mit gezückten Säbeln auf ihn zuritten.

Der Bogenschütze zielte erneut auf ihn, doch Arion duckte sich hinter den Schild und war auch schon heran. Der Phykadonier warf sich zur Seite, bevor er niedergetrampelt werden konnte. Das Pferd scheute. Mehrere Gegner eilten aus der Tür hervor. Arion wehrte einen Säbelhieb mit dem Schwert ab und spornte sein Pferd an, um nicht umzingelt zu werden, als auch schon der erste der beiden Reiter die Klinge nach ihm schwang. Der Stahl prallte von Arions Schild ab. Hinter ihm röhrte berstend und knackend das Feuer in der Scheune. Hitze legte sich wie eine drückende Last auf ihn und trieb ihm den Schweiß aus den Poren. In seinem Hals kratzte Rauch, der auch die Phykadonier husten ließ. Dennoch griffen sie an.

Arion fing einen weiteren Hieb mit seinem Schild ab, während er das Schwert auf einen der Plünderer niederfahren ließ, doch der wich aus, und im gleichen Moment glitt eine von hinten zustoßende Speerspitze nur durch Glück wirkungslos an Arions Kettenhemd ab. Ihm wurde bewusst, dass er dieser Übermacht nicht gewachsen war.

Die Reiter hatten sein Pferd abgedrängt. Vor ihm versperrte ein Zaun den Weg, hinter den Plünderern das Haus. Von drei Seiten drangen die Gegner auf ihn ein. Verzweifelt parierte er einen neuen Säbelstreich, der auf sein rechtes Bein gezielt war. Mit einem stechenden Schmerz biss in seinem Rücken die Speerspitze durch das Kettengeflecht. Wieder riss er den Schild hoch, um einen Hieb abzuwehren, aber es war aussichtslos.

Plötzlich brüllte jemand auf Phykadonisch. Die Köpfe seiner Gegner flogen aufgeschreckt herum. Arion nutzte die Ablenkung, trat den Säbel des Mannes zu seiner Rechten beiseite und streckte den Plünderer nieder. Das verschaffte ihm den Raum, sein Pferd so weit zu wenden, dass er den Speerträger nicht mehr im Rücken hatte. Der Reiter, der eben noch von links angegriffen hatte, war fort. Arion nahm sich nicht die Zeit, darüber nachzudenken, sondern trieb sein Tier gegen den zweiten Reiter vor, der sich im gleichen Augenblick zur Flucht wandte und davonstob.

Gehetzt sah sich Arion nach dem nächsten Gegner um. Er erblickte Rodan, der mit dem Schwert den Bogenschützen von den Füßen fegte, der längst zu einem Säbel gegriffen hatte. Der verbliebene Reiter hieb nach dem Söldner, in dessen Schild eine Kerbe zurückblieb. Arions Blick flog zu den anderen Plünderern, während er sein Pferd weiter herumriss. Vor

Entsetzen erstarrte er einen Moment. Anidims Pferd stand mit leerem Sattel vor dem Haus.

Der Speerträger versperrte Arion einen Teil der Sicht, aber ihm genügte, dass der Mann mit seiner Waffe in das Handgemenge zielte, in dem das Grün und Weiß der Priesterin aufleuchtete. Mit zwei Galoppsprüngen war Arion dort. Die Wucht des anhaltenden Pferdes genügte, um den überrumpelten Phykadonier zu Fall zu bringen. Arion sprang ab, ohne den Gestürzten weiter zu beachten. Seine ganze Sorge galt Anidim. Ein Mann stolperte ihm förmlich rückwärts ins Schwert. Er stieß den Verletzten zur Seite und stand vor dem letzten Gegner der Priesterin, der mit schmerzverzerrtem Gesicht den Rücken durchbog, in den Anidim ihm gerade einen Dolch gejagt haben musste.

Arion wirbelte herum, um dem sich aufrappelnden Speerträger die Klinge an die Kehle zu setzen. Der Phykadonier ließ seine Waffe fallen und hob in der Geste des Ergebens die Hände. Schwer atmend drehte sich Arion so, dass er seinen knienden Gefangenen im Auge behalten und trotzdem nach Rodan sehen konnte. Der Söldner und der feindliche Reiter umkreisten einander auf ihren Pferden und kämpften eher mit Blicken als Klingen, bis der Phykadonier plötzlich wendete, um das Weite zu suchen. Rodan brüllte ihm etwas Unverständliches nach.

Hustend rieb sich Arion mit dem Handrücken die Tränen aus den Augen, die vom Rauch brannten. »Rodan!«, krächzte er. »Fessel den Mann!« Er wartete, bis er sicher sein konnte, dass der Söldner den Gefangenen im Griff hatte. Erst dann wandte er sich wieder nach Anidim um, die neben dem verletzten Plünderer kniete und eine Hand in seinen Nacken gelegt hatte. Die Augen des Mannes starrten weit geöffnet ins Nichts. An seiner Seite tränkte Blut seine Kleider, wo Arions Schwert eingedrungen war.

»Dem könnt Ihr nicht mehr helfen«, meinte er verwirrt.

Die Priesterin sah lächelnd zu ihm auf. Ihre Kapuze war

verrutscht, ihre Wangen gerötet, und ihre Augen strahlten ihn an. »Das will ich auch gar nicht. Ich wollte mich nur vergewissern, dass er tot ist.« Beinahe zärtlich nahm sie die Hand vom Hals ihres Feindes.

Arion schwindelte. War sie von Sinnen? Was hatten sie und der Söldner überhaupt hier zu suchen? Die Hitze und der Qualm, die Anstrengung, die Furcht und all die Toten um ihn her machten ihn benommen. »Wir ... müssen von diesem Feuer weg«, brachte er hervor, ohne sich vom Fleck zu rühren. Stattdessen beobachtete er verwundert, wie sich Rodan zu dem Phykadonier hinabbeugte, der unter dem Schwert des Söldners gefallen war, und eine Strähne vom dunklen Haar des Toten abschnitt. *Sie sind alle wahnsinnig. Worauf habe ich mich da nur eingelassen?*

Sava
Drahan, Sarmyn

Nacht hatte sich auf Drahan herabgesenkt, als Sava hinter Hervind ins Freie trat. Der weiße Mond goss sein fahles Licht über das Heiligtum, dessen weiße Mauern gespenstisch leuchteten. *Der bleiche Schädel des Toten Gottes. Was könnte passender sein, um einem Geist zu begegnen?*, dachte Sava schaudernd.

Die Nacht war klar und kalt. Sava zitterte unter ihrer Robe, doch die Hohepriesterin hatte ihr einen Umhang verweigert. Frierend folgte Sava ihr durch das taufeuchte Gras, das um ihre Knöchel strich. Die alten, hohen Bäume des Heiligen Hains reckten ihnen die knospenden Zweige wie knotige Finger entgegen, und das Rascheln ihrer Schritte im alten Laub war der einzige Laut in der Stille. Unter den mächtigen Kronen herrschte jene lebendige Dunkelheit, in der die Sinne verborgene Wesen erahnten. Mit angehaltenem Atem tauchte Sava in die Schatten ein. Das Weiß an Hervinds Robe wies ihr den Weg zwischen den glatten, leicht glänzenden Stämmen, die wie Säulen das verflochtene Gewölbe über ihr trugen.

Die Hohepriesterin hielt inne und bedeutete ihr, stehen zu bleiben. Sava atmete tief durch, um die Angst im Zaum zu halten, die von allen Seiten aus der Dunkelheit an ihr zupfte. Hervind wisperte Worte, zu leise, um sie zu verstehen. Ein kaum wahrnehmbares Schimmern wanderte vor ihnen wie ein Irrlicht durch den Hain.

Es kam näher. Sava konnte den Blick nicht davon lösen. Ihr Herz stockte. Tief verneigte sich die Hohepriesterin vor der durchscheinenden Gestalt, die zwischen den Bäumen hervorschwebte. Die Umrisse verschwammen umso mehr vor Savas Augen, je genauer sie hinsah. Ein Windhauch, den sie nicht spürte, blähte das lange wirre Haar und die Robe, die in dem gleichen matten Weiß schimmerten wie die schlanken Glieder der toten Priesterin, als wäre sie mit dem Leben auch aller Farbe beraubt worden. Nur die Augen, die sich auf Sava richteten, klafften wie Tore in eine Welt der Finsternis in ihrem Gesicht.

»Herrin, dies ist Sava von Rédké«, sagte Hervind mit fester Stimme. »Ihr Herz kennt das Lied der Heilung.«

Der Geist glitt auf Sava zu, ohne dass sich seine Beine bewegten. Sava spürte die Grabeskälte, die von ihm ausging und Furcht in ihr weckte. Ihr Körper wollte vor der Gegenwart des Todes fliehen, doch das Grauen lähmte sie.

»Das Lied«, hörte sie eine flüsternde Stimme in sich. Die Weiße Frau blickte sie nur an. »In mein Herz kommt es nicht mehr. Tote haben kein Leben zu geben.« Ein freudloses Lachen huschte durch Savas Gedanken, das nicht das ihre war.

»Hat sie Die Gabe, Herrin?«, fragte Hervind. »Kann sie Euren Platz einnehmen?«

Die Hand des Geistes hob sich, um nach Savas Kinn zu fassen. Das Grauen drohte sie zu ersticken. *Ihren Platz einnehmen?*

Den Platz einer Toten? Sie starrte in die schwarzen Augen, die sich prüfend in ihre gruben, obwohl nichts als Leere in ihnen lag. Die Finger unter ihrem Kinn fühlten sich an wie Eis und doch körperlos.

Die Stimme in ihrem Kopf bebte. »Es ist da. Sie wird dem Pfad der Schwäne folgen. Bald werde ich erlöst sein.« Die Weiße Frau wich zurück. »Denn der Tod«, hauchte sie Sava ein, »ist eine Qual, wenn man nicht sterben darf. Du wirst schon sehen.«

Plötzlich war sie fort. Die Dunkelheit unter den Bäumen verlor ihr erdrückendes Gewicht. Ein Frösteln durchlief Savas Körper so heftig, dass es sie schüttelte.

»Lass uns gehen«, bot Hervind an.

Sava brauchte ein paar Schritte, bis sie wieder sprechen konnte. Die Furcht vor der Antwort schlug in Wut um, als sie fragte: »Was hat das alles zu bedeuten? Welchen Platz soll ich einnehmen?«

»Beruhige dich, Kind!« Die Hohepriesterin legte begütigend eine Hand auf Savas Schulter. »Der Heilige Hain ist kein Ort für Zorn. Niemand wird dir etwas antun. Alle Entscheidungen liegen bei dir. Auch die Weiße Frau hat ihr Schicksal einst selbst gewählt. Aber manchmal ist es leichter, eine Wahl zu treffen, als ihre Folgen zu erdulden. Sie ist müde und wünscht sich, diese Welt endlich zu verlassen.«

»Warum kann sie das nicht?« Es fiel Sava schwer, Mitgefühl für den Geist zu empfinden, der sie bis ins Innerste erschreckt hatte.

»Sie war Hohepriesterin hier, und als sie starb, gab es keine mehr unter uns, die über Die Gabe verfügte. Ich wurde zu ihrer Nachfolgerin gewählt, doch ich konnte nur das Amt übernehmen; ich hatte nicht ihre Fähigkeiten. Deshalb blieb sie an den Hain gebunden. Nur wer selbst Die Gabe besitzt, kann andere in ihrem Gebrauch unterrichten. Sie musste auf eine Schülerin warten, die ihr Wissen weitertragen kann, damit es nicht verloren geht.«

Sava konnte es nicht fassen. »Und diese Schülerin soll ich sein?«

»Das liegt bei dir. Dir wird eine Gnade zuteil werden, die nur wenigen Menschen vergönnt ist. Danach kannst du dich entscheiden.«

»Heißt das …?«, fragte Ervi, die sie ungeduldig an der Tür erwartete.

»Ja. Sava wird das wahre Angesicht der Göttin sehen.«

Regin
Smedon

Megar von Smedon hob in staunender Anerkennung eine Augenbraue. »Du überraschst mich immer wieder. Wohin ist der faule, verantwortungslose Taugenichts verschwunden, der nichts als die Jagd auf Wild und Weiber im Sinn hatte?«

Regin lächelte säuerlich. »Beides ist zurzeit etwas schwierig. Das lärmende Heer schlägt jede Beute in die Flucht, bevor ich auch nur in ihre Nähe komme.« *Und das ist sogar die Wahrheit.*

Durch die Fenster drang kühle Abendluft herein, aber es brannte noch kein Feuer im Kamin der Kemenate, die dem Fürsten als Unterkunft diente, solange der König in Smedon war. Einst hatte Regins Mutter hier gewohnt, doch es lag zu lange zurück, als dass er sich daran erinnern konnte. Aber er würde nicht mehr vergessen, dass sie auf Megars Wunsch hin gestorben war.

Der Fürst saß in einem alten, wurmstichigen Lehnstuhl, der mit neuen Lederpolstern versehen war. Er hatte einen Arm auf dem Bauch abgelegt, während er sich mit der anderen Hand das bärtige Kinn rieb. »Was du mir da erzählt hast, ist jedenfalls äußerst bemerkenswert. In der Tat fand ich, dass es Fürst

Gerwerons Bericht an den König an Überzeugungskraft fehlte. Nur weil sich ein paar Phykadonier die Gesichter mit Kohle schwärzen, können sie schließlich noch keine sieben Schritt hochfliegen. Zumal die Männer auf der Mauer wussten, dass sie belagert wurden, und mit einem Angriff rechneten. Es passt auffallend gut zu dem, was unsere beiden Königsretter sagen.«

Regin klang ungeduldiger, als er beabsichtigte, denn der aufwendig mit Schnitzwerk verzierte, aber zu niedrige Schemel, mit dem er vorliebnehmen musste, zwang seine Beine von einer unbequemen Stellung in die nächste. »Dann seid Ihr auch geneigt, ihnen zu glauben?«

»Ich ziehe es vor, noch eine Quelle zu Rate zu ziehen, die keine eigenen Absichten verfolgt – zumindest, soweit es mir bekannt ist.«

Hatte der Fürst Spitzel, von denen niemand etwas wusste? Regin fragte sich unwillkürlich, bei wem man schon sicher sein konnte, dass er bedingungslos treu und aufrichtig war. Abgesehen von Waig vielleicht, und der war dafür gerade vom geehrten Erben zum einfachen Ritter erniedrigt worden. »Um wen handelt es sich?«

»Mein Orakel«, antwortete Megar und erhob sich, um zu einer seiner Truhen zu gehen.

Er will es in meiner Gegenwart befragen? Das große Geheimnis seiner Vorausdeutungen? Er musste tatsächlich sehr in Megars Ansehen gestiegen sein. Neugierig beobachtete er, wie sein Vater, der nach eigener Überzeugung eigentlich sein Onkel war, einen enttäuschend kleinen Stoffbeutel aus der Truhe hervorzog.

»Mach dich nützlich!«, forderte der Fürst. »Verriegle die Tür und sieh zu, dass du das Feuer in Gang bekommst!«

Er wird sich nie ändern, dachte Regin mit zusammengepressten Lippen und führte die Befehle aus.

Megar ließ aus dem Säckchen einige bräunliche Krümel auf seine Hand rollen, die er in die Glut warf. Dicker weißlicher Rauch stieg auf, dessen schweren, harzigen Geruch Regin betäubend fand.

»Setz dich hier vor das Feuer, Junge! Das ist Harz des Weisbaums. Der Rauch öffnet die Pforten in die Welt des Verborgenen, das uns die Knochen enthüllen sollen.«

Regin hockte sich im Schneidersitz auf die blanken Dielen und sah zu, wie Megar einen weiteren unscheinbaren Leinenbeutel aus der Truhe nahm, der deutlich größer und schwerer aussah als der erste. Aus der schlichten Umhüllung kam eine Art Säckchen zum Vorschein, das so reich mit verschlungenen Fabelwesen bestickt war, dass er das dunkle Leder darunter nur erraten konnte. Durch seinen schmalen Hals ähnelte es einem Trinkschlauch. Es war gerade klein genug, um von Megar auf der offenen Hand vor Regins Gesicht gehalten zu werden.

»Ist es zu fassen, dass in diesem Behältnis die Antworten auf alle Fragen der Welt enthalten sind?«

Ob das Orakel ihm auch verraten konnte, wer der Zauberer aus seinen Träumen war? Doch Regin wischte den Gedanken rasch beiseite. Er hatte nicht vor, seinen Ziehvater in dieses Geheimnis einzuweihen, solange er nicht dazu gezwungen war.

Megar ließ sich ebenfalls mit gekreuzten Beinen vor dem Feuer nieder, schloss die Augen und schüttelte sachte den Lederbeutel, sodass die Knochenstückchen leise klapperten. Wenn er eine Frage stellte, dann tat er es stumm, denn er gab keinen Laut von sich, bis er ein einzelnes rechteckiges Plättchen hervorgerüttelt hatte, das mit einem Klicken auf den Dielen landete. Die Oberseite war leer. Der Fürst griff danach und drehte es ehrfürchtig um. Eine entstellte Fratze, die das zähnestarrende Maul aufriss, grinste ihnen von der Unterseite entgegen.

»Der Dämon selbst«, erklärte Megar. »Eindeutiger hätte die Antwort nicht ausfallen können.«

Regin nickte, obwohl er dieses Ritual nicht glaubwürdiger fand als die Aussagen lebender Menschen. »Was werden wir also tun? Wollt Ihr den König bitten, Grachann und Braninn freizulassen?«

Der Fürst hatte den Lederbeutel abgestellt und rieb sich erneut das Kinn. »Es ist verführerisch, Feuer mit Feuer zu bekämpfen, aber ich habe meine Zweifel. Die beiden mussten zugeben, dass sie sich womöglich darin getäuscht haben, was passiert, wenn Ertanns Männer die Wahrheit erfahren. Wir müssen annehmen, dass Phykadonier entweder doch nicht so unbestechlich in ihrem Hass auf Dämonen sind oder dass dieser Ertann einen Weg gefunden hat, die Bedenken seiner Leute durch Magie zu umgehen.«

»Ihr meint, er könnte einen Bann über sie geworfen haben?«

»Nun, wenn er so mächtig ist, ein halbes Land in Finsternis zu hüllen, warum sollte er dann nicht über die Mittel verfügen, den menschlichen Geist zu vernebeln?«

»Nein, das kann nicht sein«, wehrte Regin ab. Schon die Vorstellung beunruhigte ihn zutiefst.

»Nur weil dir der Gedanke nicht gefällt, dürfen wir ihn nicht ausschließen. Aber was auch der Grund sein mag: In beiden Fällen wäre es heikel, sich darauf zu verlassen, dass deine beiden Freunde dieses Mal recht behalten. Vielleicht haben ihre Väter längst die Seite gewechselt oder stehen unter einem Bann. Wir wissen es nicht, und selbst wenn ich das Orakel dazu befrage, kann die Lage in ein paar Tagen bereits anders aussehen. Die Zukunft ist nie vollkommen festgelegt.«

»Und was sollen wir dann tun?«

»Wir werden Ertann selbst aufhalten müssen.«

»Aber wie wollt Ihr das anstellen? Ihr habt doch selbst gestern im Kronrat gehört, dass die Phykadonier uns zum Narren halten. Sie sind immer dort, wo unsere Einheiten gerade nicht sind, weil sie schneller vorankommen. Mit unserem schwerfälligen Heer werden wir sie nie zu einer Entscheidungsschlacht stellen können! Wir würden in der Steppe ins Leere laufen, während sie hinter unserem Rücken in kleinen Trupps das Land plündern.«

Megar hob beschwichtigend die Hand. »Wie du schon sagtest, ist mir das bekannt. Je länger ich darüber nachdenke, desto besser erscheint mir, unsere Kräfte ganz auf Ertann selbst zu richten. Dristan hat uns da eine gute Anregung gegeben.«

Regin stutzte. »Ihr denkt also daran, einen Meuchler auf Ertann anzusetzen? Aber der kann scheitern, das habe ich bewiesen.«

»Wohl wahr. Alles, was wir unternehmen, kann scheitern, doch was bleibt uns dann? Sollen wir die Hände in den Schoß legen und nichts tun? Unser Vorteil ist: Die Phykadonier dürften kaum damit rechnen, dass wir uns ausgerechnet für diesen Weg entscheiden.«

»Wir könnten Braninn oder Grachann schicken und den anderen als Geisel hierbehalten.«

Der Fürst blickte nachdenklich in die trägen Rauchschwaden, die sich noch immer aus der Feuerstelle hervorkräuselten. »Keiner von beiden ist ein geübter Heimlichtuer wie der Mann aus Askan, geschweige denn, dass sie über dessen beeindruckende Fähigkeit verfügen, Menschen zu beherrschen. Ich wage nicht, darüber nachzudenken, was geschähe, sollte Askan jemals darauf verfallen, Sarmyn erobern zu wollen.«

»Ihr schweift ab, Vater. Einen Meuchler über das Meer zu holen würde wahrscheinlich ein Jahr dauern.«

»Du hast recht. Wir müssen aus den Möglichkeiten wählen, die uns zur Verfügung stehen. Und ich halte nichts davon, für diese bedeutsame Angelegenheit irgendeinen feigen Dieb aus einem Kerker zu ziehen. Die Aufgabe erfordert Mut und den unbedingten Willen, sie auszuführen.«

Regin schoss ein Einfall durch den Kopf, aber er zögerte, ihn auszusprechen. Stand die Gefahr in einem angemessenen Verhältnis zu dem, was er dabei gewinnen konnte? Würde Megar ihn überhaupt ziehen lassen? Schließlich sagte er: »Ich könnte gehen. Wenn es mein Verdienst wäre, diesen Krieg beendet zu haben, könnte der König mir wohl kaum noch einen Wunsch abschlagen. Niemals hätte ein Ritter mehr für seinen Herrn getan.«

Sein Ziehvater fasste ihn scharf ins Auge. »Bist du von Sinnen? Glaubst du, dass ich dir erlaube, dein Leben wegzuwerfen?«

»Ich lasse mich jedenfalls nicht von Euch einsperren! Ob ich mein Leben nun weiterhin dafür aufs Spiel setze, Dörfer und Burgen zu verteidigen, oder diese sinnvollere Aufgabe übernehme – die Gefahr wird immer mein Begleiter sein.«

»Du stellst dir das wohl sehr einfach vor.«

»Keineswegs. Allein wüsste ich nicht einmal, wie ich Ertann finden sollte«, gab er zu. »Ich würde Braninn und Grachann mitnehmen. Die beiden würden jeden Eid leisten, um diese Möglichkeit zu bekommen.«

»Was mich nicht geneigter macht, ihnen das Leben meines Erben anzuvertrauen.«

Regin ahnte, dass es nur einen Weg gab, Megar zu überzeugen. »Befragt eben Euer Orakel!«

Der Fürst nickte tatsächlich. Wieder schloss er die Augen und schüttelte den Beutel. Das Knochenplättchen, das herausfiel, zeigte eine Hand.

»Also? Was heißt das?«, wollte Regin wissen.

»Tatkraft ist gefragt. Ganz, wie wir es schon festgestellt haben. Aber die Hand steht auch für die Zahl Fünf. Fünf Männer sollen gehen.«

»Fünf.« Regin wusste nicht, was er von dieser Antwort halten sollte.

Wieder ließ sein Ziehvater den Lederbeutel klappern und brachte einen Kreis innerhalb eines größeren Kreises ans Licht. Seiner Miene nach zu urteilen gefiel ihm das Zeichen nicht.

»Was habt Ihr gefragt?«

»Ob du lebend zurückkommen wirst.«

Auch wenn Regin es sich nicht eingestehen wollte, stahl sich Angst in sein Herz. »Und?«

»Die Münze besagt, dass alles zwei Seiten hat. Das soll uns wohl sagen, dass die Zukunft noch nicht entschieden ist.«

»Wie tröstlich«, murmelte Regin.

Arion
Smedon

Die Burg von Smedon verfügte über eine gewaltige Mauer und etliche Türme, doch in der weitläufigen Zeltstadt des Heerlagers wirkte selbst dieses imposante Bauwerk verloren. *Das müssen Tausende sein*, schätzte Arion, und noch immer kamen Ritter aus entlegenen Teilen des Reiches dazu. Zelte und Trosskarren wechselten sich mit Pferchen ab, in denen die Pferde und Ochsen ausharren mussten. Überall waren Bauern und Knechte mit Fuhrwerken und Karren unterwegs, um die vielen Tiere zu versorgen. Dunkle Pfützen hatten sich in den Pferchen gebildet, und der Jauchegestank vermengte sich mit dem der Latrinen zu einem so widerlichen Dunst, dass Arion um jeden Windhauch froh war.

Es herrschte ein reges Kommen und Gehen zwischen den Zelten, obwohl viele Ritter und Dienstmannen nur müßig vor den Eingängen oder um die Kochfeuer herumsaßen. Arion hörte Spielleute, sah Huren und anderes fahrendes Volk, das von der Aussicht auf gute Verdienste angelockt worden war. Die Menschen lachten und stritten, prügelten sich und feilschten, fast wie auf einem großen Markt. So mancher neugierige Blick richtete sich auf Anidim, die ihr Gesicht wie stets unter der Kapuze verbarg. Nach einigen Tagen auf den belebten Straßen nach Smedon störte sich Arion nicht mehr daran. Die Männer hatten noch nie eine Priesterin gesehen und erst recht keine von solcher Schönheit. Es war sinnlos, ihnen Vorwürfe zu machen. Stattdessen nutzte er die Aufmerksamkeit, um sich zu den Zelten Emmerauns durchzufragen, die er in diesem Gewirr sonst tagelang hätte suchen müssen.

Endlich entdeckte er das Feldzeichen seiner Familie, ein aus Holz geschnitztes, aber mit dünnem Bronzeblech überzogenes Relief eines Turms, das auf einer mit grünen Bändern umwickelten Stange saß. Der Anblick erfüllte ihn mit Stolz und dem Gefühl, nach Hause zu kommen, doch gleichzeitig wuchs sein Unbehagen. Wie würde sein Vater ihn aufnehmen? Würde er überhaupt noch mit ihm sprechen?

Kunmag stand vor einem großen Zelt aus grünem Wachstuch und unterhielt sich mit anderen Rittern, von denen – der Kleidung nach zu urteilen – mindestens einer ebenfalls Burgherr sein musste. Arion überlegte, ob er besser warten sollte, bis sein Vater allein war, aber es erschien ihm allzu feige. Welchen Sinn hatte es, länger zu zögern? Er musste sich dem Zorn seines Vaters stellen.

Mit einer Geste bedeutete er Anidim und Rodan zu warten, sprang aus dem Sattel und näherte sich den Rittern. Als Kunmags Blick ihn traf, blitzte es in den strengen Augen auf. Die anderen Männer wandten sich nach dem Neuankömmling um, doch Arion konnte nur grüßend nicken. Er brachte kein Wort heraus. Sein Vater kam ihm nicht entgegen. Arion blieb vor Kunmag stehen, der zum Schlag ausholte und ihm eine Ohrfeige versetzte, die seinen Kopf zur Seite riss. Ohr und Wange brannten wie Feuer, aber er wich nicht zurück.

»Das war für die Schande, die du uns bereitet hast.«

Arion erwiderte seinen Blick ohne Trotz. »Ich bedaure, dass ich Euch mit meinem Handeln Ungemach bereitet habe. Es ist mir nicht leichtgefallen, doch ich bereue meine Entscheidung nicht.«

Kunmag nickte grimmig. »Hohe Herren, ich bitte Euch, mich mit meinem Ältesten allein zu lassen. Wir haben einige Dinge zu besprechen.«

Die Ritter zogen sich zurück. Arion hörte, wie sie sich von den Aufmüpfigkeiten ihrer eigenen Söhne erzählten, bis ihre Stimmen im Lärm des Lagers untergingen.

»Ich habe befürchtet, dass du deine Stiefschwester heiraten und nie zurückkommen würdest«, gab Kunmag zu, doch er zeigte keine Erleichterung.

Entrüstet sah Arion ihn an. »Ich bin weder ein Feigling

noch käme es mir in den Sinn, eine meiner Schwestern zu begehren.«

»Das sehe ich.« Sein Vater warf einen Blick zu dem Söldner und der Priesterin hinüber. »Wo ist dein Pferd?«

Arion schluckte. Das Streitross hatte seinen Vater ein Vermögen gekostet. »Es ist tot. Eine Flussschlange hat es von der Fähre gerissen.«

Kunmags Augen weiteten sich, obwohl seine Stimme streng blieb. »Eine Swinde? So weit im Westen bist du gewesen?«

Arion schwieg, um keinen Hinweis auf Savas Zufluchtsort zu geben.

»Wie dem auch sei, vielleicht wird es dir eine Lehre sein, wenn du nun auf diesem Klepper in die Schlacht reiten musst. Du hättest wahrlich mehr Strafe verdient, aber das würde nur noch mehr Aufmerksamkeit auf die Schmach richten, die du unserem Namen zugefügt hast. Wer ist deine Begleiterin?«

»Ihr Name ist Anidim«, antwortete Arion, der seine Enttäuschung nur schwer verbergen konnte. Wider besseres Wissen hatte er insgeheim gehofft, dass sein Vater ihm das Geld für ein neues Streitross geben würde, um dem Ansehen ihrer Familie durch sein unstandesgemäßes Auftreten nicht noch mehr zu schaden. »Sie stammt aus Phykadonien und glaubt, dem König mit ihrem Rat behilflich sein zu können.«

Kunmag setzte eine zweifelnde Miene auf. »Eine Frau? Aber wer weiß. Der König kann zurzeit jede Hilfe brauchen.«

»Steht es so schlecht?«

»Dieser Krieg ist ein Narrenspiel. Wir senden kleine Einheiten aus, um Dörfer und Burgen zu schützen, während unsere Späher die Hauptstreitmacht des Feindes aufspüren sollen. Offenbar gibt es aber überhaupt kein phykadonisches Heer. Nur Räuberbanden, die plündern und morden, wenn wir gerade nicht hinsehen.«

»Ja, ich weiß. Ich habe ein paar von ihnen erwischt.« Bei der Erinnerung juckte die Wunde in Arions Rücken, wo die Speerspitze durch das Kettenhemd gestochen hatte. Es war kein tiefer Stich gewesen, doch er hatte geeitert und heilte nur langsam.

»Mein Sohn hat also bereits gekämpft, während wir hier herumsitzen und auf den Marschbefehl warten.« Kunmag schüttelte den Kopf. »Flussschlangen, Phykadonier ... Ich scheine wirklich froh sein zu können, dass ich meinen Erben lebend wiedersehe.«

Lag da ein Vorwurf in seiner Stimme? »Ich habe nur meine Pflicht getan. Wie sich herausstellte, waren ein paar von den Kerlen dabei, den überlebenden Frauen Gewalt anzutun. Wenigstens sie konnte ich retten. Ihr Grundherr kam erst dazu, als es längst zu spät gewesen wäre.«

»Zumindest in diesen Dingen hast du gehandelt, wie ich es dir beigebracht habe. Vielleicht werde ich deinen Ungehorsam eines Tages vergessen können, wenn wir den Krieg von nun an gemeinsam bestreiten. So wie es sein sollte.«

Als Arion die Zugbrücke der Burg von Smedon überschritt, schwirrte ihm der Kopf von den vielen Gerüchten, über die ihm sein Vater beim Essen berichtet hatte. Dass Narrett von Gweldan angeblich ausgeschickt worden war, um Fürst Dristan zur Rede zu stellen, weil aus dem Westen des Reichs nur spärlich Truppen eintrafen, kam ihm zwar gelegen. Aber dass sich Ritter so offensichtlich gegen den König stellten, konnte er nicht begreifen. Hatte dieser Fürst tatsächlich gewagt, einen Mörder auf Werodin anzusetzen? Das war noch unfassbarer. Von einem Magier war die Rede, der die ganze Burg mit einem Schlafzauber belegt hatte, um seine schreckliche Tat vollbringen zu können. Andere sprachen von einem geschuppten Wesen, das an den Mauern emporgeklettert sei wie eine Eidechse. *Ich werde wohl Waig fragen müssen, was wirklich passiert ist*, nahm er sich vor, denn es hieß, dass der König nur durch das beherzte Eingreifen des Erben von Smedon gerettet worden war.

»Hier muss es sein. Warte hier, Rodan!«, befahl er und

führte Anidim in die große Halle der Burg, wo er den König zu finden hoffte, doch Werodin war nicht dort. Arion sah sich unter den Versammelten um, ohne ein bekanntes Gesicht zu entdecken. Dafür erspähte er zwei Ritter, die den Durchgang zu einem Wohntrakt bewachten. Bestimmt war dort der König untergebracht. »Die Sonne mit Euch, Ihr Herren«, sprach er die Leibwachen an. »Hättet Ihr die Freundlichkeit, dem König zu melden, dass die Dame Anidim von Drahan einen weiten Weg zurückgelegt hat, um ihn in einer dringenden Angelegenheit zu sprechen?«

Einer der beiden schüttelte den Kopf. »Ich bedaure, Herr Ritter, aber der König empfängt heute niemanden mehr. Ihr werdet morgen wiederkommen müssen.«

»Es geht ihr nicht um irgendeine Gunst oder Hilfe in einer Rechtsangelegenheit«, erklärte Arion ungeduldig. Er wollte nicht erwähnen, dass sie Phykadonierin war, weil er fürchtete, dass sie dann verhaftet wurde, aber er wollte sich auch nicht so einfach abwimmeln lassen. »Sie bringt wichtige Erkenntnisse mit, die über den Verlauf des Krieges entscheiden können.«

Anidim streifte ihre Kapuze ab und sah selbst dabei anmutig aus. Es ließ Arion noch immer nicht kalt, obwohl ihre abweisende Art seine Gefühle für sie merklich abgekühlt hatte. Huldvoll den Kopf mit den aufgesteckten Haaren neigend, schenkte sie den Rittern ein Lächeln. »Wir alle wollen dieses unselige Geplänkel doch so schnell wie möglich beenden, nicht wahr?«

Das war kein guter Einfall, schoss es Arion durch den Kopf, als er sah, wie die beiden Männer verunsicherte Blicke tauschten. Anidims Schönheit verfehlte ihre Wirkung nicht, doch ihre fremdländische Aussprache erregte Misstrauen. Auch der Meuchler war angeblich aus einem fernen Reich über den Meeren gekommen.

»Unsere Anweisungen sind eindeutig«, betonte der andere Ritter. »Der König wünscht heute nicht mehr gestört zu werden. Ich muss Euch bitten zu gehen.«

Arion sah, dass Anidim zu einer geharnischten Antwort ansetzte, und schob sich rasch vor sie. »Dann werden wir zunächst mit Waig von Smedon sprechen. Könnt Ihr mir sagen, wo ich ihn finde?«

Die Ritter sahen ihn mit einem seltsamen Ausdruck an. »Soweit ich weiß, hat er sich auf eine der kleineren Burgen der Familie zurückgezogen. Ihr wisst wohl noch nicht, dass er ein Bastard ist und enterbt wurde.«

»Waig? Ein Bastard?« Ungläubig wandte sich Arion ab und zog Anidim mit sich von den Wächtern fort. Seine Welt stand endgültig Kopf.

Mordek
Östliches Sarmyn

Mordek hörte die Schritte über sich und presste sich so eng an das kalte Mauerwerk, als könnte er dadurch mit dem Gestein verschmelzen. Die wolkenverhangene Nacht verbarg ihn, aber darauf vertraute er nicht. Er atmete nur flach, bis sich die Schritte wieder entfernten. Erleichtert huschte er weiter am Fuß der Burgmauer entlang, wich dornigem Gestrüpp aus und bemühte sich, lautlos wie ein Dämon zu sein.

Die Männer, die über ihm Wache hielten, wussten, dass sie belagert wurden. Ertann selbst war bis in Schussweite an die Burg herangeritten, um ihnen seine Herausforderung in Form eines Kriegspfeils zu schicken. Der Oberste Heerführer wollte den Angriff selbst anführen, damit sie die Burg dieses Mal nicht sofort wieder an die Ritter verloren. Er hatte Späher ausgesandt, die Umgebung genau zu erkunden. In dieser Nacht würde es keinen Hinterhalt der Eisenmänner geben.

Trotzdem hing alles davon ab, dass es Mordek gelang, das

Tor zu öffnen. Vorsichtig pirschte er sich um die Wölbung des Turms, der das Tor zur Linken flankierte, und erreichte den Rand des Wegs, der den Hügel hinaufführte und im Innern der Burg verschwand. Seine Hand wanderte über den steinernen Rahmen auf das rissige, mit Eisenbeschlägen verstärkte Holz eines Torflügels.

Mordek lauschte. Er hörte gedämpfte Männerstimmen, die sich leise unterhielten, doch nichts deutete darauf hin, dass sie seine Anwesenheit ahnten. Dennoch zog er sich ein paar Schritte zurück, um dort zu warten, bis die Zeit für ihn gekommen war. Er kannte den Ablauf. *Sie* würden kommen. Sie waren auch beim letzten Mal erschienen, obwohl sich Ertann damals weit entfernt, in der Steppe, aufgehalten hatte.

Das Warten zehrte an seinen Nerven. Er lehnte sich an die Mauer und gab sich Mühe, ruhig zu bleiben. Dies war seine Stunde. Der Häuptling hatte keinen anderen Mann, dem er diese Aufgabe übertragen konnte. Kein anderer durfte wissen, wer in Wahrheit dafür sorgte, dass sie die Burg erstürmen konnten. Mordek hatte es einmal getan und würde es wieder tun. Für den falschen Ruhm, den es ihm einbrachte. Beim letzten Mal hatten sie ihn für das gefeiert, was er angeblich vollbracht hatte – dieselben Krieger, die ihm zuvor nur mit Verachtung begegnet waren.

Eine Bewegung in der Dunkelheit zog seinen Blick auf sich. Sie kamen. Zwei Schatten, schwärzer als die Nacht und doch heller, sobald sie sich regten. Auf den entfernt menschlichen Umrissen ihrer Körper zeichneten sich massige Schädel mit kräftigen Schnauzen ab, die Mordek an Hyänen erinnerten. Schaudernd wich er zurück, als ihn eisige Kälte streifte.

Doch die Dämonen schwebten lautlos vorüber, ohne auch nur den Kopf nach ihm zu wenden. Mit schwerelosen Sätzen sprangen sie senkrecht das Tor hinauf und verschwanden auf der anderen Seite. Plötzlich ertönte ein unterdrückter Schrei. Scharren, Rascheln, Reißen, ein Klappern wie von einem umgefallenen Speer. Auf der Mauer eilte jemand herbei und rief eine Frage nach unten, von wo nur Schmatzen und hässliches Knacken zu hören war. Der Wächter lief Stufen hinab, während er seine Frage dringlicher wiederholte.

Mordek wartete nicht länger. Er hastete zurück an die Stelle, wo die Mauer auf den Turm traf, nahm das Seil mit der Fogota von der Schulter, zielte und warf. Klackernd wickelten die Steine den Strick um eine Zinne. Rasch prüfte Mordek, ob das Seil fest saß, wickelte sich den Rest um den Leib, stemmte sich mit den Füßen gegen die Mauer und kletterte nach oben.

Nun musste er schnell sein. Die Anstrengung ließ ihm Schweiß ausbrechen, der seine Hände schlüpfrig machte. Hinter dem Turm gellte ein Warnruf, aber Mordek kämpfte sich stur weiter, krallte die Zehen in die Ritzen zwischen den Steinblöcken, um seine Arme zu entlasten. Er hatte nur sechs Schritt zu überwinden und war dennoch außer Atem, als er sich zwischen zwei Zinnen über die Mauerkrone zog. Der Wachmann hinter dem Turm war verstummt, aber andere hatten seine Warnung aufgenommen. Fackeln loderten auf, und von links näherten sich schnelle Schritte.

Mordek kauerte sich in den Schatten der Zinnen. Sein nahender Gegner blickte aufgeregt rufend in den Burghof hinab, das Schwert bereits in der Hand. Mit bis in den Hals hinauf pochendem Herz hielt Mordek still, bis ihn der Mann fast erreicht hatte, dann sprang er auf und rammte ihn mit der Schulter. Einen überraschten Schrei ausstoßend taumelte der Wächter über den inneren Rand der Mauer. Mordek sah nicht zu, wie er fiel, sondern rannte nach rechts, wo die Treppe nach unten sein musste. Er fand die Stufen im Turm, hastete hinunter, so schnell es im Halbdunkel eines einzelnen Kienspans ging, und landete geradewegs zwischen den beiden Dämonen, die ganze Gliedmaßen zwischen ihren Kiefern zerknackten.

Entsetzt stürmte Mordek durch die eisige Wolke, die sie umgab. Ein weiterer Toter lag mit zermalmtem Körper quer vor dem Ausgang, sodass Mordek über ihn hinwegsetzen musste. Er spürte, dass die Dämonen ihm folgten. Über den Hof rannten aufgebrachte Männer mit Fackeln herbei. Mordek betete, ohne zu wissen zu wem, dass die Dämonen sie aufhalten würden. Gehetzt ging er in die Knie, um den Balken, der das Tor versperrte, mit der Schulter aus den Halterungen zu heben. Ein ächzendes Geräusch erklang, als das festgeklemmte Holz freikam.

»Offen!«, schrie er zurückstolpernd, und schon drückten von außen unzählige Krieger herein. Er musste den Balken fallen lassen und darüber hinwegspringen, um nicht von den Torflügeln umgeworfen zu werden. Das wilde Kampfgeschrei gellte ihm in den Ohren, als er sich seinen Weg gegen den Strom säbel- und speerschwingender Männer bahnte.

Er schob sich nach draußen, in den Schutz der Mauer, und sah sich von dort aus noch einmal um. Ertanns Krieger brandeten wie eine Flutwelle gegen die wenigen Verteidiger an. Die Dämonen waren verschwunden, als er das Tor geöffnet hatte, ganz wie es von Ertann geplant war, aber die Krieger würden kaum weniger wüten. Mordek hatte seine Aufgabe erfüllt und verspürte wenig Lust, sich dem Gemetzel anzuschließen. Es zählte nur, dass sie ihn gesehen hatten, wie er im Tor stand. Ertann würde zufrieden mit ihm sein.

Braninn
Smedon

Als sie am Eingang zur großen Halle vorüberkamen, versuchte Braninn gerade, Regin zu erklären, dass es zu auffällig war, wenn der Ritter auf seinem prachtvollen Streitross nach Phykadonien ritt. »Unsere Pferde sind klein und ... und ...«

»Hässlich?«, schlug der Ritter vor.

Braninn wollte ihm eine beleidigte Antwort geben, doch in diesem Augenblick hörte er, wie hinter ihm eine Waffe gezogen wurde. Alarmiert fuhr er herum, die Hand schon am Säbel.

Es war Grachann, der seine Klinge aus der Scheide gerissen hatte und nun bebend damit auf eine Frau in grünen und weißen Gewändern zeigte, die aus der Halle getreten war. »Mich bekommst du nicht, Dämon!«, stieß er hervor.

Braninn sah sofort, warum sein Freund vor ihr erschrocken war, und starrte ebenso entsetzt auf den violetten Schimmer in ihrem rabenschwarzen Haar.

Ein blonder junger Ritter drängte die Frau hastig mit der Linken zurück, während seine Rechte den Schwertgriff packte. Im gleichen Moment schob sich ein weiterer Mann dazwischen, der zuvor wartend neben dem Eingang gestanden hatte. »Kaum flügge und schon auf Ärger aus, Jungadler?«, fragte der Fremde Grachann auf Phykadonisch. Er sprach gelassen, und nur die ungefährlichere Linke ruhte auf dem Heft seines Schwertes.

Braninn fasste ihn überrascht genauer ins Auge. Weder Haut noch Haartracht wiesen ihn als Angehörigen der Stämme aus, und er trug einen Lederharnisch über abgetragener sarmynischer Kleidung. Doch um die Hülle seiner Waffe war eine beeindruckende Reihe Strähnen geflochten, von denen die meisten schwarz waren. *Er muss ein sehr angesehener Krieger sein*, dachte er und hoffte, dass sich Grachann nicht mit dem Unbekannten anlegte.

»Was geht hier vor?«, verlangte Regin zu wissen. »Grachann, ich dulde nicht, dass du ungefragt im Haus meiner Familie die Waffe erhebst!«

»Aber sie ist eine *karraskésa*!«, beharrte Grachann, ohne die Fremde aus den Augen zu lassen.

Regin setzte eine verständnislose Miene auf. »Soll das eine Sippe sein, mit der ihr in Fehde liegt?«

»Nein, sie ist ein Dämon, der aussieht wie eine Frau.« Braninn fragte sich, wie die Sarmyner so unwissend sein konnten.

»Das ist lächerlich«, mischte sich der junge Ritter ein, der die Dämonin hinter sich versteckte. »Anidim ist eine Priesterin aus dem Heiligtum der Göttin in Drahan.«

»Ist das ihr Name für eine *karraskésa*?«, wandte sich Braninn auf Phykadonisch an den erfahrenen Krieger, weil er kein Wort verstanden hatte.

»Nein, er sagt, dass sie eine Art Kismegla von einem heiligen Ort im Norden ist, wo sie die Erdmutter verehren.«

Grachann schnaubte abfällig. »Er ist ein Narr. Hat er nicht ihr Haar gesehen? Sie ist ein Dämon.«

»Was redet ihr da, Rodan? Regin, wollt Ihr zulassen, dass er in Eurem Haus das Gastrecht bricht?«, beschwerte sich der blonde Ritter.

»Grachann, wenn du nicht auf der Stelle den Säbel wieder einsteckst, werde ich dich einsperren lassen!«, drohte Regin. »Ich muss mich für ihn entschuldigen, Arion. Auch bei Euch, verehrte Dame.« Er verneigte sich vor der Dämonin, die ihm grüßend zunickte.

Will er sie etwa als Gast in seinem Haus willkommen heißen?, fürchtete Braninn. Konnten Dämonen überhaupt sprechen?

»Wir können beweisen, dass sie eine *karraskésa* ist«, behauptete er.

Grachann umklammerte noch immer trotzig seine Waffe, obwohl sie beide wussten, dass es ihnen nichts nützen würde.

Regin schoss ihm einen gereizten Blick zu. »Sie sieht nicht aus, als ob sich Waffenknechte vor ihr in Fässern verstecken müssten, aber wenn ihr dann endlich Ruhe gebt... Was soll das für ein Beweis sein?«

»Stahl verletzt Dämonen nicht.«

»Das reicht, Braninn!«, fuhr Regin auf. »Ihr werdet mir jetzt...«

Die Dämonin trat so unvermittelt vor, dass Braninn erschrocken zurückwich. Gleichzeitig brachte sie ein Messer zum Vorschein und hob die freie Hand, sodass der weite Ärmel herabrutschte. Gebannt beobachtete er, wie sie die Klinge über ihre zarte Haut zog. Die Schneide hinterließ eine dünne rote Linie, aus der einige Tropfen Blut hervorquollen. »Reicht euch das?«, fragte die Fremde auf Phykadonisch.

Braninn musterte sie ratlos. Wie konnte das sein? Sie hatte das violette Haar der Schattenwesen. Er sah Grachann fragend an, während sie mit sinnlicher Hingabe die Zunge über den Schnitt gleiten ließ, um das Blut abzulecken, und dann das Messer wieder an ihrem Gürtel verstaute.

»Ich traue ihr nicht.« Grachann schob den Säbel nur widerwillig in die Scheide zurück.

»Ich betrachte diese Angelegenheit hiermit als geklärt«, verkündete Regin, obwohl seine Stimme weniger gefasst klang, als seine Worte glauben machen wollten.

Der andere Ritter schüttelte ungläubig den Kopf und sah seine Begleiterin an. »Ihr hättet das nicht tun müssen. Hier sind genug Ritter, um Euch vor diesen Kerlen zu beschützen.«

»Ich brauche Euren Schutz nicht, Arion. Ihr sollt mich nur zum König bringen«, erwiderte die Frau, die er Anidim genannt hatte, kühl.

Zum König? Braninn sah, dass Regin ebenfalls aufmerkte.

»Auf keinen Fall werde ich gestatten, dass Ihr sie in die Nähe des Königs bringt!«, lehnte Regin entschlossen ab. »Sie könnte trotz allem von Ertann geschickt worden sein, um das Herz unseres Reiches zu treffen.«

Die Dämonenhaarige wandte sich ihm zu wie eine zupackende Schlange. »Ertann ist mein Todfeind«, zischte sie. »Ihr solltet Euch mit Euren Vorwürfen besser zurückhalten.«

»Das kann jeder behaupten«, gab Regin zurück. »Aber seltsamerweise hatte ich heute Nacht einen Traum, in dem mir gesagt wurde, dass Ritter Arion heute ankommen und für einen bestimmten Plan, den wir hegen, hilfreich sein würde. Vielleicht sollten wir uns alle etwas beruhigen und uns über unseren gemeinsamen Gegner unterhalten.«

»Ihr habt hellseherische Träume?«, erkundigte sich Arion

verblüfft. Auch Braninn staunte. War der Ritter in Wahrheit ein Kismeglarr? Wie konnte er ständig wissen, was geschehen würde?

»In letzter Zeit häufen sie sich«, meinte Regin leichthin. »Ziehen wir uns zurück. Es ist nicht nötig, dass das halbe Heer mithört.«

Regin hatte sie in ein Zimmer geführt, das Braninn noch nicht kannte. Ein länglicher, schwerer Tisch stand darin, dessen Platte die Patina langer Benutzung zeigte. Außer ein paar Stühlen und einer Truhe befand sich nichts in dem Raum, doch die Wände waren mit Weinranken und darin versteckten Vögeln bemalt, denen das Licht der untergehenden Sonne einen rötlichen Ton verlieh.

»Solange der König in Smedon ist, hält er seine Beratungen in diesem Zimmer ab«, erklärte Regin. »Aber da der Rat heute schon getagt hat, wird er wohl nicht mehr herkommen. Also, nehmt Platz!«

Braninn setzte sich so, dass er möglichst weit von Anidim entfernt war und sie im Auge behalten konnte.

Regin gestikulierte gereizt in Richtung des Kriegers, den der fremde Ritter Rodan genannt hatte. Der Mann stand abwartend daneben, während sich alle anderen niederließen. »Arion, was hat Euer Söldner an diesem Tisch verloren? Wollt Ihr ihn nicht vor die Tür schicken, bis wir fertig sind?«

Verwirrt blickte Braninn zwischen den Rittern hin und her. Was war nun wieder ein Söldner?

»Er bleibt hier«, erwiderte Arion nachdrücklich. »Ihr mögt diesen Phykadoniern trauen, aber ich kenne sie nicht. Ich ziehe es vor, jemanden hier zu haben, der mir ihre Worte übersetzen kann.«

»Wie Ihr wollt.« Regin zuckte die Achseln. »Ich hätte mir selbst gelegentlich einen Übersetzer gewünscht. Aber er wird stehen!«

»Selbstverständlich«, antwortete Arion. Sein Begleiter betrachtete eingehend die gegenüberliegende Wand und ließ sich nichts anmerken. Braninn hatte sich endlich zusammengereimt, worum es ging, und tauschte einen Blick mit Grachann.

»Die Eisenmänner achten einen Mann nicht für seine Taten, sondern nur für seinen Reichtum«, meinte sein Freund leise.

Regin sah sie scharf an, obwohl Braninn wusste, dass er nichts verstanden haben konnte. »Nun, Anidim von Drahan, wie kommt es, dass Ihr – eine Phykadonierin, wie es scheint – im Norden dieses Reiches lebt und Ertann Euren Todfeind nennt?«

»Das geht Euch nichts an«, beschied sie ihm kalt. »Ihr müsst lediglich wissen, dass es so ist. Wenn Euer König diesen Krieg beenden will, bevor Euer Land verwüstet ist, werdet Ihr mich brauchen.«

Braninn schüttelte den Kopf. Warum glaubte Regin, dass sie Phykadonierin war? Sie konnte ebenso gut aus Kurézé oder von den Kopfjägern sein. Wenn sie wirklich aus Phykadon kam, musste ihr Stamm sie wegen des Haars verstoßen haben. Aber wie hatte sie dann überlebt? Ein solches Kind wäre gleich nach der Geburt ausgesetzt worden.

»Große Worte«, meinte Regin. »Vielleicht wissen wir längst, was Ihr uns mitteilen wollt. Wir drei haben das Leben des Königs gerade erst vor einem Anschlag gerettet, und ich bin nicht geneigt, eine weitere mögliche Meuchlerin zu Werodin vorzulassen. Sagt mir, was Ihr anzubieten habt, dann werden wir weitersehen.«

Die Fremde erdolchte Regin förmlich mit ihrem Blick. »Ihr haltet Euch für einen bedeutenden Mann, nicht wahr? Aber Ihr seid nichts. Ich rieche Weisrauch an Euch und den Hauch des Todes. Eure magischen Spielereien werden Euch gegen Ertann nichts nützen. Er wird Euch das Leben aussaugen und Euren Leib an die Hunde verfüttern.«

Braninn lief es eiskalt den Rücken hinab.

»Anidim! Wollt Ihr Regin etwa drohen?«, empörte sich der andere Ritter.

»Das ist er nicht wert. Ich habe ihn lediglich davor gewarnt, wie die Wirklichkeit aussieht.«

Regin war bleich wie ein Leintuch geworden. »Das...« Braninn sah, wie er um seine Fassung kämpfte und zu seinem nie versiegenden Zorn zurückfand. »Sagt uns endlich, was Ihr wisst, oder ich werde dafür sorgen, dass Ihr es einem Folterknecht erzählen dürft!«

Sie lächelte nur. »Ihr macht mir keine Angst.«

»Anidim, wenn Ihr hergekommen seid, um diesem Land zu helfen, dann sprecht mit uns«, bat Arion.

»Ich bin hier, weil ich Ertann tot sehen will. Dass dies auch für Euch der einzige Weg ist, diesen Krieg zu gewinnen, kommt meinen Absichten nur entgegen.«

»Durlach, Dämonin, dann halt uns nicht länger davon ab, ihn endlich umzubringen!«, forderte Grachann auf Phykadonisch. Der Söldner übersetzte es den Rittern.

»Das dürfte Euch wohl kaum gelingen, denn was wollt Ihr seinen Dämonen entgegensetzen?«, erkundigte sich Anidim spöttisch.

»Er befehligt Dämonen?«, hakte Arion ungläubig nach.

»Ich wollte es auch erst nicht glauben«, gab Regin zu. »Aber mittlerweile habe ich es aus so vielen Quellen gehört, dass ich keinen Zweifel mehr habe. Mit den Phykadoniern allein würden wir schon fertig, aber gegen Dämonen sind wir in der Tat machtlos.« Mit einer Geste erstickte er Grachanns Widerspruch. »Meine beiden Freunde hier versichern uns jedoch, dass der Krieg sofort ein Ende hat, wenn wir Ertann beseitigen. Genau das ist es, was wir nun vorhaben.«

»Verstehe ich das richtig? Ihr wollt Euch ins Feldlager der Phykadonier schleichen und ihren Anführer ermorden?« Arion runzelte missbilligend die Stirn.

»Ich weiß, dass Euch das nicht sehr ehrenvoll erscheinen kann. Aber es ist der einzige Weg«, behauptete Regin. »Nach meinem Traum hatte ich gehofft, dass Ihr Euch uns anschließen würdet.«

Er sollte lieber den Söldner fragen, den er so verachtet, dachte Braninn. Das war ein Krieger, der sich nicht einmal verstellen musste, um zu Ertann vorgelassen zu werden.

»Euer Leben wird ein sinnloses Opfer bleiben, wenn Ihr mich nicht mitnehmt«, warf Anidim ein.

Regin verzog höhnisch das Gesicht. »Ach ja? Warum? Was vermögt Ihr gegen einen Haufen säbelschwingender Reiter auszurichten?«

»Es geht mehr um die Frage, was Ihr tun wollt, um an Ertanns dämonischen Wächtern vorbeizukommen. Ihr glaubt doch nicht, dass er so dumm ist, sich und sein Zelt nicht von einem seiner Ungeheuer bewachen zu lassen.«

Braninn musste sich eingestehen, dass sie recht hatte. Vor allem, nachdem Grachann Ertann gezeigt hatte, dass er sein Geheimnis besser hüten musste. Er wusste nicht, wie diese seltsame Dämonenkismegla herausgefunden hatte, welches Spiel Ertann trieb, aber vielleicht konnte sie durch Zauberei tatsächlich mehr ausrichten als stählerne Waffen.

Regin schien ähnliche Überlegungen anzustellen. »Und Ihr behauptet, dass Ihr mit diesen Dämonen fertig werdet? Warum geht Ihr dann nicht gleich allein und erledigt es selbst?«

Wieder lächelte Anidim. »Das würde ich, wenn ich es könnte. Leider wird mich das Abwehren der Dämonen so in Anspruch nehmen, dass ich mich nicht gleichzeitig um ihren Herrn kümmern kann. Er könnte immer mehr von ihnen beschwören, und meine Kräfte wären irgendwann erschöpft.«

Der Ritter neben ihr sah aus, als ob er einen Geist betrachtete. Regin starrte grübelnd vor sich hin, während der Söldner zweifelnd auf sie herabblickte.

»Was sagst du?«, wandte sich Braninn an Grachann.

Sein Freund schüttelte den Kopf. »Ich traue ihr nicht.«

»Angst vor einer Frau?«, spottete sie.

»Du bist keine Frau«, gab Grachann überzeugt zurück.

»Schluss jetzt mit den Beleidigungen!«, forderte Regin. »Was sie sagt, klingt berechtigt, und es ist schon ein seltsamer

Zufall, dass sie mit Herrn Arion hergekommen ist, dessen Hilfe für unser Anliegen angeblich nützlich sein soll. Vielleicht bezog sich mein Traum ja auch auf seine Begleiterin.« Er zögerte. »Mir gefällt es auch nicht, eine Frau mit hinter die feindlichen Linien zu nehmen, aber welche Wahl haben wir? Ihr habt selbst behauptet, dass Stahl gegen Dämonen nichts ausrichten kann.«

»Ganz sicher hatte ich nicht vor, mich mit einer Dämonin einzulassen«, knurrte Grachann auf Phykadonisch. »Ertann könnte sie geschickt haben, um uns aus dem Weg zu schaffen.«

»Hätte sie sich dann nicht nachts eingeschlichen wie jene, die das Burgtor geöffnet haben?«, überlegte Braninn laut. Er hatte auch kein besonders gutes Gefühl, wenn er Anidim ansah, aber sie war aus Fleisch und Blut, nicht wie die Dämonen, denen er auf der Flucht aus der Finsternis nur knapp entkommen war.

»Dann schlage ich vor, dass wir es wagen«, sagte Regin, nachdem Rodan übersetzt hatte.

»Das ist doch alles Wahnsinn«, ließ sich Arion vernehmen. »Warum sollte ich mein Leben zwei phykadonischen Verrätern anvertrauen, um wie ein ehrloser Feigling einen Mann zu ermorden?«

»Du verfluchter Dämonenfreund nennst mich nicht Verräter!« Grachann sprang auf und wollte seinen Säbel ziehen, doch Braninn konnte ihn gerade noch festhalten. Der Söldner hatte die Hand ebenfalls bereits an der Waffe, wartete aber ab.

»Diese Beleidigung nimmst du zurück, oder ich werde meinem Freund dabei helfen, dir die Zunge herauszuschneiden!«, drohte Braninn, wissend, dass Rodan seine Worte weitergeben würde.

»Arion«, mischte sich Regin ein, »ich versichere Euch, dass eine Entschuldigung angemessen ist. Ich werde Euch gern später erklären, wie es die beiden auf unsere Seite verschlagen hat.«

Braninn beobachtete wütend, wie der blonde Ritter eine widerwillige Miene zog.

»Wenn sich Regin dafür verbürgt, muss ich es wohl glauben«, meinte Arion schließlich. »Ich bitte um Verzeihung dafür, dass ich Euch falsch eingeschätzt habe.«

Grachann schnaubte, aber Braninn nickte und zog seinen Freund auf den Stuhl zurück.

»Ich habe da etwas in meinem Traum erfahren, das Euch angeblich unserer Sache geneigter machen soll«, eröffnete Regin Arion. »Mir wurde aufgetragen, Euch zu sagen, dass ein Mann namens Tazlan bei Ertann zu finden sei.«

Wer im Namen der Erdmutter ist Tazlan?, fragte sich Braninn, doch als er in Arions Gesicht sah, wusste er, dass sich der Ritter ihnen nun anschließen würde.

Sava
Drahan

»Ich brauche keine Hilfe, um auf mein Pferd zu kommen!«, betonte Sava schärfer, als sie beabsichtigt hatte. Seit sie durch Erduin entführt worden war, stieg stets schnell Panik in ihr auf, wenn sie sich von einem Mann in die Enge gedrängt fühlte.

Jagon von Gordean verzog belustigt die Lippen, wich jedoch zurück. »Warum habe ich nur den Eindruck, dass Ihr mir nicht vertraut?«

Seine Offenheit hätte um ein Haar bewirkt, dass Savas Versuch, sich besonders mühelos auf ihre Stute zu schwingen, gescheitert wäre. Sie fiel mehr in den Sattel, als dass sie sich setzte. »Ich kenne Euch doch kaum«, verteidigte sie sich, während er auf seinen Rappen stieg. »Ich weiß nicht, wohin Ihr mich bringt, und mir wäre es lieber, wenn Hervind uns begleitete.«

Jagon lenkte sein Pferd von dem Heiligtum fort, und sie folgte ihm zögernd. »Hervind könnte Eure Großmutter sein. Ihr wollt doch einer so alten Frau keinen flotten Ritt mehr zumuten, nur weil Ihr Euch zwischen Zelten voller Waffenknechte sicherer fühlt als in meiner Gegenwart.«

Woher weiß er, dass ich... Sie presste die Lippen aufeinander. Hatte er es selbst gesehen, oder hatten ihm andere davon berichtet?

Jagon schmunzelte. »Ihr fühlt Euch ertappt? Das hättet Ihr Euch überlegen sollen, bevor Ihr Euch vor dem halben Heer der Gordean von Eurem Liebhaber verabschiedet habt.«

»Rodan ist nicht mein Liebhaber! Was fällt Euch ein?«, empörte sie sich, doch ihre Wangen brannten. So offensichtlich war es gewesen? Dabei hatte sie ihn nicht einmal berührt.

»Was für ein Jammer für ihn«, spottete Jagon. »Aber vermutlich ist es gesünder für sein armseliges Leben. Ich hatte schon befürchtet, Ihr könntet die Hand eines Ritters wegen eines Knechts ausgeschlagen haben. Ich gebe zu, dass mich Hervinds Nachricht über das Ausmaß Eurer Berufung in dieser Hinsicht sehr erleichtert hat. Wie es scheint, war es doch die Göttin, die Euch zu uns gesandt hat.«

»Dann glaubt Ihr auch an die Göttin?«

Wieder lächelte er. »Das muss ich. Ich habe sie gesehen.«

Sava betrachtete ihn mit neuen Augen. »Also stimmt es, dass die Gordean das Heiligtum schützen?«

»Das und mehr, aber jetzt sollten wir uns beeilen, solange die Wege es noch gestatten. In den Bergen werden wir noch langsam genug vorankommen.« Er trieb sein Pferd in einen leichten Galopp, sodass Sava nichts anderes übrig blieb, als ihm zu folgen und die brennenden Fragen auf einen späteren Zeitpunkt zu verschieben. Hatte er gesehen, was Hervind das wahre Angesicht der Göttin nannte? War er deshalb der Richtige, um sie sicher an den Ort zu bringen, wo auch sie dieses Erlebnis haben sollte? Nicht einmal Ervi war jemals dort gewesen. Es war ein Geheimnis, das nur wenigen Auserwählten offenbart wurde, und ausgerechnet Jagon war darin eingeweiht. Vielleicht täuschte sich Arion in ihm. Doch dann fiel ihr wieder ein, wie sehr er es genossen hatte, ihr sein Wissen über ihre Gefühle für den falschen Mann unter die Nase zu reiben. Woher sollte sie wissen, dass er es nicht ein anderes Mal gegen sie verwenden würde? Sie beschloss, vor ihm auf der Hut zu sein, und richtete ihre Gedanken wieder darauf, was sie am Ende dieses Ritts erwarten mochte.

Jagon hielt an, kurz bevor sie das Ende des Tals von Drahan erreicht hatten. Er zog ein schwarzes Samttuch hervor, das in seinem Gürtel gesteckt hatte, und faltete es zu einem nicht einmal handbreiten Streifen. »Da Ihr in einer Familie aufgewachsen seid, die sich nicht zu Dearta bekennt, und noch keinen Eid abgelegt habt, muss ich Euch bitten, Euch die Augen verbinden zu lassen.«

»Das ist nicht Euer Ernst!« Sava starrte auf das Tuch und spürte, wie Schweiß auf ihre Stirn trat. *Wie kann er glauben, dass ich mich ihm dermaßen ausliefere?*

»Sava, seht mich an!«, forderte er bestimmt. »Ihr wisst, was mit dem Tempel von Haithar geschehen ist. Die Stätte, an die ich Euch führen werde, hätte schon vor Jahrhunderten dasselbe Schicksal ereilt, wenn die Gordean nicht dafür sorgen würden, dass kein Ungläubiger sie lebend erreicht.«

Sie blickte in seine Augen und wusste, dass er auch sie töten würde, wenn sie sich als Verräterin erwies.

»Ich will Euch nicht zwingen. Was hätte das auch für einen Sinn? Es ist Eure Entscheidung, ob Ihr weiterreiten wollt oder nicht. Aber es ist meine Pflicht, dafür zu sorgen, dass Ihr niemanden auf diesen Wegen führen könnt, falls Ihr aus den falschen Gründen hergekommen seid.«

Sava nickte ergeben. Sie wollte wissen, was es mit ihrer Gabe und der wahren Göttin auf sich hatte, und Hervind hatte sie dazu Jagon anvertraut. »Ich bin einverstanden«, sagte sie wie zu sich selbst.

»Seid Ihr wirklich noch Jungfrau, oder sieht das nur so aus?«

Sava schnappte vor Überraschung nach Luft.

»Entschuldigt«, bat Jagon ohne einen Hauch von Reue, bevor sie ein Wort herausbrachte. »Ich kam mir nur gerade wie der Bräutigam in der Hochzeitsnacht vor. Entspannt Euch, schließt die Augen und lächelt zur Abwechslung einmal!«

Sie konnte nicht anders, sie musste tatsächlich lächeln.

»Meinen aufrichtigen Dank«, behauptete er. »Jetzt fällt mir meine Aufgabe sogar schon schwer.« Er lenkte sein Pferd näher zu ihr heran, und Sava zwang ihre Stute dazu, nicht zur Seite zu tänzeln, damit Jagon das Tuch um ihren Kopf legen und verknoten konnte. Seine Hände vergewisserten sich, dass kein Spalt geblieben war, durch den sie doch noch einen Blick auf die Umgebung erhaschen konnte. Sava musste sich eingestehen, dass ihr seine Nähe angenehm war. Es hinterließ sogar ein leichtes Bedauern in ihr, als sie spürte, wie er ihr die Zügel abnahm und sich von ihr entfernte. *Vergiss nicht, dass er dich ohne Zögern umbringt, wenn du auch nur den Versuch machst, diese Binde abzunehmen!*

Zu ihrer Überraschung fühlte sich die Bewegung ihres Pferdes mit geschlossenen Lidern plötzlich verändert an. Das Wiegen der Schritte verwandelte sich in heftiges Schlingern. Sie hielt sich angestrengt mit den Fingern am Sattelknauf fest, bis sich ihr Körper daran gewöhnt hatte, auch blind das Gleichgewicht zu halten. Doch selbst dann erwies es sich als ratsam, eine Hand dort zu belassen, denn offenbar führte Jagon sie durch so unwegsames Gelände, dass die Stute immer wieder unerwartet unter Sava abtauchte oder ruckartig eine Unebenheit überwand. Manchmal klangen die Hufschläge dumpf wie auf Waldboden, dann wieder klapperten die Eisen unverkennbar über Gestein. Einmal hallten die Tritte eindeutig von Wänden wider, und feuchte Kühle legte sich auf Savas Haut. Ein Bach murmelte in der Ferne, kam näher, toste schließlich ohrenbetäubend laut, während die Gischt Sava mit feinen Tropfen sprenkelte, bis sie sich wieder vom Wasser entfernten.

Die Zeit dehnte sich zu einer Ewigkeit. Sava fragte sich, ob sie womöglich tagelang unterwegs sein würden, aber Hervind hatte ihr keine Vorräte mitgegeben. Zudem hatte Jagon sicher Wichtigeres zu tun. Das Heer der Gordean wartete schließlich auf ihn. *Oder nicht?* »Müsstet Ihr nicht eigentlich längst auf dem Weg zum König sein?«, erkundigte sie sich, um das lange Schweigen zu brechen.

»Das sollte ich, und das werde ich auch bald. Aber es gibt Dinge, die wichtiger sind.«

Sava war verblüfft. Eine solche Antwort wäre keinem anderen Ritter, den sie kannte, jemals über die Lippen gekommen. »Habt Ihr denn nicht den Eid abgelegt?«

»Ich habe geschworen, dem König gegen die Feinde des Reiches beizustehen, aber wann und wie ich das tue, bestimme ich noch immer selbst. Meine Familie war Egurna bereits verbunden, bevor Arutar kam, und daran hat sich auch nichts geändert.«

»Vor Arutar? Aber Arutar war der Erste König.«

Sie konnte das Schmunzeln in seiner Stimme hören. »Arutar mag der Erste König gewesen sein, aber nicht der erste Mensch. Glaubt Ihr wirklich, dass es vor ihm keine Sonne gab?«

Darüber hatte sich Sava nie zuvor Gedanken gemacht. Sie war damit aufgewachsen, dass die Sonne die erhabene Seele Arutars war, die Tag für Tag an den Himmel stieg, um seinem Volk das Licht zu bringen, das vor der Dunkelheit schützte, die der Tote Gott sterbend mit einem Fluch über die Welt gebracht hatte. »Meine Großmutter hat mir erzählt, dass der Himmel vor Arutar immer gleich hell gewesen sei. Es gab keine Nächte. Erst der Fluch des Toten Gottes hat die Dunkelheit erschaffen.«

»Er heißt Duramar«, wandte Jagon ein.

»Wer?«

»Der Tote Gott. Sein Name lautet Duramar. Oder Diuraman, in der Sprache der Morahn.«

Sava erinnerte sich plötzlich, dass sie den Namen in Tominks Schriften gelesen hatte. »Woher wisst Ihr das? Und wer sind die Morahn?«

»Die Morahn«, antwortete Jagon wieder mit einem belustigten Unterton, »sind jene, die in Sarmyn lebten, bevor die Sonne Arutar hieß. Ihr Blut fließt auch in Euren Adern, obwohl sich Arutars Heerscharen große Mühe gaben, möglichst viel davon zu vergießen. Dann wurden Bündnisse und Ehen geschlossen, aber die Gordean haben nicht vergessen, wo ihre Wurzeln liegen.«

Er eröffnete ihr so viel Neues, dass Sava der Kopf schwirrte. »Dann ... dann ist es gar nicht wahr, dass der Tote Gott die Welt in Finsternis gehüllt hat?«

»Ich weiß nicht, was damals wirklich geschehen ist«, gab Jagon zu. »Es gibt Berichte darüber, dass sich der Himmel verdunkelt haben soll, als Duramar starb. Aber Tage und Nächte wechselten sich schon vorher ab, daran lassen die ältesten Aufzeichnungen keinen Zweifel.«

»Ihr besitzt Schriften aus dieser Zeit vor Arutar?« Sava konnte es kaum glauben. Selbst der älteste Teil des Stammbaums, den Kunmag auf Emmeraun verwahrte, reichte längst nicht so weit zurück. »Wenn ich Arion das erzähle, wird er Euch beneiden. Er ist ...«

»Ihr werdet Eurem Bruder nichts davon erzählen!«, unterbrach er sie schneidend. »Weder von diesem Gespräch noch von dem, was Ihr gleich sehen werdet. Habt Ihr das verstanden?«

Sava schluckte ihre Einwände herunter und nickte. Der tödliche Ernst in seinem Tonfall genügte, um sie daran zu erinnern, dass er kein Freund war.

»Euer Bruder hat noch nicht entschieden, auf welcher Seite er stehen will«, fuhr Jagon versöhnlicher fort. »Ich hätte ihn lieber zum Verbündeten als zum Feind, aber er wird seine Wahl noch treffen müssen. So wie Ihr.«

»Verbündeter wobei?«, wunderte sie sich. »Und wenn Ihr kein Gegner des Königs seid, warum sollte Arion dann Euer Feind werden?«

Er lachte. »Ist Euch schon einmal aufgefallen, dass Ihr immer geradeaus denkt? Doch das Leben ist leider ein bisschen verworrener, als Ihr in Eurer Unschuld glaubt. Könige sind wankelmütig. Wen sie heute noch ihren Freund nennen, den können sie schon morgen aus vielerlei Gründen für ihren Feind halten. Es gilt, auch jene Zeiten zu überleben, da sie Euch nicht mehr wohlgesonnen sind. Und die Gordean haben einige solcher Zeiten erlebt.«

Sava fiel darauf keine Erwiderung mehr ein. Längst hatte sie in seinen Worten den Faden ihrer eigenen Gedanken verloren.

»Übrigens könntet Ihr schon seit einer Weile die Augenbinde abnehmen, aber offenbar stört sie Euch gar nicht mehr.«

»Ihr seid unmöglich!«, beschwerte sich Sava, obwohl sie sich ein Lachen kaum verkneifen konnte. Rasch streifte sie das Tuch ab und blinzelte ins Sonnenlicht. Jagon hielt an, um ihr die Zügel zurückzugeben, für die sie ihm im Austausch die schwarze Binde reichte. Sie war erleichtert, aber auch eine Spur enttäuscht, dass er die Gelegenheit nicht nutzte, ihre Hände zu berühren.

»Ich glaube, es ist sehr viel mehr möglich, als Ihr Euch ausmalen könnt«, meinte er, ohne dass Sava verstand, worauf er sich bezog. »Wenn sich Eure Augen erholt haben, könnt Ihr unser Ziel schon sehen.«

Sie blickte sich um. Verschneite Gipfel und felsige Grate reihten sich um sie her bis zum Horizont. Vereinzelte Wolken hingen daran wie vom Wind davongetragene Wollflocken, die die Berge aus der Luft gekämmt hatten. Die hellen Felsen leuchteten in der Sonne, der Schnee gleißte, und beides vertiefte das strahlende Blau des Himmels. Nie zuvor hatte Sava begriffen, was gemeint war, wenn jemand davon sprach, dass ihm das Herz aufging, aber nun spürte sie, wie sich ihres weitete, sich öffnete, um ihre Umgebung in sich aufzunehmen und gleichzeitig wie berauscht überzufließen. Es war, als ob die Grenze zwischen ihrem Körper und der Welt verschwamm.

Sie war der Adler, der über allem schwebte, und staunendes Menschenkind zugleich. Hier oben zu stehen und einfach nur zu sein, das war der Inbegriff der Freiheit. Zum ersten Mal verstand sie wirklich die Bedeutung dieses Wortes.

Sprachlos folgte sie Jagon von dem Aussichtspunkt auf einen schmalen Pfad hinab, der in die grüne Flanke eines lang gestreckten Bergrückens getreten war, gerade breit genug, dass die Hufe eines Pferdes darauf Platz fanden. Zu ihrer Rechten stieg der Berg zu seinen kahlen, zerklüfteten Spitzen hinauf, während sich vor ihr in der Ferne eine grasbedeckte Kuppe wie eine vorgerückte Bastion aus dem steilen Hang schob. Der Fuß der Anhöhe war von einem Ring dunklen Gesträuchs umgeben, vor dessen Düsternis das Grün des Grases umso leuchtender in der Sonne lag. Doch es war das in blendendem Weiß erstrahlende Gebäude darüber, das eine neue Woge der Ergriffenheit durch Savas Herz branden ließ.

»Was ist das?«, fragte sie, ohne die Augen abzuwenden. Eine flache Kuppel wölbte sich über Mauern, die zu einem Achteck angeordnet waren. Es schien Säulen und Bögen zu geben, aber Sava konnte es im grellen Licht nicht richtig erkennen.

»*Das* ist die letzte Verneigung eines Volkes vor seiner Göttin. Das Grabmal, das es Dearta setzte, als sie starb.«

Arion
Smedon, Sarmyn

»Du siehst übernächtigt aus, Arion«, beschied ihm sein Vater, als er am späten Vormittag beim Frühstück saß.

Es lag unüberhörbar ein Vorwurf darin, aber Arion sah nicht ein, sich zu rechtfertigen. *Ich bin ein erwachsener Mann und kann mir auch zehn Nächte mit den Lagerhuren um die Ohren schlagen, wenn mir danach ist.* Doch dann fiel ihm wieder ein, dass er seinem Vater an diesem Tag noch genug Enttäuschung bereiten würde. »Ich hatte wichtige Dinge mit dem Erben von Smedon zu besprechen«, beantwortete er die unausgesprochene Frage.

Sein Vater nickte nur. »Gut. Beeil dich und pack deine Sachen! Wir brechen um die Mittagszeit auf.«

»Aufbrechen? Wohin?« Unwillkürlich warf Arion einen Blick auf die herabhängenden Stoffbahnen, hinter denen Anidim offenbar noch immer schlief.

»Wohin? In den Krieg natürlich. Der König hat beschlossen, die Hälfte des Heers entlang der Grenze auf die Burgen zu verteilen, damit wir von dort aus diesen Mordbanden das Handwerk legen können. Ich habe schon Befehl gegeben, die Zelte abzubrechen.«

Womit wir schneller zum Abschied kommen, als ich dachte.
»Vater, ich werde nicht mit Euch kommen können.«

Kunmags Gesicht verdüsterte sich. »Warum dieses Mal?«

»Das ist es, was ich gestern Abend mit Regin besprochen habe. Er hat mich gebeten, mich ihm für einen besonderen Auftrag anzuschließen, mit dem wir den Krieg zu einem raschen Ende führen können.« Arion zögerte, seinem Vater mehr zu verraten. Einen Mann hinterrücks zu ermorden, auch wenn es ein Feind war, gehörte nicht zu den Taten, mit denen er prahlen wollte.

»Dieser Regin ist ein gefährlicher Mann«, sagte Kunmag zu seiner Überraschung. »Du weißt, dass er es geschafft hat, Waigs Platz einzunehmen. Ja, er hat angeblich dem König das Leben gerettet. Aber woher wusste er von diesem Anschlag? Man erzählt sich, er habe einen Traum gehabt. Hält er uns alle für einfältig? Dahinter muss mehr stecken, als für uns sichtbar ist. Und warum treibt er sich immer mit diesen Phykadoniern herum? Er hat sie sogar mitgenommen, als er nachts in die Gemächer des Königs eindrang! Wäre es nicht viel naheliegender gewesen, sich an verlässliche, geschworene Ritter zu wenden? Das alles gefällt mir nicht. Sei vorsichtig, wenn du dich mit den großen Fürstenfamilien einlässt! Sie treiben ihr eigenes Spiel mit uns einfacheren Rittern.«

Arion sah seinen Vater verwundert an. Hatte etwa einer der hohen Herren einst den ahnungslosen Kunmag für Ränke benutzt, die er erst durchschaute, als es zu spät war? In welches Dilemma hatte man ihn getrieben, dass er so verbittert darüber sprach? »Ratet Ihr mir das aus eigener Erfahrung?«

Die Miene seines Vaters verschloss sich augenblicklich, und Arion seufzte stumm. Würde er jemals ein offenes Gespräch von Mann zu Mann mit Kunmag führen können?

»Hast du den Befehl zu dieser Angelegenheit vom König selbst erhalten?«, wollte sein Vater wissen.

»Noch nicht, aber der Fürst und Regin wollen den Plan heute dem König vortragen, damit er sein Einverständnis erteilt.«

»Dann ist mein Rat an dich, abzuwarten. Sollte der König seine Einwilligung geben, ist es deine Pflicht zu gehen, wohin er dich schickt. Gibt er sie nicht, findest du mich drei Tagesritte nordwestlich von hier.« Damit wollte Kunmag hinausgehen.

»Vater«, rief Arion ihm nach, »zwei Dinge noch.«

Der Burgherr drehte sich noch einmal um.

»Ich ... brauche Geld.«

»Wenn ich an diesen Söldner da draußen denke, scheint mir, dass du genug Geld hast.«

Arion wand sich auf dem Ledersitz des Klappstuhls. »Dieser Söldner wird mir in Phykadonien eine große Hilfe sein. Er kennt sich dort aus und spricht ihre Sprache.«

Kunmag brummte etwas in seinen Bart und warf seine Geldkatze auf den Tisch. »Was brauchst du noch?«

»Nichts«, log Arion, denn er hätte gern nach einem besseren Pferd gefragt, wagte es aber nicht. »Ich wollte Euch nur wünschen, dass die Sonne im Kampf stets mit Euch ist.«

»Mir scheint, dass du sie sehr viel nötiger haben wirst als ich.« Arion glaubte, Besorgnis in den grimmigen Zügen zu lesen. Doch wie so oft hoffte er vergebens auf freundlichere Worte. »Mach uns keine Schande mehr!«, forderte Kunmag nur, bevor er sich endgültig abwandte.

Regin
Smedon

Der König hatte sich erhoben und wanderte in seinem Gemach auf und ab wie ein gefangenes Raubtier. Es machte Regin unruhig, doch es stand ihm weder zu, ebenfalls herumzulaufen, noch, sich zu beklagen. Hin und wieder blieb Werodin stehen, um gedankenverloren aus dem Fenster zu blicken, die Hände auf dem Rücken verschränkt, die Augen in die Ferne gerichtet. »Es gefällt mir nicht«, sagte er schließlich, ohne sich umzudrehen.

Kein Wunder, dachte Regin. *Wenn auf mich gerade ein Zauberer einen Anschlag verübt hätte, würde ich auch zögern, einem anderen dasselbe anzutun.*

»Wir teilen Eure Gefühle, mein König«, beteuerte Megar. »Es liegt keine Ehre in einer solchen Tat. Aber dieser Ertann wird sich nicht zu einem gerechten Kampf stellen. Er weiß, dass er darin unterliegen würde. Seine Männer können nur durch Heimtücke und Magie über uns siegen.«

Werodin sah noch immer hinaus. »Gerade deshalb sollten wir uns eigentlich standhaft zeigen und uns nicht dieser ehrlosen Mittel bedienen.« Er drehte sich um. »Andererseits habt Ihr recht. Wir müssen das Wohl des Reiches bedenken und das der Menschen, die zu schützen ich geschworen habe. Zu viele haben bereits ihre Häuser und Habe verloren, zu viele ihr Leben gelassen.«

Megar nickte nur. Der König runzelte die Stirn. »Was ist mit dieser Priesterin? Kann man ihr trauen? Ihr wisst, dass ich die Anhänglichkeit der Gordean an diesen abergläubischen Unfug nicht schätze.«

»Ich verstehe, worauf Ihr anspielt, mein König«, behauptete der Fürst von Smedon, während Regin ahnungslos zwischen den beiden hin und her sah. »Aber die Priesterinnen von Drahan haben sich nie in die Geschicke des Reiches eingemischt. Sie sind stets bescheidene Frauen gewesen, die den Kranken und Armen beistanden. Vielleicht sollten wir es als Zeichen ihrer Wertschätzung für Euch betrachten, dass sie Euch eine der Ihren gesandt haben, um Euch behilflich zu sein.«

Regin unterdrückte ein zweifelndes Gesicht. Bescheidenheit war das Letzte, was ihm zu dieser Frau eingefallen wäre. Vermutlich war es besser, dass sein Vater sie nicht selbst gesprochen hatte. So wusste er nur, was sein Orakel über sie gesagt hatte, und das war seltsam genug.

»Vielleicht ist es so, vielleicht aber auch nicht«, meinte der König. »Ich werde mich auf jeden Fall wohler fühlen, wenn sie Smedon wieder verlassen hat. Zauberern kann man niemals trauen.«

Megar neigte zustimmend das Haupt.

Der alte Heuchler! »Mein König, darf ich sprechen?«

»Ich bitte darum, Herr Regin.«

»Auch ich habe meine Zweifel, was diese Frau angeht, aber mir wurde im Traum geraten, dieses Bündnis einzugehen. Deshalb bin ich dazu bereit.«

Werodin lächelte ihm freundlich zu. »Ihr wollt damit sagen, dass sich Eure Träume als zutreffend erwiesen haben.«

Regin errötete ertappt.

»Nun, das ist nicht von der Hand zu weisen. Es scheint Eure Bestimmung zu sein, Euer Leben mehr dem Wohl des Reiches zu weihen, als jeder andere Ritter es tut. Ihr beweist Tapferkeit und eine hohe Gesinnung, wenn Ihr mit einer Handvoll Männer mitten in Feindesland reiten wollt, um andere vor dem Tod zu bewahren.«

Beschämt senkte Regin den Blick. *Und ich habe nichts Besseres zu tun, als den Platz dieses Mannes einnehmen zu wollen.*

»In Wahrheit handelt mein Sohn nicht vollkommen selbstlos«, gab Megar zu. »Er hat einen geheimen Wunsch, dessen Erfüllung er sich durch diese Tat zu erwirken hofft.«

Regin sah ihn verwirrt an.

Eine Spur Misstrauen schlich sich in Werodins Blick. »Einen Wunsch, den nur ein König gewähren kann?«

»Er würde niemals wagen, es Euch zu sagen, aber er liebt Eure Tochter Beveré«, log sein Ziehvater so überzeugend, dass Regins Wangen glühten.

Der König lachte auf. »Ha! Ich hätte wissen sollen, dass ein so junger Ritter keine anderen Ziele kennt, als schöne Frauen zu erobern.« Er schmunzelte vor sich hin, während er einen Augenblick nachdachte. »Ehrlich gesagt wart Ihr ohnehin bereits im engeren Kreis der Anwärter für diese Ehe. Es gibt nicht viele Familien, die für eine solche Verbindung infrage kommen. Ich bin einverstanden. Wenn Ihr diese Aufgabe erfolgreich meistert, gebe ich Euch die Hand meiner Tochter. Ihr habt das Wort Eures Königs darauf.«

»Das ...« Regin versagte die Stimme. Wortlos verneigte er sich tief.

Braninn
Smedon

Auf dem Weg aus dem Heerlager spürte er die feindseligen Blicke von allen Seiten. Ob Ritter oder Waffenknecht, Burgherr oder Dienstmann, jeder wusste sofort, dass er und Grachann zu den verhassten Phykadoniern gehörten. Wo immer sie vorüberkamen, verwandelten sich die Gesichter in grimmige

Mienen, und Fäuste wurden drohend gereckt. Flüche und Verwünschungen folgten ihnen wie ein raunender Schatten.

Wenn Regin und Arion nicht wären, kämen wir niemals lebend hier heraus. Braninn war froh, dass die beiden Ritter mit Anidim in ihrer Mitte voranritten. Es fiel ihm schwer, sich nicht danach umzusehen, ob ihm jemand einen Pfeil oder Speer in den Rücken jagen wollte. Er versuchte sich damit zu beruhigen, dass Rodan hinter ihnen die Nachhut bildete, aber als ihn der erste Stein traf, zuckte er heftig zusammen. Erschrocken ging seine Stute schneller. Hinter sich hörte er, wie der Söldner jemanden beschimpfte, doch bald flogen weitere Steine und Pferdemist.

»Hängt die Mordbrenner auf!«, schrie ein wütender Bauer und schüttelte die Heugabel, mit der er gerade ablud. Ein Pferdeapfel prallte gegen Grachanns Hand und hinterließ einen feuchten braunen Fleck. Braninn sah, dass sein Freund zornig die Augen zusammenkniff. Es fehlte nicht viel, und Grachann würde Blut sehen wollen, ganz gleich, wie groß die Übermacht war.

»Rodan«, rief Arion über die Schulter, »sieh zu, dass ihr dicht hinter uns bleibt! Wir machen lieber, dass wir hier wegkommen.«

»Aus dem Weg!«, herrschte Regin die Leute an, die vor ihnen schlenderten, und setzte sein Pferd in Galopp. Die anderen folgten. Sollte es doch wie eine Flucht aussehen, es war Braninn gleich. Er wollte nur endlich fort von den hohen Mauern und der ewigen Feindseligkeit.

Sie mussten Ochsengespannen ausweichen und neue Flüche über sich ergehen lassen, wenn Männer hastig zur Seite sprangen, aber sie kamen schneller voran, als sich ein Wurfgeschoss aufklauben ließ. Die Gasse zwischen den Zelten verbreitete sich, der Gestank nahm ab, dann blieb das Lager endlich hinter ihnen zurück. Braninn atmete auf. Er sog die frische Luft in die Lungen und fühlte, wie sein Herz leichter wurde. Der Himmel schien ihm plötzlich heller, seine Augen schärfer.

Seine Schultern strafften sich, und er genoss den Wind in seinem Gesicht. Grachann stieß einen Adlerschrei aus, der die Ritter sich verwirrt umblicken ließ, und trieb sein Pferd zu höchster Eile an. Lachend jagte Braninn ihm nach. Gemeinsam brausten sie jauchzend wie Kinder an Regin vorbei, dessen Blick deutlich verriet, dass er befürchtete, die beiden Phykadonier könnten allen Schwüren zum Trotz entfliehen. *Soll er doch versuchen, uns einzuholen!*

Die Versuchung war da. Sie überkam Braninn mit dem wachsenden Gefühl der Freiheit. Noch gab es Hindernisse. Noch beschränkte der allgegenwärtige sarmynische Wald die Sicht zum Horizont, aber sie konnten es wagen. Sie konnten gen Osten fliehen, bis sie auf Krieger stießen, und wieder unter Ihresgleichen sein. Doch was würde sie dort erwarten? Hatte Ertann tatsächlich einen Bann über seine Männer gelegt oder sie mit dem Versprechen sagenhaften Reichtums willfährig gemacht? Waren er und Grachann längst zu gesuchten Mördern und Dieben erklärt worden? Würden sich ihre Väter im Rat der Häuptlinge durchsetzen können, selbst wenn Grachann bezeugte, dass Ertann ein Dämonenbeschwörer war? Was wog sein Wort gegen das des ruhmreichen Heerführers, der sich nicht ein zweites Mal erwischen lassen würde?

Bis die Pferde müde wurden und Grachann und er ihnen eine langsamere Gangart gestatteten, stand sein Entschluss fest. Er würde diesen Weg gehen und Ertann selbst aufhalten oder sterben. Bei dem Gedanken überlief es ihn kalt.

Die Ritter holten wieder auf, und Regin schüttelte nur missbilligend den Kopf. Grachann grinste, bis sein Blick auf Anidim fiel, die sich unter ihrer Kapuze verbarg. »Wir sollten ihr den Stoff herunterreißen und sehen, wie gut sie Sonnenlicht verträgt«, flüsterte er Braninn zu.

Braninn zuckte die Achseln. Es war den Ärger mit den Rittern nicht wert. »Wir wissen auch so, dass mit ihr etwas nicht stimmt. Seien wir einfach auf der Hut.«

Grachann nickte und schwieg.

»Warum reiten wir eigentlich nach Süden?«, erkundigte sich Arion bei Regin. »Phykadonien liegt doch östlich von uns.«

»Das stimmt zwar, aber unsere beiden Führer haben mich davon überzeugt, dass es nicht ratsam ist, den direkten Weg zu nehmen. Sie sagen, dass wir sonst unweigerlich den Spähern auffallen werden, selbst wenn es uns gelingt, eine Begegnung mit einem größeren Trupp zu vermeiden.«

»Wir glauben, dass es besser ist, wenn wir weit nach Mittagssonne reiten«, erklärte Braninn. Er wandte sich an Rodan, damit er für ihn übersetzte. »Wir wollen bis zu den Hungerbergen nach Süden reiten, weil dort keine Krieger mehr sein werden. Regin sagt, diese Berge seien nicht so hoch. Wir können sie durchqueren, einen Bogen schlagen und Ertann in den Rücken fallen.«

Der Söldner gab die Worte weiter. »Der Plan ist gut«, fügte er hinzu. »Die Tiefen Hügel sind wirklich zum Verhungern karg, aber wir können dort ungesehen nach Phykadon hinüberkommen.«

»Niemand hat dich nach deiner Meinung gefragt, Knecht«, tadelte Regin scharf.

Braninn konnte sich über die Dummheit des Ritters nur wundern. »Bist du schon dort gewesen?«, wollte er von Rodan wissen.

»Ich bin nur entlanggeritten, auf beiden Seiten. Wenn wir nicht zu weit nach Süden gehen, wird es uns kaum mehr als zwei oder drei Tage kosten, sie zu durchqueren.«

»Die Tiefen Hügel.« Arion sah nachdenklich aus. »Den Namen habe ich nie verstanden. Ich meine, es gibt flache Hügel und hohe oder kleine oder was auch immer. Aber was soll ich mir unter einem tiefen Hügel vorstellen?«

Regin rollte die Augen. »Namen sind eben manchmal unverständlich. Kein Mensch weiß, warum Smedon Smedon heißt. Es ist sinnlos, sich über so etwas Gedanken zu machen.«

»Vielleicht hat es damit zu tun, dass in den Tiefen Hügeln die Unterirdischen hausen sollen«, warf Rodan ein.

Davon hatte Braninn noch nie gehört. »Wer ist das?«

»Die Unterirdischen sind eine Sage«, erklärte Regin. »Hier im Grenzland kennt sie jedes Kind.« Da Braninn ihn weiterhin fragend ansah, fuhr er fort: »Angeblich leben sie unter den Tiefen Hügeln und sind ein bösartiges, finsteres Volk mit glühend roten Augen. Sie sollen im Sonnenlicht verbrennen, wenn man sie aus ihren Höhlen zerrt, und man erzählt sich, dass schon so mancher für immer verschwunden blieb, weil sie jeden Menschen töten, der in ihr Reich eindringt.«

Braninn schüttelte sich unwillkürlich.

»Das klingt nach Dämonen«, meinte Grachann. »Wollen wir hoffen, dass wir ihnen nicht begegnen. Nach Dämonen stinkt es hier schon genug.«

Sava
Grabmal Deartas

Sava saß erschüttert auf ihrem Pferd und blickte zu der Kuppe des Hügels auf, die von dem schönsten Gebäude gekrönt wurde, das sie je gesehen hatte. Sie wusste nicht zu sagen, warum der Anblick sie so berührte, denn das Grabmal war keine beeindruckend große oder prunkvolle Stätte, doch das in der Sonne erstrahlende weiße Gestein vor dem blauen Himmel besaß eine Ausstrahlung, die jenseits sinnlicher Eindrücke spürbar war.

»Dearta ist tot?« Stets hatte Sava geglaubt, dass alle den Toten Gott, den Totensammler, fürchteten, weil er nur noch ein Unheil bringender Schatten aus einer dunklen Anderwelt war. Aber wenn auch seine Gemahlin gestorben war, wie konnten die Bauern dann noch reiche Ernten und fruchtbares Vieh von ihr erbitten? Wenn sie ein kalter, grauenerregender Geist wie die Weiße Frau war, wie sollte sie heilen und Leben spenden? *Sie wissen es nicht*, erkannte sie. *Niemand hat ihnen jemals gesagt, dass sie gestorben ist.* »Hat... Arutar auch sie getötet?«

»Nicht, indem er Hand an sie gelegt hat«, erklärte Jagon. »Die Legende besagt, dass sie fliehen konnte und durch ihre göttliche Macht entrückt wurde. Dass sie in ihrem Wolkenheim schläft und in ihren Träumen die Gebete der Menschen erhört. Die Wahrheit ist, dass ihr Leben an das ihres Mannes gebunden war. Wenn einer von beiden starb, hörte auch der andere auf zu sein. Sie floh an diesen Ort, aber sie wurde immer schwächer und verschied.«

Die Ergriffenheit in seiner Stimme rührte Sava. »War auch das ein Fluch des Toten Gottes?«

Er schüttelte gereizt den Kopf. »Ihr habt nicht zugehört. Ihr glaubt immer noch die Ammenmärchen vom Totensammler, der finster und böse war und deshalb von Arutar getötet werden musste.«

»Selbst die Bauern glauben, dass er das Nachtvolk anführt und Verderben mit sich bringt, wo immer er im Sturm daherbraust. Sein dunkles Heer wurde von Arutar vertrieben und er selbst erschlagen, um das Land von ihm zu befreien.«

»Ja, glorreich mit einem Schwert in der Schlacht erschlagen.« Sein Hohn war nicht zu überhören. »Nun, wenn man all diese Lügen über mich verbreiten würde, käme ich auch als Geist zurück, um Rache zu nehmen.«

»Ihr wollt also behaupten, dass das Reich auf einer Lüge gegründet wurde?«

»Ihr könnt es auch die Wahrheit des Siegers nennen. Arutar und sein Volk kamen, um dieses Land zu erobern. Die Morahn, die vorher hier lebten, haben eine andere Sicht auf jene Ereignisse. Es kann sehr heilsam sein, beide Seiten zu kennen.«

Darin musste Sava ihm zustimmen. Ihre Stute stampfte ungeduldig, aber Sava gab ihrem Drängen nicht nach. »Und wie sieht die Wahrheit der Besiegten aus?«

»Duramar und Dearta waren das Herz Sarmyns. Gemeinsam sorgten sie dafür, dass das Land gedieh. Arutar brach den Widerstand der Morahn, indem er ihren Gott bei Friedensverhandlungen mit einem Dolch erstach. Seine Männer feierten ihn für den Sieg und riefen ihn als König Sarmyns aus. Er war ein Mörder, Sava, aber wer will das schon über seinen Anführer hören?«

Er trieb sein Pferd weiter, und Sava folgte ihm wie von selbst, während ihr alles, was er gesagt hatte, durch den Kopf wirbelte wie Herbstlaub im Wind. Es fiel ihr schwer, in der hehren Lichtgestalt Arutars, der das Reich gegründet hatte, für das die Ritter lebten, einen heimtückischen Meuchler zu sehen. Konnte das wirklich wahr sein? Und was bedeutete es für sie? Für ihren Glauben? Würde Dearta sie als Priesterin ablehnen, wenn sie Arutars Schuld leugnete? *Natürlich wird sie das! Wenn es wahr ist, was Jagon erzählt, dann muss ihr mein Ansinnen doch wie Hohn erscheinen, solange ich Arutar für ihren Erlöser halte. Aber wie soll ich Gewissheit erlangen? Was glaube ich?* Sie hielt Fee an, schlug die Hände vor das Gesicht und überließ sich dem verwirrten Toben ihrer Gedanken.

»Eure Verzweiflung in Ehren, Sava, aber dieser Pfad ist zu schmal, um zurückzukommen und Euch Trost zu spenden«, rief Jagon ihr zu. »Ich habe nur einen Zelter, keine Bergziege.«

Dieser Kerl ist... Ihr fiel kein passender Ausdruck ein, weshalb sie kopfschüttelnd weiterritt. Er wartete am Fuß des Hügels auf sie, wo der Pfad in einen Hohlweg durch das Dickicht mündete, das von dieser Stelle aus den Blick auf das Grabmal versperrte. Der Sattel zwischen der kleinen Anhöhe und dem gewaltigen Berg daneben bot genug Platz für beide Pferde. Jagon war schon abgestiegen, als Sava ankam, und sah fragend zu ihr auf. »Welche Gefühle hegt Ihr für die Göttin, nachdem Ihr all das gehört habt?«

»Ich wüsste nicht, was Euch das angeht«, erwiderte sie und sprang von ihrer Stute. »Ihr versteht es nicht gerade, eine Frau dazu zu bringen, Euch ihr Herz auszuschütten.« Sein Lächeln zeugte vom Gegenteil, aber das behielt sie lieber für sich.

»Das lag auch nicht in meiner Absicht«, behauptete er. »Ich wollte Euch nur davor bewahren, an der letzten Hürde zu scheitern, die zwischen Euch und dem wahren Heiligtum Drahans steht.« Er deutete auf das dichte Geflecht aus Bäumen und Sträuchern, dessen Knospen sich noch nicht geöffnet hatten. Von dem Gehölz ging etwas Düsteres aus, das Sava gleichsam unter die Haut kroch. Wie ein Tunnel führte der Hohlweg hindurch, über dem sich die Zweige so eng verwoben hatten, dass kaum Licht bis zum Boden drang.

»Eigentlich wachsen hier oben keine Bäume mehr«, erklärte Jagon. »Die Morahn haben sie einst für Dearta gepflanzt, und durch ihre lebensspendende Kraft gediehen sie. Hundert oder zweihundert Jahre nach ihrem Tod erfuhr Adaldag der Zweite von diesem Ort. Er kam mit einem halben Heer, um die Stätte zu zerstören, weil er glaubte, dadurch einen Aufstand niederschlagen zu können. Als die Verteidiger der Göttin kamen, hatte er bereits sämtliche Bäume fällen lassen. Schlimmeres konnte verhindert werden, und sogar die Bäume trieben wieder aus. Aber anstatt zu neuen Stämmen heranzuwachsen, wucherten sie zu einer undurchdringlichen Hecke. Wie sich zeigte, haben sie nicht vergessen, was ihnen angetan wurde. Wer den Spähern der Gordean entgeht oder sich in ihr Vertrauen geschlichen hat, den entlarvt dieser unbestechliche Wächter, indem er ihm direkt in die Seele blickt. Es heißt, dass niemand, der die Göttin nicht ehrte, je lebend diesen Weg vollendet hat.«

»Ich weiß nicht, ob ich ihn gehen kann.« Savas Zweifel erfüllten sie mit Furcht vor der Bedrohung, die von den dunklen Zweigen ausging.

Jagon klang weder vorwurfsvoll noch überrascht. »Warum?«

»Ich bin durcheinander. Ich war so sicher, dass es die Göttin gibt und dass sie mich gerettet hat, aber ich habe darin keinen Widerspruch zu den anderen Dingen gesehen, die ich glaube. Jetzt habt Ihr mir erzählt, dass alles ganz anders ist. Ich weiß nicht mehr, was ich glauben soll. Und ob diese Göttin, von der Ihr sprecht, mich überhaupt als Priesterin will.«

»Ob *Ihr* es wollt, könnt nur Ihr allein wissen. Aber ich glaube, wenn *sie* es nicht wollte, hätte sie nicht ausgerechnet Euch mit der Gabe bedacht. Fragt Euer Herz! Wir haben Zeit. Das Wetter wird heute nicht umschlagen.« Er ließ sich im Gras nieder und betrachtete schweigend die nahen Berge.

Seine Gelassenheit half Sava, ihre innere Ruhe zurückzugewinnen. Sie atmete einige Male tief ein und aus. Er hatte recht. Das Lied der Heilung war ein Geschenk, von dem Hervind sagte, dass es in ganz Sarmyn niemand außer ihr besaß. Die Hohepriesterin hatte sogar behauptet, dass dieses Lied nur ein Bruchteil der Gabe sei, deren volles Ausmaß sich ihr erst erschließen würde, wenn sie sich dafür entschied, weit über den Eid hinauszugehen, den die Priesterinnen im Heiligtum ablegten. Sava konnte nicht leugnen, dass sie neugierig war, welche Fähigkeiten noch in ihr ruhen mochten. Aber das durfte nicht der Grund für ihre Entscheidung sein.

Sie warf einen letzten zögerlichen Blick auf das unheimliche Dickicht, bevor sie einen Fuß auf den Weg unter den tief hängenden Zweigen setzte. »Ich will sie sehen.«

Mordek
Phykadonische Steppe

Der Hase hing mit dem Kopf nach unten und schien sich in sein Schicksal ergeben zu haben. Mordek hielt das Tier, das er in einer Schlinge gefangen hatte, an den Hinterläufen, ohne sein sporadisches Zappeln wahrzunehmen. Er betrat Ertanns großes Zelt, dessen Eingang offen stand, und zog es hinter sich zu, damit andere Krieger gezwungen waren, sich erst bemerkbar zu machen, bevor sie ihm folgten.

Das Feuer der Herdstelle war erloschen, aber durch das Loch im Dach, durch das der Rauch abziehen konnte, fiel genug Licht herein. Auch durch die Ritzen um den schweren Vorhang, der den großen vorderen Teil des Zelts, in dem Ertann seine Krieger empfing, von seiner Schlafstätte trennte, leuchtete ein rötlicher Schein. Mordek ging hinüber und schlug mit der flachen Hand gegen den schwarzen Filz, den neugierige Augen nicht zu durchdringen vermochten.

»Komm rein, Mordek!«, ertönte Ertanns Stimme.

Mordek empfand noch immer eine gewisse Scheu davor, den Heerführer an diesem düsteren Ort aufzusuchen. Oberflächlich betrachtet gab es nichts, das einen ahnungslos hereinplatzenden Mann darauf gestoßen hätte, dass Ertann hier Dämonen beschwor. Weder das Lager aus Fellen und Decken, auf dem er schlief, noch seine Kleider, die Waffen und die in Sarmyn geraubte Truhe vermochten Argwohn zu wecken. Selbst der bleiche Totenschädel, neben dem Ertann vor einer freien Fläche am Boden saß, konnte einfach das Andenken an einen besonderen Gegner sein. Dennoch ließen Mordek die Schatten, die bei seinem Eintreten über die Wände huschten, zusammenzucken. Zu wissen, was hier in manchen Nächten geschah, war beunruhigender, als er sich eingestehen wollte.

»Ich habe das …« Er unterbrach sich, bevor ihm das verräterische Wort über die Lippen kam. Falls ihn jemand im Vorübergehen hörte, sollte derjenige nicht aufschnappen, dass der Hase als Blutopfer gedacht war.

»Das sehe ich.« Ertann blickte ungeduldig zu ihm auf. Im Schein eines kleinen Feuers war er dabei, mit Holzkohle fremdartige Zeichen auf ein Stück hellen Leders zu zeichnen. »Sorg dafür, dass es mir nicht herumspringt, und dann geh und erinnere Lefirr daran, die Ziege genau zum Aufgang des roten Mondes zu schächten! Sonst nimmt Der Löwe unser Opfer nicht an.«

Mordek wusste, dass es bei der Ziege nicht darum ging, den mächtigen Löwengeist um Mut und Kraft für die Krieger zu bitten, aber gegenüber Lefirr würde er den Schein wahren. Er steckte den Hasen in einen Sack, den der Häuptling zu diesem Zweck aufbewahrte, und schnürte ihn zu. »Hat der Bote schlechte Nachrichten gebracht?«, erkundigte er sich bemüht beiläufig.

Ertann schnaubte. »Nein. Die Nachricht ist höchstens ärgerlich. Einer der Späher, die das Heerlager der Eisenmänner im Auge behalten sollen, schwört, dass er Grachann und Braninn dort gesehen hat.«

»Grachann und Braninn? Ich dachte, die seien längst tot.«

»Dann bist du ein Holzkopf. Rechne nie damit, dass deine Gegner tot sind, bevor du es nicht sicher weißt! Der Mann sagt, dass sie in Begleitung von Eisenmännern in südliche Richtung geritten sind, aber er hat sie nicht weit verfolgt, weil das nicht sein Auftrag war.«

Mordek stutzte. »Soll das heißen, dass sie Gefangene waren?«

»Genau das waren sie nicht. Und daraus schließe ich, dass sich diese feigen Hunde mit den Sarmynern verbündet haben.«

»Dann sind sie Verräter!«, rief Mordek aus. »Nicht einmal ihre Väter werden sie jetzt noch anhören.«

»Möglich«, brummte Ertann. »Aber darauf verlasse ich mich nicht. Ich werde ihnen ein paar Verfolger auf die Fersen hetzen, gegen die sie machtlos sind.«

Dafür also das Opfer. Er wird tatsächlich wieder Dämonen beschwören. »Darf ich ... dieses Mal dabei sein?«

Ertann fasste ihn scharf ins Auge. »Du hoffst immer noch, dass ich dein Lehrmeister werde. Vergiss das endlich! Ich weiß zu gut, was ehrgeizige Männer früher oder später mit ihren Lehrmeistern tun.« Er wandte sich wieder seiner Zeichnung zu und tätschelte den grinsenden Totenschädel.

Arion
Östliches Sarmyn

Anidim verschlang beim Abendessen wie stets das Zweifache von dem, was Arion aß, obwohl er nach dem schnellen, anstrengenden Ritt hungrig wie ein Hauler war. Der Eintopf, den die Wirtin ihnen vorgesetzt hatte, rechtfertigte diesen Eifer zwar nicht, aber Arion glaubte mittlerweile, dass die seltsame Priesterin selbst Schuhsohlen heruntergewürgt hätte, wenn es nichts Besseres gab. Sie waren die einzigen Gäste in der Herberge des abgelegenen Weilers und mussten froh sein, dass einige der Bewohner trotz der Gefahr durch die Phykadonierüberfälle immer noch ausharrten. Die Wirtin bedachte Braninn und Grachann denn auch mit misstrauischen Blicken. Sie hätte sie niemals geduldet, wenn ihr die Worte der Ritter nicht Gesetz gewesen wären.

Die Phykadonier hatten sich wie selbstverständlich an Rodans Tisch gesetzt, wo sie sich lebhaft in ihrer Sprache mit dem Söldner unterhielten. Arion fühlte sich merkwürdig dabei, sie zu beobachten. Er hatte Rodan noch nie freiheraus lachen gesehen. Es war etwas, das einem Knecht in der Gesellschaft eines Ritters nicht anstand.

»Dieser Söldner, woher habt Ihr ihn?«, erkundigte sich Regin.

Arion lächelte schief. Die ganze Wahrheit war nicht für die Ohren eines Adligen bestimmt, also musste es die halbe tun. »Ich habe ihn Narrett von Gweldan abgeworben.«

Regin warf ihm einen Blick zu, den er auch ohne Worte verstand. *Ja, du magst mich für einen Bettelritter halten, aber ich kann mir diesen Söldner leisten.*

»Er ist zweifellos nützlich, aber diese Verbrüderung mit unseren Führern gefällt mir nicht«, gab Regin zu. »Ich weiß nicht, wie es Euch geht, aber mich beunruhigt, dass ich nicht weiß, was sie reden.«

»Sie haben ihn nach seiner Zeit in ihrem Land gefragt, und er erzählt ihnen davon«, ließ sich Anidim vernehmen.

»Was sagt er?«, wollte Arion neugierig wissen.

»Ich bin keine Übersetzerin. Fragt ihn doch selbst!« Sie widmete sich wieder den Resten des Brotlaibs, die nach und nach in ihrem unersättlichen Schlund verschwanden.

Wie kann eine so schöne Frau so hässlich sein? »Ich will nicht seine Lebensgeschichte hören, aber es kann ein Vorteil sein zu erfahren, was er über Phykadonien weiß.«

»Er hat mehrere Jahre in der südlichen Steppe bei verschiedenen Stämmen gelebt und auch unter Ertann gegen einen Einfall aus Kurézé gekämpft. Ihr könnt davon ausgehen, dass er alles über Euren Feind weiß, was es zu wissen gibt.«

»Er kennt Ertann?«, staunte Arion. »Wenigstens das hätte er mir sagen können.«

»Wann denn? Er darf doch nicht reden, wenn er nicht gefragt wird.«

»Daran hält er sich ja sonst auch nicht.«

»Dann seid Ihr zu nachgiebig mit ihm«, urteilte Regin. »Und dass Braninn und Grachann seine Gesellschaft der unseren vorziehen, wird ihn nur aufsässiger machen. Ich werde mit ihnen darüber reden.«

Arion sah, wie Anidim Regin mit einem undeutbaren Blick bedachte. »Das wird sie kaum beeindrucken«, behauptete sie. »Für sie ist er der Anführer hier.«

Regins Stimme war die Entrüstung selbst. »Er?«

»Warum sollten sie in ihm den Anführer sehen?«, zweifelte Arion. »Es ist doch offensichtlich, dass er mir Gehorsam schuldet.«

»Das verstehen sie nicht, denn im Gegensatz zu Euch – und Euch«, sagte sie auch an Regin gewandt, »hat er schon bewiesen, dass er weiß, was er tut. So denken die Phykadonier nun einmal. Mit den vielen getöteten Feinden, die er vorzuweisen hat, würde es jeder *fejerr* als Ehre auffassen, mit ihm in den Kampf zu ziehen.«

Arion schüttelte verständnislos den Kopf. »Aber seine Eltern waren Bauern, die mit einem Schwert höchstens Disteln ausstechen konnten. Wie das Holz, so der Span. Er wird immer ein Knecht bleiben, selbst wenn sie ihn in Samt und Seide kleiden. Der Adel liegt im Blut. Das ist wie bei den Pferden.«

»Wenn Ihr es sagt.« Anidims Worte mochten zustimmend sein, doch ihr Klang wies auf das Gegenteil hin. Sie setzte eine gleichgültige Miene auf und klaubte die letzten Brotkrumen zusammen.

Arion fragte sich, wie man nicht erkennen konnte, was so offensichtlich war, doch als er zu dem Söldner hinüberblickte, sah er nicht in die Augen eines Knechts.

Er saß mit dem Rücken an den Rahmen gelehnt auf dem Fensterbrett und sah in die mondhelle Nacht hinaus. Ein Bein angewinkelt und den Fuß gegen die andere Seite des Rahmens geschoben, fand er seinen Wachposten sogar recht bequem. Über den Obstbäumen vor dem Haus stieg der weiße Mond höher, während Odon, der rote, schon über dem Giebel verschwunden war. Mit einem Ohr konnte Arion das Atmen seiner schlafenden Gefährten hören und mit dem anderen den leisen Geräuschen aus dem Garten lauschen, dem Rascheln des Laubs in der Brise, dem Schnaufen eines Igels und dem Schmatzen, wenn das Tier Beute gefunden hatte.

Das Gasthaus war so klein, dass es außer einem verlausten Strohlager unterm Dach keine Unterkunft gab, aber auf ihren nachdrücklichen Wunsch hin hatten sie wenigstens frisches Stroh bekommen. Bei dem Gedanken daran, sich hineinzulegen und in seine Decke zu wickeln, wurden Arions Lider schwer. Um sich wachzuhalten, ließ er die schrecklichen Bilder des brennenden, leichengepflasterten Dorfes zu, die in der Dunkelheit stets aus seinem Gedächtnis an die Oberfläche drängten. Braninn und Grachann mochten vor allem Anidims wegen auf einer Wache bestanden haben, aber ihm ging es nur darum, nicht von Flammen oder Säbeln geweckt zu werden. Die Erinnerung an das grausame Morden half ihm auch, sein Gewissen zu beruhigen, das sich immer wieder meldete, sobald er über ihren Plan nachdachte. Wie hatte er nur in die Lage geraten können, einen König für einen anderen töten zu müssen? Er würde es nur für die wehrlosen Bauern tun. *Wenn dich ein Rudel Wölfe angreift, töte ihren Anführer*, hatte Tomink ihn gelehrt. War dies in jedem Kampf der beste Weg zum Sieg? *Töte ihren Anführer*. Arion überlief ein Schauder. Hatte sich auch Tazlan auf diesen Satz berufen, als er seine Ränke gegen den König geschmiedet hatte? War Tomink doch sein Verbündeter gewesen, um Sarmyn dem Toten Gott zu unterwerfen?

Wo steckst du, Priester? Er hoffte mehr denn je, dass er Tazlan tatsächlich finden und ihm einige seiner drängendsten Fragen über Tomink stellen konnte.

Er richtete den Blick wieder auf Surin, den weißen Mond. Ein Wolkenfetzen schob sich davor, ein dunkler Schleier, der die helle Scheibe umspielte. Arion wurde plötzlich kalt. Er zog seinen Umhang enger um sich, aber die Kälte blieb, kroch immer tiefer in ihn hinein, bis in die Knochen. Sein Atem bildete kleine Wolken. Ihm war, als strichen kühle Finger federleicht über seine Stirn. Stand da jemand neben ihm?

Er wandte den Kopf. Vor Schreck setzte sein Herz einen Schlag aus. Mit einem erstickten Aufschrei zuckte er vor der schwarzen, krallenbewehrten Pranke zurück, die nach ihm langte, verlor das Gleichgewicht und fiel aus dem Fenster. Krautige Pflanzen unter sich zerquetschend rollte er sich ab, kam auf die Füße und stolperte rückwärts, um zum Fenster aufzublicken und gleichzeitig sein Schwert zu ziehen. Noch während er die Klinge herausriss, sprang eine große, finstere Gestalt lautlos zu ihm herab. Ihre Umrisse verschwammen, als sei sie nur ein Schatten. Oder lag es an dem schwarzen Zottelfell, das Schädel, Arme und Körper bedeckte? Die kräftigen Beine waren dagegen nackt, aber mit etwas Glänzendem verschmiert, von dem Arion mehr ahnte als wusste, dass es Blut war. Angst, dass es das Blut seiner Gefährten sein könnte, ergriff ihn. Mit einem wütenden Schrei stürzte er sich auf das Schattenwesen, aber kein Ton kam über seine Lippen, als hätte die Nacht den Laut verschluckt.

In dem bärenähnlichen Gesicht hoben sich Lefzen wie schwarze Vorhänge und entblößten schimmernde Reißzähne. Mit aufgerissenem Rachen warf sich das Ungeheuer ihm entgegen. Arion hielt das Schwert vor sich, doch die Klinge traf auf keinen Widerstand. Sie verschwand samt seiner Hand in der Finsternis, und das Einzige, was er spürte, war eisige Kälte, die seine Finger schmerzhaft umschloss. Pranken legten sich auf seine Arme und strahlten dieselbe lähmende Kälte aus. Vom Frost betäubt, spürte er nicht einmal, wie die Krallen durch seine Haut schnitten. Er stand vor Entsetzen wie versteinert, starrte in das schwarze Maul, das sich auf sein Gesicht herabsenkte, während er nach hinten kippte.

Plötzlich prallte etwas mit einem dumpfen Schlag gegen das Ungeheuer und schleuderte es zur Seite. Arion landete hart auf dem Rücken, doch er konnte sein Schwert wieder sehen, das er noch immer in der steif gefrorenen Hand hielt. Ein wenig Wärme kehrte in seine Glieder zurück. Rasch stützte er sich auf die Ellbogen, um sehen zu können, wohin das Schattenwesen geflogen war. Die Lautlosigkeit täuschte. Das Ungeheuer war nur drei oder vier Schritte entfernt, aber es hatte einen neuen Gegner gefunden. Unhörbar fauchend stand es einer ebenso großen, ebenso dunklen Gestalt gegenüber, deren Schemen nach einer sehr schlanken Frau mit langem, offenem Haar aussahen. Um ihren Körper wehte eine Ahnung von Stoff, an den drohend ausgestreckten Händen saßen fingerlange Klauen.

Anidim? Hastig schob Arion sich rückwärts von den beiden weg. Der bärenhafte Schatten wollte ihm nachstürzen, doch wieder warf sich die Frauengestalt dazwischen und schlug ihre Klauen in das schwarze Fell. Arion rappelte sich auf, aber er konnte den Blick nicht von den in wildem Kampf ineinander verschlungenen Schatten lösen. Nur ein leises Flattern und Reißen drang an seine Ohren. *Hör auf zu starren!*, schalt er sich selbst. Er musste die anderen warnen.

Zögernd wandte er sich ab und lief zur Ecke des Hauses, wo er stehen blieb, um sich doch noch einmal umzusehen. Das Bärenwesen war verschwunden. Die Schattenfrau schien zu schrumpfen und an Festigkeit zu gewinnen, bis nichts als Anidims gewohnte Gestalt zurückblieb. Sie blickte sich zu Arion um und kam auf ihn zu.

»Was seid Ihr?«, fragte er tonlos.

»Ich bin die Ungeborene. Es gibt keinen Namen dafür. Ich bin das, was nicht sein dürfte.«

»Und was war er?«

»Ein *verlarr*. Ein Dämon, den Ertann geschickt hat.«

»Aber dann...« Arion spürte plötzlich, wie schwach er war. Sein Kopf fühlte sich zu schwer an, seine Haut zu dünn, sein Körper zu kalt. Er schwankte. Blut tropfte aus den immer schmerzhafter brennenden Schnitten an seinen Armen. Rasch suchte er mit einer Hand an der Mauer Halt.

»Der Dämon hat von Eurer Lebenskraft getrunken«, erklärte Anidim. »Er hätte sie aus Euch herausgesogen, bis nichts mehr übrig gewesen wäre. Ihr braucht Ruhe und müsst etwas essen, um sie zurückzugewinnen.«

Arion nickte. *Das mag alles sein*, dachte er, aber seine Gedanken kreisten um das, was sie zuvor gesagt hatte. Wenn Ertann ihnen Dämonen auf den Hals schickte, musste er wissen, was sie vorhatten. Welchen Sinn hatte ihr Plan dann noch?

Regin
Östliches Sarmyn

»Ertann weiß über uns Bescheid? Aber wie konnte das passieren?« Regin raufte sich die Haare, merkte, wie albern das aussehen musste, und schlug stattdessen wütend mit der Faust in das freiliegende Stroh der Dacheindeckung.

»Sie hat uns verraten. Wer sonst?« Grachann deutete auf Anidim, deren Haut im Kerzenlicht einen warmen Honigton angenommen hatte.

Verdammte Verführerin, fluchte Regin stumm. Trotz ihrer manchmal schroffen Art und dem Misstrauen, das sie auslöste, fiel es ihm schwer, die Reize dieser Frau zu übersehen.

»Das fragt der Mann, der Weisrauch benutzt?« Anidim beachtete Grachann nicht und lächelte Regin herablassend an. »Es gibt viele Arten von Orakeln, die einem die Geheimnisse anderer enthüllen können. Aber wir wissen nicht, ob Ertann wirklich unsere Pläne kennt. Er muss diesen Dämon bereits vor etlichen Tagen ausgesandt haben, also bevor wir uns trafen.«

»Woher wollt Ihr das wissen?« Es ärgerte Regin maßlos, dass sie ihm ständig voraus war und nur dann etwas davon preisgab, wenn es ihr gerade gefiel.

»Dämonen erscheinen dort, wo ihr Beschwörer das Ritual ausführt. Das ist ein unumstößliches Gesetz«, behauptete sie. »Ertann kann ihnen nicht befehlen, an einem anderen Ort zu erscheinen. Vielleicht sollte dieser nach Grachann und Braninn suchen, vielleicht auch nach mir, aber er musste dazu von Ertanns Lager aus die Steppe durchqueren. Deshalb kann ihn Ertann nicht erst gestern losgeschickt haben.«

»Ertann weiß auch von Euch?«, mischte sich Arion ein, dem der Söldner die verletzten Arme verband.

Nicht einmal das kriegt diese angebliche Helferin der Kranken hin. Wenn sie eine Priesterin Deartas ist, fress ich mein Schwert!

»Ertann weiß sehr gut, dass es mich gibt«, sagte Anidim, bevor Grachann mit weiteren Vorwürfen anfangen konnte. »Und dass ich seinen Tod will. Möge es ihm schöne Träume bereiten.«

»Das wird uns kaum helfen«, meinte Regin. »Auch wenn wir nicht sicher sein können, müssen wir davon ausgehen, dass Ertann gewarnt ist. Ich frage mich, wie wir da noch unbemerkt bis in sein Lager kommen sollen.« Er erwartete keine Antwort, denn das Problem erschien ihm unlösbar.

»Er wird vorsichtiger sein und mehr Wachen aufstellen«, vermutete Anidim. »Aber kein Orakel kann ihm verraten, wann wir auftauchen werden, solange es noch nicht feststeht.«

Regin hob ratlos die Schultern. »Er muss doch nur seine Dämonen fragen, wo wir sind.«

Sie schüttelte den Kopf. »Das ist nicht möglich, denn Dämonen können nicht sprechen. Außerdem ist das nicht die Art Aufgabe, die dem Wesen eines Dämons entspricht. Sie sind keine Späher. Sie töten.«

»Also besteht immer noch die Möglichkeit, dass wir es schaffen«, schloss Arion daraus.

»Dann reiten wir weiter«, beschloss Regin. »Aber wenn ich das alles richtig verstanden habe, müssen wir damit rechnen, dass er uns noch mehr Dämonen auf den Hals hetzt. Wie sollen wir das überleben, wenn Schwerter machtlos sind? Wie habt Ihr ihn abgewehrt, Anidim?« Es entging ihm nicht, dass sie einen Blick mit Arion wechselte. Es war ihm gleich so vorgekommen, als hätte ihm der Ritter etwas verschwiegen. *Wahrscheinlich hat er sie gevögelt, anstatt Wache zu halten.* Deshalb hatte ihn der Dämon überraschen können, und deshalb war sie auch schnell genug im Garten gewesen, um ihn zu retten.

»Es ist eine Kraft, die mir gegeben ist«, behauptete sie. »Ihr könnt es nicht lernen. Doch solange es nur *ein* Dämon ist, muss Euch das keine Sorgen bereiten.«

»Keine Sorgen?«, fuhr Regin sie an. »Glaubt Ihr, dass ich es vergnüglich finde, nachts herumzusitzen und mir das Leben aussaugen zu lassen, bis Ihr Euch erbarmt, mir zu helfen? Wer sagt mir, dass Ihr überhaupt rechtzeitig wach werdet?«

»Wir müssen zwei Wachen aufstellen«, mischte sich Braninn ein. »Dann einer kann alle wach machen, auch wenn der andere von Angriff überrascht wird.«

Arion nickte und wandte sich an Anidim. »Aber was sollen wir tun, wenn es mehrere sind?«

Sie sah ernst in die Runde. »Dann hilft uns nur die Flucht. Dämonen sind schnell, aber ein galoppierendes Pferd holen sie nicht so leicht ein. Die Wachen müssen sofort alle wecken, wenn ihnen etwas seltsam erscheint, wenn es auffallend kalt oder still wird. Und wir dürfen die Pferde über Nacht nicht ungesattelt lassen. Aufspringen und fliehen – etwas anderes bleibt dann nicht.«

Und was geschieht, wenn den Pferden die Puste ausgeht? Regin ahnte die Antwort, aber er wollte sie nicht ausgesprochen hören.

Gelangweilt stocherte er in der Glut des Lagerfeuers, um sich wach zu halten. Sie waren nun seit Tagen unterwegs, ohne von einem weiteren Dämon angegriffen zu werden, weshalb er das Wachehalten nur noch als lästige Pflicht empfand. Bevor die Sonne untergegangen war, hatten sie die Tiefen Hügel, die in Wahrheit eher Berge waren, bereits am Horizont gesehen, und ein Bauer hatte ihnen bestätigt, dass sie sich auf dem richtigen Weg befanden. Immerhin gab es noch einen Weg. Wenn es stimmte, was der Söldner sagte, führten nur Ziegenpfade in diese Hügel.

Eine Bewegung in der Dunkelheit ließ ihn aufblicken, doch es war nur Arion, der eine Runde um ihr Lager gedreht hatte, um nach dem Rechten zu sehen.

»Irgendetwas Verdächtiges?«, erkundigte sich Regin, mehr um die Stille zu durchbrechen, als aus Sorge, denn ihm war klar, dass Arion in diesem Fall nicht so seelenruhig zurückgekommen wäre.

»Nein, nichts.« Arion setzte sich, nicht so weit weg, dass sie laut werden mussten, um sich zu verständigen, aber auch nicht so nah, wie es ein Freund getan hätte. Das Schweigen dehnte sich aus und wurde Regin unangenehm. Wenn es nichts Wichtiges zu besprechen gab, wusste er nie, über was er mit Arion reden sollte. Alles, was ihm beim Anblick des blonden Ritters einfiel, war Saminé, obwohl sie ihm nur vage geähnelt hatte.

»Was hat eigentlich Saminé dazu gesagt, dass Ihr zum Erben von Smedon aufgestiegen seid?«, fragte Arion, und Regin zuckte zusammen wie ertappt. »Sie muss sehr glücklich gewesen sein, obwohl sie Waigs Schicksal sicher bedauert hat.«

Verfluchter Dreck, der Lumpenritter weiß noch nicht einmal, dass sie tot ist. Regin fuhr sich schwer atmend mit der Hand über das Gesicht. »Sie hat es nicht erfahren. Sie…« Er war versucht zu lügen, zu sagen, dass sie den Hof verlassen hatte, bevor Waig dem Ehrgeiz seines Ziehvaters zum Opfer gefallen war, aber es wollte ihm nicht über die Lippen kommen. Früher oder später würde Arion die Wahrheit erfahren, und dann stünde er wie ein Feigling da. Als ob er Angst vor ihm hätte…

»Warum nicht? Warum zögert Ihr weiterzusprechen?«

»Weil ich es nicht sein wollte, der Euch das sagen muss, aber sie lebt nicht mehr.«

»Saminé ist tot?«, rief Arion aus. »Sie war das blühende Leben! Wie kann sie so plötzlich gestorben sein?«

Regin wappnete sich für das, was kommen musste. »Sie hat sich von einem Turm gestürzt.«

Arion sprang auf. »Sie war vollkommen glücklich, als ich Egurna verlassen habe, wieso hätte sie sich das Leben nehmen sollen?«

Aus dem Augenwinkel sah Regin, dass sich ihre Gefährten regten. »Seid doch leiser! Ihr werdet noch alle aufwecken.«

»Wenigstens können sie noch aufwachen!«, schrie Arion ihn an. »Wie könnt Ihr so gelassen dasitzen und mir erzählen, dass sich meine Base Euretwegen umgebracht hat? Welchen

Grund sollte sie sonst gehabt haben, als dass Ihr sie verstoßen habt?«

»Na und?«, platzte er heraus. »Vielleicht hättet Ihr eben früher über sie wachen sollen, damit sie sich Männern nicht so schamlos an den Hals wirft!«

Arion starrte ihn an. Seine Stimme klang frostig. »Steht auf und verteidigt Euch, oder ich schwöre, dass ich Euch den verlogenen Schädel auch im Sitzen abschlagen werde!« Ohne jede Eile zog er sein Schwert.

Regin erhob sich widerstrebend. Er hatte gewusst, dass es so enden musste, aber deswegen gefiel es ihm nicht besser. »Wie Ihr wollt, Lumpenritter. Grüßt Saminé von mir, wenn Ihr sie seht.«

»Seid ihr von Sinnen?« Anidim verstellte Arion den Weg, der sich wütend auf ihn stürzen wollte. »Ich brauche euch, um Ertann zu erledigen. Euer Reich und euer König brauchen euch. Glaubt ihr, es nützt jemandem, wenn ihr euch gegenseitig...«

Phykadonisches Geschrei unterbrach sie. Regin sah sich alarmiert nach Grachann und Braninn um, die zu den Pferden eilten.

»Dämonen!«, rief Rodan, der ihnen folgte.

Regin konnte auf den ersten Blick in der Dunkelheit nichts erkennen, doch dann entdeckte er einen schwarzen Schemen, der sich selbst vor den Schatten des Waldes noch finster abhob.

»Es sind mehrere! Lauft doch!«, schrie Anidim ihn und Arion an. »Ich versuche, sie aufzuhalten.«

Regin riss seinen Blick gerade in dem Augenblick los, als die Kälte ihn erreichte, und rannte.

»Ihr könnt mir nicht helfen. Macht, dass Ihr wegkommt!«, hörte er Anidim hinter sich. *Soll der Lumpenritter sich ruhig für uns opfern. Dann hat er seinen Zweck schon erfüllt.* Hastig band er sein Pferd los und schwang sich in den Sattel. Die Phykadonier und der Söldner galoppierten bereits davon. Das Streitross stürmte hinter ihnen her, ohne dass Regin nachhelfen musste, aber er gab ihm nicht die Zügel hin. Zu gefährlich schien es ihm, das Tier kopflos dahinrasen zu lassen, wenn er in der Dunkelheit kaum erkennen konnte, was vor ihm lag. Der weiße Mond hing zwar noch über den Bäumen, aber wo der Wald näher an den Weg heranrückte, erreichte das Licht kaum den Boden. Regin erwartete jeden Augenblick, dass das Pferd in den Spurrinnen der Karren stolpern und er aus dem Sattel fallen würde, doch es flog dahin, als ob es den Boden nicht berührte.

Plötzlich stutzte es. Regin krallte sich in die Mähne und musste sich am Hals des Tieres abstützen, um nicht über den Kopf hinweg abgeworfen zu werden. Er fühlte, wie das Pferd die Beine in den Boden rammte, und entdeckte erst jetzt die Umrisse der anderen Reiter vor sich, die angehalten und gewendet hatten. »Habt ihr den Verstand verloren, mitten im Weg stehen zu bleiben?«, fuhr er sie an. »Ich hätte mir den Hals brechen können!«

»Das hätte meinem Herrn wahrscheinlich gefallen«, gab der Söldner unbeeindruckt zurück. »Wir warten hier auf ihn.«

Regin setzte zu einer ungehaltenen Antwort an, als sich auch schon Hufschlag näherte. Er sah ein, dass es besser war, die Worte herunterzuschlucken, denn wenn er alles bedachte, stand es möglicherweise vier gegen einen.

»Was ist los?«, wollte Arion wissen, als er heran war.

»Die treue Seele hier wollte Euch nicht allein lassen«, erwiderte Regin und deutete auf den Söldner.

»Womöglich hat er mehr Ehre im Leib als Ihr«, gab Arion grimmig zurück. »Aber Anidim hat recht. Ich darf meinen Zorn nicht über meine Pflicht gegenüber dem Reich stellen. Wir müssen unsere Händel austragen, wenn wir unsere Aufgabe erfüllt haben.«

Regin zuckte die Achseln, obwohl er sich eingestehen musste, über den Aufschub erleichtert zu sein. »Ich werde Euch zur Verfügung stehen. Können wir dann jetzt weiterreiten?«

»Nein, wir warten auf Anidim.«

»Warum? Wollt Ihr jetzt auch Selbstmord begehen? Sie hat gesagt, dass sie uns einen Vorsprung verschaffen will. Welchen Sinn hätte das, wenn wir uns wieder einholen lassen?« Selbst im Mondlicht konnte er die Sturheit in Arions Gesicht sehen.

»Wir wissen nicht, ob sie noch in der Verfassung ist, uns einzuholen, wenn wir zu weit weg sind. Aber sicher ist, dass wir sie gegen Ertann brauchen werden. Also warten wir. Wenn Ihr Angst habt, geht nach Hause und rötet weiter Laken statt Waffen.«

»Genau das habe ich vor, aber erst wenn ich diesen Ertann seinen eigenen Dämonen vorgeworfen habe.« Regin verkniff sich, von königlichen Laken zu sprechen. Er hatte zwar Werodins Wort darauf, aber er wollte dennoch nicht riskieren, dass Arion ihn beim König anschwärzte.

Schweigend lauschten sie in die Nacht. Es dauerte nicht lange, bis sie ein Pferd heranpreschen hörten, das sich rasch aus der Dunkelheit schälte. Es kam gerade noch rechtzeitig zum Stehen.

»Weiter!«, rief Anidim gehetzt. »Wir dürfen erst anhalten, wenn die Sonne aufgeht. Die Dämonen müssen sich vor dem Licht verstecken, bis dahin rettet euch nur euer Vorsprung.«

Braninn
Tiefe Hügel

Braninn spürte jeden Knochen im Leib. Zu gern hätte er sich ausgestreckt und gefühlt, wie die dumpfen Schmerzen nachließen, doch das wagte er nicht, aus Angst, vor Erschöpfung einzuschlafen. Es war seine Wache, und die Dämonen waren nah, so nah, dass sie besser weitergezogen wären, aber nach drei Tagen Flucht durch unwegsames Gelände brauchten sie den Schlaf.

Auf den westlichen Hängen der Hungerberge hatten dichte Wälder ihnen das Vorankommen erschwert. So oft es ging, waren sie Wildwechseln gefolgt, aber meist hatten sie sich ihren Weg selbst bahnen müssen. Sie hatten sich nur kurze Pausen gegönnt und waren die Nacht hindurch in Bewegung geblieben, da die Dämonen sie sonst eingeholt und im Dunkeln zu einer halsbrecherischen Flucht gezwungen hätten. Nach etwas Schlaf in den frühen Morgenstunden hatten sie einen weiteren Tag und eine weitere Nacht auf den Beinen verbracht, oft auf den eigenen, denn je weiter sie in die Hungerberge vordrangen, desto schroffer und felsiger wurden die Abhänge, sodass das Reiten oft unmöglich war. Kein einziger Mensch war ihnen in dieser kargen Landschaft mehr begegnet, in der Grachanns Adlerblick bald die Anzeichen für das Wirken unterirdischer Geister entdeckt hatte. Er hatte Braninn die Risse im Gestein gezeigt, aus denen sich Rauch hervorkräuselte, die Felsspalten, aus denen giftige Dämpfe aufstiegen und alle Pflanzen verdorren ließen.

»Ich wandle im Licht«, murmelte Braninn bei der Erinnerung an seine Angst, dass sich der Berg auftun und eine feurige Unterwelt sie verschlingen könnte.

Am Morgen hatten sie schlafen müssen. Im Sonnenlicht waren ihm die nächtlichen Schrecken so gleichgültig gewesen, dass er nicht einmal Anidims wegen noch auf eine Wache bestanden hatte. Doch die Dämonenhaarige hatte sie lange vor dem Mittag wieder geweckt und weitergetrieben. Sie waren trotzdem nicht schnell genug vorangekommen. Ihr Vorsprung war dahingeschmolzen wie Schnee im Frühling, aber am Abend konnten Pferde und Menschen nicht weiter. Jeder Flecken losen Gesteins, jede aus dem Boden ragende Zedernwurzel wurde zur Gefahr, die die müden Wanderer stürzen und sich verletzen lassen konnte.

Braninn wunderte sich, dass Anidim als Einzige gegen diese Rast gesprochen hatte, obwohl sie am schlimmsten aussah. Ihr Gesicht war eingefallen, die Augen lagen tief in den Höhlen. Fast verspürte er Mitleid mit ihr, während er auf seinem Posten saß und den Hang nach Westen hin überblickte, von wo sie ihren Feind erwarteten. Er hatte den Platz mit Bedacht gewählt, denn von hier aus würden sich die Umrisse der Dämonen gut sichtbar vor dem Nachthimmel abzeichnen, den Der Löwe und die Sterne erhellten. Es war still in diesen Bergen. Stiller, als Braninn es aus der nächtlichen Steppe kannte. In dieser gespenstischen Stille wirkten das Rupfen der Pferde an den wenigen, harten Grasbüscheln und das Knirschen der Steine unter ihren Hufen zu laut. Es gehörte nicht hierher und störte die Ruhe der Berggeister, die Braninn murmelnd um Verzeihung bat.

Leise Schritte ließen ihn aufschrecken, aber es war nur Arion, der neben ihn trat.

»Wo ist Rodan?«, wollte der Ritter mit gedämpfter Stimme wissen.

Braninn konnte die Besorgnis darin hören. »Er will sehen, ob Dämonen auf unserer Spur kommen.«

Arion nickte und stand einen Moment unschlüssig da, bevor er sich auf einen der größeren Steine setzte.

»Du kannst nicht schlafen?«

»Ja.« Der Ritter blickte einen Moment schweigend über den Hang. »Ich schlafe schlecht seit dem hier.« Er deutete auf seinen Oberarm, wo Braninn die verheilenden Schnitte wusste, die der *verlarr* hinterlassen hatte. »Ich wache auf, weil die Pranke im Traum nach mir greift. Dann lausche ich in die Dunkelheit, obwohl ich weiß, dass ich ihn nicht hören kann. Ich mache die Augen zu und muss sie doch wieder aufmachen, um sicherzugehen, dass dieser Rachen nicht wieder über meinem Gesicht schwebt. Und das, obwohl ich vor Müdigkeit kaum noch gehen kann.« Er schüttelte den Kopf.

Braninn nickte gemessen. Nach allem, was geschehen war, kam ihm seine Flucht aus der dämonenverseuchten Finsternis sehr fern vor, als ob seitdem Jahre vergangen wären. Aber noch immer hatte er Albträume davon, und er wusste, dass es Grachann nicht besser ging. »Ich schlafe auch schlecht. Zu viele schlimme Bilder in meinem Kopf.«

Arion brummte zustimmend und ließ den Blick wieder über den Hang schweifen. Braninn betrachtete die Sterne, denen Der Löwe einen rötlichen Schimmer verlieh. Das Sternbild der Zwillingsböcke stand tief über dem Horizont. »Wenn wir Kinder sind, sagen uns die Alten, dass die Ahnen über uns wachen.« Er machte eine Geste, die den ganzen Himmel umfassen sollte. »Dann schlafen wir gut. Jetzt sind wir keine Kinder mehr.«

»Dann glaubt ihr Phykadonier auch, dass die Seelen eurer Ahnen als Sterne am Himmel stehen?«

»Wir glauben, dass jeder Mensch drei Seelen hat. Über die Schattenseele spricht man nicht, und die dunkle bleibt beim Körper, bis nichts mehr von ihm übrig ist. Aber die Lichtseele kommt vom Himmel. Wohin soll sie also sonst zurückkehren?«

Der Ritter lächelte. »Ich weiß nicht. Irgendwohin. Ich hätte einfach nicht gedacht, dass ihr überhaupt irgendwelche Gemeinsamkeiten mit uns Sarmynern habt. Ihr seid so ... anders. Allein schon diese drei Seelen ...« Er schüttelte verwirrt den Kopf.

Braninn musste grinsen. »Ja, wir sind anders.«

Arion schwieg nachdenklich, bevor er wieder sprach. »Ist es nicht eine seltsame Vorstellung, dass unsere Ahnen da oben zusammensitzen sollen? Ich meine, ich dachte immer, dass große Sterne die Seelen von Königen und besonders tapferen Rittern sind und kleine, blasse eben die von unbedeutendem Volk. Aber wenn auch Phykadonier dabei sind und vielleicht auch noch andere, wer will das dann noch so genau sagen?«

Braninn malte sich aus, wie seine Großeltern einträchtig neben Rittern und Fürsten in den Zweigen des Weltenbaums saßen und Agaja tranken. Traf Krenn dort oben vielleicht auf Saminé? Die Kismegla auf Burgherr Kreon? Er schüttelte den Kopf. Es war wirklich eine merkwürdige Vorstellung.

Ein Rieseln von Steinen in der Dunkelheit riss ihn aus seinen Gedanken. Auch Arion war sofort auf den Beinen.

»Die Dämonen!«, rief Rodan ihnen entgegen. »Sie kommen!«

Sie waren zu langsam. Braninns Stute sprang Steigungen hinauf, von denen er nie geglaubt hätte, dass ein Pferd dort Halt fand. Sie setzte über Spalten und schlitterte Hänge in einer Wolke aus Staub und Steinen hinab, aber bei aller Eile und Geschicklichkeit kamen sie doch längst nicht schnell genug voran, um den Schatten zu entgehen, die mühelos dahinglitten. Braninn hatte sich nur einmal umgesehen, als er in den Sattel gestiegen war. Danach hatte er es nicht mehr gewagt. Seine ganze Aufmerksamkeit galt dem Weg aus diesen Bergen hinaus, und dem Pferd, damit ihn keine ungeahnte Bewegung aus dem Sattel warf. Es konnte, es *durfte* nicht mehr weit sein, bis sie flacheres Gelände erreichten.

Da spürte er die Kälte. Sie schob sich von hinten über ihn wie der Schatten einer Wolke an einem windigen Sonnentag. Er begann am ganzen Leib zu zittern und spornte Barna an, die den Hals verrenkte, um mit furchtsam aufgerissenem Auge nach hinten zu spähen. Prompt stolperte sie. Braninn fiel nach vorn, kämpfte darum, sein Gleichgewicht wiederzufinden und sich aufzurichten, als ihm etwas Schweres in den Rücken sprang. Die Kälte nahm mit einem Schlag so zu, dass ihm das Blut in den Adern gefror. Wie gelähmt hing er über dem Hals des Pferdes, das panisch weiterraste.

Der Dämon umklammerte ihn, drückte ihn nach unten. Braninn spürte, wie seine Rippen zusammengepresst wurden, bis ihm die Luft wegblieb. Er rang nach Atem, aber das Gewicht war zu groß. Sein Brustkorb wurde nur noch enger. Todesangst ergriff ihn. Verzweifelt schlug er mit den Fäusten nach dem eisigen, schweren Etwas in seinem Nacken, ohne es zu treffen. Seine Sinne schwanden. Er sah und hörte nichts mehr, als plötzlich der Druck ein wenig nachließ und ein kostbarer Luftzug in seine Brust drang.

Die Kälte lähmte ihn, auch Barna schien ihm steif zu werden, doch mit wiedererstarktem Lebenswillen stemmte er sich hoch. Im gleichen Augenblick fiel das Gewicht von ihm ab. Gierig sog er die Luft ein und blickte sich halb verwundert, halb ängstlich um. Hinter ihm blieben zwei kämpfende Schattenwesen auf dem Hang zurück. Kein anderer Reiter war mehr zu sehen, nur ein lediges Pferd, das ansetzte, ihn zu überholen – Anidims dunkle Stute mit der seltsam hellen Mähne.

»Komm schon, Braninn!«, rief Grachann irgendwo vor ihm. Erst jetzt konnte er seine Umgebung wieder wahrnehmen. Kälte und Furcht saßen ihm in den Knochen, doch sie begannen zu weichen. Die Landschaft im roten Mondlicht war noch immer felsig und karg, aber die Hügel erreichten nicht mehr die Höhe von Bergen, und ihre Umrisse hatten an kantiger Härte verloren.

Barna lief wieder schneller. Braninns Hoffnung, dass sie noch einmal entkommen würden, wuchs. Sie schwenkten in ein Tal, das zwischen zwei steilen Hängen tiefer hinabführte. Vereinzelte Zedern säumten die Rinne, in deren Geröllboden sich mehr und mehr Sand mischte, je weiter sie nach unten kamen. Dumpf klopften die Hufe auf den Sand, als sie den Talboden erreichten.

Plötzlich drang ein hässliches Knacken an sein Ohr. Der Boden gab unter den anderen vor ihm nach, doch es war zu spät, um Barna herumzureißen. Noch während er es versuchte, fing die Stute an, hektisch mit den Hufen zu strampeln, als der Sand unter ihr wegrutschte und sie mitriss. Sie fielen. Braninn schrie, ohne selbst zu wissen, was oder nach wem. Er hörte die anderen brüllen, sah nach unten, doch da waren nur Dunkelheit und Sand, in dem Barna mit einem Mal feststeckte, während noch mehr auf sie herabfiel und Braninn Schläge in Rücken und Genick versetzte, bis nur noch Staub kam. Er fühlte in der Finsternis, wie die Stute darum kämpfte, ihre Beine frei zu bekommen. Sie standen so hoch in Sand, dass selbst seine Füße davon bedeckt waren. Er schüttelte ihn ab und krabbelte blind tastend von Barnas Rücken.

»Braninn!«, brüllte Grachann.

»Ich bin hier!« Er bekam feinen Sand in den Mund, der zwischen seinen Zähnen knirschte und im Hals kratzte. *Wo auch immer »hier« sein mag.* Er schützte seine Augen notdürftig mit der Hand und blickte nach oben. Durch ein riesiges Loch konnte er zum Himmel hinaufsehen, doch die Sterne verschwammen hinter dem aufgewirbelten Staub. Aus der Dunkelheit um ihn hörte er Schnauben, Husten, gemurmelte Flüche und trampelnde Hufe.

»Wo, verflucht noch mal, ist ›hier‹?«, schimpfte Grachann.

»Hier«, wiederholte Braninn, doch die Stimme versagte ihm, als er in der Schwärze wieder etwas erkannte. Zwei große, fahl leuchtende Augen starrten ihn an.

Sava
Grabmal Deartas

Sava folgte dem schmalen Weg durch das Halbdunkel unter dem verflochtenen Geäst. Die Wände dieses lebendigen Tunnels rückten beklemmend nah, und die Decke schien sich auf sie herabzusenken. Sava spürte das Pochen ihres Herzens bis zur Kehle hinauf. Zweige, dünn und geschmeidig wie Peitschen, streiften sie, andere bohrten sich in ihre Haut. Bei jeder Berührung zuckte sie erschrocken zusammen. Sie hätte geschworen, dass sich die Zweige von selbst bewegten, um nach ihr zu tasten und ihre Angst zu schmecken. Dunkelheit und wispernde Stimmen lauerten in den Schatten der verschlungenen Wächter.

Deartas Ruf hat mich hierher geführt. Ich bin hier, weil sie es will. Mir kann nichts geschehen, redete sie sich ein. Es half. Plötzlich wurde ihr bewusst, dass das Ende des Gangs nur noch wenige Schritte vor ihr lag. Stolz und erleichtert trat sie in den Sonnenschein hinaus, dessen Licht und Wärme die Furcht endgültig aus ihren Gliedern vertrieb. Über ihr erstrahlte das aus weißem Gestein gefügte Grabmal, als ob es aus sich selbst heraus leuchtete. Jede der acht Wände war mit einem Relief säulengetragener Rundbögen verziert, die zur Mitte hin immer kleiner und flacher wurden, bis der jeweils innerste Bogen ein Fenster umrahmte.

»Es ist wunderschön«, flüsterte Sava, als sie Jagon neben sich bemerkte.

Seine Antwort war so leise, dass sie ihn kaum verstand. »Wartet, bis Ihr *Sie* gesehen habt.«

Sie folgte dem Pfad, den er ihr wies, der sich mit sanfter Steigung dreimal um die Anhöhe wand, bis er den Eingang zum Grabmal erreichte. Je näher sie kam, desto mehr Einzelheiten konnte sie entdecken. Feingliedrig aus dem Stein gearbeitete Ranken und Blüten überzogen noch immer schmückend die Säulen, obwohl die rauen Winter und Stürme des Gebirges ihnen sichtlich zugesetzt hatten. Die Tür, mit einem silbrig schimmernden Rankengeflecht beschlagen, stand offen. Ehrfürchtig blieb Sava auf der Schwelle stehen.

Nach dem gleißenden Sonnenlicht kam ihr das Innere des Grabmals trotz der Fenster wie schattiges Halbdunkel vor. Als sich ihre Augen daran gewöhnt hatten, sah sie, dass die Wände hier anstelle von Säulen mit den Nachbildungen acht verschiedener Bäume verziert waren, deren Kronen die Bögen bildeten. Die Äste und Zweige reckten sich bis in die Kuppel hinauf, wo sie sich zu einem Laubdach verbanden, das sich schützend über der Schlafenden wölbte, die auf einem länglichen Steinblock in der Mitte des Grabmals lag.

Sava trat näher. In dem steinernen Lager, auf dem die Frau ruhte, erkannte sie nun einen Sarkophag, der nur durch sein Relief auf den ersten Blick wie eine Liege wirkte. Auch den Körper der Fremden hatten kunstfertige Hände aus elfenbeinfarbenem Stein geschaffen, doch jede Falte ihres Gewands, jede

Strähne ihres langen Haars, selbst die geschlossenen Augen und Lippen waren so getreulich nachempfunden, dass Sava glaubte, sie atmen zu sehen. Die schlanken Finger lagen auf ihrem Herzen gefaltet wie zum Gebet. Schönheit und Anmut begleiteten selbst ihren Schlaf.

Sava war versucht, über die Wange der Göttin zu streichen, um sich zu vergewissern, dass sie wirklich nur ein Bildnis vor sich hatte. Ihre Hand schwebte bereits über dem ausgebreiteten Haar, als sie die halb verborgene Ohrmuschel darin entdeckte. Erinnerungen an lange nicht gehörte Sagen stiegen in ihr auf. Überrascht wandte sie sich zu Jagon um. »Sie ... sie war eine Elbin?«

Er lächelte, ohne den Blick von der schlafenden Göttin zu nehmen. »Ich weiß. Sie war die Elbenherrin. Älter als die Königreiche der Menschen, und noch immer schön wie die aufgehende Sonne.«

Sie sah die Hingabe, mit der er Dearta betrachtete. *Er liebt sie. Keine sterbliche Frau wird je sein Herz erobern.* Eine Trauer überkam sie, die nicht aus ihr selbst herrührte. Es war *ihr* Bedauern. *Ihr* Mitgefühl für seine unerfüllbare Sehnsucht. Ihr schwindelte. Woher wusste sie das alles plötzlich?

Jagon griff stützend nach ihrem Arm. »Geht es Euch gut?«

»Ich glaube schon.« Sie schüttelte den nicht greifbaren Schleier ab, der sich vor ihre Augen gelegt hatte.

»Es ist Die Gabe«, ertönte eine neue, weibliche Stimme von der Tür her.

Sava wollte erschrocken herumfahren, doch Jagons Hand milderte ihre Bewegung mit sanftem Druck ab.

»Ihr müsst keine Angst mehr haben. Sie ist nur die Hüterin des Grabmals.«

»Das bin ich«, bestätigte die alte Priesterin, die eintrat und sich vor ihm und Sava verneigte. »Es ist Die Gabe, die sich in Euch regt, weil sie die Nähe der Göttin spürt.« Die Robe schlotterte um den ausgemergelten Leib der Alten, deren Rücken von der Last der Jahre gebeugt war. Das weiße Haar war nach Art der Priesterinnen aufgesteckt, die Augen saßen tief in ihren Höhlen und glänzten unter einer Schicht Tränen.

Sava streifte Jagons Hand ab, dankte ihm jedoch mit ihrem Blick. »Was wird jetzt von mir erwartet?«

»Ihr müsst wählen«, erklärte die Alte. »Wenn Ihr Die Gabe annehmen wollt, werdet Ihr sie bekommen. Lehnt Ihr sie ab, wird der junge Gordean Euch zurückbringen, wo immer Ihr hingehen wollt. Solltet Ihr gehen, wird Euch der Weg hierher dennoch stets offen bleiben, damit Ihr Euch anders besinnen könnt. Die Göttin ist geduldig. Wenn Ihr aber einmal Die Gabe angenommen habt, ist Euer Schicksal auf immer mit höheren Mächten verwoben. Dann werdet Ihr nie wieder umkehren und ein gewöhnliches Leben führen können. Selbst über den Tod hinaus, wenn es nötig ist.«

Schaudernd erinnerte sich Sava an die Weiße Frau, die zwischen den Welten gefangen war, bis eine Nachfolgerin kam, die sie erlöste. Wollte sie das auf sich nehmen? Konnte sie die Vorstellung ertragen? Aber es war unvorstellbar. Sie konnte nicht ermessen, was ihre Entscheidung tatsächlich mit sich brachte, welche Verpflichtungen Die Gabe ihr noch auferlegte und was für ein Gefühl es sein musste, einst ein Geist zu sein. Bedeutete Die Gabe, eine elbische Göttin zu werden? Doch die Weiße Frau war keine Elbin. Sie hatte die übliche Spanne eines Menschen gelebt und war eines natürlichen Todes gestorben. *Was bedeutet Die Gabe dann?*

Die Stimme in ihrem Kopf war hauchfein, weniger als ein Wispern. *Zu heilen, zu wissen, zu sein.*

»Ich nehme sie an«, hörte sich Sava zu ihrer eigenen Überraschung sagen. »Welchen Eid muss ich ablegen?«

Die Priesterin schüttelte den Kopf. »Es gibt keinen Schwur, der bindender sein könnte als Die Gabe selbst. Um sie vollständig zu wecken, müsst Ihr berühren, was vom einst blühenden Leben der Herrin geblieben ist.« Sie trat neben die schlafende Göttin und deutete auf den Sarkophag. »Würdet Ihr den Deckel etwas zur Seite schieben, Jagon?«

Der Ritter riss entsetzt die Augen auf. »Ich soll das Grab entweihen?«

»Diese Stätte ist geweiht, weil sie von der lebenspendenden Kraft durchdrungen ist, die einst Deartas Körper innewohnte. Ein letzter Rest davon ist noch immer in ihren Gebeinen verblieben. Seit Jahrhunderten wurde Die Gabe zur Entfaltung gebracht, indem die Anwärterin die sterblichen Überreste der Göttin berührte. Wollt Ihr verhindern, dass dies geschieht?«

Sava konnte sehen, wie Jagon mit sich rang. Ihr graute selbst vor dem, was sie womöglich in dem Sarg erwartete, aber sie war bereit, ihre Abscheu zu überwinden. Es war eine Art Prüfung. Ein Prüfstein für ihre Entschlossenheit und Hingabe.

Jagon schloss die Augen und murmelte etwas, bevor er sie wieder öffnete, um Sava einen Blick zuzuwerfen, aus dem sein ganzes Leid sprach. Sie wollte ihm tröstend die Hand auf die Schulter legen, ihm zureden, aber etwas in ihrem Innern hielt sie davon ab. Er musste diese Entscheidung ebenso allein treffen wie sie.

Er sagte nichts, trat nur vor, legte die Hände am Fußende des Sarkophags seitlich an den Deckel und stemmte sich dann mit ganzer Kraft dagegen. Seine Arme begannen zu zittern. Mit einem mahlenden Grollen rieb Stein auf Stein. Jagon schob weiter, bis ein Spalt entstanden war, der gerade genug Platz für eine Hand bot, um hineinzugreifen. Sorgsam einen Blick ins Innere des Sargs vermeidend, wich der Ritter zurück.

Sava nahm seinen Platz ein. Auch sie bebte, wenn auch nicht vor Anstrengung. Sie sah hinab, aber der Spalt war zu schmal, um ausreichend Licht in den Sarkophag zu lassen. Sie musste ihre Finger blindlings ins Dunkle tauchen und zuckte zurück, als sie etwas berührte, doch als sie die Hand erneut danach ausstreckte, waren es nur trockene Stofffasern, die sogleich zerfielen. Darunter lag etwas Kleines, Festes, das nur ein Knochen sein konnte. Sie schloss die Finger darum. Ein Blitz durchfuhr sie, erschreckend und schmerzhaft. Mit einem Aufschrei ließ sie den Knochen fallen und zog ihre Hand zurück. Gedanken und Gefühle prasselten auf sie ein. Vor ihren Augen wirbelten Schlieren auf. Etwas, das sie nicht benennen konnte, brach sich in ihrem Körper Bahn, als ob es sich durch ihre Adern zwängte. Hände griffen nach ihr, um sie zu halten, als sie keuchend in innerem Aufruhr versank.

Arion
Tiefe Hügel

Als der Boden unter dem Sand mit lautem Knacken brach, warf sich Arion ohne nachzudenken nach vorn, um seinem Pferd den Sprung auf sicheren Untergrund zu erleichtern. Doch es gab keinen festen Boden mehr. Vergebens galoppierte das Tier gegen das plötzliche Gefälle und den entgegenkommenden Sand an und wurde rückwärtsgetragen, obwohl es vorwärtslief. Arion sah über die Schulter. Hinter ihm verschwanden Sand und Reiter in einem Loch, das sich im Talgrund geöffnet hatte und alles verschlang. Nur Regins Streitross katapultierte sich mit gewaltigen Sätzen noch bergan, während Arions Pferd mit ihm nach unten rutschte.

Es dauerte nur einen Lidschlag, bis sie sich trafen. Regin streckte wortlos die Hand aus. Arion ließ die Zügel fahren, riss den Oberkörper herum und griff mit der Linken zu. Mit der Rechten packte er in Regins Umhang. Gerade noch rechtzeitig bekam er die Füße aus den Steigbügeln, als er auch schon aus dem Sattel gezogen wurde. Strampelnd stieß er sich ab und sprang. Er hörte Regin aufschreien, als er dessen Arm verrenkte, während er hinter ihm auf dem breiten Rücken des Pferdes zu sitzen kam. Rasch ließ er los, die Finger der Rechten weiterhin in die Falten des Umhangs gekrallt, aber alles war umsonst. Die Kraft des Tieres reichte nicht für zwei Reiter aus. Unaufhaltsam bewegte es sich nun auch auf dem herabrutschenden Sand rückwärts.

»Auf den Hals! Nach vorn! Sonst überschlägt es sich!«, brüllte Regin, als sie stürzten, und stellte sich in die Steigbügel, um sich weit auf den Hals des Pferdes zu lehnen.

Arion beugte sich so weit nach vorn, wie er es hinter dem Sattel vermochte. Fest schloss er die Augen und wartete auf den unvermeidlichen Aufprall. Doch ihr Fall endete bereits, bevor Arion ihn richtig wahrgenommen hatte. Mitten in einem verzweifelten Galoppsprung kamen die Hufe des Streitrosses dumpf wie Schläge in einen Sandsack auf. Arion wurde mit Regin zurückgeworfen, als sich die kräftige Hinterhand des Tiers so unerwartet wieder abstieß. Arion öffnete die Augen, sah jedoch nur Schwärze.

»Nein!«, schrie Regin und zerrte an den Zügeln, aber das Pferd raste einfach in das Dunkel hinein. Arion duckte sich. Vor seinem geistigen Auge sah er das Tier gegen eine Felswand rennen und konnte nichts dagegen tun. Plötzlich stieß Regin einen weiteren Schmerzensschrei aus, und Arion spürte, wie sich der Ritter für einen Moment zusammenkrümmte. Dann bekam er Regins Ellbogen ins Gesicht, ahnte, dass der Ritter den Kopf des Pferdes herumriss, und tatsächlich hielt das Tier abrupt an, wobei es eine halbe Wendung vollführte. Auf zitternden Beinen stand es da und atmete schnaufend wie der Blasebalg einer Schmiede.

Arion ging es kaum besser, aber ihm fiel auf, dass er allmählich Umrisse vor einem schwachen grünlichen Licht erkennen konnte. Zuerst Regins, der sich den Kopf hielt, dann die des Pferdes, das in die Richtung witterte, aus der sie gekommen waren. Die Decke der Höhle hing so niedrig, dass er nicht wagte, sich ganz aufzurichten. »Seid Ihr verletzt?«, erkundigte er sich.

»Ja, verflucht! Nach was sieht das wohl sonst aus?« Regin schlug mit der Faust gegen das Gestein über ihnen. Winzige leuchtende Staubkörner schwebten herab.

Erst jetzt merkte Arion, dass das Dämmerlicht von der Decke und den Wänden der Höhle ausging, in der sie sich befanden. Es war ein Gang, kaum breiter als hoch, weshalb das Pferd gerade genug Platz hatte, um quer zu stehen. Entfernte Rufe hallten von den Wänden wider. Das Streitross wieherte wie zur Antwort und wendete vollends.

Regin konnte es kaum halten. »Steigt ab!«, befahl er barsch. »Ich muss hier runter, bevor dieses Biest mir den Schädel endgültig einrennt.« Er nahm die Hand vom Scheitel und zerrieb etwas zwischen den Fingern, das nur Blut sein konnte.

Arion ließ sich über die Kruppe des tänzelnden Pferdes auf den Boden gleiten, der wie von eifriger Benutzung glatt geschliffen war. Erneut wieherte der Hengst und drängte zu den anderen zurück, aus deren Richtung weitere Rufe und Wiehern schallten. Schimpfend schwang sich Regin aus dem Sattel, während sich Arion beeilte, aus der Reichweite der Hinterhufe nach vorn zu kommen. Vor ihnen zog aufgewirbelter Staub in den Gang, der die Sicht noch weiter trübte.

»Gehen wir nach den anderen sehen«, meinte Arion. »Hoffentlich sind alle so glimpflich davongekommen.« Er wollte Regin überholen, doch das Pferd stürmte so heftig los, dass die Ritter kaum Schritt halten konnten. Fluchend riss Regin immer wieder an den Zügeln, was das Streitross kaum zu merken schien. Arion versuchte die Dunkelheit vor ihnen mit den Augen zu durchdringen und auf Geräusche zu lauschen, aber das Schnauben, Wiehern und Trampeln, gepaart mit Regins Beschimpfungen, überdeckte fast alles.

So tauchte das schwarze Untier lautlos vor ihnen auf. Arion sah nur einen breiten Schädel, der einem Ochsen Ehre gemacht hätte, doch anstelle von Hörnern ragten bewegliche Fühler daraus hervor. Die faustgroßen, seitlich angesetzten Augen glänzten ebenso blank wie die Haut und die zwei dolchartigen Beißzangen, die sich angriffslustig spreizten.

»Achtung!«, schrie Arion entsetzt und zog hastig sein Schwert. Aus dem Augenwinkel sah er, wie auch Regin sofort nach seiner Waffe griff, doch dazu musste er die Zügel loslassen. Befreit schoss das Pferd auf die Lücke zwischen der Höhlenwand und dem fremdartigen Tier zu, das sich mit einem schrillen Laut auf den Hengst stürzte. Ein massiger, schütter behaarter Leib zwischen langen, gekrümmten Beinen wurde sichtbar. Wie stumpfe Klingen bohrten sich die Zangen durch die Haut des panisch wiehernden Pferdes, das mit unvorstellbarer Kraft gegen die Höhlenwand gedrängt wurde und nutzlos um sich trat. Regin rannte mit wütendem Gebrüll auf das Untier zu, als dahinter ein zweites herankam.

Arion glaubte, noch ein drittes in der Dunkelheit zu erkennen. »Kommt zurück! Es sind zu viele!«, rief er, aber Regin stürmte weiter, das Schwert wie einen Speer vor sich haltend, und rammte es tief in den Körper des ersten Scheusals. Schon war Arion an seiner Seite, riss ihn zurück und damit auch die Klinge aus der Bestie, die es nicht einmal zu bemerken schien, obwohl sich ein strenger, säuerlicher Geruch ausbreitete.

»Weg jetzt!«, schrie Arion und zerrte Regin mit sich fort.

Braninn
Tiefe Hügel

Die Beine des Ungeheuers zuckten noch immer, obwohl Braninn ihm den Kopf halb abgetrennt hatte. Ein Gestank nach Säure stach ihm in die Nase, der ihm in Kehle und Augen brannte.

»Arion!«, brüllte Rodan irgendwo hinter ihm. »Hat einer von euch diesen verdammten Eisenmann gesehen?«

»Nein!«, antwortete Braninn und sah sich um, während er Grachann zu Hilfe eilte, der ein weiteres dieser Untiere abwehrte. Der meiste Staub hatte sich gelegt, aber es war immer noch mondrote Nacht. Erleichtert erkannte Braninn, dass sich Barna endlich aus dem Sand befreit hatte und schwer atmend bei Grachanns Wallach auf der Spitze des Sandhügels stand, der sich unter dem Loch in der Höhlendecke gebildet hatte.

»Da kommen noch mehr!«, rief Grachann und trieb den Säbel durch das Maul seines Angreifers in dessen Schädel. Die Beißzangen packten zu. Grachann brüllte vor Wut und Schmerz auf, als seine Hände getroffen wurden, aber er ließ die Waffe nicht los. Die Bestie schüttelte den Kopf und schleuderte ihn dabei hin und her, obwohl die Wunde tödlich sein musste. Braninn lief rasch unter dem kurzen Hals des Ungeheuers hindurch und zog ihm dabei die Klinge über die Haut, die wie gehärtetes Leder aussah. Die Schneide stumpfte rasch daran ab, aber noch genügte ihre Schärfe, einen langen Spalt zu hinterlassen, aus dem eine stinkende Flüssigkeit tropfte. Die Beine des Tieres krümmten sich im Todeskampf zusammen.

Rodan tauchte neben ihm auf, das Schwert in der Hand. »Die Eisenmänner sind weg. Wir müssen auch abhauen.«

»Aber wie?« Braninn blickte nach oben, doch die Ränder des Lochs waren zu hoch über ihnen. »Da kommen wir niemals hoch. Nicht mal vom Pferderücken aus.« Er sprang zu Grachann, der sich vergeblich mühte, seine linke Hand frei zu bekommen, und ließ den Säbel fallen.

»Nicht anfassen!«, warnte sein Freund eindringlich.

Braninn fragte nicht lange nach, sondern umwickelte seine Hände notdürftig mit Zipfeln seines Umhangs. Der Säuregestank raubte ihm den Atem. Hustend griff er zu, zerrte an den Beißzangen, die plötzlich von selbst nachgaben.

Schrille Laute zwischen Pfeifen und Kreischen ließen ihn aufschauen. Zwei weitere Untiere fielen über Arions Pferd her, das kopflos umhergerannt war. Ein drittes starrte Rodan an, der es mit seinem Schwert zu bannen schien. Wieder sah Braninn auf der Suche nach einem Ausweg nach oben, wo in diesem Augenblick ein Schatten ein Stück Nachthimmel verdunkelte. »Ein Dämon!«, schrie er.

»Wo?«, rief Rodan, der sich langsam in ihre Richtung zurückzog.

»Über uns.« Braninn deutete nach oben, aber der Schatten landete gerade zwischen den Pferden, die erschrocken zur Seite sprangen.

»Dann heißt es Abschied nehmen«, sagte Grachann mit einer Ergebenheit, die Braninn nie von ihm erwartet hätte. »Möge Holkis uns finden, obwohl unsere Körper in diesem Loch verfaulen werden.«

»Ich glaube eher, dass sie uns fressen«, meinte Rodan und wirbelte herum, um dem Untier, das ihn verfolgt hatte, einen wirkungslosen Hieb auf die Beißzangen zu geben.

Braninn wandte sich verzweifelt wieder dem Dämon zu. Er spürte die Kälte näher kommen, als die vage menschliche Schattengestalt auf sie zuglitt. Er hatte jede Hoffnung verloren und hob nicht einmal seinen Säbel auf, weil ihm die Geste sinnlos erschien. *Jetzt sind wir so weit gekommen, nur um Ertann siegen zu sehen.* Die Tränen, die die Säure ihm in die Augen getrieben hatte, liefen ihm über die Wangen. *Wir haben versagt.*

Doch der Dämon wehte an ihm und Grachann vorüber wie ein eisiger Winterhauch. Ungläubig folgte Braninn ihm mit dem Blick. Der Schatten schwebte auch an Rodan vorbei. Plötzlich waren riesige Klauen deutlich sichtbar und schnitten in die zähe Haut der Bestie, als ob es Butter sei.

Der Söldner wich befremdet zurück, aber anstatt das unwirkliche Schauspiel anzustarren, wandte er sich rasch ab.

»Steht nicht rum wie Zeltstangen! Fangt eure Pferde ein! Es muss einen Ausgang geben, sonst wär mein Pferd nicht weg.« Damit rannte er los. Grachann und Braninn sahen sich an und erwachten aus ihrer Erstarrung.

Braninn hörte den Adlerpfiff der Faitaschaschem, mit dem sein Freund seinen Wallach rief, während er sich nach Barna umsah. Die Stute folgte Grachanns Pferd, sodass er ihr nur noch entgegenlaufen musste. Er griff in den Zügel und zog sie hinter sich her, auf die andere Seite der riesigen Kaverne, wo auch Rodan mit einem Pferd an der Hand hinlief. Sie tauchten tiefer in die Schatten der Höhle ein, doch mittlerweile sah Braninn im Zwielicht so gut, dass er an der Wand einige dunklere Stellen unterscheiden konnte. »Das könnten weitere Höhlen sein«, rief er den anderen zu.

»Aber welche nehmen wir?«, fragte Grachann, der noch immer seltsam benommen wirkte.

»Egal, die hier!«, entschied Rodan und eilte voran.

Braninn ließ Grachann den Vortritt, weil er dem merkwürdig unentschlossenen Benehmen seines Freundes nicht traute. Womöglich blieb er zurück, wenn niemand aufpasste. Doch als sie in die Finsternis eintauchten, die jenseits des roten Mondlichts lag, war er nicht einmal sicher, ob er bemerken würde, wenn er im Dunkeln an ihm vorbeiliefe. Nach wenigen Schritten war es so schwarz um ihn, dass er sich in die Dämonennacht über der Steppe zurückversetzt fühlte. Schon der Gedanke bereitete ihm Gänsehaut. »Rodan, wir werden uns verlieren, wenn wir uns nichts einfallen lassen«, rief er. Seine heisere Stimme hallte unheilvoll von den Wänden wider.

»Du hast recht«, drang Rodans Antwort durch die Dunkelheit. »Wer ist direkt hinter mir? Grachann?«

»Ja.« Die Stimme klang ungewohnt schwach und ein wenig gequält.

»Stimmt was nicht mit dir, Grachann?«, wollte Braninn wissen.

»Nur der Kratzer an der Hand. Ich schaff das schon.«

»Wir müssen weiter!«, erinnerte Rodan sie. »Grachann, pack dir eine Strähne vom Schweif vor deiner Nase, und du, Braninn, schnappst dir eine von Grachanns Pferd. Wer seine Strähne verliert, ruft sofort die anderen, damit wir anhalten. Also los!«

Braninn tastete nach Djorrs Hinterteil und murmelte dabei vor sich hin, damit das Pferd nicht erschrak und auskeilte, wenn er es plötzlich berührte. Die Schweifhaare fühlten sich im Dunkeln fülliger und härter an. Er umfasste eine Strähne, die dick genug war, um nicht bei der ersten Belastung zu reißen, und hörte plötzlich leise, schnelle Schritte hinter sich. Es konnte unmöglich einer der Ritter sein, die sich mit ihren schweren Stiefeln und dem Geklirr ihrer Kettenhemden niemals so rasch bewegten, ohne zu lärmen.

»Anidim?«, fragte er.

»Das Dämonenweib ist hier?« Grachanns Worten fehlte die übliche Schärfe. »Wo hat sie gesteckt?«

»Jetzt bin ich hier.«

Braninn zuckte zusammen, als ihre Stimme direkt neben ihm ertönte. Er formte mit den Fingern das Zeichen der Abwehr gegen das Böse vor seiner Brust.

»Ich habe das gesehen, Braninn«, eröffnete sie ihm, und er konnte ihr spöttisches Lächeln dabei hören. »Ich bezweifle, dass diese Geste jemals gegen einen Dämon wirksam war.«

»Du kannst hier etwas sehen?«, wunderte sich Rodan.

Braninn hielt den Atem an, um den ihren zu hören und das Rascheln ihres Gewands, als sie weiterging.

»Das kann ich.« Sie entfernte sich von ihm, weshalb er wieder Luft holte. »Gib mir mein Pferd und überlass mir die Führung!«

»Wer weiß, wohin sie uns führt«, murrte Grachann. »Ich werde ihr nicht folgen. Wahrscheinlich sieht sie nicht mehr als wir.«

»Woher weiß ich dann, dass du deine verletzte Hand unter den anderen Arm klemmst?«

»Das hast du nur geraten«, beharrte Grachann.

»Schluss jetzt!«, befahl Rodan. »Wir verschwenden wertvolle Zeit. Ob sie sehen kann oder nicht, wird sich daran zeigen, wie schnell sie geht, ohne gegen eine Wand zu laufen. Kommt weiter!«

Grachann knurrte etwas, aber es dauerte nicht lange, bis Braninn fühlte, wie Spannung auf die Schweifhaare in seiner Hand kam. Sich ausgerechnet von Anidim durch diese Finsternis leiten zu lassen, gefiel ihm ebenso wenig wie seinem Freund. Dämon blieb Dämon, und seine Angst vor den Schattenwesen saß zu tief, um ihr zu vertrauen. Aber immerhin hatte sie Arion vor dem *verlarr* gerettet. *Mögen die Ahnen geben, dass sie einen Ausgang aus dieser Unterwelt findet.*

Regin
Tiefe Hügel

Er rannte neben Arion her den Gang entlang, bis ihm das Herz in der Brust zu zerspringen drohte. Sein Körper schrie nach Ruhe und Schlaf, die Wunde auf seinem Scheitel pochte, seine Lungen brannten. »Das reicht«, keuchte er und kam taumelnd zum Stehen. »Ich kann nicht mehr.« Entkräftet stützte er sich mit einer Hand am Gestein ab, das mit einem feinen, klammen Gespinst überzogen war, von dem das schwache Leuchten ausging. Regin konnte es sehen, als er vor dem leicht schmierigen Gefühl zurückzuckte und ein grüner Schimmer an seinen Fingern zurückblieb.

Arion stand vorgebeugt da, die Hände auf den Oberschenkeln, und atmete schwer. »Ist gut... Ich... bin auch am Ende.«

»Das war eine Falle.« Regin war seiner Sache so sicher wie selten in seinem Leben. »Eine sonnenverdammte Falle.«

»Mag sein«, japste Arion. »Aber ich glaube nicht... dass sie uns galt.«

Nein, die war für jeden beliebigen Fleischbrocken bestimmt, der dumm genug ist, sich hineintreiben zu lassen, dachte Regin, da ihm das Reden noch zu anstrengend war. Sein Herzschlag beruhigte sich allmählich. Er konnte wieder frei stehen. Vorsichtig tastete er in seinem Haar und fand blutige Krusten, von denen er rasch abließ, um sie nicht wieder aufzureißen.

»Ich muss Euch danken«, meinte Arion, der sich ebenfalls aufgerichtet hatte. »Ihr wärt vielleicht entkommen, wenn Ihr nicht versucht hättet, mich zu retten.«

Regin zuckte die Schultern. »Ich habe nicht darüber nachgedacht.« Es war die Wahrheit. Wenn er zuerst überlegt hätte, was hätte er dann getan? Er hatte keine Lust, sich den Kopf darüber zu zerbrechen. »Genützt hat es jedenfalls nichts, solange wir keinen Weg hier heraus finden. Und das schnell!«

Arion nickte nur und ging weiter.

Ich hätte seine Dankbarkeit für ein Friedensangebot ausnutzen sollen. Der Weg auf den Thron ist auch ohne rachsüchtige Vettern beschwerlich genug. »Dass Saminé sich umgebracht hat, tut mir leid«, platzte er heraus. »Ich hätte doch nie gedacht, dass sie sich das so zu...« Er brach ab, als Arion zornig zu ihm herumfuhr.

»Das könnt Ihr Euch sparen! Für diese Ehrlosigkeit gibt es keine Ausrede! Eure Worte machen sie nicht wieder lebendig.«

»Mein Blut wird solche Wunder auch nicht bewirken.«

Arion wandte sich abrupt ab und marschierte davon.

Das nächste Mal lass ich ihn verrecken. Schweigend folgte er Arion. Die Luft war stickig, es roch nach Moder und ein wenig säuerlich. Außer ihren eigenen Schritten hörte er nichts. Bildete er sich das ein, oder führte der Gang ganz leicht bergab?

Plötzlich hielt Arion inne. »Da vorne ist etwas«, flüsterte er.

Regin spähte in das Dämmerlicht. Ein Stück vor ihnen sah er dunklere Flecken im grünlichen Glühen der Wände, aber nichts regte sich. Arion deutete auf Regin und die linke, dann auf sich und die rechte Seite des Gangs. Regin nickte. Mit kampfbereit erhobenen Schwertern rückten sie langsam vor. Die schwarzen Flecken wurden rasch größer.

Abzweigungen, erkannte Regin, behielt die Klinge jedoch vor sich für den Fall, dass in den neuen Gängen Gefahr lauerte. Vorsichtig lugte er um die Ecke. Nichts. Ein weiterer schnurgerader Stollen, der sich in Dunkelheit verlor.

Eine Linie am Boden erregte seine Aufmerksamkeit. Als er genauer hinsah, entdeckte er, dass es sich um eine flache Rinne von wenigen Fingern Breite handelte. Verblüfft bemerkte er eine zweite Rinne, die in gleichmäßigem Abstand zur ersten verlief. »Seht Euch das an!«, rief er aus und deutete auf seinen Fund, der ihren Weg kreuzte. »Das sind Karrenspuren. Diese Gänge sind von Menschen angelegt worden!«

Arion betrachtete die Rinnen skeptisch. »Zumindest gab es hier welche, bevor diese Ungeheuer kamen.«

»Wie dem auch sei. Wenn hier so viele Wagen gefahren sind, muss es auch einen Ausgang geben. Wir müssen uns nur für die richtige Richtung entscheiden.« Jedenfalls hoffte Regin, dass es so einfach war. Nachdenklich blickte er von einer Seite zur anderen und ging in die Knie, um besser zu sehen, konnte aber kein Gefälle feststellen. Der Gang verlief völlig eben.

Arion befeuchtete seinen Zeigefinger und hielt ihn in die Höhe, als Regin in der Stille leises Trippeln vernahm. »In Deckung! Schnell!«, zischte er und rannte in die Abzweigung, die ihm am nächsten lag. Das Leuchten der Wände war hier noch schwächer. Er lief nur ein kurzes Stück, bevor er wieder umdrehte und sich in der Mitte des Gangs niederkauerte, wo es am dunkelsten war. Arion, der ihm hastig gefolgt war, duckte sich neben ihn. Dort, wo sie gerade noch gestanden hatten, eilten mehrere der Untiere vorüber, die Regin für gigantische Ameisen zu halten begann, obwohl sie auch Spinnen ähnelten.

Offenbar riechen sie uns wenigstens nicht, freute er sich gerade, als eines der Biester langsamer wurde, stehen blieb und den Kopf in ihre Richtung wandte. Die anderen liefen weiter, trampelten sogar über den Zauberer hinweg, als ob er ein totes Hindernis wäre, doch das Tier ließ sich nicht anmerken, ob es sich daran störte. Es äugte in den Gang. Regin wagte kaum zu atmen. Die beinlangen, aus mehreren Gliedern bestehenden Fühler tasteten über Boden und Wand, wo Regin das Gestein berührt hatte. Zögernd kam das Untier auf ihn zu. Längst waren die anderen Biester verschwunden.

»Es ist nur eins«, flüsterte Arion. »Ich lenke es ab, damit es Euch eine Blöße gibt.« Er sprang los, ohne eine Antwort abzuwarten, doch dazu blieb auch keine Zeit mehr. Das Wesen schien ihn gehört zu haben und griff an.

Regin schnellte vor. Die Zangen des Ungeheuers schnappten nach Arions Schwert, der Schädel drehte sich, sodass sich Regin direkt vor einem der großen Augen wiederfand. Er jagte seine Klinge hinein und drehte sie, aber anstatt sofort zusammenzubrechen, wich das Untier ruckartig zurück und riss ihm damit die Waffe aus den Händen. Die borstigen Beine zuckten in einem wilden Tanz, ohne von der Stelle zu kommen. Regin konnte nur noch zusehen, wie Arion einen Hieb nach dem durchbohrten Kopf führte. Ein abgetrenntes Stück Fühler fiel herab, während das Schwert nutzlos an der harten Stirn abglitt. Die Luft füllte sich mit einem stechenden Geruch, der sich in seine Nase brannte. Tränenblind stolperte Regin rückwärts. Durch den Schleier blinzelnd sah er, wie sich Arion schützend den Umhang vors Gesicht presste und dennoch ebenfalls zurückweichen musste, aber die heftigen Bewegungen des Untiers erstarben allmählich. Die Beine zogen sich wie in einem Krampf zusammen, bis der Körper den Boden berührte.

Der saure Gestank benebelte ihn und schien sich einen Weg in seine Lunge zu brennen, doch Regin war nicht gewillt, seine Waffe zurückzulassen. Hustend trat er vor, stemmte den Fuß gegen den Schädel des Tiers und zerrte das Schwert heraus, bevor er ausreichend Abstand zwischen sich und die verätzenden Ausdünstungen brachte.

»Versuchen wir's mit dieser Richtung.« Arion deutete weiter den Gang hinab, in den sie geflüchtet waren.

Es war hier zwar dunkler, aber Regin nickte. Die Wagenspuren mussten zu einem Ausgang führen.

Das grüne Zwielicht war so schwach, dass er manchmal nicht wusste, ob er wirklich etwas sah oder es sich nur einbildete.

Manches mochten auch nur leuchtende Flecken sein, wie sie vor den Augen herumspukten, wenn man sie schloss. Deshalb dauerte es einen Augenblick, bis er begriff, dass es vor ihnen tatsächlich heller wurde. Schon flackerte Hoffnung in ihm auf, doch dann fiel ihm ein, dass die Nacht unmöglich bereits vorüber sein konnte. Was er sah, war demnach nicht das ersehnte Licht der Sonne.

Trotzdem beschleunigte er seine Schritte, bis er anhalten musste, weil vor ihnen ein Tor den Weg versperrte. Das stärkere Leuchten ging von den Ritzen rund um die beiden hohen Torflügel aus. Erstaunt traten sie näher. Regin berührte das unerwartete Hindernis. Es war Stein, glatt wie polierter Marmor. Er sah Arion an, der mit dem Finger über eine der Ritzen fuhr. Grün schimmernder Staub blieb auf der Haut zurück.

»Es gibt kein Schloss«, stellte Regin fest und ließ den Blick über das Tor schweifen. »Und keinen Riegel.« Vermutlich war der Ausgang von der anderen Seite verschlossen worden, nachdem die Erbauer diesen Stollen aufgegeben hatten. »Zumindest nicht auf dieser Seite.«

»Drücken wir einfach dagegen«, schlug Arion vor. »Vielleicht haben wir ja Glück.«

Gemeinsam stemmten sie sich mit ihrem ganzen Gewicht zuerst gegen den einen, dann auch gegen den anderen Torflügel, aber die steinernen Kolosse wichen keinen Fingerbreit.

»Verdammt!«, fluchte Regin und trommelte mit den Fäusten auf die glatte Fläche ein. Er spürte, dass ihm längst die Kraft fehlte, etwas so Schweres zu bewegen – wenn es überhaupt jemals in seiner Macht gelegen hatte. Besiegt lehnte er sich mit dem Rücken dagegen und ließ sich zu Boden sinken. Seine Nase und die Kehle brannten noch immer von dem sauren Gestank, und er hätte selbst die sarmynische Krone für einen Schluck Wasser gegeben. *Was sagt Ihr jetzt, Zauberer?*, rief er stumm dem Namenlosen aus seinen Träumen zu. *Hättet Ihr gedacht, dass Euer Thronanwärter in einem unterirdischen Irrgarten ohne Ausgang sterben wird?*

»Hier gibt es eine Treppe nach oben«, riss Arion ihn aus seinen Gedanken.

»Was?« Regin rappelte sich auf, um in den schmalen Durchgang zu blicken, den Arion wenige Schritte vor dem Tor in der Wand entdeckt hatte. Dahinter war es stockdunkel, aber mit Händen und Füßen konnte er eindeutig Stufen ertasten, die nach oben führten. »Genau unsere Richtung«, freute er sich.

»Habt Ihr gar keine Skrupel, die anderen zurückzulassen?«

»Wer sagt, dass ich das will?«, erwiderte er, fühlte sich jedoch ertappt. Er hatte ihre Gefährten längst vergessen. »Seht es doch, wie es ist: Noch wissen wir nicht, ob das wirklich ein Ausgang ist. Und selbst wenn, sind da etwa zehn oder fünfzehn von diesen Riesenameisen zwischen ihnen und uns. Gegen so viele kommen wir nicht an. Aber wenn wir erst einmal draußen sind, können wir nachsehen, ob wir sie durch das Loch herausholen können, durch das wir runtergefallen sind.«

»Wenn sie bis dahin noch leben.«

»Verflucht, Emmeraun, was wollt Ihr von mir? Sollen wir uns in einen aussichtslosen Kampf stürzen? Für zwei Viehtreiber, eine überhebliche Hexe und einen Knecht? Wir haben eine Aufgabe. Um die zu erfüllen, müssen wir zuerst einmal überleben!« Er zögerte irritiert, weil Arion ihm nicht widersprach. »Sie könnten längst tot sein.«

»Wahrscheinlich ist Anidim bei ihnen«, murmelte Arion.

»Auf deren Gesellschaft ich im Moment am besten verzichten kann. *Ihr* werdet ganz bestimmt nichts zustoßen, da bin ich so sicher, wie ein Mensch nur sein kann. Gehen wir endlich!« Regin streckte die Arme aus. Die Wendeltreppe war so schmal, dass er die Wände zu beiden Seiten mühelos berühren konnte. Vorsichtig begann er hinaufzusteigen. Die aus dem Fels geschlagenen Stufen waren so ausgetreten, dass sie einst von zahllosen Füßen benutzt worden sein mussten. Von oben sickerte grünes Licht herab. Er ging schneller, doch seine erschöpften Beine hielten es nur wenige Stufen aus, bevor sie anfingen zu zittern. Das sanfte Glühen wurde stärker. Er erreichte das

Ende der Treppe. Vor ihm führte ein ebener, schmaler Gang weiter, dessen eine Wand zur Hälfte fehlte. Durch dieses lang gezogene Fenster drang das grüne Leuchten herein. Regin ging weiter, doch die Vorahnung lähmte ihn bereits. Was er sah, als er sich niederkauerte und über die niedrige Brüstung spähte, übertraf seine Befürchtungen.

Arion
Tiefe Hügel

Fasziniert blickte Arion in den von gewaltigen sechseckigen Pfeilern gestützten Saal hinab, dessen kunstvolles Gewölbe von der Pracht eines einst mächtigen Königreichs zeugte. Grünes Leuchten breitete sich von dem Gespinst aus, das alles wie ein Teppich aus modrigen Flechten und Schimmel überzog. Große Knäuel lagen darin, um die es von riesigen Ameisenspinnen wimmelte. Ihr emsiges Hin und Her wirkte auf Arion abstoßend, geradezu widerlich und, wie er sich eingestehen musste, auch beängstigend. Was ihn fesselte, waren die Pfeiler, die schimmernd umwebten Kapitele, deren Verzierung nur noch zu erahnen war, und die kühnen Kuppeln des Gewölbes, die selbst jene der größten Hallen Egurnas übertrafen. Welche Könige mochten hier vor undenklicher Zeit aus dem Inneren eines Hügels heraus die Geschicke ihres Reiches gelenkt haben, das von den Menschen längst vergessen war? Ein weiteres Rätsel, das zu ergründen ihn stärker lockte als Ruhm und Schlachtenlärm. Er wünschte, er könnte Tomink nach dieser Stätte fragen. Es gab so viel zu wissen und so wenige, die Antworten hatten. Ob Tazlan ihm ein neuer Lehrer werden konnte? Fünfzehn Jahre waren seit der Verbannung vergangen. Vielleicht würde Werodin den alten Priester begnadigen, wenn er aufrichtige Reue zeigte. Doch dazu musste er ihn erst einmal finden.

Widerstrebend wandte er sich ab. Sie konnten nicht hoffen, auf diesem Weg ins Freie zu gelangen, und mussten umdrehen. Doch als er Regin ansah, um mit ihm darüber zu sprechen, war dem Ritter der Kopf auf die Knie gesunken. Der sich mit ruhiger Beständigkeit hebende und senkende Rücken zeugte von tiefem Schlaf. Bestürzt beugte sich Arion über ihn, um ihn zu wecken, aber im letzten Augenblick hielt er inne. Seine Beine trugen ihn kaum noch, und nachdem die erste Begeisterung über ihre unglaubliche Entdeckung gewichen war, fühlte er sich wieder am ganzen Körper zerschlagen. Welchen Sinn hatte es, sich taumelnd wieder in die Gefahr zu schleppen? Bald würde er zu schwach sein, auch nur ein Schwert zu heben. Vielleicht war es besser, hier auszuruhen, wo die enge Treppe, durch die sich die Ungeheuer nicht zwängen konnten, ihnen Schutz bot. Er konnte Regin etwas Schlaf gönnen und Wache halten, bis ...

Ich bin eingeschlafen!, schoss es ihm in einer Mischung aus Angst und Schuldbewusstsein durch den Kopf, als er auf dem Treppenabsatz wieder zu sich kam. Sofort schreckte er hoch, aber um ihn herum hatte sich nichts verändert, außer dass Regin nun lang ausgestreckt auf dem Boden lag und mit leicht geöffneten Lippen durch den Mund atmete. Arion kroch wieder zum Geländer der Galerie und spähte hinunter. Nichts deutete darauf hin, dass ihre Anwesenheit bemerkt worden war. Ein letztes Mal nahm er die Reste vergangener Pracht in sich auf, dann zog er sich vorsichtig zurück. Der harte Untergrund und das Kettenhemd hatten verhindert, dass sich sein Körper gänzlich erholen konnte, doch er fühlte sich besser. Nur der Durst war schlimmer geworden. Seine Kehle war wund und geschwollen.

Wenn er daran dachte, was der Erbe von Smedon ihm in den letzten Tagen alles an den Kopf geworfen hatte, war er versucht, ihn mit einem kräftigen Tritt zu wecken, doch er brachte es nicht über sich, so mit einem Schlafenden umzuspringen. Er stieß ihn nur so lange leicht mit dem Stiefel an, bis Regin die Augen öffnete. »Steht auf! Wir müssen endlich hier weg.«

Er wartete nicht, sondern stieg vorsichtig die Stufen hinab. Im Grunde war er erleichtert, dass sie keinen Ausgang gefunden hatten. Auch wenn Regins Gründe einleuchtend geklungen hatten, wäre er sich wie ein Verräter vorgekommen, diese Falle ohne ihre Gefährten zu verlassen. Anidim mochte nicht die hehre, schutzbedürftige Priesterin sein, für die er sie gehalten hatte, aber er fühlte sich ihr noch immer verpflichtet, und er glaubte ihr, dass er ohne sie wenig Aussicht hatte, Ertann das schmutzige Handwerk zu legen.

»Habe ich lange geschlafen?«, erkundigte sich Regin, als er ihn einholte. Seine Stimme klang krächzend.

»Ich weiß es nicht, ich bin selbst eingenickt.« Arion hörte nur ein zustimmendes Brummen, dann hatten sie den Fuß der Treppe erreicht. Wachsam schob er sich weiter. Womöglich war ihre Spur entdeckt worden, und der Feind lauerte ihnen vor dem Tor auf. Doch nichts rührte sich.

»Habt Ihr einen Plan?«, fragte Regin zu Arions Überraschung.

»Keinen besonders ausgefeilten«, gab er zu. »Ich glaube, dass wir die grün leuchtenden Gänge meiden müssen, wenn wir diesen Biestern aus dem Weg gehen wollen. Deshalb wäre mein Vorschlag, dass wir den Karrenspuren in den anderen Stollen folgen und dann versuchen, wieder in die Richtung abzubiegen, in der die Falle liegt.«

»Einen besseren habe ich auch nicht«, meinte Regin und ging los.

Das Tier, das sie getötet hatten, lag noch immer in einer schwachen Wolke des stechenden Gestanks. Sie beeilten sich, daran vorbeizukommen, und tauchten in die zunehmende Dunkelheit des gegenüberliegenden Gangs ein. Bald war es so finster, dass Arion nicht mehr die Hand vor Augen sehen konnte. Er tastete sich an der von Meißelspuren übersäten Wand entlang und lauschte auf den Widerhall ihrer eigenen Schritte. Mühsam unterdrückte sein Verstand die Angst davor, dass sie jeden Augenblick blindlings in einen Trupp Ameisenspinnen stolpern könnten. *Wo kein Gespinst ist, sind sie auch nicht*, wiederholte er sich ständig wie ein stummes Gebet.

Bald hatte er jedes Zeitgefühl verloren. Sie marschierten immer weiter durch die schier endlose Finsternis. Von Ferne hörte er das Tropfen von Wasser, das Gestein unter seinen Fingern wurde feuchter und kälter. Trotzdem erschrak er, als er plötzlich platschend in eine Pfütze trat. Das Wasser rann an der Wand herab und tropfte auch von der Decke. Es war nicht viel, aber es linderte ihren quälendsten Durst, flößte neuen Mut und Kraft ein.

Doch das Gefühl hielt nicht an. Je länger er durch die Dunkelheit wanderte, desto mehr verlor er die Zuversicht, dass sie ihre Gefährten wiederfinden und jemals wieder das Tageslicht erblicken würden. Hunger nagte an ihm. Die Berge, die er über sich wusste, legten sich immer schwerer auf sein Gemüt. Er versank in grüblerischen Gedanken, anstatt darauf zu achten, wohin er die Füße setzte, was sich unter seinen Fingern befand und wie die Luft roch. Erst Regins Stimme holte ihn zurück in die schwarze, undurchdringliche Wirklichkeit.

»Was ist das? Hört Ihr das auch?«

Arion blieb stehen und versuchte über seinen eigenen und Regins Atem hinauszuhorchen. Ja, da war etwas, ähnlich einem fernen Grollen, aber heller, oder doch mehr ein Rauschen? Es schwoll in einem gleichmäßigen Takt an und ab und wurde ganz allmählich lauter. *Arutars Strahlenkranz!*, durchfuhr es ihn. »Das ist das Geräusch genagelter Stiefel. Das muss ein Heer sein!«

Sava
Heiligtum von Drahan

»Hervind, was ist der Pfad der Schwäne, von dem die Weiße Frau gesprochen hat?« Eigentlich hätte Sava schweigen und versuchen sollen, die innere Ruhe zu finden, die sie verloren hatte, seit Die Gabe in ihr geweckt worden war. Doch der Weg zum Heiligen Hain war ohnehin zu kurz, um den nie versiegenden Strom verwirrender Gedankenfetzen und Gefühle zurückzudrängen, der ständig am Rand ihres Bewusstseins lauerte, um sie zurück ins Chaos zu stürzen. Selbst jetzt in der Nacht, da die Menschen schliefen, reichten ihre geträumten Innenwelten aus, um Savas eigenes Wesen jederzeit mit dieser Flut fremder Bilder und Empfindungen hinwegzuschwemmen, wenn sie nicht auf der Hut war.

Neugierig hielt sie eine gedachte Hand in den reißenden Fluss, um die Antwort der Hohepriesterin herauszufischen, bevor diese sie gab, doch flüchtige Eindrücke von fliegenden Schwänen und hohen Bergen entschlüpften ihr wie springende Lachse. Die Weiße Frau hatte sie gewarnt. Die Gabe erlaubte ihr nicht, Gedanken zu lesen wie geschriebene Worte. Es war mehr ein Erfassen von Zusammenhängen, ein plötzliches Begreifen, ein Wissen um das, was in anderen vorging.

»Der Pfad der Schwäne ist der Weg, auf dem die Silberschwäne im Frühling nach Norden ziehen und im Herbst zurückkehren«, erklärte Hervind. Sie zog einen kleinen Karren hinter sich her, auf dem ein struppiger, magerer Hund aus dem nahen Dorf in einem Käfig aus Holzgeflecht saß, in dem für gewöhnlich Hühner und Gänse nach Rothjard gefahren wurden. »Jede Priesterin, die Die Gabe hatte, ist irgendwann diesem Pfad gefolgt, um den Kindern der Götter zu begegnen.«

Hieß das, dass Dearta und Diuraman Kinder hatten? »Die Kinder der Götter – sind das Elben?«

»Wenn man das wahre Gesicht der Göttin gesehen hat, liegt es nahe, das zu glauben, aber ich weiß es nicht mit Bestimmtheit«, gab die Hohepriesterin zu. »Jene, die von dieser Reise zurückkamen – und nicht jede ist zurückgekehrt –, haben uns keine Aufzeichnungen darüber hinterlassen. Auch die Weiße Frau war nie bereit, mit mir über ihre Erlebnisse zu sprechen. Sie sagte nur, dass es ihr geholfen habe, wahren Frieden zu finden, und sie will, dass du aus unseren Schriften die Sprache der Morahn erlernst, um auf deinen Weg vorbereitet zu sein.«

Sava erinnerte sich, dass die Morahn das Volk waren, das vor ihnen in Sarmyn gelebt hatte. Als Jagon vor seinem Aufbruch nach Smedon noch einmal zu Besuch gekommen war, hatte er ihr aus einer alten Handschrift dieser Sprache übersetzt. Angeblich hatte er sich vergewissern wollen, dass es ihr gut ging. Vielleicht glaubte er das sogar selbst, doch Sava ahnte, dass seine Fürsorge nicht ihr, sondern einzig der Gabe galt, die sie in sich trug. Eine Erkenntnis, die sie der Gabe zuschrieb und für die sie dankbar war.

Sie spürte die Ausstrahlung des Heiligen Hains und schüttelte die Gedanken an den Ritter und zukünftige Reisen ab. Die Stille unter den Bäumen verstärkte und linderte den Zustrom fremder Einflüsse zugleich. Die ruhige, gelassene Lebendigkeit der großen alten Wesen half ihr, ihre Aufmerksamkeit auf das Wesentliche zu richten.

Mit leise quietschenden Rädern ruckelte der Karren hinter Hervind her, und der Wind rauschte sacht in den Blättern, die ein geschlossenes Dach über ihnen bildeten. Sava fragte sich, für welche merkwürdige Übung sie den Hund brauchten und warum er dazu in einem Käfig sitzen musste, aber sie würde sich gedulden müssen, denn die Hohepriesterin wusste es selbst nicht. Es war eine der seltsamen Anweisungen der Weißen Frau, die Hervind nicht hinterfragte.

Sie erreichten das Herz des Hains, wo die Hohepriesterin den Karren abstellte. »Wir sehen uns morgen, mein Kind. Möge Dearta dich mit guten Fortschritten auf deinem Weg segnen.«

Für Sava klang es wie eine Ermahnung, fleißig zu lernen, doch Die Gabe erlaubte ihr zu verstehen, dass Hervind ihr tatsächlich wünschte, dass diese anstrengende und oft beängstigende Zeit bald hinter ihr läge.

Die Hohepriesterin entfernte sich, und bald spürte Sava die Annäherung der Weißen Frau. Sie hatte das Gefühl nun schon so oft durchlebt, dass sie es beobachten konnte wie etwas, das nicht zu ihr gehörte. Sie kannte das leichte Prickeln im Nacken, die Gänsehaut, wenn das Grauen vor dem Tod von jeder Faser ihres Körpers Besitz ergreifen wollte, und fürchtete sich nicht mehr davor.

Umso mehr erschrak sie, als sie merkte, was dieses Mal geschah. Ihr Herz begann zu rasen, ihr Atem beschleunigte sich. Schweiß trat auf ihre Haut, während ihr die Brust immer enger wurde. Das unruhige Scharren und Trappeln des Hundes in seinem Käfig war, als ob seine Krallen über ihre Nerven kratzten. Panik erfasste sie. Sie verstand nicht, warum sie plötzlich wieder voll Entsetzen auf die weiße Gestalt starrte, die wie ein durchscheinendes Bild vor ihr in der Luft hing.

»Was du fühlst, ist seine Angst«, hauchte die Weiße Frau in ihren Kopf.

Sava fuhr zu dem verstörten Tier herum, das sich hechelnd und zusammengekauert an die Rückwand des Käfigs presste. Konnte das wahr sein? Es war eine Sache, zu erspüren, was in anderen vorging, aber es war eindeutig ihr Herz, das nun flatterte, und ihr Magen, der sich zu einem schmerzhaften Klumpen zusammengeballt hatte. Es fiel ihr sogar schwer, diese Gedanken zu fassen, so sehr zitterte sie. »Was ... was kann ich dagegen tun?«

Die Weiße Frau schwebte noch näher heran. Ihr fließendes Haar wehte im Wind der Geisterwelt. Sava wäre am liebsten davongerannt. »Trenne dich!«, sagte die Stimme in ihr. »Die Gabe verbindet dich mit allem, was lebt. Du musst lernen, zwischen dir und dem anderen zu unterscheiden, deine Gefühle und Wünsche von denen anderer zu trennen. Gelingt dir das nicht, bist du nur noch ein Stück Treibholz auf dem Fluss fremder Gefühle.«

Sava nickte. Sie hatte verstanden, was sie tun sollte, aber das allein genügte nicht, um den Aufruhr zu beenden, von dem ihr Körper geschüttelt wurde. Mühsam kämpfte sie gegen die Beklemmung in ihrer Brust an, doch das Gefühl verstärkte sich noch.

»Du hast Angst. Furcht leitet dich. Du willst allem entfliehen. Das ist der falsche Weg.«

»Aber du hast doch gesagt, dass ich mich trennen soll.« Sava hörte selbst, wie schrill ihre Stimme klang.

»Benutze deinen Verstand! Du hast keinen Grund, Angst zu haben. Überwinde sie! Lass sie los!«

Das ist wahr. Ich fürchte mich, weil der Hund sich fürchtet. Ich muss nur zu mir kommen. Sie atmete tief durch, sog die Luft ganz bewusst langsam ein und stieß sie ebenso bedächtig wieder aus. Die Enge in ihrem Brustkorb ließ nach, auch wenn sie nicht vollständig wich. Ihr Herzschlag beruhigte sich. Sie schloss die Augen, und ihre Gedanken wurden klarer.

»Besser. Wir werden das üben müssen, bis du es sicher beherrschst. Erkennen, trennen. Erst wenn du das kannst, bist du bereit, das Lied des Lichts zu lernen. Dann kannst du auch andere Wesen von Angst und Leid befreien.«

»Das ist einfach«, meinte Sava verschmitzt und öffnete die Käfigtür, um den bebenden Hund zu erlösen, der sein Glück kaum zu fassen wagte. Zögernd näherte er sich der unverhofften Freiheit, um dann plötzlich blitzschnell von dem Karren zu springen und in der Dunkelheit zu verschwinden.

»Sein Schicksal lag in deiner Hand. So einfach wird es in Zukunft nicht immer sein.«

Sava senkte ergeben den Blick. »Ich weiß, Herrin. Ich konnte nur seine Angst nicht länger ertragen.«

Ein bitteres Lächeln huschte über die schimmernden Züge. »Übermächtig in dir und ihm, und doch nur ein winziger Teil des Leids in dieser Welt...«

Braninn
Tiefe Hügel

Braninn betete zur Erdmutter, die Geister dieser Höhlen friedlich zu stimmen und ihn sicher zurück in die Welt der Menschen zu leiten. Er wusste nicht, wie lange sie schon durch diese Finsternis irrten, ob Der Löwe noch über den Nachthimmel strich oder längst in der Steppe auf die Jagd gegangen war. Aber er spürte, wie dieser enge Schlund ihn immer mehr einschnürte, bis ihn die dumpfe Luft zu ersticken drohte. Er fühlte sich wie ein Käfer, der den Stiefel des Mannes auf sich herabsinken sieht.

In der Dunkelheit konnte er nicht sehen, was Barna tat, doch die kleinen Geräusche und Regungen, die er wahrnahm, veränderten sich. Sie atmete anders, sie bewegte den Kopf öfter und ruckartiger, hielt schließlich inne, um zu lauschen und zu wittern.

»Irgendetwas stimmt nicht«, warnte Braninn die anderen. Im gleichen Augenblick drängte die Stute gegen den Zügel voran. Furcht vor dem Unsichtbaren ergriff Braninns Herz. Er wollte zu seinem Säbel greifen, aber dazu hätte er entweder das Pferd oder die Schweifsträhne loslassen müssen, die seine einzige Verbindung zu Grachann war. »Hinter uns ist etwas.«

Grachann flüsterte nur einen Fluch.

»Was ist es?«, wollte Rodan leise wissen.

Wenn ich das wüsste!, dachte Braninn nur, anstatt es auszusprechen. Jeder unnötige Laut schien ihm gefährlich, denn er könnte die Annäherung des Feindes übertönen. Sofern der Feind nicht ohnehin lautlos war… Er hätte nicht sagen können, woher er es wusste. Die Kälte konnte ebenso gut aus seinem eigenen angsterstarrten Herzen stammen. Wie hatte er wider jede Vernunft glauben können, dass sie sie abgehängt hatten, nur weil sie in ein Loch gefallen waren? »Es sind die Dämonen.«

Für einen Lidschlag herrschte Grabesstille, dann ertönte Anidims entschlossene Stimme. »Rodan, nimm mein Pferd mit! Ich werde tun, was ich kann, aber ich kann nicht alle aufhalten. Lauft!« Braninn hörte sie schon näher kommen, während sie sprach. Als sie an ihm vorbeieilte, streiften ihn ihre Gewänder. »Lauft schon!«

Der Söldner knurrte etwas, das wie eine kurézéische Verwünschung klang, aber er rannte los und zog die seltsame Seilschaft mit sich. Mit dem Zügel in der einen und dem Schweifhaar in der anderen Hand fiel es Braninn noch schwerer, schnell voranzukommen, als es auf seinen müden Beinen ohnehin schon war, doch das Grauen vor den Dämonen trieb ihn an. Er lief in einem unwirklichen schwarzen Raum, ohne zu sehen, was unter oder vor ihm lag, eingehüllt in den hektischen Lärm vielfach widerhallenden Hufschlags, der seine Füße ebenso anspornte wie sein jagendes Herz. Trotzdem spürte er, wie die Kälte ihn einholte, wie sie mit langen Fingern nach ihm griff.

»Da vorn ist Licht!«, rief Rodan plötzlich.

Braninn sah auf. Die Umrisse seiner Gefährten und ihrer Pferde tanzten vor einem fernen Schein, der rasch heller wurde. Mit neuer Hoffnung beschwor er den Geist des Pferdes, seine Beine zu beflügeln, und ließ Djorrs Schweif los. Doch ein eisiger Mantel legte sich allmählich um seine Schultern.

Vor ihm geriet Grachann ins Straucheln. In der zunehmenden Helligkeit sah er, wie sich sein Freund fing, indem er sich in den Zügel stützte. Er hörte über das Klappern der Hufe hinweg den keuchenden Atem. Als er wieder aufblickte, merkte er im rötlichen Licht zum ersten Mal, wie breit der Gang war, dem sie folgten. Sie hätten selbst zu dritt mühelos nebeneinander Platz gefunden, aber ihm fehlte die Kraft, aufzuholen.

Es ist kein Sonnenlicht, es ist Feuer, erkannte er in einem Winkel seines übernächtigten Verstands, als der Lichtschein vor ihnen Schatten über das Gestein zucken ließ, lange Schatten menschlicher Gestalten, marschierender Beine, waffentragender Arme.

»Heda! Vorsicht! Wir werden von Dämonen verfolgt!«, warnte Rodan lauthals und wiederholte den letzten Satz noch einmal auf Sarmynisch.

Die Schattenrisse hielten inne, gebrüllte Befehle wurden laut, die Braninn nicht verstand. Eine kalte Hand, deren Berührung sein Herz vor Angst gefrieren ließ, packte ihn im Nacken, ohne ihn festhalten zu können, denn Barna zog ihn weiter. Für einen Augenblick versperrte ihm Grachanns Pferd die Sicht, dann entdeckte er die schwarzen Umrisse stämmiger Krieger vor dem Feuerschein. Ihm ging durch den Kopf, dass weder Waffen noch Fackeln sie vor den Dämonen retten würden, dass seine Hoffnung jeglicher Grundlage entbehrte, und doch rannte er, als ob ihm die schiere Gegenwart dieser Männer Schutz gewähren könnte.

Aber es waren keine Männer im herkömmlichen Sinne. Braninn erkannte es erst, als er so nah war, dass er schon ihre Bärte, die Helme und die blank polierten Eisenharnische sehen konnte. Ihre Schultern waren so breit wie seine eigenen, doch sie reichten ihm nur bis zur Brust. Und was er hinter der vordersten Reihe grimmig blickender Verteidiger entdeckte, erschreckte ihn so sehr, dass er stolperte und der Länge nach hinfiel, wobei ihm der Zügel entglitt.

Sofort war die Kälte über ihm. Er stemmte sich hoch, während Schritte heraneilten. Kräftige Hände packten seine Arme und schleiften ihn weiter. Etwas Heißes loderte knisternd und knackend wie Glut an ihm vorüber. Er verdrehte den Kopf, um es zu sehen, aber plötzlich gleißte es so hell auf, dass er sich geblendet abwenden musste. Hitze fegte über seinen Rücken hinweg, dass er glaubte, es müsse ihm die Haare versengen. Unter Zischen und Prasseln verging das grelle Licht, doch die Kälte kehrte nicht zurück.

Endlich stand er wieder auf den Füßen. Die bärtigen Krieger hatten ihn losgelassen, um ihn nun mit den am oberen Ende zu Spitzen verlängerten Schäften ihrer Doppeläxte zu bedrohen. Die leeren Hände erhoben, ließ sich Braninn von ihnen an die Wand abdrängen, während er ungläubig nach der Stelle schielte, wo er gestürzt war. Nur ein glimmender Haufen Schlacke, von dem Qualm aufstieg, war dort zurückgeblieben.

Sie haben Dämonen, um damit Dämonen zu bekämpfen!

Sein Geist war wirr vor Müdigkeit, es fiel ihm schwer, bei einem Gedanken zu bleiben. Er nahm gleichzeitig wahr, wie einer der kleinen, bärtigen Männer ihn anherrschte, wie Rodan ruhig in Sarmynisch auf die Krieger einsprach, die ihre Waffen auf den Söldner gerichtet hatten, und wie Grachann von Fremden umringt auf die Knie gesunken war, aber nichts davon drang wirklich zu ihm durch. Er starrte die beiden ungeschlachten Wesen an, die ungerührt inmitten all der Aufregung standen. Eines davon wandte ihm halb den Rücken zu, sodass er durch die große Öffnung darin in die rot glühende Glut blicken konnte, die im Innern des Dämons glomm. Fast so groß wie er, überragten die unfassbaren Kreaturen ihre Herren um Haupteslänge. Sie hatten keine Haare oder Bärte, ihre Schädel waren von so vager Form, dass er keine Nasen oder Ohren entdecken konnte. Der Mund schimmerte als rötlicher Strich in dunkler Haut, die aussah wie Wundschorf. In den Tiefen der leeren Augenhöhlen leuchtete die innere Glut.

Ein Warnschrei ertönte, und jemand deutete in die Finsternis, aus der sie gekommen waren. Der Schemen eines zweiten Dämons, Schwärze vor dem erhellten Gang, näherte sich. Rasch trat einer der Bärtigen zu den Feuerwesen, deutete auf den Dämon und gab einen Befehl, doch seine Miene zeugte mehr von Trauer als Entschlossenheit. Eindringlich wiederholte er die Worte, was ihn sichtlich quälte, aber er gab nicht nach, bis sich eines der Wesen stumm auf den Dämon zubewegte. Sein Herr wandte sich ab und wischte sich verstohlen Tränen aus den Augen.

Alle Aufmerksamkeit richtete sich auf das offenbar furchtlose Feuerwesen, das auf seinen plumpen Beinen, die in kruden Stümpfen endeten, dem Dämon entgegenging. Mit jedem Schritt leuchtete es heller aus dem Loch in seinem Rücken. Die verkrustete Haut platzte auf, und Risse öffneten sich, aus denen es hervorglühte wie flüssiges Eisen. Immer weiter klafften die Spalten auf, leuchteten hellrot, dann orange und gelb, während die Form des Körpers zusammenschmolz. Die Glut erreichte ein Weiß, das für einen Augenblick die Höhle erleuchtete, als ob die Sonne selbst in die Erde gefahren sei. Blitze schleudernd fiel das Feuerwesen mit einem Prasseln in sich zusammen, sodass Braninn die Hände vor die Augen reißen musste, um nicht zu erblinden. Wieder sengte Hitze über ihn hinweg, dann wurde es still, dunkler und kühl. Der metallische Geruch einer Esse stieg ihm in die Nase.

Als er wieder wagte, hinzusehen, war der Dämon verschwunden und ein zweiter kleiner Hügel schwelender Schlacke lag auf dem Boden des Gangs. »Heilige Erdmutter, ich danke dir«, wisperte er. Auch wenn ihm diese Erdgeister mit ihren Feuerwesen kaum weniger unheimlich waren, so schienen sie doch zu ihrer Rettung gesandt worden zu sein. Durch den Schleier aus Wirrnis und Erschöpfung traf ihn die Erkenntnis, dass er Grachann nirgends mehr sah. Sein Freund musste in dem Ring misstrauischer Bewacher niedergesunken sein.

»Ich muss zu meinem Freund«, erklärte er dem Bärtigen, der zuvor versucht hatte, ihm Befehle zu erteilen, und deutete in Grachanns Richtung. »Er ist verletzt. Ich muss ihm helfen.«

»Sprich Sarmynisch!«, rief Rodan ihm von der anderen Seite des Gangs zu. »Das scheinen sie halbwegs zu verstehen.«

Tatsächlich trat so etwas wie Verständnis auf das breite, fast völlig von seinem Bart und den buschigen Brauen verdeckte Gesicht des Anführers, als Braninn seine Worte auf Sarmynisch wiederholte. Der Mann streckte eine Hand aus und nickte auffordernd in Richtung des Säbels. »Din wafan.«

Braninn begriff sofort. Hastig nahm er den Gürtel mit dem Säbel ab und reichte ihn dem Bärtigen, der zufrieden noch einmal nickte, um ihm dann den Weg freizugeben. Braninn drängte sich zwischen den anderen Erdgeistern zu Grachann durch, der mit schweißglänzender Stirn am Boden kauerte, aber es war die verwundete Linke, die Braninn einen Schrecken einjagte. An einigen Stellen fehlte die Haut, und darunter glänzte zerfressenes Fleisch. Das Weiß eines Knochens blitzte hervor.

»Wie lange willst du das noch anstarren? Das kann ich selbst«, knurrte Grachann, doch er sah nicht hin.

»Ja, schon gut«, gab Braninn gereizt zurück und bemühte sich um klare Gedanken. Er brauchte Wasser und Verbandsstoff. Beides würde er an Barnas Sattel finden.

Neben ihm schob sich Rodan zwischen den kleinwüchsigen Kriegern hindurch. »Wenn ich das Kauderwelsch richtig verstehe, wird dieser Heiler Grachann helfen.« Er wies auf einen Mann mit weißem Bart, dem die anderen ehrerbietig Platz machten. Das Haupthaar war dem Alten bis auf ein paar wolkige Büschel abhandengekommen, aber seine Augen funkelten noch sehr lebendig aus dem faltigen Gesicht. Er trug zwei ausgebeulte Taschen über Kreuz am Leib, deren Riemen in die Falten seines weiten, blaugrauen Gewands schnitten. Ein wenig umständlich ließ er sich vor Grachann nieder.

Vorsichtig nahm der Alte Grachanns Hand auf, als sei sie zerbrechlich, besah sie eingehend und beugte sich dann darüber, um an der Wunde zu schnüffeln wie ein Hund. Lächelnd gab er die Hand wieder frei. »Unmesspina«, meinte er und ließ seine Finger erstaunlich flink in der Nachahmung einer Spinne über den Boden huschen.

»Spinne«, bestätigte Rodan grinsend. »Genau.«

Der Heiler sagte etwas, das Braninn nicht einmal ansatzweise verstand, und tätschelte Grachanns Knie, bevor er eine seiner Taschen öffnete, die zwei Reihen sorgfältig befestigter, glänzender Gefäße enthielt, wie Braninn sie noch nie gesehen hatte. Sie waren glatt, durchscheinend und schlank und offenbar recht hart, denn sie verformten sich nicht, wenn sie berührt wurden. Der Alte zog eines davon hervor, hielt es prüfend vor sein Gesicht und öffnete dann den Verschluss, der aussah wie ein rundes Stück weiches Holz. Ein strenger Geruch, der Braninn entfernt an Regen und würzige Kräuter erinnerte, breitete sich aus. Vorsichtig träufelte der Heiler etwas milchige Flüssigkeit auf die Wunden. Nur ein leichtes Zucken um die Augen verriet, dass Grachann dabei Schmerzen hatte.

Dann reichte der Alte ihm das Gefäß und forderte ihn mit unmissverständlicher Geste zum Trinken auf. Grachann führte es nur zögernd an die Lippen, weshalb der Heiler seine Geste ermunternd wiederholte.

»Vermutlich gäbe es einfachere Mittel, uns umzubringen, als einen Gifttrank«, nahm Grachann an und stürzte das Zeug schließlich in einem Zug herunter. Seine Miene verzog sich augenblicklich. Er schüttelte sich wie ein nasser Hund und ließ das leere Gefäß fallen, das klirrend in zahllose Scherben zersprang. Sie sahen aus wie zersplittertes Eis. Die bärtigen Krieger brachen in so schallendes Gelächter aus, das Braninn zusammenfuhr. Auch der Alte stimmte ein und tätschelte unter unverständlichen Worten noch einmal Grachanns Knie.

Arion
Tiefe Hügel

»Das nennt man dann wohl vom Regen in die Traufe«, meinte Regin missmutig. »Jetzt laufen wir den ganzen elenden Weg zurück, und am Ende werfen sie uns den Ungeheuern zum Fraß vor.«

»Wohl kaum«, erwiderte Arion. »Sie trauen uns nicht, aber würdet Ihr einem Fremden vertrauen, dem Ihr nur bis knapp über den Bauch reicht? Mir wäre da auch lieber, ihn wenigstens entwaffnet zu wissen.«

»Wie verständnisvoll! Vielleicht könnt Ihr auch verstehen,

dass *ich* mich nicht wohlfühle, wenn man mich mit blanken Waffen vor sich hertreibt.«

Arion kniff gereizt die Lippen zusammen. Als ob es ihm gefiele, als Gefangener in diesem Heerzug zu marschieren! Welches Schicksal sie erwartete, sobald die Fremden ihr Ziel erreicht hatten, konnte er nur raten, aber zumindest machten sie bislang keinen grausamen Eindruck. Das Einzige, was er an ihnen unheimlich fand, waren die widernatürlichen Feuermänner, die wie grobe Zerrbilder von Menschen aussahen, die ein wahnsinniger Magier aus flüssigem Erz, Glut und Schlacke geformt und beseelt hatte. Das Licht, das aus den Öffnungen in ihren Rücken schien, leuchtete dem Heer den Weg, denn Arion konnte weder Fackeln noch Laternen entdecken.

Der lange Marsch bot ihm Gelegenheit, ihre Bewacher genauer zu betrachten. Auf den ersten Blick unterschieden sie sich kaum, doch in Wahrheit sahen sie sich nicht ähnlicher als ein Mensch dem anderen. Auch ihre Haare, die sie zu zahlreichen Zöpfen geflochten trugen, und die Bärte waren von verschiedener Länge und Farbe. Viele führten Streitäxte und Kurzschwerter mit sich, aber Arion hatte auch etliche gesehen, die zu zweit oder gar zu dritt lange Spieße geschultert hatten.

Je länger er darüber nachdachte, desto sicherer war er, dass dieses Heer ausgesandt worden war, um gegen die Ameisenspinnen zu kämpfen, die sich in diesem unterirdischen Reich eingenistet hatten. *Ein unterirdisches Reich, in dem es Eisen und Stahl im Überfluss gibt*, dachte er neidvoll, denn jeder dieser Männer trug ebenso viel Metall am Leib wie ein Ritter – wenn nicht mehr. Einige waren unter ihren Umhängen in Kettenzeug gewandet, andere in Harnische aus Stahl, wie sie Arion nur aus Leder kannte, weil sie in Sarmyn als unbequem und unbezahlbar galten. Hinzu kamen Beinschienen und Helme unterschiedlicher Formen, viele davon aufwendig mit verschachtelten Ornamenten verziert.

»Findet Ihr es nicht auch seltsam, dass es hier ein ganzes

Volk von einigem Wohlstand gibt, ohne dass wir in Sarmyn je davon gehört haben?«

Regin warf ihm einen geringschätzigen Blick zu. »Das sollte Euch zu denken geben, Emmeraun. Vielleicht erzählen sich die Bauern nicht umsonst von dämonischen Unterirdischen, von denen noch kein Reisender zurückgekehrt ist.«

»Wenn noch niemand zurückgekommen wäre, könnte niemand Geschichten über sie erzählen«, schnappte Arion, aber insgeheim musste er zugeben, dass es die einleuchtendste Erklärung war. Selbst die Phykadonier trieben hin und wieder Handel oder machten durch einen Überfall von sich reden. Die Bewohner dieses unterirdischen Reichs blieben hingegen für sich und achteten sorgsam darauf, von außen nicht entdeckt zu werden. *Andererseits...* Wann hatte zuletzt ein Ritter einen Fuß in diese unwirtliche Gegend gesetzt? War jemals ein Sarmyner auf dieser Seite der Tiefen Hügel gewesen? Aber wer den Namen Tiefe Hügel ersonnen hatte, musste gewusst haben, was sich hier verbarg.

Sie gelangten zurück an jene Kreuzung, wo Regin und er die Karrenspuren gefunden hatten. Ihre Bewacher bedeuteten ihnen zwar, zurückzubleiben, doch Arion konnte über ihre Köpfe hinweg das grüne Schimmern bereits sehen. Einer der Bärtigen trat mit einem der Feuerwesen an den Rand des Gangs und stieß in ein Horn, dessen klagender Ton schauerlich von den Wänden widerhallte.

Als selbst das leiseste Echo verklungen war, antwortete von fern ein anderes, tiefer gestimmtes Horn. Arion und Regin wechselten einen überraschten Blick. Ein Angriff von zwei Seiten, um den Gegner in die Zange zu nehmen?

Das Feuerwesen wartete, bis sich sein Herr ein Stück zurückgezogen hatte, dann berührte es mit einer plumpen, wie ein Fäustling geformten Hand, in der rot glühende Ritzen aufgebrochen waren, das fahlgrüne Gespinst. Zischend loderten weiße Flammen auf, die sich rasend schnell ausbreiteten. Kleine Blitze sprühend, fraß sich das Feuer über Decke

419

und Wände und hinterließ geschwärzten Stein. Schon waren die Flammen zu beiden Seiten in den Gang entschwunden. Feine Rauchschlieren waberten durch die Luft und kratzten in Arions wunder Kehle. Er stellte sich vor, was geschah, sobald das Feuer die Halle mit den dicken Spinnwebknäueln erreichte. *Möge irgendein gnädiger Gott geben, dass die anderen nicht ausgerechnet dort sind!*

Wieder ertönte das ferne Horn und erhielt sogleich eine Antwort. Befehle wurden lauthals weitergegeben, die Arion zu seinem Erstaunen allmählich zu verstehen glaubte. »Usardemwege!«, herrschte ihn in diesem Augenblick einer seiner Bewacher an, die sie zur Wand drängten, um einen großen Trupp hindurchzulassen, der im Gang in die Richtung abbog, aus der die vielen Ameisenspinnen gekommen waren. Arion schätzte, dass an die zweihundert Mann an ihm vorübermarschiert sein mussten, bevor der Rest wieder zum Stehen kam, und noch immer war kein Ende des Heerzugs in Sicht. Die Bärtigen hatten ihn und Regin neugierig angestarrt, einige auch feindselig und misstrauisch. Fragen und Antworten waren zwischen den Männern hin- und hergeflogen, von denen er einzelne Worte aufgeschnappt hatte.

»Versteht Ihr, was ich sage?«, fragte er einen seiner Bewacher, doch der sah ihn nur mit grimmig gerunzelter Stirn an und fluchte etwas Unverständliches.

Es dauerte nicht lange, bis im Gang erneut zahlreiche Schritte hallten, die sich näherten. Zunächst dachte er, die eben erst aufgebrochenen Kämpfer kämen zurück, aber dann hörte er den Hufschlag, der sich klappernd von den Stiefeltritten abhob, und wagte kaum zu hoffen. »Hört Ihr das? Das könnten die anderen sein.«

»Zumindest ihre Pferde.« Regin lauschte skeptisch. »Wenn diese Unterirdischen keine eigenen haben.«

Aus der Richtung der Falle tauchten weitere Bärtige im Gang auf, deren Anführer sich kurz mit dem Befehlshaber der anderen Truppe besprach, bevor er mit seinen Leuten zu dem geschlossenen Tor abbog. Wieder erscholl Hufschlag, und plötzlich kam eine schlanke Frauengestalt in Sicht. »Anidim!«

Sie blickte sich überrascht um und deutete ein Lächeln an, doch bevor sie etwas sagen konnte, gellten neue Befehle. Anidim wurde zurückgescheucht, um den Kämpfern Platz zu machen.

Die Unterirdischen waren in Richtung des steinernen Tors abgezogen und hatten eine ausreichende Zahl Bewaffneter zurückgelassen, um die Handvoll menschlicher Gefangener zu bewachen. Staunend hörte sich Arion an, wie die Feuerwesen die Dämonen vernichtet hatten, und warf dabei einen besorgten Seitenblick auf Anidim, die das nicht zu bemerken schien. Er beruhigte sich damit, dass sie offenbar keine dämonischen Merkmale an ihr erkannten, sonst hätten sie sie wohl längst zu Asche verbrannt.

»Deine Hand sieht wirklich übel aus«, meinte Regin zu Grachann. »Was ist das für ein Heiler, dass er dir nicht einmal einen Verband darumgemacht hat?«

»Du hast die Hand vorher nicht gesehen. Sie heilt so schnell, wie der Adler auf die Beute stürzt. Der Mann ist ein mächtiger Kismeglarr. Wenn er sagt kein Verband, dann wird das gut sein.«

Braninn trat zu ihnen und hielt Arion etwas Glänzendes hin. »Dein Hals ist krank von Gift. Hier, das hat der Heiler uns gegeben. Du darfst nur einen Schluck trinken. Es hilft.«

»Ist das dasselbe Zeug, von dem du eben noch erzählt hast, dass Grachann es beinahe wieder ausgespuckt hätte?«, wollte Regin misstrauisch wissen.

Arion hörte gar nicht, was die anderen sprachen. Er starrte auf das schmale, nach oben hin zu einem Hals verjüngte Gefäß. Durchsichtig, hart und doch zerbrechlich, lag es in seiner Hand. »Das ist *bera* oder *beira*«, murmelte er. Er konnte Fürst Megar vor sich sehen, wie er in der königlichen Schreibstube stand und ihm eine Burg versprach, sollte er ihm das Geheimnis der Herstellung dieses kostbaren Materials enthüllen. *Und diese Leute haben gelacht, als Grachann es zerbrach!* Sie mussten wissen, wie es gemacht wurde, und große Mengen davon besitzen.

»Macht schon, Emmeraun! Ich möchte den Wundertrank auch ausprobieren«, drängte Regin.

Arion nahm einen Schluck, der so bitter schmeckte, dass es ihm alles zusammenzog. Er schwor sich, zurückzukommen und herauszufinden, was es mit *bera* und diesem seltsamen Reich auf sich hatte, sollte er diese Aufgabe überleben.

Plötzlich erscholl fernes Kampfgebrüll. Die Unterirdischen mussten das Tor geöffnet und sich in die Schlacht mit den Ameisenspinnen gestürzt haben. Alle lauschten auf das Getöse, in das sich bald Schreie mischten. Arion sah die Blicke ihrer Bewacher und konnte sich vorstellen, wie sehr sie sich ärgerten, hier herumstehen und auf unerwünschte Eindringlinge aufpassen zu müssen, während ihre Kameraden in Gefahr waren. Nur einer strich neugierig um die Pferde herum, berührte ehrfürchtig deren Fell und wich erschrocken zurück, wenn sie ihm die großen Schädel zuwandten. Er sah jünger aus als die anderen, wozu auch der sehr kurze Bart passte.

»Welich tior sint das?«, fragte er, als er merkte, dass Arion ihn ansah.

Arion erriet, was gemeint war. »Das sind Pferde. Pferde«, wiederholte er erfreut, endlich ein Gespräch versuchen zu können. »Das sind Pferde. Wir sind Menschen. Menschen.«

Der Bärtige schüttelte den Kopf und zeigte auf Arion und seine Gefährten. »Man.« Dann deutete er auf sich und die anderen Unterirdischen. »Twerga.«

»Twerga?«

Einer der älteren eilte herbei und ließ einen so scharfen Ruf hören, dass der junge Mann zusammenzuckte. Er schimpfte auf den neugierigen Zwerg ein, der nicht zu widersprechen wagte. Arion begriff, dass ihnen verboten war, mit Fremden über sich und ihr verborgenes Reich zu sprechen. Er lächelte bedauernd und wandte sich ab, als er aus dem Augenwinkel etwas auf seinen Kopf zurasen sah.

Regin
Tiefe Hügel

Blut schoss zwischen den blonden Haaren hervor, als Arion unter dem Axthieb zusammenbrach. Regin stand für einen Augenblick wie versteinert und konnte nur starren, während die Unterirdischen aufgebracht durcheinanderbrüllten. Er hörte Rodan aufschreien und sah, wie sich der Söldner auf den heimtückischen Kerl stürzte, der die Axt geschwungen hatte. Rodans Rechte krachte gegen das bärtige Kinn, doch schon während der Mann zu Boden ging, fielen mehrere seiner Kameraden über den Söldner her.

Weg hier!, durchzuckte es Regin. Sein Körper bewegte sich wie von selbst. Er rammte dem Bewacher neben sich den Ellbogen ins Gesicht, wollte zur Seite springen und stieß gegen Anidim. »Auf die Pferde!«, rief er, aber sie schenkte ihm keine Beachtung. Kühl blickte sie an ihm vorbei zu Rodan und Arion und sank plötzlich wie ohnmächtig zusammen, als Regin sie gerade mit sich zerren wollte. Es kam so unerwartet, dass er seinen Augen nicht traute.

Vergiss sie!, trieb er sich selbst weiter, drängte mit seinem Arm ein Axtblatt zur Seite und blieb mit dem Fuß an etwas hängen, das sich wie eine Stange anfühlte. Er ruderte mit den Armen, um sich zu fangen, doch er fiel bereits. Ein kräftiger Schlag in den Rücken klatschte ihn zu Boden, dass ihm die Luft wegblieb. Benommen hörte er noch das Geschrei und Gebrüll der Phykadonier und ihrer Gegner, das Schnauben und Trampeln der Pferde, dann zersprang alles zu grellen Scherben, als ein Hieb seinen Hinterkopf traf.

Er schwebte in einem grauen Nebelmeer, an dessen Horizont sich ein lichter, farbloser Himmel erhob, den es seltsamerweise nur dort gab, nicht über ihm. Er spürte seinen Körper nicht, und in dem Augenblick, da er es merkte, dämmerte ihm, dass er nicht wusste, wo er war. Ein fernes Raunen gab seinem suchenden Verstand eine Richtung, narrte ihn, bis er in dem Geräusch das Flüstern leiser Stimmen erkannte. Stimmen, die er schon einmal vernommen hatte, aber wo? *In den Tiefen Hügeln.* Tiefe Hügel? Der Schleier fiel, und Regin wusste wieder, wer er war und dass man ihn niedergeschlagen hatte. Sein Kopf fühlte sich an, als ob er zu groß wäre, aber er spürte keinen Schmerz. Steine bohrten sich in seinen Rücken und drückten sich durch sein Haar. Auf der Zunge schmeckte er eine merkwürdige Mischung aus Salz, Honig und Bitterblatt. Eine süßliche Kruste davon klebte ihm im Mundwinkel, als er über seine ausgetrockneten Lippen leckte. Vorsichtig öffnete er die Augen einen Spalt und versuchte, gegen das zunächst blendende Licht etwas zu sehen.

»Er ist wach«, verkündete Anidim, die vor ihm stand und auf ihn herabblickte wie auf einen alten Umhang, von dem man nicht wusste, ob man ihn noch einmal flicken oder wegwerfen sollte.

Regin setzte sich auf, wobei er in Erwartung des Schmerzes die Hände zum Kopf hob, doch außer dem Gefühl einer luftigen Weite, die nicht zum Umfang seines Schädels passte, stellte sich keine Empfindung ein.

»Hier, trinkt erst einmal!« Arion trat neben ihn, um ihm einen gefüllten Wasserschlauch zu reichen.

Regin nahm den Beutel entgegen und stutzte. »Der hing an meinem Sattel. Wo…?« Er blickte fragend zu Arion auf. »Und wie kommt es, dass Ihr noch lebt?«

»Zweifellos wäre es Euch anders lieber, aber der Twerg hat nur mit der flachen Seite seiner Streitaxt zugeschlagen, wie es scheint. Mehr weiß ich auch nicht, außer dass mein Kopf bereits so verheilt ist, als sei das Ganze ein paar Tage her.«

Regin tastete in seinem Haar nach einer Beule, konnte aber nichts finden.

»Unsere unfreiwilligen Gastgeber haben Euch zu ihrer Entschuldigung von ihrem erstaunlichen Heiler behandeln lassen«, behauptete Anidim.

»Zu freundlich«, brummte Regin und sah sich um. Die letzten Ausläufer der Tiefen Hügel warfen lange Schatten, doch er konnte unmöglich sagen, ob er nur wenige Stunden oder einen ganzen Tag geschlafen hatte. Das Tal, in dem sie sich befanden, öffnete sich zu einer weiten, von vereinzelten Gräsern und Sträuchern bestandenen Ebene hin. Die Phykadonier und der Söldner lagen nahebei unter einer Gruppe Zedern und schliefen, während ihre Pferde mit vollen Bäuchen im Schatten dösten. Sämtliche Besitztümer, die Regin einfielen, selbst sein angebrannter, säurezerfressener Sattel, den die Unterirdischen am Kadaver des Streitrosses gefunden haben mussten, und der daran befestigte Schild waren neben ihm aufgehäuft.

»Wir haben alles wieder?«, erkundigte er sich trotzdem.

»Bis auf Euer Pferd und meines«, bestätigte Arion. »Woraus ich schließe, dass beide tot sind.«

»Verdammt! Wie sollen wir jetzt noch vorankommen?« Rasch wog Regin ab. »Ihr müsst den Söldner zum Totensammler jagen und Euer Liebchen mit in den Sattel nehmen, dann kann ich ihr Pferd reiten.«

Anidim funkelte ihn mit dunklen Augen an, die die Wärme einer frostigen Winternacht ausstrahlten. »Ihr werdet laufen, bis Euch die Spottnamen ausgehen, das schwöre ich Euch!«

»Seht Ihr das auch so?«, wandte sich Regin an Arion und wunderte sich, dass der Ritter nicht entrüstet die Ehre seiner Dame verteidigte. *Dann hab ich wohl recht*, schloss er zufrieden.

Arion strich sich nachdenklich über den Bart, ohne Regin zu beachten. »Das Tier gehört Rodan, und ich bin kein Dieb«, sagte er zu Anidim gewandt. »Selbst wenn ich ihn wegschicken könnte – was ich nicht kann, weil ich mein Wort darauf gegeben habe –, haben wir zwei Pferde zu wenig.«

»Dann lässt es sich jetzt nicht ändern«, erwiderte sie. »Ich werde mich darum kümmern, wenn wir tiefer in der Steppe sind.«

»Und was wollt Ihr tun? Sie herbeizaubern?«, fragte Regin spöttisch.

»Ich werde sie stehlen, was sonst?«

»Stehlen?«, entfuhr es beiden Rittern gleichzeitig. Regin verzog höhnisch das Gesicht. »Wie wollt Ihr das anstellen? Ihr fallt ja in Ohnmacht, sobald es brenzlig wird. Ich weiß nicht, warum Ihr überhaupt glaubt, dass Ihr mit uns in einen Kampf reiten könnt.«

Arion sah verständnislos von einem zum anderen. »*Sie?* Soll in Ohnmacht fallen?«

»Jedenfalls, wenn Euer Blut fließt«, eröffnete Regin ihm.

Anidim lachte auf. »Wenn Eure Beobachtungsgabe nur halb so großartig wäre, wie Ihr glaubt, hättet Ihr bemerkt, dass ich das nur vorgetäuscht habe. Es war offensichtlich, dass diese Twerge Arion und Rodan nur betäuben wollten, also bin ich ihnen zuvorgekommen. Mit dem Ergebnis, dass ich die Einzige hier bin, die nicht verprügelt wurde.«

Regin fasste sie scharf ins Auge. War sie wirklich so abgebrüht? Aber er musste zugeben, dass diese Erklärung besser zu dem passte, was er bis jetzt von ihr gesehen hatte.

»Das mag sein, wie es will«, ließ sich Arion wieder vernehmen. »Mich beschäftigt mehr die Frage nach den Pferden. Ritter reiten keine gestohlenen Tiere.«

»Betrachtet sie als Kriegsbeute«, schlug Anidim vor. »Denn ich werde sie Phykadoniern abnehmen. Und wenn Euch das immer noch nicht gefällt, steht es Euch frei, die Pferde später zurückzuschicken.«

Arion nickte nachdenklich. Regin dagegen schüttelte nur den Kopf. Wenn er jemandem einen Pferdediebstahl zutraute, dann Braninn und Grachann. Aber letztendlich war ihm egal, wer es tun würde, solange er nicht zu Fuß durch die Steppe gehen musste.

Braninn
Südwestliches Phykadonien

Braninn stellte sich in die Steigbügel, um nach Feinden auszuspähen. Die Steppe um ihn herum hatte sich in den letzten Tagen verändert. Am Fuß der Hungerberge, die die Ritter Tiefe Hügel nannten, hatte sie sich als teils sandige, teils steinige Ebene ausgebreitet, auf der das Gras so schütter wuchs wie das Haar auf dem Haupt eines Greises. Es war dort schwierig gewesen, Wasser zu finden, bis sie auf die Lange Narbe gestoßen waren, an deren Grund sich noch Reste des Frühlingsregens unter dem Gestein verbargen. Braninn und Grachann hatten ihre Gefährten entlang der Schlucht gen Norden geführt, und allmählich hatte sich die Landschaft gewandelt. Nachdem Anidim eines Nachts verschwunden und am Morgen mit zwei Pferden für die Ritter zurückgekehrt war, hatten sie bald das hügelige Grasland zwischen der Langen Narbe und den Wäldern Sarmyns erreicht.

Wachsam ließ Braninn den Blick über die sanft abfallenden Hänge schweifen, auf denen sich reife Gräser im Wind wiegten. Wie Wogen auf einem See liefen die Wellen in endloser Folge durch die grünen Halme, brachen sich silbrig, verschmolzen mit anderen und liefen weiter. In den schimmernden Wirbeln sah Braninn die Windgeister spielen.

Ertanns Lager konnte nicht mehr fern sein. Es musste sich in dieser Gegend befinden, damit die Fäden aller Abschnitte der Grenze zu Sarmyn beim Obersten Heerführer zusammenlaufen konnten. Braninn war entschlossen, es zu finden, bevor er zu Grachann und den anderen zurücktritt. Die Sonne hatte den höchsten Punkt ihrer Reise über den Himmel noch nicht erreicht. Ihm blieb noch viel Zeit, bis er an den Rückweg denken musste.

Vor Barnas Hufen flog kollernd ein rötlich glänzender Kupferfasan auf, der das vermeintliche Raubtier von seinem Nest ablenken wollte. Außer einem Bussard, der hoch oben am wolkenlosen Firmament seine Kreise zog, konnte Braninn keine anderen Tiere entdecken. Sicher hatten sie sich vor dem Feuer des Sonnengeists in den Schatten zurückgezogen, den vereinzelte Gebüsche und Baumgruppen boten.

Wir könnten auch eine kleine Rast und Wasser vertragen. Er hielt auf die weite Senke zu, die ein Stück nordwestlich von ihm zwischen den flachen Hügeln lag. Er war sicher, hinter den Bäumen und Sträuchern, die dort wie eine dunkler grüne Insel aufragten, einen Weiher oder eine Quelle zu finden, doch er wusste auch um die Gefahr, die das Dickicht barg. Lautlos glitt er vom Pferd, bahnte sich seinen Weg durch das mannshohe Gras und zog Barna hinter sich her. Als ob sie seine Anspannung spürte, hörte die Stute auf, spielerisch die langen Halme zu köpfen, und folgte ihm mit gespitzten Ohren.

Braninn schlug einen Bogen, was ihm Zeit verschaffte, die Bauminsel eingehend zu mustern, aber er konnte nichts Verdächtiges entdecken. Er pirschte näher heran, lauschte, doch außer dem leisen Rauschen der Blätter hörte er nichts. Dennoch zog er seinen Säbel, bevor er auf einem Wildwechsel zwischen die Büsche trat.

Im Gesträuch war es angenehm kühl. Licht und Schatten tanzten über den Boden, die Luft roch nach Feuchtigkeit. Braninn hätte sich geborgen fühlen können, aber er zog die freie Sicht und die Weite der Steppe vor. Das viele Laub, in dem sich so zahlreiche Verstecke boten, machte ihn unruhig. Er fand eine Stelle, an der klares Wasser aus dem Untergrund emporquoll, und ließ Barna ihren Durst stillen, während er die Umgebung im Auge behielt. Erst dann ging er selbst in die Knie, um sich einige Handvoll Wasser zu schöpfen und dem Quellgeist zu danken. Alles blieb ruhig. Braninn steckte seinen Säbel ein und füllte den Wasserschlauch, den er am Sattel mit sich führte.

Plötzlich merkte die Stute auf. Alarmiert blickte sich Braninn um und zog seine Waffe. *War das ein Rascheln oder ein Schnauben?* Barna wieherte lauthals und beantwortete damit die stumme Frage. Stimmen wurden laut, Reiter sprengten durch das Unterholz, während Braninn in den Sattel sprang. Er riss die Stute herum, aber es war zu spät. Die Krieger hatten ihn umzingelt. An ihren verfilzten Zöpfen erkannte er, dass sie vom Stamm des Büffels waren, Ertanns Stamm.

»Wer bist du?«, verlangte ihr Anführer zu wissen.

Braninn drehte Barna in dessen Richtung. Vielleicht erkannten sie ihn nicht. »Ich bin...«

»Durlach, Lefirr!«, unterbrach ihn ein anderer Krieger, »Das ist der räudige Schakal, der meinen Bruder getötet hat!«

Lefirr grinste. »Tatsächlich? Ertann hat einen Preis auf deinen Kopf ausgesetzt.«

Braninns Gedanken rasten. Sie waren zu acht. Er würde sterben, wenn er versuchte, ihnen zu entkommen, und wenn er erst tot war, würden sie seiner Spur folgen und seine Gefährten entdecken. Er musste sie ablenken, musste Ertann davon überzeugen, dass Grachann tot und er der Einzige war, der sein Geheimnis kannte. »Bringt mich zu ihm!«, verlangte er. »Ich will ihm in die Augen sehen, wenn er sein Urteil spricht.«

Arion
Phykadonien

»Warum habt Ihr den anderen nie gesagt, was ich bin?«, brach Anidim ihr Schweigen, das sie so selbstverständlich umgab, dass Arion sie nun ansah, als hätte sie ihm gestanden, die Königin von Askan-über-den-Meeren zu sein.

Verwirrt blickte er sich nach ihren Gefährten um. Rodan ritt mit Grachann voraus und unterhielt sich mit ihm auf Phykadonisch, während Regin gedankenverloren weit zurückgefallen war. Niemand außer Anidim würde hören, was er sagte. »Ich...hielt es für das Beste. Wenn ich ihnen etwas erzählt hätte, wäre alles nur noch schwieriger geworden. Braninn und Grachann hätten wahrscheinlich versucht, Euch zu töten. Ihr Hass auf Dämonen ist zu groß. Und die anderen hätten mir ohnehin nicht geglaubt. Oder sie würden Euch die ganze Zeit anstarren wie ein Ungeheuer.«

Anidim lachte bitter. »Bin ich das nicht? Ein Ungeheuer?«

Arion suchte ihren Blick, doch sie sah ihn nicht an. »Nur wenn Ihr Euch wie eines benehmt«, entgegnete er ernst. Er konnte von der Seite erkennen, dass sie spöttisch den Mundwinkel verzog, doch sie erwiderte nichts und zog ihre Kapuze tiefer ins Gesicht. »Darf ich Euch auch etwas fragen?«, erkundigte er sich.

»Tut es einfach. Wir werden sehen, ob Ihr eine Antwort bekommt.«

»Ihr habt einmal gesagt, dass Ihr als Suchende nach Drahan gekommen seid. Was habt Ihr zu finden gehofft?«

»Heilung«, sagte sie schlicht.

Arion schwieg überrascht. Welche Art Heilung meinte sie? War sie krank gewesen, verletzt? War ihr seltsames Wesen eine Krankheit, die man heilen konnte wie einen Knochenbruch? Oder sprach sie von etwas anderem, das er nur erahnen konnte? Er wusste, dass es sinnlos war zu fragen. Aber er wollte den seidenen Faden, an dem dieses Gespräch hing, nicht vorschnell aufgeben. »Und habt Ihr dort gefunden, wonach Ihr gesucht habt?«

Sie schüttelte den Kopf. »Nein. Keine der Frauen dort hatte echte Macht, so wie Ertann sie besitzt. Sie konnten mir nicht helfen, auch wenn sie es gern wollten.«

»Dann seid Ihr auch keine Priesterin, oder?«

»Nicht mehr als Ihr. Ich brauchte nur eine Verkleidung, in der Ihr und Euer König mich ernst nehmen würdet.«

Arion schnaubte. Er hatte es geahnt, seit sie ihm in das

brennende Dorf gefolgt war, um zu kämpfen, statt zu heilen. »Wer seid Ihr dann?«

»Eure frühere Frage war angemessener. Die Frage danach, *was* ich bin. Ich bin Ertanns Geschöpf. Er hat mich geschaffen, und dafür will ich seinen Tod.«

»Er hat Euch geschaffen?«, rief Arion aus. Was sollte das nun wieder heißen? »Seid Ihr seine Tochter?«

»Nicht in dem Sinne, wie Ihr es versteht. Es war seine Frau, die mich in sich trug, aber mein Vater ... war ein Dämon.«

»Das ... das glaube ich nicht«, stammelte Arion. »Das kann nicht sein.«

Anidim lächelte gequält. »Ihr habt mich gesehen. Ich bin die Ausgeburt schwarzer Magie, weder Dämon noch Mensch, und doch beides zugleich. Ein Ungeheuer, das seine eigene Mutter ausgesogen hat, bevor es geboren werden konnte. Und sie war nicht der letzte Mensch, den ich getötet habe. *Dafür* wird Ertann sterben, versteht Ihr?«

»Ja«, log Arion, der zu verwirrt war, um irgendetwas zu begreifen. »Ich verstehe.«

»Sie haben ihn erwischt?« Regin starrte halb verärgert, halb ungläubig auf die Hufabdrücke im weichen Boden, der die Quelle umgab. »Irrst du dich auch nicht? Er könnte doch weitergeritten sein, bevor diese anderen Reiter herkamen.«

»Grachann ist jetzt schon drei Mal alles abgelaufen. Er irrt sich nicht«, behauptete Rodan. »Wenn sie ihm gefolgt wären, weil sie hier auf seine Spur gestoßen sind, müssten ihre Abdrücke deutlich frischer sein. Sie können nicht so kurz nach ihm hier gewesen sein, ohne ihm schon draußen zu begegnen, weil sie fast aus derselben Richtung kamen, in die er weitergeritten ist.«

»Ich gebe zu, dass es mit meiner Fährtenleserei nicht weit her ist«, gestand Regin. »Aber woher wissen wir, dass er *Ertanns* Männer getroffen hat? Es könnten doch auch Angehörige seiner eigenen Sippe oder einer ganz anderen sein.«

Grachann rümpfte die Nase. »Mach die Augen auf, Ritter! Hier!« Er deutete auf eine Stelle im Lehm, an der Arion wenig Bemerkenswertes entdeckte. »Er hat seinen Säbel fallen lassen.«

»Das macht man wohl nur, wenn man sich ergeben muss«, fügte Rodan hinzu.

»Ich bin nicht einfältig, Söldner!«, herrschte Regin ihn an. »Ich will nur sichergehen, dass wir keine falschen Schlüsse ziehen.«

Arion lenkte Rodans Blick auf sich und schüttelte warnend den Kopf. Der Söldner zuckte die Achseln.

»Wenigstens ist er nicht tot, sonst hätten sie ihn wohl kaum mitgenommen«, meinte Arion.

»Man kann Menschen auch umbringen, ohne Blut zu vergießen, und ihre Leiche wegschaffen, um sie jemandem zu zeigen«, warf Anidim ein.

Arion sah den Blick, mit dem Grachann sie bedachte, und war einmal mehr froh, ihr Geheimnis für sich behalten zu haben. »Glaubt Ihr, dass er tot ist?«, fragte er besorgt.

»Ich glaube, dass ich es wüsste, wenn hier kürzlich jemand gestorben wäre«, erwiderte sie nur.

»Sie bringen ihn zu Ertann«, erklärte Grachann überzeugt. »Der wird ihn töten, wenn wir ihn nicht befreien.«

»Das können wir nicht«, stellte Regin entschieden fest. »Wir haben nur einmal die Gelegenheit zu einem Überraschungsangriff – falls wir sie jetzt überhaupt noch haben!«

»Du willst Braninn im Stich lassen?«, fuhr Grachann auf.

»Niemand von uns will das«, versuchte Arion zu vermitteln. »Regin meint: Wenn wir es schaffen, in dieses Lager einzudringen, dann müssen wir zuerst alles daransetzen, Ertann zu finden, sonst war alles umsonst. Wir können nicht zuerst nach Braninn suchen und womöglich alle dabei umkommen, während Ertann triumphiert. Wenn Braninn hier wäre, würde er dasselbe sagen. Sollte er noch leben, werden wir ihn danach retten. Wenn nicht ... müssen wir zu Ende bringen, wofür er gestorben ist.«

Grachann nickte widerstrebend. »Du hast recht. Braninn wird dort sein, wo Ertann ist. Oder er ist schon auf dem Weg zu den Ahnen.«

Regin
Phykadonien

»Ich gebe zu, dass ich dich fast schon aufgegeben hatte.« Der Zauberer, dessen Miene nur nebelhaft zu erkennen war, wanderte neben Regin durch das Gras, das ihm bis zur Brust reichte. »Versteh mich nicht falsch! Ich bezweifle noch immer, dass du diese Nacht überleben wirst. Aber ich zolle dir Respekt dafür, dass du so weit gekommen bist.«

»Wie überaus großzügig von Euch«, gab Regin spöttisch zurück. »Und ich muss gestehen, dass ich schon glaubte, Euch los zu sein.«

Die rätselhafte Gestalt lachte. »O ja, das passt zu dir. Du läufst in immerwährender Verkennung deiner Lage durch die Welt und wirst es erst merken, wenn es zu spät ist.«

»Wie gut, dass es Euch gibt, um mir beizustehen.« Regin fragte sich, warum er nicht einfach aufwachte, um diese ärgerliche Posse zu beenden. Er musste eingedöst sein, während sie auf die Dämmerung warteten.

»Du wirst dann aufwachen, wenn ich es dir gestatte! Dein Hohn zeugt nur von deinem beschränkten Verstand. Wenn du dich mit mir verbündet hättest, hätte ich dir mehr Macht verliehen, als dieser nach Rinderdung stinkende Stümper jemals haben wird! Aber dazu ist es jetzt zu spät.«

»Wenn Ihr wieder auf dieses Ding anspielt, das in den Kellern Egurnas verschlossen liegt, könnt Ihr Euch den Atem sparen. Auf dieses Totensammlerwerk werde ich mich niemals einlassen.«

»Wie passend, dass Ihr den Toten Gott erwähnt. Was ich Euch angeboten habe, ist nicht weniger als der Dolch, der ihn getötet hat.«

»Unsinn«, ereiferte sich Regin. »Arutar hat ihn in der Schlacht mit dem Schwert niedergestreckt.«

Der Unbekannte winkte ab. »Du weißt nichts. Aber es ist müßig, jetzt darüber zu streiten. Diese Macht ist weit weg, und du wirst dich heute Nacht ganz auf dich selbst und diesen zusammengewürfelten Haufen verlassen müssen.«

»Seid Ihr nur gekommen, um mir das zu sagen?«

»Sei nicht albern! So kostbar bist du mir nicht. Nicht, wenn du in diesem Kampf stirbst. Ich bin hier, um für den Fall vorzusorgen, dass du überlebst. Erinnerst du dich, dass ich dir geraten hatte, den jungen Emmeraun mit dem Namen Tazlan zu locken?«

Regin nickte ungeduldig. »Ja, und?«

»Ist dir auch klar, dass er dich wegen dieses Mädchens töten wird, falls ihr nach Sarmyn zurückkehrt?«

»Das ist keineswegs sicher! *Ich* werde *ihn* umbringen. So gut ist er auch wieder nicht.«

Auf den ungewissen Zügen deutete sich ein Lächeln an. »Er ist besser als du. Ich kannte seinen Lehrer. Es wäre besser für dich, ihn dazu zu bringen, dass er auf diesen Kampf verzichtet, und heute Nacht bietet sich dir die Gelegenheit dazu.« Er fuhr fort, als Regin grollend schwieg. »Du wirst ihm sagen, dass er Tazlan ohne dich nicht finden wird. Er muss sein Wort geben, auf seine Rache zu verzichten, sonst führst du ihn nicht hin.«

»Ha! Warum rätst du mir nicht gleich, mir ein Schild mit der Aufschrift *Feigling* umzuhängen? Ich habe keine Angst vor diesem Kerl!«

»Wann wirst du endlich lernen, die wirklich wichtigen Dinge von den unwichtigen zu unterscheiden?«, fuhr der Zauberer auf. »Dir werden noch genug Hindernisse begegnen, bis du sicher auf dem Thron sitzt. Ich zeige dir nur eine Möglichkeit, wie du eine der unbedeutenderen Hürden auf einfache Weise aus dem Weg räumen kannst. Richte den Blick gefälligst auf deine wahren Ziele und überlass dieses Ehrengetue denen, die nichts anderes haben!«

Es gefiel Regin nicht, aber er erkannte, wie treffend diese Worte waren. Wen kümmerte es schon, was der Lumpenritter von ihm hielt? »Das ist ja schön und gut, aber warum sollte er sich darauf einlassen? Dieser Tazlan kann ihm doch nicht so viel bedeuten.«

»O doch, das tut er.«

»Und wo finde ich diesen Mann? Ich werde wohl kaum die Zeit haben, das ganze Lager nach ihm abzusuchen. Was hat er überhaupt dort verloren, wenn er aus Sarmyn stammt? Ist er ein Gefangener?«

Der Zauberer machte eine vage Geste. »Du wirst ihn schon finden. Er wird sich dir im richtigen Augenblick zeigen.«

Regin schüttelte unwillig den Kopf. »Woher willst du das wissen? Er kennt mich ja nicht einmal.«

»Er kennt dich recht gut, würde ich sagen. Und du ihn mittlerweile auch.«

Braninn
Ertanns Lager

Die Hände auf den Rücken gefesselt und das rechte Auge von einem Fausthieb zugeschwollen, hielt sich Braninn dennoch aufrecht im Sattel, als käme er als freier Mann ins Lager des Feindes. Mochten sich die Ahnen von ihm abgewandt haben und die Geister ihm im Augenblick nicht gewogen sein, er klammerte sich an seinen Stolz, der ihm verbot, aufzugeben. Noch lebte er und konnte den Ahnen beweisen, dass er ein würdiger Nachfahre war.

Aufmerksam nahm er jede Einzelheit seiner Umgebung wahr. Das Vieh, von dem sich die Krieger ernährten, die Pferde, die in der Nähe des Lagers weideten, die achtzehn großen und vielen kleinen Zelte, unter denen einige mit den Zeichen anderer Stämme geschmückt waren. Er entdeckte sogar das besonders auffällige Zelt eines weiteren Häuptlings. Ein Bärenfell, an dem man Schädel und Pranken belassen hatte, lag über dem Eingang und verriet, welcher Anführer gekommen war, um sich mit Ertann zu besprechen. Doch die größte Unterkunft war dem Obersten Heerführer vorbehalten. Aus von der Sonne gebleichtem Büffelleder errichtet, fehlte ihr der farbige Prunk, den Braninn bei den Rittern gesehen hatte, aber der daneben errichtete Weltenbaum, in dessen Zweigen die Siegesbeweise hingen, leuchtete im Licht der untergehenden Sonne umso prächtiger. Die bunten Fahnen und Schilde besiegter Ritter hingen zwischen erbeuteten Helmen und Schwertern. Dunkle Flecken zeugten von vergossenem Blut, verdreckte, beschädigte Feldzeichen von zerstörter Hoffnung. Und über allem ragte triumphierend das gewaltige Gehörn des Büffelschädels in den Himmel, das Ertanns Ruhm verkündete.

Braninn sprang vom Pferd, bevor sie ihn aus dem Sattel zerren konnten, doch er wurde sofort an beiden Armen gepackt und von zwei Kriegern auf den offenen Eingang von Ertanns Zelt zugeführt. Eine beachtliche Anzahl Männer hatte seine Ankunft bemerkt und war den Reitern neugierig durch das Lager gefolgt, um sie jetzt zu umringen. Ertann musste das Stimmengewirr gehört haben, denn er trat gerade aus seinem Zelt. Vielleicht erwartete er die Ankunft eines weiteren Häuptlings. Oder eines Boten, der von einem kürzlichen Sieg zu berichten hatte.

Weiße Raubtierzähne blitzten im finsteren Gesicht des Heerführers auf. Das grimmige Lächeln zeigte Braninn, dass

Ertann auch kleine Erfolge zu schätzen wusste. »Sieh an, der feige Mörder hat zu uns zurückgefunden. Wo hast du dich so lange versteckt? Unter den Röcken deiner Mutter?«

Die Krieger lachten höhnisch. Braninn erwiderte Ertanns Blick furchtlos. »Ich war dort, wo du auch sein solltest, anstatt andere für dich kämpfen zu lassen. In Sarmyn.«

»Dann kannst du nur auf der Seite der Eisenmänner gewesen sein, Verräter! Sonst wüsstest du, dass ich auch dort war«, gab Ertann mit sorgsam beherrschtem Zorn zurück. »Aber was soll's?«, richtete er sich an seine Männer. »Sein Leben ist ohnehin schon verwirkt. Er wird mit seinem Blut für unseren Verlust bezahlen.«

»Er gehört mir«, knurrte der Krieger, der Braninns rechten Arm in unterdrückter Wut fast zerquetschte. »Für den Tod meines Bruders will ich ihn Blut spucken sehen!«

»Du kannst ihn haben, wenn ich mit ihm fertig bin«, meinte Ertann gelassen. »Ich muss ihm noch ein paar Fragen stellen, bevor wir...«

»Braninn? Ist das Braninn?«, mischte sich eine Stimme ein, die Braninn bekannt vorkam. Er drehte ihr das Gesicht zu und entdeckte Kalett, einen seiner Vettern, den zwei weitere Krieger der Faitalorrem begleiteten. Sie drängelten sich zwischen Ertanns Männern nach vorn, um besser sehen zu können.

»Das ist Braninn, Sohn Turrs, eures Häuptlings«, bestätigte Ertann unbeeindruckt. »Wie ihr wisst, hat er zu Mittwinter einen Krieger meines Stammes ermordet und weitere getötet, die ihn dafür zur Rechenschaft ziehen wollten. Alle Faitalorrem können seine Schuld bezeugen.«

Kalett nickte Braninn ernst zu, bevor er sich an den Heerführer wandte. Gegen dessen düstere, kraftvolle Gestalt wirkte er trotz seines dunklen Haars wie ein blasser, schmächtiger Junge. Braninn bewunderte den Mut, mit dem er Ertann trotzdem die Stirn bot. »Wir kennen die Vorwürfe, die du gegen ihn erhebst. Aber kein Häuptling darf allein über einen Angehörigen eines anderen Stammes richten. Wir fordern, dass du

Braninn seinem Vater übergibst, damit der Rat der Häuptlinge ein gerechtes Urteil über ihn fällen kann.«

Braninn hörte Murren und empörten Widerspruch unter den Kriegern des Büffelstamms, doch Ertann hob gebieterisch die Hand, woraufhin die Männer verstummten. »So ist es Brauch, und es kann keinen Zweifel an der Strafe geben, die der Rat beschließen wird. Reitet zu eurem Häuptling! Sagt ihm, dass ich seinen Sohn hierbehalten werde, bis dieser Krieg gewonnen ist. Dann wird der Rat hier zusammenkommen.«

Kalett wollte protestieren, doch Braninn schüttelte warnend den Kopf. *Tu, was er sagt, du Narr!* Er sah seinen Vetter eindringlich an. *Die bringen euch sonst gleich mit um!*

Der junge Krieger schlug die Augen nieder. »Ich werde deine Botschaft überbringen, Heerführer. Mögen die Ahnen dich weiterhin mit ihrer Weisheit segnen.«

Ertann sah ihn scharf an, doch Kalett wandte sich ab und verschwand mit seinen Begleitern in der Menge.

»Du bist tot«, zischte Jorass' Bruder in Braninns Ohr.

Der Heerführer fletschte die Zähne. »Vorher will ich ihm noch ein paar Fragen stellen. Schaff ihn in dein Zelt, Lefirr!«

Lauschend lag Braninn in der zunehmenden Dunkelheit des Zelts, in dem Ertanns Krieger ihn allein zurückgelassen hatten. Vergeblich hatte er sich gekrümmt und gewunden wie ein Wurm, um die Riemen zu erreichen, die seine Knöchel aneinanderbanden. Die Knoten waren zu fest und zu geschickt platziert, als dass er sich selbst hätte befreien können. Er wusste, dass er diese Nacht nicht überleben würde. Ertann scherte sich nicht um die anderen Häuptlinge. *Er wird Jorass' Bruder die Schuld geben, ihn verurteilen und seinen Frieden mit Vater machen*, dachte er bitter, da seine Familie nicht wusste, warum er das alles getan hatte. Der Gedanke schmerzte ihn mehr als die Vorstellung des nahen Todes. Sie würden glauben, dass er wegen eines sinnlosen Streits auf einem Fest alles weggeworfen und sie im Stich gelassen hatte... Es sei denn, Grachann überlebte, um ihnen die Wahrheit zu berichten. Grachann, der mittlerweile bemerkt haben musste, was geschehen war. *Lass dich davon nicht aufhalten!*, flehte Braninn stumm.

Er überlegte, wie er es anstellen würde, in dieses Lager und zu Ertanns Zelt zu kommen, ohne entdeckt zu werden. Von draußen drangen die Stimmen der Krieger zu ihm herein, ihr Prahlen und Lachen, ihre Flüche. Feuer knisterten. Er hörte auch das Scharren der Füße seines Bewachers, der vor dem Zelt herumstand, das gelegentliche Räuspern und Ausspucken. Doch was ihn beunruhigte, war das geschäftige Hin und Her vieler Menschen, leises Klacken von Holz auf Holz und andere Geräusche, die er nicht einordnen konnte. Ratlos fragte er sich, was hier vor sich ging, und überhörte dabei beinahe, dass sich Schritte näherten. Licht sickerte durch den dicht gewebten Wollstoff der Zeltwand.

»Lass uns allein!«, ertönte Ertanns Stimme, und Schritte entfernten sich, als die Stoffbahn vor dem Eingang zurückgeschlagen wurde. Der Heerführer trug eine Talglampe in der Hand, deren kleine Flamme gespenstische Schatten auf sein Gesicht warf. Braninn setzte sich blinzelnd auf, während Ertann eintrat und das Zelt hinter sich wieder schloss. Wortlos stellte er die Lampe ab, sodass er sie im Rücken hatte und noch bedrohlicher vor Braninn aufragte.

»Du lebst tatsächlich noch«, stellte Ertann nüchtern fest. »Ich hatte damit gerechnet, dich bereits mit einem Dolch zwischen den Rippen zu finden.«

Braninn schwieg. Sein Kopf war seltsam leer, keine Gedanken, keine Gefühle.

»Ich weiß, warum du zurückgekommen bist. Du glaubst, dass du mir in die Quere kommen kannst, aber wie du siehst, hast du versagt. Wo hast du deinen Freund gelassen? Er war es doch, der seine Adlernase unbedingt in meine Angelegenheiten stecken musste.«

»Warum willst du das wissen? Fürchtest du ihn etwa mehr als mich?« Ertann war näher gekommen und neben ihm stehen geblieben.« »Das dürfte ihm gefallen. Es wird sein Ansehen unter den Ahnen steigern, zu denen du ihn geschickt hast.« Ein Tritt traf Braninn in die Seite, der ihm vor Schmerz Schweiß auf die Stirn trieb.

»Ich bin nicht hier, um Märchen zu hören.« Ein zweiter Tritt ließ Braninn aufkeuchen. »Wo ist Grachann?«

»Er ist tot. Einer deiner Dämonen hat ihm auf dem Weg hierher das Leben ausgesaugt. Dazu hast du sie doch geschickt.«

Ertann lächelte. »Und warum solltest du dann entkommen sein? Bist du etwa schreiend davongerannt, während dein Freund elend verreckt ist?«

Braninn schluckte. »So war es.«

»Lügner!«, brüllte Ertann und trat ihm gegen die Rippen, dass es darin knackte. Er wurde auf die Seite geworfen, wo er liegen blieb und darauf wartete, dass der alles überdeckende Schmerz nachließ. »Das hätte einer wie du niemals so glatt über die Lippen gebracht, wenn es wahr wäre.«

Braninn antwortete nicht.

Ertann stieg über ihn hinweg und starrte wütend auf ihn herab. »Ich weiß, dass ihr euch mit den Sarmynern gegen mich verschworen habt, verräterisches Pack!«

Braninn sah den Fuß kommen, aber er konnte nichts dagegen tun. Für einen Augenblick wurde ihm schwarz vor Augen, dann fand er sich zusammengekrümmt auf dem Boden des Zelts wieder, wo er gegen das Würgen ankämpfte, das aus seinem Magen aufstieg. Ertann hockte neben ihm und griff ihm in die Haare, um ihn daran zu sich hochzuziehen. Ein Knie bohrte sich in seinen Rücken, während Ertann ihm den Kopf zurückbog. Eine Klinge blitzte auf. Braninn konnte nur den Griff des Messers sehen, das Ertann ihm an die Kehle setzte, aber er spürte den kalten Stahl an seiner Haut.

»Das Blut eines Menschen verleiht unglaubliche Macht«, flüsterte der Heerführer. »Ich sollte deins in einem Ritual vergießen, um noch mehr Dämonen auf deine Familie zu hetzen. Was meinst du? Ist dein Schweigen das wert?«

Braninn schloss die Augen. *Er wird tun, was ihm gefällt, ganz gleich, was ich sage.* »Grachann ist tot«, beharrte er.

»Ja, so gut wie.« Ertann drückte fester zu. Das Würgen schnürte Braninn die Kehle zu. »Du kannst ihn nicht retten, indem du mir Lügen erzählst. Ich weiß, dass er kommen wird. Wie viele sind noch bei ihm? Sag es mir, oder deine Familie wird sterben! Willst du ihre Innereien auf der Steppe verteilt sehen?«

Braninn tat, als zögere er. »Es sind viele«, presste er schließlich hervor. »Wir... haben zweihundert Eisenmänner hergeführt.«

»Ohne dass meine Kundschafter etwas davon bemerkt haben sollen?«, zweifelte Ertann, aber Braninn fühlte, wie der Druck der Klinge ein wenig nachließ.

»Die Sarmyner haben seltsame Kismegla zu Hilfe gerufen, die sie mit Zauberei verbergen. Es... es ist wie ein Nebel über ihnen.«

»Wann werden sie hier sein?«

»Morgen Nacht schon. Wir sind beide als Späher vorausgeritten, aber wenn Grachann deinen Männern entgangen ist, wird er die Sarmyner hierher führen.«

»Schade, dass du nicht mehr leben wirst, um den Empfang zu sehen, den ich ihnen bereiten werde«, bedauerte Ertann grinsend und ließ das Messer sinken. Er warf Braninn von sich wie einen Kadaver. »Morgen früh wird man deine Leiche finden, und alle werden wissen, wer es getan hat.«

Er stand auf, schritt zum Eingang hinüber und bückte sich dort, um die Lampe wieder aufzuheben. »Lefirr!«, rief er.

Braninn hörte, wie jemand herbeieilte. Der Krieger streckte den Kopf herein und warf einen neugierigen Blick auf den Gefangenen. Angewidert wandte sich Braninn ab.

»Nimm deinen Platz wieder ein!«, befahl Ertann. »Ich wollte nur, dass du bezeugen kannst, dass er nach meinem Verhör noch lebte. Du weißt, wie leicht sich ein Verräter plötzlich mit einer Klinge im Leib wiederfindet.«

Der Krieger lachte. Ohne ein weiteres Wort verließen sie das Zelt.

Braninn blieb in der Dunkelheit zurück. Jeder Atemzug sandte einen Dolchstich durch seine Seite. Er versuchte, flacher zu atmen, und wartete auf seinen Mörder.

Mordek
Ertanns Lager, dieselbe Nacht

»Zweihundert Mann?«, wiederholte Mordek überrascht. »Glaubst du ihm das?«

Der Oberste Heerführer stand vor seinem Zelt und beobachtete gelassen, wie die Krieger letzte Hand an große Stöße aus Ästen, dürrem Gras und getrocknetem Dung legten, die sie im ganzen Lager errichtet hatten. »Er klang überzeugend. Wir müssen damit rechnen, dass es stimmt, und weitere Vorbereitungen treffen. Aber ich bin nicht so dumm, mich auf diesen Schakal zu verlassen. Er könnte gelogen haben, um uns von der wahren Gefahr abzulenken. Lös Lefirr auf seinem Wachposten ab und schick ihn zu mir!«

»Wenn es darum geht, ein Tier zu opfern... Das könnte ich auch machen«, bot Mordek an.

Ertann schoss ihm einen drohenden Blick zu. »Du wirst tun, was ich dir sage! Oder glaubst du, die Krieger hören auf dich, wenn ich dich fünfzig Mann auswählen lasse, die sich zur Sicherheit heute Nacht bereithalten sollen?«

Mordek sah zähneknirschend zu Boden. »Nein, wohl nicht.« Für Ertanns Krieger war er noch immer ein Außenseiter, einer vom Stamm der Löwen, der seinen Platz nicht zu kennen schien. Sein Mut im Kampf gegen die Sarmyner hatte ihm etwas Respekt eingetragen, aber gegen viele von den

Älteren blieb er nach wie vor ein unerfahrener Grünschnabel, den sie nicht ernst nahmen.

Ertann knurrte und wandte sich ab, um sich wichtigeren Dingen zu widmen. Mordek blieb nichts anderes übrig, als seinen Befehl auszuführen, doch während er gelangweilt vor dem Zelt herumstand, in dem er Braninn wusste, gärte es in ihm. Vielleicht sollte er die Seite wechseln. Trotz der Dämonen würde es Ertann schwerfallen, das Lager gegen zweihundert Eisenmänner zu halten. Und wenn er erst besiegt war, würde herauskommen, wer von allem wusste. Mordek verzog zornig das Gesicht. *Ja, ich weiß von allem, aber was bringt es mir?* Ertann hatte ihm mehrfach in aller Deutlichkeit gesagt, dass er ihn niemals in die Schwarze Kunst einführen würde. Falls sie verloren, würde er diese Demütigungen völlig umsonst erduldet haben. Aber würde der Heerführer verlieren? Er hatte schon über so viele Gegner triumphiert, und er hatte Zeit, sich einen Plan zurechtzulegen. Es war schwer vorherzusehen, wie dieser Kampf ausgehen würde. Ein einziger Dämon wog viele Krieger auf.

Mordek entschied, dass es sicherer war, auf Ertanns Seite zu bleiben. Den Sarmynern in die Hände zu fallen, wäre nichts im Vergleich dazu, von einem Embragojorr zerpflückt zu werden. *Pech für dich, Braninn*, dachte er und richtete sich darauf ein, seine Aufgabe als Wache nicht allzu ernst zu nehmen, wenn Jorass' nach Rache dürstender Bruder kam.

Arion
Phykadonische Steppe, dieselbe Nacht

Surin, der weiße Mond, leuchtete so hell, dass alles lange, harte Schatten warf. *Wenn es Götter gibt, sind sie heute Nacht wohl nicht auf unserer Seite*, fürchtete Arion, während seine Finger fahrig Grashalme zerpflückten. Auf der freien Steppe würden sie schon von weitem zu sehen sein.

Rodan schien das nicht zu beunruhigen. Der Söldner saß zwischen den grasenden Pferden und schnitzte an dem Stecken herum, der ihm als notdürftiger Reiterspieß dienen sollte. Grachann stand ein Stück von ihnen entfernt auf einer Anhöhe. Die Arme wie Flügel ausgebreitet, hob er sich vor dem Nachthimmel als dunkler Umriss ab. Arion vermutete, dass er irgendwelche Geister anrief, und wollte es lieber nicht genauer wissen. Sein Blick suchte wie so oft Anidim, doch er fand zuerst Regin, der rastlos auf und ab ging.

Dieser Feigling. So mit mir um sein Leben zu feilschen... An seiner Stelle könnte ich vor Scham niemandem mehr in die Augen sehen. Eine innere Stimme fragte ihn, ob er wirklich so viel besser war, denn immerhin hatte er sich auf den Handel eingelassen. *Weil es wahr ist*, rechtfertigte er sich vor sich selbst. Saminé würde durch Regins Tod nicht mehr lebendig werden. Wenigstens war ihr die Schande erspart geblieben, mit einem rückgratlosen Schwächling verheiratet zu sein.

Er spürte, wie wenig überzeugend das klang, und nahm bei den Antworten Zuflucht, die Regin ihm in Aussicht gestellt hatte. Wenn sie Tazlan fanden, würde er endlich aus erster Hand erfahren, was es mit dem Verrat auf sich hatte, für den die Priester gestorben waren. Tazlan kannte die wahren Gründe für die Zerstörung des Tempels und Tominks Flucht. Und vor allem wusste er wahrscheinlich, ob Tomink auf seiner Seite gestanden oder dem König die Treue gehalten hatte. Aber wie Regin – ausgerechnet Regin! – den alten Priester im Durcheinander des Kampfes finden wollte, war Arion ein Rätsel.

»Es wird Zeit.« Anidims Stimme riss ihn aus seinen Gedanken. »Wenn wir noch länger warten, wird unsere Tarnung noch unglaubwürdiger.«

»Mir gefällt der Plan ohnehin nicht.« Regin beendete sein Auf und Ab, um sich ihnen zuzuwenden. »Es wird wertvolle Zeit kosten, den Schild vom Sattel zu lösen.«

»Wenn Ihr einen besseren Einfall habt, lasst ihn doch hören!«, erwiderte Anidim ungerührt. »Bei den ganzen Wachen werden wir uns nicht unbemerkt einschleichen können, und in diesem Licht schon gar nicht.«

Arion wartete einen Augenblick, ob Regin einen neuen Vorschlag machen würde, aber der Ritter schwieg missmutig. »Also dann, brechen wir auf!« Er stieg in den Sattel und prüfte ein letztes Mal, ob Schild und Schwert so daran befestigt waren, dass er sie so schnell wie möglich greifen konnte. Auch er hätte die Wehr lieber am Arm und die Waffe an der Hüfte gehabt, doch dann wären sie niemals als Gefangene durchgegangen.

Es war ein mulmiges Gefühl, als Rodan ihm den Strick um die auf dem Rücken zusammengelegten Handgelenke wickelte. Der Söldner machte keinen Knoten, sondern schlang das Ende nur so, dass die vermeintliche Fessel nicht von selbst abrutschen konnte, solange Arion es zwischen den Fingern hielt. »So müsste es gehen«, meinte Rodan, nahm die Zügel von Arions Pferd und stieg selbst auf.

»Grachann, sieh nach, ob dieses Weib mich auch wirklich nicht gefesselt hat!«, forderte Regin. »Ich fühle mich wie der Festochse auf dem Weg zum Erntefest.«

Sofort stand Arion das Bild des mit Kornähren und bunten Bändern geschmückten Ochsen vor Augen, der gehorsam am Strick zum Schlachtplatz trottete. Der Vergleich versetzte ihm einen Stich und kam ihm umso treffender vor, je länger sie durch die gespenstisch erleuchtete Steppe ritten. Das Schweigen lastete immer drückender auf ihm, aber sie durften nicht vertraut miteinander reden, falls ein Späher sie beobachtete. Seine Zuversicht schwand mehr und mehr. Mit zwei Phykadoniern als Bewacher wäre ihr Plan vielleicht noch aufgegangen, aber mit einem einzigen, der von einem Söldner und einer Frau begleitet wurde... *Das klappt nie*, sagte er sich mutlos, doch er behielt seine Zweifel für sich.

In der klaren Nachtluft roch er die staubige Erde, das Vieh

und Spuren von Rauch, als sie sich dem Lager näherten. Er erkannte es an dem abgeweideten, zertrampelten Gras, noch bevor er die Zelte als Ansammlung dunkler Haufen vor ihnen entdeckte.

»Da kommen Wächter«, warnte Anidim leise. Arion folgte ihrem Blick und konnte zwei Reiter ausmachen, die ihnen in flottem Trab entgegenkamen. Sogleich spürte er, wie sein Herz vor Anspannung rascher schlug. Seine Finger spielten unruhig mit dem Ende des Stricks.

Die beiden Phykadonier zügelten ihre Pferde in einigen Schritten Abstand. Grachann rief ihnen einen Gruß zu, den einer der Männer mit einer barschen Frage beantwortete, während sie langsam auf sie zukamen, die Speere wurfbereit in den Fäusten. Der Mond stand so hoch, dass die Augen der Wächter in tiefen Schatten verborgen lagen.

Arion wünschte, er würde verstehen, was Grachann und Rodan mit den Fremden sprachen, aber ihm blieb nur, aus den Gesichtern zu lesen, was vor sich ging. Die Wächter musterten sie misstrauisch, und einer der beiden ritt sogar um sie herum. Erstarrt erwartete Arion jeden Augenblick den Speer in seinem Rücken, doch der Mann kehrte zu seinem Kameraden zurück, der ihm erwartungsvoll entgegensah, und nickte. Glaubten sie tatsächlich, was Grachann ihnen aufgetischt hatte? Jedenfalls forderten sie ihn auf, ihm zu folgen, aber etwas an ihrer Haltung gefiel Arion nicht. Vorsichtig lockerte er den Strick um seine Arme, ohne ihn ganz abzustreifen.

Das letzte Stück bis zum Lager dehnte sich zu einer Ewigkeit. Stille lag über den Zelten, zwischen denen nur vereinzelt kleine Feuer schimmerten. Die Wächter führten sie zu einer breiten Lücke und ritten in diese Gasse hinein. Als ein Mann mit einer Fackel herbeieilte, stieß einer der beiden plötzlich einen lauten Warnruf aus.

»Eine Falle!«, schrie Anidim.

Braninn
Ertanns Lager, dieselbe Nacht

Braninn schreckte auf. Sofort stach ihm wieder der Schmerz durch die Rippen, sodass er aufkeuchend zurücksank. Er musste eingenickt sein, und irgendein Geräusch hatte ihn geweckt. Um ihn war es so finster, dass er blinzelte, um sich zu vergewissern, dass seine Augen offen waren, aber alles blieb schwarz.

Furchtsam hielt er den Atem an, um in die Dunkelheit zu lauschen. Die Gleichgültigkeit, die er nach Ertanns Tritten empfunden hatte, war dahin. Er zuckte zusammen, als hinter ihm ein leises Reißen wie von Stoff erklang. Jemand schnitt durch die Zeltwand. Braninn fühlte sich, als ob das Messer bereits durch seine Haut fuhr. Er wollte nicht sterben, nicht so, heimlich abgestochen, so kurz vor dem Ziel. Aber war nicht alles so verlaufen, seit er angefangen hatte, sich gegen Ertann zu stellen? Hatten sich die Geister und Ahnen von ihm abgewandt, weil er das Wort des Kismeglarr angezweifelt und den Heerführer nicht gleich getötet hatte? Jetzt lag er hier und hatte versagt. Die Strafe war nur gerecht.

Dennoch zwang er seinen geschundenen Körper, sich zu drehen, bis er die Rückwand im Blick haben musste. Das Sägen war verstummt, und ein Spalt öffnete sich, durch den blendend helles Mondlicht hereinfiel. Eine dunkle Gestalt schob sich davor, um sich durch den Spalt zu schlängeln. Braninn konnte ihren Atem hören. Fieberhaft überlegte er, wie er seinen Feind trotz der Fesseln abwehren konnte.

Der Mann kroch näher. Braninn zog die Beine an, um ihn mit einem Tritt zu empfangen. Seine Hose schabte über den sandigen Untergrund. Der Mörder hielt inne. »Braninn?«, wisperte er kaum hörbar. »Ich bin's. Kalett.«

Erleichtert stieß Braninn die Luft aus und dankte den

Ahnen im Stillen für ihr Eingreifen. Er war versucht, Kalett zu antworten, doch er schluckte die Worte unausgesprochen herunter. Jeder Laut mochte zu viel sein. Stattdessen wälzte er sich auf die andere Seite, um Kaletts tastenden Fingern die gefesselten Hände hinzustrecken. Der dunklen Gestalt den Rücken zugewandt, erschrak er. *Was, wenn er sich als Freund ausgibt, damit ich stillhalte?*

Mit weit geöffneten Augen lag er da und konnte nur abwarten, wie die Geister entschieden hatten. Die fremde Hand berührte seinen Arm, wanderte zu den Handgelenken hinab. Die kalte Klinge an seiner Haut war unheimlich und erlösend zugleich, als sie die Riemen durchtrennte. Rasch setzte sich Braninn auf, der stechenden Seite zum Trotz, und drehte sich erneut, um seine Beine näher an den Schlitz in der Zeltwand zu bringen. Im einfallenden Licht konnte er Kaletts Gesicht erkennen, während der junge Krieger ihn von den restlichen Fesseln befreite. Neue Hoffnung erfüllte ihn. Dass Ertann nicht mehr mit ihm rechnete, bot ihm eine ungeahnte Chance.

Vorsichtig, um das Zelt möglichst wenig zu erschüttern, zwängte sich Braninn durch den Spalt nach draußen, wo ein zweiter Krieger neben einem hingestreckten Körper kauerte. Ein tiefer Schnitt klaffte in der Kehle der Leiche, unter der sich eine dunkle Lache ausbreitete. *Gerade so, wie er es mir angedroht hatte*, dachte er, als er seinen geschworenen Mörder erkannte.

Er nickte seinem anderen Retter zu und machte Kalett Platz, der ihm folgte. Gemeinsam eilten sie geduckt einige Zelte weiter, bevor er wagte, im Schatten stehen zu bleiben und sich aufzurichten.

»Was ist los?«, wollte Kalett flüsternd wissen. »Komm! Larr wartet mit den Pferden auf uns.«

Braninn schüttelte den Kopf. »Ich kann nicht fliehen. Ich bin aus einem bestimmten Grund hergekommen. Ich muss das zu Ende bringen.«

»Aber...«

»Nein, hört mir zu! Zwischen Ertann und mir steht mehr als nur das Leben seiner Männer. *Er* war es, der die Dunkelheit heraufbeschworen und die Dämonen auf uns gehetzt hat.«

Die Krieger setzten dazu an, ihm zu widersprechen, doch Braninn hob mahnend eine Hand. »Ich weiß, dass das schwer zu glauben ist. Ich wollte es selbst zuerst nicht glauben, aber es ist wahr. Ich muss ihn aufhalten, bevor er noch mehr Unheil anrichtet. Geht, wenn ihr wollt! Berichtet meinem Vater davon! Es ist wichtig, dass ...« In diesem Augenblick erscholl am anderen Ende des Lagers ein warnender Ruf. »Können sie Larr entdeckt haben?«

»Nein, er muss dort sein.« Kalett deutete aufgeregt in die Richtung, in die sie gelaufen waren.

»Dann ist es Grachann mit unseren Verbündeten. Ich muss mich beeilen.«

Regin
Ertanns Lager, dieselbe Nacht

Noch während Anidim schrie, loderten vor ihnen fauchend mannshohe Flammen auf, die die Pferde scheuen ließen. Grachann und Rodan rissen die Waffen heraus, um die Wächter abzuwehren, die zu ihnen herumwirbelten. Regin beugte sich vor, um auf dem steigenden Tier im Sattel zu bleiben, und zerrte hektisch an seinen Fesseln. Der Strick glitt so mühelos ab, dass er es kaum glauben konnte. Es fühlte sich an, als streife eine flüchtende kleine Schlange seine Haut. Er sah nur, wie Grachanns Säbel in die Schulter des sich umwendenden Wächters fuhr, der mit einem Aufschrei seinen Speer fallen ließ, dann richtete er den Blick nach unten, um hastig nach den herabhängenden Zügeln zu greifen, die Grachann losgelassen hatte. Er stopfte sie sich zwischen die Zähne und beugte sich zu den Riemen, die seinen Schild hielten. Mit fliegenden Fingern löste er die beiden Knoten. Schon während er den Schild hob, um ihn sich über den Arm zu streifen, sah er wieder auf. Das große Feuer, das der Feind entfacht hatte, beleuchtete heraneilende Krieger, die in wütendes Kampfgeschrei ausbrachen. Ein auf Grachann gezielter Speer streifte dessen scheuendes Pferd am Mähnenkamm und flog zwischen Regin und Anidim hindurch, die nach vorn drängte.

Regin hörte Grachann fluchen, während er die Zügel in die Hand des Schildarms wechselte und sein Schwert hervorzerrte. Als er wieder aufblickte, sah er, dass Anidim aus dem Sattel gesprungen war. Plötzlich schien ihr Körper vor seinen Augen zu Staub zu zerfallen. Fassungslos vergaß er die nahenden Feinde und starrte auf die dunkelgraue Wolke, die sich dort ausbreitete, wo Anidim eben noch gestanden hatte. Gerade als er dachte, sie würde sich auflösen und in alle Winde zerstreuen, sammelte sie sich zu einer neuen Form. Ein schemenhaftes Pferd samt Reiter bildete sich, verdichtete sich zu einer fast schwarzen Gestalt, die ein ebenso düsteres Schwert schwang. Doch dem Reiter fehlte der Kopf. Der Hals war nicht mehr als ein kurzer Stumpf.

»Durlach«, hauchte Grachann.

Regin schaute ihn an und merkte erst jetzt, dass alle, selbst ihre Feinde, bestürzt auf das Schattengebilde starrten. Nichts als das Prasseln des Feuers war noch zu hören. Das Schattenpferd setzte sich in Bewegung, die Schritte fließend wie Wasser und doch unaufhaltsam wie der Tod. Die Phykadonier wichen entsetzt vor ihm zurück. Der Reiter senkte die Klinge und zeigte damit auf die Brust eines jeden, an dem er vorbeiritt. Einige wandten sich ab und rannten schreiend davon, andere standen wie gelähmt.

Regin erschrak, als Arions Flüstern den Bann durchbrach. »Sie bahnt uns den Weg zu Ertanns Zelt. Aufrücken!«

Ohne nachzudenken, trieb er sein Pferd vorwärts wie in

einem seltsamen Traum. Immer mehr Krieger ergriffen die Flucht. Hinter dem lodernden Holzstoß kam ein weiterer in Sicht, aber noch bevor sie ihn erreichten, fegten mit einem Mal zwei weitere Schattengestalten heran. Sie waren so groß, dass sie Regin auf seinem Pferd ins Gesicht hätten sehen können, ohne aufzublicken. Ihre Körper glichen Menschen, doch aus ihren Schädeln ragten Hörner, und ihre Zehen waren mit sichelartigen Klauen bewehrt. Die Gesichter waren verzerrte Fratzen, in denen sich mehrere Mäuler zu stummen Schreien öffneten, als sie sich auf den kopflosen Reiter stürzten.

Die Schattenwesen verschwammen zu einem wilden Gewirr kämpfender Körper, in dem sich kaum noch einzelne Gliedmaßen unterscheiden ließen. Regin zügelte verunsichert sein Pferd. Einen Augenblick lang hielt die Furcht die Phykadonier noch gefangen, dann setzte das Begreifen ein.

»Vorwärts!«, schrie Grachann. »Da vorn ist Ertanns Zelt!« Die verbliebenen Krieger stürmten auf sie ein.

Sava
Heiligtum Drahans, dieselbe Nacht

Sava erwachte mit einem Schrei auf den Lippen. Ein jäher Schmerz hatte ihren Fuß durchzuckt und senkte für einen Augenblick Schwärze auf sie herab, als sie sich stöhnend vorbeugte, um den Fuß zu umklammern. *Rodan*, schoss es ihr bereits durch den Kopf, noch während sich die Finsternis vor ihren Augen zur gewöhnlichen Dunkelheit der Nacht erhellte. *Es ist sein Schmerz, den ich fühle.*

Plötzlich sah sie Flammen auflodern. Männergebrüll und Hufschlag dröhnten in ihren Ohren. Brennende Zweige knisterten. Das große Feuer machte den Pferden Angst. Hitze ging davon aus, und Männer, viele Männer mit Speeren und merkwürdigen krummen Schwertern, griffen sie an. Sava wusste, dass sie noch immer auf ihrem Lager im Heiligtum saß, aber sie war auch *dort*. Dort, wo Rodan um sein Leben kämpfte. Sie musste ihm helfen. Aber wie? *Die Weiße Frau! Sie muss es wissen.*

Mühsam drängte sie die Bilder so weit zurück, dass sie ihre Umgebung wie durch einen flirrenden Schleier wieder wahrnehmen konnte. Sie sprang auf und rannte aus ihrer kleinen Kammer in den Hof hinaus. Der Schmerz in ihrem Fuß war so wirklich, dass sie hinkte. Sie biss die Zähne zusammen und lief, so schnell sie konnte. Unter dem weißen Mond warfen die Bäume des Heiligen Hains tief schwarze Schatten, doch sie bargen für Sava keine Schrecken mehr. Ihre einzige Sorge galt Rodan.

An einigen Stellen fiel Licht durch die dichten Kronen und ergoss sich wie helle Teiche auf den Boden. Sava blieb in einem davon stehen. Ihr Herz raste. Rasch setzte sie sich auf die mit altem Laub bedeckte Erde, bevor sie die Sicht auf den Hain wieder verlor. »Herrin, bitte, helft mir!«

Die wirren Bilder drängten dichter vor ihre Augen, überlagerten sich, sodass sie verschiedene Dinge gleichzeitig sah, ohne die einzelnen zu begreifen. Waffen blitzten im Feuerschein auf, Blut spritzte, Pferde verdrehten in Panik die Augen, und über allem lag ein Getöse, das sie zu betäuben drohte. Sie wusste nur plötzlich, dass auch Arion dort war. Ihre Verzweiflung wuchs. »Bitte, Herrin, ich muss ihnen helfen. Versteht Ihr nicht? Was kann ich tun?«

Mit einem Mal spürte sie die Gegenwart der Weißen Frau in sich. Sie hatte das Gefühl, mit ihr gemeinsam in die Flut der Bilder und Stimmen einzutauchen. Was sie sah, beruhigte sich, gewann an Klarheit.

»Lass sie sehen, was du siehst!«, wisperte der Geist. »Und wenn ihre Kraft schwindet, gib sie ihnen zurück!«

Arion
Ertanns Lager, dieselbe Nacht

»Da vorn ist Ertanns Zelt!«, schrie Grachann.

Arion verstand die letzten Worte kaum noch, denn die verbliebenen Feinde heulten wütend auf wie ein Rudel irrsinniger Wölfe. Der Gedanke an ihre Speere und daran, dass er den Schild genau auf der falschen Seite trug, um seine nächsten Gegner abzuwehren, blitzte auf, während er sein Pferd bereits ein wenig schräg stellte, um sich besser nach hinten umblicken zu können. Die Geschosse heranfliegen zu sehen und das Schwert zu schwingen, war eins. Klappernd fielen zwei Speere zu Boden, doch ein dritter hatte sich bereits in seinen Schenkel gebohrt.

Arion brüllte vor Schmerz. Eine Wut ergriff ihn, wie er sie noch nie verspürt hatte. Es verging nur ein Lidschlag, dann hatte er das Schwert in die Linke gewechselt. Mit der Rechten riss er den Speer heraus und merkte kaum, dass ein anderer an seinem Kettenhemd abglitt. Er ließ den Schaft durch die Hand gleiten, bis die Länge passte, um die blutige Spitze einem heranstürmenden Gegner in die Brust zu rammen und ihn mitsamt der Waffe von sich zu stoßen.

Als er hastig wieder nach seinem Schwert greifen wollte, traf ein Speer sein Pferd in die Schulter. Das Tier warf sich zur Seite, Arions Rücken den Feinden preisgebend. Arion ließ das Schwert, wo es war, duckte sich stattdessen neben den Hals des Pferdes, um auch diesen Speer herauszuzerren, während das Tier in Panik losschoss. Er sah das wüste Knäuel kämpfender Dämonen vor sich, dem das Pferd ausweichen wollte, und trieb es – einer Eingebung folgend – direkt darauf zu.

Sie sprangen hinein in die Wolke ringender, beißender, tretender Leiber, doch Arion spürte keinen Widerstand, nur eisige Kälte, die ihm blitzschnell bis in die Knochen drang. Wie eine eiserne Klammer legte sie sich um sein Herz, dann waren sie hindurch, und die Hitze des zweiten Scheiterhaufens schlug ihm entgegen. Ein Speer prallte an seinem Schild ab, aber mit den Dämonen im Rücken musste er zumindest für den Augenblick keinen von hinten fürchten.

Er preschte an den Flammen vorbei, als er plötzlich ein Geschoss von links hinter sich heranfliegen ahnte. Er sah es nicht *wirklich*, aber er wusste so sicher, dass es kam, dass er den Oberkörper und damit den Schild wie von selbst herumriss. Trotzdem war ein Teil von ihm überrascht, als die stählerne Spitze tatsächlich gegen das Holz knallte, und er wusste nicht, warum ihm ausgerechnet jetzt Sava einfiel.

Doch ihm blieb keine Zeit, sich zu wundern. Seine Drehung hatte auch das Pferd herumgerissen, das dadurch direkt in drei Krieger raste, die zwischen den Zelten hervorgerannt kamen. Arion warf sich zur anderen Seite, um sein Pferd wieder auf das Ende der breiten Gasse zuzulenken. Einem der Gegner blieb nichts, als aus dem Weg zu springen, aber einer stach mit seinem Speer zu, der dritte schwang seinen Säbel. Geistesgegenwärtig senkte Arion den Schild, an dem der Säbel wirkungslos abglitt, während die Speerspitze nur leicht abgelenkt wurde und ein scharfes Brennen in der Haut seines Beins hinterließ, bevor sie vom Sattelblatt aufgehalten wurde.

An diesen Männern war er vorüber. Vor sich entdeckte er Grachann, der sein Pferd vor dem Eingang eines großen Zelts herumwirbeln ließ und von allen Seiten bedrängt wurde. Sie hatten den Sitz des Heerführers erreicht. Doch wo war er? Versteckte er sich etwa vor ihnen? Arion wusste, dass weitere Krieger von rechts auf ihn zuhielten, bevor er sie sah. Er zügelte sein Pferd und machte sich bereit, sich den Zugang zu Ertann freizukämpfen.

Mordek
Ertanns Lager, dieselbe Nacht

Mordek war versucht nachzusehen, ob die leisen Geräusche, die er gehört hatte, bedeuteten, dass Braninn nun tot war, aber falls er dabei beobachtet wurde, wie er das Zelt betrat, konnte jemand auf die Idee kommen, ihm den Mord in die Schuhe zu schieben. Ohne Zeugen, die das Gegenteil schworen, würde ihm dann niemand glauben. Also hielt er seine Neugier im Zaum, blieb gelangweilt vor dem Eingang sitzen und ritzte weiter Zeichen in den Boden, wie er sie bei Ertann gesehen hatte.

Kaum hatte er damit begonnen, als ihn ein ferner Warnruf aufschreckte. Alarmiert sprang er auf. Aus derselben Richtung leuchtete plötzlich ein heller Schein auf. Jemand hatte eines der Feuer entzündet.

»Wir werden angegriffen«, entfuhr es ihm. »Zu den Waffen!«, brüllte er lauter. »Die Sarmyner kommen!« Er riss den Säbel aus der Scheide und wollte schon loslaufen, als ihm seine Aufgabe wieder einfiel. Gerade jetzt durfte er Braninn nicht unbewacht lassen – falls er noch lebte. *In die Abgründe der Unterwelt mit Braninn! Dann bring ich ihn eben selbst um.*

Entschlossen schlug er die schweren Stoffbahnen zurück. Das einfallende Mondlicht genügte, um ihm zu zeigen, dass das Zelt leer war. Er sah den schimmernden Spalt in der Rückwand, steckte den Kopf hindurch und entdeckte den toten Krieger dahinter. Fluchend verließ er das Zelt. Das würde an ihm hängen bleiben. *Und ich Narr habe gedacht, es sei der Mörder, der sich den Weg frei schneidet.*

Um ihn her wankten schlaftrunkene Krieger aus ihren Zelten, die Waffen in den Händen, aber barfuß und nur halb bekleidet. Andere kamen zu Mordeks Verwirrung aus der Richtung des Feuerscheins gerannt. *Warum...*

»Dämonen!«, schrien sie angsterfüllt. »Sie greifen uns mit Dämonen an. Flieht!« Und viele schlossen sich ihnen an, ohne lange zu fragen. Mordek erkannte, dass die meisten Stämmen angehörten, die aus der Dunkelheit entronnen waren, aber es waren auch andere, sogar Büffelkrieger darunter.

Was sollte das heißen? Die Sarmyner hatten keine Dämonenbeschwörer. Die Männer mussten Ertanns Werk gesehen haben. »Das ist Unsinn!«, brüllte er. »Bleibt hier, ihr Feiglinge, und kämpft!« Aber niemand hörte auf ihn. Er lief allein gegen den Strom und hielt auf Ertanns Zelt zu, vor dem etliche Krieger einen Reiter umzingelt hatten, dem gerade weitere zu Hilfe kamen. Doch die anderen beachtete Mordek nicht. Er hatte Grachann erkannt und rannte zornig auf den Verräter zu.

Braninn
Ertanns Lager, dieselbe Nacht

Er schlug den Weg zu Ertanns Zelt ein, wobei er sich an der Spitze des Trophäenbaums orientierte, die alles andere überragte. Kalett war erleichtert gewesen, dass er ihn mit der Botschaft weggeschickt hatte, und Braninn konnte es seinem Vetter nicht verübeln, dass er ihm nicht sofort geglaubt und darauf bestanden hatte, ihm in diesen aussichtslosen Kampf zu folgen. Trotzdem fühlte er sich ein wenig im Stich gelassen, aber er hatte keine Zeit für Selbstmitleid.

Der Ruf zu den Waffen wurde im Lager weitergegeben. Überall regten sich die schlafenden Krieger in den Zelten. Braninn versuchte, sich im Schatten zu halten, wo immer es ging, aber einmal lief er auch direkt an einigen Männern vorbei, die ihn wohl nur für einen Kameraden hielten, der wie sie in den Kampf eilen wollte. Er schnappte sich einen Speer, der vor einem der Eingänge im Boden steckte, als das Geschrei von den hell erleuchteten Teilen des Lagers her einen neuen Ton annahm. Anstatt in dieselbe Richtung zu laufen wie er, kamen ihm auf einmal Krieger entgegen, die mit vor Furcht geweiteten Augen etwas über Dämonen schrien. Einige Getreue Ertanns beschimpften die Fliehenden, aber die meisten entschieden sich für die Flucht.

Inmitten des Tumults stand Braninn plötzlich Lefirr gegenüber. Die buschigen Augenbrauen des grimmigen Kriegers hoben sich in überraschtem Erkennen. Braninn ließ ihm keine Zeit, den Säbel auch nur zu bewegen. Mit aller Macht stieß er ihm den Speer in die Rippen und drängte ihn zurück, womit er den Sterbenden zu Fall brachte. Mit der Waffe im Körper blieb Lefirr reglos liegen, doch der Vorfall hatte die Aufmerksamkeit zweier Krieger geweckt, die sich mit wütendem Gebrüll auf Braninn stürzten.

Er riss den Speer gerade rechtzeitig wieder hervor, um mit dem Schaft einen Säbelhieb abzuwehren. Der Aufprall jagte einen neuen, besonders heftigen Stich durch seine Brust. Die Waffe mit beiden Händen gepackt wie einen Kampfstab, ließ er das stumpfe Ende ins Gesicht eines Gegners schnellen, der aufschreiend rückwärtstaumelte, und fegte mit dem anderen einen weiteren Säbel zur Seite, nur um die Spitze dann in die Kehle des Angreifers zu jagen.

Nur noch wenige Schritte trennten ihn von Ertanns Zelt. Blitzschnell wog er ab. Sollte er außen herumlaufen, wo wahrscheinlich noch heftigere Kämpfe im Gange waren? Jemand rief seinen Namen. Braninn fuhr herum. Ein weiterer von Ertanns Männern rannte mit einem Speer in den Händen auf ihn zu. Braninn versuchte, die Waffe zur Seite zu schlagen, aber die Spitze bohrte sich dennoch in seinen linken Arm und hinterließ eine breite Kerbe, die brannte wie Feuer. Doch Braninn spürte es erst, nachdem er den in ihn hineinlaufenden Gegner mit einem Stoß seines rechten Ellbogens auf die Nase begrüßt hatte. Blut schoss hervor, mit dem ihn der Atem des Mannes sprenkelte. Der so Getroffene hielt benommen inne, sodass sich Braninn von ihm lösen und ihn mit einem Hieb des Speerschafts gegen den Kopf niederstrecken konnte.

Ein rascher Blick zeigte ihm, dass er für den Moment allein im Schatten des großen Zelts war. Er tauschte den Speer gegen einen Säbel, biss die Zähne zusammen und durchstach mit der Klinge die Rückwand, um zunächst einen waagrechten Schnitt zu machen. Die Schneide glitt zuerst leicht durch das zähe Leder, doch als der Winkel nicht mehr stimmte, musste er sägende Bewegungen machen. Er führte den Säbel in einen engen Bogen und schnitt nun nach unten.

Als er fast bis zum Boden gelangt war und sich gerade aufrichtete, schoss plötzlich eine Speerspitze aus dem Innern hervor. Er sah sie kommen, als ob sich die Zeit selbst verlangsamt hätte, aber es war zu spät, um auszuweichen. Der Stahl fuhr ihm mit Wucht in den Leib und wurde ebenso schnell wieder herausgerissen. Der Schmerz schwappte wie eine Woge über ihn hinweg, seine Augen trübten sich, er wusste, dass er in die Knie ging, aber er spürte es nicht.

Eine kräftige Hand packte ihn beim Hemd. Durch die Nebel aus Feuer und Schwärze, die in seinem Kopf um die Vorherrschaft stritten, hörte er Ertanns Stimme. »Sehr freundlich von dir, dass du dich freiwillig als Opfer anbietest.«

Für einen Augenblick verlor er die Besinnung, als er ins Zelt gezogen und über den Boden geschliffen wurde. Das Nächste, was er spürte, war die Wärme eines Feuers auf seiner Wange, und eine dumpfe Leere, an die er lieber nicht rührte, denn vorher war dort sein Bauch gewesen. Er fühlte, dass jeder Atemzug den dünnen Schleier gefährdete, der sich über den Schmerz gelegt hatte. *Ich bin immer noch am Leben*, dachte er erstaunt, aber er spürte bereits die Nähe der Ahnen, die ihn erwarteten. Sie starrten ihn vorwurfsvoll an. Er hatte seine Aufgabe nicht erfüllt, und nun lag er im Sterben.

Widerstrebend öffnete er die Augen. Er lag neben einem

kleinen Feuer, das ein mit schwarzen Mustern überzogenes Stück Leder beleuchtete, über dem Ertann kauerte und Beschwörungen murmelte. Das flackernde Licht der Flammen tanzte über das düstere Gesicht des Heerführers und spiegelte sich in seinen schwarzen Augen. Rasch schloss Braninn die Lider. Ertann musste nicht wissen, dass er wach war.

Mühsam kämpfte er gegen die Dunkelheit, die ihn zu verschlingen drohte, als ein Geräusch ihn wieder aus dem Dämmer riss. »Das ist dein Ende, Verräter«, knurrte Ertann. Braninn schlug die Augen auf. Der Heerführer beugte sich mit einem Dolch über ihn und packte ihn bei den Haaren. Braninn musste nicht hinsehen, das Feuer war genau am richtigen Ort. Er streckte den Arm aus, fuhr mit der Hand unter die Glut und schleuderte sie Ertann über, indem er einfach den Arm hochriss.

Aufschreiend ließ der Heerführer den Dolch fallen und riss die Hände vor das Gesicht. Braninn nahm seine verbrannte Haut nur am Rande war, denn der Schmerz wühlte aufs Neue in seinen Eingeweiden, als er sich bewegte, um nach der Waffe zu greifen. Seine Hände schlossen sich um das Heft, das war alles, worauf er seine Sinne lenkte, und stießen die Klinge in Ertanns Leib.

Regin
Ertanns Lager, dieselbe Nacht

Als die aus ihrer Angststarre erwachten Krieger angriffen, streifte ein Speer Regins Kopf. Benommen duckte er sich hinter den Schild. Sein Ohr brannte, als hätte er eine derbe Ohrfeige bekommen, und er spürte warmes Blut auf der Haut. Weitere Speere trommelten gegen den Schild, einer glitt an seinem

Kettenhemd ab, blieb aber in seinem Umhang stecken. Nur das scheuende Pferd verhinderte durch die heftigen Bewegungen, dass sie besser trafen.

Regin sah auf. Er brauchte nur einen Blick, um die Krieger von vorn und der Seite auf sich zurennen zu sehen und zu wissen, dass dasselbe in seinem Rücken geschah. Grachann raste vor ihm selbstmörderisch die von Feinden gesäumte Gasse entlang. Regins Blick schoss an den Dämonen vorüber zur anderen Seite, wo sich das Pferd des Söldners gerade herumwarf, um die Reihe der Feinde zu durchbrechen und zwischen zwei Zelten zu verschwinden. Regin begriff sofort. Er spornte sein Pferd zu einem unerwarteten Satz nach vorn, nutzte die Lücke, die die überraschten Krieger ihm boten, riss das Tier herum und trieb es zwischen zwei Gegnern hindurch. Den Säbel des einen wehrte er mit dem Schwert ab, den des anderen, der unter den Schild gezielt war, durch einen hektischen Fußtritt. Die Klinge schlug gegen den Steigbügel. Regin johlte vor Freude über sein unverschämtes Glück.

Sein Pferd preschte in den gut zwei Schritt breiten Durchlass zwischen zwei Zelten, die ihm nun Deckung boten. Dahinter bog er nach rechts ab und jagte es wieder in die richtige Richtung. Zur Gasse eilende Krieger sprangen aus dem Weg, als er herangeschossen kam. Regin streckte einen von ihnen im Vorüberreiten nieder, dann war er auf der Höhe des großen Zelts angekommen und raste um die Ecke.

Neben dem Eingang wehrte sich Grachann wild wie ein tollwütiger Hund gegen eine Übermacht Krieger, während sein Pferd schwer verwundet unter ihm zusammenbrach. Einem Keil gleich sprengte Regin mitten unter die Feinde. Zwei stürzten und gerieten unter die Hufe, einem weiteren stach er das Schwert in den Rücken, bevor er einem vierten den Schädel einschlug. Der eigene Schwung trug sein Pferd weiter, notgedrungen setzte es über Grachanns sterbenden Wallach hinweg und landete zwischen weiteren Kriegern, die sich bereits zur Seite warfen. Regin erwischte einen davon mit dem

Schwert, aber er war bereits mehr damit beschäftigt, seinen Fuchs endlich zum Stehen zu bringen.

Direkt vor dem Eingang stemmte das Tier die Beine in den Boden, sodass er auf den Hals geworfen wurde. Aus dem Augenwinkel sah er Arion und Rodan kämpfen, doch davon ließ er sich nicht ablenken. Schnell schwang er sich aus dem Sattel. Den Speer, der in seinem Umhang gesteckt hatte, musste er unterwegs verloren haben. Er stieß mit dem Schild einen Gegner so vehement von sich, dass der Mann die Wehr ins Gesicht bekam, fegte mit dem Schwert die Lederbahnen zur Seite, die vor dem Eingang hingen, und eilte ins Zelt.

Seine Augen brauchten einen Moment, um das Dämmerlicht zu durchdringen, das von einem großen Haufen Glut auf der Herdstelle ausging. Niemand war zu sehen. Wo steckte dieser ruhmreiche Heerführer? Hatte er ihn draußen übersehen? In diesem Augenblick entdeckte er das Licht, das durch die Ritzen der Abtrennung fiel. Vorsichtig, um nicht über die am Boden verstreuten Fellhaufen zu stolpern, auf denen für gewöhnlich Ertanns Gäste sitzen mochten, schlich er hinüber und sprang dann, wie er hoffte überraschend, in den abgeteilten Bereich des Zelts.

Dahinter war es heller. An mehreren Stellen loderten kleine Flammen auf, und neben einer Feuerstelle kniete ein kräftiger Mann mit schwarzen Zöpfen und würgte einen anderen, der reglos am Boden lag. Regin erkannte Braninn. Mit einem Wutschrei stürmte er die wenigen Schritte vor. Dem Fremden, der Ertann sein musste, blieb kaum Zeit, sich aufzurichten und umzusehen, als das Schwert bereits in seinen Hals fuhr und sein Kopf davonflog.

Regin ließ Schwert und Schild fallen, um angewidert den Blut verströmenden Leichnam von Braninn herunterzuzerren. Die kleinen Flammen breiteten sich aus. Qualm stieg aus glimmenden Fellen und Leder auf. »Braninn!« Regin beugte sich über seinen Gefährten und bemerkte erst jetzt die verbrannte Hand, an deren rohem Fleisch noch der blutige Dolch klebte, und das runde, rot geränderte Loch in Braninns Bauch. Die geschlossenen Augen und entspannten Züge taten ein Übriges, um ihm die Wahrheit zu verraten. Er kauerte sich tiefer und legte ein Ohr auf Braninns Brust, aber er spürte keinen Atem, hörte keinen Herzschlag mehr.

Noch immer ungläubig und doch schon vom allmählichen Begreifen gelähmt, richtete er sich langsam auf und blickte ins Gesicht des Toten, das so unpassend friedlich aussah. Ihm wollten keine Worte einfallen. Er hatte ihn stets als armseligen Viehtreiber betrachtet, des Umgangs mit Rittern unwürdig, aber jetzt merkte er, dass ihm Braninn längst ein Freund geworden war. Jemand, der ihn nicht bloß deshalb respektierte, weil er Erbe von Smedon war, oder ihn verachtete, weil er nichts von seinem Ziehvater und seinem älteren Bruder an sich hatte.

Der dichter werdende Rauch ließ ihn husten und erinnerte ihn daran, wo er sich befand. Ihre Aufgabe war erfüllt, aber nun galt es, auch lebend zu entkommen. Als er sich aufrappelte, fiel sein Blick auf einen ausgebleichten Totenschädel, der ganz in der Nähe lag, neben dem Kadaver eines unheimlichen Lamms mit zwei Köpfen und einem mit schwarzen Zeichen bedeckten Stück Leder, in das sich bereits die Flammen fraßen. Das Knochengesicht grinste ihn höhnisch an. Er wollte sich abwenden, doch die leeren Augenhöhlen hielten seinen Blick fest. Wie unter einem Bann bewegte er sich auf den Totenkopf zu. Eine innere Stimme warnte ihn schrill, als er die Hand nach dem Schädel ausstreckte, doch er nahm sie nur gedämpft wahr, als ob sie durch dicke Schichten Wolle zu ihm drang, und verstand nicht, was sie sagte. Seine Finger griffen zu, um den Schädel aufzuheben. Die Berührung traf ihn wie ein Schlag.

Arion
Ertanns Lager, dieselbe Nacht

Er sah, wie Regin in dem großen Zelt verschwand, und kämpfte mit neuer Verbissenheit weiter. Noch immer eilten vereinzelte Krieger herbei, um sich seinen Gegnern anzuschließen, doch sie warfen keine Speere mehr, weil sie die eigenen Leute hätten treffen können. Sie drangen mit ihren Säbeln auf ihn ein, waren sich dabei aber gegenseitig im Weg. Arion war jenseits bewussten Denkens. Er fühlte das Blut an seinen Beinen hinablaufen, ein warmes Rinnen, das immer dann wieder einsetzte, wenn er sich zu heftig bewegte, und in einem Winkel seines Kopfes hörte er eine Frauenstimme summen, was nur ein Zeichen beginnenden Wahnsinns sein konnte. Er sah voraus, wann er von hinten angegriffen wurde, hieb mit dem Schwert um sich, ließ sein Pferd mal zur einen, mal zur anderen Seite wenden, doch er hatte keinen anderen Gedanken mehr, als irgendwie zu überleben. Manchmal kam Rodan in sein Blickfeld, der ganz in seiner Nähe kämpfte, auch er von einer Traube von Gegnern umringt, die er mit einem erbeuteten Speer abwehrte.

»Ertann ist tot!« Der Schrei drang erst beim zweiten Mal in Arions völlig vom Kampf aufgesogenen Verstand vor. »Ertann ist tot! Wir können hier abhauen!«

Er ließ den Blick über ihre Feinde schweifen, ohne dass sein ermüdender Arm aufhörte, die Klinge zu schwingen. Seine Gegner hatten es geschafft, ihn gegen die Zeltwand abzudrängen. Verzweifelt suchte er mit den Augen nach einer Lücke, in die er das Pferd treiben konnte, um zu entkommen. Jemand rief etwas auf Phykadonisch, das die Krieger erneut aufschreien ließ. Einige stürzten wütend vor, den Blick von Hass erfüllt. Arion wappnete sich für den neuen Ansturm, aber er wusste, dass er ihm nicht standhalten würde.

Plötzlich fuhr das Schattenpferd wieder unter die Krieger, und die dämonische Kälte streifte ihn. Der kopflose Reiter stieß sein dunkles Schwert in einen der Feinde, der mit aufgerissenen Augen seine Waffe fallen ließ, während keuchende Laute aus seinem Mund drangen. Wen die dunkle Gestalt berührte, der ergriff kreischend die Flucht, während die anderen langsam zurückwichen.

»Angriff!«, brüllte Regin.

Arion sah ihn wieder im Sattel sitzen und die starrenden Krieger attackieren. »Angriff!«, nahm er den Ruf auf und trieb sein Pferd vor. Von der Seite sprengte Rodan heran. Der Schattenreiter wandte sich von seinem Opfer ab, um neben Arion vorzudrängen. Das war zu viel für ihre Gegner. Alle rannten nur noch um ihr Leben.

Arion setzte ihnen nicht nach. »Lasst sie laufen!«, rief er den anderen zu und zügelte sein Pferd. Hinter sich hörte er ein lautes Fauchen. Aufgeschreckt wendete er und entdeckte dabei auch Grachann, der humpelnd aufholte. Das Fauchen kam aus Ertanns Zelt, das gerade in Flammen aufging. Neben Arion wirbelte etwas Dunkles, dann schoss das Schattenpferd vor, geradewegs in das brennende Zelt hinein. »Nein!«, schrie er, doch es war zu spät. Der kopflose Reiter verschwand durch das Leder hindurch, als gäbe es die Wand nicht, und Arion brachte es nicht über sich, einem Dämon, den er nicht einmal berühren konnte, in dieses Inferno zu folgen.

»Weg hier, bevor sie merken, dass wir nur vier Sterbliche sind!«, mahnte Regin.

»Nein! Wir müssen Braninn finden«, widersprach Grachann heftig.

»Braninn ist tot«, eröffnete ihm Regin. »Wir können ihm nicht mehr helfen.«

Arion starrte Regin an. »Woher wisst Ihr das?«

»Er liegt da drin.« Regin deutete auf das brennende Zelt, ohne sich Gefühle anmerken zu lassen. »Ich kam zu spät, um ihn zu retten.«

Grachann schrie auf Phykadonisch und rannte hinkend auf Ertanns Zelt zu, das nun fast gänzlich in Flammen stand. Rodan brüllte hinter ihm her. Der Söldner und Arion jagten ihre Pferde gleichzeitig los, um ihrem Gefährten den Weg abzuschneiden. Sie nahmen ihn in die Zange, redeten gleichzeitig in zwei Sprachen auf ihn ein, bis er zur Besinnung kam. Arion sah es an seinem Blick, noch bevor er stehen blieb.

Regin schloss zu ihnen auf. »Ich glaube, du würdest sagen, dass er einen guten Tod hatte«, sagte er ernst. »Er starb mit dem Messer in Ertanns Leib.«

»Dann hat er ihn getötet?«, fragte Grachann.

»Im Grunde schon. Ich habe die Sache nur zu einem schnelleren Ende gebracht.«

»Dann ist es gut.« Grachann ergriff die Hand, die Rodan ihm hinhielt, um ihn zu sich aufs Pferd zu ziehen, und stieg auf.

»Verschwinden wir endlich!«, forderte Regin.

Arion wollte ihm schon folgen, als ihm ihr Handel wieder einfiel. »Was ist mit Tazlan?«

»Wer ist Tazlan?«, wollte Grachann verwundert wissen, aber Arion ging nicht darauf ein. Sie hatten keine Zeit für lange Erklärungen.

»Ich habe ihn gefunden und werde ihn Euch zeigen«, beteuerte Regin. »Ich schwöre jeden Eid, den Ihr wollt, aber lasst uns jetzt abhauen!«

Arion sah ihn drohend an. »Wenn Ihr mich betrügt, ist unsere Abmachung hinfällig«, warnte er und schlug den Weg aus dem Lager ein.

In dem Durcheinander der Verwirrten und Fliehenden war es ein Leichtes gewesen, ein Pferd für Grachann zu stehlen. Sie waren den ganzen Rest der Nacht hindurch immer gen Westen geritten und hielten erst an, als sich die Sonne schon hinter ihnen über den Horizont erhoben hatte. Anidim hatte sie noch immer nicht eingeholt. Er begann, die Hoffnung aufzugeben, dass sie aus den Flammen entkommen war. Hatten Braninn und Rodan nicht erzählt, dass die Twerge mit ihren Feuermännern Dämonen vernichten konnten? Vielleicht war in dem brennenden Zelt Ähnliches geschehen. Vielleicht hatte sie sie aber auch verlassen, weil sie ihr Ziel erreicht hatte. Ertann war tot. *Das war alles, wozu sie uns brauchte.* Das hatte sie oft genug gesagt.

Seine Beine trugen ihn kaum noch, als er sich vom Pferd schwang. Zahlreiche Schlitze klafften in seiner Hose, und als er sie auszog, um die schlimmsten Wunden zu verbinden, sah es darunter kaum besser aus. Doch seltsamerweise wirkten die Schnitte nicht mehr frisch, sondern waren bereits so gut verheilt, wie es für gewöhnlich erst nach zwei Tagen der Fall war. Verwundert schüttelte er den Kopf, aber er war zu erschöpft, um sich über dieses Rätsel Gedanken zu machen.

Da sie nur wenig Wasser hatten, zog er sich wieder an, ohne das Blut abzuwaschen, und sah nach den anderen. Rodan hatte ein Loch in seinem Harnisch, wo ein Speer eingedrungen war, aber das gehärtete Leder hatte der Spitze so viel Wucht genommen, dass die Wunde darunter nicht tief war. Die schlimmere Verletzung kam zum Vorschein, als Arion dem Söldner half, sich den Stiefel vom geschwollenen Fuß zu schneiden. Ein Speer hatte sich in den Spann gebohrt und die Haut bis zu den zertrümmerten Knochen aufgerissen. Einem Knecht auf Emmeraun, dem Ähnliches mit einer Axt geschehen war, war der Fuß brandig geworden und hatte schließlich abgetrennt werden müssen, um den Mann zu retten. Aber Rodans Wunden schienen ebenso gut zu heilen wie Arions.

Vielleicht hielt der Wundertrank des Twergenheilers immer noch an. Doch wenn dem so war, warum wirkte er dann bei Regin und Grachann offensichtlich nicht mehr? Der Phykadonier war am ganzen Körper so zerschnitten, dass Arion seinen Waffenrock opfern musste, damit sie ihn verbinden konnten.

»Ich danke dir für deine Hilfe«, sagte Grachann zu ihm, als

sie fertig waren, und reichte ihm die Hand. »Auch wenn du ein Dämonenfreund bist.«

Arion drückte ihm errötend die Hand. »Ich weiß, dass ich euch die Wahrheit über Anidim gleich hätte sagen müssen, als ich sie erfuhr. Aber ich glaube... alles ist besser ausgegangen, weil ich geschwiegen habe.«

Grachann nickte. »Manchmal ist es gut, Feuergeister mit Feuer austreiben.«

»Auszutreiben«, berichtigte Regin, der nur eine Verletzung davongetragen hatte, die jedoch für immer sichtbar bleiben würde. Die Schneide des Speerblatts hatte den oberen Teil seines rechten Ohrs abgeschnitten.

»Du klingst nach Abschied, Adler«, stellte Rodan fest.

»Ja, unsere Wege trennen sich hier.« Grachann fügte etwas auf Phykadonisch hinzu, das den Söldner lächeln ließ.

Rodan schüttelte den Kopf. »Vielleicht werden die Götter fügen, dass wir uns wiedersehen.«

»Bist du sicher, dass du es allein schaffst?«, erkundigte sich Regin.

»Ich bin nie allein«, meinte Grachann. »Die Ahnen sind immer bei mir, und jetzt gehört auch Braninn zu ihnen.«

Arion spürte, wie ihm die Kehle eng wurde.

»Es tut mir leid, dass ich ihn nicht mehr retten konnte«, brachte Regin heraus.

In Grachanns Augen glitzerten Tränen. »Es war ein guter Tod. Aber ich hätte ihn gern zu seiner Familie gebracht. Ich weiß nicht, ob sein Geist so den Weg zum Himmel findet.«

»Doch, das wird er«, sagte Arion leise. »Wir verbrennen unsere Toten, und der Rauch trägt sie zu den Sternen. Er wusste das.«

Grachann nickte nur noch. Rodan legte ihm tröstend die Hand auf die Schulter und begleitete ihn zu seinem Pferd. Der Phykadonier stieg auf und ritt fort, ohne sich noch einmal umzusehen.

»Nicht hinterherschauen«, mahnte Rodan. »Hier zeigen sie, dass der Abschied unerträglich ist, indem sie sich abwenden.«

»Wir sollten wohl auch sehen, dass wir noch ein Stück weiter kommen, bevor mir die Augen zufallen«, meinte Arion, nachdem sich seine Gefühle wieder beruhigt hatten. »Aber vorher will ich endlich wissen, was dieses ganze Gerede über Tazlan sollte, wenn ich nun doch keine Gelegenheit hatte, ihn zu treffen.«

Regin hob schweigend einen Sack auf, den er nach dem Absteigen von seinem Gürtel geknotet und abgelegt hatte. Er griff hinein und zog einen bleichen Totenschädel hervor. »Das ist Tazlan. Oder zumindest das, was von seinen sterblichen Überresten geblieben ist.«

Arion runzelte die Stirn. »Das ist alles? Ihr habt Saminés Ehre gegen einen wertlosen Knochen eingetauscht?« Es konnte nicht wahr sein.

»Nein, *Ihr* habt diesen Tausch gemacht, würde ich sagen. Und dieser Schädel ist wertvoller, als Ihr glaubt«, behauptete Regin lächelnd.

»Ihr habt mich betrogen!«, fuhr Arion auf. »Ich hätte Euch niemals mein Wort gegeben, wenn ich gewusst hätte, dass Ihr von einem Toten sprecht.« Zornig ballte er die Fäuste und trat auf Regin zu, der abwehrend eine Hand ausstreckte.

»Aber Ihr *habt* Euer Wort gegeben. Es ist nicht meine Schuld, dass Ihr nicht genauer nach den Bedingungen gefragt habt.«

Vor Wut knirschte Arion mit den Zähnen. »Ich habe geschworen, Euch nicht zum Zweikampf zu fordern«, knurrte er und schlug mit der Rechten zu. Seine Faust traf Regins Jochbein so fest, dass seine Gelenke knackten. Regin taumelte mit benommenem Blick rückwärts und fiel.

»Aber ich habe *nicht* geschworen, Euch nicht zu schlagen.« Den hinterhältigen Fürstensohn im Staub sitzen zu sehen, kühlte seinen Zorn.

Regins Miene verzerrte sich. Wütend wollte er sich erheben, aber plötzlich glätteten sich seine Züge wieder. »Ihr wollt dieses Andenken also nicht haben?«, vergewisserte er sich und griff nach dem Schädel, der ihm entglitten war.

»Nein«, antwortete Arion verächtlich. »Am liebsten würde ich weder ihn noch Euch jemals wiedersehen!« Doch für eine Weile würde er Regins Gegenwart noch ertragen müssen, denn er würde diesem Feigling nicht gönnen, Smedon allein zu erreichen und für den Sieg über Ertann belohnt zu werden. Und dann gab es da noch einen weiteren Grund, es sich nicht mit dem Fürsten von Smedon zu verderben, indem er seinen Erben allein im Feindesland zurückließ. Er wandte sich von Regin ab, der abwesend über den blanken Schädel strich, und lächelte bei dem Gedanken an den kleinen Behälter aus *beira*, der in seiner Satteltasche lag.

Mordek
Phykadonien

Der Gestank war unerträglich. Mordek lenkte sein Pferd in eine andere Richtung, um aus dem Wind zu gelangen, der die süßlich-faulige Wolke herübertrug. Die in der Sonne verrottenden Rinderkadaver lagen auf der toten Steppe verstreut, und es gab keine Aasfresser mehr, um sie zu vertilgen. Die Dämonen hatten sie abgeschlachtet und ihnen die Lebenskraft ausgesaugt, aber danach waren die Tiere in der dunklen Kälte liegen geblieben, ohne zu verwesen. Erst jetzt, da sich die Finsternis im Sonnenlicht aufgelöst hatte wie zäher schwarzer Nebel, setzte der Zerfall ein.

Mordek blickte über die weite Leblosigkeit, die sich vor ihm ausbreitete. Welkes Gras, so weit das Auge reichte. Kein Vieh mehr am Leben, um neue Herden daraus aufzubauen. Die Stämme würden jemanden für dieses Unheil bezahlen lassen, und er musste dafür sorgen, dass der Zorn nicht ihn traf.

Ertann ist tot! Als Grachann triumphierend den Ruf des

Eisenmannes aufgenommen hatte, war Mordek fassungslos zurückgewichen. Weder Wut noch Rachedurst waren in diesem Augenblick über ihn gekommen. Die hatten sich erst später eingestellt. Er hatte es schlicht nicht glauben können, war bestürzt in das Zelt gerannt, um sich mit eigenen Augen davon zu überzeugen. Ertann, dieser kraftvolle, stets überlegene Krieger, konnte nicht tot sein. Aber er hatte in den sich ausbreitenden Flammen die beiden Leichen gefunden und die Wahrheit gesehen, ohne sie zu begreifen. Wären die Hitze und der Rauch nicht gewesen, er würde vielleicht noch immer vor dem abgeschlagenen Haupt sitzen und auf Antworten warten.

Doch das Feuer hatte ihn in die Flucht geschlagen. Er war im letzten Moment durch den Spalt in der Rückwand geflohen, hatte sich ein Pferd gesucht und war davongerast. Er war geritten wie ein Besessener, bis er auf die jähe Grenze von Leben und Tod gestoßen war. Auf der einen Seite die hochsommerlich vergilbte und doch von allerlei Getier belebte Steppe, in der die Grillen zirpten. Auf der anderen Seite die farblose Ödnis, die nach der Dunkelheit zurückgeblieben war. Als er sie erreichte, waren gerade die letzten schwarzen Schlieren im Sonnenlicht vergangen. Verschwunden wie Ertanns Macht, die mit seinem Leben erloschen war.

»Das wirst du mir büßen, Grachann«, murmelte er. »Jeder hat die Dämonen gesehen, die mit den Eisenmännern kamen, um unseren großen Heerführer zu töten. Sie waren es, die unsere Weidegründe mit schwarzer Magie verdorben haben, und du hast sie zu uns geführt.« Ein grimmiges Lächeln umspielte seinen Mund. »Ich werde Ertanns und meinen Namen reinwaschen, und dann mögen deine schäbigen Ahnen dir helfen, wenn sie können.«

Epilog
Egurna

Wie schaffe ich es nur immer, bei festlichen Anlässen unangenehm aufzufallen?, fragte er sich, als er gerade noch in die Halle der Rechtsprechung schlüpfte, bevor die Fanfaren für den Einzug des Königs und der Braut einsetzten. Eine Entschuldigung murmelnd zwängte sich Arion rasch neben einem anderen Ritter auf eine der Bänke, um nicht auch noch im Weg zu stehen, wenn Werodin seine Tochter zum wartenden Bräutigam führte. Er wusste natürlich, weshalb er zu spät war, aber wie hätte er damit rechnen sollen, dass Rodan ausgerechnet an diesem hohen Tag seinen Abschied nehmen und sich den Festschmaus entgehen lassen würde?

Während die Rosenblätter streuenden Mädchen und Jungen vorbeizogen, die dem Brautpaar reichen Kindersegen verheißen sollten, wartete Arion darauf, dass sich sein Herzschlag beruhigte. Er war erleichtert, dass der Söldner ihn von seinem Wort entbunden hatte, denn nachdem die phykadonischen Überfälle ausgeblieben und dies zu einem Sieg erklärt worden war, hatte er keine Verwendung mehr für einen berittenen Waffenknecht. Und sein Vater hätte wohl kaum hingenommen, dass er sein Geld dermaßen verschwendete.

Der König ging an ihm vorüber, die Hand der Prinzessin haltend wie eine Kostbarkeit, die sie ja auch darstellte. Arion nahm ihn kaum wahr. Sein Blick hing an der schlanken Gestalt Beverés in ihrem Kleid aus weißer Seide, das mit perlenfarbener Spitze besetzt war. Ihr Gesicht und das blonde Haar, das in der Sonne stets golden schimmerte, wurden von einem durchsichtigen Schleier nur andeutungsweise verhüllt. Sie hielt einen kleinen Strauß gelb und rot geflammter Rosen in der Hand, den Farben der Sonne und damit Arutars.

Arion musste sich abwenden, bevor ihn der Neid überkam,

dessen Stachel er bei Regins Anblick immer wieder gespürt hatte, seit die Verlobung auf der Siegesfeier in Smedon verkündet worden war. Werodin hatte ihm mit einem so prachtvollen Streitross gedankt, wie es sich ein Emmeraun niemals hätte leisten können, aber was war das schon gegen die Hand der schönen Prinzessin?

Entschieden lenkte er den aufkommenden Ärger auf Rodan um. Er hatte den Söldner gefragt, wohin er denn gehen wolle, da ihm die Rückkehr in Narretts Dienste verwehrt war. Im ersten Moment dachte er sich nichts dabei, als der Söldner antwortete, dass die Gordean immer Männer brauchten, um die nördlichen Grenzgebiete zu bewachen, denn davon hatte er bereits gehört. Doch schon während er zur Halle der Rechtsprechung eilte, um nicht durch sein Fernbleiben von der Hochzeit Anlass zu Klatsch zu geben, regte sich Misstrauen in ihm. Wollte Rodan nur deshalb nach Norden, weil er Sava dort wusste? Ein Teil von ihm war fest davon überzeugt, dass es sich genau so verhielt. Aber was konnte sich der Söldner schon davon erhoffen? Sava war jetzt eine Priesterin und damit dem weltlichen Leben entzogen. *Meine Güte, was hat sich jemals ein Mann von einer Frau erhofft?*, verhöhnte er sich selbst.

Das Fest war so oder so für ihn verdorben. Die Zeremonie der Handreichung ging rasch vorüber, und die erste Hälfte des Festmahls, das sich am Abend fortsetzen würde, schloss sich an. Zahllose weiße, rote und geflammte Rosen schmückten die Festhalle. Banner in den gleichen Farben und aus grünen Ranken geflochtene Girlanden zierten Decken und Wände. Doch die köstlichen Speisen wollten Arion nicht schmecken. Obwohl etliche Ritter ihn als Regins Gefährten im Kampf gegen den Heerführer Phykadoniens erkannten und Trinksprüche auf diesen Sieg ausbrachten, fühlte er sich einsam unter den vielen Gästen. Saminé war tot, Waig zu beschämt, um in Egurna zu erscheinen. Nicht einmal der unsägliche Jagon fand sich in der Menge, um ihn mit seinen Sticheleien von den trübseligen Gedanken abzulenken.

Ihm fiel auf, dass auch Regin abwesend wirkte. Es war nicht auf den ersten Blick zu erkennen. Solange sich der Bräutigam im Mittelpunkt der Aufmerksamkeit wusste, zeigte er das strahlende Lächeln eines fröhlichen Mannes. Doch als die meisten Gäste auf Werodin achteten, der mit erhobenem Weinkelch eine Rede hielt, entdeckte Arion wieder den nachdenklichen, verschlossenen Ausdruck auf Regins Gesicht. Es hätte ihn trösten und seinen Neid besänftigen können, aber stattdessen empörte es ihn. Konnte der Mistkerl nicht glücklich sein, eine solche Frau zu bekommen?

Als der letzte Gang verzehrt war, zog es Arion nach draußen. Er brauchte frische Luft und ein paar Sonnenstrahlen, um sein Herz zu wärmen. Vor dem Portal der schattigen Halle empfing ihn die Sommerhitze wie eine unsichtbare Wand. Er hielt inne, blinzelte in die Sonne und überlegte, wohin er sich wenden sollte. Außer ihm waren noch mehr Gäste auf den Einfall gekommen, sich die Beine zu vertreten, bevor das Schlemmen weiterging. Überall schlenderten Ritter und Edelfrauen, Fürsten und Hofdamen in ihren vornehmen Festgewändern umher.

Arion entschied sich, dem Rosenhof einen Besuch abzustatten und Saminés zu gedenken, die davon geträumt hatte, an diesem Tag Regins Braut zu sein. Er bog um die Ecke und ging an der Außenseite der Festhalle entlang, als sich an deren Ende eine Seitenpforte öffnete und direkt vor ihm die beiden Prinzessinnen heraustraten. Edgiva, in einem pfirsichfarbenen Kleid, das hellblonde Haar kunstvoll aufgesteckt, hatte sich bei ihrer Schwester untergehakt und tätschelte ihr den Arm.

Als sie Arion bemerkten, der wie angewurzelt stehen geblieben war, hielten auch sie an, um ihm höflich zuzunicken. Er brachte keinen Ton heraus, aber er gab sich einen Ruck, und auch wenn er nicht wusste, wie er es vor Aufregung schaffte, gelang es ihm, sich in einer flüssigen Bewegung zu verneigen. Endlich fand er auch die Stimme wieder. »Meine aufrichtigen Glückwünsche zu Eurer Vermählung, Herrin. Möge die Sonne Eure Ehe segnen.«

»Das ist sehr freundlich von Euch, Herr Arion«, erwiderte Beveré errötend. Er hatte sie noch nie von Angesicht zu Angesicht gesehen und entdeckte, dass ihre Augen von einem dunklen Grün waren, geheimnisvoll wie dichter Tann.

»Wie gefällt Euch die Hochzeit, Herr Ritter?«, fragte Edgiva mit einem lauernden Unterton. »Reut es Euch, dass Ihr Euch nicht dieselbe Belohnung für Eure Taten ausbedungen habt?«

»Eine solche Anmaßung hätte ich mir niemals erlaubt«, antwortete er, überrascht von ihren unverblümten Worten. Doch seine Augen verharrten nur kurz bei Edgiva, bevor sie wieder Beverés Blick suchten.

»Ich bin jedenfalls dankbar, dass Ihr Euren Platz kennt«, meinte die jüngere Prinzessin. »Wer weiß, zu was sich unser Vater hätte hinreißen lassen.«

Arion verstand die Spitze, aber sie glitt an ihm ab, als hätte er sie nicht gehört. Beverés Lächeln nahm sein gesamtes Denken und Fühlen ein.

»Nun, wir danken Euch jedenfalls für Eure *aufrichtige* Sorge um das Wohl dieser Ehe«, spottete Edgiva und stieß ihre Schwester an, deren Wangen noch eine Spur dunkler wurden.

»Ja, wir ... müssen gehen«, behauptete Beveré hastig.

Arion sah ihr nach, wie sie sich von Edgiva gleichsam abführen ließ, die leise, aber nachdrücklich auf sie einredete. Nachdem der Zauber ihrer Augen ein wenig verflogen war, fühlte er sich noch schlechter als zuvor. Die Feierlichkeiten waren ihm endgültig unerträglich geworden.

Er zog sich in die Kammer zurück, in der man ihn untergebracht hatte, und warf sich rücklings auf die knisternde Strohmatratze. Groll, Neid, seine heftigen Gefühle für Beveré und das schlechte Gewissen, das sie ihm bereiteten, stritten in ihm um die Vorherrschaft. Er ließ sich in dieser inneren Wirrnis treiben und war froh, Egurna am nächsten Tag verlassen zu können. Musik, Gesang und Gelächter drangen zu ihm herauf, als es Abend wurde, aber er ging nicht zur Festhalle zurück. Er lauschte dem fröhlichen Lärmen, bis er darüber einschlief.

Als er erwachte, schien der rote Mond zum Fenster herein. Er hörte das schwere Atmen seiner schlafenden Zimmergenossen, das von reichlichem Weingenuss zeugte, und die fernen Stimmen der letzten Zecher, die noch in der Halle saßen. Plötzlich erklang draußen ein unheimlicher Laut, so geisterhaft, dass sich die Haare auf Arions Armen aufstellten. Der unheilvolle Ton stieg auf wie aus den Tiefen eines Abgrunds, schwoll an und wieder ab, nur um erneut einzusetzen. Es war das Heulen eines Hundes, doch gespenstischer und düsterer, als es Arion je vernommen hatte. Er musste das Tier nicht sehen, um zu wissen, wer diese schauerliche Klage in den Nachthimmel sandte. Es war der graue Hund, den das Heer der Toten zurückgelassen hatte. Der graue Hund, der nie zuvor seine Stimme erhoben hatte, heulte in dieser Nacht. Und allen, die es hörten, stahl sich Furcht ins Herz.

Danksagung

Einen Roman zu schreiben ist naturgemäß eine eher einsame Tätigkeit, aber damit er entstehen kann, sind doch erstaunlich viele Leute beteiligt, denen ich an dieser Stelle meinen herzlichen Dank aussprechen möchte: meinen Agentinnen Natalja Schmidt und Julia Abrahams, meiner Lektorin Catherine Beck, Kerstin Claussen und Carsten Polzin vom Piper Verlag, meinem härtesten Kritiker, Fotografen und Ratgeber Torsten Bieder, der Illustratorin Rebecca Abe, den Kollegen Tom Finn und André Wiesler, den Testlesern Sonja und Christian Hörauf sowie den hilfsbereiten Experten Claus P. Hundertmark und Johannes Schwarz von www.monde.de und Alex Kiermeyer.

Ganz besonders danke ich wie immer meinen Lesern für ihre Unterstützung.

Thomas Plischke
*Die Zwerge
von Amboss*
Die Zerrissenen Reiche 1.
496 Seiten. Piper Taschenbuch

Der Auftakt zur neuen actiongeladenen Fantasy-Serie um »Die Zerrissenen Reiche«: In der Industriestadt Amboss herrscht Aufruhr unter den Zwergen. Gerüchten zufolge planen die Menschen – die Diener der Zwerge – eine Revolution. Als der Ermittler Garep Schmied zum Schauplatz eines brutalen Mordes gerufen wird, halten alle einen Menschen für den Täter. Sein Motiv: Hass auf die Zwerge. Garep jedoch ermittelt gegen alle Widerstände und Vorverurteilungen weiter. Denn nicht nur die Machenschaften von Menschen bedrohen den Bund, sondern auch unter den Zwergen herrschen Hass und Machtgier.

Thomas Plischke
*Die Ordenskrieger
von Goldberg*
Die Zerrissenen Reiche 2.
400 Seiten. Piper Taschenbuch

Die Zwerge von Amboss sind zurück: Der Weg in den Zwergenbund ist dem ehemaligen Sucher Garep Schmied verwehrt. Zusammen mit der Spionin Sira hofft Garep in den Zerrissenen Reichen Unterschlupf zu finden. Doch die Menschenlande sind in Aufruhr. Eine schier unbesiegbare Zwergenarmee rückt aus dem Norden vor. In der Ordensburg von Goldberg setzen die Krieger alles daran, ein magisches Artefakt vor den Invasoren in Sicherheit zu bringen. Doch der Vormarsch der bärtigen Krieger scheint unaufhaltsam.

Noch viel mehr Fantasy
NAUTILUS - Abenteuer & Phantastik

Seit 15 Jahren das erste Magazin für alle Fans von Fantasy & SF.

Jeden Monat neu mit aktuellen Infos zu Fantasy & SF-Literatur, Mystery, Science & History, Kino und DVD, Online- & PC-Adventures, Werkstatt-Berichten von Autoren, Filmemachern und Spieleerfindern - und dazu die offizielle Piper Fantasy-Kolumne.

NAUTILUS - monatlich neu im Zeitschriftenhandel
Probeheft unter www.abenteuermedien.de/piper